JL 02/24

GARDIENS DES FEUX

Clélie Avit est née en 1986 en Auvergne. Anciennement professeur de physique-chimie, elle se consacre désormais pleinement à l'écriture et à l'enseignement de la danse. Elle a gagné en 2015 le prix Nouveau Talent de la Fondation Bouygues Telecom avec *Je suis là*.

Paru au Livre de Poche :

Je suis là

La saga des quatre éléments
1. Les Messagers des vents
2. Sanctuaires

CLÉLIE AVIT

Gardiens des Feux

La saga des quatre éléments ✳✳✳

ÉDITIONS DU MASQUE

© Éditions du Masque, un département des éditions
Jean-Claude Lattès, 2016.
ISBN : 978-2-253-08304-7 – 1re publication LGF

Dans l'obscurité, Plamathée vérifia une dernière fois son bureau de Grand Mage des Eaux, laissant traîner sa main sur chaque objet.

— Le carnet des demandes. La liste des missions en cours. Le livret d'intendance… Le dossier des nouveaux statuts.

Sa gorge se serra. Elle s'en voulait terriblement de quitter sa cité en de telles circonstances. Depuis que les équipes des Vents s'étaient enfuies, Arden était en ébullition et les réunions n'en finissaient plus. Le conseil recevait les représentants de la population pendant des heures. Chacun y allait de son avis.

Pour l'instant, un nouveau statut de servitude avait été élaboré. Ceux qui souhaitaient poursuivre leurs tâches à la Tour des Eaux le pouvaient, ceux qui souhaitaient la quitter devaient toutefois rester dans la cité en attendant que les choses se décident. L'équilibre était devenu très précaire, même en ce qui concernait l'approvisionnement alimentaire. Pour l'instant, les habitants d'Arden semblaient comprendre, mais jusqu'à quand cela allait-il durer ?

— La lettre… acheva-t-elle dans un murmure.

Au centre de son bureau, elle avait déposé un courrier dans lequel elle désignait son successeur temporaire. Quatre jours d'observation lui avaient suffi à choisir le *Ploritae* de son conseil. Elle était la seule qu'elle jugeait capable. Elle espérait ne pas se tromper.

— Mage Plamathée ! chuchota une voix.

Elle tourna la tête vers l'un des multiples passages secrets de la Tour. La silhouette du Premier de la Garde s'en détachait à peine tant la nuit était profonde.

— Crayn, il serait approprié de ne plus m'appeler *que* Plamathée, dit-elle à voix basse en le rejoignant dans l'étroit couloir.

L'homme baissa les yeux, gêné. Elle l'attrapa par le menton et l'embrassa.

— Je me sens comme une enfant qui fugue, sauf que cette fugue est d'une importance primordiale, sourit-elle. Mais... êtes-vous sûr de ce que vous faites ? Êtes-vous certain de vouloir m'accompagner ?

— Jamais je ne vous laisserai partir seule !

— Dans ce cas, allons-y.

Ils descendirent l'étroit colimaçon jusqu'au rez-de-chaussée, puis prirent la direction de la bibliothèque. Les couloirs étaient déserts à cette heure de la nuit et Plamathée souffla de soulagement lorsque le Premier ouvrit la porte sans même la faire grincer. Ensemble, ils coururent jusqu'au fond de la bibliothèque.

Pendant que Crayn passait au travers de la trappe, Plamathée regarda une dernière fois en arrière. Elle avait toujours trouvé le lieu somptueux, même si elle ne l'avait connu que de nuit. En tant que future héritière de la communauté des Eaux, son père l'avait protégée, l'empêchant d'errer dans la Tour à sa guise. Ses adieux auraient la même saveur que tous les précédents.

— Vous pouvez descendre ! appela Crayn.

Elle baissa les yeux et aperçut la barque, souriant à l'idée d'avoir permis à ses amis de s'échapper de cette même façon il y a plusieurs jours. L'équipe de l'Ouest, sous l'égide de Hajul, l'avait aidée à préparer cette mascarade jusqu'à ce que celle de l'Est revienne à eux, en compagnie de Setrian et d'un jeune garçon, tout récemment arrivés. La fuite s'était faite au milieu du tumulte de la révolution des statuts. Leur envolée était passée quasiment inaperçue.

La barque oscillait au gré des remous de l'océan. Plamathée grimaça. Aucun mage des Eaux n'était affecté par le mal de mer, elle la première, mais leur embarcation risquait de faire du bruit. Elle aurait dû demander à un protecteur d'édifier un bouclier sonore, mais cela aurait signifié mettre quelqu'un dans la confidence.

Elle avait aussi hésité à fournir un faux motif, mais n'avait pu se résoudre à mentir. Après tout, elle conservait son statut de Grand Mage. Le *Ploritae* du conseil n'assurerait que l'intérim.

Ses adieux faits à sa splendide Tour d'Émeraude, elle glissa ses jambes dans l'ouverture. Ses pieds cherchèrent le premier barreau de corde et elle mit doucement son poids dessus. Le reste de son corps se faufila au travers de la trappe. Le mouvement était d'une simplicité enfantine, mais pour elle, le symbole était fort.

Elle quittait sa Tour. Elle abandonnait son peuple.

— Non, je ne l'abandonne pas, se murmura-t-elle en attrapant l'échelle d'une main. Je m'en vais le sauver.

Elle scella la trappe avec son *inha*.

— Vous m'avez dit quelque chose ? demanda Crayn lorsqu'elle fut enfin dans l'embarcation.

— Pas vraiment, répondit-elle en se frottant les mains. Que fait-on, pour l'échelle ?

— La prochaine marée l'emportera. Vous vous asseyez ?

Plamathée observa autour d'elle. L'espace était si restreint qu'elle n'avait d'autre choix que de s'adosser au Premier qui prenait déjà les rames.

— Je peux vous aider ? proposa-t-elle.

— Certainement pas ! répondit-il en pouffant doucement.

— Vous savez, vous pouvez me considérer comme n'importe qui, désormais. Pas besoin de me surprotéger comme vous le faites habituellement.

— Oh, ce n'est pas ce qui me fait refuser ! Je crains seulement que vous n'ayez jamais appris à manier une rame. À mon souvenir, toutes vos expéditions en mer ont été menées par les marins de la Tour. J'aurais peur que vous nous fassiez chavirer.

— Je pourrais être vexée, vous savez ! s'offusqua gentiment Plamathée.

— Et je pourrais vous embrasser rien que pour cela ! Une mage vexée par ma faute. Quel plus grand rêve pourrais-je avoir ?

— Sûrement celui d'une escapade nocturne avec celle que vous aimez, pour une autre raison que de déclarer la guerre au pays voisin…

— Sûrement, oui… conclut Crayn en plongeant les rames dans l'eau. Pouvez-vous détacher l'amarre ?

Plamathée se pencha vers le pic de roche brute et détacha la corde.

— Je suis rassuré que vous sachiez ce qu'est une amarre, plaisanta Crayn.

— Cette fois, je suis vexée !

— Dans ce cas, je dépose un baiser sur vos lèvres… Et nous voilà partis !

Plamathée se laissa faire et regarda la Tour s'éloigner d'elle. Même dans la nuit, la spirale verte qui entourait l'édifice luisait. Sa cité était magnifique. Jamais elle ne laisserait quiconque s'en emparer.

— Puis-je enfin savoir où nous allons ? demanda Crayn lorsqu'ils furent suffisamment loin. Je sais que vous prévoyez de rejoindre le territoire des Vents mais, aux dernières nouvelles, il me semblait que celui-ci se trouvait à l'est du nôtre, et pas en direction du sud comme là où vous m'avez demandé d'aller.

— Nous rejoignons la frontière avec la Na-Friyie, avoua Plamathée.

— Par tous les torrents d'Erae ! Ne me dites pas que vous pensez vous y rendre, comme nos fugitifs ?

Il avait cessé de ramer et laissait la barque dériver.

— Rassurez-vous, je ne me rends pas en Na-Friyie, dit-elle. Du moins pas tout de suite. Et lorsque j'irai, j'espère que je ne serai pas accompagnée par le seul soldat que vous êtes mais par toute une armée, la vôtre, comme la mienne.

— Votre armée ? Je vais me sentir obligé de vous vexer une seconde fois. Qu'est-ce qu'une mage comme vous peut bien connaître au combat ?

— C'est justement ce dont je dois parler avec mon confrère. Allez, continuez à ramer, sinon, je le ferai à votre place et risquerai de faire chavirer notre belle embarcation.

Le Premier reprit son mouvement et Plamathée se perdit dans la régularité des sons. Crayn avait raison. Que connaissaient vraiment les mages au combat ? La réponse était simple : ils ne connaissaient rien, absolument rien. Leur *inha* n'était développé que pour assister et créer. Peut-être était-ce l'unique emploi qu'ils pouvaient espérer remplir. Assister l'armée et créer... elle ne savait pas quoi. Elle-même, en tant qu'artiste, ne voyait pas en quoi son *inha* pourrait être utile, mais elle voulait l'être. Et c'était peut-être en collaborant avec les autres communautés qu'ils parviendraient tous à lutter.

— Ensemble... murmura-t-elle.

— Vous m'avez parlé ?

— Pas plus que tout à l'heure, mais je me disais qu'il serait beau de pouvoir à nouveau tous agir ensemble. La dernière fois remonte à si longtemps.

— Vous parlez de la Garde et des mages ?

— Je parlais des quatre communautés, mais cela revient presque au même.

— Je ne dirais pas que l'espoir est perdu, sinon cette balade nocturne n'aurait aucun sens, mais c'est assez utopique. En tout cas, j'admire votre persévérance. Si je pouvais, je l'embrasserais elle aussi, cette Ériana !

Plamathée se mit à rire et le Premier eut quelques soubresauts dans les épaules.

— Vous avez donc remarqué, dit Plamathée.

— Cette jeune femme vous a transformée en moins de temps qu'il ne m'en a fallu pour préparer cette fugue. Elle est remarquable. Comment vous a-t-elle convaincue ?

— Je ne sais pas vraiment. J'avais l'impression que quelque chose nous unissait. Ou que je pouvais lui ressembler si j'en avais envie. C'était comme si… comme si nous partagions un je-ne-sais-quoi de commun. Elle montre tant de dévotion et de détermination. C'est peut-être ce qui m'a intriguée chez elle. Elle serait parfaite pour le poste de Grand Mage.

— Grave erreur, Plamathée ! Cette femme est davantage taillée pour être Première de Garde. Mais avec votre orgueil, vous ne la laisseriez jamais abandonner sa confrérie de manipulateurs de *inha* pour nous la servir sur un plateau.

— C'est donc ainsi que les soldats nous appellent ? s'amusa Plamathée. La confrérie des manipulateurs de *inha* ? C'est presque mystique. Nous ne sommes pas une légende, tout de même !

— Oh non, pas une légende ! Nous vous avons sous les yeux tous les jours et nous avons appris à coopérer avec vous. Je peux cependant vous assurer que, dès que nous rendons les armes, les langues vont bon train.

— J'aimerais qu'il en soit de même pour les différents éléments.

— C'est peut-être déjà le cas. Regardez le gamin qu'ils avaient avec eux. C'était un apprenti de la Garde, à ce que j'ai cru comprendre. Que ferait un gosse dans un endroit pareil, si ce n'est désirer de se rapprocher des mages ?

— Vous avez raison, je ne devrais pas être aussi sceptique.

— Oh, vous pouvez douter de tout. Au moins, vous ne serez pas déçue.

Une vague les secoua un peu plus que les autres, interrompant leur conversation. Plamathée en profita pour surveiller leur avancée. Il leur faudrait encore toute la nuit et la matinée suivante pour espérer atteindre la lisière des Havres Verts.

— Vous cherchez la forêt ? demanda Crayn. Vous ne la verrez pas avant un bon moment, surtout par une nuit aussi sombre. Heureusement, sinon nous aurions pu être repérés.

— Je craignais de ne pas parvenir à rester discrète. La nuit nous aura aidés.

— Vous avez été parfaite.

Elle soupira.

— Je n'ai pas fait grand-chose sinon organiser mon bureau et trouver un remplaçant. Vous avez fait tout le reste, dit-elle en désignant les sacs tassés sous le banc.

— Le travail habituel d'un soldat de la Garde. Ne vous sous-estimez pas. Ce n'est pas moi qui vais parlementer avec un Grand Mage inconnu.

Plamathée frissonna en entendant ces mots.

— Je suis terrorisée à l'idée de le faire.

— Pourquoi cela ? Cet homme a le même statut que vous.

— Il n'a pas été élu par les mêmes procédés qu'à Arden. Dans la Cité d'Ivoire, le Grand Mage obtient son poste par compétence, pas par descendance.

— On vous a déjà tous dit que ça ne changeait rien. Vous menez une communauté. On se fiche des détails. Et regardez Ériana ! Elle vous a bien adressé la parole sans se formaliser.

— Ériana est aussi en contact avec le Grand Mage des Terres, souleva Plamathée.

— Raison de plus. Si elle a réussi, vous le pouvez aussi.

— On parle de la personne que vous qualifiez de remarquable, Crayn.

— Encore une fois, cessez de vous sous-estimer. Vous êtes tout aussi remarquable.

— Même sans ma robe blanche ? plaisanta-t-elle.

— Même sans votre robe blanche. Je dois dire que je suis heureux que vous ne l'ayez pas aujourd'hui, sans quoi il aurait été un peu plus difficile de vous faire sortir de la Tour.

— Je ne suis pas stupide à ce point ! Mon père m'a tout de même appris la différence entre un uniforme et une tenue de voyage.

— Mais je crois qu'il ne vous a pas parlé du manteau à revêtir. Vous n'auriez pas pu trouver quelque chose de plus pratique ?

Plamathée baissa les yeux sur sa grande cape bleu marine. Le velours était d'une douceur incomparable.

— Elle n'est pas appropriée ?

— Pas vraiment, répondit Crayn. Heureusement, j'ai pensé à apporter autre chose. J'avais aussi prévu, au cas où, pour la robe, mais vous vous en êtes sortie à merveille.

— Elle est juste là.

— De quoi ?

— La robe.

— Vous l'avez prise ? Où ça ? Où est-elle ?

— C'est l'avantage d'une cape, on peut y cacher plein de choses.

— J'aurais dû me taire... Je peux savoir ce qui vous a poussée à la prendre ?

— Comme je vous l'ai dit, c'est mon uniforme. Faites-moi croire que votre veste et votre pantalon émeraude ne sont pas dans le sac sous mes pieds.

Le Premier grommela quelque chose et Plamathée laissa échapper un éclat de rire.

— Quand nous serons devant le Grand Mage des Vents, il nous faudra assumer notre statut, reprit-elle. En attendant, nous ne serons que deux voyageurs.

— Dont l'un avec une cape devant facilement coûter la totalité de mes possessions.

— Vous exagérez, Crayn. De toute façon, pas grand monde ne nous verra. Nous serons à l'abri des regards la plupart du temps.

— Dans la forêt ?

— Pas tout à fait.

Une nouvelle vague remua l'embarcation. Le Premier se tut le temps de les réorienter.

— Bon, vous me dites ?

— Nous allons voyager dans un bouclier.

— Oh non...

Plamathée se mordit la lèvre. La raison pour laquelle elle n'avait pas répondu au soldat depuis le début était sa crainte envers tout ce qui concernait les manipulations de *inha*.

— Vous allez m'immerger dans une de vos projections, soupira-t-il.

— Plus exactement, nous allons emprunter un passage qui nous permettra d'aller plus vite que prévu.

— Ce passage est donc situé dans les Havres Verts. Et… s'agirait-il de cette chose que vous appelez *Elpir* ? Vous en parlez peu, alors je ne suis pas certain.

— Nous en parlons peu car le bouclier est géré par la communauté des Vents. Mais juste avant de partir, Ériana m'a donné un renseignement plutôt pratique.

— Attendez, l'interrompit Crayn. Ce bouclier, vous êtes sûre que je peux entrer dedans ? Je croyais que c'était le genre d'artifice qui repoussait toute personne ne détenant aucun *inha* ?

— Et nous en arrivons donc à la deuxième chose que cette cape a réussi à dissimuler.

Plamathée passa ses bras sous le tissu et récupéra la forme oblongue glissée dans une des poches intérieures. Quand elle ressortit les mains, le Premier n'avait pas cessé de ramer, mais se tournait pour tenter d'apercevoir ce qu'elle tenait. La barque dévia légèrement sans qu'il s'en inquiète, ses yeux trop happés par l'objet vert et luisant.

— Vous avez pris l'artefact, dit-il, médusé.

— C'était le seul objet que je pensais assez puissant pour vous servir de sauf-conduit dans *Elpir*.

— Vous êtes certaine que ça marchera ? demanda-t-il comme s'il espérait une réponse négative.

— En réalité, je ne sais pas. Mais si ce n'est pas le cas, nous entreprendrions quand même ce voyage, moi à l'intérieur, vous à l'extérieur, et vous atteindriez Myria une trentaine de jours après moi. Alors je vous conseille d'espérer que ma petite précaution fonctionne.

Crayn déglutit et hocha plusieurs fois la tête. Plamathée observa un peu plus longtemps l'artefact avant de le remettre sous sa cape. La spirale émeraude brillait avec une intensité qu'elle lui avait rarement vue. Elle avait l'impression que l'artefact lui-même savait que quelque chose était en mouvement dans son territoire. Que sa communauté était en train de rétablir l'ordre des choses. Se doutait-il seulement des épreuves qu'ils allaient bientôt affronter ?

— Plamathée ?
— Oui, Crayn.
— Qu'est-ce qui vous a décidée, finalement ?
— Elle.
— Vraiment ?

Elle y avait longuement réfléchi. Cette histoire d'instinct, cet unique conseil qu'Ériana lui avait fourni. Elle n'avait pas menti en disant à Crayn que la prétendante avait l'étoffe d'un Grand Mage, mais il avait eu raison en la pointant davantage comme une guerrière.

C'était ce qui l'avait le plus marquée, ce qui avait fait émerger en elle l'idée de s'unir à leurs voisins. Ériana l'avait convaincue sans même l'évoquer. Elle se demandait si c'était également le cas de l'autre mage dont elle lui avait parlé, celle des Terres. La femme répondait au nom de Naëllithe, si elle se souvenait bien.

— Oui, vraiment.

— C'est fou, quand même… s'étonna Crayn.

— Assez inexplicable, comme beaucoup d'autres choses.

Crayn approuva et se remit à ramer avec vigueur. Plamathée, elle, fixait l'horizon en essayant d'ignorer la foule de détails qui la taraudaient. Notamment ce qui l'avait poussée à croire en Ériana, ce qui l'avait déstabilisée dès qu'elle l'avait croisée. Cette insensée similitude dans leurs yeux et l'illogisme total qu'Ériana ait été des Vents.

1

La pièce était presque entièrement noire. La seule source de lumière provenait de la torche, placée dans le couloir, derrière la porte. Setrian ne savait pas depuis quand il était réveillé, ni combien de temps cela avait pris pour qu'il soit amené jusqu'ici. Il savait juste qu'on lui apportait régulièrement à manger et qu'il avait faim entre chaque ration. La sensation d'impuissance totale due à l'*empaïs* était devenue presque habituelle. Un mal de tête permanent l'accompagnait.

Des pas résonnèrent dans le couloir. Setrian leva les yeux vers la petite ouverture grillagée dans la porte. Il était assis à l'opposé et ne pouvait espérer voir quoi que ce soit. De toute façon, il avait déjà entendu des voix, mais n'en avait reconnu aucune.

Quand quelqu'un s'arrêta devant sa porte, bloquant la lumière provenant du couloir, Setrian se leva d'un bond. Il n'aimait pas se montrer faible en de telles circonstances, même si tout autour de lui était là pour le lui rappeler : l'*empaïs*, l'absence totale de confort, les maigres rations auxquelles il avait droit et la façon dont ils l'oubliaient, comme s'ils souhaitaient le laisser mourir malgré leurs efforts pour le nourrir.

La porte s'ouvrit et il fit deux pas en avant. C'était la distance maximale que les menottes le reliant au mur lui permettaient de franchir. L'homme attrapa la torche et se glissa à l'intérieur, restant toutefois à l'écart, ses traits durs dans un visage sévère. Setrian se félicita d'inspirer autant de crainte. À moins qu'il ne s'agisse de dégoût, car la grimace crispée aurait pu en être le signe.

L'homme était à peine plus grand que lui et aurait pu avoir l'âge de son père. Ses cheveux bruns étaient courts et raides, la torche n'éclairait pas assez pour en révéler des reflets particuliers. Une boucle pendait à son oreille droite, une perle blanche à laquelle une fine chaîne argentée était accrochée. La chaîne lui descendait jusqu'à l'épaule et se terminait par une spirale verte. Le bijou scintillait, reflétant admirablement bien la lumière dans la pièce. Il ne pouvait s'agir que d'un insigne et Setrian comprit qu'il avait affaire à un mage des Eaux.

La localisation du bijou pouvait signifier tout un tas de natures, mais Setrian en isola une sans savoir exactement pourquoi. Il était persuadé que cet homme était un contacteur, et pas n'importe lequel. Il était certain d'avoir devant lui le Maître des Eaux.

Celui-ci le dévisageait également. Ses yeux s'attardaient sur ses cheveux et sa cicatrice. Setrian, lui, étudiait la mâchoire trop fine et la courte barbe. La peau donnait l'impression d'être aussi luisante que la nacre de la perle pendant à l'oreille. Ce qui le captivait le plus restait le regard de l'homme.

Il avait beau poursuivre son inspection, relevant une longue cicatrice sur la main droite, ses yeux revenaient toujours sur la couleur particulière des iris. Il leur trouvait quelque chose de familier.

L'homme se servait de son *inha* plus que de toute autre chose. Ses véritables atouts étaient dans son esprit et il devait en user à merveille. Mais ce qui demeurait curieux était le fait qu'il s'embarrasse d'une personne ne répondant pas à son élément.

— Alors voici le protecteur…

Sa voix n'avait trahi ni mépris ni enthousiasme et le Maître sortit un pendentif de sa poche.

— Je te rends cette gemme si tu me confirmes que la prétendante, et tu sais très bien de laquelle je veux parler, est des Vents.

Setrian retint sa surprise. Tout le monde savait qu'Ériana était des Vents, il n'y avait aucun doute là-dessus. D'autant que le premier verset de la prophétie le prouvait.

Le marché était très inéquitable, mais pas pour lui. Le Maître devait être à court de ressources. Setrian ne voyait vraiment pas ce qu'il risquait. Même si son pendentif ne lui serait d'aucune utilité avec l'*empaïs* appliqué sur son poignet, il tenait beaucoup au collier et était tout à fait prêt à répondre.

— Les Vents sont son élément de naissance, c'est indéniable.

Le Maître grogna entre ses dents puis jeta le pendentif en l'air. Setrian l'attrapa au vol et tenta de le passer autour de son cou. Il abandonna en réalisant que, pour avoir assez de marge de manœuvre avec ses chaînes, il lui faudrait se retourner, et il n'avait pas envie de tourner le dos à son geôlier.

— Quels sont les autres éléments qu'elle détient ?

À nouveau, Setrian resta perplexe. Le *Velpa* avait Mesline comme excellente source d'information. Le Maître aurait au moins dû savoir pour les Terres.

Puis Setrian se souvint de ce qu'avait dit la jeune fille. Même au sein du *Velpa*, la communication entre les éléments était délicate. Pourtant, la façon dont ils l'avaient capturé était le signe d'une manipulation conjointe.

— Elle les détient tous mais ne les a pas forcément fait fusionner.

— Lesquels ? poursuivit le Maître avec impatience.

— Les Terres et les Eaux.

— Tu es certain qu'elle n'a pas fusionné avec les Feux ?

Setrian hésita. Il pouvait essayer de mentir. Même en tant que contacteur, le Maître n'avait aucun moyen de sonder son esprit. Ils n'appartenaient pas au même élément et quelque chose lui disait que, malgré la coopération relative dont il avait déjà pu être témoin, le Maître des Eaux n'irait jamais chercher l'aide de son homologue des Vents.

Mais s'il mentait, il risquait de perdre le peu de confiance que l'homme semblait avoir en lui.

— Certain, répondit Setrian en choisissant de dire la vérité.

— En quoi consiste ton rôle ?

24

S'il n'avait pas été captif, Setrian aurait ri. Cette fois-ci, il n'avait aucune raison de mentir par omission.

— Personne ne le sait, si ce n'est de la protéger.
— Mais toi, tu le sais ?
— Je la protège, c'est tout.
— Ce n'est pas suffisant.

Le regard de l'homme lui semblait toujours aussi familier et il se sentait évalué en permanence. Chaque mot était pesé de façon très méticuleuse, surtout pour une toute première entrevue. Il ne connaissait qu'une seule personne agissant ainsi, sans savoir pourquoi il l'associait au Maître.

— Je ressens son *inha*, ce qu'elle en fait et ce qu'elle subit, expliqua-t-il en espérant qu'il n'en révélait pas trop.
— Comment cela fonctionne-t-il ?
— Il va falloir me croire quand je vous dis que je n'en sais rien. On m'a juste dit qu'elle avait besoin d'être protégée. C'est peut-être simplement ça. Ce reflet que je ressens me sert de signal.

À nouveau, ce regard le transperça jusqu'au fond de lui, déclenchant une étrange sensation. Le Maître fit aller sa torche de gauche à droite comme s'il cherchait quelque chose dans la cellule. Il se pencha légèrement, le réexaminant une dernière fois de la tête aux pieds, puis pivota vers la porte.

Voyant la fin de la conversation arriver, Setrian tenta le tout pour le tout. Il avança aussi loin que ses chaînes le lui permettaient et interpella le Maître, qui se figea.

— Pourquoi moi ? Pourquoi m'avoir capturé ? À quoi puis-je bien vous servir ? Sans moi, elle risque de mourir.

— Elle est parfaitement capable de se débrouiller seule.

— Je sais, commença Setrian. Mais…

Il s'arrêta de lui-même. Effectivement, Ériana pouvait continuer sans lui. Elle l'avait prouvé en se rendant au sanctuaire des Eaux sans subir de dommages. Elle s'était même trouvé un autre protecteur, Erkam, qui le restait encore aujourd'hui.

Le fait que le Maître semble connaître Ériana était plus qu'intrigant, surtout que ses connaissances se limitaient à la personnalité d'Ériana sans concerner son *inha*.

— Comment pouvez-vous savoir ça ?

L'homme se retourna. Il n'y avait aucune hésitation dans ses yeux. Setrian comprit qu'il était allé trop loin. Il n'aurait pas de réponse et, à voir le regard qui lui était lancé, il se demandait s'il en aurait une un jour.

Un frisson lui remonta alors dans le dos.

Au-delà de la façon minutieuse dont ils étudiaient chaque chose, les yeux du Maître étaient d'un vert glacial qu'il n'avait vu que chez une seule personne dans sa vie. La teinte semblait tout à fait appropriée à la communauté des Eaux et totalement inadaptée à celle des Vents. Pourtant, c'était bien à cette communauté-là que la personne à laquelle il pensait appartenait.

Son esprit de messager se mit aussitôt en action, même s'il ne pouvait pas utiliser son *inha*. Chaque idée semblait encore plus incroyable que la précédente mais il y en avait une, surtout une, la plus surprenante de toutes, qui ne cessait de s'imposer.

Il essaya d'interpeller une dernière fois le Maître des Eaux mais celui-ci refermait déjà la porte derrière lui. L'obscurité s'établit à nouveau, et le silence avec, mais dans l'esprit de Setrian, c'était le chaos le plus total.

Ériana était généralement la seule à pouvoir y mettre de l'ordre, la seule personne à qui il n'associait que des certitudes. Cette assurance venait d'être ébranlée. Et pour la première fois, Setrian se demanda qui était Ériana.

2

Ériana s'épongea le front. Le jour était à peine levé et il faisait déjà relativement chaud. Mais ce n'était pas la douceur de l'air qui l'avait fait transpirer. Au loin, elle pouvait encore apercevoir les cinq montures ainsi que leurs cavaliers. Cinq membres du *Velpa* qui les avaient surpris en chemin. Cinq membres qui comptaient désormais deux blessés.

Elle regarda autour d'elle pour examiner son propre camp. Ils avaient été supérieurs en nombre, ce qui leur avait permis une échappatoire facile. Jamais le *Velpa* ne s'enfuyait tant que la moitié de ses attaquants restait indemne. Cette fois, ils avaient abdiqué plus tôt et elle en était soulagée. Les embuscades n'en finissaient plus de les ralentir.

— Ériana ? Tout va bien ?

Hajul se rapprochait d'elle, soucieux. En arrière, Armia se frottait douloureusement les mains. Elle avait rarement autant manipulé son *inha* et ses doigts commençaient à souffrir. Noric était déjà auprès d'elle pour l'ausculter. Armia n'avait même plus le courage de projeter son énergie sur elle-même. Le décès de sa fille l'avait anéantie.

À côté, Jaedrin et Desni scrutaient les environs au cas où une autre attaque se préparerait. La dernière embuscade en avait en réalité caché deux.

Seul Erkam restait en retrait avec Friyah, dépité. Son *inha* avait beaucoup de mal à se manifester dans une zone aussi aride que celle par laquelle ils avaient choisi de transiter. Erkam aurait préféré s'en tenir à la traversée des marais initialement prévue, mais la première attaque les avait orientés sur la terre ferme.

— Autant que possible, répondit Ériana une fois certaine que tous étaient en vie. J'aimerais que ces assauts cessent, sinon nous serons tous morts avant d'avoir pu accomplir quoi que ce soit.

— Tu sais que tu espères vainement, n'est-ce pas ?

Elle soupira profondément. Hajul avait raison. Elle ne faisait que se morfondre. Sa vie avait perdu tout intérêt depuis que Setrian avait à nouveau disparu, même s'il n'y était cette fois-ci pour rien.

— Je sais très bien qu'ils n'ont aucune intention de nous tuer, finit-elle par dire. Mais j'aurais presque envie qu'ils le fassent. Je suis simplement lasse de ces attaques à répétition.

— Pourtant, tu es rarement visée, Ériana. Quoique depuis quelques jours, j'ai l'impression qu'Erkam est lui aussi laissé de côté. On dirait que, d'une façon ou d'une autre, l'ennemi a compris qu'il était ton protecteur. Peut-être que Setrian a parlé…

— Vous le croyez encore en vie ?

La question lui avait échappé mais elle savait que Hajul ne réagirait pas mal. Elle aurait tout donné pour ressentir le reflet qui l'avait unie à Setrian par le passé. Malheureusement, le seul lien énergétique dont elle disposait désormais l'enchaînait à Erkam.

— J'ai confiance en mon fils.

Elle aurait aimé répondre qu'elle aussi mais choisit de ne rien dire. Ses sentiments envers Setrian avaient trop été mis à l'épreuve, récemment. Elle ne savait plus à quel point elle pouvait compter sur lui. Une chose était certaine, s'il était encore en vie, elle le tirerait de sa captivité. Mais le cas de Gabrielle l'inquiétait bien davantage.

— Où sommes-nous ? demanda-t-elle en préférant changer de sujet.

— Je ne sais pas vraiment, répondit Hajul en sortant un livret d'une de ses poches. Judin n'avait pas prévu de nous envoyer au sud, alors la carte s'arrête tôt après les Havres Verts. Je dirais que nous sommes par là, dit-il en désignant une zone très large.

Ériana calcula rapidement les distances. Cela faisait finalement peu de temps qu'ils avaient franchi le bouclier *Elpir*. Peu de temps que leurs équipes avaient perdu quatre membres. Même la présence d'Erkam et de Friyah ne parvenait pas à compenser le vide qui les prenait au ventre dès que l'un d'entre eux osait faire le point sur leur effectif. Ils étaient partis à douze, ils n'étaient aujourd'hui plus que huit, et cela avait pris moins d'une journée au *Velpa* pour les réduire à ce nombre. Ériana n'avait aucun doute, si les Maîtres souhaitaient les voir morts, ce n'étaient pas sept mages et un apprenti soldat qui les arrêteraient.

Il leur restait encore des jours et des jours de marche avant d'atteindre le territoire des Feux. Le

Velpa avait largement le temps d'affaiblir les deux équipes qui n'en formaient désormais plus qu'une. Et c'était ce qu'il s'employait à faire. Les fragiliser le plus possible, ne laissant tranquille qu'Ériana, la seule qui soit importante à leurs yeux. Car elle était leur sauf-conduit, leur unique garantie que Mesline, future détentrice du *inha* réducteur, se révèle enfin.

— Nous ne savons même pas vraiment où aller, soupira-t-elle en détournant les yeux de la carte. De plus, en ayant à traverser la Na-Friyie où nous n'avons jamais été aussi en danger.

— Tu penses encore que l'armée pourrait nous capturer ?

— S'il y a bien une chose qui soit évidente dans le *Velpa*, c'est le peu de communication entre les différents groupes qui le constituent. Je ne suis pas certaine que tous les bataillons sachent qui nous sommes et à quoi nous ressemblons. Mais nous pouvons être capturés pour n'importe quelle raison et à tout moment, même si nous faisons notre maximum pour l'éviter. Et il y a aussi les mercenaires, dont le nombre ne cesse de croître.

— Ériana, j'ai l'impression que tu as une idée en tête. Ne veux-tu vraiment pas la partager avec nous ?

Les autres les avaient à présent rejoints. Leurs mines étaient aussi abattues que la sienne. Tous étaient à bout, elle la première, mais il y avait encore une chose qu'elle pouvait accomplir. Qu'elle *devait* accomplir.

Elle n'avait partagé son idée qu'avec Setrian. Aucun autre n'avait entendu sa suggestion. Elle savait malheureusement qu'au cœur de la Na-Friyie, il leur serait difficile d'établir le moindre contact avec la Tour des Vents, mais elle pouvait au moins leur expliquer son point de vue.

— Nous devons unir les quatre territoires.

Ils restèrent muets, attendant qu'elle s'explique davantage. Comme elle ne poursuivait pas, Jaedrin s'impatienta.

— La Na-Friyie isole les Feux du reste des éléments. De quelle façon veux-tu qu'on les unisse ?

— Je ne parle pas des territoires physiques.

— De quoi parles-tu, alors ?

— Nous devons tous nous allier contre le *Velpa*.

Jaedrin se mit à rire nerveusement. Noric et Desni détournèrent le regard comme s'ils n'osaient montrer leur embarras. Armia secouait déjà la tête.

Tous avaient, à leur mesure, affronté les mœurs et mentalités particulières de chaque communauté croisée. Le manque de coopération au sein du *Velpa* était à l'image de celui qui subsistait au sein de la Friyie. Mais depuis peu, Ériana croyait que les échanges étaient possibles.

— Regardez un peu les liens que nous avons créés avec les Grands Mages des Eaux et des Terres, se défendit-elle. Plamathée et Naëllithe sont deux personnes fabuleuses ! Elles s'allieront forcément avec nous !

— Ces deux mages ont chacune une communauté à reconstruire, répondit Jaedrin. Et comment veux-tu qu'on les contacte, à une telle distance ? Nous n'avons pas une source illimitée de fournisseurs d'énergie ! Nous ne sommes pas le *Velpa*, à pourchasser le moindre Friyen pouvant contribuer à un *inha'roh* groupé au péril de sa vie.

— Je sais que les contacts sont un de nos plus grands problèmes ! Mais nous allons vraiment finir par ressembler au *Velpa* si chacun agit seul de son côté. Regarde-nous, tenta-t-elle avec espoir, nous sommes passés à deux éléments, dans cette équipe, depuis qu'Erkam est à nos côtés.

— Erkam n'est avec toi que parce que Setrian n'est pas redevenu ton protecteur.

Jaedrin venait d'aborder le sujet qu'elle tenait à éviter plus que tout le reste. Ériana sentit la rage monter en elle. Ses cheveux se mirent à voleter autour de sa tête et elle aperçut la panique dans les yeux de Jaedrin.

La dernière fois qu'il l'avait vue en proie à l'impulsion de son *inha* commençait à dater. Depuis, elle avait fait en sorte de se contrôler, sauf lorsque cela était devenu vital. Aujourd'hui, même sans menace, elle aurait voulu tout lâcher. Extérioriser la colère qui bouillait en elle depuis des jours. Projeter toute cette énergie amassée et compressée. Eaux, Vents et Terres mêlés.

Puis d'un coup, son *inha* s'apaisa et ses cheveux retombèrent. Ses pensées s'orientèrent sur Gabrielle, qu'elle devait secourir, sur Friyah qu'ils devaient protéger en raison de son jeune âge. Et elle reconnut la saveur de ce qui l'envoûtait.

Un messager guidait ses pensées, mais celui-ci n'était pas des Vents.

— *Laisse-moi parler*, dit Erkam en pensée. *Tu en as déjà assez fait.*

— *Mais...*

— *Je suis de ton côté. Jaedrin a tort, et je pense que si une personne est suffisamment bien placée ici pour le lui dire, c'est moi.*

Elle n'insista pas et laissa Erkam sortir de son esprit et de son *inha*. En quelques jours, il avait pris son rôle de protecteur à cœur, même s'il n'osait encore trop intervenir en dehors de tout danger. Cette fois-ci, elle avait failli dépasser les limites. Les autres membres se seraient sûrement défendus contre elle, mais rien que le fait d'y penser la torturait de l'intérieur. Elle devait être un lien, une union, pas un élément de discorde.

— Je reste aussi parce que je l'ai choisi, dit Erkam à Jaedrin. Certes, si Setrian avait été son protecteur, peut-être aurais-je davantage hésité. Mais aujourd'hui, je sais pourquoi je vous accompagne dans cette quête. Je le fais pour elle *et* pour la Friyie. Vous devriez tous l'écouter. Elle unit quatre éléments en elle. Peut-être qu'elle pourrait le faire au-dehors.

Ériana resta bouche bée. Erkam formulait exactement ce qu'elle avait déjà dit à Setrian. Dans un sens, cela la rassurait. Dans un autre, elle se demandait à quel point il était capable de lire en elle.

— Je t'accorde tes choix, lança Jaedrin. Mais unir les communautés ? C'est de la folie. Sans parler de la coordination.

— Ce qu'il dit a du sens, coupa Hajul.

Jaedrin ne renchérit pas. La voix de Hajul était maîtresse au sein du groupe. Tous s'y pliaient.

— Mais nous ne pouvons rien faire aujourd'hui, alors mieux vaut continuer à avancer.

— C'est peut-être là qu'on se trompe, intervint Ériana. Certains pourraient retourner en arrière et…

— Nous séparer ? s'emporta Jaedrin. Et puis quoi encore ? Nous ne sommes plus que huit, dont un enfant. Comment comptes-tu nous répartir ? Nous serions encore plus vulnérables !

— Je dois reconnaître que ce n'est pas une excellente idée, Ériana, dit Hajul. Avec toutes ces attaques du *Velpa*…

— Justement ! s'exclama Ériana. Si nous nous séparons, ils n'auront plus à chercher un seul groupe, mais plusieurs. Je serai isolée, donc ils ne vous considéreront plus comme une aide. Je suis presque certaine qu'ils vous laisseront tranquilles.

— Presque certaine… répéta Jaedrin. Ériana, est-ce que tu t'entends ? Dans le cas où nous nous séparerions, chaque cellule serait soumise à davantage de risques d'être capturée. Si nous ne sommes plus avec toi, autant dire que nous sommes fichus.

— Mais si vous êtes isolés, il sera plus facile de vous cacher.

— Et je suppose que tu voudrais partir seule pour les Feux, c'est ça ?

— Non, je n'en avais pas l'intention.

Sa réponse le refroidit d'un coup, mais son visage était encore rouge.

— Il te reste au moins un peu de bon sens, mais c'est hors de question.

— Depuis quand te permets-tu de prendre des décisions pour le groupe ? s'énerva-t-elle.

— Depuis que Setrian est parti, ou a disparu, ou a été enlevé. Dis-le comme tu le souhaites. Tu n'es pas capable de contrôler tes émotions et je te trouve bien trop téméraire, voire parfois insensée. Ne te rends-tu pas compte de l'intensité de chacune de tes manipulations de *inha* ? À ce rythme, nous allons te retrouver morte dans les jours qui viennent !

Elle fit un pas en arrière devant autant de virulence. Malgré l'inquiétude qui filtrait dans ses mots, Jaedrin était clairement hors de lui.

— De quoi pa… parles-tu ? balbutia-t-elle.

— Et voilà ! s'écria Jaedrin. Je l'avais bien dit, n'est-ce pas ? lança-t-il à Noric, figé à côté de lui.

Ériana fixa le guérisseur qui se mordait les lèvres. Noric n'avait rien dit, mais, à la façon dont il prenait sa respiration, il s'apprêtait à se lancer dans quelque explication sérieuse. Ériana se sentit faillir. Noric intervenait toujours sur des vérités.

— N'as-tu pas fait attention ? demanda doucement Noric.

— Fait attention à quoi ? rétorqua-t-elle.

— Les dernières attaques que nous avons subies.

— Et qu'ont-elles eu de particulier, ces attaques ? C'était toujours la même chose. Une embuscade de cinq, sept ou dix et nous luttions à armes égales.

— Je ne suis pas persuadé que nos ennemis se considéraient sur un pied d'égalité avec nous pour les dernières. Je pense d'ailleurs que c'est pour cela que nous n'avons plus été pourchassés que par des petits groupes de cinq.

— Où veux-tu en venir ? s'impatienta-t-elle.

— Ériana, combien de personnes du *Velpa* as-tu désarmées à chacune de ces attaques ?

— Je ne sais pas ! s'enflamma-t-elle.

— Prends le temps de réfléchir.

— Nous avons peut-être autre chose à faire !

— Si tu veux que nous prenions le temps d'examiner ta proposition, tu dois nous permettre de faire le point. S'il te plaît…

La sincérité de Noric eut raison de sa rancœur.

— Deux aujourd'hui, peut-être trois la fois précédente. Et quatre à celle d'avant. Je ne me souviens plus des autres. Je décline, c'est ça ? Mes performances ne sont plus ce qu'elles étaient ?

— C'est loin d'être le cas, répondit calmement Noric.

— Alors où est le problème ?

Noric observa les autres comme s'il cherchait quelqu'un pour le soutenir, mais personne ne se manifesta, pas même Hajul.

— Tu es à l'origine de toutes nos victoires. Ériana, c'est toi qui nous as sortis d'affaire, chaque fois. Ton initiation aux Terres et aux Eaux est d'une telle puissance… Tu ne laisses pas une seule chance à nos adversaires, même s'ils semblent de mieux en mieux armés pour te contrer. Et tes aptitudes dépassent largement ce dont nous sommes capables, sauf en ce qui concerne les Vents. Mais encore une fois, tu compenses ce manque avec ton arc et l'impulsivité de ton *inha*.

— Je n'ai presque plus de flèches, coupa Ériana.

— Et tu n'as presque plus d'énergie. Alors il serait temps de te reposer.

— Me reposer ? Le *Velpa* ne se repose pas !

— Le *Velpa* n'a pas seulement huit personnes à son service.

— Raison de plus pour unir les communautés et je suis certaine que nous pouvons y arriver !

— J'en suis certain moi aussi, alors si tu pouvais cesser de crier !

Dépassée par sa colère, elle se trouva déstabilisée par cette réaction, même physiquement. Hajul la retint par le bras avant qu'elle ne chute en arrière.

— Ce n'est pas très judicieux d'aller dans son sens, intervint Jaedrin.

— Tu pourrais toi aussi arrêter de maugréer, dit Noric. Ce qu'elle propose est tout à fait logique. Même si tes réticences sont compréhensibles, nous devrions analyser son idée.

— Nous n'avons pas le temps de le faire !

— Le temps est un énorme problème dans cette quête, mais peut-être que de nous séparer nous en fera gagner. Ériana, comment comptais-tu nous séparer ? Tu as dit que tu n'avais pas l'intention de partir seule. Je suppose que tu comptes emmener Erkam avec toi ?

Elle hocha la tête, incertaine. Il y avait une autre personne qu'elle souhaitait prendre à ses côtés.

— Et Friyah, dit-elle.

— Là, je dois dire que ton raisonnement nous échappe, intervint Hajul. Pourquoi Friyah ? Pourquoi lui, alors qu'il est le plus fragile d'entre nous ?

Le garçon remua pour manifester son mécontentement. Enfant de douze ans au milieu d'un groupe d'adultes, il avait réalisé que, malgré son court apprentissage à la Garde de Myria, il ne pouvait espérer égaler ceux qui l'entouraient.

Ériana sentit les craintes la gagner également. Il fallait que Friyah vienne avec elle. Elle ne savait pas pourquoi, elle le sentait. Quelque chose l'y poussait. Mais cette raison ne serait jamais suffisante aux yeux des autres. Seul Setrian avait toujours saisi de quoi relevait son instinct. Lui seul avait toujours eu une confiance aveugle en elle. Jusqu'à ce qu'elle l'ébranle en laissant sa sœur mourir.

— Parce que mon instinct me le dicte, avoua-t-elle, à court d'arguments.

— Et tu penses que ça va nous suffire ? s'étonna Jaedrin.

— J'aimerais, dit-elle en détournant le regard, impuissante.

— Je le sens moi aussi, dit soudain Erkam. Nous devons prendre Friyah avec nous.

Elle releva aussitôt la tête. Alors Erkam était aussi capable de ressentir cela ? Setrian ne l'avait jamais ouvertement reconnu, mais peut-être l'avait-il expérimenté. Encore une des choses qu'ils avaient partagées sans communiquer. Tout s'était fait de façon si naturelle entre eux. Avec Erkam, elle avait l'impression d'avoir à réapprendre le reflet.

— Donc, en plus de nous séparer, dit Jaedrin, tu nous demandes de te laisser partir avec un mage des Eaux qui n'a accès à l'intégralité de son *inha* que depuis une vingtaine de jours et un apprenti de la Garde na-friyen ?

— Le garçon a des origines friyennes, coupa Hajul. Et son prénom est un indice suffisant pour prouver sa descendance. Mais je partage ton inquiétude. Ériana, es-tu vraiment certaine de ce choix ?

— Attendez, Hajul, s'interposa Jaedrin, vous êtes sérieusement en train d'envisager sa proposition ?

— C'est le cas. Je n'avais jamais pensé à ce qu'elle suggère et je m'en veux presque de ne pas y avoir songé avant elle. Nous n'aurions pas perdu autant de temps à nous éloigner d'*Elpir* alors que certains d'entre nous vont devoir y retourner.

— Je refuse de reprendre le chemin du nord ! Nous sommes ici pour délivrer Gabrielle et Setrian. Il n'est pas question de changer de trajectoire.

— Jaedrin, que t'arrive-t-il ? Où est passé le mage que nous connaissons tous ?

— Je crois que je l'ai laissé en arrière, répondit-il en grinçant des dents.

Ériana oscillait entre Hajul et Jaedrin, dont les regards devenaient de plus en plus foudroyants. Jamais elle n'avait vu Jaedrin aussi déterminé, même s'il s'était façonné une nouvelle personnalité depuis leur voyage vers les Eaux. D'un côté, elle se reconnaissait en lui, prenant le contre-pied alors que tous ne pointaient qu'une seule direction. D'un autre, elle savait que ce genre de comportement n'était dû qu'aux sentiments que tous éprouvaient les uns pour les autres et qu'il ne devait pas faire loi au sein du groupe.

— Je suis certaine de ce choix, trancha-t-elle. Et je compte partir pour les Feux le plus vite possible, même sans carte.

— Comment vas-tu te repérer ? demanda Hajul.

— L'appel pour les Feux devrait se manifester tôt ou tard, surtout si vous n'êtes pas présents. D'ici là, nous irons droit vers le sud. Ensuite, je suivrai mes sensations et je me laisserai guider par l'âme messagère.

— Si tu penses que c'est une bonne idée…

— C'est la pire idée que j'aie jamais entendue ! s'écria Jaedrin. Et Setrian ? Tu l'abandonnes ? Et Gabrielle ?

— Nous ne savons pas où ils sont ! hurla Ériana, à bout. Comment veux-tu que nous les retrouvions ? Mieux vaut combattre le *Velpa* et peut-être réussirons-nous à trouver des informations les concernant.

— Tu l'as dit ! *Peut-être !* Ils seront sûrement morts, d'ici là !

— Gabrielle est une prétendante, ça m'étonnerait qu'ils lui fassent du mal. Quant à Setrian, s'ils avaient voulu le tuer, ils l'auraient déjà fait.

Elle n'avait parlé à personne de l'envie du Maître des Vents de disposer de Setrian et s'en félicita. L'homme avait semblé presque déçu qu'elle le choisisse pour survivre, mais sa satisfaction avait été immense par la suite. Le Maître avait eu raison, elle l'avait définitivement éloigné d'elle en condamnant Lyne. Et après tout, c'était celui des Eaux qui s'était emparé de lui.

— Il n'empêche que tu les abandonnes. Tu as reproché à Setrian de t'avoir laissée la dernière fois et tu te retrouves à faire de même.

— La situation n'a rien à voir !

Elle ne comprenait pas comment Jaedrin pouvait être aveugle à ce point. Son entêtement commençait même à l'insupporter. Elle se préparait à lui faire une remontrance lorsque Hajul les interrompit.

— Armia et moi remontons à Myria. Noric et Desni partiront pour les Terres. Laissons le temps à Plamathée de stabiliser sa communauté avant de la solliciter. De toute façon, avec *Elpir*, il est devenu plus rapide de relier les communautés. Jaedrin, je te laisse choisir ton groupe.

Ériana resta pantoise. Hajul avait déjà décidé de la suite de la mission. Sa constitution des équipes était parfaite. Plus que de simplement retourner à Myria, il devait aussi vouloir y laisser Armia dont le moral s'assombrissait chaque jour. Desni et Noric connaissaient le territoire des Terres, il leur serait plus facile de s'y aventurer. En toute logique, Jaedrin devrait se proposer pour aller avec eux.

— Je reste en Na-Friyie, lança-t-il. Je cherche Gabrielle et Setrian.

— Mais c'est pure folie ! s'exclama Ériana. Et seul, en plus ?

— Autant que toi ! J'ai l'imprudence de te laisser accomplir ta folie. Rends-moi la pareille, s'il te plaît !

Aucun autre mot ne put franchir ses lèvres. Le visage de Jaedrin était absolument insondable. Il était enfin devenu un vrai contacteur, capable de cacher la totalité de ses émotions et de ses pensées au plus profond de son être sans que quiconque réussisse à les atteindre. Elle aurait préféré que la colère ne soit pas à l'origine de cette prouesse.

— Très bien, conclut Hajul. Je crois qu'aucun de nous ne pourra te faire changer d'avis. Accordons-nous encore une nuit en commun, le temps de faire le point sur ce qu'il est nécessaire de savoir. Puis demain, nous nous séparerons.

— Je pars tout de suite, déclara Jaedrin.

Et avant qu'aucun n'ait pu l'en empêcher, Jaedrin mit son sac sur son dos et s'éloigna dans la plaine aride.

3

— Jaedrin ! Jaedrin, attends !
— Laisse faire, Ériana, tu ne pourras pas…
— Je veux quand même essayer, lança-t-elle par-dessus son épaule.

Ils étaient restés si estomaqués que Jaedrin avait déjà pris de l'avance, mais Ériana le rattrapa rapidement. Quand elle lui emboîta le pas, il l'ignora délibérément.

Elle finit par s'interposer devant lui mais il la contourna sans même s'arrêter. Elle tenta de tirer sur son sac, et il s'en défit simplement pour le laisser tomber par terre. Ériana manqua de pouffer de rire tant l'attitude de Jaedrin était ridicule. Il ne survivrait jamais sans rations ni eau.

Jaedrin s'aperçut vite de sa bêtise et, sans la regarder, ramassa son sac, puis se détourna pour reprendre sa route. Ériana le rejoignit aussitôt, restant cette fois à côté de lui. De nouveau, il fit comme si elle n'était pas là, mais il avait déjà ralenti son allure.

— Jaedrin ? tenta-t-elle.

Il ne répondit pas et elle se répéta encore deux fois.

— Quoi ? s'énerva-t-il. Tu n'es pas censée partir pour les Feux ?

Sa voix avait légèrement tremblé sur la fin et Ériana sentit que l'humeur de Jaedrin basculait.

— Si, répondit-elle, mais j'attendrai demain, comme l'a dit Hajul. Il a beau ne pas faire partie de notre équipe initiale, il reste celui qui a le plus d'expérience et nous avons de nombreuses choses à arranger avant que chacun parte dans sa propre direction. Ne voudrais-tu pas l'écouter ?

— Non.

— Tu es aussi capricieux qu'un gamin, dit-elle.

Cette fois-ci, il s'arrêta net et se retourna vers elle, les sourcils froncés. Quelques instants de silence passèrent, puis son visage se décomposa. Les larmes se mirent à couler sur les joues de Jaedrin et Ériana sentit la culpabilité la submerger. Elle avait espéré le faire défaillir pour le ramener à la raison, mais pas à ce point.

— Je… Pardon, je… balbutia-t-elle.

— Ne te tracasse pas. Il fallait que ça sorte, dit-il en reniflant.

— Jaedrin, je ne te comprends pas. Tu te mets dans tous tes états pour partir seul en Na-Friyie et ensuite tu t'effondres ?

— Ose me dire que tu n'as jamais agi ainsi !

— Si, j'ai déjà agi ainsi. Mais généralement, j'étais seule.

— Ça ne change pas grand-chose, rétorqua Jaedrin.

— Détrompe-toi. Ça change beaucoup de choses.

— Et pourquoi donc ?

— Parce que tes choix concernent tout le monde.

— Noric et Desni n'ont pas besoin de mon approbation pour retourner dans les Terres. Je suis même certain qu'ils s'en sortiront mieux sans moi. Quant à Hajul et Armia, tu es sérieuse ? Tu veux que je leur donne des renseignements pour rentrer chez eux ? Tu perds la tête, Ériana.

— C'est en ça que je considère que tu es capricieux, le contra-t-elle. Tu estimes que tu veux partir tout de suite et tu t'en vas. Nous ne savons pas où tu te rends, ni ce que tu comptes faire…

— Je vais retrouver Gabrielle et Setrian ! coupa-t-il.

— Et où ça ? s'exclama-t-elle. Comment comptes-tu procéder ? De quelles armes disposes-tu ? Qui va être ton ennemi ? Comment saurons-nous que tu n'es pas infiltré dans une cellule du *Velpa* que nous chercherons à anéantir ?

— Je n'ai pas l'intention de m'infiltrer. Il n'y a que Setrian qui soit bon à ça.

— Alors qu'imagines-tu faire ?

— Me faire passer pour un Na-Friyen.

Ériana pouffa doucement. Jaedrin la foudroya du regard.

— Tu ne connais rien de cette contrée, dit-elle. Comment espères-tu te fondre dans la masse ? C'est ce que j'essaie de te faire comprendre : ton choix nous impacte tous. Si tu pars comme ça, sans le moindre renseignement, tu ne nous sers à rien. Pire, tu nous portes préjudice.

La douleur dans les yeux de Jaedrin s'intensifia, se transformant en humiliation. Ériana n'avait pas pris de gants, mais elle ne pouvait plus mettre de formes quand ils risquaient de perdre du temps.

— Pas très sympathique de ta part non plus… ronchonna-t-il.

— Nous n'avons plus le loisir d'être sympathiques. Nous devons être intelligents. Et je sais que tu peux l'être, à condition que tes sentiments ne l'emportent pas sur ta raison. Alors reprends-toi et reviens vers nous.

— Je ne repartirai pas pour Myria, ni pour Lapùn, s'obstina-t-il.

— Je n'ai aucune intention de te renvoyer là-bas.

Il la fixa, abasourdi.

— Il serait utile d'avoir quelqu'un en Na-Friyie, continua-t-elle sans sourciller.

— Utile ? répéta Jaedrin, outré.

— Il y a un instant, tu étais blessé que je dise que tu ne nous servirais à rien et maintenant que je te trouve une utilité, tu t'offusques ?

— Je suis humain, Ériana ! J'ai le droit de ne pas vouloir être utilisé selon ton bon vouloir.

— La situation le nécessite, dit-elle simplement.

— Aucune situation ne justifie de tels agissements.

— Et la prophétie, alors ? s'écria-t-elle. Moi aussi, je suis humaine ! Moi aussi, j'aimerais qu'on me laisse agir selon ce que je désire. Regarde où j'en suis ! Je réponds aux directives d'un Grand Mage, de messagers, et mêmes d'âmes qui reviennent d'un sommeil de trois mille ans. Je m'en remets à des textes découverts par des prophètes dont la majorité se trompe. Je mets ma vie entre les mains de personnes dont je ne connais presque rien, ou alors que je pense connaître et qui me déçoivent ou me surprennent. J'agis uniquement pour la Friyie. Pour ma survie aussi, quand même, mais je dis bien *sur*-vie. Je ne pense plus comme je le voudrais, je ne tire plus à l'arc pour chasser mais pour me défendre. Tu appelles ça vivre, toi ? Mais je m'y plie. Parce que, pour quelque temps, je le dois. Parce que la situation le nécessite. Parce que j'aspire quand même à quelque chose de simple et de serein, même si aucun d'entre nous n'est encore capable d'appréhender ce que pourra être la vie ensuite. Alors, s'il te plaît, ne viens pas me dire que nous ne devons pas être utiles. Je ne suis que ça depuis l'hiver dernier : une utilité, placée sous la responsabilité de personnes qui se la cèdent les unes aux autres sans lui demander son avis. Où sont mes choix, là-dedans ? Où est ma vraie personnalité ? Elle est là où mes amis me rappellent qu'elle est : auprès d'eux. Et, même si nous sommes éloignés, je leur serai toujours fidèle, quoi qu'il arrive. Même si leurs choix ne me conviennent pas, même s'ils sont à des lieues de moi. Parce que ça veut dire que la situation l'a nécessité pour eux aussi. Et elle le nécessite aujourd'hui pour toi. Alors tu fais demi-tour et tu rejoins le groupe, qu'on se mette tous d'accord. Et demain, tu deviens utile.

Le visage de Jaedrin était désormais blême. Elle avait gagné, même si elle n'en tirait aucune satisfaction.

Lentement, il se redressa, puis ses épaules s'affaissèrent à nouveau. Il acceptait enfin la réalité. Elle trouvait cocasse qu'il le fasse avec elle alors que leurs rôles avaient été inversés l'hiver dernier, lorsqu'il l'avait mise face à la prophétie et au destin de la Friyie. Peut-être était-ce pour cette raison qu'elle avait pensé être la seule à pouvoir le faire changer d'avis.

Quand ils revinrent vers le reste du groupe, tous les fixèrent avec étonnement. Ils s'étaient installés pour une collation frugale mais n'étaient pas parvenus à avaler quoi que ce soit. La tension était palpable et lorsque Ériana hocha discrètement la tête, les visages inquiets se détendirent d'un coup. Elle interpella cependant Hajul du regard et lui intima de venir à l'écart. Le messager se leva immédiatement.

— Tu m'épates, chuchota Hajul. Aurais-tu usé de tes talents d'*Aynetiel* pour le ramener à nous ?

Elle n'avait absolument pas pensé à cette possibilité mais il était vrai que, d'un point de vue extérieur, elle avait guidé Jaedrin vers la raison et l'avait même remis sur le chemin du reste de l'équipe.

— Peut-être, répondit-elle, mais sincèrement, cela m'est plutôt égal. Il est au moins revenu pour la nuit. Nous pourrons élaborer un plan et il partira demain.

— C'est donc pour ça que je sens que son retour n'est pas exactement une victoire ?

— La décision de Jaedrin de rester en Na-Friyie n'est pas si mauvaise, en fait.

— Seul ? s'inquiéta Hajul. C'est la pire qui soit, tu veux dire, plaisanta-t-il.

— Je sais que la route lui sera difficile, mais il souhaite l'entreprendre sans qu'aucun de nous l'y ait poussé. C'est peut-être pour cette raison qu'il s'accrochera à ce voyage, quoi qu'il lui en coûte. Il a l'air déterminé.

— C'est au moins quelque chose que je lui accorde. Jamais il ne m'avait semblé aussi décidé. Sa nomination en tant que mage a été précoce. Ses capacités étaient là, et, je dois l'avouer, nous avions besoin de contacteurs à cette époque, mais aujourd'hui, il est vraiment à la hauteur de son titre. Je pense même qu'avec un talent pareil, il pourrait prendre la suite du *Rohatiel* de notre conseil, mais nous sommes encore loin d'avoir à nous préoccuper de ça.

— Certains mages sont donc nominés avant d'avoir atteint leur potentiel ?

— Tu as utilisé le mot juste, Ériana. Potentiel. C'est ce que nous jugeons lors de la nomination, le potentiel d'un apprenti à assumer son rôle de mage. C'est notamment pour cela que chacun passe ses premiers jours avec l'*empaïs* sur son insigne. Cette épreuve nous permet de vérifier que nous ne nous sommes pas trompés. L'humilité est une qualité indispensable pour un mage. Les apprentis sont si habitués à recourir à leur *inha* à la moindre occasion qu'ils en oublient les capacités de ceux qu'ils sont censés servir : leur propre peuple, qui ne détient aucun *inha*. La scission que vous avez tous constatée à Lapùn, entre la communauté et les mages, est la preuve du manque d'humilité de ces derniers. À Myria, nous avons opté pour l'*empaïs*. Notre plus grande bêtise est, je m'en rends compte aujourd'hui, de ne pas montrer l'antidote, mais comment aurions-nous pu savoir ? Nous ne dévoilons rien pour éviter qu'ils cherchent à se le procurer d'une quelconque façon. Nous n'en parlons même pas pour éviter que certains s'amusent à le fabriquer. Il y a eu trop de tentatives par le passé qui se sont transformées en dangers. Donc oui, quand nous nominons un mage, nous savons qu'il n'est pas encore au maximum de ses capacités, mais nous savons qu'il les atteindra un jour. Pour Jaedrin, le voyage vers les Eaux l'a définitivement bouleversé. Pour Setrian, c'est de te trouver qui l'a révélé. J'aurais aimé voir ce moment chez Lyne...

Hajul avait tourné furtivement le regard vers sa femme. Armia était impassible.

— Je la laisserai à Myria, dit-il.

— C'est bien ce que je pensais, répondit Ériana.

— Tu commences à réfléchir comme une vraie messagère.

— Je le suis déjà, releva Ériana. Pour les Eaux et les Terres.

— N'as-tu pas écouté la conversation que nous venons d'avoir ? sourit Hajul. Ton potentiel, Ériana. Il est en train de se révéler au fur et à mesure de cette quête. Bientôt, tu auras atteint tes vraies compétences, tu seras réellement des nôtres. Tu comprendras ce que signifie être mage, parce que je ne suis pas certain que tu l'aies encore intégré.

Ériana s'apprêtait à se justifier, mais Hajul l'interrompit d'un geste de la main.

— Il y a un statut que tu assumes parfaitement, c'est celui de prétendante à la prophétie. Mais reconnais que ton potentiel en tant que mage t'échappe encore. Et c'est cela que tu dois atteindre. La connaissance parfaite de tout ce dont tu es capable.

— Le serai-je vraiment un jour, alors ? se défendit-elle. Je n'ai pas appris. On m'a simplement transmis. Comment dois-je faire ?

— Devenir mage ne se *fait* pas, Ériana. Cela se vit. Et malheureusement, tu as d'autres choses à vivre avant d'en arriver là. Laisse les choses venir. Peut-être que nous pourrions avoir des surprises.

Elle resta perplexe. Elle avait rarement laissé venir quoi que ce soit à elle, préférant toujours contrôler chaque intrusion dans sa vie. C'était uniquement grâce à cela qu'elle avait survécu et Hajul le savait. Il lui demandait d'aller à l'encontre de ce qu'elle avait toujours été.

— Je vois bien que cela t'inquiète, dit Hajul. Pourtant, il n'y a aucune raison. Ce voyage vers les Feux en compagnie d'Erkam et de Friyah pourrait même s'avérer très intéressant.

— Intéressant ? répéta-t-elle avec ironie. Votre langage m'échappe encore... Mais je comprends votre point de vue. C'est en étant seule que je réussirai à deviner ce qui m'habite vraiment. Je ne serai cependant pas très seule, puisqu'ils m'accompagneront.

— Ces deux personnes sont des parties de toi, Ériana. Envisage-les sous cet angle. Erkam perçoit ton reflet et Friyah... Tu as laissé une empreinte indélébile sur lui. Tu as même laissé un fragment de ton *inha* dans la flèche que tu lui as offerte. Cet artifice est quasiment impossible aux mages les plus puissants de la Tour d'Ivoire ! Rends-toi compte du lien que tu partages avec eux !

Malgré l'intelligence de Hajul, elle n'arrivait pas à se convaincre que tout était pour le mieux. Il n'y avait qu'avec Setrian qu'elle se sentait entière. Hajul avait tort. Il lui manquait encore une partie d'elle-même.

— Je ferai de mon mieux, finit-elle par dire.

— Je te crois. Maintenant, il faudrait rejoindre les autres car certains commencent à se poser des questions.

Ériana s'autorisa un regard sur le groupe. Plus que Noric, qui jetait des coups d'œil réguliers dans leur direction, c'était surtout Erkam qui ne les lâchait pas des yeux. Elle doutait encore de ce qu'il était capable de comprendre au travers du reflet. Peut-être en percevait-il bien davantage que ce que Setrian avait pu ressentir.

Mais ces réflexions lui encombraient trop l'esprit. Elle devait se détacher du passé. Ranger ses émotions loin de sa raison. Seul Setrian créait l'équilibre. Sans lui, tout devenait chaotique. Elle en était presque venue à apprécier ce chaos interne car c'était l'unique chose la convainquant que Setrian était toujours là, présent, même enfoui sous une incroyable quantité de doutes. Aujourd'hui, elle ne pouvait plus s'y noyer.

Sa décision lui coûtait, mais finalement, elle l'avait prise il y a bien longtemps, lorsque Setrian avait fait un choix similaire. Il s'était infiltré dans une armée et s'était séparé d'elle. Elle se lançait dans une lutte sans devoir se préoccuper de lui.

— Serait-ce ça, être mage ? murmura-t-elle au vent alors que Hajul retournait auprès des autres.

Elle souffla doucement et la brise s'enroula autour d'elle comme un manteau avant de se défaire. À présent, en plus d'Erkam qui venait d'arrondir les yeux, Friyah l'observait avec attention. Leur attitude à tous deux était presque risible, pourtant, il y avait quelque chose de profond dans la façon dont ils l'examinaient.

Elle retourna près de ses affaires, portées par Erkam. Il avait insisté pour se charger du sac commun afin qu'elle ait plus rapidement accès à son arc, elle avait abdiqué à sa dixième demande.

— *Quelque chose d'important?* demanda-t-il par *inha'roh*.

Cela aussi, elle le découvrait avec lui, cette nouvelle habitude du *inha'roh*. En tant qu'ancien serviteur de la Tour des Eaux, Erkam avait toujours été une personne de l'ombre et du silence. Maintenant qu'il était enfin libre de ses paroles et de ses actes, il aurait pu vouloir en profiter. En réalité, il le faisait. Sauf avec elle.

— *J'apprends*, répondit-elle simplement.

— *Je l'ai senti.*

— *Ah oui?* s'étonna-t-elle sincèrement.

— *Ton inha a pris une forme différente.*

— *Tu peux m'en dire plus?*

— *Pas vraiment. J'apprends moi aussi.*

Il lui adressa un sourire et elle le lui rendit. Puis il désigna quelque chose derrière lui et elle découvrit Jaedrin, penaud.

— *Il attend depuis que vous êtes revenus. Je crois que ton entrevue avec Hajul l'a encore plus déstabilisé.*

— *Tu ressens ce qui se passe chez les autres, en plus?*

— *Je pense juste que vous n'avez pas fini votre conversation.*

— *Je ne vois pas vraiment ce que j'aurais de plus à lui dire.*

— *Tout le monde reçoit des leçons, aujourd'hui, je crois. Même Friyah*, ajouta-t-il en montrant le garçon qui restait stoïque à les observer tous les deux.

Elle retint un frisson en regardant Friyah. Finalement, lui non plus ne l'avait pas lâchée des yeux. Les dix derniers jours avaient été trop rythmés par les embuscades pour leur permettre de vraiment se retrouver. La façon insistante qu'il avait de la fixer était perturbante, mais peut-être Erkam avait-il raison.

— *Ce garçon est remarquable*, dit Erkam. *Avoir tant accompli à son âge juste pour toi. Ce n'est même plus de la dévotion, c'est de la conviction. Même moi, je n'ai jamais eu un tel comportement envers quelqu'un. C'est en ça que j'apprends, je pense. Maintenant, il y en a un autre qui t'attend, derrière nous, alors peut-être pourrais-tu l'aider?*

Elle releva les yeux, Jaedrin patientait toujours. Quand elle le rejoignit, il soupira comme si un poids s'ôtait enfin de ses épaules.

— Merci d'être venue me chercher, dit-il.

— Je me devais d'essayer.

— Et tu y es parvenue. Comment as-tu fait?

— Je ne vais pas répéter tout ce que je t'ai dit, tout de même! s'exclama-t-elle.

— Non! Ce n'est pas ce que je voulais dire. Comment as-tu fait, toi, pour arriver à ne pas laisser tes émotions prendre le dessus?

Elle resta d'abord stupéfaite puis sentit où il voulait en venir. Rien que d'envisager la réponse lui tordait le ventre.

— Comment as-tu pu choisir de l'oublier? poursuivit Jaedrin lorsqu'elle garda le silence.

— Je ne l'ai pas oublié, dit-elle à voix basse.

— Je suppose donc que tu ne l'as pas abandonné non plus?

Il n'y avait aucun reproche dans sa voix. Jaedrin voulait seulement savoir. Elle se contenta de secouer la tête.

— Alors comment appelles-tu le fait de ne pas aller à son secours ? Il est celui que tu aimes. Ou alors me serais-je trompé ?

Elle releva ses yeux humides.

— Non, tu ne t'es pas trompé. Même après toutes ces épreuves, tu ne te trompes toujours pas. Et, au fond de moi, je sens qu'il en est de même pour lui. Il y a simplement des actes et des choix à… pardonner.

— Tu parles de Lyne ? Il avait déjà compris quand nous l'avons enterrée, il était seulement anéanti par sa perte.

— Alors pourquoi n'a-t-il pas essayé de m'en parler ?

— La honte de t'en avoir voulu, même si ça n'a duré qu'un instant.

— C'est humain, j'aurais pu réagir ainsi.

— Et nous sommes sur un équilibre émotionnel très précaire, en ce moment, souleva-t-il.

Elle se raidit, se demandant si c'était davantage à Jaedrin ou à elle que profitait l'échange.

— Je lui fais confiance, finit-elle par dire.

— C'est ta réponse ?

— C'est ma vérité. Après le séisme de Lapùn, Noric m'a dit que je devais faire confiance à chacun d'entre nous. Que nous trouverions toujours des solutions d'ici là, mais qu'un jour, je comprendrais ce que serait vraiment cet acte de confiance. Je l'ai compris aujourd'hui. Je l'ai aussi compris lorsqu'il m'a laissée seule devant *Elpir*. Alors fais de même avec chacun d'entre nous. Avec Gabrielle et Setrian aussi.

Jaedrin tourna la tête, cherchant des yeux le chemin qu'il avait emprunté avant qu'elle ne le rattrape.

— Je leur fais confiance, dit-il en se remettant face à elle. Pour tenir jusqu'à ce que j'arrive.

Intérieurement, elle poussa un cri de victoire et hurla de désespoir en même temps. Jaedrin lutterait et avancerait. Seul ou en groupe, peu lui importait, il partirait et il les retrouverait. Il devenait l'unique espoir de Gabrielle et de Setrian. Dans le cas où il ne serait pas tué avant.

4

Gabrielle serra les dents pour retenir une nouvelle quinte de toux. Dès qu'elle entendait Mesline y succomber, son organisme se sentait obligé de l'imiter. Elle ne put malheureusement résister très longtemps et leurs halètements communs finirent par couvrir le claquement des sabots.

Un morceau de tissu entra dans son champ de vision, Gabrielle l'attrapa pour s'essuyer les lèvres. Elle remercia Matheïl à voix basse.

Depuis quelques jours, le jeune prophète chevauchait avec Mesline. Il passait l'essentiel de son temps à s'inquiéter pour elle comme pour Gabrielle. Il savait que leurs vies dépendaient de celle de Mesline. Il s'occupait aussi du loup blanc, Jlamen, qui était encordé à sa monture.

Gabrielle jeta un regard de côté. Sur sa selle, Mesline se tenait aussi droite que possible, mais son état de faiblesse était incontestable. Le mouchoir dont elle aussi disposait était taché de sang. Ses yeux étaient rouges et elle avait du mal à respirer.

Heureusement pour Gabrielle, l'inconfort dû au manque des artefacts n'était que cela : un inconfort. Pas de malaises ni de sang, pas de douleur ou de pulsions. Seulement du mimétisme, comme si son corps cherchait à montrer une sorte d'empathie. Elle en était soulagée. Jamais elle n'aurait supporté un tel supplice. Elle ne savait même pas comment Mesline pouvait tenir debout malgré l'estompement récent des symptômes.

— Qu'est-ce que tu as, à me regarder ainsi ?

Gabrielle sursauta. Mesline faisait son maximum pour la haïr, mais les accords de circonstance qui avaient été passés avec Ériana semblaient aussi s'appliquer à elle. Heureusement, pour les autres mages, les apparences étaient maintenues.

— J'ai l'impression que tu souffres moins, dit Gabrielle.

— J'ai plutôt l'impression de l'inverse, rétorqua Mesline.

— Pense ce que tu veux, ce n'est pas moi qui risque de mourir parce que je n'ai pas tous les artefacts.

— Qu'est-ce que tu en sais ?

Elles avaient déjà eu cette conversation plusieurs fois, seules ou en présence d'autres membres du *Velpa*. Le cas d'équilibre créé par Gabrielle dans la prophétie était discuté chaque jour, sans aucune avancée concrète. Le Maître des Vents ne les avait plus contactés à ce sujet depuis un moment. Il semblait se satisfaire de détenir deux des prétendantes et de laisser la troisième œuvrer pour elles.

Gabrielle avait mis du temps à comprendre les dernières machinations des Maîtres, ce jeu démoniaque qui avait coûté la vie à Lyne et à Val et entraîné le double enlèvement dont elle faisait partie. Tout avait été calculé à l'avance. Petit à petit, les équipes étaient réduites, chaque élément agissant de sa propre initiative. C'était à se demander si le Maître des Eaux et celui des Vents n'avaient pas simplement eu la même idée au même moment, tant les choses semblaient hasardeuses.

Elle allait détourner le regard lorsque l'attitude de Matheïl l'inquiéta. Depuis qu'il lui avait tendu le mouchoir, le garçon n'avait pas bougé. Son regard était devenu vide et sa poitrine bougeait à peine. Elle tendit le bras pour attirer son attention. Mesline aussi avait senti la raideur anormale dans son dos. Toutes les deux se lancèrent un regard significatif : Matheïl était en train d'avoir une vision et l'une comme l'autre garderaient le silence. C'était un de ces moments où Gabrielle ne savait pas si Mesline était une alliée ou une ennemie.

Récemment, les sursauts prophétiques avaient décuplé. Pour l'instant, les images restaient floues et Mesline ne cessait de rassurer Matheïl, peut-être une des raisons pour lesquelles il avait choisi de chevaucher avec elle. Gabrielle restait dubitative sur ce choix. Après tout, Mesline avait déjà tenté de le tuer.

— Ça commence à faire beaucoup, dit Mesline à voix haute.

Gabrielle la foudroya du regard. Comment Mesline pouvait-elle prononcer cela sans la moindre discrétion ? La situation n'était pas urgente à ce point. Gabrielle fit un petit geste pour lui dire de se taire mais Mesline secoua la tête.

— Beaucoup de *symptômes*, poursuivit-elle en insistant.

Gabrielle soupira. Mesline voulait discuter de Matheïl en faisant croire aux autres qu'elles échangeaient sur leurs propres défaillances. La chose était risquée, mais Gabrielle avait perdu de toute façon. Mesline s'entêterait à converser même si elle n'avait pas envie de lui répondre.

— Beaucoup, oui.

Elle ne voyait pas quoi dire d'autre sans dévoiler la réalité. Céranthe était en tête du groupe, suivie par deux mages. Quatre autres étaient en arrière. Elles étaient cernées. Enfin… elle, l'était. Mesline restait du *Velpa*.

— Je me demande si cela va s'arrêter, continua la jeune fille.

— Cela m'étonnerait bien, grinça Gabrielle entre ses dents.

— Pourquoi ça ?

— Tant qu'Ériana ou moi-même n'aurons pas été reconnues par l'artefact, il n'y a aucune raison pour que cela s'arrête.

Elle avait répondu comme si elles parlaient effectivement de leurs symptômes, mais Gabrielle se figea et vit une réaction similaire chez Mesline. Lentement, elles tournèrent la tête jusqu'à ce que leurs regards se croisent. C'était certain, elles avaient pensé à la même chose.

— Pour lui aussi, alors ? chuchota Mesline.

— Et pourquoi pas ? répondit Gabrielle, tout aussi étonnée.

Alors qu'elle finissait sa phrase, Matheïl se raidit encore plus, puis il se détendit d'un coup. Mesline, qui avait senti le garçon bouger, passa son bras derrière elle pour le retenir par la taille, tout en entonnant d'une voix forte.

— Cesse de remuer ainsi ! Tu perturbes le cheval !

L'ordre percuta Matheïl qui sortit de sa transe. Il chancela légèrement puis se remit d'aplomb en serrant davantage la taille de Mesline. Celle-ci attrapa une de ses mains pour l'étreindre doucement. Gabrielle secoua la tête devant l'inconstance de leur geôlière.

Dans le petit hall, Gabrielle retint sa nausée. Cette fois, le réflexe n'avait rien à voir avec Mesline ou un mimétisme quelconque. Elle plaqua ses mains sur ses oreilles pour ne pas entendre, mais les hurlements étaient trop forts. La femme aux origines friyennes se trouvait juste de l'autre côté du mur, dans la pièce voisine de cette maison transformée en relais du *Velpa*. La mince cloison qui les séparait n'isolait absolument aucun de ses cris. Ils n'isolaient pas non plus les grognements du mage qui s'affairait sur elle avec une hargne non dissimulée.

— C'est répugnant, murmura-t-elle, la main cette fois posée sur sa bouche pour s'éviter de vomir.

Par-dessus ses doigts, elle sentit ses larmes couler doucement.

— Pourquoi font-ils ça ? poursuivit-elle sans vraiment s'adresser à qui que ce soit.

C'était déjà la troisième fois depuis son enlèvement que leur groupe faisait halte dans ce genre de relais. Personne n'avait jugé bon de lui expliquer leur utilité, mais Gabrielle avait rapidement tiré ses propres conclusions. Les mages masculins du *Velpa* semblaient avoir développé d'étonnantes capacités en matière de viol.

Dans une autre pièce, des cris différents retentissaient mais cette fois, c'était une guérisseuse qui en était la cause. Quand Gabrielle avait aperçu la jeune femme enceinte, elle avait d'abord cru que la guérisseuse du *Velpa* comptait l'aider à accoucher, mais les hurlements répétés n'avaient rien à voir avec ceux de la prétendue délivrance.

Gabrielle tenta de faire abstraction de ce qu'elle entendait et le mage les rejoignit sans tarder dans le hall, sa tunique mal remise et ses tempes ruisselantes. Son air de contentement lui mit de nouveau le cœur au bord des lèvres.

Le silence s'établit dans la seconde pièce, comme si une trêve avait été déclarée entre la guérisseuse et sa patiente, puis soudain, un cri déchira l'air.

— Céranthe ! J'ai besoin de ton aide ! appela la guérisseuse.

La mage, qui était restée tranquillement assise sur une chaise, à discuter avec un mercenaire comme si rien n'avait lieu, se leva pour rejoindre sa collègue. Lorsque la porte s'entrouvrit, Gabrielle risqua un coup d'œil malgré son dégoût. La couleur rouge lui sauta aux yeux mais elle n'eut pas le temps d'en voir plus avant que le montant ne se referme.

Il se passa encore quelques instants, dans un silence étouffé et nerveux. Même les deux mercenaires en poste dans la maison, qui devaient faire office de gardiens des deux femmes, et peut-être étaient-elles plus nombreuses car il restait encore deux pièces non explorées, semblaient irrités.

Puis d'un coup, la porte s'ouvrit à nouveau et Céranthe sortit, sa robe tachée de sang.

— Lequel de vous deux est responsable ? Cet enfant avait tout pour être doté d'un *inha* et il ne l'est pas, poursuivit-elle. Ce qui signifie que le géniteur était sans *inha* lui aussi. Votre présence n'est tolérée que parce que vous les surveillez, le reste appartient aux mages ! Lequel de vous deux est responsable ?

— Nous n'avons pas le droit de toucher aux femmes ! se défendit l'un des mercenaires. Nous savons très bien ce que nous risquons ! Hein, qu'on le sait ?

L'homme s'était tourné vers son collègue, mais celui-ci était devenu livide. Et soudain, il détala hors de la maison.

— Rattrape-le, ordonna Céranthe au mage qui venait juste de terminer son affaire sordide avec l'autre femme.

— Mais... je viens de... se plaignit-il en se grattant le ventre.

Le regard foudroyant de Céranthe suffit à le convaincre et il s'élança à la poursuite du mercenaire fautif, alors que Céranthe retournait dans la chambre. Quand il revint un peu plus tard, quelques gouttes de sang maculaient son torse, mais de façon si minime qu'elles auraient pu passer pour de simples décorations.

— C'est fait, dit-il aux autres mages. Où est-ce qu'elles en sont ?

— Elles ont bientôt fini.

Comme si cette phrase annonçait une prédiction, Céranthe et la guérisseuse sortirent de la pièce. Le bas de leurs robes tirait sur un étrange marron spongieux. La guérisseuse s'approcha du mercenaire et se planta juste devant lui.

— Tu nettoies. Et tu enterres le fœtus. L'enfant était mort-né, c'est grâce à ça que nous avons pu savoir pour son absence de *inha*, mais si jamais tu engendres un enfant sans *inha* chez cette femme et que nous le découvrons sept ans après, je saurai te retrouver. Ton sort sera identique à celui de ton camarade.

Puis elle sortit avec Céranthe, toutes deux bavardant de l'état de leurs vêtements.

Gabrielle se leva, imitant les autres mages.

Une fois dehors, elle aperçut Mesline. Matheïl avait été maintenu à l'écart de cette affreuse pause et la jeune fille était restée avec lui en compagnie d'un autre mage. Céranthe et la guérisseuse se tenaient à côté d'eux, leurs mains frottant leur robe avec l'eau d'un puits pour tenter de les nettoyer.

Quand tous furent réunis autour des montures, Céranthe se tourna vers eux.

— Nous devrions atteindre Naja dans la soirée. Comme toujours, pas de manipulation de *inha* dans les rues et les cheveux teints ou cachés. Nous formerons trois groupes et resterons en *inha'roh* permanent. Tâchez de ne pas perdre de vue ces deux-là, ajouta-t-elle en désignant Gabrielle et Matheïl.

— J'ai encore du mal à comprendre pourquoi nous devons cacher notre nature friyenne alors que nous sommes dans le même camp qu'eux, intervint un des mages. Nous ne cachons rien à ces femmes, dit-il en les désignant.

Céranthe fit un pas en avant. L'homme qui venait de parler fermait systématiquement la marche et Gabrielle dut admettre que, pour une fois, elle partageait ses pensées.

— Crois-tu que les Maîtres et les dirigeants de la Na-Friyie tiennent toute la population informée ? lança Céranthe avec désinvolture. Crois-tu que les méprisables non dotés d'un *inha* seraient mis au courant de plans aussi importants que l'immense révolution que nous tentons de mettre en place ? Ces femmes ont une tâche : accoucher de futurs mages pour nous aider. Elles contribuent à notre révolution en remplissant nos rangs, c'est la seule chose qu'elles doivent savoir.

— Une révolution ? répéta le mage. Je ne vois aucune révolution. Tout est décidé par nos dirigeants.

— Parce que ce sont eux qui peuvent agir.

Céranthe tourna les talons pour clore la discussion, mais le mage s'interposa.

— Ce ne sont pas eux qui agissent, dit-il en pointant la direction de la capitale. *Ils* donnent les ordres et *nous* agissons. Quand aurons-nous enfin la possibilité de choisir nous aussi ?

— Choisir ? répéta Céranthe. Choisir quoi ? De quelle façon mener notre bataille ? Notre belle et merveilleuse bataille pour faire de notre monde un endroit où tous pourront vivre sans se préoccuper du *inha* des uns ou des autres ? Tu n'es qu'un mage. Tu es bien loin de savoir comment gérer une armée et la quantité de personnes travaillant pour elle !

— Dans ce cas, toi aussi, tu n'es que mage. Pourquoi devrions-nous t'écouter ?

— Parce que je suis la seule ici avec assez d'intelligence pour ne pas nous faire tous courir à la catastrophe. Et aussi celle que le Maître contacte pour transmettre ses directives.

— Il a aussi recours à elle, rétorqua le mage en désignant Mesline.

Céranthe serra les poings. Il était avéré que le Maître contactait parfois Mesline et cette préférence la mettait dans une rage sans nom. Mais Céranthe savait se contrôler.

— Nous ne pouvons pas tous choisir ce que nous voulons, répondit-elle froidement.

— C'est pourtant ce qui nous a été promis lorsque nous sommes entrés dans le *Velpa*. La Na-Friyie devait s'unir à la Friyie pour ne former qu'une seule contrée où l'énergie serait contrôlée et répartie équitablement entre tous.

Gabrielle leva un sourcil, sa curiosité prenant largement le pas sur sa haine du *Velpa*. La conversation prenait un tour très intéressant.

— Et comment crois-tu que nous pourrons en arriver là ? s'exclama Céranthe. En attendant que le peuple na-friyen se soulève ? Non, il fallait prendre les devants et les Maîtres l'ont fait, avec les dirigeants de Na-Friyie. Pour que l'*inha* soit régulé et distribué dans le but de former une contrée parfaite, il fallait agir. Ils l'ont fait. Tu n'es qu'un sous-fifre qui obéit aux ordres, alors à quoi bon connaître les détails ? Tu en connais déjà suffisamment en ayant la chance d'être dans le convoi de Mesline.

— Cette gamine ? s'écria le mage. C'est comme la précédente ! Évandile a juste eu la malchance de crever trop tôt. Je ne lui donne pas dix jours avant d'y passer, elle aussi !

— Je suis bien plus en… commença Mesline.

— Tu restes en dehors de ça, Mesline. Et toi, je te mets en garde ! Nous n'avons pas besoin de toi pour continuer à lutter.

— Lutter ? Mais lutter contre quoi ? C'est plutôt cette troisième prétendante qui leur fait peur, je crois ! Il paraîtrait qu'elle aurait de quoi anéantir notre *Geratiel*.

Céranthe parut cette fois réellement surprise. Les informations sur Ériana n'étaient pas du genre à être discutées ouvertement.

— Tes doutes sont une honte pour le *Velpa* ! Mesline va renaître en tant que réductrice des Vents. Elle pourra supprimer tous ceux qui s'opposeront à nous. Grâce à elle, nous pourrons détruire les Friyens hostiles à nos idéaux et construire un avenir glorieux, un avenir où le *inha* ne créera plus aucune différence.

— Cet avenir me semble encore bien loin, maugréa le mage. Et on dirait qu'il ne sera glorieux que pour toi et les Maîtres.

Gabrielle avait un instant eu l'espoir que le mage s'insurge vraiment, mais tout n'était que jalousie. Les autres avaient attentivement écouté sans oser réagir. Gabrielle les observa tour à tour comme si elle pouvait déclencher une étincelle, mais aucun ne croisa son regard sinon pour l'inciter à rester tranquille.

— Le *Velpa* n'est pas à court de mages, gronda Céranthe en se rendant vers sa monture. Nous avons tout ce qu'il nous faut pour cette révolution et tu n'es pas indispensable. Te remplacer se fera sans problème.

— C'est une menace ? se défendit le mage.

— C'en est une. Alors tu retournes à ton poste et tu fais ce qu'on te dit.

Gabrielle vit les cheveux qui s'échappaient du chignon de Céranthe commencer à voltiger. Le mage se figea soudain. Céranthe était une excellente contactrice pouvant sonder l'esprit des gens sans les toucher. C'était certainement le sort qu'elle infligeait à son collègue. Puis le vent se calma et le mage tituba en arrière.

— Nous partons.

Personne n'osa plus défier Céranthe. Gabrielle s'apprêta à aider Matheïl à remonter en selle mais Mesline la devança. Autour, chacun était occupé avec sa monture.

— Tu y crois ? chuchota-t-elle à Mesline.

La jeune fille la dévisagea un instant, les sourcils levés.

— À ce que promet le *Velpa*, compléta Gabrielle.

D'après l'expression de Mesline, celle-ci avait saisi la question. Néanmoins, elle ne trahissait aucune réponse. Gabrielle monta à cheval, dépitée.

Elle ne parvenait pas à retrouver son calme. Avoir entendu ce à quoi aspirait le *Velpa* la terrorisait. Le groupuscule voulait anéantir le *inha* dans le seul but de le réinstaurer à sa propre guise. Tous les Friyens étaient en danger, à l'exception de ceux œuvrant pour le *Velpa*, ceux qui auraient potentiellement un choix, mais même là, Gabrielle n'était pas sûre.

La prophétie avait en tout cas été correctement interprétée de ce côté-là : les quatre communautés étaient menacées, à moins qu'une alliance ne soit instaurée avec l'ennemi. Et c'était peut-être pour cela que les conseils de chacune des Tours avaient été infiltrés. Les Vents, les Terres, les Eaux, aucun des trois éléments n'y avait échappé. À chaque endroit, des mages avaient craint pour leur énergie, celle de leur peuple, et s'étaient rangés aux ordres du *Velpa*. Pour certains, il s'était peut-être même agi de conviction, mais le *Velpa* avait ce pouvoir de tout contrôler par la terreur.

Rien de bon ne pourrait naître de cela, Gabrielle le savait. D'autres avaient dû le réaliser aussi, comme Ethan, le précédent Grand Mage de la Tour des Vents, qui avait changé d'avis et s'était retrouvé assassiné. L'appât du gain pouvait aussi être en cause. Les Maîtres promettaient sûrement des statuts alternatifs, des avantages particuliers. La disparition du *inha* remettrait l'ordre du pays à zéro, mais pour le réinstaurer, certains devraient le conserver. Quant à la distribution, Gabrielle était loin de croire à « l'équitable répartition » mentionnée par le mage.

Une chose restait cependant certaine, les Maîtres du *Velpa* et les dirigeants de la Na-Friyie ne faisaient que fourvoyer les âmes qui avaient mis leur avenir entre leurs mains. Et il était clair qu'avec de telles promesses, aussi fausses soient-elles, ils ne devaient pas manquer de mages. Quant à la succession, Gabrielle avait aujourd'hui eu un avant-goût des horreurs que le *Velpa* était capable d'accomplir pour grossir ses rangs. La Na-Friyie était devenue un élevage, mais elle se demandait depuis quand. Hésitante, elle se tourna vers Mesline. Celle-ci était toujours aussi impassible, alors elle chercha par-dessus son épaule. Juste derrière, se tenait la guérisseuse.

— Qu'y a-t-il ? cracha la mage, venimeuse.

— Je ne vous ai jamais vue à Myria. Vous êtes née ici ?

Le visage de la femme se transforma et elle se mit à rire ouvertement. Gabrielle retint son insulte en voyant la mage reprendre de la distance. L'éclat de rire avait au moins eu l'avantage de tirer Mesline de sa torpeur.

— Il est normal que tu ne la connaisses pas, dit Mesline. Dans ce groupe, seules Céranthe et moi avons réellement vécu en Friyie.

— Mais où étaient-ils tous, alors ? Les apprentis doivent bien suivre une instruction à un moment ou un autre !

— Oh, ils ont tous suivi une instruction ! À peu de chose près, la même que la tienne. En fait, la seule particularité est cette histoire d'apprenti secondé. Ce statut n'existe pas, là-bas.

— Là-bas ?

— Là où ils sont formés, répondit Mesline en hésitant.

— Tu peux le lui dire ! lança Céranthe depuis l'avant du groupe. Elle le verra de toute façon, autant qu'elle sache à quoi s'attendre. Comme ça, elle saura aussi comment se comporter et elle comprendra que la moindre incartade sera sévèrement punie.

Gabrielle ne savait pas encore ce qu'elle était censée découvrir, mais plus ils avançaient, moins elle sentait qu'elle allait apprécier. Une idée commençait même à se former dans son esprit, mais elle n'osait y croire.

— Là-bas, c'est Naja, la capitale, annonça Mesline. Ils y reçoivent leur instruction.

— Alors qu'est-ce que tu venais faire à Myria ? commença à s'insurger Gabrielle. Et Céranthe ?

— Nous sommes deux cas différents, et finalement deux cas particuliers.

— Alors tous les autres sont nés en Na-Friyie et y ont été formés ?

— Une partie, en tout cas.

— Une partie… répéta pensivement Gabrielle.

Elle sentit son sang quitter ses joues. Les souvenirs d'enfance de sa meilleure amie lui revenaient. Ériana avait vécu en Na-Friyie pendant la majeure partie de sa vie, elle n'avait franchi la frontière qu'à l'automne passé. Sauf qu'elle n'avait suivi aucune instruction ni n'avait été enrôlée dans les rangs du *Velpa*.

— Et Ériana, alors ? Et les prisonniers de vos bataillons ? Pourquoi les pourchasser ? Pourquoi ne pas en faire des mages eux aussi ?

— Là, tu m'en demandes trop.

— Comment ça ? Toi, la future détentrice du *inha* réducteur, tu ne sais pas ça ?

— Il y a beaucoup de choses dont je ne suis pas au courant, marmonna Mesline à voix basse. Et si tu ne l'as pas déjà deviné, je te signale que tu ne seras pas la seule à découvrir la capitale, ce soir.

Elle se demandait à présent si elle avait bien fait de poser sa question. La simple perspective d'une armée de mages instruite par le *Velpa* la terrorisait. Le pire, c'était que la Friyie n'était absolument pas au courant de ce détail. Même Mesline ne semblait l'avoir découvert que récemment. C'était à douter qu'il existe une seule personne en dehors des Maîtres à tout savoir.

— Tu ne te sens pas lésée ? osa-t-elle demander.
— Les choses fonctionnent ainsi, dans le *Velpa*.
— Et tu crois à leurs mensonges ? continua-t-elle dans un murmure à peine audible.

Elle avait parlé bas, pensant que Mesline ne lui fournirait aucune réponse, mais la jeune fille prit une inspiration.

— En fait, je me fiche complètement de leurs mensonges ou de leurs vérités, répondit-elle dans un souffle.

Gabrielle chercha à croiser son regard, mais Mesline avait les yeux rivés droits devant elle.

— Alors qu'est-ce que tu fais avec eux ?

Sa phrase était à peine achevée que Mesline s'éloignait déjà. Et vu l'inexpressivité qui se dessinait à nouveau sur son visage, Gabrielle comprit qu'il lui en faudrait bien davantage pour obtenir un éclaircissement sur le sujet. Car même Mesline ne semblait pas connaître la réponse.

5

— Nous laissons les chevaux ici. Mesline, tu prends le garçon avec toi, vous suivrez la guérisseuse. Faites attention au loup, qu'il n'attire pas trop l'attention. Prétendante, tu viens avec moi.

Gabrielle s'était attendue à cette répartition. Elle n'appréciait pas du tout le fait d'être séparée de Matheïl. Malgré cela, elle savait qu'elle pouvait avoir confiance en Mesline, et c'était peut-être ce qui la médusait le plus.

Les trois groupes se formèrent selon les ordres de Céranthe. Chacun avait dissimulé ses cheveux, à moins qu'ils ne soient déjà teints. Les mages vivant à la capitale étaient habitués à se fondre parmi le reste des habitants.

— Tu restes à proximité, menaça Céranthe en attrapant les rênes de son cheval.

Gabrielle la laissa faire. Avec l'*empaïs* sur son insigne, elle ne pouvait rien espérer, mais Naja amassait une telle quantité de personnes qu'elle aurait très bien pu s'y noyer et disparaître. Malheureusement, Céranthe et le mage qui la révulsait depuis le matin la gardaient sous un œil alerte.

— Même si je n'en avais pas l'intention, répondit-elle avec impertinence, je suis trop pressée de voir Naja. Alors où est-il, cet élevage de mages où le *Velpa* recrute si facilement les pires imbéciles qui soient ?

La gifle qu'elle reçut l'étourdit. Céranthe perdait son sang-froid très facilement et était prompte à se débarrasser de ceux qui l'importunaient. Gabrielle savait qu'elle ne devait son salut qu'au Maître des Vents, qui souhaitait la rencontrer. *Me posséder, plutôt*, pensa-t-elle.

— Tu avances et tu te tais. Ne rêve pas, cette corde est bien plus solide que tu ne le crois, ajouta Céranthe en désignant l'attache discrète tenue par son confrère. Le moindre écart de ta part et le Maître risque de te retrouver en mauvais état à notre arrivée.

— Je ne suis pas certaine que vous en ayez le droit, répondit Gabrielle.

— Aucun détail ne m'a été donné sur la façon dont je devais te ramener, en dehors du fait que tu sois vivante.

Son haussement d'épaules lui valut une seconde gifle qu'elle tenta d'esquiver, vainement. Les ongles lui griffèrent l'arcade. Gabrielle s'essuya d'un revers de manche. Elle ne sentait tout au mieux qu'un petit picotement.

— Après ce que j'ai vécu à Arden, ce ne sont pas vos minables tentatives de m'impressionner qui vont me terrasser. Vous n'êtes rien, Céranthe. Rien du tout. Et si jamais on vous autorisait à sonder mon esprit, cela ne vous apporterait rien non plus. Vous savez sûrement déjà tout. Vos menaces ne me font plus peur.

— Et les miennes, elles t'inquiètent ?

Le contact la figea. Le mage, en poste derrière elle, avait commencé à glisser ses mains sous ses vêtements pour lui montrer réellement de quoi pouvaient relever ses menaces. Aussitôt, Gabrielle le revit en mémoire, quelques heures plus tôt, sortant de la pièce où la femme avait crié, débraillé et satisfait. Elle se lança dans la seule échappatoire qui lui semblait possible.

— Ça m'étonnerait que votre Maître vous autorise cela.

— Ça reste à voir.

Gabrielle sentit le sang quitter ses joues.

— Nous serons en tête, lança Céranthe aux autres en commençant à avancer. Le groupe de Mesline suivra derrière nous. N'oubliez pas, *inha'roh* constant.

Malgré sa captivité, Gabrielle avait cherché à rentabiliser son voyage pour appréhender la Na-Friyie. Malheureusement, ils avaient seulement traversé des villages ou des hameaux, dormant chez des membres du *Velpa*, se ravitaillant en des lieux bien précis. Alors quand les contours de la capitale apparurent enfin, Gabrielle en absorba chaque détail.

Ses réflexes d'artiste lui firent étudier la moindre ombre perceptible à distance. Elle devinait une immense cité, bien plus grande que Myria. Les bâtiments semblaient aussi être plus hauts et une grosse masse émergeait au sein d'une zone très dense.

Au fur et à mesure qu'ils avançaient, ses yeux s'arrondirent devant l'ampleur de ce qu'elle découvrait. Naja devait facilement regrouper une population vingt fois supérieure à celle de Myria. Les environs grouillaient de petites maisons qui se chevauchaient les unes les autres. Leur aspect variait considérablement, certaines insalubres, d'autre plus cossues.

Les premiers Na-Friyens qu'ils croisèrent s'apparentaient à de simples ouvriers. Par la suite, Gabrielle remarqua aussi quelques ombres qui frôlaient les murs en cherchant à éviter les regards.

Le bruit et la puanteur régnaient à proximité du calme et de la salubrité. Personne ne semblait s'incommoder de ces différences et Gabrielle resta stupéfaite. Leur groupe passa inaperçu.

Lorsqu'un rempart s'éleva devant eux, elle sut qu'ils venaient de traverser les faubourgs de la cité. Les modestes et les pauvres qui y vivaient devaient sûrement s'estimer heureux de résider aussi près de la capitale. Leurs conditions de vie n'étaient pas les plus confortables, mais ils avaient de nombreux marchés et les boutiques prospéraient, à leur mesure.

Ils arrivèrent enfin devant l'ouverture du rempart. La largeur du passage rendait impossible tout contrôle, mais des soldats étaient néanmoins postés de chaque côté. Gabrielle sentit la traction de la corde sur sa taille et faillit rire de cette précaution. Il y avait bien trop de monde et de circulation pour qu'elle puisse s'enfuir rapidement.

Le *inha'roh* constant de Céranthe s'expliquait toutefois. Au milieu de la foule, elle avait presque déjà perdu de vue le groupe de Mesline et Matheïl.

À l'intérieur, la cité affichait d'emblée un niveau de vie plus aisé. Les boutiques étaient d'une tout autre nature, mais Gabrielle repéra de nombreuses personnes venant de l'extérieur, les bras chargés de provisions. Elle en conclut vite que, sans les faubourgs, Naja n'existerait pas. Certainement la raison pour laquelle la cohabitation entre les deux côtés semblait facile.

— D'où venez-vous ? demanda-t-elle au mage qui la tenait en laisse.

— Tais-toi et avance !

— Ma question ne pose aucun problème.

— Je ne veux plus entendre ta voix.

— Alors dites-moi simplement de quel côté vous venez.

Le mage jeta un regard par-dessus son épaule. Céranthe fermait la marche et se laissait guider au travers des rues bondées. D'après le flou de son regard, elle était en plein *inha'roh* et se contentait de suivre son confrère.

— Je viens de l'extérieur, dit-il en se rapprochant de Gabrielle.

— Ah, j'aurais cru l'inverse.

Il la fit tourner dans une ruelle moins fréquentée tout en en profitant pour laisser glisser une main dans son dos. Gabrielle l'ignora, encore stupéfaite de voir autant de monde alors que la journée tirait sur sa fin.

— Je sais qu'il y a deux types de personnes utilisées dans le *Velpa*, poursuivit-elle sans réel espoir de réponse. Ceux qui sont comme vous, membres et mages qualifiés. Et les esclaves utilisés par les bataillons, les vrais Na-Friyens, je dirais ceux qui ont eu la malchance de naître avec un *inha*. En découvrant Naja, j'aurais tendance à penser que les mages viennent de l'intérieur des remparts et que les esclaves viennent de l'extérieur.

Un instant de silence passa pendant lequel le mage continua ses odieux attouchements.

— La limite va à peine plus loin que ça, répondit-il. Tous ceux qui ont été enfantés par des mages de Naja appartiennent au *Velpa aht Gerad*. Ceux qui ne sont pas reconnus deviennent esclaves ou sources de *inha*.

Elle n'avait pas eu tort en assimilant Naja à un élevage.

Tout cela ne pouvait l'empêcher de penser à Ériana. Son amie n'avait pas grandi dans la capitale mais dans un petit village à l'ouest. Si Ériana était née ici, les choses auraient peut-être été différentes.

Au cours de leur camaraderie de chambre, elles avaient relativement peu échangé sur leur enfance et Ériana restait très secrète en ce qui concernait sa mère. Elle n'avait même pas connu son père alors que c'était pourtant de lui que provenait son *inha*. Gabrielle se demandait si l'homme était de Naja quand elle réalisa qu'elle avait peut-être le moyen de connaître la réponse.

— Mesline m'a dit que l'apprentissage était sensiblement le même que chez nous. Vous avez aussi une gemme de couleur lorsque votre *inha* se révèle ?

— Nous en fournissons une à tous nos apprentis.

Ils tournèrent dans la rue suivante, retrouvant cette fois le monde. L'homme fut forcé de cesser ses frôlements intempestifs.

Gabrielle perdit le compte des virages, rues et carrefours, préférant s'immerger dans les hypothèses qui tournoyaient autour de son amie. Avec la gemme bleue qu'il avait léguée à sa fille, le père d'Ériana avait forcément été instruit à Naja. Dans ce cas, il était curieux que sa mère ne soit pas restée vivre dans la capitale.

Mais Ériana avait insisté sur ce point : elle avait grandi dans un village, et même plusieurs, pour échapper aux mercenaires. Sa mère avait chaque fois orchestré les fuites et c'était d'elle qu'Ériana avait hérité son caractère. Tout cela dans l'unique but de la protéger, quitte à l'envoyer en Friyie…

Le jour commençait à tomber. Leur groupe s'enfonça davantage dans la cité et la foule s'amenuisa. Elle restait toutefois dense comparée à celle qui devait arpenter Myria au crépuscule. Gabrielle en était même étourdie et elle mit du temps à remarquer que leur arrêt n'était pas une nouvelle vérification du chemin à prendre. Ils étaient enfin arrivés.

Le groupe de Mesline les rejoignit peu de temps après, de même que le dernier. Gabrielle vérifia l'état de Matheïl avant toute autre chose puis leva les yeux sur le bâtiment qu'ils avaient atteint. Céranthe y était déjà entrée avec un autre mage, certainement pour annoncer leur arrivée.

Elle s'était attendue à quelque chose d'aussi majestueux que la Tour d'Ivoire, mais il n'en était rien. La bâtisse rectangulaire comptait quatre niveaux et se fondait dans le reste de l'architecture. Les murs de pierre claire reflétaient la lumière en une piètre imitation de la Tour des Vents.

Céranthe réapparut et, d'un mouvement de tête, les incita à y pénétrer. Gabrielle ne comprenait pas pourquoi tout le monde gardait le silence mais en entrant, elle ne put que se plier à la règle. Autant la Tour d'Ivoire subjuguait par sa beauté, autant l'austérité des lieux anéantissait tout désir de parler.

Au premier regard, Gabrielle se crut dans le couloir du conseil de sa tour, en plus large et plus morne. Le corridor semblait d'ailleurs courir sur toute la longueur du bâtiment. Juste devant eux, une grande volée d'escaliers en bois menait à l'étage en suivant des angles nets. Les lieux étaient sombres, faits de bois lustré, les tapis et tentures d'un rouge presque marron. Heureusement, les lampes placées régulièrement permettaient d'avoir une lumière diffuse, mais sans elles, dans la nuit tombante, le couloir aurait été mortifère.

— À l'étage, déclara Céranthe en désignant les escaliers.

Tous suivirent.

Le premier étage était en tout point identique au rez-de-chaussée. Ils n'y croisèrent qu'une personne. Une des portes était ouverte sur une pièce ressemblant aux salles de travail où Gabrielle instruisait parfois à Myria. Les lieux étaient vides, la journée clairement terminée.

— Où sont-ils tous ? chuchota-t-elle au mage qui, elle ne l'avait même pas remarqué, avait défait la corde lui enserrant la taille.

81

Un soupir lui intima de se taire et Gabrielle, renfrognée, se contenta d'observer. Hajul lui avait souvent répété qu'il y avait beaucoup à apprendre avec les yeux.

Elle compta cinq salles dans le premier couloir. Celui-ci se transforma en un deuxième tout à fait identique, puis en un troisième qui ne comptait que trois ouvertures. Céranthe frappa à la porte centrale. Apparemment, le couloir continuait au-delà et Gabrielle se demanda jusqu'où allait réellement le bâtiment. Elle avait aperçu une autre aile au niveau des escaliers.

Toujours en silence, le groupe pénétra dans la pièce. Gabrielle eut aussitôt l'impression de se retrouver dans le bureau d'un Grand Mage, en plus vaste. Elle n'avait jamais compris pourquoi celui des Vents était aussi étroit, mais elle s'était fait une raison. Celui-ci lui rappelait, par sa taille, celui de Plamathée à Arden. Seules les teintes divergeaient et se rapprochaient de celles du bureau de Judin. Elle lui trouvait d'ailleurs une ressemblance toute particulière et mit un moment à comprendre pourquoi avant de baisser enfin les yeux.

Le tapis qui ornait le sol était exactement le même qu'à Myria. Un rectangle blanc au centre duquel le symbole bleu des Vents s'enroulait sur lui-même. Les couleurs étaient légèrement atténuées, peut-être par l'âge ou le passage, mais le message était clair. Il s'agissait du bureau de celui qui gérait les lieux, et ces lieux étaient indéniablement associés aux Vents.

— Alors la voilà, murmura une voix.

Il ne suffit que d'un regard à Gabrielle pour comprendre que l'homme qui finissait d'entrer par un passage réservé était le Maître des Vents. Entièrement vêtu d'une robe blanche brodée au niveau du ventre, il la fixait intensément.

— Voilà celle qui devrait résoudre tous nos soucis. Approche un peu.

Une main la poussa dans le dos. Gabrielle vit Céranthe gonfler la poitrine, d'orgueil, sûrement. Puis elle réalisa que personne ne se trouvait derrière elle mais qu'elle sentait toujours une pression au creux des reins. Une vérification rapide dans les yeux du Maître confirma ses doutes. Il la faisait lui-même avancer en compactant l'air.

Lentement, elle fit quelques pas puis s'arrêta. La pression se maintint et elle fut forcée de poursuivre jusqu'à ce que le visage du Maître soit à une distance infime du sien.

Leur proximité était si intime qu'elle aurait voulu détourner les yeux, mais elle en était incapable. Les iris étaient d'une pâleur extrême, tout comme la peau du visage. Les cheveux gris étaient courts, les traits aussi secs que la musculature qui se dessinait sous la robe blanche.

— Pourquoi t'inquiètes-tu ?

Gabrielle frissonna en sentant le souffle glacial sur ses lèvres. Elle avait l'impression que l'homme expirait une bise digne du plus parfait hiver. Elle frémit de nouveau quand une pression s'exerça sur son ventre, mais n'osa bouger. Quelque chose lui disait que le moindre mouvement pourrait lui être fatal tant elle avait l'impression d'être entourée de glace.

— C'est donc bien vrai, continua-t-il. Comment ont-ils fait ?

Gabrielle leva un sourcil. À sa grande surprise, le Maître étouffa un cri. Il était si aigu qu'elle crut presque à celui d'un enfant. Le Maître recula en se frottant la main.

— Par quel artifice peuvent-ils encore réussir à le maintenir ?

— Nous n'en savons rien, répondit Céranthe. À ma connaissance, aucune des équipes n'avait été protégée à son départ de Myria. Et, comme vous l'avez dit, le maintenir à distance et sur la durée est impossible.

— Pourtant elle est bien inattaquable !

Gabrielle frissonna à nouveau. Le froid l'enveloppait de toutes parts mais, étrangement, elle avait l'impression qu'autre chose attendait derrière.

— Il y avait un *Ploritiel*, dans ces équipes ?

— Je crois, oui, répondit Céranthe.

— Je ne veux pas de supposition ! Y avait-il un protecteur dans ces équipes ?

La voix de Céranthe se fit hésitante et Gabrielle commença à sourire. Le Maître revint soudain vers elle, un mouvement si rapide qu'une brise lui frôla la joue.

— Ça ne peut être que ça, murmura-t-il en l'examinant attentivement. Réponds !

Son instinct lui disait de ne surtout pas parler, mais elle voulait en savoir plus.

— Oui, il y avait un protecteur dans mon équipe.

— A-t-il érigé un bouclier autour de toi ?

— Je n'en ai aucune idée.

— Alors comment se fait-il qu'aucun de nous ne puisse s'en prendre à ton *inha* ?

Gabrielle écarquilla les yeux.

— Vous m'empêchiez de reculer, à l'instant. Vous êtes stupide ?

Ce fut sa troisième gifle de la journée.

— Qui était ce *Ploritiel* ?

— Si vous pensez que je vais vous le dire… grogna Gabrielle en se frottant la joue.

— Ne me fais pas perdre mon temps !

— Céranthe n'aura qu'à aller chercher la réponse elle-même.

— Le problème est bien là ! Elle ne peut pas !

Heureusement que la pression de l'air la retenait, sans quoi elle aurait trébuché de surprise.

— Alors je risque encore moins de vous le dire, sourit-elle.

— Petite impertinente ! lança Céranthe.

— Ça ne fait que prouver votre inutilité, rétorqua Gabrielle. Et vous, continua-t-elle à l'attention du Maître, sachez qu'avec ce qui m'a déjà été infligé, je ne crains plus rien. Tout m'a été pris, ma dignité comme ceux que j'aimais. Alors je pense que je vais me passer de vous donner son nom.

Elle faisait comme si elle savait ce qui lui arrivait tout en cachant sa stupeur. Cette protection dont elle semblait être l'objet lui était parfaitement inconnue. Elle avait seulement saisi que chaque attaque directe sur son *inha* se traduisait par une sensation de froid.

Cela expliquait enfin pourquoi Céranthe n'avait pas cherché une seule fois à sonder son esprit. En réalité, elle avait dû essayer, mais chaque tentative avait dû se révéler infructueuse et le message avait été transmis au Maître.

— Bah, son nom nous importe peu, finalement ! lâcha le Maître en se retournant. Nous devons juste chercher un moyen de défaire ce bouclier. Mais je ne me risquerai pas une seconde fois à l'analyser. Toi, là ! Tu t'en chargeras.

Gabrielle s'imagina tout à fait la mine déconfite du mage qui venait d'être désigné. D'après le cri qu'avait poussé le Maître, elle se demandait à quel point ce bouclier la protégeait. Ce qui était le plus impressionnant était que celui-ci lui soit lié intrinsèquement. Jamais elle n'avait entendu parler d'une telle chose et, visiblement, elle n'était pas la seule.

— En attendant, trouvez-lui une chambre, quelque part. Je veux qu'elle soit installée confortablement. Nous avons besoin de ménager notre insolente petite prétendante. Elle s'avérera fort utile lorsque l'artefact des Feux viendra à nous.

Gabrielle se sentit pâlir alors que la pression de l'air autour d'elle cédait.

— Quand sera-t-il là ? demanda Céranthe.

— Bientôt. Ce n'est pas moi qui gère cette partie, mais j'ose espérer que mon confrère me mettra au courant dès qu'il l'aura. En attendant, laissez-moi me vanter d'être le premier à avoir pu récupérer le mien.

— Nous avons aussi celui des Terres, Maître, souleva Céranthe comme si cela pouvait l'aider à être dans ses faveurs.

— Je sais, et j'attends, répondit-il avec froideur.

Gabrielle recula pendant que Mesline fouillait un sac sous les yeux avides du Maître. Quand cette dernière extirpa *Eko* des tissus qui l'enroulaient, le Maître s'en empara. Il plongea un long moment dans la sphère de verre puis releva les yeux.

— Merci, ma fille.

6

Gabrielle manqua de s'étouffer. À côté, Mesline paraissait aussi apathique qu'à son habitude, même si la façon dont ses doigts remuèrent pour trouver ceux de Matheïl révélait une légère nervosité.

L'une des premières choses qui avaient encouragé Gabrielle à faire confiance à Mesline avait été son accord pour ôter l'*empaïs* de Matheïl. Celui-ci avait pu retirer l'insigne qui lui couvrait la moitié du visage et du crâne, le rendant à nouveau humain. Cela surprit donc à peine Gabrielle lorsque Matheïl se décala pour attraper la main qui le cherchait.

— Que chacun se rende à ses quartiers, dit le Maître en retournant à son bureau. Les nouveaux venus, vous n'aurez qu'à vous renseigner auprès du surveillant qui vous attend dans le couloir. Tâchez de garder cette prétendante à portée de vue et de main. Édifiez un bouclier autour de sa chambre. C'est bien la seule chose que nous puissions faire sur elle. Pour l'instant, ajouta-t-il froidement.

— Et l'artefact des Terres ? demanda Céranthe.

— Donnez-le-moi, je me chargerai de le transmettre.

Avec ce qu'elle avait vu et entendu depuis sa captivité, Gabrielle se demandait si le Maître comptait respecter sa promesse. L'artefact représentait un excellent moyen de pression.

— Mesline, appela Céranthe. L'artefact.

Ce fut la première trace d'émotion que Gabrielle décela sur le visage de Mesline. Son impassibilité venait de se muer en rigidité. D'un point de vue extérieur, cela ne faisait aucune différence, mais à force de l'avoir observée, Gabrielle savait que Mesline avait réellement été secouée. Elle se demanda même si elle avait su que l'homme était son père, mais personne ne semblait vraiment surpris. Peut-être était-ce davantage l'absence de chaleur qui la bouleversait, les membres du *Velpa* s'encombraient rarement d'affectivité.

Mesline cligna plusieurs fois des yeux puis se pencha pour fouiller à nouveau dans le sac, lâchant momentanément la main de Matheïl. À peine eut-elle tendu le sablier qu'elle reprit les doigts de Matheïl dans les siens. Sa rigidité s'effaça et l'imperturbabilité se réinstalla. Gabrielle était à la fois abasourdie par cet échange muet et épatée que personne n'ait encore rien remarqué.

— Depuis quand fais-tu autant attention à elle ? lança-t-elle discrètement à Matheïl.

— Nous t'expliquerons plus tard, mais certaines choses ont changé.

Elle resta sans voix. Tout dans le *Velpa* n'était que masques et secrets. Matheïl semblait s'y être adapté sans problème. À nouveau, elle lui trouvait cette qualité trop adulte pour son âge et avait du mal à croire qu'elle avait une telle conversation avec un enfant de douze ans.

— Sortez, maintenant, déclara le Maître.

Gabrielle reprit ses esprits alors que le groupe quittait la pièce. Au-dehors, les mages se dispersèrent, à l'exception de celui qui l'avait escortée, flanqué du surveillant devant les accompagner. Ce dernier était aussi sombre que les murs et Gabrielle sentit son moral se flétrir lorsqu'elle croisa son regard. La haine, en même temps qu'une satisfaction malsaine, transpirait dans ses yeux.

Le surveillant les guida dans le bâtiment sans leur adresser la parole. Gabrielle en était finalement soulagée, l'homme lui faisait froid dans le dos.

Elle avait eu raison de soupçonner l'existence d'une autre aile. Celle-ci ressemblait aux quartiers personnels de Myria sauf que rien ne rappelait les formes arrondies qui faisaient la particularité de la Tour. Ils y croisèrent cette fois de nombreux mages. Ceux-ci bavardaient entre eux ou se déplaçaient d'une pièce à l'autre. L'agitation était tout à fait commune. Il y avait même des familles et des enfants qui riaient.

Malgré cette atmosphère détendue, Gabrielle sentit son ventre se serrer. Les frissons remontaient maintenant jusqu'à ses épaules. Le calme, l'apparente sérénité, l'air naturel de tous ces gens... Tout ici semblait *normal*.

Et pour la première fois, elle craignit réellement le *Velpa*. Jusqu'ici, elle n'avait connu que les attaques dirigées contre elle, son équipe ou ses amis. Maintenant qu'elle voyait ses ennemis de l'intérieur, elle commençait à saisir à quel point le danger était grand, car il n'était plus seulement question de soldats ou de mercenaires. Il était question d'humains. Pour ces gens réunis sous ses yeux, participer à la renaissance du *inha* réducteur appartenait à une fervente logique. Ils avaient grandi dans cet objectif, ils ne vivaient que pour cela : détruire le *inha* afin de mieux le contrôler plus tard.

Puis une nouvelle particularité la frappa : l'âge de ceux qu'ils croisaient. Seules trois générations étaient représentées et la plus âgée ne l'était finalement pas tant que ça. Elle avait même l'impression que les parents étaient plus jeunes qu'elle.

— Vous serez ici et je vous propose de l'installer, elle, juste là.

Céranthe approuva sèchement en découvrant la pièce qui leur était allouée. En réalité, il s'agissait d'un dortoir mitoyen avec une chambre.

Gabrielle fut immédiatement poussée dans la chambre, où elle s'attendait à être enfermée seule, mais Matheïl la suivit. Ce fut Mesline qui referma la porte, presque trop délicatement. La voix de Céranthe filtra au travers pendant quelques instants. Gabrielle capta un « pouvons enfin parler » sous une épaisse couche d'indignation. Puis tout bruit cessa. Un bouclier venait d'être érigé.

Matheïl s'effondra sur le lit avec un long soupir avant de se recroqueviller sur lui-même. Gabrielle le voyait enfin redevenir enfant, mais lorsqu'il se remit sur le dos, toute attitude juvénile avait de nouveau disparu. Elle s'assit à côté de lui et commença à lui caresser les cheveux. Matheïl tourna plusieurs fois la tête, d'abord pour se défaire du contact puis pour le rechercher. Gabrielle ôta sa main.

— Tu veux bien m'expliquer ?

— C'est encore le transfert d'Abelin... soupira-t-il.

— Tu parles de tes nouvelles visions ?

— Non, juste de ça, dit-il en désignant sa main. Je sais que j'ai encore douze ans, mais dans ma tête, je ne les ai plus, et ça provoque d'étranges conflits en moi.

— Et cette vision que tu as eue aujourd'hui, alors ?

Il resta silencieux si longtemps que Gabrielle crut qu'il s'était endormi. Mais ses yeux grands ouverts l'incitèrent à creuser davantage.

— Je peux savoir ? renchérit-elle.

— Tu promets de ne pas t'inquiéter ?

Elle eut presque envie de rire.

— Tu es moitié plus jeune que moi et tu cherches à me protéger ? Matheïl, il est vrai que j'ai beaucoup de mal à me faire à cette double personnalité que tu gères depuis ton transfert, mais je suis assez grande pour m'occuper de moi-même !

— C'est marrant que tu aies utilisé ce mot...

Le sourire qui s'était dessiné sur le visage de Matheïl fondit progressivement.

— De quel mot parles-tu ?

— Protéger, répondit-il en lui tournant le dos.

— Il y a un rapport avec cette vision ?

— C'est difficile à expliquer, dit-il en parlant dans les couvertures. Tu sais que mes prophéties me viennent par images. J'ai réussi à capter quelques mots, mais encore aucun qui ait réellement de sens.

— Tu t'en souviens ?
— Plus maintenant.
— Tu es sûr ?
— Tu n'as pas bientôt fini, avec tes questions ?

Elle recula devant la froideur du visage enfantin. Définitivement, le transfert d'Abelin avait de bien étranges conséquences.

— Pardon, dit-il en détournant les yeux. Tu as raison, il y a des choses que je n'ai pas oubliées. Des choses que j'ai vues et d'autres que j'ai ressenties.

— Tu ressens des choses, maintenant, pendant tes visions ? s'étonna-t-elle.

— Ça me surprend autant que toi.

— Et ? s'impatienta-t-elle devant un énième silence.

— Et ça rejoint l'histoire de protection. Je... Je ressens le besoin de protéger Mesline et je me suis vu la défendre, dans cette vision.

Matheïl s'était remis sur le dos. Ses yeux étaient rivés sur le plafond mais elle se demandait s'il voyait vraiment quelque chose. Il cherchait sûrement à ramener les images qui lui avaient traversé l'esprit dans la matinée.

— Tu es sûr de ce que tu avances ?
— Parfaitement.
— Dans ce cas, ça nous fait un autre problème à expliquer.
— Qu'est-ce que tu veux dire ?
— N'as-tu pas écouté ? demanda-t-elle en levant un sourcil. Il paraît qu'un bouclier empêche

toute intrusion dans mon *inha*. Ce serait pour cela que Céranthe n'aurait pas encore essayé de me sonder.

— Si, j'ai entendu, mais… vaguement. Et puis ça ne ressemble pas à ce que je te décris. Moi, je te parle de vouloir protéger Mesline, même si elle a déjà essayé de me tuer. Toi, tu disposes d'un bouclier, pas de quelqu'un qui agit en tant que tel.

— C'est ce qui te perturbe le plus, n'est-ce pas ? De ressentir un tel besoin pour celle qui a attenté à ta vie.

— C'est extérieur à moi, expliqua-t-il en acquiesçant. Quelqu'un influe sur moi. Ou quelque chose. C'est incompréhensible.

— Ça fait quand même beaucoup de choses incompréhensibles, soupira Gabrielle.

— J'aimerais qu'on y voie plus clair, murmura Matheïl.

— Et moi j'aimerais savoir ce qui se dit dans la pièce à côté.

— Oh, rien de très intéressant, répondit-il lascivement.

— Pardon ?

— Elle me transmet quelques informations par *inha'roh* de façon régulière, dit-il en désignant la porte.

Gabrielle fixa la porte comme si celle-ci pouvait tout à coup s'ouvrir.

— Tu veux dire que Mesline est en ce moment même en train de te relayer…

— Pas là, tout de suite. Mais elle m'a déjà contacté deux fois, oui.

— C'était pendant tes moments de silence ?
— Je suppose.
Gabrielle soupira pour éviter de s'énerver.
— Encore une chose inexplicable.
— Pas tant que ça.
— Notre ennemie te communique les plans du *Velpa*. Tu trouves ça logique ?
— Sachant que je ressens un besoin irrépressible de la protéger, ça paraît presque normal.
— Presque. Je crois qu'on a besoin de revoir toute notre échelle de ce qui est normal et de ce qui ne l'est pas ! As-tu prêté attention à ces personnes que nous avons croisées dans les couloirs ?
— J'ai été surpris de voir des enfants de mon âge.
— Je vois que tu as été bien formé.
— C'est Abelin qui a été formé, corrigea-t-il.
— La nuance est faible, Matheïl. Et concrètement, on s'en moque un peu. J'ai l'impression que, pour ces gens, la lutte du *Velpa* est une chose acquise. Aucun ne semble s'y opposer.
— Si certains osent le faire, je pense deviner ce qu'il advient d'eux, grimaça-t-il.
À nouveau, Gabrielle sentit un frisson lui parcourir le dos.
— Mais ils ne s'y opposent pas, dit-elle avec effroi. Ils sont persuadés d'agir pour le bien de tous. Tu as vu comme ces gens semblent être… détendus ? Comment peuvent-ils rester aussi sereins alors qu'ils participent à l'élimination du *inha* ?

Matheïl haussa les épaules. Elle était presque heureuse de découvrir les limites du garçon à saisir la situation. C'était seulement son esprit d'analyse qui le différenciait des autres. Ses appréciations personnelles restaient celles d'un enfant de douze ans.

— Les Maîtres mentent, poursuivit-elle. Ils bercent d'illusion leur population. Ou alors ils la menacent, à l'image de ce que nous vivons en ce moment. Quand je pense à ces femmes, ce matin…

— Que leur est-il arrivé ?

Gabrielle secoua la tête. Elle n'avait aucune intention de dévoiler les atrocités dont elle avait été témoin. En revanche, l'hypothèse qu'elle venait de formuler pouvait s'avérer correcte. Si les femmes mages ne se pliaient pas aux dogmes du Velpa, elle s'imaginait parfaitement quel sort leur était réservé. Et les hommes pouvaient soudain devenir des sources de *inha* à disposition du groupuscule.

Restait une énigme à laquelle elle ne parvenait pas à trouver de solution. Mesline, qui était l'une des personnes les plus importantes du Velpa, ne semblait pas en partager les idéaux.

— Dis, tenta-t-elle, tu penses que tu pourrais te servir du lien qui commence à se créer entre Mesline et toi pour comprendre pourquoi elle s'est engagée dans le Velpa ?

— Je refuse ! s'écria aussitôt Matheïl, outré.

Sa réaction était si vive qu'elle en sursauta. Elle avait souvent vu le garçon faible ou apeuré. Le découvrir aussi virulent l'alarmait.

— Tu me dis toi-même que cette sensation de vouloir la protéger t'est étrangère. Que c'est comme si on t'y forçait. Ce n'est pas si grave de l'utiliser pour nous rendre service, non ?

— Il n'en est pas question ! Et de toute faç[on on] a eu la réponse tout à l'heure. Le Maître des v[œux] est son père. Il l'a poussée à tout ça. Ça n'est pas plus compliqué.

— Ça me semble un tout petit peu plus compliqué, s'impatienta Gabrielle. Et cesse de prendre sa défense. Elle a tenté de t'éliminer, t'a capturé, s'est servie de toi comme garantie pour permettre à Setrian de s'échapper. Je te rappelle aussi qu'elle détiendra bientôt un *inha* réducteur complet et intact en elle.

— Et alors ? s'écria Matheïl. Qui dit qu'elle s'en servira pour nous faire du mal ?

Il avait à peine achevé sa phrase qu'il s'effondrait en sanglots. Gabrielle le laissa pleurer un peu puis glissa un bras dans son dos pour le prendre contre elle.

— Pourquoi ? hoqueta-t-il alors que ses larmes inondaient les vêtements de Gabrielle. Pourquoi est-ce que je dois protéger une personne comme elle ? Pourquoi est-ce que tout mon corps, et même mon esprit, me poussent à faire quelque chose que je n'aurais jamais fait en temps normal ?

Elle allait le rassurer quand elle comprit ce qui la taraudait depuis le début.

— Matheïl ? appela-t-elle en le repoussant pour le fixer dans les yeux. Tu veux bien me décrire à nouveau les sensations que tu éprouves par rapport à Mesline ?

— Pour quoi f…

— S'il te plaît. Je crois que j'ai peut-être une explication. Enfin, pas une explication, mais un semblant de comparaison.

Le garçon *haussa* les épaules comme s'il croyait la tentative *vaine*, mais il se lança tout de même.

— Ça a commencé le jour où elle a demandé qu'ils *retirent* mon insigne. Je descendais de cheval et, *sans* faire attention, elle m'a donné un coup de *pied* en plein visage. Je crois que j'ai encore la bosse, là, dit-il en posant ses doigts au-dessus de son œil gauche. J'ai aussitôt ressenti quelque chose d'étrange, comme si une bourrasque me plaquait au sol alors que j'étais toujours debout. Mesline aussi a vacillé. Sauf qu'il n'y avait pas de vent ce jour-là.

— Et alors, ces sensations ?

— Ça me prend au ventre. Ça fourmille jusqu'au bout de mes doigts et beaucoup aussi dans mes épaules. Ensuite, je sais juste que je dois tout faire pour l'avoir dans mon champ de vision et vérifier qu'elle est en sécurité. C'est comme si j'avais tout le temps peur pour elle.

— Bien…

Elle n'avait pas eu l'occasion d'en apprendre beaucoup sur le sujet, surtout que c'était davantage Mesline qui lui avait expliqué plutôt que la principale concernée. Mesline avait dit que Setrian protégeait Ériana, que c'était la raison pour laquelle elle l'avait aidé à s'échapper de l'armée dans laquelle il s'était infiltré.

Ce que décrivait Matheïl y ressemblait étrangement, mais cela n'avait aucun sens. Comment un apprenti prophète pouvait-il protéger une ennemie ? De quels moyens disposait-il, à son âge et avec sa nature, pour accomplir cela ? Et surtout, pourquoi deux personnes aux objectifs si diamétralement opposés se retrouvaient liées de façon si intime ?

Mais elle se souvint aussi que le rôle de protecteur de Setrian ne semblait pas avoir particulièrement de sens aux yeux de Mesline. La jeune fille avait simplement décrit les faits sans être capable de fournir la moindre explication au phénomène. Et peu lui importait, Ériana était protégée et cela suffisait. Mais là... Pour Mesline. Une ennemie...

— Écoute, Matheïl, ce que je vais te dire va certainement te surprendre mais... Il doit y avoir un certain parallèle.

— Quel parallèle ? demanda-t-il avec espoir.

— Tu es dans une position similaire à Setrian, avoua-t-elle. Il protège Ériana dans sa quête des artefacts. Tu protèges Mesline dans la sienne.

— Mesline ne court pas après les artefacts, souleva Matheïl.

— Pas au sens propre, tu as raison. On dirait plutôt que les artefacts viennent à elle. J'ai chaque fois l'impression que les choses se font et qu'elle en dispose ensuite. Finalement, elle n'est qu'au second plan, dans cette prophétie. Je ne parle même pas de moi...

Matheïl inclina légèrement la tête et croisa les mains dans son dos. Gabrielle l'avait déjà vu agir ainsi et savait désormais que cette attitude était celle du prophète Abelin.

— À quoi penses-tu ? demanda-t-elle.

— À la prophétie, celle des prétendantes. Tu as raison. Mesline passe au second plan.

— Comment peux-tu en être si certain ? s'étonna-t-elle.

— Judin m'a fait rencontrer une personne qui avait été en contact avec l'équipe de l'Est. J'ai pu obtenir des éclaircissements sur la prophétie et la façon dont les prophètes des Terres l'ont interprétée. Ça m'a révélé beaucoup de choses sur ma propre façon de procéder, et pourquoi je m'étais instinctivement associé avec mes deux amis apprentis. C'est fou à quel point le *inha* peut nous guider sans que nous nous en rendions compte...

« Là, je n'ai même pas besoin de mes talents visuels pour confirmer ce que tu dis, poursuivit Matheïl. C'est de la structure rythmique. Mesline passe au second plan dans la prophétie pour la simple raison que le paragraphe qui la concerne est le second. Et toi...

— Et moi ?

Matheïl jeta un regard vers la porte comme s'il voulait vérifier qu'elle était fermée.

— Maintenant que j'y pense, est-ce que quelqu'un a pris la peine de t'expliquer ton paragraphe ?

Gabrielle écarquilla les yeux tout en secouant la tête. Elle avait déjà compris qu'elle avait un rôle à jouer, mais ce qui lui avait été présenté était encore très confus.

— Pour ce qui est de l'ordre, ce n'est pas très compliqué, commença Matheïl. Tu arrives en troisième position. C'est pour ça que les choses t'affectent moins qu'Ériana et Mesline. Et puis, ton rôle, c'est d'apporter l'harmonie entre elles deux...

— L'harmonie ? répéta-t-elle. Ériana a parlé d'un équilibre.

— Moi, je le perçois comme une harmonie, mais utilise le mot que tu veux, ça revient au même. Tu fais le contrepoids entre l'une et l'autre, tout en les mettant en lien.

— En lien ? Quel lien est-ce que je peux bien établir entre Ériana et Mesline ? Nous n'avons jamais été réunies toutes les trois au même endroit ! À moins que tu ne considères cette machination qui a abouti à mon enlèvement…

Matheïl s'était plongé dans ses réflexions et sa voix sortit de sa bouche comme si elle ne lui appartenait pas.

— L'harmonie s'était déjà créée lorsque tu as eu l'artefact des Eaux entre les mains. Regarde où tu es aujourd'hui. Tu es dans l'autre camp et Mesline ne cherche pas à te détruire.

— Parce que je peux lui rendre service ! s'interposa Gabrielle.

— Il n'empêche que tu es aujourd'hui avec elle alors qu'il y a dix jours, tu étais avec Ériana.

— Et tu appelles ça faire un lien ?

— Non. J'appelle ça préparer le terrain pour la suite. Malgré toute la haine que tu éprouves pour elle, tu ne peux pas nier que Mesline a une partie de ta confiance.

Sa bouche s'ouvrit et se ferma plusieurs fois successivement. Elle n'arrivait même pas à bredouiller quoi que ce soit.

— Je vais accepter ta requête, reprit Matheïl. Je vais chercher pourquoi Mesline œuvre pour le *Velpa* alors qu'elle ne croit pas en ses idéaux, même si je pense sincèrement que le motif que j'ai déjà cité tout à l'heure est suffisant. Je ne forcerai rien, cependant.

C'était le maximum qu'elle obtiendrait et elle hocha la tête en guise d'approbation. Tout ne semblait que détails, mais au milieu de la confusion, traiter des détails lui permettrait peut-être d'y voir plus clair. Elle l'espérait en tout cas, sinon, elle ne leur envisageait aucun avenir.

7

Son reflet dans l'eau stagnante accentuait le vert de ses yeux. Ériana se redressa et tenta d'apercevoir la fin du marais, mais l'humidité en suspension l'empêchait de distinguer quoi que ce soit. Son *inha* des Eaux n'était pas non plus assez puissant pour identifier cette limite. Le sol spongieux semblait s'étaler sur une distance infinie.

— Comment un marais peut-il exister alors que nous venons de quitter l'équivalent d'un désert ! s'énerva Erkam en s'arrêtant derrière elle.

— C'est vrai que c'est bizarre, renchérit Friyah.

Ériana haussa les épaules. Pour elle, le marais n'était qu'un obstacle de plus à franchir, et il avait au moins l'avantage de la rassurer. Si c'était bien celui qu'elle avait déjà croisé dans sa vie, alors ils prenaient la bonne direction.

— Pourquoi est-ce qu'on ne le contourne pas ? demanda Friyah qui venait de glisser dans une flaque. Il doit bien s'arrêter quelque part.

— Je pense connaître ce marais, répondit Ériana, et il est immense. Le contourner prendra beaucoup de temps et je ne suis pas certaine que nous en ayons autant.

— S'y perdre ne sera pas mieux, ronchonna Friyah en remettant son pied en lieu sûr. À moins que tu t'en souviennes vraiment.

— Je ne l'avais pas traversé.

Elle ne voulait pas préciser qu'à l'époque, c'était sa mère qui avait pris la décision de ne pas s'y aventurer. Ériana était trop jeune et le voyage se serait soldé par un échec. Elle se souvenait encore du visage tourmenté de sa mère lorsqu'elles étaient arrivées devant l'étendue boueuse marquant le début du marécage. Il avait alors fallu remonter vers le nord et se résoudre à se rapprocher d'un nouveau village pour trouver de quoi se nourrir avant que les traques ne recommencent.

— Nous sommes perdus ? s'inquiéta Friyah.

— Pas vraiment, soupira-t-elle, mais un marais reste un marais. Il n'y a pas de chemin à proprement parler. Nous sommes cependant bien plus en sécurité ici que nous l'aurions été dans la plaine.

— Mais… Et les collines que nous commencions à voir ? Elles semblaient parfaites !

— Parsemées de villages, dit-elle en secouant la tête. Et de plus en plus nombreux. Quelques villes plus importantes, aussi. Bref, pas beaucoup de discrétion.

— Tu connais toute la Na-Friyie ? demanda Erkam.

— Pas entièrement, mais cette partie-là, oui. C'est dans cette zone que ma mère et moi avons transité la plupart du temps avant que…

Elle laissa sa phrase inachevée. Il n'y avait aucun intérêt à poursuivre.

— Avant que ?

Elle se retourna vers lui, surprise. Erkam affichait une sincère curiosité.

— Avant qu'elle ne soit capturée par les mercenaires, finit-elle en baissant la tête. Ensuite, j'ai été livrée à moi-même.

— Tu avais quel âge ?

— Dix-sept ans.

— Et tu as survécu seule pendant huit années avant que la Friyie ne te trouve ?

— Avant que *Setrian* ne me trouve, corrigea-t-elle. Mais il n'y a rien d'exceptionnel. Ma mère m'avait éduquée pour cela. C'est elle qui m'a appris à me servir d'un arc. Elle qui m'a montré comment cacher qui j'étais dès que j'ai été en âge de le faire. Au moment où elle a été capturée, cela faisait deux ans que nous vivions dans le même village. Nous discutions justement d'en partir. Nous aurions dû avoir cette conversation beaucoup plus tôt.

Les souvenirs lui revenaient comme s'ils n'avaient jamais été effacés, pourtant, elle avait toujours cherché à les repousser. Ils refaisaient d'ailleurs surface facilement alors qu'elle n'en avait jamais parlé à personne, Setrian inclus. Il n'avait pas posé de questions, plus par respect que par manque d'intérêt, et elle s'était bornée à dire le peu qu'elle savait à propos de son *inha* : celui-ci lui venait de son père.

— Ils l'ont enlevée ?

Cette fois, c'était Friyah qui s'était exprimé. Le garçon avait lui aussi connu la perte d'êtres chers, elle ne voulait pas lui donner de faux espoirs.

— Ils l'ont brutalisée puis, oui, je pense qu'ils l'ont enlevée.

— Tu penses ?

— Je n'étais plus là pour voir ça.

— Mais… Comment peux-tu savoir, alors ?

— J'ai entendu, puis je me suis enfuie. Elle venait de se sacrifier pour moi. Nous savions que cela arriverait un jour, elle m'y avait préparée. Toutes ces années à m'apprendre à me débrouiller seule…

— Ça a dû être difficile.

Elle ne répondit pas. Difficile était un faible mot. Mais elle avait fini par accepter. C'était le marché qu'elles avaient conclu. En cas d'attaque, Ériana devait être épargnée à tout prix, même au prix de la mort.

— Remettons-nous en route, dit-elle en désignant un passage sur leur droite.

L'échange lui avait permis de mieux analyser les alentours, et la motte pointée lui semblait une voie plus facile que les terre-pleins faussement solides qu'ils avaient déjà eu l'occasion de tester. À plusieurs reprises, ils avaient eu droit à un bain assez désagréable mais Erkam, comme elle, avait été sûr du chemin à prendre.

— Tu veux que je te remplace ? demanda-t-il.

— Non, ça ira pour l'instant. Je ne suis pas fatiguée et il faut reconnaître que mon *inha* des Terres est également utile à notre progression. Combiné avec celui des Eaux, c'est un bel avantage.

— Je ne sais pas s'ils fonctionnent si bien que ça, dit Friyah en tâtant la motte visiblement trop souple à son goût.

— C'est mieux que le reste autour, objecta Erkam. Ériana, je sais que tu te sers de ton énergie, mais tu le fais depuis ce matin et ce n'est pas une très bonne idée que de t'en remettre autant à elle. Tu nous guides depuis trop longtemps pour être efficace, à présent.

— Je t'assure que ça va.

— Et moi, je t'assure que tu en fais trop.

Elle prit une inspiration mais le cri de Friyah l'empêcha de poursuivre. Le garçon venait de perdre l'équilibre et son sac le faisait basculer vers l'arrière. Ni elle ni Erkam n'arrivèrent à temps pour l'empêcher de finir dans l'eau, mais ils purent l'en extirper avant que le poids de ses affaires ne l'entraîne trop profondément.

— Qu'est-ce que je disais, marmonna-t-il en se faisant tirer à plat ventre sur un îlot.

— Mon *inha* est en pleine forme, Friyah. Il faut juste accepter que ce chemin est réellement le meilleur. C'est pour ça, Erkam, que te mettre en tête ne changerait rien. Tu ne pourrais pas trouver mieux.

— Je suis d'accord, commença Erkam, mais je vais te relayer. Et tu n'as pas le choix, coupa-t-il avant qu'elle ne puisse s'interposer. Ton énergie fait ce qu'elle sait faire de mieux, je le ressens à travers toi, il n'y a aucun doute là-dessus. Tu pointes systématiquement le meilleur passage. Mais tu fatigues. Ton excès de vigilance nous vaut même des déconvenues de ce genre car nous ne sommes plus assez concentrés, Friyah et moi. Laisse-nous nous débrouiller, même si cela signifie une progression plus lente. Tu as besoin de te reposer.

Elle frissonna. Peut-être Erkam avait-il raison. Malgré tous les avantages qu'ils pouvaient tirer de ses éléments combinés, son obstination entravait leur avancée. Comme si son mental n'avait attendu que cette décision, la fatigue s'abattit d'un coup sur elle.

— Ériana ? Oh, Ériana ? Ne ferme pas les yeux comme ça ! Qu'est-ce qu'il t'arrive ?

La voix d'Erkam lui semblait distante alors qu'il était juste devant elle. Elle secoua la tête pour se remettre les idées en place mais le mouvement l'étourdit plus qu'autre chose. Elle sentit une main la retenir puis un corps l'accompagner doucement au sol. Ses vêtements s'humidifièrent. Elle allait finir par ressembler à Friyah qui dégoulinait de toutes parts.

— Je suis…

— Épuisée, c'est évident, finit Erkam. Il faut qu'on trouve un endroit pour s'arrêter. Nous marchons depuis des heures. Ce n'est pas parce que nous avançons lentement que nous n'avons pas besoin de faire une pause.

— Mais il faut sortir d'ici, protesta-t-elle à mi-voix.

— Tu n'as même plus la force de parler ! s'exclama Erkam. Tu espères vraiment que je vais te laisser gagner ? Allez, ça suffit. Je prends les devants pour nous trouver un endroit assez sec. En attendant, tu restes ici avec Friyah. Vous essayez de sécher un peu.

— Tu vas te perdre, dit-elle, encore plus bas.

— Et toi, tu vas t'endormir. Friyah, fais ce que tu peux pour la maintenir éveillée le temps que ses vêtements soient secs. Asseyez-vous sur les sacs, s'il le faut, dit-il en posant le sien au sol. Et je refuse qu'elle essaie d'utiliser son *inha* des Vents pour aider. De toute façon, dans son état, je doute qu'elle réussisse à faire quoi que ce soit, mais reste vigilant.

Friyah hocha résolument la tête. Ses cheveux commençaient à boucler sous l'effet de l'humidité. Le cuir de son sac avait évité au contenu de se mouiller et il aida Ériana à s'asseoir sur celui d'Erkam. Sa propre faiblesse la surprenait.

— Merci, dit-elle en vacillant.

Friyah ne l'entendit même pas. Il était en train de retourner son sac. Elle le regarda en extirper des vêtements.

— Je change de pantalon, dit-il en espérant la garder alerte. Dans la Garde, on nous a appris à ne pas rester mouillés.

— Tu as des affaires de rechange... marmonna-t-elle, à demi éveillée. Je t'envie.

— En vérité, ce ne sont pas vraiment mes vêtements, mais ça devrait passer.

— Qu'est-ce que tu veux dire ?

— C'est le sac de Lyne.

Elle se souvenait que la répartition des sacs s'était décidée lors de l'enterrement de Lyne et de Val. Les biens avaient été divisés selon les besoins de chacun. Friyah avait récupéré une grande partie de ce qui avait appartenu à Lyne.

— Je croyais que tu ne voulais pas porter ses vêtements, plaisanta-t-elle en se rappelant la grimace de Friyah lorsqu'ils avaient ouvert le sac pour la première fois.

— Un pantalon reste un pantalon. Lyne était plus grande, je n'aurai aucun mal à y entrer. Je retrousserai le bas. Quant à sa tunique... dit-il en sortant un vêtement orangé. Je me contenterai de la mienne, même si elle est encore mouillée.

Ériana sentit un sourire étirer ses lèvres mais elle en était à peine consciente. La fatigue menaçait de l'emporter et Erkam avait bien précisé qu'elle ne devait pas s'endormir tant qu'elle ne serait pas sèche. Elle se détourna pour laisser Friyah se changer.

Quand il reparut devant elle, il portait un pantalon à peine trop large mais bien trop long. L'ourlet avait été replié plusieurs fois. Comme il l'avait annoncé, il portait toujours sa propre chemise et sa veste mais celles-ci étaient curieusement sèches, de même que ses cheveux qui, quelques instants auparavant, perlaient encore.

Sa surprise lui donna un regain d'énergie et elle examina davantage Friyah, s'attardant sur l'étrange mèche argentée qui se détachait du reste de sa chevelure brune.

— De quand date cette particularité ? demanda-t-elle en pointant son crâne.

Friyah porta la main sur sa tête et ses doigts saisirent exactement les cheveux dont elle parlait. Il avait dû accomplir le geste de nombreuses fois pour être capable de les trouver si instinctivement.

— Depuis que je suis entré en Friyie. Val m'avait recouvert d'un bouclier pour faire croire que j'étais doté d'un *inha*. Je devais me fondre parmi les apprentis et quand je suis entré dans le bureau de Judin, le bouclier s'est envolé. À partir de là, cette mèche est restée. Judin avait dit qu'il chercherait pourquoi, mais je crois que c'était le dernier de ses soucis.

— Je veux bien le comprendre, soupira Ériana. Ça reste étrange.

— Oui, c'est ce que tout le monde dit. Moi, je m'y suis habitué.

— C'est ce qui compte, sourit-elle.

Friyah fit glisser ses doigts tout en s'asseyant sur son sac. Il tentait d'apercevoir la zone argentée, mais ses cheveux étaient encore trop courts pour cela.

— J'ai l'impression de vous ressembler un peu, du coup, dit-il.

— Nous ressembler ?

— Ça fait un petit point qui me rapproche de vous. Je suis le seul Na-Friyen, finalement, dans cette équipe.

— Nous ne sommes plus vraiment une équipe, Friyah. Nous avons nous-mêmes choisi de la dissoudre. Sans compter que certains sont seuls, désormais…

Hajul avait quand même tenté de convaincre Jaedrin de partir avec Noric et Desni pour les Terres, mais Jaedrin était décidé, au grand soulagement d'Ériana. Ils l'avaient regardé s'en aller vers l'est pour rejoindre le premier village et emprunter la route la plus directe pour la capitale.

— Tu penses que Jaedrin s'en sortira ?

— Je ne sais pas, avoua-t-elle.

— Tu as un peu d'espoir, quand même, non ?

Elle avait profité de la soirée pour apprendre tout ce qu'elle pouvait à Jaedrin au sujet de la Na-Friyie et de la façon d'échapper à ceux qui guettaient les descendants de la population ancestrale. Desni avait posé un bouclier sur ses cheveux en attendant qu'il trouve de quoi les teindre. Ériana espérait que l'artifice tiendrait le plus longtemps possible, il mettrait du temps à trouver la teinture qu'elle lui avait conseillée.

— S'il compte respecter mes précautions, il peut nous servir à quelque chose.

— Je suis certain qu'il les retrouvera.

L'assurance de Friyah était louable mais elle craignait qu'il ne se fourvoie. Jaedrin avait beau être parti avec de bonnes intentions, ses moyens étaient réduits. Seul dans une contrée inconnue, et malgré l'expérience accumulée au cours du voyage, il ne pouvait accomplir autant qu'il le disait.

— J'ai cependant peur qu'il finisse par être capturé, dit-elle. Et dans ce cas…

— Il ne nous servira à rien. J'ai compris.

Friyah soupira en s'asseyant sur son sac. Avec lui, elle n'avait pas besoin d'argumenter sur la notion d'utilité. Il l'avait assimilée depuis longtemps. Hajul et Judin avaient utilisé Friyah à de nombreuses reprises pour faire passer des messages ou même accomplir des missions. Se servir d'enfants dans une quête aussi dangereuse pouvait paraître inadmissible, mais Ériana avait abandonné ses reproches. Ceux qui voulaient lutter pouvaient le faire, quels que soient leur âge et leurs capacités. Aujourd'hui, seule la motivation comptait.

— Je ne veux pas qu'ils meurent, dit Friyah.

Ériana ne releva pas sa remarque. La même résonnait dans son esprit. C'était comme s'ils venaient de sceller un pacte. Ils s'engageaient à ne jamais désespérer. C'était peut-être leur seul moyen d'avancer. Continuer à croire, coûte que coûte.

Soudain, une brise tiède les entoura. Quand le vent cessa, aussi brutalement qu'il était apparu, Ériana réalisa qu'elle était parfaitement sèche. Son *inha* avait dû se manifester de façon impulsive, peut-être à cause de ses émotions.

C'était plutôt une bonne chose mais elle redoutait qu'Erkam n'abandonne sa recherche en sentant le reflet de cette nouvelle projection. Elle resta immobile, jusqu'à être certaine que la brise se soit estompée. Friyah ne semblait rien avoir remarqué, pourtant, ses cheveux flottaient encore au gré du vent.

Quand Erkam revint à peine plus tard, elle tenta de deviner s'il avait perçu quelque chose d'étrange au cours de son escapade.

— Est-ce que tu as senti le reflet ?

— Pourquoi ? Tu as utilisé ton *inha* ? Je t'avais dit de ne rien faire !

— Je n'ai rien fait ! protesta-t-elle. Un courant d'air a eu l'étrange capacité de nous sécher.

— Je n'ai absolument rien senti, mais peut-être étais-je trop concentré sur les endroits où mettre les pieds. Tu es certaine que ce n'était pas juste le vent ?

Ériana inclina la tête, dubitative. La seule chose dont elle était sûre, c'était d'avoir senti l'air frôler ses épaules et débarrasser ses vêtements de leur humidité. Soit Erkam n'avait perçu aucun reflet par défaut d'attention, soit c'était elle qui perdait la tête. Dans les deux cas, quelqu'un avait failli. Elle préférerait ne pas savoir qui.

— Alors, tu as trouvé quelque chose ? demanda-t-elle en changeant de sujet.

— Il y a de quoi se reposer, un peu plus loin. Je pense que nous devrions nous y arrêter définitivement pour aujourd'hui. Nous ne trouverons pas mieux. On dirait presque que l'endroit est spécialement conçu pour ça.

Elle haussa les sourcils de surprise. Si quelque chose paraissait évident depuis qu'ils avaient pénétré dans le marais, c'était que personne ne s'y était aventuré depuis un bon moment. Il n'y avait absolument aucune trace de pas dans la boue et rien ne montrait le passage d'un être vivant, même d'un animal. Les seuls à rôder étaient ceux qui sinuaient dans l'eau et les quelques rapaces assez téméraires pour tenter de les attraper.

Elle approuva cependant. Sa fatigue ne l'avait quittée que le temps de la conversation. Elle laissa Erkam passer devant, Friyah dans sa suite. Elle fermerait la marche en les gardant sous les yeux, cela lui donnerait la force d'avancer.

Erkam assuma pleinement son rôle de guide jusqu'à l'endroit qu'il avait repéré. Ériana ne put que s'étonner de l'exactitude de ce qu'il avait déjà rapporté. L'endroit semblait parfaitement adapté pour une étape de parcours.

L'espace était plat, sec. De hautes broussailles l'isolaient du vent, et Ériana commença à se dire qu'elle avait vraiment inventé celui l'ayant aidée à sécher. La zone était tout à fait propice au campement. Ils pourraient même établir un feu. À cette pensée, Ériana se mit à saliver abondamment. Erkam se retourna d'un coup vers elle.

— *Que se passe-t-il ? C'est...*

Dans ses yeux, elle vit l'inquiétude propre à son rôle de protecteur. Ce qu'ils avaient redouté venait de se produire, dans un lieu où tout allait à l'encontre du désir qui allait bientôt l'étreindre plus que tout.

— *Le premier besoin pour les Feux*, confirma-t-elle.
— *Pile au moment où on s'en écarte le plus. Fichu marécage !* pesta-t-il.
— *Il fallait bien que ça arrive. C'est peut-être même pour cette raison qu'il s'est déclenché.*
— *On s'en serait volontiers passés. Parce que nous ne sommes pas près de pouvoir te rassasier en permanence.*
— *Ce n'est qu'une première sensation. Nous avons le temps avant que cela devienne un impératif. Je te rappelle que j'ai combattu tous les symptômes pour celui des Eaux. Je devrais pouvoir contrer celui des Feux de la même façon.*
— *Ce sont des éléments très éloignés. Ça ne va pas être aussi facile.*
— *Nous n'avons pas vraiment le choix. Si nous pouvions déjà démarrer un feu…*
— *Avec l'humidité qui règne ici, je ne promets rien mais nous allons essayer. Friyah ?*

Ériana s'apprêtait à reprendre Erkam sur sa bêtise – Friyah ne pouvait pas être inclus dans le *inha'roh* étant donné qu'il ne disposait d'aucun *inha* – quand elle s'interrompit d'elle-même. Il s'agissait forcément d'une coïncidence, mais le garçon venait de tourner la tête dans leur direction.

— Je suis bête… marmonna Erkam à voix haute. Friyah, tu pourrais rassembler de quoi faire un feu ? Je crois que nous ne craignons rien, ici. Il n'y a pas la moindre âme qui vive dans ce marais. Et je donnerais beaucoup pour quelque chose de cuit si nous parvenons à attraper un poisson, même s'il s'agit d'eau douce.

— Et stagnante, compléta Friyah en grimaçant.

— Ce sera toujours mieux que de vider nos réserves. Tu t'en charges ?

Friyah déposa ses affaires avant de s'enfoncer dans le bosquet. Ériana se rapprocha d'Erkam qui fixait encore la trace que le garçon laissait derrière lui, dans les broussailles. Son regard était devenu soucieux.

— Tu as vu la même chose que moi ? demanda-t-elle.

— Il me semble, répondit Erkam. Mais c'est étrange.

— Ça doit être un hasard.

— Je ne pense pas. Ce passage est trop large et je trouve que l'herbe reprend assez difficilement sa place. Quelqu'un a dû passer par ici il n'y a pas très longtemps.

Ériana fronça les sourcils. Erkam ne parlait pas du tout de la même chose qu'elle. Il n'avait rien dû remarquer, sûrement parce que ça n'avait aucune importance. Encore une fois, la fatigue l'embrumait et elle tirait des conclusions hâtives. De plus, ce que pointait Erkam méritait son attention.

— Je vais voir, dit-elle en se préparant à toucher le sol.

— Ériana, ne…

— Je n'en ai que pour quelques instants. Ensuite, c'est promis, je me repose.

Erkam abdiqua et elle se pencha vers les broussailles. Elle réfléchit un moment et choisit d'utiliser la main où son gant portait le symbole des Terres. La précaution était sûrement inutile, mais elle préférait se concentrer de cette façon.

Lorsqu'elle releva les yeux, Friyah était revenu. Il s'affairait au-dessus des broussailles qu'il avait ramassées et tentait de faire démarrer les flammes. La tentative s'avérait difficile. Tout était imbibé d'eau. Elle retira sa main du sol, dépitée. Même si Friyah parvenait à faire prendre les brindilles, elle ne pourrait pas en profiter. Son *inha* venait d'être formel. Quelqu'un était passé par ici il y a peu, et pas seulement une personne.

— Prenez vos affaires, ordonna-t-elle.

Erkam et Friyah se redressèrent d'un bond. Aucun ne chercha à en savoir plus. Le feu au pied de Friyah prit à ce moment-là. L'humidité avait une fois de plus été miraculeusement vaincue. Mais les pieds d'Erkam vinrent aussitôt écraser les flammes.

— À quelle distance sont-ils ?

Ériana tourna la tête vers l'endroit d'où venait Friyah. Le vent lui sembla porter des sons, de nombreux sons. Une foule approchait et cette foule était armée.

— Tout près.

8

Ils se mirent aussitôt à courir. Cette fois, Ériana laissa Erkam passer devant. Sa fatigue risquait de les perdre.

— *Je vais dans la bonne direction ?* demanda-t-il à Ériana.

— *Il faut aller le plus possible au nord.*

— *Mais c'est de là que nous venons !*

— *Ils arrivent du sud !*

Erkam grommela en pensée mais se réorienta. Finalement, il retrouvait les passages qu'ils venaient juste d'emprunter. Leur fuite en était presque facilitée mais Ériana pestait intérieurement. Remonter tout ce qu'ils avaient descendu aujourd'hui était rageant. Les sons qui continuaient à se propager étaient toutefois assez motivants pour encourager leur course.

— *Combien ?* lança Erkam alors qu'il bondissait sur une nouvelle motte de terre.

Ériana se figea brièvement, cherchant à réaccéder à son *inha*. Alors qu'elle se penchait par terre, Erkam l'attrapa brutalement par le bras et la tira en avant.

— *Qu'est-ce qui te prend ? Nous n'avons pas le temps !*

— *Mais tu viens de me demander...*
— *Si tu savais déjà combien ils étaient ! Si tu crois que je vais risquer nos vies juste pour avoir un nombre précis ! Je veux simplement une estimation. C'est possible ?*

Ériana ferma les yeux, cherchant à ramener le souvenir de son *inha* juste avant qu'ils ne détalent. Erkam ne l'avait pas lâchée et elle se laissa entraîner, trébuchant à quelques reprises. Après une dernière vérification, elle rouvrit les yeux.

— *Une trentaine. Peut-être plus.*

Erkam râla ouvertement.

— *Je t'interdis de chercher à t'arrêter ou à fermer de nouveau les yeux, mais dis-moi seulement si tu as une idée de qui il peut s'agir.*

— *Sincèrement, aucune,* avoua-t-elle. *Néanmoins, avec un nombre pareil... Une escouade du Velpa serait plus que probable. Quand j'étais avec ma mère, nous en croisions parfois.*

— *Et elles étaient formées de quoi ?*

— *De mercenaires et de soldats. Et, maintenant que j'y pense, il doit aussi y avoir des mages. À l'époque, je pensais que ces personnes vêtues différemment étaient là en tant que corps médical, mais désormais, leur identité ne me laisse aucun doute.*

— *Absolument merveilleux...*

Avec leur échange, leur rythme s'était légèrement ralenti. Ériana pouvait sentir Friyah sur ses talons. Le jeune garçon semblait courir de plus en plus vite, comme si le vent le portait. D'ailleurs, Ériana pouvait sentir l'air la pousser dans le dos, accélérant sa cadence. Erkam semblait en profiter par la même occasion et il ne releva pas l'artifice. Si jamais le *inha* impulsif d'Ériana en était la cause, il devait cette fois accepter la manipulation de par le service qu'elle leur rendait.

Le vent ne faiblit que lorsque leurs propres forces commencèrent à diminuer. Le crépuscule arrivait et Ériana ordonna à Erkam de la laisser tranquille le temps qu'elle sonde l'énergie de la terre. La manipulation lui coûta ses dernières réserves mais eut au moins l'avantage de considérablement les rassurer.

— Ils ne viennent plus vers nous, dit-elle.

— Alors nous nous arrêtons ici, soupira Erkam en laissant tomber son sac.

— C'est certain ? demanda Friyah, inquiet.

Ériana lui ôta son sac des épaules.

— Tu doutes de mon *inha* ? s'amusa-t-elle.

Le garçon se retourna d'un coup, les sourcils froncés, la mine sévère. Ériana recula d'un pas, le vent faisant voltiger ses cheveux. Elle avait rarement vu Friyah aussi dur dans son regard et elle ne donnait aucun sens à la brise qui les entourait. Puis tout s'apaisa et Friyah détendit sa mâchoire.

— Jamais, mais tu es fatiguée. C'est de ton énergie physique que je doute.

Ériana le dévisagea des pieds à la tête. C'était cet apprenti de douze ans qui la jaugeait sur ses capacités alors qu'il devait certainement être moins endurant qu'elle.

— Ne doute plus et trouve un endroit sec.

Friyah encaissa l'ordre sans broncher puis se mit en quête d'une zone propice. Erkam se pencha vers elle.

— Tu es sûre que tout va bien ?

Ériana laissa Friyah s'éloigner un peu avant de répondre.

— Est-ce que j'ai vraiment besoin de te dire que je trouve le comportement de Friyah étrange ?

— Non, avoua Erkam, mais tu voulais impérativement le prendre avec nous, alors je n'ai rien dit. Néanmoins, il faudrait qu'il apprenne à accepter tes décisions.

— Il les accepte, ce n'est pas le problème.

— Alors qu'est-ce qui te gêne ?

Pour toute réponse, Ériana désigna le garçon du menton. Il était penché sur le sol, à une dizaine de mètres d'eux, en train de balayer négligemment l'air comme s'il chassait des insectes.

— Il y a un problème avec mon *inha*, depuis qu'il est avec nous.

— Tu veux dire que tu t'en sers différemment ?

— Plutôt que je ne réalise pas que je m'en sers. Et que toi non plus.

Erkam laissa passer un instant de silence puis se mit à bâiller.

— Peut-être qu'il a raison, nous sommes trop fatigués.

Friyah se redressa à ce moment-là et leur fit signe. Apparemment, le terre-plein qu'il inspectait était correct. Erkam aida Ériana à se lever et, ensemble, ils rejoignirent le garçon qui s'attelait déjà à faire un feu. Ériana regarda les flammes prendre tout en se demandant comment un bois aussi humide pouvait faire si peu de fumée, puis elle laissa ses questions de côté en s'allongeant. La chaleur était un tel bienfait qu'elle oublia tout le reste.

Un bruit de frottement la réveilla. Ériana ferma les yeux, tentant de se rendormir. Il ne lui semblait pas que Friyah ait déjà fini son tour de garde, pourtant elle l'entendait se rapprocher.

Déçue, elle se redressa. Cela devait être à elle d'assurer le guet. Dans la lueur rouge des flammes, la silhouette de Friyah paraissait déformée, comme s'il était plus mince. Lorsqu'il s'arrêta devant elle, elle eut un mouvement de recul.

Les yeux de Friyah étaient voilés.

— Fr... Friyah ? balbutia-t-elle sans parvenir à se convaincre qu'il s'agissait de lui.

Le garçon ne répondit pas et s'assit, balayant les alentours pour vérifier que personne ne les observait. Peut-être se mouvait-il dans son sommeil, mais les frissons qui remontaient le long du dos d'Ériana lui firent écarter cette hypothèse. Friyah n'avait pas de *inha*, ses yeux ne pouvaient pas avoir cette étrange qualité.

— Je ne suis pas Friyah.

Elle sursauta. Ce n'était pas non plus le timbre du garçon. La voix restait toutefois masculine, peut-être plus âgée.

— Qui êtes-vous, alors ?
— Eko.

Le seul prénom la rassura et la tension dans ses épaules s'évapora. Laissant de côté sa surprise, elle s'assit plus franchement face à Friyah. Ou plutôt à Eko. La situation était encore trop étrange pour qu'elle sache à qui elle s'adressait réellement.

Une chose cependant la convainquait : elle était sereine, comme chaque fois qu'elle avait rencontré les âmes messagères. Ni pour Dar ni pour Erae elle n'avait eu à s'inquiéter de quoi que ce soit. Les âmes la guidaient vers elles. Eko, l'âme des Vents, avait dû faire de même. Quoique vu la façon dont il se présentait, elle avait davantage l'impression qu'il était venu à elle.

— Comment est-ce possible ? demanda-t-elle, subjuguée.

— J'emprunte son corps puisque je ne suis qu'une âme.

— Vous savez donc aussi faire ça, s'extasia Ériana à mi-voix. Pourquoi n'apparaissez-vous pas sous votre forme éthérée ?

— Je n'ai plus assez d'énergie.

— Je croyais que le bouclier était votre source ?

— Je n'étais plus en sécurité dans *Elpir*.

Elle n'avait pas besoin de demander plus d'explications. Elle avait vu de ses propres yeux les faiblesses du bouclier attaqué par le *Velpa* et l'armée. C'était à cet endroit qu'elle aurait dû trouver Eko et subir son instruction aux Vents, mais l'âme s'était réfugiée ailleurs. Et cet ailleurs ne manquait pas de la surprendre.

— Pourquoi n'êtes-vous pas retourné dans l'artefact ?

— Il est entre de mauvaises mains.

— Mesline ?

Friyah secoua la tête.

— L'artefact est désormais détenu par celui qui se prétend Maître des Vents.

Ériana prit une grande inspiration. Bien que l'objet ne lui soit plus d'aucune utilité, elle n'aimait pas le savoir en possession du *Velpa*.

— Si vous ne pouvez plus habiter *Elpir*, comment faites-vous pour vous ressourcer ?

— J'y vais parfois, répondit Eko. Mais mes incursions sont brèves. Je ne peux m'y attarder, de peur d'être détruit en même temps.

— Alors ça expliquerait… Il y a un certain temps, j'ai eu la sensation que vous étiez dans le bouclier puis que, soudain, vous aviez disparu. Vous n'étiez pas dans l'artefact non plus. Je ne comprenais plus rien.

— Je me souviens de ce jour, répondit Eko en opinant. Tu étais avec ton protecteur. La coïncidence était parfaite. Pour une fois que j'aurais pu agir… Mais les sauvages s'acharnaient un peu plus loin et je ne pouvais pas rester plus longtemps. Je suis revenu, après ça, mais vous n'étiez plus ensemble. Tu empruntais le bouclier avec d'autres.

— Avec le reste de mon équipe, compléta Ériana. Pourquoi n'avoir pas tenté de prendre contact ?

Le corps de Friyah s'affaissa légèrement.

— Je commençais à me demander si *Elpir* serait assez stable pour quelque chose d'aussi long que le transfert. Il nous aurait fallu y rester plus de trois jours. Je sais aujourd'hui que ce n'est plus possible. Le sanctuaire n'existe plus.

— Il n'existe plus ? Comment ça ? *Elpir* a disparu ? Ils sont parvenus à le briser ? s'affola Ériana.

— Oh non, il se passera encore un peu de temps avant que toute l'énergie ne soit réduite à néant.

Pour l'instant, elle se dilue et tente de combler les brèches créées chaque jour. Mais le processus est lent et, un jour, l'énergie n'arrivera pas à temps.

— Comment ferez-vous, alors ?

— J'espère que je n'existerai plus à ce moment-là, que nous nous serons enfin chargés de ton transfert.

Ériana tourna les yeux vers Erkam, qui rêvait paisiblement à l'opposé du campement. Elle ne comprenait pas comment il pouvait dormir aussi sereinement alors qu'il passait son temps à s'alarmer à son sujet. L'étrange tumulte de son *inha* depuis qu'Eko s'était montré aurait dû se refléter en lui, mais il ne semblait pas s'en apercevoir et dormait à poings fermés.

— Mon transfert… répéta-t-elle. Comment allons-nous faire, sans sanctuaire ?

— Il nous faudra découvrir un endroit qui dégage suffisamment d'énergie des Vents. Je ne m'inquiète pas trop, nous finirons bien par trouver.

Le visage de Friyah afficha une résolution inhabituelle et Ériana comprit enfin d'où lui venaient toutes ses nouvelles expressions. Sa détermination, sa maturité, les altérations de sa personnalité. Heureusement, ces qualités existaient chez lui auparavant. Friyah n'était pas qu'un simple hôte dont les prouesses seraient dues à une présence intruse dans son esprit.

— Depuis quand occupez-vous Friyah ?

— Depuis qu'il a traversé *Elpir*. C'était il y a quelques mois. Les sauvages avaient commencé leur travail sur le bouclier, à l'est comme à l'ouest, et l'artefact était déjà entre de mauvaises mains. Je ne pouvais y retourner sans craindre d'avoir à me montrer.

Cela avait failli se produire une première fois, lors d'une cérémonie où j'ai eu à me défendre. L'utilisatrice a pâti d'une sévère blessure à l'abdomen. Après ça, je suis retourné dans *Elpir*. C'est là que j'ai vu que la situation dégénérait, qu'il ne m'était plus possible de rester. Quand le garçon est passé par là, avec une flèche portant ton énergie, je n'ai pas réfléchi un instant et me suis projeté en lui. Depuis, je l'habite. Je sais que ma présence a légèrement modifié son comportement, mais je pense être parvenu à rester imperceptible. En dehors de cette mèche de cheveux à laquelle je n'ai rien pu faire, il n'y a aucune trace de mon existence en lui.

À nouveau, Ériana vit Friyah porter la main à sa tête pour attraper la mèche argentée.

— Que sait-il, exactement ? demanda-t-elle.

— Le garçon ? Rien. J'ai pu l'habiter parce qu'une infime partie de son sang le lie à la Friyie. Ses parents devaient être d'origine friyenne, mais chez lui, le *inha* ne s'est pas transmis lors de sa conception. J'ai agi de façon un peu téméraire, mais c'était ma meilleure option. Quelqu'un qui ne soupçonnerait pas mon existence en lui et, surtout, quelqu'un que personne ne soupçonnerait. Comment un Na-Friyen pourrait-il cacher une âme messagère ? Ce n'est même pas concevable pour votre génération, alors finalement, c'est un choix idéal. Un peu hâtif, mais idéal.

— Donc Friyah ne ressent vraiment rien ?

— Je n'irais pas dire qu'il ne ressent rien. Sa prédisposition artistique s'est transformée en prédisposition messagère. Je lui ai glissé des indices lorsqu'il a eu besoin de parcourir le territoire des Vents. Je l'ai guidé, d'une certaine manière. Enfin, il s'est guidé lui-même. Tout ce qui pouvait lui être utile, je faisais en sorte qu'il le sache, sans qu'il ait à se questionner sur la façon dont les informations lui venaient.

— Est-il conscient de notre discussion, en ce moment ?

— Non. Il ne reprendra ses esprits que lorsque je me serai effacé, comme chaque fois. Le grand avantage d'occuper le corps de ce garçon, c'est que, de temps à autre, je peux prendre le contrôle de ses sens. Je peux entendre et voir ce qu'il entend et voit. Ça reste rare et furtif, sauf pendant son sommeil où je peux me permettre davantage. Sinon, il aurait de bien trop nombreuses absences et commencerait à s'inquiéter.

Elle ne savait pas si la réponse la rassurait ou l'inquiétait. Friyah n'apprécierait peut-être pas d'être utilisé ainsi, mais chacun de ses choix montrait l'inverse. Il s'était mis à leur disposition. *Non, à ma disposition*, se corrigea-t-elle. Tous ses choix n'avaient jusqu'à présent été motivés que par sa sécurité. Un second protecteur, en quelque sorte. Et ces fois où le vent s'était manifesté aujourd'hui lui revinrent.

— C'est vous qui nous avez aidés à sécher aujourd'hui ? osa-t-elle demander.

— C'était effectivement moi. Je ne pouvais pas vous laisser mouillés alors qu'il m'était possible de faire quelque chose ! Erkam aurait d'ailleurs pu te montrer l'exemple avec son *inha* des Eaux. Je sais que vous étiez malmenés par ces marais, mais il commence sérieusement à faillir à son rôle.

Ériana soupira. Eko avait pointé trop rapidement ce qu'elle avait mis des jours à accepter. Erkam avait sa propre façon de la protéger, et ce n'était pas celle qui lui convenait.

— Je sais qu'il n'est pas celui qu'il me faut, dit-elle. Mais je ne peux pas le repousser et lui dire de partir. J'ai encore besoin de lui pour les deux derniers transferts. Besoin… J'aimerais arrêter d'utiliser tout le monde.

— Tu as dit toi-même qu'il était nécessaire d'utiliser les autres, souleva Eko. Oui, j'étais là, lorsque tu parlais de ça à ton ami Jaedrin.

— Mais Friyah n'était pas avec nous ! s'exclama-t-elle en se souvenant de la scène.

— Non, mais l'air porte les sons. Donc cesse de te contredire et utilise Erkam comme bon te semble. De toute façon, tu n'auras plus à le faire très longtemps.

Ériana leva les sourcils. Au-delà de sa confusion, elle était presque blessée qu'Eko relègue Erkam à si peu alors qu'il était le seul à pouvoir assumer la fonction de protecteur.

— Le garçon sera bien mieux, poursuivit-il.

Les mots mirent un moment à prendre forme dans son esprit.

— Friyah ? s'exclama-t-elle.

Eko hocha la tête. C'était étrange de voir Friyah acquiescer à son propre prénom alors qu'elle s'adressait à l'âme qui l'habitait.

— Mais il n'a pas le moindre *inha* !

— Lui, non. Moi, si.

— Comment pourrait-il devenir mon protecteur s'il ne ressent pas le reflet ?

— Il est surtout question du transfert, en fait. Erkam n'y sera pas apte. Son expérience avec les Eaux a été douloureuse, il ne tiendra jamais une seconde fois et j'ai peur pour toi. Je refuse qu'il s'en occupe.

La soudaine froideur du ton d'Eko la blessa. L'intensité du regard de Friyah aussi, malgré le flou toujours présent dans ses yeux. Les deux ne formaient qu'une seule personne, mais combinés, elle en frissonnait.

— Tu l'as remarqué toi-même, renchérit Eko. Raison de plus pour que je t'impose ce choix.

— Imposer est un faible mot... murmura-t-elle. Friyah n'est qu'un enfant.

— Un enfant qui traverse la Friyie pour toi et à qui tu as légué une parcelle de ton *inha*. Ne vois-tu pas à quel point il est déjà ton protecteur ? Ne vois-tu pas de quelle façon le reflet se matérialise entre vous deux ?

Ériana ouvrit grands les yeux, perplexe, puis chaque pensée trouva sa place.

— Ma flèche... Friyah connaît l'état de mon *inha* grâce à la flèche ! Il me l'a montrée, il y a quelques jours. J'ai eu du mal à y croire en la voyant briller ainsi, mais il était formel, la lumière reflète l'état de mon énergie... Comment ai-je fait ?

— Ça, c'est quelque chose que j'aimerais bien comprendre, même si, après tout, ça n'a pas beaucoup d'importance. Ce qui compte, c'est de savoir pourquoi. Seul l'avenir nous le dira. Ou alors une autre prophétie, peut-être, mais personne n'a parlé de ça.

Elle commençait à être lasse de la façon dont les ancêtres s'en étaient systématiquement remis aux prophètes. Eko avait gardé ses réflexes, malgré les millénaires passés à l'attendre.

— Comment Friyah pourra-t-il devenir mon protecteur ? demanda-t-elle alors. Par quel artifice ? Il ne porte pas d'insigne.

— J'en portais un, répondit Eko en désignant son front. Un bandeau, juste là.

— Vous avez dit que *Friyah* deviendrait mon protecteur, objecta-t-elle. Pas vous.

— Friyah sera l'enveloppe charnelle. Je serai l'énergie à l'intérieur.

— Même si vous êtes en plein transfert ?

— Il aura cette flèche comme témoin de ton énergie et je conserverai un lien ténu avec lui. De toute façon, c'est ce que font toutes les âmes, elles retournent dans l'artefact le temps que le transfert se diffuse en toi. Je n'ai plus d'artefact sûr, alors je serai en Friyah. Et, à l'inverse d'Erkam, et même de Setrian, je n'aurai aucun scrupule à utiliser mon *inha* pour me défendre et te désarmer dès que tu tenteras de t'en prendre à moi.

— Je sais pertinemment ce qui se passe pendant ces transferts, grogna Ériana en se souvenant de ses amers réveils.

— La totalité ? s'étonna Eko. Je pensais qu'ils ne t'avaient pas tout raconté.

Elle se mordit les lèvres. Effectivement, elle n'était pas au courant de tout, mais l'essentiel avait été dit. Dans ces moments, chaque personne s'opposant à ses désirs devenait un ennemi, ce qui avait transformé Erkam et Setrian en deux farouches adversaires. Mais elle aurait apparemment utilisé des moyens bien plus perfides. Rien que de les imaginer lui donnait la nausée, mais elle devait accepter l'évidence. Même ses pensées intimes avaient été remises en cause.

— Jamais je n'accepterai de faire subir ça à Friyah, déclara-t-elle.

— Il ne subira rien. Je serai là pour le lui éviter.

— Et si vous êtes trop faible pour agir ?

— Je le suis déjà, alors même que ton transfert devrait être moins violent. Et puis, tu es déjà initiée aux autres éléments. Il ne faudra t'isoler que du feu. Que crains-tu ? On dirait que tu ne veux pas recevoir ces connaissances. Tu as pourtant besoin de savoir manipuler ton énergie !

— Pas si je dois perdre l'amitié de Friyah en même temps !

Le visage d'Eko se radoucit.

— Comment crois-tu que je l'ai choisi ? Comment crois-tu que Setrian a été choisi ? Erkam est une erreur, un accident dans la lignée de ceux ayant à œuvrer pour toi. Setrian et Friyah avancent sans même se poser de questions. La seule chose qui leur importe est ta survie, quel qu'en soit le prix. Erkam n'envisage pas les choses sous cet angle. Il pense à sa vie et ne peut donc pas t'être dévoué comme il le devrait.

— Heureusement, qu'il pense à sa vie ! À quoi servirait cette lutte, sinon ?

— Tu as raison, mais tu t'écartes du sujet. Les sentiments personnels d'Erkam entrent en jeu de façon trop fréquente. Tu l'as toi-même réalisé. Tu as besoin de personnes qui peuvent mettre leurs vies entre tes mains pour la simple raison que tu mets la tienne entre les leurs. Je ne suis pas près de trouver un remplaçant aussi idéal que Friyah, alors je ne ferai rien qui le mettra en danger. Ne me mets pas d'entraves, s'il te plaît. Il deviendra – *nous* deviendrons – ton protecteur.

Ériana, qui s'était lentement affaissée sur elle-même, soupira longuement.

— Bien… Où est votre bandeau ?

— Certainement réduit en poussière, depuis le temps, répondit Eko.

— Il nous faut nos insignes respectifs pour que les choses se fassent, souleva Ériana.

— J'ai mon hypothèse, mais je t'en ferai part le moment venu. Friyah deviendra celui qu'il te faut pour les quelques jours où cela sera nécessaire. Crois en moi.

Croire… Elle ne savait plus vraiment qui croire. Les ancêtres avaient tout anticipé, même le fait d'avoir à l'assister pendant les transferts. Ils s'étaient arrangés pour avoir un messager suffisamment talentueux pour remplir ce rôle, mais ils n'avaient pas envisagé le libre arbitre de celui-ci. Setrian n'était pas resté auprès d'elle en permanence. Parce qu'il lui faisait confiance, parce qu'il l'aimait.

Toutes ces interprétations n'avaient de cesse de l'exaspérer. Sa vie entière était menée par des suppositions avec lesquelles elle devait trouver un équilibre, même si une grande partie allait encore à l'encontre de ses propres choix.

Il n'était pas facile de dire aux Friyens que leurs prophètes se trompaient. À Myria, la chose avait été impossible. Même Setrian, au début, y avait cru aveuglément. Avec le temps, il avait accepté de remettre en cause chaque prédiction. *Peut-être même trop*, songea-t-elle.

— Si tu ne crois pas en moi, reprit Eko, crois au moins en Setrian. Il serait partant pour cette proposition, j'en suis certain.

Elle hocha simplement la tête. Eko avait déjà capté l'essence de Setrian. En tant que vrai protecteur, Setrian ne se serait pas opposé. Eko jouait avec ses sentiments, mais tout était dit.

— Cela aussi avait été prévu par les prophètes ? demanda-t-elle, résignée.

— Non, mais je connais le caractère de Setrian, même si je ne l'ai jamais rencontré. Il est de ma lignée, après tout.

Elle écarquilla d'abord les yeux puis se souvint de cette hypothèse, formulée par Dar.

— Alors ce serait vrai ?

— Il ressemble bien trop à ma sœur pour ne pas lui être associé, répondit Eko avec un sourire. Une autre des raisons qui me font dire qu'il est bien celui qui te convient. Il descend d'une lignée exceptionnelle. Exactement le protecteur qu'il te fallait.

Ériana pouffa doucement.

— Sauf votre modestie, Setrian n'est pas seulement mon protecteur.

— J'ai effectivement cru comprendre qu'il existait autre chose, mais cette particularité n'était pas décrite dans les prophéties de mon temps. Peut-être ont-elles pointé ce détail par la suite, même si j'en doute. Ce lien affectif que vous partagez présente néanmoins un énorme avantage.

Ériana écarquilla les yeux.

— Vous vous cherchez l'un l'autre, poursuivit Eko. Vous agissez de concert, même si vous êtes à des lieues l'un de l'autre. Vous êtes capables de prendre les décisions qu'il faut au moment où elles sont nécessaires. Et dès qu'elles sont prises, vous faites tout pour y parvenir car seule la réussite vous permettra de vous revoir. Si ça, ce n'est pas de l'efficacité !

Eko ne réalisait sûrement pas à quel point ses mots étaient blessants, mais elle ne pouvait le lui reprocher. Il avait lui-même mis sa vie en jeu pour qu'elle puisse bénéficier des meilleures instructions.

— C'est une bonne chose que tu te sois révélée des Vents, reprit-il après un court silence. Encore une fois, c'est parfait. Et pourtant, rien n'avait de sens, à l'époque. Nous t'attendions d'un autre élément. Mais nous partions sur un protecteur des Vents… Nous-mêmes ne comprenions pas nos choix !

— Là, c'est moi qui ne vous suis pas, se permit-elle. Vous m'attendiez d'un autre élément ? Avant que la prophétie ne se réalise, je ne détenais que les Vents et puis, c'est bien ce que dit la prophétie : la quête sera aux Vents.

— Tu l'as dit : la *quête*, pas *toi*. En réalité, je crois qu'à ta naissance, tu avais deux éléments. Comme tout enfant issu de parents de deux éléments différents, ton organisme a fini par en choisir un. Pour toi, les Vents se sont activés les premiers.

Ériana était perplexe. Puis un rire nerveux la gagna.

— C'est impossible ! Je n'avais qu'un *inha*, celui de mon père. Tout le reste s'est manifesté par la suite avec cette prophétie.

— En es-tu certaine ? J'avais l'impression que c'était l'inverse. Tout à l'heure, tu as dit à Erkam que ta mère t'avait élevée. Ce doit être son élément qui t'a influencée, elle devait appartenir aux Vents.

— Ma mère était na-friyenne, rétorqua Ériana. Vous faites fausse route. Jamais elle n'a montré une quelconque appartenance à la Friyie. Même ses cheveux étaient normaux !

— De quelle couleur étaient-ils ? s'enquit Eko, ignorant sa colère soudaine.

— Un brun vraiment très sombre, rétorqua-t-elle. C'était très pratique sachant qu'elle me recouvrait de cette étrange mixture qui donnait une couleur similaire aux miens.

— Et tu ne penses pas qu'elle procédait de la même façon sur elle-même ? Si la couleur était identique…

Elle allait répondre que non mais s'autorisa à réfléchir. Finalement, rien ne lui prouvait que sa mère ne se teintait pas elle aussi les cheveux, mais jamais elle n'aurait menti sur une telle chose.

— Tu ne dis rien ? s'étonna Eko. Alors c'est que le doute existe. Dans ce cas, je me permets de continuer. Si ta mère ne détenait aucun *inha*, cela signifierait que ton père était des Vents, comme ce que tu as l'air de croire. Mais comment expliques-tu la couleur de tes yeux ? Ce n'est pas une teinte commune chez les Vents, tu as dû le remarquer. Tu t'en es d'ailleurs certainement rendu compte avec cette femme croisée dans la Tour des Eaux.

Le ton d'Eko la fit se redresser, le maître s'adressait à son apprentie. Eko avait des réponses mais il attendait qu'elle les trouve par elle-même. Sauf qu'elle se sentait davantage attaquée qu'instruite.

— Le fait que je partage la même couleur d'iris que Plamathée ne signifie absolument rien, dit-elle, énervée.

— Et le fait que vous partagiez le même nom de famille ?

Son souffle en fut coupé.

Elle avait eu un moment de surprise en découvrant le nom de Plamathée et avait feint l'ignorance lorsque Dar l'avait mentionné. Sa mère lui avait transmis ce nom, Anathé, un soir de fuite. Elle se souvenait aussi de l'ordre impérieux qui l'accompagnait : il s'agit de celui de ton père, ne le mentionne sous aucun prétexte.

— Comment pouvez-vous savoir ? demanda-t-elle.

— Ton nom était annoncé dans la prophétie.

— Dar me l'a déjà dit, avoua-t-elle.

— Dar est l'âme de quel élément, déjà ? demanda Eko.

Elle fut coupée dans son élan. Avec ce qu'elle apprenait, elle en avait oublié que les âmes n'avaient pas forcément été informées de tout ce qui se passait chez leurs homologues voisins. Eko semblait en savoir beaucoup. Qu'une faille existe dans ses connaissances la surprenait.

— Des Terres.

— Ah, oui, je me souviens de lui, à Myria. Un homme charmant et aussi très vieux qui passait beaucoup de temps avec mon père. Son sacrifice s'explique. Ils étaient trois à être en lice pour l'artefact. Je suis content qu'il ait été choisi. Il semblait d'une grande bonté.

— Je pense qu'il vous retournerait le compliment. Dar avait fini par comprendre que vous aviez été choisie, vous aussi. Au final, vous vous connaissiez tous les uns les autres.

— Comment s'appelle l'âme des Eaux ? C'est une information que je n'ai pas eu la chance de capter chez Friyah.

— Erae.

— Cette peste ?

L'outrage sur le visage de Friyah, accompagné de celui dans la voix d'Eko, fit rire Ériana aux éclats. D'autant qu'elle partageait l'avis de son interlocuteur.

— Comment pouvez-vous connaître les Anathé ? sourit-elle.

— J'ai eu l'occasion de les rencontrer. Dar n'a peut-être pas eu cette chance, ou cette malchance, mais j'ai côtoyé cette gamine d'Erae pendant son séjour chez nous. Une horrible capricieuse. Heureusement que ses frères étaient là pour la canaliser.

— Et ils savaient que je serais de leur lignée ? C'est assez contradictoire avec ce que vous insinuez. Vous prévoyiez un protecteur des Vents, en l'occurrence Setrian, quelqu'un qui viendrait de votre propre lignée, bien que je sois des Eaux ? Ça n'a aucun sens.

— Rien n'était dit sur ton élément *de naissance*. La seule chose dont nous étions certains était que tu serais messagère. Après, nous savions que tu détiendrais les quatre éléments, dont celui du protecteur… nous avons pris le plus doué. Les Anathé étaient cependant très fiers que tu sois de leur lignée. Tout le monde s'attendait à ce que tu sois messagère des Eaux, c'était ce qui semblait le plus logique. Un doute subsistait cependant, puisque tu n'étais pas mentionnée comme telle. Finalement, rien ne se sera passé comme prévu…

Ériana retint sa remarque. Encore une fois, les interprétations s'étaient révélées erronées. Les prophètes accumulaient les maladresses et ceux qui travaillaient avec eux ne faisaient que les amplifier.

— Bon, soupira-t-elle, je veux bien admettre cette parenté, mais peut-être que les Vents me seraient venus d'une autre ascendance.

— Je pense surtout que ta mère portait un *inha* des Vents et que, puisqu'elle t'a élevée, ton énergie a fait son choix. Ton *inha* s'est adapté, il a reconnu en elle quelqu'un qui pourrait en prendre soin et l'éduquer.

— Ma mère ne m'a jamais éduquée à quoi que ce soit relevant du *inha*.

— Qui t'a appris à tirer à l'arc ?

— Elle, mais ça n'a rien à voir ! Hajul et Judin sont bien d'accord là-dessus, c'est mon impulsivité qui accompagne mes tirs. Mon *inha* se manifeste de lui-même. Je ne suis presque jamais consciente de l'utiliser en dehors des *inha'roh* et de quelques ridicules projections.

Elle était à demi essoufflée de s'être autant justifiée. Rapidement, elle jeta un œil vers Erkam qui dormait toujours profondément. Tant mieux pour elle, elle aurait moins d'explications à fournir, car elle ne comptait pas lui révéler l'étrange entrevue de cette nuit.

— Je veux bien te concéder ce point, répondit Eko à mi-voix comme s'il voulait la faire baisser d'un ton, mais comment as-tu pu échapper aux mercenaires si longtemps ?

— Parce que nous fuyions en permanence !

— Et comment ta mère est-elle parvenue à autant de diligence pendant toutes ces années ? Comment a-t-elle pu protéger une enfant dont elle ne connaissait soi-disant pas la moindre caractéristique ?

— Elle a dû les découvrir en même temps que moi, suggéra-t-elle.

— Impossible.

— Comment ça, impossible ? s'offusqua Ériana. Y aurait-il encore quelque chose dont je ne serais pas au courant ?

— Non, répondit Eko. Mais c'est juste impossible. Tu dois accepter la vérité. Et puis concrètement, Ériana, qu'est-ce que ça change ?

Elle se sentait presque intoxiquée par sa colère et dut se contrôler pour ne pas exploser. Dans le fond, Eko avait raison, cela ne changeait rien. Elle détenait aujourd'hui quatre éléments. Peu importe si elle en avait détenu un ou deux à une époque. Il restait toutefois une chose qui l'ennuyait.

— Ma mère m'aurait menti, dans ce cas. Je ne veux pas le croire.

— Un tel mensonge ne serait-il pas le plus beau geste d'amour d'une mère envers sa fille ? Accepte son sacrifice. Tu acceptes bien les nôtres, non ?

La conversation avait ramené de nombreux souvenirs. Les points sur lesquels sa mère avait toujours insisté : le pendentif, les cheveux, les Terres Inconnues. Mais pourquoi se serait-elle entêtée à les appeler ainsi si elle les avait connues ?

— Pour me protéger, murmura-t-elle en comprenant enfin.

— Pardon ?

Elle détourna la tête, comme si ne pas regarder Eko représentait un dernier défi, une ultime preuve que l'âme enfermée dans le corps de Friyah avait tort.

— Ma mère n'a jamais mentionné la Friyie. Elle utilisait le nom de Terres Inconnues, comme l'usage qui est répandu dans toute la Na-Friyie. Cela aurait été un déguisement supplémentaire ? Et toute cette ignorance face à mon *inha* ? Pourquoi ne m'aurait-elle pas aidée à maîtriser mon énergie ? Pourquoi n'aurait-elle jamais pris la peine de m'expliquer la vérité ?

Eko la fixait avec les yeux de Friyah et ceux-ci affichaient une touchante compassion.

— Quelle meilleure défense que l'ignorance, Ériana ? dit-il doucement. Si elle t'avait révélé tes véritables origines, si elle t'en avait donné tous les détails, peut-être aurais-tu été moins prudente. Ton énergie se serait manifestée de façon flagrante. Alors que, non initié, ton *inha* ne pouvait se dévoiler comme tel. Il restait terré en toi, n'agissant que sous impulsion. Et cela, même ta mère n'a pu le contrer.

Instinctivement, Ériana porta la main à son cou. Le collier que sa mère lui avait donné y était toujours. C'était le seul lien qu'elle avait avec elle, même si on lui avait dit que la gemme était de son père. Aujourd'hui, elle doutait de cette appartenance. Le bijou pourrait très bien être de sa mère. Même si elle ne l'avait jamais vue le porter, peut-être l'avait-elle dissimulé jusqu'à ce qu'Ériana ait à le récupérer.

Elle ôta le collier et leva la pierre devant ses yeux. La lumière rougeâtre des flammes en assombrissait à peine le bleu intense.

— Peut-on savoir qui est le vrai propriétaire d'un collier friyen ?

Eko secoua la tête d'un air triste.

— À part le retirer à celui qui le porte et voir si la couleur de ses cheveux s'altère, non. Si tu n'as pas la moindre idée de la couleur de ceux de ta mère, c'est peine perdue.

Elle fixa encore la pierre quelques instants puis la repassa à son cou. La gemme était froide, à présent, et son corps frémit du contact, déclenchant en elle un appel pour les Feux. Ses yeux se tournèrent aussitôt en direction des flammes.

— Que se passe-t-il ? demanda Eko. Erkam se réveille ?

— Les Feux, répondit Ériana en secouant la tête. Ça recommence.

— Parce que ça s'est déjà produit ?

Elle acquiesça. Eko se mit à tordre ses doigts, ce qui la rassurait encore moins.

— Il va falloir trouver rapidement cet artefact. Continue à te diriger vers les Feux. Je vais émerger régulièrement par-dessus l'esprit de Friyah pour tenter d'identifier un lieu qui serait propice à ton transfert des Vents. Reste cependant alerte, si tu trouves quelque chose d'intéressant.

Eko poussa un profond soupir, rendant à Friyah une attitude presque naturelle, et ce fut là qu'Ériana se souvint. Eko n'avait que dix-sept ans lorsque son âme avait été enfermée dans l'artefact. Il était à peine plus âgé que Lyne et, malgré les prouesses dont il avait pu être capable, il restait encore jeune. Même si quelques milliers d'années de réclusion entre une sphère de verre et un bouclier avaient dû lui enseigner la patience.

— Merci de votre sacrifice, dit-elle sincèrement.

Eko leva le menton vers les étoiles, pensif, puis se mit debout et retourna à l'endroit où Friyah avait dormi jusqu'à leur conversation.

— Merci du tien, répondit-il en s'allongeant.

Et Eko céda sa place à la vraie personnalité de Friyah, qui retrouvait son sommeil comme si rien ne s'était passé.

9

Gabrielle inspira profondément. Après être restée plusieurs jours enfermée dans la chambre, seule ou en compagnie de Matheïl, même l'atmosphère chargée de Naja lui convenait.

À nouveau, il avait fallu se préparer à sortir sans dévoiler ses origines friyennes, même si, dans cette partie de la cité, cette précaution semblait moins nécessaire. À l'exception du personnel, seuls des détenteurs de *inha* résidaient ici, l'ensemble des bâtiments appartenant au *Velpa*.

— Où nous rendons-nous ? demanda Gabrielle.

Céranthe grommela sans apporter de véritable réponse. Le mage à ses côtés lui jeta un regard de biais, ses yeux uniquement intéressés par ce qu'elle pouvait cacher sous ses vêtements. Par réflexe, Gabrielle serra les bras autour de son buste. En fin de compte, il ne restait toujours que Mesline pour accepter de lui répondre.

— À la communauté des Feux, lui répondit-elle.

— Nous sommes loin d'être équipés pour, fit remarquer Gabrielle, désabusée.

— Chez ceux qui représentent les Feux dans le *Velpa*, si tu préfères.

Gabrielle eut du mal à déchiffrer son expression. Depuis qu'elles avaient rejoint Naja, Mesline arborait une nouvelle personnalité, ce qui la rendait encore plus imprévisible. Effrayante. Au final, Gabrielle se demandait qui, du *Velpa* ou de Mesline, l'inquiétait le plus.

Au même instant, un groupe de gens déboucha dans la rue. À vue d'œil, Gabrielle les estima à une quarantaine et put identifier des mages et des soldats. Des tenues noires dénotaient également la présence de mercenaires. D'après les traces sur leurs vêtements, ils avaient voyagé à cheval durant une longue période et allaient à pied depuis peu.

En revanche, au milieu, une douzaine de personnes avançaient difficilement, vêtues de façon plus sommaire. Leurs corps montraient d'évidents signes de maltraitance et leurs poignets étaient menottés. Gabrielle était prête à parier que, pour eux, le voyage s'était fait à pied uniquement.

Afin de les laisser passer, le groupe de Céranthe s'arrêta. Malgré leur fatigue, les douze détenus les dévisagèrent, prêtant particulièrement attention à Gabrielle, peut-être parce qu'ils avaient compris qu'elle était dans une situation similaire à la leur. Quoiqu'une certaine forme d'envie transparaisse sur leurs visages.

— Qui sont-ils ? murmura-t-elle en se tournant vers Mesline.

Cette fois, ce fut le mage qui lui répondit.

— Des détenteurs de *inha* capturés en Na-Friyie, ceux qui passent leur temps à se cacher ou à nous fuir. Ceux-ci sont inutiles dans les bataillons d'*Elpir*, alors nous leur réservons des lieux plus… reposants, compléta-t-il avec sarcasme.

— Les sources de *inha*, c'est ça ?

Le mage ne dit plus rien et Gabrielle eut sa confirmation. Elle regarda passer l'escouade, la gorge serrée. Parmi les douze prisonniers se trouvaient deux enfants. Deux femmes trop âgées pour être leurs mères les suivaient de près, comme si elles avaient voulu les rassurer, mais Gabrielle savait qu'aucun d'eux ne sortirait plus jamais de Naja. Ils seraient vidés de leur énergie jusqu'à la dernière goutte.

Un des enfants la fixa longuement, puis son regard passa sur Matheïl. Ses yeux s'arrondirent comme s'ils trouvaient enfin de l'espoir et, distrait, il trébucha. La femme derrière lui se pencha pour le relever, mais un des mercenaires lui asséna un coup de pied dans les jambes. Déséquilibrée, elle tomba elle aussi et Gabrielle ferma les yeux devant le fouet qui se levait. Elle ne put cependant pas bloquer les sons. Pour la seconde fois, elle souhaita être ailleurs.

— Voilà ce qui t'attend, une fois que je me serai occupé de toi, murmura le mage à son oreille.

Gabrielle sursauta, ouvrant les yeux, assistant à l'atroce punition infligée à ces êtres déjà trop fragiles. Elle savait pertinemment de quoi relevait son avenir si personne ne venait à son secours car, seule, elle n'avait aucun espoir. Même Matheïl ne lui en donnait plus, depuis leur étrange discussion.

— Et c'est aussi ce qui attend chacun de tes amis, poursuivit le mage en faisant glisser son souffle dans son cou. Ta famille, tes proches, tes collègues. Ta communauté. Nous les briserons tous, jusqu'au dernier.

Par réflexe, Gabrielle leva la main pour le repousser, mais l'homme lui saisit fermement le poignet et la fit pivoter face à lui.

— Quoi ? Tu veux déjà aller les rejoindre ?

Gabrielle tenta de se défaire de son emprise, vainement. Désespérée, elle chercha autour d'elle. Sûrement Céranthe allait-elle intervenir, ou Mesline. Mais aucune ne broncha.

Puis Gabrielle sentit un goût amer lui envahir la bouche. Elle venait d'espérer la défense de Céranthe, elle venait de souhaiter l'aide de ses ennemis. Elle était minable, elle n'était plus rien. Si sa vie s'était réduite au point d'attendre que ses adversaires la gracient, elle ne méritait même plus de vivre.

Dans un dernier espoir, elle chercha Matheïl des yeux, mais il observait maintenant Mesline. Tous deux semblaient d'ailleurs engagés dans une conversation mentale à laquelle elle n'avait pas accès.

— Déjà résignée ? murmura le mage. Dommage, je les préfère battantes.

Gabrielle lutta à nouveau mais l'homme maintint sa poigne fermement. Il se baissa même jusqu'à son oreille et lui mordit le lobe. Gabrielle réprima un cri.

— Chacun, reprit-il doucement. Chacun d'entre vous. Humilié, écrasé, détruit. D'abord votre énergie, ensuite votre corps. Vous n'avez pas été assez intelligents pour vous rallier à notre cause. Et finalement, vous nous simplifiez la tâche. Nous n'avons qu'à vous éradiquer !

Il avait terminé en riant, ce qui attira enfin l'attention des autres.

— Qu'est-ce que tu fais ? lança Céranthe.

— Je lui donne juste une leçon, répondit le mage en haussant les épaules.

— Lâche-la, nous avons encore besoin d'elle.

— Et le lui rappeler ne nous aidera pas à la mater.

Le mage vola instantanément en arrière. Gabrielle dut contrer la force du vent pour ne pas se laisser emporter elle aussi. Le corps du mage s'écrasant contre le mur dans son dos émit un son mat puis il glissa au sol.

— Remets encore une fois en cause mon autorité et il en sera fini de toi.

Pour toute réponse, l'homme se frotta douloureusement la nuque. Gabrielle détourna la tête et fut surprise de voir que l'escouade s'était éloignée. L'aparté avait considérablement détourné son attention.

Alors qu'ils se remettaient en route, elle sentit un coup brusque dans ses lombaires et s'affaissa presque par terre. Heureusement, son élan lui permit de continuer à marcher, quoique plus chaotiquement. Quand elle jeta un regard en arrière, le mage l'observait vicieusement, clairement mécontent de s'être fait rabrouer par sa faute.

— Je disais donc que nous rejoignions les Feux, reprit soudain Mesline.

Mesline agissait comme si rien n'avait eu lieu, pourtant elle avait forcément été témoin de toute la scène. Ce n'était pas un *inha'roh* avec Matheïl qui lui aurait fait manquer ça.

— Je suppose qu'il y a eu une avancée, si vous prenez la peine de m'emmener là-bas, chuchota Gabrielle pour ne pas s'attirer les foudres du mage, qui risquait de vouloir une nouvelle fois passer ses nerfs sur elle.

— Une avancée… répéta Mesline.

Elle fut interrompue par une quinte de toux et dut s'arrêter pour la faire passer. Gabrielle s'immobilisa, d'abord sans vraiment comprendre pourquoi, puis la toux la gagna elle aussi. Quand elles eurent cessé toutes les deux, chacune appuyée contre la façade du bâtiment pour se remettre, leurs regards se croisèrent. Jamais les yeux de Mesline n'avaient été aussi rouges.

— Nous sommes bientôt arrivés ? demanda Matheïl.

— Bientôt, répondit Céranthe.

Effectivement, ils venaient d'arriver dans la zone du *Velpa* des Feux. La brique rouge traduisait assez l'élément concerné.

L'entrée était aussi discrète que celle du bâtiment des Vents à la différence que le symbole était dessiné sur la porte. Aucun croquis ne lui avait été présenté en amont mais les volutes grenat, presque pourpres, ne pouvaient rien signifier d'autre. Gabrielle examina le symbole avec attention. En règle générale, les symboles cherchaient à concentrer l'énergie, même par leur dessin. Dans celui-ci, elle avait plutôt l'impression que l'*inha* cherchait à se disperser.

Elle n'eut pas le loisir de s'attarder, Céranthe les pressait déjà à l'intérieur. Ils furent accueillis par une femme qui semblait au courant de leur venue et les guida dans les étages. Gabrielle ne savait toujours ni pourquoi ils étaient là ni où ils se rendaient exactement, mais elle avait la sensation d'être transportée tel un trophée.

Sur le chemin, elle constata le même manque d'ornementation des murs. En revanche, les mages des Feux avaient pris soin d'une chose : leurs insignes.

Tous ceux qu'ils avaient croisés arboraient de somptueux bracelets ou d'épais colliers rutilants. Elle avait aussi vu quelques diadèmes d'une orfèvrerie exquise, ainsi que de nombreuses boucles. Même l'uniforme de protecteur divergeait de l'habituelle robe brodée, remplacée par une ceinture sur laquelle un énorme symbole était riveté. Les insignes manquaient de confort mais cela semblait loin d'être une préoccupation. L'apparence était le seul intérêt. Le symbole en perdait même sa force. Gabrielle fit une grimace de dégoût. Les artistes des Feux avaient renié leur propre charte, si jamais le *Velpa* avait réellement pris la peine de la leur fournir.

La femme qui les accompagnait frappa à une porte puis entra sans attendre de réponse. Elle portait un large bandeau de métal autour du bras. La surface lisse et dorée renvoyait la lumière mais aucune chaleur ne s'en dégageait.

Tous la suivirent et Gabrielle se crut retournée dans le bureau du Maître des Vents, abstraction faite du tapis. Celui-ci, jaune et grenat, jurait avec le reste du mobilier. Gabrielle grimaça à nouveau. Son sens artistique était mis à rude épreuve.

— Les voilà, je vais pouvoir te laisser.

Gabrielle reconnut aussitôt la voix, il s'agissait de celle du Maître des Vents, qui leur tournait le dos. Il s'adressait à un homme, installé derrière le grand bureau. Sa barbe épaisse le faisait paraître corpulent, son teint mat, effrayant. Ses épaules étaient couvertes d'une étoffe pourpre et son insigne frontal la captiva aussitôt. Le symbole des Feux donnait l'impression d'avoir été directement coulé dans la chair. Les volutes cuivrées se poursuivaient sur son crâne, rasé à l'endroit nécessaire.

Elle frémit. Les insignes étaient censés représenter le *inha* du porteur. L'homme qui se tenait devant eux n'utilisait le sien que dans un seul but : contraindre. Et comme elle se souvenait qu'à l'exception des Vents, tous les Maîtres étaient contacteurs, celui des Feux devait pouvoir sonder l'esprit des autres avec une violence jouissive, car elle savait désormais que cet homme n'était autre que le Maître des Feux.

— Ce sont ces deux filles ? Laquelle est la tienne ? demanda-t-il d'une voix rauque.

— La plus jeune, répondit le Maître des Vents, qui s'était retourné pour les observer.

— C'est donc l'autre qui s'occupera de l'artefact. Bien… Je te ferai savoir quand je l'aurai.

Gabrielle se détendit en comprenant que l'artefact n'était pas encore à Naja. Si cela avait été le cas, Mesline serait devenue réductrice et tout espoir aurait été perdu. Le Maître des Vents semblait, en revanche, agacé. Il se détourna sans autres mots et attrapa Céranthe par l'épaule tandis que le groupe quittait déjà la pièce alors qu'ils venaient à peine d'arriver.

— Caliel ! appela le Maître des Feux.

Le prénom était assez commun pour les Vents. Plusieurs personnes le portaient à Myria. Gabrielle en fut surprise.

— Ne va pas croire que de l'avoir vue va faire accélérer mon équipe, poursuivit-il en désignant Gabrielle du doigt.

Caliel serra les poings et Gabrielle l'imita. Elle était bien assimilée à un trophée. Caliel ne l'avait fait sortir de sa chambre que pour la montrer et se servir d'elle. Elle était presque satisfaite que sa manigance ait échoué.

— Prends-le comme un gage de bonne foi, Grab. Et puis... c'est dans ton intérêt de nous le fournir.

— Dans mon intérêt ? ricana le Maître des Feux. Le *inha* réducteur sera des Vents ! Il ne me servira à rien. Tu es le seul à profiter de tout.

— Parce que j'ai été le seul à agir ! Vous avez tous hésité alors que nous luttions dans ce but depuis des années. Vous avez tous reculé au moment où il aurait fallu avancer. Votre heure viendra, en temps voulu. En attendant, ce *inha* doit déjà être éveillé une première fois.

Et Caliel referma violemment la porte d'un simple courant d'air. Elle était à peine close qu'un voile de lumière scintilla brièvement au-dessus et Gabrielle comprit que des boucliers avaient été rétablis. Sans un mot, Caliel leur tourna le dos et s'éloigna, abandonnant ses subalternes au milieu du couloir. Un tintement résonna alors.

— Qu'est-ce que c'est ? demanda-t-elle en levant les yeux.

— Le réfectoire est accessible, répondit simplement Matheïl.

Au cours des jours précédents, Mesline avait pris Matheïl avec elle, essentiellement pour l'avoir sous la main si d'autres prophéties lui venaient. Sauf qu'aucune autre transe ne l'avait secoué depuis leur arrivée à Naja. Il avait dû manger avec le reste du groupe à un moment ou à un autre. Gabrielle n'avait pas eu cette chance. Chacun de ses repas lui avait été apporté directement dans sa chambre.

— On l'emmène elle aussi ? demanda alors le mage en désignant Gabrielle.

— Nous n'avons pas vraiment le choix et heureusement que les boucliers des couloirs ont été levés le temps de notre transit, rétorqua Céranthe, qui suivait Caliel des yeux avec une pointe de frustration. Cela prendrait trop de temps de la raccompagner dans nos quartiers. Tant pis, elle vient avec nous.

Gabrielle n'était pas particulièrement ravie de déjeuner avec eux, mais la perspective de découvrir comment le *Velpa* vivait la dérida. Matheïl lui en avait finalement peu révélé. Quand Mesline le ramenait à sa chambre, il s'endormait presque tout de suite.

— Qu'a-t-il de particulier, ce réfectoire ? chuchota-t-elle à Matheïl alors qu'ils se mettaient tous en marche.

— Il est commun aux quatre bâtiments.

Cette précision lui rappela qu'elle aurait dû retenir le parcours emprunté pour parvenir jusqu'aux Feux. Mais même depuis le bureau de Grab, elle eut du mal à mémoriser le chemin exact pour se rendre au réfectoire. Les couloirs et escaliers ressemblaient à un véritable labyrinthe.

Le réfectoire était une pièce unique, comme une cour qui aurait été recouverte. Toutes les fenêtres, très hautes, au-delà de la taille humaine, donnaient sur l'extérieur. On ne devinait que les branches sommitales de quelques arbres, prouvant l'existence d'une coursive tout autour.

Les tables rectangulaires étaient réparties de façon aléatoire, mais Gabrielle repéra vite une scission entre quatre groupes. Même dans une pièce commune, les éléments ne se mélangeaient pas. Leur traversée de la partie des Feux ne passa d'ailleurs pas inaperçue, leurs insignes bleus et blancs tranchant crûment avec les bijoux rougeoyants. Ils s'installèrent dans la zone où semblaient prédominer les Vents et Gabrielle fut contrainte de rester assise le temps que les autres lui apportent à manger. Chacun devait se lever pour aller se servir au centre.

Alors qu'il ne restait qu'elle et le mage à table, elle remarqua de nombreux regards dans leur direction. Peut-être ne savaient-ils pas tous qui elle était, toutefois elle en doutait. La présence de deux des prétendantes à Naja n'avait pas dû rester secrète très longtemps.

Le mage à côté d'elle, visiblement las, se leva pour rejoindre les autres. De toute façon, il était inutile de chercher à échapper au *Velpa* dans une pièce qui regroupait la quasi-totalité de ses membres.

Les insignes de chaque élément donnaient à la pièce une allure bigarrée mais bien structurée. Chaque quartier représentait ses couleurs et les zones frontières étaient désertées. La pureté du symbole des Vents contrastait avec le rutilant des Feux adjacent. Les Eaux égayaient les Terres, fades en comparaison.

Gabrielle comprit alors ce qui faisait la force du *Velpa* et le désespoir la gagna.

Malgré leur manque de communication, les quatre éléments étaient bel et bien présents. Au même endroit. Dirigés par des Maîtres qui, quoique égoïstes, se parlaient. Et tous étaient animés par un but commun : éveiller le *inha* réducteur.

Heureusement, une faille persistait et se percevait même ici. Cette prédominance orgueilleuse des Vents. Gabrielle l'avait déjà constatée avec le Maître des Feux. Celui-ci avait bien dit de son homologue des Vents qu'il profitait de tout. Dans le réfectoire, cela se traduisait par une clameur plus bruyante. Les autres tables étaient plus silencieuses, ou moins promptes à afficher leur fierté.

Ses yeux passèrent sur les Terres qui semblaient presque accablés. Les Feux étaient un peu plus motivés. Après tout, leur artefact était le seul manquant, ils ne pouvaient pas l'ignorer. Les Eaux étaient calmes, mais une petite agitation commençait à se créer vers le centre de la pièce. Gabrielle écarquilla les yeux en réalisant pourquoi.

Céranthe et son acolyte étaient en train de s'emporter contre deux mages des Eaux qui ne semblaient pas se laisser faire. Elle ne savait pas qui avait entamé l'altercation mais cela avait finalement peu d'importance. Mesline était en arrière, Matheïl juste devant elle, dans une position qui glaça Gabrielle. Même s'il était plus petit, le jeune prophète avait les pieds solidement ancrés dans le sol, en posture d'attaque. Elle était certaine qu'il n'avait pas la moindre idée de la façon d'agir dans un combat, pourtant son attitude prouvait le contraire. Puis il se figea soudain et ce fut à Mesline de se rapprocher de lui et de lui attraper la main.

Gabrielle sentit son cœur s'emballer. Une vision n'aurait pas pu arriver à un pire moment. Heureusement, Céranthe et le mage étaient toujours occupés par leur dispute. Elle oublia l'ordre de rester assise et se leva immédiatement.

Alors qu'elle s'approchait de la scène d'un pas vif, une grande silhouette fit son apparition. Les débats prirent fin de façon instantanée et l'homme renvoya les mages des Eaux à leur table d'un simple geste de la main. Lorsqu'il tourna la tête, Gabrielle le reconnut aussitôt.

Le geôlier qui avait décidé du sort de Val. Celui qui avait mis Erkam face au choix insoutenable d'avoir à tuer un allié. Un homme d'une cruauté terrifiante qu'elle aurait voulu tuer sur-le-champ. Impuissante, elle se borna à serrer les poings et les dents en retenant la rage qui lui montait à la tête.

Le Maître des Eaux se rapprocha de Mesline et lui adressa doucement la parole. Autour, le bruit ambiant du réfectoire avait repris et Gabrielle n'entendit rien. Mesline semblait partagée entre le fait de répondre et de s'occuper de Matheïl, qui avait repris ses esprits mais se cramponnait à sa robe.

Une silhouette apparut alors, longue et dissimulée sous un manteau dont le capuchon était relevé. Cette personne attrapa Matheïl par les épaules pour l'aider à se remettre debout, geste qui lui valut un terrible coup à l'épaule de la part du Maître. La silhouette trébucha et le capuchon glissa légèrement, mais elle le rabattit aussitôt sur son visage. Il était évident que le Maître des Eaux ne souhaitait pas que l'on sache qui se cachait dessous.

Les choses étaient à présent rentrées dans l'ordre et le Maître des Eaux s'en alla, suivi de son prisonnier, car sa démarche ne laissait aucun doute. Gabrielle profita du mouvement pour tenter d'en deviner plus, malheureusement le mage l'en empêcha en la ramenant à table. Elle n'eut que le temps d'apercevoir un étrange scintillement sous le capuchon.

10

Gabrielle dut attendre d'être retournée à sa chambre pour pouvoir questionner Matheïl. Après la vision qui l'avait surpris au réfectoire, le garçon avait eu du mal à avaler grand-chose et montrait d'importants signes de fatigue. Gabrielle l'attrapa par les épaules et le secoua doucement.

— Que s'est-il passé ? Dis-moi !

Matheïl maugréa puis sombra dans le sommeil. Elle tenta de le ramener à lui, vainement, et jura à voix haute. Personne n'était là pour l'écouter, de toute façon. Ou alors le bouclier imperméable aux sons avait été rétabli car elle n'entendait rien dans le dortoir adjacent. Sa surprise fut grande lorsque la porte de la chambre s'ouvrit sur Mesline.

— Viens, il a besoin de se reposer.

— Pardon ?

Gabrielle ne put masquer sa stupéfaction. Non seulement Mesline lui proposait de quitter la chambre mais en plus, elle prenait soin de Matheïl. Gabrielle ne savait plus quoi penser.

Elle suivit Mesline dans le dortoir. La pièce était vide. Une minuscule fenêtre laissait entrer un peu de lumière, la source principale restait la lampe accrochée en hauteur et le feu qui brûlait dans la cheminée. Il faisait terriblement chaud mais Gabrielle se passa de tout commentaire. Les flammes étaient là pour aider Mesline.

— J'exige des explications, lança-t-elle alors que Mesline s'installait devant.

La jeune fille désigna l'espace à côté d'elle et Gabrielle comprit qu'elle n'aurait aucune réponse tant qu'elle ne se serait pas elle aussi assise. Elle jeta un regard vers la porte d'entrée, close. L'arrivée impromptue de Céranthe ou d'un autre mage l'inquiétait, à l'inverse de Mesline qui restait paisible.

— Que s'est-il exactement passé, au réfectoire ? demanda-t-elle, une fois installée.

Le regard de Mesline était rivé sur l'âtre. Ses iris prenaient une teinte rouge différente due aux flammes.

— Les deux mages des Eaux ne voulaient pas que nous entrions dans leur secteur.

— Et tu penses que je vais te croire ?

Mesline hocha négligemment les épaules.

— Attends, reprit Gabrielle après un long silence, tu es vraiment en train de me dire que deux mages s'en sont pris à Céranthe parce qu'elle avait dépassé une limite invisible ? J'ai beau la détester, je ne peux pas admettre de pareilles bêtises.

— Il le faudra pourtant parce que c'est la vérité. Mais il y avait autre chose derrière.

Elle se retint de l'exhorter à se presser. Mesline semblait aussi perdue dans ses pensées que son regard l'était dans les flammes. Gabrielle était déjà assez surprise que la jeune fille la fasse sortir de sa prison pour lui parler. Elle ne voulait pas risquer d'y retourner sans avoir réussi à en apprendre plus.

— Les mages étaient mécontents de ce qui était arrivé à leurs pairs.

— Leurs pairs ? Il ne se passe rien, à Naja ! De quoi se plaignent-ils ?

— Pas à Naja, répondit Mesline en secouant la tête. Dans un des bataillons cherchant à briser *Elpir*. Celui de l'Ouest avait été attaqué avant que nous y arrivions. Ils ont subi des pertes, autant dans l'armée na-friyenne que chez les mages. La majorité de ceux-ci était des Eaux.

— Donc c'est parce qu'ils ont perdu leurs proches.

— Leurs pairs, corrigea-t-elle. S'il y a bien une chose que j'ai saisie dans le *Velpa*, c'est que la notion de proches n'existe pas vraiment.

Mesline faisait certainement référence à son propre cas tout en paraissant vouloir en dire plus.

— Il y a des familles dans ce bâtiment, souleva-t-elle.

— Elles n'existent que parce que le *Velpa* l'exige. Quoique récemment, ils ont dû cesser d'importuner ceux qui sont en âge de procréer. Les choses avancent, et ils ont besoin de personnes sur le terrain, pas de parents bloqués à Naja. Je suis issue d'une de ces conceptions, poursuivit-elle sans la moindre émotion. Il n'y a pas de *familles*, dans la capitale. Il n'y a que des pairs au service d'une même cause.

— Et tu crois en cette cause ?

— Pas plus que la dernière fois où tu m'as posé la question.

Mesline s'était inclinée pour rapprocher ses mains des flammes. Gabrielle les trouvait extrêmement près, peut-être même trop.

— Et alors ? Les mages du réfectoire ? s'impatienta-t-elle.

— Céranthe leur a dit que leurs sacrifices étaient louables.

— Quelle idiote… soupira Gabrielle.

— Elle répète ce que le *Velpa* lui a enseigné, dit Mesline en haussant les épaules.

— Lui a enseigné ? Tu veux dire qu'elle aussi…

— Céranthe est na-friyenne, oui. Elle a suivi toute son instruction ici et a été envoyée dans le territoire des Vents après sa nomination. Lorsqu'elle est arrivée à Myria, elle n'a pu être intégrée que grâce au Grand Mage Ethan qui était affilié au *Velpa* lui aussi. Il l'a fait entrer en faisant croire à une éducation menée à distance.

— C'est ridicule ! Nous ne faisons jamais ça ! s'insurgea Gabrielle. Et comment peux-tu savoir tout ça, d'ailleurs ?

— Ce n'est pas parce que je viens de te faire sortir de ta chambre que j'ai changé de camp.

— Comment peux-tu rester avec eux quand on voit la façon dont ils t'utilisent ? Tu t'es regardée ? Tu n'es qu'un objet de convoitise. Les autres éléments sont tous jaloux des Vents.

— Oh, ils auront leur *inha* réducteur en temps voulu, répondit Mesline en se penchant davantage encore.

Les flammes à présent lui léchaient presque les doigts. Gabrielle cacha ses propres mains sous ses jambes. Mesline la dévisagea avec curiosité.

— C'est insensé, cette façon que tu as de me copier.
— Ne change pas de sujet ! lança Gabrielle que son réflexe insupportait. Qu'est-ce que tu voulais dire quand tu insinuais qu'ils auraient leur *inha* réducteur en temps voulu ?
— Exactement ce que tu as entendu.
— Ils comptent le réveiller pour chaque élément ?
— Ça ne te semble pas logique ?

Elle avait envie de répondre que si, bien sûr que si, cela lui semblait logique, mais elle refusait d'envisager cette atroce possibilité. Ils avaient déjà suffisamment de mal à combattre l'ennemi, elle ne voulait pas lui offrir un avantage supplémentaire.

— Ils ne pourront pas, de toute façon, déclara-t-elle. Il leur faudrait les artefacts, et ils ne les ont pas.
— Ils en ont déjà deux, bientôt trois, répondit Mesline. Il ne leur reste qu'à se procurer le dernier et il s'agit de celui des Eaux. C'est pour ça que les bataillons d'*Elpir* ont tous été délocalisés à l'ouest. Le territoire des Eaux sera le premier à être envahi. Ils veulent récupérer l'artefact.

Gabrielle eut un pincement au cœur pour Plamathée, la Mage des Eaux. Si seulement elle avait un moyen de lui communiquer cette nouvelle, le territoire disposerait d'un peu plus de temps pour se préparer.

— Et ils savent où se trouve l'artefact des Eaux ? demanda Gabrielle en déglutissant.
— Malheureusement, les Vents ne sont pas au courant de ce détail. Tu as vu toi-même le genre de conversations que les Maîtres peuvent avoir entre

eux. Ils restent vagues et ne se révèlent que ce qui est indispensable.

— À vrai dire, je suis surprise que nous discutions toutes les deux, murmura Gabrielle.

Mesline l'avait forcément entendue mais ne releva pas la remarque. Il était certain que la situation était incongrue. Encore une fois, elles se retrouvaient, deux ennemies, à parler des plans de l'une et de l'autre. Gabrielle n'allait pas s'en plaindre mais elle craignait que Mesline ne manigance quelque chose de bien plus perfide.

— La prophétie nous réunit, finit par dire Mesline. Et... c'est plus fort que moi. J'arrive de moins en moins à te détester. Peut-être parce que je sais que ma vie est liée à la tienne ? Je ne sais pas.

Gabrielle resta abasourdie, puis finit par formuler une réponse.

— C'est Ériana qui est liée à toi. Moi, je ne suis qu'au milieu. Un équilibre. Une...

— Harmonie ? suggéra Mesline. Oui, Matheïl m'en a parlé. Je t'avoue que j'ai du mal à comprendre comment nous pourrions nous entendre, mais nous en avons la preuve à l'instant. Malgré tout ce que nous avons pu nous faire mutuellement subir, nous sommes capables d'avoir cette discussion sans chercher à nous entretuer.

Gabrielle aurait pu frémir devant la violence de ces propos, mais Mesline les avait prononcés avec tant d'incertitude qu'elle ne put s'empêcher de partager son émoi.

— Que disait la prophétie de Matheïl ? tenta-t-elle. Celle qui l'a pris dans le réfectoire.

— Ça devient de moins en moins évident à comprendre, soupira Mesline. Et j'ai l'impression qu'elles sont de plus en plus fortes. Je ne sais plus quoi faire, lorsqu'elles surgissent.

La détresse de Mesline était sincère. Gabrielle la dévisagea comme si son expression avait pu en cacher une autre, mais non, ce qui d'habitude n'était que de l'indifférence se transformait réellement en inquiétude.

— D'après ce que j'ai compris, j'étais au centre de sa prophétie. Il y avait aussi trois autres personnes. Il a aussitôt voulu intervenir sur ce qu'il voyait, sauf qu'il ne peut normalement pas agir dans une prédiction et que son *inha* en a été retourné. D'où son état lorsqu'il a repris connaissance. Son intervention a coupé la transe. C'est pour ça qu'il est aussi fatigué, je pense.

— Et aussi parce qu'il passe son temps à vouloir te protéger.

Mesline s'écarta du feu. Cette fois-ci, ses yeux étaient entièrement rouges. Gabrielle manqua de reculer, Mesline la foudroyait du regard et la lumière des flammes sur son visage accentuait son expression.

— Je ne m'explique pas non plus ce phénomène, alors tâche de ne pas me le reprocher ! Je n'ai rien demandé à Matheïl. Je te rappelle qu'il n'est ici avec moi que parce qu'il me sert de garantie pour Setrian !

— Setrian est avec Ériana, tu peux être rassurée, s'énerva Gabrielle.

— C'est faux. Et les visions de Matheïl peuvent m'être utiles. Donc je le garde avec moi jusqu'à être certaine que tous les artefacts aient reconnu Ériana, que ce soit directement ou par ton intermédiaire.

— Qu'est-ce que tu racontes ? L'artefact des Feux est en chemin pour Naja. Tu n'as plus besoin d'attendre qu'Ériana le trouve. Ma seule présence est suffisante.

— Et si tu t'enfuis ?

Gabrielle émit un rire sordide qui l'effraya elle-même.

— M'enfuir ? De Naja ? Tu comptes me proposer un autre marché comme celui que tu as conclu avec Setrian ? dit-elle avec dégoût. Et d'abord, comment peux-tu savoir qu'il n'est plus avec Ériana ? J'ai été la seule à avoir été enlevée par le *Velpa* ce jour-là.

Quand Mesline secoua la tête, Gabrielle sentit des frissons lui remonter dans le dos. L'idée que ses deux amis se retrouvent à nouveau éloignés l'un de l'autre après avoir été si longtemps séparés lui était inconcevable.

— Où est Setrian, alors ?

— Un autre élément dont je ne sais rien, répondit platement Mesline.

— Tu mens ! s'écria Gabrielle en se levant. Tu mens comme tu respires ! Je ne comprends même pas pourquoi je suis ici à t'écouter !

— Parce que tu as besoin de mes informations.

— Tu ne révèles que celles que tu veux !

— J'espère bien être encore assez lucide pour cela.

La sensation de froid venait d'être remplacée par une chaleur intense. Gabrielle se sentait bouillir de l'intérieur. Il lui était impossible d'avoir ressenti de la sympathie pour Mesline. La jeune fille ne se montrait cordiale avec elle que pour la garder à proximité le temps que l'artefact arrive. Chacun de ses agissements était calculé. La sournoiserie incarnée.

— Setrian n'est pas avec Ériana pour la simple raison qu'aucune des équipes envoyées à leurs trousses n'a vu de messager des Vents répondant à sa description ! déclara Mesline.

— Parce que vous les pourchassez encore ? s'emporta Gabrielle. M'avoir moi ne vous suffit pas ? Si les Maîtres avaient voulu du mal à Ériana, ils l'auraient capturée immédiatement, alors pourquoi vous acharner ? Elle n'est en vie que pour les mêmes raisons qui te poussent à me laisser tranquille. Une solution de secours, au cas où l'autre flancherait. La troisième prétendante qui viendrait remplacer la première ou inversement. C'est le seul motif qui nous garde en vie, l'une comme l'autre !

— Laisse-moi terminer, Gabrielle ! cria Mesline en se levant.

C'était la première fois que Mesline l'appelait par son nom. Gabrielle fit un pas en arrière mais Mesline le combla aussitôt.

— Tu n'étais pas la seule à être souhaitée, ce jour-là, gronda-t-elle, ses iris striés de rouge. Les Eaux voulaient s'emparer de quelqu'un d'autre, sauf que nous ne savions pas qui. Certaines équipes nous ont rapporté que Setrian manquait à l'appel, donc le Maître et moi avons nos doutes et…

— Tu comptes vraiment partager les doutes du Maître avec moi ? ricana Gabrielle que la folie gagnait.

Tout commençait à se chevaucher dans sa tête. Les agissements du *Velpa* se contredisaient. Les alliances n'étaient que de circonstance. Aucune action n'était commune.

— Tu es comme eux, finalement, cracha Gabrielle. Tu cherches toujours à t'en sortir, quel que soit l'impact pour les autres. Vous avez appelé le *Velpa* ainsi parce que le terme signifie « groupe » en vieux friyen, mais vous avez eu tort. Vous n'êtes pas *un* groupe, mais *quatre*, à vous mettre des entraves. Vous devriez continuer ! Ça nous facilitera les choses !

— Nous ? répéta Mesline. De quel « nous » est-ce que tu parles ? Tu es prisonnière, Gabrielle ! Prisonnière de tes ennemis qui n'hésiteront pas à te tuer dès que tu auras touché l'artefact des Vents ! Et je suis la seule à pouvoir t'épargner ça !

— Et maintenant tu souhaites me garder en vie, même après ? Que t'arrive-t-il ? Serais-tu devenue compatissante ? railla-t-elle.

— Non, mais c'est le désir de Matheïl, rétorqua Mesline.

— Matheïl ? Que vient-il faire là-dedans ?

— Il s'y est mis tout seul. C'est le marché que j'ai conclu avec lui.

— Un marché ? Qu'est-ce qu'un apprenti prophète aurait à négocier contre ma survie ?

— La mienne.

Gabrielle n'osait pas tester sa voix tant la rage la submergeait.

— Dans la vision de Matheïl, je suis attaquée par trois personnes. Ma vie est en jeu. Matheïl ne me révélera le nom de ces personnes que si je promets de te laisser vivante.

Gabrielle tourna la tête vers sa chambre en soupirant. Pour un garçon de douze ans, Matheïl prenait de grosses responsabilités. Elle aurait aimé qu'il lui en parle avant de conclure un tel marché.

— Alors maintenant, si tu veux bien te calmer, poursuivit Mesline. Je pourrai peut-être te révéler les doutes que le Maître et moi avons quant à la localisation de Setrian.

Elle recula légèrement et Gabrielle sentit sa colère redescendre un peu.

— Setrian manque à l'appel et les mages des Eaux qui étaient avec nous le jour de ta capture avaient besoin de quelqu'un.

— Setrian est des Vents. Qu'est-ce que les Eaux pourraient bien lui vouloir ?

— Tu es des Vents et le Maître des Feux tenait bien à te voir, non ?

— Je suis citée dans la prophétie. Grâce à moi, tout pourrait s'accélérer.

— Et Setrian est le protecteur d'Ériana, rétorqua Mesline comme si cela était une raison suffisante.

Gabrielle fronça les sourcils. Le raisonnement de Mesline commençait à se craqueler.

— Ce n'est plus vrai. C'est Erkam qui s'occupe d'elle, désormais.

— Vous êtes tous aussi stupides les uns que les autres. Setrian trouvera un moyen de reprendre sa place. En attendant, je garde l'apprenti prophète sous la main.

— Et qu'est-ce qui intéresserait le Maître des Eaux, alors ?

— D'après toi ? Avec tout ce que je t'ai dit, qu'est-ce qui pourrait bien intéresser le Maître d'un autre élément que le nôtre ? Réfléchis bien. Le clivage, au réfectoire. La communication filtrée entre les Maîtres…

Mesline s'était à nouveau approchée, le visage rouge. Ses traits étaient littéralement transformés. Gabrielle devait avoir une expression similaire tant elle était emportée par ses émotions. Ce genre d'animosité ne lui ressemblait pas.

— Alors ils veulent vraiment créer d'autres mages réducteurs ?

— C'est la seule chose qui les intéresse, approuva Mesline avec un regard sombre. Nous leur servons de test. Comme Évandile l'a été pour moi, finalement.

— Mais il n'y aura pas de prophétie, dans leur cas, souleva Gabrielle.

— Pas que je sache, mais le rituel reste le même. Sauf que désormais, ils savent qu'il leur faut les quatre artefacts.

— Et Setrian, dans tout ça ?

— Une source d'information. Ou un moyen de pression. Peut-être une négociation. Choisis ce que tu veux. Dans tous les cas, le Maître des Eaux ne s'encombrerait pas de lui s'il ne lui était pas utile.

Alors qu'elle réfléchissait à la suggestion de Mesline, celle-ci se rassit d'un coup et jeta ses mains en direction des flammes. L'esprit de Gabrielle s'apaisa aussitôt, au point qu'elle en perdit momentanément l'équilibre. Mais dans ses pensées, les liens s'établirent.

— Éloigne-toi du feu, dit-elle.
— Mais…
— Éloigne-toi du feu !

De façon plus que curieuse, Mesline obéit. Aussitôt, Gabrielle sentit sa patience s'envoler. Elle pouvait toujours se maîtriser, mais c'était comme si quelqu'un avait lâché une meute de chiens enragés en elle.

— Approche-toi de nouveau.
— Tu veux bien me dire ce que tu fais ? demanda Mesline.
— Je cherche des explications à l'harmonie que Matheïl a mentionnée. Même si nous sommes loin d'une harmonie quelconque en ce moment. Rapproche tes mains du feu. J'ai une dernière vérification à faire.
— De quelle vérification parles-tu ?
— Rapproche-les !

Mesline s'exécuta et toute irritation s'effaça. Gabrielle testa le mouvement encore deux fois avant de conclure.

— Le symptôme majeur du manque des Feux est ta toux, ça, on le sait. Mais je…
— Ça diminue quand tu es là.
— Je le sais aussi, s'impatienta Gabrielle. Mais je te sers à autre chose, n'est-ce pas ?

D'après son expression, Mesline semblait enfin accorder un peu d'importance à ce qu'elle disait. Gabrielle poursuivit :

— Toutes les émotions que tu montres depuis quelque temps – et je suis sûre que tu les as constatées – sont aussi la conséquence du manque de l'artefact. Quand je suis là, tu me les transfères.

Soudain, du bruit résonna dans le couloir. À en entendre la voix cinglante, il s'agissait de Céranthe. Mesline poussa aussitôt Gabrielle vers sa chambre et ferma délicatement la porte.

Gabrielle soupira profondément. Mesline et elle étaient liées, et bien au-delà des marchés conclus par Matheïl. Le garçon avait peut-être raison. Elle créait un équilibre particulier entre les deux autres prétendantes. De nombreuses choses restaient encore à éclaircir, mais elle en était désormais certaine. Son rôle serait primordial sans être indispensable. Et c'est pour cela qu'elle devait tout faire pour rester en vie.

11

La pièce était presque aussi sombre que la première cellule dans laquelle il avait été enfermé. Il n'y avait aucune fenêtre et les panneaux de bois absorbaient toute la lumière de l'unique lampe, posée sur le bureau. Cela était suffisant pour le Maître des Eaux qui, penché au-dessus de plusieurs feuilles, travaillait comme à son habitude tard dans la nuit.

Setrian s'adossa un peu mieux au mur. La nuit promettait d'être longue, il aurait sûrement le temps de faire un somme. Avec les nouvelles qu'il venait de recevoir de ses patrouilles, le Maître ne comptait pas dormir. Il attendait même quelqu'un, mais ce quelqu'un ne s'était pour l'instant pas montré.

Le bureau était d'une tristesse incomparable. Les seules notes de couleur provenaient du tapis beige et vert. Même le somptueux insigne du Maître ne suffisait pas à donner un peu de cachet à l'endroit.

Setrian jeta un regard circulaire sur la pièce. Rien n'avait bougé depuis la veille, il avait même l'impression que personne n'y était entré. Avec un statut aussi important, il trouvait curieux que le Maître n'ait pas plus de visites. L'homme semblait très secret et la plupart de ses actions étaient menées en sourdine.

L'acte le plus flagrant dont il avait été témoin avait eu lieu ce midi, au réfectoire. À ce souvenir, il frémit. La présence de Mesline et de Céranthe l'avait mis hors de lui, puis son inquiétude avait pris le dessus lorsque Matheïl s'était effondré. Les interdictions du Maître lui étaient complètement sorties de l'esprit. Son geste lui avait valu une correction qui le faisait encore grimacer de douleur.

Dépité, Setrian leva ses poignets devant lui. Même menotté, les traces de violence s'y voyaient encore. Des ecchymoses commençaient à se former, variant du jaune au violacé. Seule exception, la cicatrice au poignet de son insigne. En cet endroit, le trait blanc, grossier, de sa chair recomposée tranchait avec le bleu jaunâtre qui se dessinait autour, sans compter la présence de l'*empaïs* déposé dessus.

— Nous allons rester ici toute la nuit.

Le bruit des menottes avait dû interpeller le Maître. Setrian relâcha ses bras et se tourna de côté. Affronter le regard de l'homme lui était de plus en plus difficile.

— Regarde-moi.

Il soupira en se remettant dos au mur. L'obscurité lui permit de détourner les yeux tout en faisant croire au Maître qu'il l'observait.

— La prochaine fois que tu interviens ainsi, je ferai pire. Est-ce que tu m'as bien compris ?

— Parfaitement, répondit Setrian.

— Je tiens à ton anonymat et ce n'est pas en te rapprochant de ceux qui te connaissent que tu pourras le conserver. Si tu continues comme ça, je te remets en cellule.

— Si je peux me permettre, dissimuler mon visage et mes cheveux n'est peut-être pas le meilleur moyen de rester anonyme. Tous savent que vous vous promenez avec quelqu'un qui ne doit pas dévoiler son identité.

Setrian reconnaissait qu'il testait la patience du Maître, mais il était las des menaces permanentes. Sa vie était mise en péril chaque seconde. Ses mineures tentatives de rébellion lui donnaient un peu d'espoir.

— Mes homologues fonctionnent eux aussi de cette façon, se défendit le Maître. Et depuis que quelqu'un a tenté de te tuer dans ta cellule, je te veux impérativement sous mes yeux.

— Vous ne savez toujours pas qui était responsable ?

— Si tu te souvenais un peu mieux de l'allure de ceux qui s'en sont pris à toi, ce problème aurait été résolu depuis longtemps ! conclut le Maître en replongeant dans son travail.

Setrian se mordit la joue, non parce qu'il venait d'essuyer une remontrance de plus, mais parce qu'il partageait la déception du Maître. Lui aussi aurait souhaité savoir qui avait attenté à sa vie, dans la cellule. De cette attaque, il était sorti blessé, mais vivant. Depuis, le Maître était entré dans un état d'hostilité permanent.

— Je crois que mon visiteur arrive, dit le Maître en relevant le nez. Cache-toi.

— De quelle façon ? demanda Setrian en se redressant légèrement.

— Juste les cheveux. Pour le reste, il peut bien te voir. Si c'est lui qui a cherché à te tuer, je le narguerai une fois de plus. Si ce n'est pas lui, il pourra craindre ta personne.

— Me craindre ? répéta Setrian en levant ses poignets menottés. Comment pourrait-il craindre un prisonnier ? Parce que vous m'avez ôté mes entraves aux chevilles ?

— Je ne l'ai fait que parce que tu ne marchais pas assez vite. Quant à te craindre, c'est le fait de ne pas savoir qui tu es qui pourrait le tourmenter. Je ne vais pas laisser passer pareille occasion d'inspirer un peu de peur à mon homologue des Feux.

— C'est donc lui qui vient ?

Le regard noir du Maître le réduisit au silence et Setrian n'insista pas. Il avait beaucoup de mal à savoir comment se situer par rapport au Maître des Eaux. Celui-ci ne cessait de lui poser des questions et Setrian y répondait avec le plus de réserve possible.

Pour l'instant, le Maître n'avait cherché que des confirmations, ce qui l'avait laissé relativement serein, mais récemment, il avait commencé à lui demander conseil. Setrian ne savait pas s'il s'agissait d'une tactique pour lui faire révéler des éléments par inadvertance, aussi pesait-il toujours chacune de ses phrases avant de répondre.

L'absence de collaboration profonde entre les éléments avait au moins un avantage, c'était que le Maître ne ferait jamais appel à un *Rohatiel* pour lui sonder l'esprit. Mais il commençait à douter. Si le Maître des Feux prenait la peine de se déplacer jusqu'à son confrère des Eaux, en pleine nuit, c'était qu'une alliance était susceptible d'exister quelque part.

Setrian releva son capuchon et se blottit dans le fond. Le visiteur entra juste après, visage brun, barbe fournie, insigne rutilant.

— Je ne l'ai toujours pas. Et toi ?

Le Maître des Eaux releva le nez de ses papiers. Personne ne s'était salué. Setrian réalisa qu'il était peut-être témoin d'une entrevue des plus importantes et se demanda pourquoi son geôlier prenait le risque de l'y faire assister.

— Pareil. Le dernier rapport que j'ai reçu est plutôt inquiétant. Où en est le tien ?

— Ils sont quelque part dans le désert. Le messager de leur équipe est malade, leur progression est plus lente que prévu. Mais c'est loin d'être grave. Je préfère que l'artefact soit en transit plutôt qu'entre les mains de Caliel, qui ne pense qu'à nous diriger.

Un temps de silence passa puis le Maître des Eaux reprit la parole.

— Ton messager est malade ? Tu ne devrais pas le remplacer ?

— Il est trop tard pour faire quoi que ce soit et il n'est quand même pas compliqué de marcher plein nord ! Non, cette équipe arrivera ici en temps et en heure et je ne présenterai *Lünt* que lorsque je l'aurai enfin entre les mains.

— Entre les doigts, plutôt. Si j'en crois ce qui se dit, votre artefact est plutôt petit.

Le Maître des Feux se redressa comme s'il cherchait à se rendre plus imposant.

— *Lünt* tient dans ma main, mais il est vraiment splendide. Je l'ai aperçu dans l'esprit du *Rohatis* avec qui je communique. Cet artefact est un vrai bijou.

— Je n'en attendais pas moins de la part de ta communauté, commenta l'autre avec détachement.

— Si tu avais vu cette goutte flamboyante, ce rouge grenat intense...

— Grab, interrompit le Maître des Eaux, je suis certain que ton artefact est à la hauteur de tous vos insignes, mais ce n'est pas ce qui m'intéresse ce soir. Si je t'ai demandé de venir, c'est pour savoir ce que nous en ferons une fois qu'il sera là. Tu es toujours d'accord avec notre plan ?

Le Maître des Feux plissa les yeux en regardant autour de lui. Pour la première fois, Setrian perçut de la malveillance. Le regard de braise passa sur lui. Apparemment, Grab ne remarquait sa présence que maintenant. Il scruta la totalité de la pièce et repassa deux fois sur Setrian qui restait immobile pour, finalement, attraper un fauteuil avant de s'y enfoncer.

— Je suis toujours d'accord pour notre plan, mais il faudrait vraiment que les Terres acceptent de se joindre à nous.

— J'ai déjà envoyé deux messages qui n'ont rien donné.

— Quelle voie as-tu utilisée ?

— Un de mes messagers qui devait les transmettre à un messager des Terres.

— Foutaises ! s'exclama Grab en ricanant. Tu sais bien qu'ils ne peuvent pas se supporter ! Tu as bien vu ce que ça donnait au réfectoire, ce midi. Il paraît que tu es intervenu.

— Le problème venait de mon élément, se justifia le Maître des Eaux.

— Et quel était l'autre parti engagé ?

— Les Vents. Et tu connais Caliel, jamais il n'interviendrait dans une pareille situation. Il ne s'abaisse pas à faire la loi dans son propre camp. Il est bien trop occupé à regarder sa fille mourir sous ses yeux. Si ça continue, il va falloir faire un second transfert pour récupérer le *inha* réducteur dans un autre hôte. Je lui ai brièvement parlé ce midi, cette Mesline est au bout de son énergie.

Setrian était déjà très attentif mais son intérêt grandit d'un coup. Son incrédulité aussi. Mesline serait la fille du Maître des Vents, mais il y avait plus grave. Si elle n'allait pas mieux, cela signifiait que c'était aussi le cas d'Ériana.

— Je vais essayer autre chose, pour les Terres, déclara Grab. Dès que je réussis, je te préviens.

— Je préférerais continuer à m'en charger. Tu es sûrement bien occupé avec ton propre artefact.

— Et toi, alors ? Tu n'as toujours pas le tien ! Peut-être que tu as autre chose à faire que de chercher à convaincre le troisième parti de notre plan. Tu dis que ton rapport est inquiétant, poursuivit Grab. Je peux savoir ? Après tout, je suis concerné par cet artefact. À quoi est-ce qu'il ressemble, déjà ?

— Une spirale conique vert émeraude, mais on s'en moque éperdument.

— Tu devrais lui accorder plus d'importance. Ces objets sont un vrai délice à regarder.

— Et toi, tu devrais accorder plus d'importance à leur rôle premier.

— Que crois-tu que je fasse ? Ces objets sont notre seul moyen d'éveiller le *inha* réducteur. Bien sûr que je connais leur importance ! Alors plutôt que de t'inquiéter du mien, réponds à ma question. Quel est le problème avec *ton* artefact ?

Setrian vit le Maître des Eaux esquisser une grimace.

— Je ne sais pas où il se trouve, avoua-t-il. Abram l'avait entre les mains, et aujourd'hui, je n'ai plus aucun contact avec lui. Je crains qu'il se soit fait capturer. La révolution qui a eu lieu à Arden a dû renverser les forces.

— Je croyais que ceux que tu avais infiltrés là-bas s'en étaient bien tirés !

— C'était le cas. C'est même la troisième prétendante en personne qui leur a remis l'artefact. C'était presque parfait ! Mais le reste de cette maudite équipe envoyée par les Vents a tout ruiné.

— La troisième prétendante… je l'ai vue, aujourd'hui, dit Grab en caressant sa barbe.

— Moi aussi. Comment l'as-tu trouvée ?

— Jeune, mais moins que l'autre. On dirait qu'on a affaire à une bande de gosses.

— Je resterais prudent, à ta place. Ils nous ont déjà bien devancés et même amochés à certains endroits. Rappelle-toi ces attaques sur les bataillons, comme nous avons tous dû renflouer nos rangs. Les dirigeants de Na-Friyie ont menacé de ne plus nous tenir informés de ce qu'ils savaient, si jamais nous ne les défendions plus.

— Ce ne sont que des mensonges, Eliah ! Nous en savons bien plus qu'eux. Leurs cavaliers mettent des jours pour leur faire parvenir le moindre message. Nos *inha'roh* sont beaucoup plus efficaces.

— Quand nous pouvons les faire.

Un silence désagréable s'installa dans la pièce. Setrian avait déjà compris que le *Velpa* manquait de sources de *inha* pour les contacts à distance, et se demandait si le groupuscule ne finirait pas par utiliser ses propres membres pour pallier ce manque.

— Qu'est-ce que tu vas faire, pour ton artefact ? demanda le Maître des Feux. Sais-tu au moins s'il est encore à Arden ?

— C'est mon plus gros souci. Je crois qu'il n'y est plus. Tous ceux que j'ai réussi à laisser là-bas ne trouvent rien. Les groupes envoyés vers l'équipe de la première prétendante m'ont tous confirmé qu'*Erae* n'était pas en sa possession.

— Alors nous sommes dans une impasse, soupira Grab.

— C'est pour ça que je t'ai fait venir. J'ai besoin que tu me prêtes des mercenaires.

— Tu veux que je te fournisse des forces ? s'exclama Grab. Ah ! Et qu'est-ce que j'aurai, en échange ? Eliah, tu m'épates, là. Tu me flattes, même !

Grab s'était mis à rire haut et fort. Le Maître des Eaux serra les dents et le poing sur sa cuisse se contracta.

— Je me charge de l'artefact des Vents, et tu l'auras dans dix jours sur ton bureau.

Cette déclaration coupa aussitôt le rire de Grab. Même Setrian était surpris et il se redressa immédiatement. Son mouvement ne passa pas inaperçu et les deux hommes tournèrent la tête dans sa direction.

— Qui c'est celui-là ? demanda Grab, dont le ton était redevenu sérieux.

— Celui qui me permettra d'accomplir ce que je viens de te dire.

Setrian retint son souffle. Tout s'expliquait enfin. Sa présence ici, ce soir. La fausse confiance que semblait lui accorder Eliah.

— Cet esclave que tu traînes avec toi depuis des jours serait en mesure de récupérer *Eko* ? Tu ne crois quand même pas que je vais avaler de pareilles bêtises ?

— Je viens de te promettre de te fournir l'artefact des Vents. Peu importe la façon dont j'y parviens.

— Pas s'il peut nous compromettre. C'est un prisonnier, tout le monde l'a vu. Tu devrais cesser de le déguiser ainsi.

— Son anonymat est capital, justement pour cette mission.

— Je veux savoir qui il est.

— Ça n'a aucune importance.

— Et qui me dit qu'il va réussir ?

Eliah haussa les épaules.

— Allez, marché conclu, reprit Grab en se levant. Je te fais envoyer une demi-douzaine de mercenaires. Tâche de me les ramener vivants et n'oublie pas ta promesse. *Eko* doit être sur mon bureau dans dix jours.

Le Maître des Eaux hocha la tête et suivit Grab des yeux jusqu'à ce que celui-ci ait refermé la porte derrière lui. Il attendit encore un long moment, immobile, comme s'il craignait que quelqu'un n'écoute à la porte, mais s'il y avait bien quelque chose que Setrian avait retenu, c'était qu'une incroyable quantité de boucliers l'entouraient.

— Bien, commença Eliah, maintenant... que penses-tu de cette entrevue ?

Setrian releva le menton. Le Maître lui avait permis de rester dans le bureau pour connaître son avis ? C'était impossible, il devait plutôt le tester. Mieux valait ne rien risquer.

— Cet homme vous ment, répondit-il.
— Sur son artefact ?

Setrian acquiesça doucement.

— C'est bien ce que je pensais.
— Dans ce cas, pourquoi aviez-vous besoin de mon avis ? Vous n'avez pas un conseiller, un second qui aurait pu vous aiguiller ? Grab l'a dit lui-même, je ne suis qu'un prisonnier. Pourquoi m'accorder autant d'importance ?

— Tu as émis la réponse dans ta propre question. Tu es prisonnier. Tu n'as aucun camp à choisir dans cette histoire puisque tu es contre nous tous. Et là, tu n'aurais absolument aucun intérêt à mentir. Je connais bien ceux de ton espèce, vous calculez tout ce que vous dites. J'ai toujours trouvé que les messagers étaient les plus perfides de tous les mages. Et je t'ai bien observé. Ce n'est pas parce que tu n'as plus accès à ton *inha* que tes réflexes d'*Aynetiel* se sont effacés. Tu anticipes tout. Mais ici, il n'y a rien à calculer, surtout que tu cherches autant que moi à savoir où se trouvent les autres artefacts, et essentiellement celui des Feux. Maintenant, tu me dis que Grab ment. Mais jusqu'à quel point ?

Setrian hésita avant de répondre. Le Maître avait compris sa façon d'agir. Il ne pouvait plus vraiment se protéger derrière, même s'il remarquait qu'aucune interdiction ne lui était donnée dans ce sens.

— Je pense que l'artefact est déjà à Naja, et même qu'il y est depuis un certain temps.

— Qu'est-ce qui te fait dire ça ?

— La façon qu'il a eue de parler de lui. Les Feux ont un respect maladif, presque malsain, pour tous les insignes et les bijoux. Il a déjà eu *Lünt* devant les yeux, et pas seulement en fouillant les pensées d'un autre.

Le Maître le fixait intensément, comme s'il cherchait à percer son esprit. Pourtant, Setrian était sincère, mais les réflexes des contacteurs devaient être aussi omniprésents que ceux des messagers.

— Bien, finit par dire Eliah. Quoi d'autre ?

— Le messager malade dont il a parlé est une vérité. Il ne se serait pas encombré de ce détail, sinon. Cela semblait donner un peu de crédibilité au reste.

— Peut-être, mais je n'en ai que faire.

— Vous m'avez demandé mon avis, je vous le donne. J'aimerais en revanche bien vous entendre sur ce que vous avez prévu de faire de moi.

Une fois de plus, le Maître ne sembla pas se formaliser de son effronterie. Il s'adossa même à son fauteuil, plus détendu qu'il ne l'était en début de soirée.

— Tu auras pour mission d'aller récupérer *Eko* dans le bureau du Maître des Vents.

— Comment voulez-vous que je fasse ? s'exclama Setrian. Avec la quantité de boucliers qui existent autour de votre propre bureau, comment espérez-vous que je puisse entrer dans celui de Caliel ?

— Nos bureaux sont protégés contre nos ennemis.

— Je me doute bien que tous les éléments sont représentés dans ces boucliers ! Vous avez certainement fait appel à des protecteurs de chacun d'entre eux pour armer vos portes. Je suppose même que cela a dû se faire de façon publique afin que tous les Maîtres soient rassurés. Et ce soir, vous avez dû les ôter pour faire entrer ce Grab !

— C'est exactement cela, mais j'ai un atout dont Caliel ne se doute pas. Vois-tu, les passages réservés de chaque Maître ne sont protégés que des trois autres éléments. Nous ne passerions pas notre temps à défaire les boucliers de notre propre élément, n'est-ce pas ? Et comme Caliel fonctionne de la même façon, il suffit d'envoyer un mage des Vents pour se servir chez lui, et c'est précisément là que tu entres en jeu.

12

Même lorsqu'il avait infiltré le bataillon, Setrian n'avait pas cherché à faire preuve d'autant de discrétion. Le camouflage imposé par Eliah depuis sa captivité lui était d'un grand secours.

Setrian arriva devant la porte qui donnait sur le réfectoire. À cette heure de la nuit, l'endroit était désert, mais la salle si grande que Setrian craignait de manquer une présence si quelqu'un s'y était éternisé. Il se glissa entre les rangées de tables, plié en deux pour ne pas dépasser, faisant avancer ses jambes de façon fluide et mesurée. Ses pieds se mouvaient sans bruit.

Eliah lui avait fourni de nouvelles bottes de même qu'une tenue complète pour se fondre dans l'obscurité. Pour la première fois de sa vie, Setrian se retrouvait presque entièrement vêtu de noir. Seule la chemise était d'un bleu marine profond. La veste disposait d'une capuche pour cacher ses cheveux, mais le Maître avait également pris la précaution de les lui plaquer en arrière avec un bandeau. Ainsi vêtu, Setrian était méconnaissable.

Les dispositions prises par le Maître l'avaient abasourdi. Il n'avait suffi que d'une journée pour que ces vêtements soient rassemblés dans le plus grand secret. Setrian les avait essayés sous ses yeux et le Maître avait aussitôt expliqué le but de cette sortie nocturne.

— Je ne peux pas envoyer mes mages habituels. Toujours pour ces histoires de boucliers, mais surtout parce que tu es le seul à qui je peux faire confiance.

— Je ne suis pas certain que nous ayons la même définition de la confiance, avait soulevé Setrian en finissant de boutonner les manches de sa chemise.

Le Maître avait précisé que cette première virée ne serait qu'une reconnaissance. Il n'espérait pas que Setrian parvienne à rapporter *Eko* avec lui dès cette tentative. Il comptait d'abord sur lui pour récolter le maximum d'informations et assurer la réussite de sa véritable mission. Il savait aussi que Setrian respecterait cet engagement.

Ils n'avaient conclu ni promesse ni marché particulier. De toute façon, Setrian était loin d'être en position de force, mais être utile à Eliah lui conférait une importance non négligeable.

Pour lui, qu'*Eko* soit en possession d'un Maître ou d'un autre ne changeait rien. Mais s'il pouvait avoir l'artefact entre les mains à un moment, peut-être trouverait-il le moyen de le subtiliser ou d'inventer un mensonge. Cette mission de reconnaissance lui permettrait éventuellement d'élaborer un plan.

Il se plaqua contre le mur en arrivant dans la zone des Vents et souffla très doucement. La traversée du réfectoire s'était faite sans incident.

Selon ce qu'avait dit Eliah, les quatre bâtiments étaient en tout point similaires, il n'aurait donc aucun souci à rejoindre le bureau du Maître des Vents. Setrian se faufila dans le premier couloir et trouva l'embranchement qu'il cherchait. Les lieux étaient toujours aussi déserts.

Ce point l'avait énormément surpris. À Myria, il restait toujours un membre de la Garde pour patrouiller dans les étages. Ici, le *Velpa* n'avait pas voulu s'encombrer de soldats. Sûrement parce que ceux-ci étaient déjà occupés dans le reste de la capitale et que les Maîtres ne voulaient aucun espion na-friyen dans leurs bâtiments.

— Ils ont déjà assez à faire avec ceux qu'ils s'envoient les uns les autres, murmura-t-il en se glissant dans un autre passage.

Une ombre cependant se profila au fond du couloir. Setrian revint aussitôt en arrière pour se dissimuler dans l'angle et la silhouette le dépassa sans même un regard.

Il attendit un peu avant de se détacher du mur, mais dès qu'il eut repris la direction du bureau, deux autres personnes surgirent. La présence d'autant de mages en plein milieu de la nuit était inhabituelle.

À voir leurs formes, même dans l'obscurité, il était certain qu'il s'agissait de deux femmes. Elles bavardaient à voix basse, leurs murmures indéchiffrables. Setrian chercha aussitôt à faire demi-tour car aucun artifice ou ornement ne lui permettait de se cacher dans le couloir, mais il était trop tard. Les deux femmes avaient cessé de parler, il avait été vu.

Il ne lui restait qu'une solution, agir comme si sa présence était normale.

Il se remit à avancer comme s'il n'avait jamais eu l'intention de s'arrêter. Les deux femmes approchaient doucement, presque aussi discrètement que lui. L'une d'elles tenait une lampe entre les mains. Ses doigts étaient si serrés autour qu'elle devait forcément se brûler. Cette attitude lui rappela brusquement quelqu'un et Setrian releva les yeux.

Mesline était bien celle qui portait la lampe, l'autre lui était étrangère.

Il était certain que la jeune fille ne l'avait pas reconnu, ce midi. Elle n'avait eu d'yeux que pour Matheïl, puis pour le Maître des Eaux. Céranthe ne lui avait même pas accordé un regard.

La dernière personne qu'il avait aperçue était Gabrielle. Il savait déjà qu'elle était à Naja, que les Vents avaient réussi leur coup. Eliah lui-même l'en avait informé afin d'obtenir des informations sur son rôle de troisième prétendante. Sur ce point, Setrian n'avait pas eu à mentir. Il en savait autant que le *Velpa*.

Mesline et l'autre mage continuaient à venir dans sa direction. Setrian baissa les yeux sans les river sur ses pieds, juste l'angle qu'il fallait pour paraître insignifiant et invisible. Il ajusta la position de ses bras et se mit à en contrôler le balancement quand il pensa qu'il avait peut-être intérêt à faire savoir à Mesline qu'il était là. La jeune fille l'avait déjà aidé une fois, peut-être accepterait-elle de le faire à nouveau.

Sauf qu'il fallait le faire sans que sa voisine s'en aperçoive.

Avec son *inha*, la chose aurait été facile. Sans, il était désarmé. En se souvenant de son allure dans le miroir juste avant de quitter le bureau d'Eliah, il réalisa que Mesline ne le reconnaîtrait jamais ainsi. Il devait lui laisser un indice. Relever le capuchon pour faire apparaître ses yeux ne changerait pas grand-chose. La lampe de Mesline n'était pas assez puissante.

Alors qu'il continuait à avancer, une dernière trouvaille lui vint. Furtivement, il déplaça le bandeau de ses cheveux de façon que quelques mèches en dépassent. Il savait l'éclat blanc et les reflets suffisamment lumineux. Mais lorsque les deux femmes passèrent à côté de lui, rien chez Mesline ne trahit une quelconque reconnaissance.

Déçu, Setrian poursuivit son chemin jusqu'à la porte qu'il cherchait, celle du bureau des Vents. C'était l'étape la plus délicate. L'objectif de la soirée était de vérifier l'existence d'un bouclier des Vents sur cette porte. S'il n'y en avait pas, il entrerait. Dans le cas inverse, il improviserait.

Setrian tendit les doigts en avant. Alors qu'il envisageait toutes les conséquences possibles de son geste, une bourrasque le projeta au sol. Une douleur naquit dans sa main puis se propagea dans son poignet. Une alerte sonore se déclencha dans la foulée.

Setrian tenta de se relever mais son bras se déroba sous lui. La douleur lui remontait à présent jusqu'au coude. Il se servit de l'autre bras pour se redresser et se mit à courir pour s'éloigner le plus vite possible.

Deux silhouettes émergèrent devant lui, qu'il percuta de plein fouet, enfonçant son épaule dans le torse de la première et propulsant la seconde contre le mur et la fenêtre sur sa gauche. Le bruit de verre brisé et l'absence de pas dans son dos confirmèrent qu'il leur avait échappé.

Malgré la terrible sensation de brûlure qui le rongeait, Setrian fit tout son possible pour continuer son chemin discrètement. Lorsqu'il atteignit le réfectoire, un soulagement intense le gagna. Il serait bientôt dans le bâtiment des Eaux.

Il arriva au bureau d'Eliah en courant et en tenant son bras droit. Ignorant à présent toute prudence, il frappa fort du poing contre la porte. Lorsque celle-ci s'entrebâilla, Eliah semblait dans une colère froide. Setrian brandit son bras en guise d'explication.

Il avait relevé la manche de sa chemise. La peau commençait à craqueler et une étrange odeur s'en dégageait. Eliah l'attrapa immédiatement et le traîna à son bureau, non sans avoir vérifié qu'il n'avait pas été suivi.

Étourdi par la douleur, Setrian se sentit forcé à s'asseoir puis une soudaine sensation de fraîcheur lui fit desserrer les dents. Quand il rouvrit les yeux, le Maître était agenouillé devant lui, les mains statiques au-dessus de son bras autour duquel flottait comme un nuage de pluie.

Sur le bureau, une bassine, qu'il avait eu l'occasion d'apercevoir lors de sa première visite, était remplie d'eau. Un filet s'en écoulait dans les airs jusqu'à s'enrouler autour de son bras. Setrian poussa un profond soupir en sentant le liquide frais lui mouiller les chairs.

— Je ne pourrai pas faire mieux, je ne suis pas guérisseur, dit Eliah en se relevant.

La gravité reprit brutalement possession de l'eau qui se mit à couler de part et d'autre du bras. Setrian grimaça instantanément. Le flux continu avait été un véritable soulagement.

— Vous ne voulez pas poursuivre ?

— Je ne vais pas passer la nuit à faire ça, s'énerva le Maître.

— Je suis votre seul atout.

— Et me rabaisser à cela ? Certainement pas !

— Alors trouvez-moi quelque chose, parce qu'à ce rythme-là, vous ne pourrez jamais déposer *Eko* sur le bureau de Grab !

Ses paroles semblèrent porter et Setrian se félicita intérieurement.

— Je vais voir ce que je peux faire, lâcha Eliah.

— Tant mieux, grimaça à nouveau Setrian en se rapprochant de la table.

Il venait à peine de remarquer que le Maître l'avait installé dans son propre fauteuil et que l'eau qui gouttait de son bras en inondait abondamment le tissu. Indifférent, il immergea son coude et tout son avant-bras dans la bassine. Un râle de soulagement s'échappa de ses lèvres.

— Ne bouge pas d'ici.

Setrian répondit vaguement tout en sentant les menottes lui être passées aux chevilles. Il tira et comprit qu'il avait été enchaîné au bureau. De toute façon, il ne comptait pas partir. L'eau fraîche était son seul salut même si elle commençait à tiédir.

— Attendez, lança-t-il avant qu'Eliah ne s'en aille par son passage personnel. Vous ne pourriez pas faire quelque chose pour l'eau ? Elle est déjà presque chaude.

L'eau devint soudain glaciale. De petits cristaux se formèrent même à la surface. La porte se referma après ça et Setrian s'effondra sur le bord du fauteuil. Il ne savait comment il avait réussi à obtenir autant d'égard de la part de son ennemi, mais celui-ci avait finalement dû entendre son point de vue. Lorsqu'Eliah réapparut, il n'avait pas bougé.

— Sors ton bras de là.

Setrian obéit et observa le Maître rapprocher un second fauteuil. Il tenait un récipient dans les mains.

— Applique-toi ça.
— C'est un baume ?
— Quelque chose de bien plus utile.

Setrian haussa les sourcils. La seule chose qui l'aurait soulagé était le remède que sa mère utilisait en cas de brûlure, une pâte légèrement rose tandis que celle que lui avait apportée Eliah tirait sur le bleu. Il y trempa ses doigts pour l'appliquer. Aucune sensation de fraîcheur ne se dégagea.

— Vous êtes sûr que c'est ce qu'il me faut ?

Le Maître lui envoya un regard si sombre que Setrian ne chercha pas à reposer sa question. La pâte bleue était grasse et s'étala facilement sur sa main et son bras. Il eut à repousser sa chemise jusqu'au coude car l'étrange brûlure avait gagné la totalité de son avant-bras. Quand il eut terminé, Eliah lui attrapa le poignet sans ménagement pour le rapprocher de la lampe. Setrian retint un cri de douleur.

— C'est bien ce que je pensais... marmonna le Maître.

— Et vous pensiez quoi ? râla Setrian, qui cherchait désespérément à éloigner sa main de la source de chaleur.

— Le bouclier des Feux s'est lui aussi activé.

— Qu'est-ce que vous en savez ?

— La substance a viré au rouge.

Sa peau était si glissante que Setrian réussit à s'extirper de l'emprise d'Eliah. Il fixa son bras. La couleur avait effectivement changé.

— Cette crème permet de savoir quel est l'élément concerné par la projection ou le bouclier. Elle a été mise au point récemment par les alchimistes et je dois dire que c'est une belle invention.

— Et comment est-ce que j'aurais pu le déclencher alors que je suis des Vents ?

— Ce n'est pas toi qui l'as activé, répondit Eliah, songeur. En se déclenchant, le bouclier des Vents a créé une réaction en chaîne. Les Terres aussi ont dû participer.

— Il y a eu une alerte sonore, ça m'a rappelé ce que j'ai pu entendre à Lapùn.

— Et tu as vu une quelconque réaction des Eaux ?

— Je n'ai pas pris la peine de rester pour étudier la question, rétorqua Setrian.

Eliah ne releva pas son effronterie et se contenta de fixer la pâte qui devenait de plus en plus rouge. Celle-ci vira au noir avant de se désintégrer et de tomber au sol en poussière.

— Et vous n'avez pas quelque chose pour la brûlure ? demanda Setrian.

— Replonge ton bras dans l'eau.

Pour la seconde fois, Setrian se retrouva seul dans le bureau, l'avant-bras immergé dans la bassine. Eliah revint quelques instants plus tard avec un flacon qu'il lança à Setrian.

— Vous ne pouviez pas faire venir un guérisseur ?
— Des Eaux ? Quel intérêt ?
— L'élément ne change rien, une brûlure reste une brûlure.
— Et risquer que quelqu'un te reconnaisse ?

De son bras valide, Setrian désigna ses cheveux.

— Vous relevez le capuchon et le problème est résolu, dit-il en se gardant de mentionner que même Mesline, croisée dans le couloir, ne l'avait pas reconnu.

— Et sur quel bras exactement est apparue cette brûlure ? s'impatienta le Maître. N'y a-t-il pas un signe qui pourrait dévoiler ton élément ? Regarde un peu ton poignet, imbécile !

Setrian baissa les yeux. Eliah avait raison, le bras meurtri était celui de son insigne. La cicatrice des Vents se voyait, nette et blanche au milieu du rouge maladif de la peau autour. Si un guérisseur venait appliquer un baume, son identité serait immédiatement compromise.

— Soit. Je peux garder la bassine ?

Eliah grommela une réponse s'apparentant à un oui. L'eau cristallisa soudain en une multitude de flocons et Setrian soupira à nouveau. De son autre main, il attrapa le flacon et le glissa dans sa poche, puis il saisit la bassine et la serra contre lui.

— Si j'ai terminé pour aujourd'hui, j'aimerais bien aller m'occuper de tout ça, dit-il en soulevant son bras. Vous comptez rester encore longtemps ?

Le Maître l'examina attentivement. Sûrement devait-il peser les avantages et inconvénients d'avoir à le raccompagner. Setrian pria pour qu'Eliah accepte sa requête, mais il avait apparemment dépassé les limites de sa patience.

— Nous resterons ici toute la nuit. Trouve-toi un endroit.

Setrian remua les pieds en faisant comprendre qu'il avait d'abord besoin d'être détaché. Eliah s'approcha sombrement et défit les liens métalliques. Quand il se redressa, leurs visages étaient si proches que Setrian eut un mouvement de recul.

— Ton insubordination va rapidement devenir intolérable.

— Mon… Quoi ? Je me plie à vos exigences alors que je n'ai rien en échange !

— Tu es mon prisonnier, il ne manquerait plus que je t'offre quelque chose.

— Un prisonnier dont vous avez besoin.

— Certes, mais un prisonnier qui pourrait fort se retrouver embêté si jamais je ne prenais plus la peine de m'occuper de lui, rétorqua Eliah en s'emparant du flacon que Setrian avait mis dans sa poche.

— C'est comme ça que vous me menacez ? En me privant d'un remède ? J'ai enduré bien pire.

Eliah posa violemment le baume dans la bassine.

— Sors de ma vue.

Sa voix était aussi glaciale que les cristaux et Setrian le contourna pour éviter le moindre contact.

Eliah ne perdait que rarement son sang-froid, mais lorsqu'il le faisait, les conséquences étaient douloureuses.

Setrian avait suffisamment testé sa chance pour la soirée et il se dirigea dans le même recoin que d'habitude.

La crème était cette fois-ci parfaitement blanche et il l'étala généreusement, depuis ses doigts jusqu'à son coude. La sensation était assez agréable. Il restait un picotement diffus, comme si la brûlure continuait à se propager, sans pour autant dévorer la peau. Ce ne fut que lorsqu'il repassa une troisième fois sur son poignet qu'il commença à réaliser que quelque chose de nouveau était apparu. Ou plutôt que quelque chose d'ancien avait disparu.

Il fit comme si de rien n'était et continua à étaler la crème, rapprochant progressivement son poignet de ses yeux. La cicatrice du symbole des Vents était toujours aussi nette, même si la rougeur autour s'était légèrement estompée et que la chair avait commencé à former des cloques lisses et rosées. Mais ce qui l'intéressait le plus était qu'il voyait réellement la cicatrice pour la première fois depuis des jours. L'*empaïs* avait été partiellement désintégré.

Il réfléchit un instant. Normalement, la disparition de l'*empaïs* s'accompagnait de sensations exquises lorsque le porteur retrouvait l'accès à son *inha*. Setrian ne se souvenait pas d'être passé par cet état de béatitude. En même temps, sa soirée n'avait été que douleur et concentration. Le moindre soulagement n'avait été associé qu'à la glace autour de son bras.

Son pendentif aurait également dû se mettre à briller, et à aucun moment il n'avait vu de lumière irradier de son cou. Mais peu importait, finalement. Il avait trouvé le moyen de se libérer de son geôlier et, même si la tâche impliquait de se faire calciner le bras, Eliah s'échinait justement à l'envoyer dans cette direction.

13

Ériana releva les yeux et soupira. C'était le cinquième jour qu'ils avançaient dans le marécage, à l'aveugle, en direction du sud. Par deux fois, ils avaient dû détourner leur trajectoire pour échapper à la mystérieuse troupe qui leur tournait autour. Depuis, ils étaient aux aguets, la tension palpable au sein de leur trio. Aucun ne s'adressait plus la parole en dehors de quelques interpellations préventives. Même les conversations au cours des repas étaient minimes.

Un bruit devant elle détourna son attention. Friyah avait trébuché et glissé dans une flaque. Ériana le surveilla le temps qu'il se remette sur la terre ferme, ou ce qu'ils estimaient tous être de la terre ferme. À force de déambuler entre les mares sinueuses, ils avaient l'impression de ne passer que d'îlot flottant en îlot flottant.

Une fois au sec, Friyah reprit sa marche spongieuse dans la trace d'Erkam. Le messager des Eaux avait définitivement pris la tête, laissant à Ériana le soin de déceler les présences étrangères. Cela lui permettait aussi de guetter une éventuelle émergence d'Eko, mais pour l'instant, l'âme n'avait pas donné le moindre signe. Régulièrement, elle tentait de s'imaginer subir son transfert dans le marais et ses espoirs s'effondraient. Rien dans ce lieu ne s'apparentait aux Vents, encore moins aux Feux. Ses symptômes allaient d'ailleurs croissant et elle souffrait de ne pouvoir transporter de feu en permanence. Le seul soulagement qu'elle ressentait était minime et engendré par Eko qui, de temps à autre, asséchait l'atmosphère autour d'elle comme c'était le cas à l'instant. Alors qu'elle profitait du léger courant d'air salvateur, elle buta dans Friyah et recula pour s'excuser. Il s'était arrêté et Erkam au-devant également.

— Que se passe-t-il ? demanda-t-elle à Erkam.

— J'ai ressenti une présence. C'était étrange, on aurait dit que cela interagissait avec toi. Sûrement ton reflet, mais ça reste étrange.

— Notre reflet, corrigea-t-elle en se sentant pâlir à l'idée qu'Erkam ait pu percevoir la manipulation d'Eko dans son *inha*.

Il marmonna quelque chose d'inaudible et sa patience s'envola aussi sec.

— Qu'y a-t-il ? lança-t-elle.

— J'aimerais bien te le dire, mais je ne suis pas certain que ce soit une bonne idée.

— Comme chaque fois, rétorqua-t-elle avec une virulence qu'elle ne se connaissait pas. Toujours des secrets, toujours des pensées cachées. Tu n'as jamais accepté de me dire la vérité ! Pourquoi n'as-tu jamais voulu me dire ce qui s'était passé dans le sanctuaire des Eaux.

Erkam se retourna et cligna plusieurs fois des yeux, éberlué.

— Qu'est-ce que le sanctuaire des Eaux vient faire dans la conversation ?

— Ce n'est qu'un exemple pour montrer ton absence de transparence ! Setrian, lui, aurait immédiatement...

— Laisse Setrian en dehors de ça ! s'emporta Erkam.

Elle ne l'avait jamais entendu crier aussi fort. La chose aurait dû la ramener à elle, lui montrer qu'elle était allée trop loin. Au contraire, ce fut comme si on venait d'attiser le feu de sa colère. Friyah venait quant à lui de se décaler pour échapper aux invectives.

— Je parle de Setrian si j'en ai envie !

— Et moi je ne veux plus entendre son nom ! Tu es sans cesse en train de nous comparer. Tu pourrais t'imaginer ce que ça fait d'être dévalué en permanence ? Je sais qu'il est celui que tu aimes. Je sais que tu voudrais l'avoir auprès de toi. Mais il n'est pas là ! Et ça, je n'y peux absolument rien !

— Vous comparer ne servirait à rien. Tu n'es rien, à côté de lui.

L'outrage et l'humiliation d'Erkam ne l'apaisèrent même pas. Aucun remords ne traversa son esprit. Elle n'était plus que haine et dégoût.

— Tu n'es pas mon protecteur, cracha-t-elle. Tu n'es pas digne de moi.

La froideur de ses mots ne réussit pas à modérer la chaleur qui montait en elle. Juste devant son visage, celui d'Erkam se rapprochait, à la fois blessé et audacieux.

— La dignité m'importe peu. J'ai une tâche à accomplir et je l'accomplirai. Tu en as décidé ainsi au sanctuaire des Eaux. Que tu le veuilles ou non, je reste ton protecteur.

— Je refuse !

— Est-ce que tu t'entends seulement ? Reviens à la raison ! C'est toi-même qui m'as choisi ! Toi-même qui m'as montré comment faire ! J'ai pris sa place. Je te le dis encore et encore : j'ai pris sa place, digne ou pas. Quelqu'un doit être là pour te protéger. Et même si tu me pousses à bout chaque jour davantage, je reste. Mais pour l'instant, il y a une chose qui m'inquiète, c'est que tu n'es plus toi-même. Tu perds pied. Tu t'emportes pour un rien et ta mauvaise humeur nous gagne tous. Regarde Friyah ! Même lui bougonne toute la journée !

— C'est toi qui perds pied. Ce que tu dis n'a aucun sens.

Erkam inspira, excédé, la mâchoire serrée.

— Une preuve de plus que ton esprit est complètement retourné par les artefacts. Ériana, sais-tu quels sont les symptômes du manque de l'artefact des Feux ? Parce que je ne serais pas surpris si l'irritabilité en faisait partie ! Tu es insupportable, voire odieuse, depuis que tu as ressenti le premier appel. Heureusement, je ne sais par quel miracle, tu nous accordes des instants de répit, mais il va nous être impossible de continuer ainsi. Tu vas devoir apprendre à te calmer !

— Me calmer alors que c'est toi qui me hurles après ? s'écria-t-elle. Quel protecteur agirait ainsi ? Tu es censé m'aider à lutter contre les symptômes !

— Tu te contredis, Ériana. Cela fait des jours que tu dis vouloir tout gérer seule.

— Parce que je ne veux plus de toi comme protecteur. Tu es inapte, incompétent. Tu ne ressens pas ce que tu devrais ressentir. Tu ignores la moitié de ce qui…

Ses mots furent interrompus par une main entrant violemment en contact avec sa joue. Sa tête partit de côté et elle trébucha. Elle se rattrapa à Friyah puis le repoussa pour retourner vers Erkam, furieuse qu'il ait osé la gifler.

— Comment peux-tu…

— Je n'ai pas envie de t'écouter, Ériana, lança-t-il froidement en se rapprochant de Friyah, qui se frottait l'épaule sur laquelle elle s'était rattrapée. Tu délires complètement. Finalement, je préfère quand tu te tais, et à mon avis, Friyah aussi. Viens, passe devant, murmura-t-il à l'attention du garçon dont le regard attristé la blessa à peine.

Friyah la contourna en cherchant à l'éviter le plus possible puis se remit aussitôt en marche, suivant les conseils d'Erkam pour la direction à prendre.

— Je ne veux plus t'entendre, dit Erkam. Et tu laisses Friyah en dehors de ça. Tu vas apprendre à gérer tes symptômes sans nous en faire pâtir. Je m'en veux de t'avoir giflée mais je n'hésiterai pas à recommencer si tu dépasses encore une fois les limites.

— Tu as levé la main sur moi. Vraiment, tu n'es pas digne…

— Je t'ai déjà dit que la dignité m'importait peu ! la coupa-t-il. Le devoir, en revanche, si. Et si je dois te bâillonner pour que tu nous laisses en paix le temps de rejoindre les Feux, pour *te* rendre service, alors je le ferai.

— Tu es censé me protéger.

— Tu ne vois donc pas que je te protège de toi-même ?

— Non.

— Alors reste obstinée et tais-toi. Tu nous fatigues.

Il commença à se détourner pour rattraper Friyah mais elle l'en empêcha. Erkam dégagea violemment son bras.

— Qu'est-ce que tu cherches à faire ? demanda-t-il froidement.

Pour la première fois depuis le début de leur dispute, elle n'arrivait pas à donner de réponse. Ce qu'elle cherchait à faire... Elle ne le savait pas elle-même. Sa colère semblait enfin s'apaiser un peu, mais il restait toujours cette irascibilité latente qui attendait d'être lâchée sur une proie. À l'instant, cette proie était juste devant elle. Elle reprit le bras d'Erkam, plus doucement, et le tira vers elle. Erkam se laissa faire, toutefois méfiant. Il disait ne plus parvenir à la supporter. Elle ne voulait plus de lui. Pourquoi s'embêter à entretenir le reflet ?

Alors que le corps d'Erkam se rapprochait du sien, elle chercha à savoir s'il existait un moyen de se débarrasser du lien qui les unissait. Elle voulait détruire le reflet, ne plus avoir d'attache avec cet homme qui la faisait enrager. Elle ne savait même plus pourquoi elle désirait cela, ni pourquoi elle était là. Elle ne savait plus qu'une chose.

Elle voulait détruire ce *inha*. Le consumer, l'absorber, l'anéantir pour ne plus avoir à être reliée à lui.

Elle voulait détenir ce pouvoir qui lui permettrait d'annihiler toute forme d'énergie. C'était ce dont elle avait besoin.

Le *inha* réducteur.

Dès que cette pensée frôla son esprit, ses énergies s'activèrent. Une tempête l'entoura et la souleva du sol, charriant avec elle eau et terre. Les trois éléments la secouèrent et la recouvrirent. Ériana se sentit presque perdre connaissance mais elle lutta pour rester consciente, fermant les yeux pour contrer le vertige qui la prenait.

Aussi soudainement que cela avait commencé, tout s'arrêta. Ériana tomba brutalement au sol, l'impact lui coupant la respiration. Des voix vibrèrent autour d'elle mais elle ne leur accorda aucune attention. Elle était trop effrayée.

Ses énergies s'en étaient prises à elle. Elles avaient lutté contre elle. Ses trois éléments, Eaux, Terres et Vents, s'étaient brièvement unis dans un combat envers ce qui s'était dégagé d'elle à ce moment-là.

La dernière portion de ce qui la constituait.

Son *inha* des Feux.

Lentement, elle se redressa. La voix d'Erkam lui parvint aux oreilles. Le messager était clairement inquiet, de même que Friyah, juste à côté, dont le visage soucieux et les yeux voilés montraient qu'Eko était présent.

— Qu'est-ce que tu as fait ? demanda Erkam, plus posé.

Elle prit le temps de réfléchir et cette précaution la surprit. Toute son agressivité s'était effacée. Elle était enfin calme, en pleine maîtrise de ses émotions.

— Je... Je crois que j'ai trouvé comment lutter contre le symptôme des Feux.

Erkam leva un sourcil alors qu'il l'aidait à se mettre debout.

— Tu vas nous refaire une scène aussi catastrophique chaque fois ? Je t'avoue que j'apprécierais que tu trouves une autre méthode, dit-il en désignant le chaos autour d'eux. J'ai l'impression de me retrouver au sanctuaire des Eaux.

Elle pinça ses lèvres en regardant de chaque côté. Les alentours n'étaient plus que dévastation. L'eau et la terre avaient été déplacées jusqu'à en apercevoir le fond des mares. La puissance du vent avait été démesurée. Elle n'avait cependant que peu de considération pour son environnement.

— Comment avez-vous pu rester ici ? s'ébahit-elle. Je veux dire... Vous auriez dû vous envoler avec le reste !

— J'aimerais bien le savoir moi aussi ! s'exclama Erkam en se tournant vers Friyah, bras croisés. Je pense que vous avez des explications à me donner, tous les deux.

Ériana s'excusa du regard auprès d'Eko, celui-ci hocha la tête. Elle venait de comprendre. C'était grâce à lui que les corps de Friyah et d'Erkam n'avaient pas été emportés par la force des éléments.

— Tu ne parles pas à Friyah, en réalité, avoua-t-elle. Eko, l'âme initialement contenue dans l'artefact des Vents, occupe son corps et se montre de temps à autre. Il est ici parce que son sanctuaire a été détruit.

— Depuis quand exactement es-tu au courant de sa présence ? demanda Erkam comme si cette révélation n'était pas une surprise.

— Quelques jours. Je ne voulais pas t'en parler. Je ne sais pas pourquoi. J'éprouve une certaine forme de... rancœur envers toi. Je ne me l'explique pas.

— Ne cherche pas, coupa-t-il. Je sais que ce n'est encore que l'effet de l'artefact des Feux sur toi. Tu as besoin de cet artefact, il te réclame. Et tu veux être en contact avec lui. Plus que l'élément, je crois que c'est le feu en toi qui se réveille dès que tu es en manque.

Elle approuva de la tête. Finalement, peut-être Erkam était-il le bon protecteur.

Puis elle soupira. Ses changements d'humeur étaient épuisants. Comment pouvait-elle être aussi compréhensive après avoir voulu la mort du lien les unissant ? Dès qu'elle s'était imaginé détruire le reflet, ses éléments s'étaient dressés contre elle pour l'en empêcher. Tout restait encore une histoire de survie, mais elle avait l'impression qu'elle n'était plus maîtresse de son propre *inha*.

— J'espère moi aussi pouvoir trouver autre chose, dit-elle d'une petite voix.

— Nous allons t'aider, dit Erkam.

— Et comment comptez-vous faire ?

— Déjà, tu vas me dire tout ce que j'ai besoin de savoir sur l'âme contenue dans Friyah.

— Tu peux lui adresser directement la parole, tu sais. Eko contrôle son corps entier.

205

Interloqué, Erkam se tourna vers Friyah, prêt à le questionner, quand tous cessèrent de respirer. Quelques instants de silence passèrent puis le bruit qui les avait interpellés se fit de nouveau entendre.

— Nous réglerons ça plus tard, je crois, murmura Erkam.

Ériana réajusta ses sangles autour de son buste avant de défaire celle de l'arc. L'instant d'après, une flèche était encochée. Friyah secouait la tête, Eko avait dû s'évanouir des limbes de son esprit. Peut-être faudrait-il aussi prévenir le garçon qu'une âme étrangère l'habitait. Cela lui éviterait des surprises comme celle de se retrouver soudain dans de telles situations.

D'un coup de coude, elle lui fit comprendre qu'il devait se ressaisir et Friyah adopta une posture défensive. Erkam avait la main posée à l'arrière de son épaule, là où le tatouage de son élément était situé.

Tous trois observaient la brume avec attention. Ériana reconnut les tintements métalliques du groupe qu'ils avaient déjà cherché à éviter. Le bruit de pas dans l'eau et sur le sol spongieux ne laissait aucun doute. Son altercation avec Erkam avait dû les faire repérer et, de toute façon, le chaos qu'elle avait causé aurait rameuté n'importe qui.

Coupable, elle serra davantage les doigts autour de son arc. Si les poursuivants n'avaient pas été attaqués ou renforcés, ils auraient toujours affaire à une trentaine de personnes, dont des mages. Ériana sentit son cœur accélérer. À trois contre autant, ils n'avaient aucune chance, même avec trois éléments pour les accompagner énergétiquement.

Et alors que la première silhouette se précisait dans la brume, son pas devenant course en l'apercevant, Ériana décocha sa première flèche.

14

Il lui fallut moins d'une seconde pour reconnaître l'uniforme de celui qui s'élançait vers eux et encocher sa flèche suivante. La tenue noire était celle d'un mercenaire et, derrière lui, elle en devinait encore plusieurs. Sa première flèche toucha le cœur alors que l'autre s'envolait en direction de la cible qui surgissait par-dessus. Elle tenta de se souvenir du nombre de flèches dans son carquois mais désespéra en sachant qu'elle n'en avait clairement pas trente et que, si les attaquants continuaient à arriver à cette vitesse, jamais elle n'aurait le temps de tous les désarmer.

De son côté, Friyah ne paraissait pas aussi démuni et s'était déjà élancé entre les silhouettes sombres. Ériana tenta de deviner s'il était lui-même ou si Eko avait pris le dessus car elle le trouvait très agile, mais le garçon avait suivi un entraînement à la Garde de Myria. Ses prouesses pouvaient y être associées.

Erkam, se trouvant enfin au cœur de son élément, put commencer à le manipuler avec brio. L'eau se mit à frémir devant lui et un filet se détacha soudain de la mare, filant droit vers un homme à la tenue différente. Sa tunique était grisâtre et une de ses mains était gantée de vert. Au moment où la gerbe d'eau allait le percuter, celle-ci se fendit de part et d'autre de sa main, tendue droit devant lui. L'eau passa de chaque côté pour finir par s'écraser sur deux soldats derrière lui. Ceux-ci ne furent qu'assommés, l'impact atténué par la déviation.

— Un mage des Eaux ! s'exclama Erkam en râlant.

Ériana vira aussitôt et décocha une troisième flèche vers ce nouvel adversaire alors qu'Erkam lançait d'autres balles d'eau, cette fois vers les mercenaires et les soldats qui vainement tentaient de les trancher de leurs lames.

Le mage, d'un simple coup de main, fit s'élever une masse d'eau pour détourner la flèche, mais Ériana s'y était préparée et son *inha* isola son tir. La pointe finit dans l'abdomen du mage qui, sous l'impact, recula avant de s'effondrer au sol.

— Mais combien y en a-t-il d'autres ? soupira-t-elle.

— Cinq comme lui, répondit Friyah à côté d'elle.

Elle faillit sursauter, ne l'ayant pas vu revenir. Le garçon s'était précipité en éclaireur au sein de l'ennemi et son aller-retour ne s'était pas fait sans mal. Sa joue était écorchée en de multiples endroits et il se tenait le bras comme s'il avait reçu un coup. Ériana ne vit cependant aucune trace de sang et s'autorisa à le questionner encore.

— Et des mercenaires ?
— Douze.
— Des soldats ?
— Autant.
— Alors on a un peu d'espoir.

Friyah ne répondit pas et s'élança à nouveau dans les rangs adverses. Ériana s'apprêtait à lui demander ce qu'il faisait lorsqu'elle le vit sortir la flèche lumineuse dont elle lui avait fait cadeau. Discrètement, il glissa le corps dans sa manche, ne laissant que la pointe dépasser. Sa main était devenue une arme, invisible aux yeux de ces trop grands mercenaires qui ne le considéraient même pas comme un obstacle. En quelques instants, Friyah immobilisa deux soldats en leur entaillant l'arrière des genoux. Sa ruse lui ôta cependant son anonymat et deux autres se retournèrent contre lui. Ériana décocha une flèche pour l'aider et celle-ci s'enfonça dans la joue d'un des attaquants mais, trop prise par la défense du garçon, elle s'en oublia elle-même et un corps vint la percuter.

Enchevêtrée dans son adversaire, elle attendit d'avoir cessé de rouler pour se libérer. Ils avaient échoué dans l'eau et Ériana ne sentait pas le sol sous ses pieds, ils devaient se trouver dans une partie très profonde. L'homme face à elle lui fit un sourire narquois et, à la vue du bandeau vert sur son front, elle sut qu'elle avait encore affaire à un mage des Eaux.

Celui-ci fit tourner lentement sa tête et l'eau se mit à tourbillonner autour d'Ériana. Progressivement, le courant se densifia et Ériana fit appel à son propre *inha* pour contrer l'élan qui lui était imposé, mais son énergie ne semblait pas égaler celle du mage. Elle hurla de rage et serra les dents. Sa crise de colère avait dû épuiser ses ressources et ses éléments peinaient à se manifester dans toute leur intensité.

Elle était responsable de cette situation. Si elle avait maîtrisé l'appel des Feux, rien de cela ne serait arrivé.

Le courant continuait de l'emporter, la faisant tourner sur elle-même. Sa vue se brouillait et elle tenta de retrouver son équilibre mais le mouvement était de plus en plus rapide. Puis soudain, tout cessa, le courant comme mort. Ériana fit face au mage dont le visage s'était figé. Elle crut d'abord qu'Erkam ou Friyah l'avait sauvée à distance puis reconnut le voile dans les yeux. L'homme était en plein *inha'roh*.

Ériana se fustigea. Elle aurait dû savoir que le mage était contacteur. Le bandeau ne signifiait rien d'autre. Et s'il était en train de contacter, ou d'être contacté par son Maître, au *Velpa*, alors il allait transmettre une image nette et claire d'Ériana, de sa position, des personnes qui étaient avec elle. Elle ne pouvait se le permettre.

Rassemblant tout ce qui lui restait de puissance, elle tendit d'un coup ses deux bras devant elle, mobilisant les Vents et les Eaux en même temps. Une vague, démesurée pour un simple marécage, même profond, prit naissance et souleva le mage avant de le projeter sur le sol, quelques mètres plus loin. Ériana profita de la baisse du niveau de l'eau pour s'extirper du creux de terre avant que la vague ne reflue, et roula sur le côté pour éviter d'être à nouveau emportée. Elle s'arrêta contre le cadavre du mage dont le crâne laissait suinter un filet rouge rejoignant la mare, et espéra que l'homme n'avait pas eu le temps de transmettre quoi que ce soit.

Au loin, elle reconnut un cri d'Erkam et se redressa soudain, mais une masse s'abattit violemment sur son crâne. Étourdie, elle retomba au sol, sur le cadavre. Une poigne ferme la releva alors et elle n'aperçut qu'une forme noire entre ses paupières. Un mercenaire.

— Amenez-moi un mage ! s'écria-t-il. On dirait que c'est elle !

L'ordre fut relayé deux fois et elle perçut des pas précipités. Ériana réalisa à cet instant que l'affrontement était terminé, et le dernier cri qu'elle avait entendu d'Erkam l'inquiéta terriblement.

Lorsqu'une silhouette plus claire se planta devant elle, sa vue lui était revenue. Il s'agissait d'une femme dont le bras était cintré d'un bandeau vert. Celle-ci l'examina attentivement, lui attrapant le menton sans ménagement, faisant pivoter brusquement sa tête de gauche et de droite. Puis ses yeux s'arrêtèrent sur les mains d'Ériana et, pour la première fois, Ériana regretta de porter ses gants.

— C'est elle, déclara la mage avec un rictus de victoire.

— Qu'est-ce qu'on en fait ? demanda le mercenaire qui maintenait toujours Ériana debout.

— Où est le contacteur ? Il doit prévenir notre Maître.

— Euh... Je crois qu'elle marche dessus.

La femme baissa les yeux et donna un coup dans les jambes d'Ériana, qui aurait manqué de s'écrouler si elle n'avait pas été tenue par le mercenaire.

— Quel idiot... marmonna la mage. Bon, on la ramène avec nous.

— Et les deux autres ? lança un soldat, un peu plus loin.

Ériana tourna la tête dans la direction de la voix. À ses pieds, l'homme tenait deux formes, l'une inconsciente, l'autre ficelée. Erkam était avachi au sol et Friyah avait été bâillonné. Même si tout semblait s'arrêter là, elle ne put que les féliciter intérieurement d'avoir abattu la moitié du groupe qui les avait attaqués.

— On les tue, répondit simplement la mage.

Alors qu'Ériana allait s'insurger, la scène se figea devant ses yeux. Elle avait l'impression que le temps venait de s'arrêter. Lentement, les quatorze corps encore debout s'effondrèrent comme s'ils venaient d'être endormis, mais les piques dépassant de leur poitrine expliquèrent ce mouvement. Avant qu'ils ne s'affalent au sol, elle distingua deux types de pointes : des flèches et des lances. Le mercenaire qui la tenait avait été transpercé d'une flèche et, en tombant, l'entraîna avec lui. Elle se décala juste à temps pour éviter la pointe saillante et repoussa le corps afin de pouvoir se relever.

Mais alors qu'elle espérait remercier ses sauveurs, son moral sombra immédiatement. La première rangée d'individus qui approchaient vers elle était entièrement vêtus de noir, à l'image des mercenaires. La ligne suivante ressemblait à une série de mages. Il lui était impossible de comprendre pourquoi un groupe du *Velpa* s'en serait pris à un autre. Peut-être pour espérer gagner les faveurs de leur Maître ?

Sans chercher davantage, elle se précipita sur Friyah pour le libérer. Une voix résonna alors dans l'air chargé d'humidité.

— Vous êtes Ériana, n'est-ce pas ?

À genoux à côté de Friyah, Ériana cessa de bouger. L'autre escouade avait également cherché à connaître son identité, mais ils ne s'y étaient pas pris de façon aussi courtoise. L'homme qui avait parlé ne trahissait nulle menace. Il paraissait tout juste adulte. Ses cheveux bruns lui tombaient en travers du front et ses yeux clairs le rajeunissaient. Derrière lui, des gens de tous âges apparaissaient progressivement. Les hommes portaient de gros sacs, les femmes, un équipement plus léger. Tout le monde était chargé, y compris les enfants qui surgissaient de part et d'autre.

Ériana finit de défaire les liens de Friyah sans lâcher des yeux celui qui s'adressait à elle. Avant de se mettre debout, le garçon frappa Erkam sur les joues et le messager se réveilla en sursaut. Lorsqu'il aperçut la foule devant eux, il se leva d'un bond, non sans tituber, puis se stabilisa. Dans le silence et ainsi prostrés, ils auraient pu s'apparenter à trois statues dont seule la respiration révélait l'humanité.

— Qui êtes-vous ? demanda-t-elle.

— Je me prénomme Adam, et voici mon épouse, Sharon, répondit le jeune homme.

La femme désignée était plus petite que son mari. Quelques mèches aux reflets bleus s'échappaient d'un lien à l'arrière de son crâne. Ses yeux voilés étaient presque vides, donnant l'impression qu'elle était aveugle. Ériana sentit un frisson lui remonter dans le dos puis un souvenir émergea. Elle avait déjà fait face à ce genre d'expression : chez Matheïl, la première fois qu'elle l'avait rencontré.

— Vous êtes prophète ? demanda-t-elle lorsque Sharon eut repris un air normal.

La jeune femme hocha la tête et quelques murmures se propagèrent parmi les nouveaux arrivants. Ériana écarta la tête pour tenter d'appréhender le nombre de personnes, mais la brume engloutissait l'arrière du groupe. Dans tous les cas, cela dépassait bien la trentaine qu'ils venaient d'affronter. Elle resta sur ses gardes.

— Je viens de sceller ma prophétie, confirma Sharon. J'avais prédit que nous vous trouverions ici. Adam n'était pas certain de mon interprétation, nous n'avions jamais vu un endroit aussi humide de notre vie.

— Vous êtes prophète vous aussi ? dit-elle en revenant sur Adam.

À peine eut-elle posé sa question qu'elle sut qu'elle était inutile. Aucun reflet ne se distinguait dans ses cheveux et nulle gemme ne pendait à son cou. Adam était dépourvu de *inha* et sa tenue ne traduisait qu'un statut de mercenaire. Ériana avait du mal à croire qu'elle avait une conversation avec ceux faisant partie de ses pires ennemis.

— Je suis Second de la Garde des Feux et je vous assure que nous ne vous voulons aucun mal. Vous ne voudriez pas abaisser votre arme ? Vous mettez tout le monde mal à l'aise.

Ériana hésita. Se voir demander de baisser sa garde l'encourageait à la maintenir. Elle ne savait si l'homme disait vrai, s'il était vraiment de la Garde des Feux, mais jamais les mercenaires n'avaient pris la peine de parler. Leur mot d'ordre était l'attaque, puis le massacre ou la capture. Le groupe face à elle venait à l'instant de les sauver. Il méritait son attention avant des représailles.

— Qu'est-ce qui me prouve que vous dites la vérité ?

Adam tourna les yeux vers sa compagne, qui passa les mains dans le décolleté de sa tunique. Ériana s'attendit à voir une gemme friyenne mais ce fut un tout autre collier qui fut dégagé. Sharon le remonta au-dessus de son front, allant jusqu'à repousser ses cheveux en arrière. Le bijou doré scintillait et, en son centre, une forme rouge se détachait.

— Ceci est mon insigne des Feux, déclara Sharon. Pour Adam, nous n'avons aucune preuve similaire en dehors de son uniforme.

— C'est celui d'un mercenaire, trancha Ériana. Même d'ici, je peux m'en rendre compte.

— Vous ne voyez pas tout... commença Sharon.

— Cessez de vous moquer de moi ! Je sais faire la différence !

Ériana sentait monter la colère en elle et, pour la première fois depuis sa crise récente, elle en était presque contente. Si ses éléments se manifestaient tout à coup, peut-être qu'ils lui garantiraient une sortie facile.

De leur côté, Sharon et Adam soupirèrent comme s'ils s'étaient attendus à cette réaction puis Adam tendit le bras par-dessus son épaule. Quelques instants plus tard, une épée luisante brillait entre ses mains. Il la tendit à Ériana.

Elle ne voulait pas relâcher sa vigilance. De plus, elle ne savait pas si l'arme pouvait constituer une preuve. Une tension sur sa tunique lui fit alors détourner le regard. Friyah faisait aller ses yeux d'elle à l'épée d'Adam. Quelqu'un était bien sûr capable d'identifier la provenance de l'objet. Elle répondit d'un hochement de tête et Friyah s'avança.

Prudemment, il attrapa l'épée, trop lourde pour lui, et en examina le pommeau avant de l'amener à Ériana.

Le pommeau était simple, la lame, acérée et lustrée. La seule ornementation se trouvait au-dessus de la garde, une gravure en forme de flamme, ponctuée de deux gemmes rouges très discrètes.

— Les épées de la Garde des Vents sont conçues de façon similaire, murmura Friyah. Cette épée est bien celle d'un Second, et je suppose que ce symbole est celui des Feux. Mais rien ne prouve qu'il en soit le véritable propriétaire.

Ériana haussa les sourcils. Pour la première fois, elle découvrait l'apprenti soldat que Friyah était. Elle savait qu'elle pouvait avoir confiance en lui mais, surtout, elle partageait ses doutes. D'un signe de tête, elle lui fit comprendre de rendre l'épée à Adam. Le jeune homme la récupéra avec soulagement.

— Vous pourriez l'avoir volée, dit-elle dès que l'arme fut rangée.

— Cette épée m'appartient, ou du moins, elle m'appartenait, répondit Adam. Dans un sens, vous avez peut-être raison. J'ai volé cette épée car je ne suis plus officiellement Second de la Garde. Mais cet enfant m'a l'air bien placé pour savoir que ce statut est ancré en nous, quoi qu'il advienne de notre sort.

Friyah opina du chef et Adam poursuivit :

— J'étais Second jusqu'à ce que je quitte la Cité d'Onyx. Il me faudrait un uniforme de la Garde ! lança-t-il sans se retourner.

Quelques instants après, un tissu noir apparut. Il le tendit directement à Friyah.

— C'est celui d'un apprenti. Je pense qu'il devrait t'aller. Les apprentis ont tous gardé le leur, puisqu'ils n'ont pas encore d'arme de prédilection. Encore une fois, Ériana, j'apprécierais vraiment que vous baissiez la vôtre.

— Si j'en crois ce que vous dites, répondit Ériana en surveillant Friyah qui dépliait le vêtement, vous avez au moins une trentaine de soldats derrière vous. En quoi mon arc vous ferait-il peur ?

— Sharon nous a révélé ce que vous pouviez faire avec. C'est d'ailleurs à ça que nous vous avons reconnue.

— Je ne suis pas la seule ici à pouvoir tirer une flèche, répliqua-t-elle en désignant les cadavres du menton.

— Vous avez raison. Mais mes archères ont toutes rangé leur arc.

Ériana baissa enfin sa flèche, non parce qu'elle était convaincue, mais parce que ce que venait de dire Adam l'intriguait.

— Dois-je en conclure qu'il y a des femmes au sein de vos troupes ?

— C'est le cas, et elles sont toutes Troisièmes de la Garde.

Au geste d'Adam, trois femmes émergèrent. Elles s'affairaient à nouer des sangles autour de leur buste, vêtues du même type d'uniforme que celui que Friyah examinait. Le tissu noir disposait d'une ceinture et de revers rouges. Trois virgules cuivrées et métalliques agrémentaient l'avant-bras, sous le symbole des Feux plaqué dans un matériau similaire.

Lorsqu'elles furent prêtes, Ériana ne put retenir sa stupéfaction. Même Erkam, qui n'avait pas bougé depuis le début, s'autorisa un regard oscillant d'elle aux archères. Ce fut peut-être ce qui l'incita le plus à ranger enfin son arc.

La similitude était parfaite.

Elle avait l'impression de se retrouver en face d'un miroir. L'agencement des sangles sur le buste était exactement identique, l'arc et le carquois posés comme elle le faisait toujours.

— Comment expliques-tu cela ? chuchota Erkam.

— Je n'en ai pas la moindre idée… avoua-t-elle à voix basse. Friyah ? Tu peux cesser d'examiner cet uniforme.

Friyah tendit l'uniforme mais Adam secoua la main.

— Garde-le, c'en est un de secours. Nous ne savions pas combien de temps prendrait notre recherche. Nous en avons prévu pour les enfants qui grandiraient. Celui-ci devrait te convenir.

Friyah fixa le tissu comme s'il n'était pas certain d'apprécier le cadeau puis un coup d'œil à ses propres vêtements sembla le décider. Il revint auprès d'Ériana et l'observa comme s'il cherchait son approbation.

— Cette décision ne me revient pas, dit-elle. Et ce n'est pas parce que tu ne portes pas l'uniforme des Vents que tu renies l'élément qui t'a accueilli. Ne t'inquiète pas, les Vents sont bel et bien en toi, ajouta-t-elle.

— Alors je le prends, déclara Friyah. Et puis, la couleur est bien plus pratique que le bleu de ceux de la Tour d'Ivoire. Mais il y a une telle ressemblance avec ceux des mercenaires…

Friyah avait raison sur tous les points et Ériana resta nerveuse. Une similitude si prononcée ne pouvait pas la rassurer, mais elle était pour l'instant trop accaparée par la façon dont les archères avaient noué leurs sangles.

— Pourquoi cette ressemblance…

— Dans les sangles ? intervint Sharon. Ce détail m'avait surprise, je l'admets. Cette technique d'accrochage ne s'apparente qu'aux Feux, en tout cas à ma connaissance. La voir sur une personne telle que vous était déconcertant.

— Parce que vous saviez que j'étais des Vents ?

— Êtes-vous réellement encore des Vents, Ériana ?

La jeune femme s'était avancée entre les archères. Ériana lutta contre un réflexe de recul. Elle ne comprenait pas pourquoi son intuition cherchait à l'éloigner de ces personnes qui, pour l'instant, n'avaient rien fait de mal.

— Qu'est-ce que vous voulez ? demanda-t-elle en hésitant à reprendre son arc en main. Restez à distance ! Je ne comprends toujours pas ce que vous faites ici.

— Ne me dites pas que vous n'avez qu'un seul élément, s'inquiéta Sharon. Vous ne pouvez pas ! Il vous faut les quatre !

— Comment savez-vous ce que je dois avoir et ce que je ne dois pas avoir ? s'emporta Ériana en défaisant la sangle qu'elle venait à peine de renouer.

Son geste fut aussitôt imité par les archères.

— Je suis prophète et je sais, répondit simplement Sharon. Vous devez détenir les quatre éléments. C'est ce que mes prophéties révèlent. Alors, par pitié, ne dites pas que vous n'en possédez qu'un seul !

La détresse sincère de Sharon lui fit baisser son arc. Elle le garda cependant dans la main et remarqua que les archères prenaient la même précaution. Le mimétisme était si parfait qu'elle douta momentanément. Sa mère lui avait appris à tirer à l'arc et, selon Eko, elle aurait été des Vents. D'une façon ou d'une autre, elle avait dû être sensibilisée à la façon dont procédaient les Feux.

Ses origines s'emmêlaient encore plus. Les Feux, les Vents, les Eaux. Ses similitudes avec les traits caractéristiques de ces éléments ne cessaient de se croiser et de se contredire. C'était comme si elle était née dans un milieu où les quatre éléments avaient cohabité, et cela n'était pas arrivé depuis bien longtemps. À une seule exception.

— Vous ne vous sentez pas bien ? demanda Sharon. Vous êtes toute pâle.

— Je... je pense que mes énergies sont capricieuses, mentit-elle.

— Vos énergies ? Cela signifie que vous les détenez toutes ? Vous me rassurez...

— Écoutez, Sharon, reprit Ériana, je constate que vous savez de nombreuses choses à mon sujet, et vous avez fourni assez de preuves de votre identité. Il reste toutefois un point à éclaircir, peut-être le plus important : que faites-vous ici, en pleine Na-Friyie, au beau milieu d'un marécage qui vous éloigne clairement de votre élément ? Et surtout, que me voulez-vous ?

— Bien… soupira Sharon. Je suis ici – Adam et moi sommes ici – car une prophétie nous a incités à venir à votre rencontre. Nombreux ont été les gens à se rallier à notre cause. Et nous voilà donc.

— Votre cause ? Sharon, j'ai vraiment besoin d'explications !

— Dans ma vision, vous aviez besoin de nous ! lança la prophète qui commençait à ne pas apprécier le ton d'Ériana. Vous aviez besoin d'une Garde, faite de sang et d'obscurité, celle que je vous ai amenée. Celle que mon mari vous a amenée !

Ériana écarquilla les yeux, médusée, et Sharon poursuivit :

— Toutes les personnes ici sont volontaires, Ériana ! Elles ont sciemment quitté la communauté pour se rallier à vous, parce que vous êtes notre unique espoir de ne pas voir le *Velpa* s'imposer. Alors, s'il vous plaît, ménagez votre tempérament !

15

— Que vient faire le *Velpa* au milieu de tout ça ? lança Erkam, resté muet jusqu'à présent.

Adam fit signe à son épouse qu'il allait prendre la parole, et, d'un simple geste de la main, dispersa la foule derrière lui, à l'exception des trois archères qui restèrent en place. Sharon imita le reste du groupe et s'éloigna, presque penaude.

— Ma faction monte le camp, si vous ne m'en voulez pas, dit Adam en posant son épée à terre. Et je crois qu'avant tout, je dois vous raconter l'histoire de ma communauté.

— Ce ne serait pas négligeable, effectivement, répliqua Erkam qui sentait la menace approcher au fur et à mesure qu'Adam avançait.

Adam s'adressa alors à Friyah :

— Pourquoi n'irais-tu pas rencontrer les autres apprentis de ton âge ?

— Je reste avec Ériana.

Le Second leva les sourcils et Ériana s'interposa.

— Vous avez trois archères. J'ai un messager et un apprenti de la Garde.

— Si vous pensez que ce dont nous devons parler peut être entendu par un enfant…

— Vous avez des enfants du même âge, dans votre troupe, souleva Ériana. Et Friyah a traversé suffisamment d'épreuves avec moi pour mériter de connaître la vérité.

— Nous cherchons tout de même à les épargner.

— Alors pourquoi les avoir emmenés avec vous ? demanda-t-elle.

Intérieurement, elle connaissait déjà la réponse. Toujours cette même et unique raison qui la culpabilisait et qui semblait aussi ronger Adam. Indépendamment des parents qui n'avaient pas pu se séparer de leur progéniture, le Second avait forcément vu un intérêt à leur présence.

— Ils sont utiles, n'est-ce pas ? le devança-t-elle. Dites-le, je ne vous en voudrai pas. Nous sommes tous utiles ici, d'une manière ou d'une autre. Alors dites-moi exactement en quoi *vous* pouvez l'être et à qui.

Adam se détourna pour balayer sa faction du regard, puis la fixa de nouveau dans les yeux.

— Vous avez besoin d'une Garde, ma femme vous l'a déjà dit. Voici celle que je vous offre. Elle peut paraître pauvre, mais je vous assure qu'il n'en est rien.

— J'ai l'impression que vous essayez de me convaincre de vous choisir. Quel choix ai-je à faire ? Vous ou le *Velpa* ? Pour l'instant, je ne choisis personne. Je ne sais rien de vous.

— Alors prenez la peine de m'écouter, s'il vous plaît.

Adam s'assit et son geste invitait Ériana à faire de même.

— Nous, la communauté des Feux, connaissons bien le *Velpa*. Ses ambitions, ses objectifs. Nous connaissons aussi beaucoup de ceux qui y appartiennent pour la simple raison que nombre sont de notre famille.

— Comment cela est-il possible ? s'offusqua Ériana. Je veux dire... Dans les communautés que j'ai rencontrées, le *Velpa* s'était introduit sournoisement, se servant de dissidences et de désaccords entre les mages. Cela a été le cas pour vous aussi ?

Adam s'excusa du regard avant de poursuivre.

— En vérité, nous cohabitons avec le *Velpa* depuis de nombreuses années. Cette organisation a parfaitement intégré notre communauté : le conseil de notre cité est en partie composé de personnes adhérant aux principes du *Velpa*. Vu ce que vous me dites, cela n'est absolument pas votre cas.

Elle faillit immédiatement certifier que non puis se retint. Le *Velpa* avait effectivement infiltré les conseils des autres Tours, mais rien n'avait ouvertement été reconnu.

— Tout s'est fait de façon insidieuse, répéta-t-elle. Heureusement, la vérité a fini par éclater et chaque conseil a agi pour rétablir l'ordre.

— Dans ce cas, nous n'avons pas le même ordre chez les Feux, soupira Adam. La Cité d'Onyx repose sur un double pouvoir : celui du *Velpa* et celui des autres. Notre Grand Mage, par exemple, dirige lui-même le *Velpa*.

Ériana sentit son sang se glacer alors que l'unique conclusion se dessinait dans son esprit. Sa course à l'artefact des Feux risquait d'être considérablement entravée.

— Le Grand Mage de votre communauté est le Maître des Feux ?

— Il me semble l'avoir déjà entendu appelé sous ce nom.

— Alors la situation est bien plus grave que je ne le pensais, murmura-t-elle en jetant un regard à Erkam, dont l'inquiétude était nettement visible. Et où se trouve-t-il ?

— À Naja. Avec l'artefact que vous cherchez. Il l'y a fait venir.

Elle avait déjà envisagé cette réponse, mais le fait de l'entendre lui fit quand même froid dans le dos. Cela faisait un certain temps qu'elle savait que le *Velpa* était basé dans la capitale. Néanmoins, elle se sentait en position de faiblesse en allant affronter un ennemi dans son propre camp. Surtout qu'elle ne pouvait rien faire ouvertement. Aller récupérer un artefact, sous le nez de ses plus farouches adversaires, allait s'avérer tout simplement impossible.

— Et il reste quand même Grand Mage ?

— Ses directives sont transférées par *inha'roh* depuis que nos messagers décroissent en nombre. Cette nature s'est considérablement étiolée ces dernières années. Désormais, c'est au tour des contacteurs. À ce sujet, je vous enverrai plutôt consulter Sharon, elle vous renseignera mieux que moi

Le ton défaitiste d'Adam égalait à peine l'amertume et la stupeur d'Ériana. Elle était aussi furieuse que dépassée. À côté d'elle, Erkam trahissait la même réaction.

— Vous êtes en train de nous dire que le *Velpa* n'est pas un groupe dissident dans votre communauté ? demanda-t-il. Vous vivez avec eux sans le moindre problème ?

— Le moindre problème n'est pas l'expression que j'utiliserais, mais vous avez raison, le *Velpa aht Gerad* est le deuxième parti présent à la Tour d'Onyx. Les deux visions sont représentées dans notre communauté. Mais le conseil se fourvoie en pensant qu'une harmonie est possible. Ces dernières années, nous avons bien vu qu'aucun équilibre n'était envisageable entre nos énergies et celle que le *Velpa* veut ramener parmi nous. Certains se laissent cependant convaincre. Après tout, jusqu'à son éradication, nos ancêtres étaient bien parvenus à vivre avec le *inha* réducteur. Pourquoi ne pourrions-nous pas y arriver aujourd'hui ? Mais c'est ce qu'ils veulent en faire qui pose souci et c'est là que les opinions divergent. Le *Velpa* veut annihiler le *inha* pour le redistribuer à sa guise et l'ensemble de la communauté n'est pas forcément d'accord. Leur présence au conseil les rassure et ils nous permettent de continuer à vivre en attendant que nous nous rallions à leur idéal… ou que nous désertions. Du coup, nous avons le droit de choisir d'appartenir à un camp ou à l'autre tout en menant notre vie de mage ou de soldat. Le reste du peuple ne se voit pas vraiment demander son avis.

Erkam semblait avoir beaucoup de mal à appréhender cette communauté partagée. Pour Ériana, le principal problème résidait dans le fait que des gens aient réellement cru au bien-fondé du *Velpa*.

— Peut-être faut-il les faire venir dans nos communautés pour qu'ils réalisent à quel point le *Velpa* ne cherche pas leur bonheur mais simplement le pouvoir sur les autres, maugréa-t-elle, peu surprise de l'objectif premier de ses ennemis.

— Certains d'entre nous ont déjà vu.

— Vos hommes se sont déjà rendus dans le nord de la Friyie ? s'étonna-t-elle.

— Pas aussi loin, mais certains sont allés en Na-Friyie, à Naja ou ailleurs, pour assister le *Velpa*. Quelques-uns sont revenus. Bien entendu, ceux qui sont convaincus par la moralité du *Velpa* ont refusé d'entendre leurs témoignages, préférant les considérer comme déserteurs. Donc oui, nous savons que le *Velpa* utilise nos confrères pour aider l'armée na-friyenne à investir les autres territoires. Oui, nous savons que les Na-Friyens dotés d'un *inha* sont capturés pour servir de source d'énergie, notamment pour les *inha'roh* de distance. Et, à mon grand malheur, je vais devoir admettre que la majorité des mercenaires engagés dans ces chasses à l'homme sont en réalité des soldats formés à la Garde des Feux, dans la même cour que celle où j'ai reçu mon instruction.

Ériana recula par instinct. Pourtant, rien en Adam ne montrait le moindre signe de danger. Son intuition s'était éveillée sur autre chose, plus particulièrement sur ce qui venait d'être dit. Elle baissa les yeux sur Friyah et s'attarda sur la tenue qu'il portait. Le vêtement fit alors remonter des souvenirs qu'elle avait enfouis au plus profond de son esprit.

— Les mercenaires... murmura-t-elle.

— Que dites-vous ?

— Les mercenaires qui s'en sont pris à moi durant toute mon enfance et qui ont continué jusqu'à ce que je puisse enfin me réfugier en Friyie... Ils portaient cet uniforme.

— Je suis désolé de vous le confirmer,Ériana. Ceux qui vous ont pourchassée peuvent effectivement avoir été des soldats de la Garde des Feux. Il se peut même que certains soient parmi nous aujourd'hui, mais croyez-moi quand je vous dis qu'ils sont désormais ralliés à *notre* cause.

Elle entendait à peine Adam. Son esprit se noyait dans les vestiges de sa mémoire.

Elle se revoyait avec sa mère, échappant à leurs poursuivants. Elle revoyait ces images d'elle, en pleine instruction sur le maniement d'un arc ou sur la façon dont dissimuler ses cheveux. Elle songeait à nouveau à toutes ces courses effrénées pour tenter de distancer les chiens lancés à leurs trousses et à toutes ces échappatoires miraculeuses qu'elle savait aujourd'hui dues à son *inha* instinctif. Mais peut-être n'en avait-elle pas été la seule responsable. Si, comme Eko le soutenait, sa mère avait été des Vents, peut-être avait-elle détourné les odeurs pour entraîner les animaux sur une fausse piste.

Alors qu'elle sombrait dans la désolation, une lumière se faufila dans son esprit. La texture de cette lueur était rugueuse mais souple. Intriguée, Ériana se laissa emporter et retrouva son calme. Quand elle eut repris ses esprits, elle comprit qu'Erkam venait de la ramener à elle.

— Vous pensez vraiment que certains sont ici? demanda-t-elle en essayant de se recomposer.

Adam l'observa, indécis. Il s'attarda aussi sur Erkam, comme pour vérifier s'il était judicieux de répondre.

— C'est possible, mais je ne suis pas sûr que ce soit une bonne idée d'aller le vérifier.

— Il n'appartient qu'à moi de savoir si c'est une bonne idée ou pas, trancha-t-elle en commençant à se lever.

Elle avait à peine fait trois pas qu'une main la rattrapait fermement. Elle s'attendait à découvrir Erkam, mais il s'agissait en réalité d'Adam. Le soldat la regardait de cet air qu'elle avait déjà connu avec Hamper à Myria, un homme dont les responsabilités allaient au-delà de sa propre vie car elles engageaient également celles de ses subordonnés.

— Il n'est pas seulement question de vous, Ériana. Ces hommes ne sont pas fiers de ce qu'ils ont fait. Il serait cruel de le leur rappeler de façon aussi directe. Peut-être, quand vous aurez davantage fait connaissance avec eux. Mais je commande encore et ceci sera mon ordre : j'interdirai à quiconque de vous répondre.

— Comment savez-vous ce que je vais demander ?

— Il n'est pas très compliqué de comprendre que votre question aurait un lien avec votre enfance. Pour le reste, je vous sais assez intelligente pour être capable d'identifier tous ceux qui auraient éventuellement déjà croisé votre route. Je vous évite aussi des déconvenues. Croyez-moi, il vaut mieux ne rien savoir, dans ce genre de cas.

Quelque chose dans l'expression d'Adam lui fit comprendre que les cas avaient effectivement été nombreux. En tant que Second, il avait dû se retrouver souvent confronté à des déserteurs revenant à la Cité d'Onyx.

— Je vous ai entendu, dit-elle en dégageant son bras.

— Mais vous n'avez pas promis, fit-il remarquer.

— Je ne promets plus rien. Même ma mère ne m'a jamais promis de rester en vie. Et les seules promesses que j'ai commencé à faire se fragilisent, sans avoir eu pour l'instant la chance d'exister véritablement.

Elle avait fini sa phrase avec beaucoup d'émotion. L'expression d'Adam changea, devenant plus compréhensive, moins impérieuse. Une seule phrase semblait lui avoir tout expliqué. Ils se rassirent.

— J'en déduis que vous n'avez pas le bonheur que Sharon et moi pouvons partager.

— Ce bonheur m'est malheureusement volé par le *Velpa*, répondit-elle amèrement.

— Et s'il était ici, aujourd'hui ?

— Les choses changeraient peu, mais nous serions côte à côte. Cette quête passe avant nous. Et il paraît que nous sommes plus efficaces ainsi, rétorqua-t-elle en se retournant.

Elle avait adressé la remarque à Friyah, ou plutôt à Eko, qui semblait avoir émergé à l'instant où elle s'était levée. Le flou des yeux se dissipa dès qu'elle eut terminé sa phrase.

— Nous en revenons à votre Garde ? tenta Adam pour chasser la tristesse.

— *Ma* Garde ?

— Nous sommes à votre service, Ériana.

— Je croyais que vous commandiez.

— Pour l'instant, oui, mais il n'appartient qu'à vous de prendre les rênes. Et pour mener autant de personnes sans *inha* dans une contrée qui n'en a jamais eu non plus, ou qui fait tout en secret, je trouve que c'est une aubaine que vous ayez été éduquée sans aucun rapport aux énergies.

Elle jeta un regard en arrière. Les soldats étaient rassemblés par petits groupes de cinq, comme ce qu'elle avait pu voir à Myria par le passé. Seules les trois archères se détachaient encore du reste, vigilantes.

— Je dois avouer que je répète depuis un moment qu'il me faut unir les quatre communautés et créer une armée digne de ce nom pour contrer le *Velpa*. Je ne m'attendais cependant pas à ce que ce soit elle qui me trouve. Enfin, une partie.

— Une partie ?

— J'ai besoin des autres éléments. Nous ne pouvons pas affronter une organisation qui les réunit tous avec seulement deux d'entre eux. Il faut fédérer l'ensemble de la Friyie.

— C'est vrai qu'en ce qui concerne les mages, il vaudrait mieux être bien entouré. Après, un soldat reste un soldat, qu'il ait été formé par les Feux ou un autre élément.

— Il reste aussi un gros problème, intervint Erkam en se tournant vers Ériana. Pardonne-moi, mais sais-tu comment diriger une faction ?

Un silence inconfortable passa pendant lequel Erkam compressa ses doigts dans ses mains. Adam semblait stupéfait d'une telle audace mais Ériana approuvait totalement la question. Erkam ne se cachait plus derrière de faux-semblants. Il avait pris les devants, prouvait qu'il assumait parfaitement son rôle de remplaçant. Sa crise avait peut-être eu un effet bénéfique, même si elle la regrettait encore.

— Pas le moins du monde, dit-elle. Mais j'espère avoir des personnes à mes côtés qui savent le faire. Adam, êtes-vous prêt à m'assister ?

— Je suis là pour ça, répondit immédiatement le Second.

— Dans ce cas, vous avez compris ce que je cherche à faire.

— Il me semble que la chose la plus importante à vos yeux aujourd'hui est de récupérer un certain artefact.

— Artefact que vous m'avez dit avoir été envoyé à Naja.

— Je pense qu'il y est arrivé, approuva-t-il avec un signe de tête. Nous étions encore à la Cité d'Onyx lorsque la demande de notre Grand Mage a été reçue.

Elle observa à nouveau la faction d'Adam. La brume s'était à présent totalement levée. L'arrivée de cette petite armée avait comme dispersé le banc d'humidité.

— Comment avez-vous pu amener autant de gens ? demanda-t-elle, pour la première fois ébahie de cette prouesse. Comment avez-vous pu partir sans que personne cherche à vous en empêcher ?

— Je vous l'ai dit, nous avons le droit de choisir. Même si la désertion n'est pas directement offerte, tout le monde sait qu'elle est accessible. Notre gouvernement s'en formalise peu. Notre territoire est bordé d'une chaîne de montagnes quasi infranchissable et, juste au-dessus, un vrai désert doit être traversé si l'on veut espérer rejoindre la Na-Friyie ou vos contrées, au-delà. Le *Velpa* estime que, si nous partons, nous sommes morts. Ma Garde et moi avons tenu bon et nous voici, aujourd'hui, devant vous.

— Cette Garde, vous ne cessez de dire qu'il s'agit de la mienne...

— C'est autour de vous qu'elle existe. Notre tâche consiste à faire en sorte que rien ne vous arrive.

— Et à lutter contre le *Velpa*, ajouta-t-elle.

— Les deux vont ensemble, objecta Adam. Le *Velpa* veut votre mort.

— Pour tout vous avouer, les choses sont plus compliquées que ça... Ils ne veulent pas *encore* ma mort. Ils font quand même tout pour m'affaiblir et faire en sorte que tout soit prêt pour le moment où j'aurai rassemblé les quatre éléments. J'espère que, d'ici là, les personnes que j'ai envoyées auront eu le temps de faire passer mon message.

— Vous êtes messagère, personne n'en doute. Où les avez-vous missionnées ?

Adam paraissait confiant et Ériana fut surprise de sa remarque. Depuis que les équipes s'étaient séparées, jamais elle n'avait envisagé les choses sous cet angle.

— Je compte sur deux personnes à Myria, expliqua-t-elle. Deux autres chez les Terres. Nous trois devions nous rendre chez vous. Et nous avons aussi une personne en solitaire en Na-Friyie. J'espère que nous pourrons l'y retrouver.

— Un de vos acolytes s'est aventuré, seul, vers Naja ? Vos ressources m'épatent, Ériana. Et vous dites ne pas être habituée à donner d'ordres !

— Il a pris sa décision sans que j'intervienne, dit-elle en secouant la tête. Les deux derniers membres de mon équipe ont été capturés par le *Velpa*. C'est pour cela qu'il a choisi de se rendre à Naja. Il espère trouver des renseignements à leur sujet.

— Je lui souhaite d'y parvenir. Et j'attends vos ordres.

Elle n'osa ajouter que les deux captifs lui manquaient plus que tout au monde et releva un regard déterminé sur Adam, balayant aussi la Garde qu'il lui avait offerte.

Ses Gardiens.

— Nous partons pour Naja, dit-elle. J'ai un artefact à aller récupérer.

16

— Qu'est-ce qu'on fiche ici ? murmura Gabrielle.

Pour toute réponse, Mesline lui donna un coup de coude dans les côtes. Depuis leur dernier échange, elles n'avaient pas vraiment eu l'occasion de se parler.

Assis de l'autre côté, Matheïl observait stoïquement la salle dans laquelle ils avaient été réunis. Le lieu était spacieux, lumineux, situé sensiblement au-dessus du réfectoire. Céranthe et la guérisseuse étaient aussi présentes. Gabrielle ne savait pas quelle démonstration le *Velpa* attendait d'elle.

Quand le Maître des Vents fit son entrée, Céranthe se leva, aussitôt imitée par les autres. Gabrielle y fut également contrainte et tous attendirent que l'homme se soit assis. Le silence se réinstalla et elle se tourna vers Mesline alors que le Maître les ignorait totalement.

— Qu'est-ce qu'on attend ? maugréa-t-elle entre ses dents.

Mesline avait les yeux moins rouges que d'habitude, son visage était dépourvu de traces de malaise.

— Qu'ils soient tous là.

Le Maître des Terres pénétra à son tour. Il s'assit aux côtés de son confrère, puis se pencha au-dessus de ses affaires, délaissant lui aussi le petit public en face de lui.

L'homme était sinistre. Entièrement vêtu de gris, sa courte barbe rousse était la seule note de couleur. Même son insigne était discret, le bandeau ocre se fondant presque parfaitement dans ses cheveux.

Les deux Maîtres avaient apporté de quoi s'occuper. Gabrielle trouvait la précaution surprenante, mais l'un comme l'autre semblaient débordés de travail, mettant à profit le moindre moment. Si une réunion devait avoir lieu entre les représentants des quatre éléments, les deux derniers ne semblaient en tout cas pas pressés d'y assister.

Le Maître des Eaux entra avec révérence après ce qui sembla être une éternité. Il fut le seul à les observer avant de s'asseoir. Dans les souvenirs de Gabrielle, l'homme s'appelait Eliah. Son insigne peu ordinaire, la longue boucle argentée et émeraude, la subjuguait toujours autant, de même que la façon dont le bijou s'assortissait aux yeux de son propriétaire.

Elle était si absorbée qu'elle remarqua à peine le mouvement derrière lui. Puis elle se souvint de la personne encapuchonnée qu'elle avait déjà aperçue au réfectoire. Mais celle-ci se dissimula si bien qu'elle oublia sa présence dans les instants qui suivirent, trop intriguée par le regard appuyé d'Eliah sur elle.

Caliel, le Maître des Vents, remua sur sa chaise, et Eliah baissa les yeux sur le tas de papiers qu'il avait apporté. Caliel se redressa en soupirant, s'étira comme si de rien n'était, et se pencha à nouveau sur ses feuilles. Gabrielle observa le manège jusqu'à ce qu'il soit à nouveau accaparé par sa lecture. Eliah releva les yeux au moment où elle les reposait sur lui.

En temps normal, elle les aurait aussitôt détournés. Cette fois, elle soutint son regard. Elle ne savait pas ce qu'il cherchait à lire sur son visage mais il s'y employait si bien qu'elle se mordit les joues. Son audace pouvait lui nuire si elle ne prenait pas garde, mais elle ne savait pas pourquoi, quelque chose l'incitait à garder un contact visuel avec Eliah.

— Comment mon homologue des Vents vous traite-t-il ? demanda-t-il soudain.

Caliel releva la tête. Le silence devint oppressant. Gabrielle avait l'impression que tout le monde avait cessé de respirer. Même le Maître des Terres s'était figé.

Lentement, elle tourna la tête vers Céranthe. Celle-ci, partagée entre outrage et effroi, ne lui donna aucun indice pour savoir si elle devait répondre.

— Ses mesures ne sont pas aussi drastiques que celles dont vous avez fait preuve lors de notre première rencontre, répliqua amèrement Gabrielle.

Le Maître des Vents les regardait alternativement, elle et Eliah. Il ne semblait pas s'opposer à leur petit échange, sinon jamais il ne l'aurait laissé se poursuivre. Ses sourcils restaient toutefois froncés et son regard, irrité.

— Nous étions dans d'autres circonstances, à ce moment-là, reprit Eliah.

— Vous pensez que cela vous excuse ?

— Personne ici ne cherche à présenter la moindre excuse.

— Alors, pourquoi vous inquiéter de la façon dont je suis traitée ?

— Parce que cette réunion vous concerne.

Gabrielle écarquilla les yeux. Personne n'avait jugé bon de lui expliquer sa convocation. D'après la mine déconfite de Mesline, elle n'avait pas non plus été prévenue.

— Il semble que nous soyons plusieurs à ne pas avoir la chance de connaître la raison de notre présence ici, répondit Gabrielle en choisissant scrupuleusement ses mots.

Eliah fronça les sourcils et se tourna vers son homologue des Vents. Caliel semblait presque satisfait car son irritation s'était effacée pour laisser place à un contentement manifeste. Gabrielle le détesta encore plus.

— J'avais envie de m'amuser un peu.

— Il n'y a rien d'amusant, Caliel.

Le ton d'Eliah était si froid que Gabrielle en frissonna. Le Maître des Terres, qui avait enfin accepté de lever le nez, fixait ses confrères avec sévérité. Le rictus de Caliel s'agrandit, fendant son visage d'un horrible sourire.

— Oh, je t'en prie, Eliah. Si nous ne pouvons même pas nous divertir un peu !

— Sois à la hauteur de ton poste, rétorqua Eliah. Je me demande si nous n'avons pas fait une erreur en te choisissant aussi hâtivement.

— Et qui aurais-tu voulu mettre à la place ? Il fallait trouver un remplaçant, Ethan n'assumait plus son rôle. J'étais là au bon moment. Avez-vous été déçus de mes manœuvres, jusqu'à présent ?

Gabrielle vit les poings d'Eliah se serrer sous la table. Même ceux du Maître des Terres se crispèrent. La tension entre les Maîtres n'était clairement pas un secret.

— Nos agents dans les cités et dans les bataillons ont pâti de tes ordres égoïstes.

— Personne ne se doutait que ces équipes auraient mis leur nez dans nos affaires, répondit négligemment Caliel.

— Oh si, tu le savais. Elle était là pour te le dire, non ?

Eliah désignait Mesline dont le visage avait conservé sa neutralité. L'altercation des Maîtres ne semblait l'émouvoir en aucune façon.

— Il a fallu agir rapidement, c'était ce qu'il y avait de mieux à faire, dit Caliel.

— De mieux ? intervint le Maître des Terres. Je ne suis pas persuadé que tu comprennes exactement ce qu'il y a de mieux pour nous.

— Oh, cessez donc vos bêtises ! rit Caliel en s'adossant à son fauteuil. Qu'y a-t-il de mieux pour nous ? Le *inha* réducteur. Et comment l'obtenir ? Grâce à ces deux petits cadeaux devant nous. Peut-être l'un de vous pourrait-il me rappeler qui les a ramenés ici ?

Leur réponse fut interrompue par l'arrivée du dernier invité. Grab, le Maître des Feux, entra dans la pièce en faisant claquer la porte et s'assit lourdement sur sa chaise. De tous, il avait été le moins discret. Gabrielle n'aurait pas été surprise qu'il se racle bruyamment la gorge tant il était évident que tout ce tapage n'était fait que pour ennuyer les autres.

— Vous m'attendiez ? clama-t-il.

Aucun de ses confrères ne le salua. Seuls des regards courroucés furent échangés, puis Caliel se leva. Un instant, Gabrielle crut qu'il allait quitter la salle, mais il contourna simplement la table. Il lui fit signe de se mettre debout et elle obéit, trop curieuse pour tenir tête.

— Il faut qu'on en découvre plus sur cette protection qui l'entoure, dit-il en se retournant vers ses confrères.

— Tu n'y es pas parvenu ? demanda Eliah.

— Trois *Ploritiel* se sont acharnés sur son cas, répondit Caliel, acerbe. Ils en paient encore les conséquences.

— Et nous devrions t'aider ?

— Cette prétendante est notre unique moyen de transformer Mesline en *Geratiel* !

Gabrielle ne savait pas pour quelle raison Caliel l'avait fait lever, mais pour la première fois, elle eut la sensation qu'il commençait à perdre son sang-froid. Elle jeta un regard par-dessus son épaule. Mesline affichait une satisfaction qu'elle lui avait rarement vue.

— Vous voyez ? Rien, pas une seule de mes attaques ne la touche !

Gabrielle se remit brusquement de face. Caliel avait les joues rouges. S'il avait effectivement projeté son *inha* pendant son moment d'inattention, elle n'en avait ressenti aucun effet.

— D'autres ont-ils essayé ? suggéra Eliah.

Caliel le foudroya du regard.

— Bien sûr que d'autres ont essayé ! J'ai dit que trois *Ploritiel* s'en étaient chargés.

— Mais ont-ils tenté de l'attaquer ?

— Tu mets en doute mes capacités ?

La brutalité de Caliel résonna dans toute la pièce. Gabrielle eut même un frisson quand Eliah se contenta de détourner le regard avec un soupir las. L'absence de réponse mortifia Caliel qui se retourna vers elle et la gifla violemment.

— Eh ! Je ne vous ai rien fait ! s'exclama-t-elle en posant sa main sur sa joue.

— Caliel, ça suffit ! s'écria Eliah. Tu as les deux prétendantes avec toi. Tu pourrais au moins les garder en bonne santé ! Pourquoi Mesline ne transporte-t-elle pas de lampe ?

— Tu n'as qu'à le lui demander, ronchonna Caliel.

— Mesline, vous avez l'intention de vous laisser mourir ?

Ce fut au tour d'Eliah de trahir son impatience. Sa voix avait vibré de colère mais aussi d'une légère pointe de frayeur. Tous savaient que, si Mesline mourait, il faudrait créer un nouvel hôte. Sa disparition était donc bien la dernière chose qu'ils souhaitaient, malgré les plans que les autres mettaient en place pour créer leurs propres mages réducteurs.

Mesline se leva pour répondre. Gabrielle ne put s'empêcher de jeter un coup d'œil à Matheïl. Le garçon se cramponnait à sa chaise pour ne pas se lever lui aussi, mais personne dans la salle ne lui prêtait la moindre attention.

— Absolument pas.

— Alors pourquoi n'avez-vous pas un lien physique avec les Feux en ce moment même ?

— Parce que j'en ressens moins le besoin si Gabrielle est à mes côtés.

Gabrielle resta bouche bée, sidérée que Mesline ait dévoilé cette information.

— C'est une précision que nous aurions été heureux de connaître plus tôt, intervint Grab. Donc cette prétendante, en plus de pouvoir vous connecter à l'artefact, peut vous soulager ? Cette prophétie nous réserve chaque jour des surprises !

— C'est le moins qu'on puisse dire… grogna le Maître des Terres. Y aurait-il autre chose que nous devrions savoir à son sujet ?

Le Maître des Vents semblait au bord de la crise de nerfs. Il désigna Gabrielle d'une main tremblante.

— La seule chose à savoir concerne cette protection dont personne ne peut venir à bout dans mon élément. L'un d'entre vous pourrait-il y faire quelque chose ?

Le rire tonitruant de Grab emplit la pièce. Même Eliah et son confrère des Terres trahirent un certain amusement. Gabrielle les observa à tour de rôle.

Caliel était le plus jeune de tous. Bien que son élément soit le seul concerné par le *inha* réducteur, il était tenu en basse estime par ses collègues. Gabrielle ne pouvait pas le leur reprocher, ce que disait Caliel n'avait pas le moindre sens. Eliah ne manqua pas de le faire remarquer.

— Comment peux-tu espérer une telle chose ? Elle est des Vents ! Si elle dispose d'un bouclier, celui-ci sera sûrement des Vents !

— Les choses m'ont l'air plus compliquées que ça, répondit Caliel. Essaie une projection directe sur elle, et nous verrons.

— Tu veux que je la noie ? s'amusa Eliah.
— Par exemple.

Gabrielle sentit le sang quitter ses joues. Caliel était sérieux. Tout, depuis sa posture jusqu'au ton de sa voix, montrait à quel point sa proposition n'était pas à prendre à la légère. Eliah se leva. Quelques instants plus tard, une bassine apparaissait devant lui, tendue par la fameuse silhouette encapuchonnée qui se repositionna derrière Eliah et disparut de leur champ de vision, et de leur intérêt.

La bassine n'était pas très large, mais Gabrielle savait qu'il n'était pas nécessaire d'avoir beaucoup d'eau pour se noyer. Tant que sa bouche et son nez y seraient immergés, la profondeur ne ferait aucune différence.

Eliah contourna la table pour se rapprocher d'elle. Il passa un doigt à l'arrière de son oreille et l'eau de la bassine grimpa dans les airs. Subjuguée, Gabrielle regarda le liquide flotter vers elle, puis releva les yeux.

La main d'Eliah était suspendue entre leurs deux visages, dans une position presque poétique. Gabrielle sentit un contact frais, comme si elle passait la tête sous un filet d'eau tout en pouvant continuer à respirer. La sensation dura.

Les yeux d'Eliah s'arrondirent au fur et à mesure que le temps passait. Il serra soudain la mâchoire comme s'il faisait un effort démesuré puis ferma les yeux et soupira. Gabrielle sentit l'eau lui couler partout sur le visage et goutter au niveau de son menton.

— Mon attaque ne la touche pas, avoua Eliah.

— Ah ! s'exclama victorieusement Caliel. À ton tour ! s'écria-t-il en direction de son confrère des Terres. Nous allons bien voir si elle nous résiste à tous !

— C'est incompréhensible... murmura Eliah en reposant sa bassine sur la table. Pourquoi serait-elle...

— On verra pourquoi après, gronda Caliel. Voyons d'abord ce qu'il en est pour vous autres.

Le Maître des Terres paraissait vraiment curieux. Gabrielle, elle, n'arrivait pas à se convaincre de la chance qu'elle avait.

Quand le Maître des Terres sortit un tube d'une de ses poches, elle crut d'abord qu'il contenait un liquide. En réalité, il s'agissait de sable et l'homme traça une ligne au sol avec la moitié de son contenu. Il demanda à Gabrielle de poser le pied en travers puis versa le reste par-dessus sa botte. L'instant d'après, les cristaux de sable s'étaient resserrés pour former une roche lisse et continue lui emprisonnant le pied. Le Maître grimaça légèrement puis, comme Eliah, finit par soupirer.

— Elle devrait déjà hurler de douleur depuis un bon moment, gronda-t-il. Je n'arrive pas à serrer plus que ça.

— Une preuve de plus ! s'extasia Caliel, comme si c'était une bonne nouvelle. Grab, il ne reste que toi.

Le Maître des Feux s'était approché pendant l'intervention de son confrère. Il avait déjà en main deux petites pierres noires qu'il frottait doucement l'une contre l'autre. Quelques étincelles s'en échappèrent et une nuée rouge surgit aussitôt.

Gabrielle voyait le *inha* des Feux à l'œuvre pour la toute première fois et elle était aussi fascinée qu'alarmée. D'une façon ou d'une autre, l'énergie de Grab devait alimenter les étincelles qui s'étaient transformées en flamme. Voir un feu sans le moindre combustible était à la fois merveilleux et terriblement angoissant, mais elle restait sereine. Les démonstrations des autres Maîtres s'étaient révélées infructueuses. Même si elle n'avait pas la moindre explication à fournir, il était clair qu'aucun élément ne semblait pouvoir l'atteindre.

Totalement détendue, elle observa la boule de feu filant vers sa main. Le cri qui s'échappa de sa bouche la surprit plus que la soudaine sensation de brûlure.

Les Feux avaient une emprise sur elle.

Grab prit un malin plaisir à la regarder lutter contre les flammes qui lui léchaient la peau puis éteignit le feu d'un simple claquement de doigts. Gabrielle courut aussitôt plonger sa main dans la bassine d'Eliah, toujours posée sur la table. Les Maîtres étaient si heureux de voir qu'un des éléments pouvait la toucher qu'ils ne cherchèrent même pas à l'en empêcher.

Il restait peu d'eau dans la bassine. Gabrielle se contorsionna pour que sa peau brûlée puisse être entièrement recouverte. La sensation était délicieuse et elle suivit la conversation entre les Maîtres d'une oreille distraite.

— Reste à comprendre pourquoi les Feux peuvent agir sur elle.

— Ce n'est pas très compliqué. Elle est liée à la prophétie et la seule chose qui manque aux deux autres prétendantes est l'élément des Feux. La question est plutôt pourquoi est-elle protégée des agressions des autres.

— Parce que les prétendantes ont besoin d'elle ?

— Elle n'est qu'une solution de secours. Sa survie n'est pas indispensable !

— Les éléments semblent penser que si.

— Depuis quand les éléments pensent-ils ?

— Depuis qu'il nous faut recourir à des stratagèmes pour essayer de réveiller une énergie disparue ! Elle doit forcément avoir une plus grande importance !

— Tu as peut-être raison…

— Cette réunion n'aura pas été si inutile que ça. Mais je ne vois pas vraiment ce que nous pouvons faire.

— Il faudrait faire plancher quelques prophètes autour de son cas.

— Nous ne l'avons pas déjà fait ?

— Nous nous sommes davantage centrés sur Mesline, puis sur cette Ériana. Et maintenant, il va falloir le faire sur elle.

Gabrielle avait commencé à prêter attention à la conversation, mais quelque chose sur sa droite l'en détourna. La silhouette qui suivait le Maître des Eaux était enfin dans son champ de vision, assise par terre contre le mur, dans une position tout à fait singulière. Elle était presque entièrement vêtue de noir. La veste était ouverte mais le capuchon relevé obscurcissait la totalité du visage.

Alors qu'elle perdait espoir, la personne assise releva subtilement le menton. Si elle ne l'avait pas autant dévisagée, jamais Gabrielle n'aurait perçu le mouvement, mais celui-ci fut suffisant. L'ombre était encore prégnante, mais l'éclat des yeux bleus fut incontestable. Gabrielle sentit sa bouche s'arrondir puis la referma aussitôt. Les Maîtres revenaient à leur table.

Elle se détourna subitement en ôtant sa main de la bassine, faisant mine d'avoir eu peur de leur venue. Pour ne rien laisser paraître, elle serra son poing meurtri et n'afficha plus que de la douleur. Caliel lui ordonna de retourner vers Céranthe.

— Où est Mesline ? demanda-t-elle à la mage lorsqu'elle l'eut rejointe.

— Déjà partie.

— Et Matheïl ?

Céranthe ignora sa question et la poussa hors de la salle.

Juste avant de passer la porte, Gabrielle jeta un dernier regard en arrière. La silhouette noire avait déjà disparu, mais elle pouvait aujourd'hui lui donner un nom. Même si les doutes de Mesline avaient été fondés, elle n'y avait jamais vraiment cru. Désormais, elle ne pouvait plus nier l'évidence.

Setrian était lui aussi à Naja.

17

— C'était lui ! Je te jure que c'était lui !

Matheïl était revenu depuis peu. Elle n'avait même pas pris la peine de lui demander où il se trouvait tant elle était pressée de lui révéler sa découverte.

— Il faut le délivrer, renchérit-elle.

— Et comment comptes-tu faire sachant que tu es toi-même prisonnière ?

— Je pensais qu'on pourrait trouver une idée ensemble.

— Il faut voir ça avec Mesline.

Elle l'examina attentivement. Matheïl était très sérieux.

— Qu'est-ce que c'est que cette idée stupide ?

— Tu ne veux pas la mettre au courant ? demanda-t-il, suspicieux.

— Tu as beau vouloir la protéger de toute agression, Mesline reste notre ennemie.

— Tu es pourtant de son côté.

— Je ne suis du côté de personne à part celui d'Ériana ! s'exclama-t-elle.

— Et Ériana est liée à Mesline, donc tu es de son côté. Cesse de te voiler la face. Tu n'arrives même plus à la détester comme tu le devrais.

— On ne peut pas dire que tu fasses beaucoup d'efforts, toi non plus !

Elle était surprise de sa propre réaction. C'était comme si son âge et celui de Matheïl s'étaient inversés. Avec toutes ces journées passées seule dans cette chambre, elle avait déjà eu l'occasion d'envisager une foule de possibilités pour s'échapper elle-même. Quoique celles-ci fussent vite réduites à néant avec le peu d'informations dont elle disposait. De plus, à chacune de ses idées, elle avait douté de la véritable implication de Matheïl. Elle avait longtemps hésité à lui en parler, mais maintenant que le sujet était abordé et que l'espoir lui était à nouveau accordé, l'occasion était trop tentante.

— Si je parviens à m'évader avec Setrian, est-ce que tu viendras avec nous ?

Matheïl ne réagit pas en entendant la question. Gabrielle retint son émoi en le voyant si stoïque. Cette décision impliquait sa vie.

— Non.

Elle serra les lèvres comme si elle voulait contrer une douleur. Elle n'osait imaginer la réaction de Judin si, un jour, elle lui révélait que leur seul prophète avait choisi de rester auprès de leurs ennemis. Même Setrian et Ériana ne le lui pardonneraient pas. Pourtant, il faudrait bien les convaincre. Matheïl était résolu, il ne quitterait Mesline sous aucun prétexte.

— Tu te rends bien compte de ce que tu dis ?

Il hocha la tête en relevant les yeux. Il avait pris sa décision, sûrement dès que les pulsions protectrices s'étaient manifestées, et elles devenaient de plus en plus intenses.

— Tu n'as que douze ans ! Qu'espères-tu faire ? tenta-t-elle une dernière fois.

— Je ne sais pas ! s'exclama-t-il comme s'il venait de perdre patience en un instant. Je ne sais pas… C'est… C'est plus fort que moi. C'est comme si quelque chose d'extérieur m'imposait tout ça. Je ne pourrai pas m'éloigner d'elle sans perdre la tête.

— Bien sûr que si, tu le pourrais ! dit-elle pour le raisonner. Regarde Setrian. Il s'est éloigné d'Ériana pour s'infiltrer dans le bataillon alors qu'il aurait pourtant dû l'avoir sous sa protection.

— Setrian a fait le choix de partir, objecta Matheïl. Là, c'est toi qui veux t'en aller. Pas moi.

— Tu ne voudrais pas être libre ?

— Ce n'est pas Mesline qui me retient prisonnier, mais le *Velpa*.

— C'est la même chose !

— Pas pour moi.

Elle se mordit la lèvre en cherchant un autre argument. Il était hors de question d'abandonner Matheïl sans avoir tout essayé.

— Qu'est-ce qui t'oblige à rester ? Je suis certaine que tu ne me dis pas tout. Ça a quelque chose à voir avec les prophéties que tu as perçues récemment ? Celle dont tu as parlé à Mesline. C'est cette histoire de marché, c'est ça ?

Matheïl détourna le regard, tel un enfant qu'on aurait surpris en pleine effronterie. Gabrielle sentit enfin un peu d'autorité lui revenir. Elle appréhendait cependant la réponse.

— Ces derniers temps, c'est toujours la même.

— La même ? s'étonna-t-elle. Je croyais que ce n'était pas possible. Tu es sûr qu'il ne s'agit pas de réminiscences pour que tu puisses capter les images ?

— Pour être exact, la prophétie a évolué depuis la première fois.

Le garçon sembla hésiter un moment puis soupira.

— Au début, dans cette vision, Mesline avait trois adversaires en face d'elle. Désormais, il y en a quatre. Le dernier vient seulement de se greffer.

— Tu sais de qui il s'agit ?

Matheïl se tordait les doigts. Gabrielle les lui attrapa.

— Qui sont les autres personnes dans cette vision ?

— Mesline ne doit pas savoir. Notre accord…

— Je sais très bien que tu cherches à me garder en vie grâce à cette vision, Matheïl. Mais tu as vu aujourd'hui qu'il n'était plus nécessaire de le faire. De plus, il me semble que tu cherches davantage à protéger Mesline qu'à me protéger moi. Alors dis-moi qui sont les adversaires de cette prédiction !

Il extirpa ses doigts de sa main et les serra fort contre ses cuisses.

— Il y a Ériana. Elle est la première que j'ai reconnue, même si elle était habillée tout en noir, avoua-t-il difficilement. Il y a également un homme, vêtu lui aussi de noir. Je crois qu'il y avait aussi un peu de blanc, mais je ne suis pas sûr. L'image est encore trop floue. Et tu es aussi présente.

— Et qui est le quatrième adversaire ?

— Moi.

Gabrielle haussa les sourcils, dubitative.

— Toi ? Tu es présent à ce moment-là ? Je ne vois pas ce qu'il y a de si dérangeant.

— Je n'y étais pas, au début.

— Et c'est ça qui t'ennuie ?

Matheïl acquiesça, les yeux toujours rivés sur ses cuisses.

— Tu veux bien me dire ce qu'il se passe exactement dans cette vision, s'il te plaît ?

Elle avait essayé d'être gentille, mais sa voix était restée ferme. Montrer le sens du réel à un prophète était impossible, elle s'en rendait bien compte. Elle s'acharnait quand même.

— Eh bien, il y a un combat entre Ériana et Mesline. Toi et l'autre personne êtes en retrait. Et maintenant que je suis apparu... J'interviens pour défendre Mesline.

Gabrielle sentit son souffle se coincer dans sa gorge. Sa phrase suivante l'égosilla.

— Tu protèges Mesline alors qu'un des êtres qui t'est le plus cher souhaite en finir avec elle ? Ton engagement dans cette histoire est insensé. N'as-tu pas la moindre confiance en Ériana ?

Matheïl hocha frénétiquement la tête, sans toutefois oser affronter son regard.

— Mesline périt-elle ? poursuivit-elle.

— Je ne sais pas. La vision ne porte que sur Ériana et l'attaque qu'elle lance sur Mesline. Et sur moi, maintenant.

— Tu te rends compte que tu es en train d'accuser Ériana de s'en prendre volontairement à toi.

— Je sais.

Matheïl n'avait toujours pas redressé la tête. Gabrielle, elle, avait beaucoup de mal à s'imaginer Ériana agresser le jeune prophète de façon délibérée. À moins que Mesline ait commis un acte odieux. S'il n'existait aucun doute, aucune hésitation dans l'attaque d'Ériana, c'était que quelque chose la nécessitait, mais elle n'arrivait pas à s'imaginer quoi.

— Tu as dit que j'étais aussi présente, dans cette vision. Qu'est-ce que j'y fais ?

— Rien, répondit-il d'une voix sans souffle.

Son ton avait radicalement changé, et elle réalisa que, depuis le début, il avait cherché à la détourner du point le plus important.

— Matheïl, quel est mon rôle dans cette prophétie ?

Les épaules du garçon se mirent à trembler et une vague de culpabilité la submergea. Elle était en train de pousser à bout un enfant qui, officiellement, n'était encore qu'apprenti. Mais quand il releva un regard plein de larmes, c'était à un véritable mage qu'elle avait affaire.

— Tu n'as aucun rôle ! répondit-il avec hargne au milieu des sanglots. Aucun, absolument aucun ! Tu veux savoir quels sont les mots que j'ai entendus ? Tu veux vraiment savoir la seule chose que prédit cette prophétie ?

— Mais… mais… commença-t-elle à balbutier. Mais c'est l'attaque sur Mesline, non ? C'est bien ce que tu as vu ?

— Mesline n'est pas au centre ! s'écria-t-il. Je ne l'ai compris qu'après. Il a fallu que la vision s'altère, que j'intervienne pour vraiment la comprendre. C'est peut-être pour ça que j'en ai des répliques aussi puissantes. Ces mots… je ne pourrai jamais les oublier. Même eux ont changé depuis que je suis apparu. Ou plutôt… je n'avais pas entendu les derniers.

Le regard de Matheïl venait de se voiler. Elle crut d'abord qu'il allait établir un *inha'roh* avec Mesline, puis se souvint que les prophètes prenaient cet air lorsqu'ils récitaient une prédiction. Il allait la lui dévoiler dans sa totalité. Elle allait enfin connaître son interprétation.

L'instant d'après, elle se retrouva dans un univers entièrement jaune, parsemé de quelques reliefs naturels. Cinq flammes apparurent devant elle, chacune entourée d'un halo de couleur différente, trois vraiment en évidence. Puis la voix de Matheïl résonna dans son esprit.

> *Qu'elles soient toutes là, parmi les autres*
> *Qu'elles soient toutes là, avec leurs fautes*
> *Commises, subies ou envoûtées.*

> *Qu'elles soient toutes là et décidées*
> *À affronter le pire rival*
> *Que leur union aura formé.*

> *Il n'en restera qu'une.*
> *Il le sait.*
> *Il n'en restera qu'une.*

Gabrielle fut si happée par le texte qu'elle ne vit qu'un mélange de couleurs, mais les mots furent inscrits en elle. La vision s'effaça et elle eut un haut-le-cœur en retrouvant ses esprits. Matheïl s'était effondré sur le lit et reprenait sa respiration. Elle le redressa contre elle.

— Calme-toi, dit-elle alors qu'elle luttait contre la nausée.

— C'est affreux... murmura-t-il.

— Tu veux bien me dire comment tu as pu déduire tout ça rien qu'en voyant cet étrange ballet de flammes ?

— Tu n'es pas prophète, tu ne peux pas ressentir les visions comme je les perçois, expliqua-t-il en se levant doucement. Les prophètes à l'origine d'une prédiction ont des images claires, des visages, des lieux. C'est mon cas pour cette vision et c'était le cas pour celle d'Ériana, celle qui a permis qu'on la retrouve. À l'inverse, si je ne suis pas la source d'une vision, je me contente d'en subir les effets, comme toi ou n'importe qui d'autre. On voit alors des formes, des flux d'énergies, parfois quelques visages ou même des objets, mais surtout lorsque ceux-ci n'ont aucune importance. C'était par exemple le cas de la prophétie des prétendantes. Prophètes ou pas, lorsque nous énoncions le texte, nous voyions tous la même chose, une mésange et des flammes de *inha*. Personne ne savait à quoi ressembleraient les prétendantes car la prophétie n'avait été établie par aucun d'entre nous.

— C'est assez complexe, soupira Gabrielle. Je retiens surtout que tu as vu le visage d'Ériana, de Mesline, et le mien. Maintenant, quel est le lien entre le texte et les images ?

— Tu ne vois toujours pas ?

— Je ne *vois* pas grand-chose, répondit-elle avec lassitude.

Matheïl se mit à arpenter nerveusement la chambre. Elle avait l'impression qu'il repoussait encore une fois la fatalité de la prophétie, comme si ne pas l'expliquer pouvait défaire ses conséquences.

Finalement, il se tourna face à elle. Son visage lui fit presque peur tant ses traits étaient encore fiévreux de la transe.

— Il n'en restera qu'une, dit-il solennellement. Dans cette prophétie, tu as été tuée, Gabrielle. Ton *inha* s'est éteint. Et je pense que c'est pour ça qu'Ériana s'apprête à détruire Mesline, peu importe que je sois devant pour la défendre ou pas.

Gabrielle sentit son corps se refroidir d'un coup. Elle avait l'impression que son sang avait cessé de circuler, que toutes ses pensées s'étaient figées, n'en laissant plus qu'une seule envahir la totalité de son corps et de son esprit.

Morte. Matheïl l'avait vue morte. Et il avait vu Ériana chercher à la venger au péril de la vie d'un garçon de douze ans.

— Je... commença-t-il.

— Je crois qu'il n'y a rien à ajouter, coupa-t-elle.

— Mais... Gabrielle. Il est encore possible que je me sois trompé !

— Tu l'as dit toi-même. La prophétie l'a énoncé. Il n'en restera qu'une.

— Cela peut vouloir signifier tout un tas de choses !

Elle refusait de le regarder dans les yeux. Pour la première fois depuis qu'ils avaient entamé leur conversation, Matheïl montrait des signes de faiblesse, non pas physique, mais morale, comme s'il cherchait à la convaincre d'approuver son choix. Mais elle ne pouvait pas, pas après ce qu'il venait de lui révéler.

Elle se fichait complètement de mourir, même si cette perspective lui laissait une terreur sourde dans la poitrine. Le seul point positif de la vision était qu'apparemment, elle aurait la chance de revoir Ériana avant cette horrible tragédie. Il restait cependant un point que Matheïl ne semblait pas considérer comme important, alors que c'était en réalité ce qui se trouvait au centre de la prophétie.

Depuis le début, il se trompait. Ce n'était ni Mesline, ni Ériana, ni elle-même qui en étaient les acteurs principaux.

Désormais, c'était lui. Cela avait toujours été lui.

Elle s'y connaissait peu en prophéties, mais une chose était sûre, jamais elle n'avait entendu parler de répliques ou de visions qui auraient évolué. Matheïl s'était fourvoyé dès le départ. Aujourd'hui, il affrontait enfin la vérité : il défendrait Mesline quoi qu'il lui en coûte. Elle capitulait.

— Tu sais, dit-elle sans le regarder, s'il n'en reste qu'une seule parmi nous trois, si je suis déjà morte et que tu cherches à garder Mesline en vie, il n'est pas très compliqué de savoir ce qu'il adviendra d'Ériana. Jamais elle n'acceptera de te blesser.

Sa voix était dénuée de toute émotion. Elle se trouvait une certaine ressemblance avec Mesline.

Froide, impassible. Sa déception était si cruelle que même son corps n'arrivait pas à la faire réagir.

Le dernier prophète de Myria les abandonnait. Il choisissait le *Velpa* et le *inha* réducteur. Il choisissait Mesline à la place d'Ériana.

Elle se moquait qu'il ne l'ait pas choisie, elle. Après tout, ils n'avaient aucun lien particulier si ce n'était leur captivité et quelques amis en commun.

— Sors d'ici, cracha-t-elle.

— Mais…

— Sors d'ici.

Sa voix avait porté plus qu'elle ne l'aurait cru et elle se demanda combien de temps les mages mettraient à comprendre que quelque chose de grave se passait dans la chambre. C'était de toute façon ce qu'elle cherchait à obtenir.

— Sors de là. Je ne veux plus te voir.

— Tu me fais peur, Gabrielle. Arrête, s'il te plaît.

Dans sa fureur glacée, elle s'était levée. Matheïl avait reculé jusqu'à la cloison et se pressait contre le mur. Elle le dominait d'une tête.

— Peur ? répéta-t-elle. Je te fais peur ? Nous verrons bien qui aura peur quand Ériana s'apprêtera à la tuer ! Tu le lui diras, que tu avais peur, à ce moment-là ! Tu pourras le lui dire en la regardant dans les yeux. Après tout, ce sera la dernière chose qu'elle entendra de sa vie.

Au fur et à mesure, Matheïl avait glissé le long du mur. Il était à présent recroquevillé par terre. Elle lui lança un regard de dégoût et se dirigea vers la porte contre laquelle elle se mit à tambouriner.

Ses mains eurent le temps de souffrir avant que Céranthe ne vienne ouvrir, la douleur sous les cloques de sa main calcinée moins intense que la terrible désillusion qui lui meurtrissait le cœur. La mage paraissait très énervée mais Gabrielle n'attendit pas. Elle se pencha vers Matheïl, toujours prostré par terre, et l'attrapa par le col de sa chemise.

— Prenez-le ! lança Gabrielle avec rage. Vous l'avez gagné. Il est à vous. Je ne veux plus le voir.

L'expression de Céranthe changea si vite que Gabrielle se mit à rire de façon sinistre. Elle projeta Matheïl dans le dortoir avec violence. Mesline accourut aussitôt.

Sans attendre, Gabrielle claqua la porte. Sa fureur mit du temps à redescendre, lui laissant juste entrevoir les représailles auxquelles elle allait devoir faire face. Quand la porte s'ouvrit à nouveau, Mesline entrait avec une lampe dans les mains, chose qu'elle n'avait pas faite depuis longtemps. La jeune fille avait sûrement l'intention de s'éloigner d'elle pour un petit moment. À côté, se trouvait une mage qu'elle ne connaissait pas. L'énorme boucle rouge à son oreille la donnait des Feux.

— Emmène-la, dit Mesline. Tu peux nous la ramener dans dix jours, plus si nécessaire, nous verrons. L'artefact ne sera pas arrivé d'ici là. Il faut simplement qu'elle revienne en bon état. Je me fiche des détails, cependant.

— Très bien. Elle subira les mêmes sévices que ceux qui désobéissent. Si elle sait se tenir, il n'y aura rien de visible. Pour le reste, les brûlures ou autre, elle sera la seule responsable.

— C'est parfait, termina Mesline. N'oubliez pas de lui réappliquer une dose d'*empaïs*. Nous les faisons toutefois minimes pour ne pas qu'elle soit prise de migraines, je tiens à ce qu'elle reste lucide.

— Ne vous inquiétez pas. Nous tenons nous aussi à ce que tous les ouvriers soient opérationnels, sans quoi leurs travaux en pâtissent.

Mesline tourna les talons et regagna son dortoir. Gabrielle regarda la mage approcher. Son insigne n'était pas le seul point particulier. Toute sa tenue vestimentaire dénotait une fonction bien précise. Si elle ne s'était pas trompée, elle avait bien entendu les mots ouvriers et travaux.

La mage attrapa sa main brûlée et l'examina. Puis elle la menotta à l'autre et tira sur la chaîne pour la faire avancer.

— Tu auras un flacon de crème tous les deux jours, comme les autres. La moindre rébellion, la plus petite insubordination, sera sévèrement punie.

— Où m'emmenez-vous ?

La mage des Feux ne répondit pas. Gabrielle se laissa traîner hors de la chambre et du dortoir. Elle n'accorda pas un regard à Matheïl.

— Que vais-je devoir faire ? continua-t-elle, une fois dans le couloir.

— Apprendre à respirer différemment, répondit la mage avec un vil sourire.

Gabrielle se garda de demander en quoi sa respiration interviendrait dans sa punition.

Finalement, elle était presque satisfaite d'être emmenée ailleurs. Voir Matheïl auprès du *Velpa* aurait été insupportable et sa chambre était devenue une prison. Elle détesterait sûrement autant le lieu où on la conduisait, mais, à l'instant, il représentait une agréable solution. N'importe où, pourvu que ce soit loin de Matheïl et de ses abominables décisions.

18

— Ériana, vous pouvez venir ?

Ériana reposa la flèche qu'elle tenait dans les mains et se retourna. Adam lui faisait signe depuis l'atelier improvisé consacré aux uniformes.

— Je pourrai sûrement en avoir l'utilité, dit-elle en revenant sur l'archère. Vous me montrerez comment vous les fabriquez ?

— Avec plaisir, mais ce sera pour plus tard. Je crois que le Second Adam est impatient d'avoir votre avis.

Ériana esquissa un sourire puis rejoignit Adam. Elle était toujours étonnée que les archères nomment leur supérieur par son statut de Second. La faction avait officiellement déserté la Garde des Feux, pourtant aucun ne parvenait à s'affranchir de la hiérarchie. Heureusement, le fait qu'Ériana les nomme tous aujourd'hui ses Gardiens des Feux semblait les motiver.

— Qu'y a-t-il ? dit-elle en arrivant auprès de lui.

Le jeune homme se tenait à côté d'une pile d'uniformes entassés pêle-mêle.

— Nous devrions pouvoir y arriver. Voici le premier essai que propose notre *Theratis*.

Adam désignait un homme plus âgé, aux cheveux gris et au visage ridé. Une légère claudication le ralentissait, à l'inverse de ses mains qui dénotaient une parfaite dextérité. Il s'employait à étaler un uniforme au sol pour le rendre plus visible. Tous les revers rouges avaient disparu, de même que le symbole des Feux et les virgules du rang. En voyant la veste ainsi transformée, Ériana ne put retenir un frisson. C'était exactement ce qui avait habillé les mercenaires qui l'avaient pourchassée jusqu'à l'hiver dernier.

— Comment avez-vous fait ? demanda-t-elle.

— Pour le symbole et le rang, j'ai simplement arraché le métal, expliqua l'homme. Je sais comment ils sont frappés sur le tissu. Pour les revers, j'ai utilisé une teinture noire préparée par les alchimistes. Ils ont mis un moment à en fabriquer une qui tienne suffisamment – les autres se dissolvaient dans l'eau ou s'effaçaient par friction – mais celle-ci durcit suffisamment à la chaleur. Elle devrait tenir un bon moment avant de commencer à craqueler.

— C'est épatant, dit Adam, et Ériana approuva de la tête. Où sont ces alchimistes ?

— Juste là, près du feu. Leur mélange nécessite d'être attentivement surveillé. Ils en ont déjà préparé la quantité nécessaire pour recouvrir ces vestes, dit-il en désignant le tas de vêtements noir et rouge, mais il nous en faudra encore. Si vous êtes d'accord, je peux entamer cette pile.

Elle hésita à répondre, encore inaccoutumée à se voir demander son avis sur les besoins d'une faction dont elle venait à peine de faire la connaissance. Adam leva un sourcil, conscient de son indécision. Il l'avait déjà incitée à ne montrer aucune timidité.

Elle hocha alors vigoureusement la tête et le mage artiste sourit en préparant la veste suivante.

— Vous avez besoin d'autre chose ? demanda-t-elle en sentant son intérêt.

— Des autres uniformes, répondit le *Theratis* avec un sourire.

— Ils peuvent être portés pendant cette modification ?

— L'empois met un moment à durcir, dit-il en secouant la tête. Je sais à quel point le temps nous est précieux alors je limite au maximum la durée de séchage.

— Nous vous les enverrons dès que nous aurons vu les alchimistes.

— Je n'en attendais pas moins de vous, Ériana.

Elle tressaillit en entendant son prénom. Personne dans cette faction ne la considérait comme une prétendante. Ils croyaient en elle car leur prophète leur avait expliqué le contenu de sa vision. Sharon inspirait confiance et autorité, aucun n'était forcé d'agir d'une quelconque façon. Tous écoutaient les ordres et les respectaient.

Quand Adam avait ordonné le départ, au lendemain de leur rencontre, la troupe complète s'était ébranlée sans la moindre remarque. Ils avaient choisi de bifurquer plein est pour sortir du marais et avaient enfin trouvé un endroit salutaire au milieu des collines. Au sec.

Ériana s'y sentait bien, peut-être parce que le paysage lui rappelait ceux de son enfance. Mais elle avait surtout l'impression que c'était en raison d'autre chose : son appétence pour les Feux avait soudain décru et ce fait ne dépendait pas d'elle. Gabrielle et Mesline devaient y être pour quelque chose.

— Vous venez ?

Elle sursauta. Perdue dans ses pensées, elle n'avait pas remarqué qu'elle avait cessé d'avancer. Adam la regardait, interloqué, tout en montrant du doigt les alchimistes qui les attendaient à quelques pas de là. Au grand désespoir du Second, ils n'étaient que deux dans toute la faction. Ériana avait été surprise d'en voir autant. En règle générale, cette nature de *inha* engendrait des mages discrets, secrets, trop timides pour affronter le monde. Ces deux-là avaient dû repousser leurs limites pour s'engager auprès d'Adam.

Tous les deux étaient assis devant un feu au-dessus duquel était suspendue une marmite luisante. Le métal était aussi beau que celui d'un bijou et Ériana s'interrogea sur la valeur d'un tel objet. De tout petits récipients, coulés dans un métal similaire, étaient répartis au sol de façon minutieuse. Des groupes de formes, de volumes et de tailles se distinguaient. Ériana se pencha au-dessus et en attrapa délicatement un pour l'examiner. Son geste fit se raidir les deux mages et elle reposa aussitôt l'ustensile, se confondant en excuses.

— Non, c'est à vous de nous pardonner, soupira l'un d'eux. Nous ne sommes pas encore habitués à ce que d'autres s'intéressent à nos mélanges. Encore moins à notre façon de procéder. Nous devrions plutôt être contents.

Ériana leva un sourcil, confuse de tels aveux.

— Votre communauté ne vous accorde aucune importance ?

— Ce n'est pas tout à fait ça, dit l'autre. Notre rôle est primordial dans la confection des insignes. Ce sont nos dosages et nos instructions qui rendent les bijoux et les alliages si précieux. Sauf que certains l'oublient et nous devenons de vulgaires cuisiniers.

— Vous contribuez aux insignes avec les artistes ?

— Systématiquement, confirma le premier. Cette collaboration perdure depuis des millénaires, en tout cas d'après les écrits. Mais même les *Theratis* pâtissent de ce manque de reconnaissance.

— Comment peuvent-ils agir de la sorte alors que vos insignes sont splendides ? s'exclama Ériana. Je veux dire… regardez le vôtre ! C'est prodigieux ! Je peux le voir de plus près ?

Le mage hésita avant de tendre sa main puis, devant le sourire d'Adam, s'approcha d'Ériana. Elle n'osa lui toucher la peau mais fit glisser ses doigts sur le métal. L'insigne consistait en un seul et unique fil de métal à la fois rose et doré, s'entortillant sur lui-même et décrivant des boucles et des ondulations qui enclavaient la paume et le dos de la main dans une sorte de gant aéré. Le métal était chaud à la vue comme au toucher. Elle s'en étonna à voix haute.

— C'est dû à l'alliage, expliqua le mage. La plupart de nos insignes utilisent les métaux dorés et les pierres rouges et grenat. Pour le mien, j'ai souhaité mélanger les deux et inspirer la teinte des Feux au métal lui-même. Nous cherchons à abandonner les cuivres, ils résistent mal. Cet alliage-là est inaltérable. C'est la cohésion entre le métal et les pierres qui lui confère cette chaleur. L'insigne est en action de façon perpétuelle, les deux matières échangent en permanence.

Ériana cligna plusieurs fois des yeux. Les choses commençaient à devenir compliquées, mais le résultat restait exceptionnel.

— Vous pouvez être fiers, souffla-t-elle avec admiration. Et comment faites-vous pour le retirer ? Il m'a l'air assez serré.

Le mage attrapa l'artifice de métal et tira simplement dessus. L'insigne glissa et libéra la main. Il le renfila à nouveau sans le moindre problème et fléchit plusieurs fois les doigts. L'insigne ne donnait absolument pas l'impression d'avoir été ôté ni même d'avoir une quelconque fêlure quelque part. Les courbes qui s'enroulaient au-dessus du pouce avaient été parfaitement conçues, aucune scission n'était visible.

— Voilà pourquoi nous parlons d'une étroite collaboration avec les artistes, poursuivit le mage. Sans nous, aucun métal ne pourrait être flexible et solide à la fois. Sans eux, les choses paraîtraient factices, désordonnées et inesthétiques. Lorsque nous travaillons sur les insignes, nos ateliers sont adjacents.

— Dans votre Tour ?

La mine de l'alchimiste devint soudain plus austère.

— La Tour est possédée par le *Velpa*, dans sa grande majorité. Ceux qui font le choix de ne pas adhérer au *Velpa* ont leurs propres ateliers à l'extérieur. Nous devons quand même nous rendre dans les réserves pour nous procurer les matières premières et les forges sont communes, elles aussi. Pour le reste, nous restons séparés les uns des autres.

— Cela n'a-t-il pas d'impact sur votre travail ?

— À vrai dire, si, cela a un impact, et celui-ci est bénéfique. Nous sommes bien plus libres de tenter nos expériences, même si nous sommes gérés par le même représentant du conseil. Les alchimistes qui œuvrent pour le *Velpa* sont détournés de leur fonction première, avec tout ce qui leur est demandé.

— Dans ce cas, je suis heureuse que vous soyez des nôtres.

Les alchimistes furent encore plus frappés par cette remarque. Puis l'un d'eux sembla se souvenir de la véritable raison de la visite d'Ériana et désigna le contenu de la marmite qui bouillonnait doucement.

— Vous venez pour l'empois, n'est-ce pas ? Voilà ce que nous avons réussi à obtenir. Il faudra en refaire pour les uniformes qui sont encore portés par leurs propriétaires. Mon collègue et moi allons nous remettre en route pour chercher de quoi en préparer.

— Qu'est-ce que vous utilisez ? demanda-t-elle.

— Ce que nous pouvons trouver dans un tel endroit. Je ne suis même pas sûr de savoir comment cela s'appelle… dit-il en fixant une plante qu'il avait dû trouver un peu plus loin.

— Peut-être devriez-vous demander à des… attendez, comment diriez-vous… des *Otis* ?

L'alchimiste cligna des yeux.

— De quoi parlez-vous ?

— Les mages qui s'occupent des plantes, des botanistes, si vous préférez, répondit Ériana avec hésitation. À Myria, ils portent le nom d'*Otiel*. Chez vous, ils devraient se nommer *Otis*. Ou alors aurais-je mal compris votre dénomination des Feux ?

Les deux alchimistes échangèrent des regards inquiets. Même Adam paraissait soucieux.

— Ériana, une telle nature n'existe pas.

— Bien sûr que si ! contesta-t-elle. Comment les guérisseurs font-ils pour préparer leurs remèdes sans leur aide ? Je sais que certains aiment récupérer les plantes et autres minéraux par eux-mêmes, mais à Myria nombreux sont ceux qui font appel à leurs connaissances et à leurs soins pour les assister. Même les alchimistes sont parfois mis à profit. Sans parler des bâtisseurs qui sont mis à contribution en ce qui concerne les minéraux.

Adam avait les yeux écarquillés, ainsi que ses deux alchimistes. Ériana commençait à croire qu'elle s'était vraiment mal exprimée et chercha Erkam pour l'aider. Il était avec Sharon, un peu plus loin, auprès d'autres mages dont elle ne connaissait pas la nature. C'était parfait, la prophète pourrait sûrement confirmer ses dires. Les deux hommes devaient être trop reclus dans leur nature. Il était impossible qu'ils ne connaissent pas les *Otis*.

Elle fit signe à Erkam de venir avec Sharon.

— Sharon, dit-elle sans préambule, comment appelez-vous les mages qui gèrent les plantes, dans votre élément ?

Ce fut au tour de Sharon de rester perplexe, puis la compréhension s'afficha soudainement sur son visage.

— Il serait temps d'expliquer à Ériana ce que vous venez de me révéler, soupira Erkam. Je peux ?

La prophète hocha la tête.

— Ériana, les Feux ne disposent pas de douze natures. Ils n'en ont plus que dix.

— Comment est-ce possible ? s'inquiéta-t-elle.

— Elles ont simplement disparu.

— Ils les ont éliminées, comme à Lapùn, par préférence ?

— Non, répondit Erkam en secouant la tête. Les natures se sont éteintes d'elles-mêmes. Ou alors elles se sont incluses dans d'autres.

— Et à part les *Otis*, qui a subi cette altération ?

— Les illusionnistes. Ces deux natures se sont effacées parce qu'elles n'avaient plus de quoi survivre. De ce que j'ai compris, une grande partie du territoire des Feux est aride. Les plantes n'existent que pour l'alimentation ou presque. Pour le reste, les guérisseurs ont appris à se débrouiller par eux-mêmes. Quant aux illusionnistes, avec les prouesses des alchimistes et des artistes, leurs compétences se sont distillées parmi ces derniers. En fait, « disparaître » n'est pas vraiment le terme à employer. Je dirais plutôt que ces deux natures se sont adaptées. Il n'y en a peut-être plus que dix, mais les douze aptitudes sont toujours là. Seules les connaissances s'effacent avec le temps.

Ériana resta muette. Jusqu'à l'hiver passé, jamais elle n'avait imaginé que douze façons de manipuler une énergie seraient vitales à l'équilibre d'une communauté. Aujourd'hui, l'idée d'en supprimer deux la bouleversait.

— Je ne sais pas comment auraient procédé ces… *Otis*, dit doucement l'alchimiste, mais pour notre part, nous passons par des essais successifs avec les plantes que nous trouvons. Nous ne connaissons pas forcément tous les noms et nous fabriquons nos propres glossaires. Quant aux illusionnistes dont vous parlez, rappelez-vous mon insigne qui peut s'ôter et se remettre sans donner l'impression de se déformer. N'est-ce pas une forme d'illusion, finalement ?

Ériana prit le temps de peser ces mots. Tout compte fait, peut-être avait-il raison. De plus, chaque élément avait connu son lot d'atténuation de certaines natures. Elle n'avait en revanche jamais assisté à l'extinction totale de l'une d'entre elles.

— Je suis simplement surprise, avoua-t-elle. Tant que vous savez quelle plante utiliser pour reproduire ce mélange noir… Je pense cependant que dès que nous croiserons la route d'un botaniste, il serait intéressant de le diriger vers vous. Je suis certaine que vous auriez beaucoup à apprendre d'eux. Tout comme Gabrielle serait ravie de voir œuvrer conjointement les artistes et les alchimistes.

— Qui est Gabrielle ? demanda Sharon qui n'avait pas perdu une miette de la conversation.

— Une amie. Et aussi la troisième prétendante. Elle est *Theratiel*. C'est elle qui a fabriqué mes insignes, dit-elle en levant une de ses mains. Enfin, dans leur version originale. Jamais elle n'aurait pu imaginer que les symboles se modifieraient. Encore un phénomène que je n'ai pas eu le temps d'expliquer.

— Vous devriez vous adresser à notre artiste, peut-être qu'il pourrait vous aiguiller.

— J'avais plutôt tendance à croire que les illusionnistes auraient pu m'aider, mais si vous me dites ne pas en avoir... Et puis c'est loin d'être une priorité. J'ai simplement hâte que le dernier symbole se soit transformé.

— Je peux ? demanda l'alchimiste en tendant la main.

Ériana ôta son gant où les Vents et les Terres étaient représentés. À Myria, elle avait pris l'habitude de n'en garder qu'un seul et ne revêtait la paire que lorsque son instinct l'y poussait, ce qui coïncidait généralement avec les moments où elle se sentait le plus en danger, et surtout ceux qui nécessitaient qu'elle ait son arc. À l'instant, elle portait les deux.

Machinalement, elle le passa au mage qui le retourna dans tous les sens. Une seconde paire de mains s'en saisit et elle reconnut l'artiste qui s'était échappé de son poste. Ériana était plutôt contente de le voir. D'une façon ou d'une autre, l'homme avait dû comprendre qu'on requérait ses talents. Il passa ses doigts sur les symboles brodés avec révérence.

— Ils sont splendides, dit-il en relevant un regard humide.

Ériana ne comprenait pas une telle démonstration d'émotions. S'il fallait parler de splendeur, les insignes des Feux étaient clairement à mettre en avant.

— Ce ne sont que des gants, finit-elle par dire, gênée.

— Nous ne fabriquons plus aucun insigne de ce genre, dit l'artiste. Les seuls tissus que nous utilisons concernent les uniformes de la Garde. Et vous l'avez vu, même les symboles sont métalliques. Il n'y a que les revers qui soient rouges et il ne s'agit même pas de broderies. Ce travail est absolument exquis, j'aimerais beaucoup rencontrer cette Gabrielle dont vous avez parlé.

Ériana récupéra le premier gant et lui donna le second car elle voyait bien son regard avide. Sur celui-ci, un des symboles s'était transformé en celui des Eaux, virant au vert émeraude, altérant ses courbes pour devenir spirale. Lorsque l'artefact des Feux la reconnaîtrait, le dernier symbole des Vents se métamorphoserait enfin.

Elle avait pu comprendre que les teintes mises en avant par les Feux étaient le rouge et le noir, elle avait donc le pressentiment que la broderie virerait au grenat en altérant sa forme. Elle restait toutefois incertaine.

— Comment pensez-vous que votre symbole se matérialisera ?

— Je ne saurais trop vous dire, avoua l'artiste en se pinçant les lèvres. Les dernières broderies datent d'une époque antérieure à la mienne. Plus aucun insigne ne les revêt. Tout se fait sous forme de bijou, désormais. C'est devenu notre spécialité, en plus de ce qui concerne les métaux, puisque le feu a une importance cruciale dans leur façonnage. Si je n'avais pas su que votre insigne était fait de tissu, j'aurais immédiatement dit que seule la couleur aurait changé, mais là… Est-il possible que la matière se transforme ? Mais du fil qui se mue en métal… On n'aura jamais vu ça.

— Voilà pourquoi j'aurais voulu échanger avec un illusionniste, murmura-t-elle.

Le *Theratis* haussa les sourcils en lui rendant les gants. Une fois ceux-ci renfilés, elle tourna ses paumes vers elle. Dans l'une, le symbole des Vents miniature était toujours là, d'un bleu luisant lui rappelant le regard de Setrian. Elle se mit à sourire en caressant la broderie.

Setrian avait été le premier à pointer la singularité de ce choix. Il avait aussi été le premier à réaliser à quel point leurs insignes à tous les deux avaient leur importance. Sans vraiment le vouloir, elle avait associé ses gants à Setrian. Ils étaient le moyen de refaire de lui son protecteur, et aussi l'affirmation qu'elle était friyenne et mage.

Ils étaient la preuve qu'elle était comme lui et qu'elle avait le droit d'être avec lui.

Elle ferait tout pour l'être à nouveau.

— *Nous serons à nouveau ensemble, je te le promets.*

Elle savait pertinemment que le *inha'roh* ne l'atteindrait jamais, mais elle n'avait pu s'en empêcher. Désormais, Setrian était tout pour elle, même s'ils ne pouvaient que continuer à s'aimer à distance. Elle réalisa aussi qu'elle venait de faire une promesse alors qu'elle s'était juré de ne plus succomber à cette tentation. Peut-être était-ce la seule qu'elle avait envie de mener à terme.

Alors qu'elle continuait à presser délicatement ses doigts sur la broderie, un petit éclat retint son attention. Elle fit à nouveau glisser son pouce et le scintillement se reproduisit. Intrigué par son geste, le *Theratis* mit presque le nez sur sa paume. L'examen dura si longtemps qu'Adam et les alchimistes partirent. Ériana piétinait, impatiente.

Quand le *Theratis* releva les yeux, elle comprit qu'elle n'avait pas rêvé.

— Eh bien, Ériana, si ce n'est pas une surprise ! À l'instant où vous parlez de voir votre insigne se transformer, celui-ci amorce sa première modification !

19

— Mais… ça signifie que Mesline est… s'emballa Erkam.
— Mesline n'est rien du tout, coupa-t-elle.
Elle tentait tout du moins de s'en convaincre. Ses deux acolytes savaient ce que l'apparition du dernier symbole signifiait. Le *inha* réducteur était en voie d'éveil. Le « en voie » parvenait à peine à la rassurer.
— Ce détail n'est à révéler à personne, dit-elle en jetant un regard circulaire.
— Qu'y a-t-il à craindre ? s'étonna Erkam.
Ils n'étaient plus qu'elle, Eko, Erkam et le *Theratis*. C'était déjà amplement suffisant
— Un mouvement de panique, répondit-elle. Un tiers de cette faction ne réalise pas ce que cette lutte contre le *Velpa* implique. Je ne suis pas certaine que de lâcher cette information alors que nous sommes tout juste en train de nous apprivoiser soit judicieux. Je pense que vous avez saisi ce que signifiait une telle découverte, dit-elle au *Theratis* en tendant sa main vers lui. Vous pouvez m'en dire plus sur cette transformation ?
Le mage reprit son examen avec engouement. À nouveau, il s'écoula un long moment avant qu'il

ne relève enfin le nez. Le cœur d'Ériana battait la chamade, ceux de Friyah et d'Erkam à l'unisson du sien.

— Eh bien... Un fragment de métal est apparu. C'est vraiment minime. On dirait qu'un des fils s'est transformé, mais ça ne va pas plus loin. Je n'ai remarqué aucune évolution depuis tout à l'heure. Le processus doit être infiniment lent. Maintenant, c'est à vous de voir. Je garderai le secret, si vous pensez que c'est nécessaire.

— Ça l'est.

— Puis-je toutefois savoir ce qui est à l'origine de cette transformation ? Parce que j'ai cru comprendre que vous aviez besoin de notre artefact avant de pouvoir espérer accomplir quoi que ce soit en rapport avec les Feux. Cette altération métallique représente pourtant cela : les Feux.

Elle se mordit les lèvres, incertaine. Elle venait à peine de rencontrer le mage. Jusqu'où pouvait-elle aller ?

— Il existe trois façons de faire fusionner mes éléments, dit-elle après un temps de silence. La première est simple : j'entre en contact avec l'artefact. La deuxième l'est aussi : si la troisième prétendante entre en contact avec l'artefact, je bénéficie également de ses effets. La troisième a été plus délicate à appréhender. Si je suis suffisamment au contact de l'élément, celui-ci accepte de me reconnaître. J'ai déjà expérimenté ces trois possibilités. Dans un cas comme dans l'autre, la transformation a été soudaine. Jamais les choses ne se sont faites lentement. Pourtant, mon insigne vient de se modifier sans qu'aucune de ces conditions ait été remplie… en tout cas à ma connaissance.

Le *Theratis* absorbait les informations au fur et à mesure, se concentrant sur certains mots, les plus importants, heureusement. L'homme paraissait intelligent, elle avait eu raison de lui faire confiance.

— Écoutez, dit-il, je maintiens que cette transformation est lente. Peut-être existe-t-il une quatrième condition ? Je vous conseille de regarder régulièrement votre insigne, je pourrais moi aussi l'examiner si vous le souhaitez, mais vous êtes assez clairvoyante pour deviner ce qui arrive à votre *inha*. Et vous avez de meilleurs yeux que moi.

— Vous avez vu que le fil s'était transformé, alors que je n'ai aperçu qu'un scintillement, souleva Ériana.

— Je n'ai pas vu, corrigea le mage. J'ai senti. Je suis *Theratis*, il est normal que je reconnaisse la présence de ce fragment de métal. D'ailleurs, j'ai la sensation qu'il se rapproche étroitement de l'alliage utilisé récemment par nos alchimistes, cet or rose qui avait l'air de vous subjuguer.

— Beaucoup de vos insignes me subjuguent, pour être exacte.

— Ne faites pas la même erreur que les autres, je vous en prie ! Ne laissez pas la beauté visible prendre le pas sur celle de notre énergie. Cela fait trop longtemps que notre *inha* a été détourné de sa fonction première. Seul un petit nombre d'entre nous aurait pu vous affirmer que c'est un or rose qui vient d'apparaître sur votre gant.

— Qu'auraient dit les autres ? s'étonna Ériana. Vous recevez tous la même instruction, non ?

À moins que celle-ci diffère selon votre opinion sur le *Velpa* ?

— Initialement, nous suivons une instruction commune, mais dès que nous sommes apprentis secondés, nous avons des instructeurs privilégiés. Par instinct, nous nous orientons vers des personnes partageant nos convictions. Les transmissions ne sont donc pas les mêmes. Les autres auraient simplement mentionné le métal, de visu. Ils n'auraient même pas usé de leur énergie.

— Je dois avouer que je suis curieuse, rebondit Ériana. Ce n'est pas du feu qui est apparu dans ma main, mais un alliage. Comment pouvez-vous y ressentir le *inha* des Feux ?

— En réalité, nous ne ressentons pas l'énergie de notre élément, mais la réaction du métal soumis à notre *inha*. C'est à la façon dont le métal va chauffer, vibrer ou se plier à notre énergie que nous reconnaissons sa qualité. Les Feux agissent ainsi sur les métaux et les pierres précieuses, d'où notre spécialisation dans l'orfèvrerie et ce qui concerne la fonderie. Notre manipulation du feu, de sa température et de ses flammes nous permet de gérer la texture d'un métal. Vous avez dû le voir avec les alchimistes, tout à l'heure, ils n'étaient pas en train de surveiller le contenu de leur marmite, mais ce qui se trouvait juste en dessous.

Ériana tourna la tête vers les deux mages retournés autour du feu. Comme précédemment, ils étaient assis au sol, à fixer davantage les flammes que toute autre chose.

— Cela confirme donc bien ce que je pensais, murmura-t-elle. Les Feux sont à traiter d'une façon différente des autres éléments.

S'il l'avait entendue, le *Theratis* ne releva pas sa remarque. Erkam profita du court silence pour intervenir.

— Donc ton quatrième élément n'a pas encore fusionné avec les autres et Mesline n'est pas devenue réductrice, c'est ça ?

— Tu l'aurais senti, si mes éléments avaient fusionné, soupira-t-elle, lasse.

Erkam baissa les yeux. Une fois de plus, elle l'avait heurté. Depuis leur dispute et ce qui provoquait son impétuosité, elle avait fait tout son possible pour se calmer, mais elle ne pouvait parfois s'empêcher de lui reprocher son manque de logique.

— Setrian aurait su, lança-t-elle amèrement.

— Pardonne-moi de ne t'avoir jamais sentie fusionner aucun élément !

La remarque était cinglante, elle la prit comme une gifle. Elle devait préserver Erkam, surtout que le jour où elle comptait le libérer approchait. Eko n'avait toujours pas trouvé l'endroit idéal pour faire office de sanctuaire des Vents, mais depuis qu'ils avaient mis les pieds hors du marécage, il s'était montré plus positif.

— Ne t'inquiète pas pour mes éléments, dit-elle d'un ton se voulant doux. Le jour où ils fusionneront, tu le sentiras. Tout ce qui m'arrive se reflète en toi. Tu es même censé être au courant si je tire une flèche ! À ce propos, je vais devoir retourner au poste des archères. Je suis encore surprise du nombre de points communs que nous avons.

— Il est évident que votre manière de porter vos sangles, tout comme celle de tirer à l'arc, sont issues de notre instruction, intervint le *Theratis*.

Ériana se tourna vers lui. En tant qu'artiste, il était vraiment la dernière personne dont elle s'attendait à recevoir un commentaire.

— Encore une fois, je suis née des Vents, s'énerva gentiment Ériana. Nous émettons quelques doutes pour une parenté du côté des Eaux, mais il n'y a vraiment rien qui me pousse à avoir un quelconque lien avec les Feux.

— Les Eaux, les Feux et les Vents… répéta-t-il pensivement. Et vous êtes née en Na-Friyie, c'est bien cela ? Où exactement ?

— Si je le savais, vous seriez déjà au courant, s'impatienta-t-elle.

— La capitale ?

Elle secoua la tête. De mémoire, jamais sa mère ne l'avait emmenée à Naja. Il aurait été trop difficile de s'y dissimuler.

— C'est quand même le seul endroit où tous les *inha* sont réunis, répondit le mage en haussant les épaules. Ils sont à proximité les uns des autres, partagent des locaux communs.

— Pardonnez-moi, souleva Erkam, mais pour quelqu'un n'appartenant pas au *Velpa*, je vous trouve plutôt bien renseigné.

Le *Theratis* jeta un regard derrière lui, en direction de Sharon.

— J'ai fait partie du *Velpa*, avoua-t-il à mi-voix.

Erkam eut un mouvement de recul. Ériana se retint. Son instinct l'avait poussée à avoir confiance, elle devait écouter ce que l'homme avait à dire.

— Mon frère, Grab, est le Maître des Feux, continua-t-il avec dépit. Je me demande s'il sait de quelle nature je suis. Les artistes sont surtout des ouvriers et le conseil a besoin de penseurs à sa tête. Bien que je sois l'aîné, j'ai grandi dans son ombre, j'avais beaucoup moins d'ambition. Je l'ai suivi à Naja lorsqu'il s'y est exilé il y a plusieurs années. C'était la première fois qu'un Grand Mage quittait la Cité des Feux. J'étais curieux, sans forcément adhérer aux objectifs du *Velpa*. Mais je ne voyais aucune raison de ne pas y croire…

— Et quand vous êtes arrivé, vous avez compris que vous faisiez erreur ?

— Il m'a fallu du temps. Sans compter qu'après, j'ai dû organiser ma désertion. Il est bien plus facile pour un soldat de revenir dans le territoire que pour un mage de cacher son absence. Mais j'y suis parvenu, et dès mon retour, Sharon m'a gardé auprès d'elle. Elle est la seule à savoir, quoique Adam doive probablement être au courant. En fait, Sharon avait prédit mon retour, c'est pour ça qu'elle m'attendait.

— Donc vous avez vécu à Naja ?

— Et encore mieux pour vous, approuva le *Theratis* avec un hochement de tête, j'ai vécu dans le bâtiment des Feux du *Velpa*. Je peux vous dire où se trouve le bureau de mon frère. Si c'est là qu'il cache l'artefact, je ne devrais avoir aucun souci à aller me le procurer pour vous.

Ériana ne put retenir sa surprise mais, dans sa tête, toutes ses pensées se mettaient déjà en place. Les connaissances du *Theratis* étaient un atout considérable. Il se mettait néanmoins en danger pour elle et elle n'osait lui demander ouvertement de l'aider. Mais s'il le proposait de lui-même, elle ne devait pas se sentir coupable.

Erkam semblait beaucoup moins gêné et même ravi qu'une issue s'offre à eux. Dans les yeux de Friyah, le flou apparu en début de conversation s'était estompé. Le garçon secouait la tête et grimaçait. Il avait appris la présence d'Eko en lui seulement la veille. Sa confusion avait été mitigée, comme s'il avait su sans savoir.

— Nous en reparlerons en nous rapprochant de Naja, mais je pense que votre présence sera un avantage inestimable, dit Ériana. Si l'artefact est bien là-bas…

— Il n'était pas encore arrivé lorsque j'en suis parti, mais mon frère n'aurait jamais accepté de le garder loin de lui. Sa passion pour les objets précieux a gagné son cœur et ses yeux depuis notre enfance, sans qu'il accorde la moindre importance à ceux qui les confectionnent, malheureusement.

— C'est plutôt une chance, finalement. Vous avez pu vous défaire du *Velpa* sans trop d'ennuis, puisqu'il ne s'intéressait pas à vous.

— Ils ne s'intéressent pas forcément au potentiel, mais ont toujours besoin de mages qualifiés. Il faut bien quelques imbéciles pour intégrer les bataillons, servir de sources énergétiques au *inha'roh*. Enfin… je pense que vous savez déjà de quelle façon est utilisé le *inha* dans cette organisation.

— Devons-nous comprendre que votre désertion n'a pas été facile ?

Le *Theratis* se baissa et attrapa le bas de son pantalon. Il le remonta péniblement jusqu'à mi-cuisse et Erkam laissa échapper un souffle d'horreur. Friyah détourna la tête et Ériana déglutit.

— Les deux soldats lancés à ma poursuite étaient accompagnés d'un mage des Feux. Ce n'est pas souvent le cas, mais pour le frère du Maître, on avait mis les moyens. Les autres blessures étaient minimes et ont cicatrisé rapidement. Je n'avais aucun remède, celle-ci a été la pire à gérer. Mon *inha* m'a aidé à faire passer la douleur mais la brûlure avait trop entamé mes chairs. Je ne pourrai plus jamais marcher comme avant.

— Les guérisseurs n'ont rien pu faire ? demanda Ériana, la gorge serrée.

— Je suis arrivé trop tard pour cela. Il manquait presque un quart de ma cuisse. C'est déjà un miracle que je puisse encore me déplacer avec le peu de muscle qu'il me reste.

Ériana se pencha sur la blessure. La brûlure avait dû être terriblement puissante pour calciner les chairs au point de les détacher. Le pouvoir du *inha* des Feux n'était pas à prendre à la légère. Cette énergie semblait avoir un potentiel hors norme, ou alors fallait-il apprendre à la canaliser, comme une colère qui chercherait à s'échapper. Elle commençait à s'inquiéter pour son transfert des Feux.

Elle observa Friyah et Erkam, les deux personnes qui pourraient être à ses côtés pendant cette épreuve. Peut-être Erkam, en qualité de mage des Eaux, pourrait-il contrer ces attaques incandescentes, mais l'une des conditions du transfert était de n'être en présence d'aucun autre élément, du moins autant que faire se peut. S'il fallait être au plus près des Feux, il paraissait évident que ni lac ni source abondante ne se trouverait à proximité.

Friyah, lui, n'avait physiquement pas les moyens de la retenir. Et même si c'était Eko qui occupait son esprit à ce moment-là, cela ne déculperait pas ses aptitudes pour autant.

Encore une fois, elle ne pouvait compter que sur son authentique protecteur. Elle espérait avoir le temps de le retrouver d'ici là.

— Pourquoi n'avez-vous jamais voulu révéler votre véritable identité auprès des autres ? dit-elle en désignant la faction des Feux derrière elle.

— Pour les garder en sécurité, répondit le *Theratis*.

— C'est plutôt vous, que vous cherchez à mettre en sécurité, fit remarquer Erkam.

— Non, intervint Ériana, si les autres ne savent pas, ils ne risquent rien. Pas de secret à protéger, pas de traces à laisser. J'ai souvent agi ainsi. Setrian et moi avons souvent agi ainsi, insista-t-elle. Les secrets sont parfois plus lourds que l'ignorance. Ce qui me fait supposer que même Adam n'est pas au courant. Sharon n'aura pas voulu le mettre dans la confidence.

Le mage hocha lentement la tête.

— Pourquoi nous l'avoir révélé ? demanda alors Erkam. Je suis chargé de la protection d'Ériana. Si j'en crois ce que vous dites, maintenant que nous savons qui vous êtes réellement, elle risque beaucoup plus qu'avant.

— N'est-ce pas également votre cas ? Et celui du garçon ?

Erkam insista pour obtenir son explication. Le mage soupira.

— S'il y a bien une personne en Na-Friyie qui doit être au courant de mon identité, c'est cette femme, dit-il en désignant Ériana. Dès que j'ai compris qui elle était, j'ai su qu'il fallait que je lui signale mes origines. Je pouvais vous être utile, et je sais bien aujourd'hui à quel point nous avons besoin les uns des autres.

Ériana apprécia ses derniers mots. L'intelligence du *Theratis* la surprenait. L'espace d'un instant, elle se serait crue devant Dar. Si le Maître des Feux dégageait la même aura, elle comprenait pourquoi il avait été choisi à ce poste.

— Vous nous apportez des renseignements précieux, je ne saurais comment vous remercier, dit-elle.

— Ne faites rien tant que nous n'avons pas cet artefact entre les mains !

— Nous avons tout de même perçu un début de transformation de mes symboles, grâce à vous, à défaut de l'avoir expliqué. Peut-être trouverons-nous cette explication plus tard.

— Oh… Il est finalement peu important de savoir comment votre *inha* se transforme ou s'adapte à la situation. Ce qui compte, c'est qu'il le fasse, non ?

Ériana le regarda, dubitative.

— Nous avons besoin de vous, continua-t-il. De vous et de vos quatre éléments fusionnés. Comment vous y arrivez n'est pas notre préoccupation. Ce qui importe, c'est que vous y parveniez. Si nous pouvons vous aider en chemin, alors nos objectifs se rejoignent. Et si mon objectif est de vous rapporter cet artefact, je le ferai. Maintenant, j'ai une autre tâche qui m'attend, alors si vous voulez bien m'excuser…

Le mage s'inclina avant de reculer. Ériana était si prise par ce qu'il venait de dire qu'elle se rappela au dernier moment qu'il lui restait encore une chose à demander.

— Comment dois-je vous nommer, si vous ne voulez pas révéler votre identité ?

L'homme hésita clairement. La question semblait ne lui avoir jamais été posée.

— Vous n'avez qu'à m'appeler Theris, dit-il en claquant des doigts. Ça se rapprochera assez de ce que je suis, finalement. Un artiste des Feux avec un morceau manquant, ajouta-t-il avec un clin d'œil en désignant sa cuisse estropiée.

Ériana regarda Theris s'éloigner. Le mage ne souhaitait qu'une chose, faire en sorte que les conditions de la prophétie soient remplies. Elle s'était tellement concentrée sur l'unification des territoires qu'elle en avait presque oublié le point de départ. Ses quatre énergies, ses quatre *inha*.

Mais elle avait beau réfléchir, elle ne savait pas du tout ce qui arriverait ensuite.

20

Setrian caressa doucement son poignet. La peau avait commencé à se reformer grâce aux applications régulières de crème, mais la cicatrisation aurait pu être bien plus rapide si le baume correct lui avait été fourni. Malheureusement, Eliah n'avait pas cherché à corriger son erreur, trop mécontent que ses affaires n'avancent pas comme il le souhaitait.

C'était la seule chose que Setrian partageait avec le Maître : son irritation. Les dernières virées nocturnes n'avaient rien donné. Setrian commençait à se lasser des simples observations et analyses du terrain. Il voulait agir.

Maintenant qu'il avait un accès partiel à son *inha*, même s'il ne l'avait pas encore testé, il savait qu'il pouvait s'évader de la structure du *Velpa*. Sauf qu'il ne comptait pas le faire seul. Gabrielle et Matheïl devaient être secourus. Il aurait voulu leur en parler mais n'avait plus croisé Gabrielle depuis des jours, et Matheïl passait tout son temps avec Mesline.

Si cette dernière lui avait autrefois inspiré confiance, aujourd'hui, Setrian préférait garder ses distances. La jeune fille était irritable, nerveuse, parfois même colérique. Au réfectoire, il l'avait vue s'emporter contre une mage, pour une absurdité. La femme avait dû être récupérée par des guérisseurs tant Mesline s'était acharnée de ses propres mains.

Jamais il ne l'avait vue en recourir à la force brute. Mesline avait toujours été l'image de l'impassibilité. Désormais, la moindre gêne prenait des proportions gigantesques. Même les Maîtres devaient intervenir.

Une autre réunion commune aux quatre éléments avait été organisée. Mesline s'était vue rabrouée mais Setrian avait remarqué l'inquiétude latente chez chacun des Maîtres. Il ne manquait que l'artefact des Feux pour que toute cette histoire cesse.

Setrian se demandait ce qu'attendait le Maître des Feux, car les choses étaient toujours aussi vraies : Grab avait menti, il détenait son artefact à Naja. Sûrement refusait-il de dévoiler cela tant que les autres n'avaient pas été récupérés, mais à force de repousser, Mesline allait finir par mourir et ça, Setrian ne voulait pas en entendre parler.

Si Mesline périssait, Ériana mourrait elle aussi.

Une vague de chaleur le submergea lorsqu'il réalisa à nouveau à quel point il l'aimait. Elle était si loin de lui, physiquement comme énergétiquement. Il s'en voulait encore de n'avoir pas eu le temps de rétablir le reflet. Ainsi, il aurait eu la sensation d'avoir encore quelque chose d'elle.

Alors que ses pensées divaguaient, il s'interrompit soudain. Il n'était pas là pour ça. Il jeta un regard dans le hall d'entrée des Vents, où l'avait mené une nouvelle escapade. La porte était gardée par deux mages, certainement des *Ploritiel* au vu de leur uniforme blanc. Setrian pesa rapidement ses options. Il n'avait aucun intérêt à s'engager dans un combat au corps à corps. Sa seule solution était de créer une diversion suffisante pour que les hommes abandonnent leur poste.

Il savait exactement quoi faire, mais rien que la perspective le faisait grincer des dents. De plus, ce serait une attaque supplémentaire envers Caliel, alors que la tension entre les Maîtres battait son plein. Mais s'il voulait pouvoir sortir et se libérer des dernières traces d'*empaïs*, il n'avait pas le choix.

Discrètement, Setrian se glissa sous les escaliers pour trouver le couloir de service. Un colimaçon le mena au premier niveau et, dès qu'il fut sorti, il se mit à courir pour atteindre le bureau de Caliel. Il ne savait pas si le Maître s'y trouvait, mais peu lui importait. Il avait juste à déclencher le système et retourner se cacher avant que les *Ploritiel* ne surgissent.

Il hésita à peine quelques instants avant de tendre la main droite devant lui. La douleur serait sûrement plus intense que la première fois, sa peau encore trop fraîchement cicatrisée.

Le bouclier se déclencha instantanément.

Cette fois, Setrian se décala à temps pour éviter le gros de la bourrasque. Il fut néanmoins projeté contre le mur d'en face et se servit de son inertie pour rebondir en direction des escaliers de service. Il en refermait à peine la porte que deux personnes accouraient.

La main enfoncée dans la poche pour tenter d'isoler la douleur, Setrian redescendit au rez-de-chaussée.

C'était bien les deux *Ploritiel* qui étaient montés à l'étage, il devait agir maintenant. Il vérifia une dernière fois de chaque côté avant de s'élancer vers la porte. Sa main trouva la poignée sans qu'aucun artifice se soit déclenché. La porte se referma dans son dos, dépourvue de tout bouclier.

Setrian leva les yeux au ciel et inspira profondément.

Il était libre. Il pouvait partir, aller rejoindre Ériana, même s'il ne savait pas où elle était. Mais il y avait Gabrielle et Matheïl. Et il y avait aussi les artefacts.

Alors qu'il pensait à Ériana et que sa respiration s'accélérait, sa gemme se mit à briller. Il ignora complètement la douleur de la nouvelle brûlure, qui avait consumé les reliquats d'*empaïs*, et se perdit dans le bonheur de retrouver son *inha*.

Des fourmillements parcoururent ses doigts, sa tête se mit à tourner. Les sensations étaient si exquises qu'il releva le menton en direction des étoiles, les yeux mi-clos. Tout son être frémissait de l'intérieur, retrouvant ses aptitudes réelles.

L'air autour de lui s'illumina soudain et il ouvrit les yeux, alarmé. La lumière de sa gemme avait matérialisé son lien avec le *inha* des Vents. C'était ce qu'il avait espéré, mais il avait oublié à quel point le phénomène était intense. Il chercha aussitôt à en diminuer la force mais c'était trop tard. Il avait été repéré.

Quelqu'un avançait dans sa direction, à cheval. Dans l'obscurité, le cavalier n'était pas identifiable, mais Setrian n'espérait absolument rien. En dehors du *Velpa*, il n'avait aucun espoir de connaître qui que ce soit à Naja. Alors qu'il retournait précipitamment vers la porte, un mur d'air le bloqua et le renvoya en arrière.

La panique s'abattit sur lui. Un bouclier avait dû être érigé dans le laps de temps. Il n'avait plus aucun moyen d'entrer dans le bâtiment des Vents sans se faire ouvertement connaître.

— Autant passer par les autres éléments ! s'énerva-t-il.

— Setrian ?

Il se figea. La voix ne lui était pas inconnue, mais la distance le faisait douter. Lentement, il se retourna. Le cavalier approchait prudemment.

L'homme descendit de cheval et abaissa son capuchon. Ses cheveux étaient sombres, sa mine grise et indéchiffrable, ses vêtements si abîmés qu'ils ne pouvaient témoigner que d'un voyage hâtif et compliqué.

Setrian resta immobile. Sa curiosité s'opposait à son désir de fuir. Le seul à pouvoir le reconnaître dans sa tenue noire était Eliah. Mais le cavalier l'avait *entendu*, pas *vu*, et les seules personnes qui auraient pu l'identifier grâce à sa voix étaient retenues par le *Velpa*.

Le cavalier fit quelques pas. Setrian se décida à avancer lui aussi. Après tout, il venait de rétablir le lien avec son *inha* et celui-ci était impatient d'être à nouveau utilisé. Il pouvait être confiant.

L'ombre des bâtiments cachait toujours les traits du cavalier. Setrian, lui, se trouvait entièrement à découvert dans la lueur de la lune. Le bandeau dans ses cheveux cachait leur couleur particulière, mais il restait encore quelque chose qui pourrait confirmer son identité.

Lorsque l'inconnu avança dans la lumière, Setrian en perdit le souffle. Il n'osa pas prononcer son prénom, trop estomaqué. L'homme lui tomba dans les bras et Setrian se réfugia dans le réconfort de cette embrassade.

— Je savais que c'était toi. Quand j'ai vu cette lumière... Il n'y a que toi pour communiquer avec les Vents d'une telle façon. Mais tu veux bien m'expliquer pourquoi tu fais ça en pleine rue, au beau milieu de la nuit, alors que n'importe qui peut te voir ?

Setrian recula avec un sourire d'excuse. Il était vrai qu'il n'avait pas été prudent, mais les rues de Naja étaient souvent désertes aux alentours des bâtiments du *Velpa*, il avait eu l'occasion de le remarquer les fois où il était sorti en compagnie d'Eliah. En revanche, la façon dont son ami l'avait reconnu le touchait droit au cœur.

— Jaedrin... murmura-t-il. Moi aussi je suis heureux de te revoir.

— Si tu savais comme j'ai espéré de te retrouver ! Elle n'en reviendra pas, j'en suis certain. Vu la façon dont mon voyage a commencé... Ça compense largement le fait de te trouver aussi facilement. C'est seulement la seconde nuit que j'arpente la capitale, tu te rends compte ? Personne ne semble s'inquiéter d'un cavalier dans cette zone, alors que le reste est farouchement surveillé. Où sommes-nous, d'ailleurs ?

Setrian dévisagea son ami. Jaedrin s'était teint les cheveux et portait une cape suffisamment banale pour passer pour n'importe quel Na-Friyen. Plus que tout, c'était le fait de le voir seul, dans un lieu totalement étranger, qui le surprenait.

— Nous sommes juste devant les bâtiments du *Velpa*, répondit-il. Comment es-tu arrivé jusqu'ici ? Tu as réussi à... je veux dire... Où sont les autres ? Pourquoi êtes-vous venus ? Et tes cheveux ? Comment as-tu su ? Elle...

Il laissa sa phrase en suspens, le cœur battant, les yeux pleins d'espoir. Il n'osait même pas prononcer son prénom tant l'idée de la revoir le bouleversait. Son esprit s'engourdissait rien qu'à la perspective de sentir son odeur et sa présence à côté de lui. Il voulait la serrer, l'embrasser à l'en empêcher de respirer. Il voulait son front contre le sien, leurs *inha* s'emmêlant l'un dans l'autre, leurs corps aussi. Puis Jaedrin secoua la tête et tout cessa.

— Ériana m'a tout enseigné, mais elle n'est pas ici. Je suis seul, Setrian.

Ce fut comme si une vague d'eau glacée le percutait.

— J'avais... commença-t-il, la gorge serrée. J'avais déjà cru comprendre que tu avais changé, quand nous nous sommes retrouvés à Arden, mais nous avons eu si peu de temps. Comment as-tu pu arriver jusqu'ici tout seul ?

— J'aimerais prendre le temps de te répondre, mais ne pouvons-nous pas nous mettre à l'abri ? Si nous sommes juste sous les fenêtres du *Velpa*, je ne pense pas que ce soit une bonne idée de nous attarder ici.

J'ai une chambre dans les faubourgs de Naja, je t'y emmène.

Jaedrin commença à le tirer par le bras, Setrian résista. Il venait d'avoir une idée.

— Je ne peux pas venir avec toi. Je dois rentrer à nouveau là-dedans, dit-il en désignant le bâtiment derrière lui. Et j'ai besoin de ton aide pour cela.

— Ne me dis pas que tu t'es à nouveau infiltré dans le *Velpa* ! s'exclama Jaedrin. Tu ne vas pas reproduire la même erreur que la dernière fois ! Regarde comment tu t'en es sorti ! Ton insigne est perdu et pour quoi, au final ? Pour quelque chose que nous aurions découvert de toute façon, si tu avais patienté ! Non, Setrian, tu n'y retourneras pas !

Jaedrin s'employait déjà à l'emmener, mais Setrian réussit à extraire son bras de son emprise.

— Je ne suis pas infiltré, je suis prisonnier.

— Un prisonnier qui vient de retrouver l'accès à son *inha*, à l'extérieur de chez ses tortionnaires, fit remarquer Jaedrin en levant un sourcil.

— Gabrielle et Matheïl sont aussi à l'intérieur.

À ces mots, les yeux de Jaedrin s'arrondirent. Setrian vérifia s'ils étaient toujours seuls et attira son ami dans le coin le plus sombre de la rue.

— Ils sont détenus par le *Velpa* des Vents. Je le suis par le Maître des Eaux.

— Les Eaux ? Mais qu'est-ce qu'il peut bien te vouloir ?

— Tu serais surpris de voir à quel point je leur suis utile.

Jaedrin s'assombrit sans que Setrian comprenne pourquoi, mais il laissa passer la chose. Il leur restait peu de temps. Eliah allait commencer à se poser des questions, surtout qu'une alerte pareille serait forcément relayée.

— Je t'en dirai plus la prochaine fois.

— Quelle prochaine fois ? ronchonna Jaedrin. Tu retournes chez l'ennemi. Et pas avec n'importe lequel, en plus !

— Il ne me fera rien. Je suis trop important pour lui. Et puis…

— Et puis quoi ?

Setrian hésita. C'était la première fois qu'il allait exprimer ses doutes. Les prononcer à voix haute amenait comme une fatalité. Il y avait un détail qu'il préférait ne pas dévoiler, pas tant qu'il ne l'avait pas confirmé.

— Le Maître des Eaux est au courant de la relation que j'ai avec… Ériana. Je pense qu'il veut m'utiliser comme appât pour la faire venir à Naja.

La bouche de Jaedrin s'était ouverte d'un coup. Puis elle se ferma et se rouvrit béatement, comme s'il cherchait ses mots. Setrian le devança.

— Je suis au service de cet homme et ce qu'il me demande de faire pour lui m'arrange. Il faut aussi faire sortir Gabrielle et Matheïl, même si je ne vois plus Gabrielle ces derniers temps, comparé à Matheïl qui est en permanence avec Mesline.

— Mesline est… commença Jaedrin en s'enflammant.

— Plus tard, coupa Setrian. C'est pour toutes ces raisons que je veux rester ici. Et avant que tu ne m'interrompes, ça n'a rien à voir avec le bataillon. Oui, je reconnais que j'ai fait une erreur à ce moment-là. J'étais aveuglé par mes sentiments, je voulais me détacher d'Ériana, la laisser trouver un autre protecteur. J'ai certainement commis l'une des pires erreurs de ma vie. Mais aujourd'hui, je ne suis pas le seul à devoir être sauvé. Il y a deux autres personnes avec moi, et aussi deux âmes.

— Deux âmes ?

— Les deux qu'Ériana doit utiliser pour ses transferts. Je compte emporter les artefacts des Vents et des Feux avec moi. Alors laisse-moi retourner chez nos ennemis.

— Nous pourrions les sauver de l'extérieur, non ? Qu'est-ce que ça change ?

— Laisse-moi œuvrer pour eux, persévéra Setrian. Je t'assure que j'œuvre pour nous en même temps. Et pour elle. Je ne fuis pas. J'aime Ériana, et me lancer là-dedans est une façon de me rapprocher d'elle, pas de m'éloigner.

— Si elle t'entendait… murmura Jaedrin. Je crois qu'elle aurait les larmes aux yeux.

Setrian se retint d'essuyer les siennes.

— Tu te rends compte qu'elle ne sait pas que tu lui as pardonné de t'avoir choisi toi, et non Lyne ? poursuivit Jaedrin.

— J'en suis conscient, avoua-t-il douloureusement. Et je compte bien réparer cette erreur. Écoute, Jaedrin, tu cherches tous les arguments possibles pour me convaincre de ne pas y retourner, mais il y a une énorme différence avec mon infiltration dans le bataillon.

— Ah oui ? Et laquelle ? Parce que je n'en vois aucune !

— J'ai un allié à l'extérieur. Toi. Et tu vas pouvoir m'aider.

— T'aider ? Je crois que tu me surestimes.

— Je ne t'aurais jamais cru capable de survivre en Na-Friyie seul, ni même de me retrouver à Naja. C'est presque un miracle que tu sois ici. Ta présence va être un atout.

— Elle l'avait pressenti. Ériana, ajouta-t-il devant le regard interrogateur de Setrian. Elle m'a dit qu'avoir une personne en Na-Friyie serait utile. Je ne pensais pas que ce serait autant le cas. Bon... Dis-moi ce que tu veux que je fasse.

Setrian soupira de soulagement puis jeta un regard derrière lui.

— La première chose à faire est de m'aider à retourner dans ce bâtiment. Les *Ploritiel* en charge de la porte d'entrée ont établi un bouclier.

— Mais comment es-tu sorti, alors ?

— Il n'y avait pas de bouclier à ce moment-là. J'ai créé une diversion et ils ont dû se sentir menacés... Je n'aurais pas dû rester dehors aussi longtemps.

— Les mages du *Velpa* ne mettent pas de bouclier, en temps normal ?

— Pas sur leur propre élément, sauf en ce qui concerne les bureaux des Maîtres.

— Eh bien... Ils ont confiance...

— Confiance ? Non, tout ici n'est que mensonge et faux-semblants. Tu ne peux pas imaginer le nombre de conspirations qui grouillent entre ces murs. Chaque élément a ses objectifs cachés. Du moins... il s'agit du même pour tous, mais ils font en sorte de ne pas le reconnaître. Jusqu'à présent, Caliel faisait l'ignorant, mais je crois que, désormais, il va faire plus attention.

— Caliel ?

— Le Maître des Vents.

— C'est un prénom courant, à Myria. C'est curieux.

— Il y a des choses bien plus curieuses qui se passent ici. Je ne sais pas si tu as eu l'occasion de te faire une idée, mais nous pourrons faire le point la prochaine fois, si tu le souhaites. On peut essayer demain soir ?

— Tu es sûr de pouvoir revenir ? Tu m'as l'air assez inquiet, déjà.

Setrian hésita. Jaedrin avait raison, mais il ne voyait pas comment le rencontrer autrement. Il refusait l'idée de l'infiltrer. Il avait trop besoin de sa présence hors des murs et préférait se mettre seul en danger plutôt que d'impliquer son ami.

— Je trouverai un moyen, mais il se peut que je n'y parvienne pas. Reviens à cet endroit toutes les nuits, à la même heure, c'est là que je suis le plus susceptible d'être en autonomie dans le *Velpa*.

— En autonomie ? répéta Jaedrin. Tu me fais rire.

— Je n'ai pas le temps de plaisanter. Encore une fois, je ferai tout mon possible. Maintenant, aide-moi à rentrer.

— Et comment veux-tu que je fasse ? Que je frappe gentiment à la porte en leur demandant de bien vouloir ôter le bouclier le temps que tu entres ?

Setrian chercha autour de lui. La rue était déserte, il n'y avait aucun moyen de créer une diversion. Jaedrin devrait en simuler une lui-même. Sa suggestion de frapper à la porte était finalement plutôt intéressante.

— Tu vas leur faire passer un message, dit-il.

— Je ne suis pas messager.

— On s'en fiche ! Tu vas leur dire... Tu vas leur dire que le message est pour le Maître, que sa dernière équipe envoyée pour recruter des sources n'est pas encore revenue car ils n'en ont pas trouvé assez. Je suis sûr que c'est suffisamment important pour qu'ils t'accordent leur attention le temps que je me glisse derrière eux.

— Que tu te glisses... Enfin, Setrian ! Cette porte n'a rien de gigantesque ! Comment espères-tu passer inaperçu ?

— Mes journées aux côtés du Maître des Eaux ont été plutôt instructives.

— Instructives... répéta Jaedrin en posant les doigts sur son front, yeux plissés. Bon, je crois que je vais cesser de poser des questions, sinon tu ne seras jamais rentré avant le lever du jour.

— Est-ce que ceci te rassure ?

Jaedrin releva la tête. Il n'y avait plus personne devant lui. Il se mit à chercher, en panique, de chaque côté, jusqu'à ce que Setrian fasse un signe de la main. Jaedrin sursauta.

— Mais... comment ? Quand ? balbutia-t-il.

Setrian resta assis au pied du mur, calé de façon invisible. Jaedrin n'y avait rien vu, et surtout, il n'avait même pas remarqué ses mouvements.

— Tu me ferais presque peur. Bon, je fais quoi ? Je les éloigne de la porte ? Mmm... Il faudrait peut-être que je rédige un faux message. Tu as de la chance, j'ai investi dans un carnet aujourd'hui. Elle est plutôt pratique, ta petite habitude. J'ai fini par l'adopter.

Setrian hocha la tête avec un sourire, puis il se leva et se rapprocha de la porte, se plaçant du côté où il serait indécelable. Jaedrin, lui, s'affairait à côté de son cheval puis revint, les mains vides. Son murmure fut à peine audible.

— Je leur dirai que j'ai besoin de récupérer le papier. Ça détournera encore plus leur attention.

L'excès de prudence de son ami le flatta. Jaedrin s'était vraiment transformé. En même temps, cette quête les transformait tous. Il était presque inquiet à l'idée de retrouver Ériana après avoir passé autant de temps séparé d'elle. Les quelques moments qu'ils avaient eus ensemble après Arden avaient été plutôt délicats.

Jaedrin frappa doucement à la porte. Setrian fut surpris que la chose soit possible, mais de nombreux boucliers permettaient ce geste tout en bloquant le passage.

Le battant s'ouvrit lentement et Jaedrin commença à parler. Setrian l'observa faire comme s'il découvrait un nouvel homme. En temps normal, son ami aurait tremblé, cafouillé et se serait dévoilé en quelques instants. Là, son attitude était posée. Il fut même si convaincant que les deux protecteurs sortirent et Setrian put se glisser à l'intérieur sans problème.

Caché dans l'ombre des escaliers, il attendit que les *Ploritiel* soient rentrés pour se détendre. L'un des deux tenait un papier à la main. Setrian retourna alors dans le passage de service. Un sourire le gagna comme il ne l'avait pas ressenti depuis longtemps.

—J'ai un allié, murmura-t-il, le front appuyé contre le mur. J'ai un allié à l'extérieur du *Velpa*. Je ne suis pas seul.

21

Il profita encore un peu du bonheur de savoir Jaedrin à ses côtés puis se redressa.

Pour ce soir, il n'avait plus aucun espoir de pouvoir chercher le passage secret menant au bureau de Caliel. Avec l'alerte qu'il avait déclenchée, tout serait surveillé. De plus, Eliah devait l'attendre, impatient de découvrir comment il avait pu commettre une telle erreur. Avec un peu de chance, il n'aurait pas eu de détails. Setrian pouvait toujours dire qu'il avait déclenché un autre bouclier aux effets similaires. Il prit néanmoins la peine de s'appliquer du baume, toujours glissé dans sa poche, avant de se remettre en marche.

Il connaissait désormais parfaitement les lieux. Le couloir desservait de nombreux services et plusieurs passages menaient aux étages supérieurs.

Sans surprise, il arriva aux cuisines. Il hésita à y faire un tour pour dénicher de quoi manger puis se ravisa. Il y avait du bruit à l'intérieur. Le personnel nettoyait encore ou préparait les repas du lendemain. Même avec ses talents pour se cacher, il préférait ne pas traîner.

Il s'éloigna en direction du réfectoire. Les lieux étaient déserts, comme chaque fois. Il était presque du côté des Eaux quand un bruit l'interrompit. Le battant menant aux Feux était légèrement entrouvert et un glissement provenait de derrière. Il ne pouvait s'agir que d'un serviteur.

Il ne s'était jamais rendu dans la zone des Feux. Normalement, celle-ci était parfaitement identique aux autres, à l'exception de quelques passages secrets. Setrian réfléchit. Jusqu'à présent, il n'avait eu aucun intérêt à s'y rendre, mais l'occasion était trop tentante.

Les portes du réfectoire étaient les seules dénuées de bouclier. Ensuite, il serait confronté au mélange habituel de protections. S'il parvenait à atteindre celle du couloir de service avant qu'elle ne se referme derrière le serviteur, il pouvait espérer y entrer. Pour la suite, les passages du personnel seraient normalement libres, mais c'était un gros risque à prendre. Du côté des Eaux, Eliah lui aménageait toujours une voie pour atteindre le réfectoire. Ici, il ne pourrait compter sur aucune aide.

L'opportunité était cependant trop belle et Setrian se rapprocha des Feux, le cœur battant. Rien ne se produisit lorsqu'il franchit la porte du réfectoire et il se hâta sans bruit vers celle de service qui finissait juste de se refermer. Quand celle-ci fut close, il espéra qu'il pourrait recroiser un serviteur, car il lui faudrait bien repasser en sens inverse.

Le couloir marquait exactement le même angle que celui qu'il connaissait côté Vents et Setrian commença à descendre les douze marches. Quand ses oreilles captèrent des bruits de vaisselle, sa bêtise le heurta.

— Quel imbécile... murmura-t-il. J'aurais pu venir ici depuis une éternité.

Il venait enfin de comprendre pourquoi il fallait toujours descendre pour se retrouver aux cuisines. Celles-ci se situaient exactement à l'aplomb du réfectoire et avaient la même particularité : elles reliaient les zones des quatre éléments.

Fier de cette découverte, mais penaud de ne pas l'avoir faite plus tôt, Setrian s'apprêtait à revenir en arrière quand la porte de service claqua d'un côté en même temps qu'une voix féminine s'élevait à l'opposé. Il était coincé, pris en étau entre deux groupes. Sa seule option se trouvait dans les cuisines, à quelques pas. Il n'hésita pas un instant de plus.

La porte des cuisines grinça légèrement, mais il y avait tant de remue-ménage que personne ne le remarqua. Un coup d'œil rapide lui fit choisir un recoin poussiéreux où plusieurs buffets étaient alignés. Il se glissa entre deux et se fondit dans l'ombre, ne laissant que ses yeux découverts pour observer les lieux et préparer une échappatoire.

Le personnel s'affairait encore sur la vaisselle et le rangement. Quelques serviteurs préparaient du pain, d'autres nettoyaient le sol à grande eau. L'atmosphère était surchargée en odeurs, vapeur et poussière de farine. Setrian chercha les fenêtres et n'en aperçut que deux, très étroites, à la lisière du plafond.

Quatre personnes passèrent alors la porte qu'il venait de refermer. D'après leurs cheveux et leurs insignes, deux étaient mages des Feux, leurs accompagnateurs simplement serviteurs.

— Prenez ce qu'il nous faut. Comme d'habitude.

La femme qui avait parlé portait une énorme boucle d'oreille rouge. Suivant les ordres, les deux serviteurs se mirent à attraper de la nourriture avec des gestes routiniers. Les mages les surveillaient distraitement. L'autre était un homme.

— Tu redescends aux forges ? demanda-t-il.

La femme marmonna en guise de réponse.

— Je suis content de ne pas y être assigné en permanence, poursuivit-il. Je ne sais pas comment tu fais.

— J'ai demandé à y aller.

— Tu es folle.

Un bruit de vaisselle brisée détourna leur attention. La servante avait fait tomber un couvercle. Elle se pencha au-dessus des fragments pour les récupérer et son acolyte l'y aida. Leurs gestes furent interrompus par un phénomène dont Setrian était témoin pour la seconde fois. Une manipulation des Feux.

La mage avait tendu un bras vers la cheminée. Une flammèche s'en était détachée et flottait à présent au-dessus de ses doigts. Elle s'approcha des serviteurs sans rien dire et les griffa à la joue. Les deux restèrent muets, la mâchoire crispée. Apparemment, le châtiment était habituel car ils montraient déjà de nombreuses rougeurs au niveau du cou et des tempes. La flamme s'éteignit d'elle-même et la mage revint auprès de son confrère.

— Emportez les morceaux avec le reste, ils tenteront de les réparer, dit-elle avant de se tourner face au mage. Non, je ne suis pas folle, j'aime ce que je fais.

— Tu aimes passer ta vie dans cette fournaise ? Je t'assure que tu es folle. Rien que les odeurs me répugnent.

— C'est à se demander si les Feux sont vraiment ton élément... Certes, le métal en fusion a une odeur très particulière, et la chaleur des fours est entêtante, mais justement ! Nous sommes en permanence en lien avec les Feux. C'est un endroit exceptionnel.

— Tu dis ça comme si tu étais heureuse...

— J'y suis heureuse ! C'est peut-être l'endroit dans cette capitale qui regorge le plus de notre *inha* ! C'est le seul lieu où un feu brûle en permanence !

— Tu oublies ces cuisines, fit remarquer l'autre.

— Ces flammes sont ridicules comparées à celles que nous entretenons.

La mage croisa les bras et reprit sa surveillance. Les morceaux de céramique avaient été glissés parmi le reste, sur les plateaux. Setrian se demanda comment les serviteurs pourraient les porter tant ils paraissaient lourds.

— Combien en as-tu à nourrir ? demanda le mage.

— Quatre. Plus moi.

— Quatre ? Je croyais qu'ils n'étaient que trois à rester de nuit. Et toi, tu ne vas jamais dormir ?

— Serais-tu intéressé par ce que je fais de mes nuits ? Ou alors voudrais-tu les occuper autrement ?

Le ton de séduction qu'elle avait utilisé ne laissa pas indifférent son interlocuteur. Celui-ci commença même à remuer légèrement ses doigts puis se pencha vers elle. Elle laissa échapper un gémissement de plaisir lorsqu'il lui embrassa le cou, mais curieusement, ce n'était pas ce qui semblait mettre la mage en émoi. Elle avait placé ses mains sur son ventre, pressant celle que le mage avait posée à cet endroit.

Setrian détourna les yeux, il ne voulait pas en voir plus. Un soupir de déception le fit se raviser cependant. L'homme avait retiré main et bouche et fixait la mage dans les yeux.

— Je transformerais volontiers tes nuits si tu ne les passais pas dans cette fournaise.

— Tu es des Feux, tu devrais apprécier, roucoula-t-elle en reprenant sa main.

— J'aime la chaleur, oui, mais pas quand il m'est impossible de respirer !

— Tu exagères, je suis sûre que tu apprécierais ce que mon *inha* peut faire de toute cette chaleur.

Setrian vit l'homme frissonner de plaisir puis retirer brusquement sa main. La mage sourit malicieusement. Apparemment, elle avait remporté une victoire.

— Débarrasse-toi des quatre et je te rejoins.

— Impossible, répondit-elle aussitôt. Il en restera forcément une. Je ne peux pas la laisser sans surveillance, malgré tout ce qui l'enchaîne à son poste.

— Qui est cette quatrième personne pour que tu sois ainsi prisonnière du tien ?

La mage jeta un regard circulaire autour d'elle puis attrapa son confrère par la manche avant de le tirer un peu à l'écart. Setrian fut à la fois alarmé et soulagé de les voir s'approcher de lui. Il était évident que la femme s'apprêtait à révéler une information importante. Il ferma les yeux pour finir de se rendre invisible, les deux mages n'étaient qu'à quelques pas de lui.

— J'ai la troisième prétendante sous mes ordres, chuchota-t-elle.

Setrian bloqua sa respiration. Le mage laissa échapper un sifflement d'admiration.

— Ils l'ont envoyée aux forges ? dit-il avec malice. Elle a dû faire une sacrée bêtise.

— Je ne suis pas au courant des détails, mais c'est la deuxième prétendante en personne qui m'en a donné l'ordre. Ils me la laissent jusqu'à ce que l'artefact arrive.

— Mais l'artefact est déjà là !

— Ça, ils ne le savent pas.

— Et s'ils venaient à le découvrir ?

— Tant qu'ils ne mettent pas la main dessus, tout va bien. Après tout, tu es chargé de sa surveillance, n'est-ce pas ?

Le mage soupira longuement avant de répondre.

— Surveiller est un bien grand mot. Grab le garde tout le temps avec lui et il ne traîne pas un chien comme cet imbécile d'Eliah qui, finalement, a peut-être raison.

Setrian se pressa encore plus contre le mur. Même si son rôle était mal interprété, il était évident que tout le monde connaissait son existence et son alliance avec le Maître des Eaux.

— Tu voudrais le suivre partout, toi ? demanda-t-elle.

— Je préférerais te suivre, toi, répondit-il avec un sourire en coin.

— Qu'est-ce qui t'en empêche ? Tu n'as pas l'air trop occupé, ce soir.

— Effectivement, les deux autres *Ploritis* sont en place, je ne fais que leur apporter à manger puis je vais me coucher. Mais je pourrais faire un petit détour… si tu te débarrasses de cette prétendante.

— Je t'ai déjà dit que c'était impossible !

Setrian entendit un bruit de vêtements et ouvrit à peine les yeux. Les deux mages étaient à sa hauteur et s'embrassaient fougueusement. Il referma aussitôt ses paupières, jusqu'à les entendre se déplacer vers la porte.

— Vous avez terminé ? interpella la mage à l'attention des serviteurs.

Les plateaux s'étaient encore alourdis. La femme attrapa le sien et chancela sous son poids même si seulement deux repas étaient prêts dessus. L'homme se chargea du plus gros.

— Nous y allons, dit la mage. Quant à toi, ajouta-t-elle en se tournant vers son confrère, n'oublie pas ma proposition. Les fourneaux sont assez éloignés les uns des autres et je suis certaine que nous pourrions profiter de leur chaleur pendant que cette prétendante s'affaire. Il faudra seulement garder un œil sur elle.

La porte se referma derrière eux et Setrian sentit aussitôt le besoin urgent de bouger. Le personnel s'occupait toujours de la même façon et il réussit à se glisser hors de la pièce sans être repéré.

Une fois dans le couloir, il se mit à courir Il ne devait pas perdre la trace de la femme à la boucle d'oreille. Heureusement, le serviteur était si chargé qu'il ralentissait leur progression et Setrian souffla en les distinguant au détour d'un virage. Puis les deux silhouettes disparurent d'un coup.

Alarmé, il se précipita à l'endroit repéré et découvrit une porte, presque invisible. Lorsqu'il la poussa, une vague d'air tiède lui sauta au visage.

Il pénétra dans l'étroit passage. Les lieux étaient entièrement noirs et, en appuyant sa main sur le mur le plus proche, ses doigts glissèrent. Si les cloisons étaient recouvertes de suie jusqu'ici, il comprenait pourquoi le mage avait dit ne pas vouloir s'éterniser dans les forges.

Il n'y avait absolument aucune source de lumière. Setrian laissa sa main en contact avec le mur pour avancer. Rapidement, le sol s'inclina, suivant des méandres parfois entrecoupés de marches. L'air devint de plus en plus lourd et Setrian abaissa son capuchon. Dans l'obscurité, il ne craignait rien et ses yeux étaient maintenant si habitués qu'il repérerait la moindre source lumineuse bien assez tôt.

Après un moment, le mur devint rugueux et, à force de descendre, Setrian comprit que son chemin se poursuivait sous terre. La pierre raclait sous ses gants noirs et l'atmosphère chaude lui asséchait la bouche. Il ignora l'inconfort en distinguant une lueur rouge au bout du couloir. Il était arrivé à destination.

Au premier coup d'œil, il eut l'impression de se trouver tout en haut d'une grotte, bien moins grande que celle de Lapùn et bien moins entretenue. La roche avait été laissée brute. Si jamais des mages des Terres avaient participé à sa conception, il était clair qu'ils n'avaient fait aucun effort.

Le passage débouchait en réalité sur une petite esplanade. Au bout, Setrian repéra une colonne rocheuse. Comme personne n'arpentait les alentours, il se faufila derrière pour espérer en découvrir davantage.

Lorsqu'il se pencha, sa bouche s'arrondit de stupeur. La grotte était en réalité plus profonde que large. Tout en bas, un gigantesque brasier constituait le cœur même de la forge. Tout s'organisait autour et des silhouettes s'agitaient dans les lueurs jaunes et rouges. Gabrielle devait être l'une d'entre elles.

Deux autres approchèrent alors, dont une qui portait quelque chose. Certainement la mage et son serviteur. Setrian chercha autour de lui. Une galerie, plus lisse que les autres, menait au niveau inférieur. Il l'emprunta, sentant la chaleur augmenter à chaque pas. La sueur lui plaquait sa chemise sur la peau et des gouttes perlaient sur ses joues. Heureusement, le bandeau enroulé autour de ses cheveux absorbait la transpiration de ses tempes. Il aurait volontiers quitté sa veste, mais n'osait se risquer. Il avait aussi l'impression qu'une tenue rouge aurait été un meilleur camouflage car la lumière du brasier empourprait toute surface.

Quand il arriva en bas, la nourriture avait été posée près du feu. À côté, deux personnes maniaient de grands pieux pour remuer les braises. Leurs nez et leurs bouches étaient recouverts d'un tissu qui avait dû être blanc un jour. Il en était de même pour les deux autres travailleurs qui, plus loin, finissaient de couler du métal dans un moule.

La mage leur fit signe de venir et ils se réunirent tous autour du plateau. Puis ils baissèrent leur protection de tissu, et ce fut là que Setrian reconnut Gabrielle.

La jeune femme avait fondu comme de la glace. Ses joues creuses et ses traits tirés montraient à quel point la chaleur la vidait, physiquement comme moralement. Il devait la sortir de là.

Il devait aussi aller chercher Matheïl, et les emmener loin d'ici le plus vite possible. Mais avant, il lui faudrait se procurer les artefacts. Il était trop tard pour espérer faire quoi que ce soit cette nuit et Eliah devait s'impatienter.

Déterminé, Setrian rebroussa chemin. Si jamais il avait hésité à sauver Gabrielle, il était désormais convaincu.

Perdu dans ses pensées, il arriva au couloir du personnel. Alors qu'il passait au niveau des cuisines, il s'interrompit. Son *inha* s'agitait. Cela faisait si longtemps qu'il n'avait rien perçu de tel qu'il mit la sensation sur le compte du retour aux Vents. L'agitation se répéta plusieurs fois en chemin, plus intense lorsqu'il traversa les cuisines, désertes. Puis tout disparut du côté des Eaux. Lorsqu'il arriva au bureau d'Eliah, celui-ci affichait une mine encore plus sévère que d'habitude.

— Où étais-tu passé ?

Setrian alla dans le coin devenu sa place et se retourna, placide. D'après le vert foudroyant de ses yeux, Eliah ne faisait pas preuve d'autant de retenue.

— Je me suis caché jusqu'à ce que les choses se soient calmées.

— Tu étais obligé de prévenir tous les Vents que quelqu'un souhaitait à nouveau s'en prendre à eux ?

s'énerva Eliah. Si tu continues ainsi, tu me seras plus utile mort que vivant.

Setrian haussa les épaules. Il savait que cette menace ne serait pas mise à exécution de sitôt. En tout cas pas avant qu'*Eko* ait été volé.

— Il y avait un autre bouclier sur la route, je ne pouvais pas le savoir !

— À quel niveau ?

— Ça ne sert à rien que je vous le décrive, c'était dans les passages plus ou moins secrets qui ne sont pas les mêmes que chez vous.

— Je n'aime pas le fait que tu saches des choses dont je ne suis pas au courant.

— Que devrais-je dire ? souffla Setrian à mi-voix.

Le regard d'Eliah se fit encore plus glacial. Setrian eut toutefois beaucoup de mal à en mesurer l'agressivité. Chaque fois qu'il plongeait dans les yeux verts du Maître, son esprit faisait l'amalgame avec Ériana. Depuis quelque temps, il essayait de discerner certaines ressemblances dans les traits du visage, mais Ériana avait dû hériter de nombreuses choses de sa mère…

Ou alors il se trompait complètement.

— Il faudra attendre deux ou trois jours avant de te renvoyer là-bas, déclara froidement Eliah en retournant à son bureau.

— Mais le délai de dix jours sera presque atteint ! s'exclama Setrian, soudain inquiet. Je peux y retourner demain.

— Pas question. Caliel aura doublé les rondes de ses mages et je dois d'abord essayer d'en savoir plus.

Tu n'auras plus qu'une seule tentative pour récupérer *Eko*.

Setrian pâlit. Trois jours pour mettre en place une évasion l'impliquant lui ainsi que deux autres personnes, sachant que tous trois se trouvaient dans des zones totalement différentes, sans compter la récupération miracle de deux artefacts... Et il avait aussi dit à Jaedrin de revenir, même s'il n'avait rien promis. Il lui fallait plus de temps.

— Vous ne pourriez pas demander quelques jours de plus à Grab ? tenta-t-il.

Eliah releva la tête. Son expression en disait suffisamment mais Setrian ne comptait pas lâcher l'affaire.

— Vous avez trop d'orgueil.

— Ton insolence est... commença Eliah en se levant.

— Vous avez besoin de cet artefact, et moi, je compte vivre quelques jours de plus ! Et vous savez aussi très bien que je ferai tout mon possible pour la garder en vie !

Il plaqua sa main devant sa bouche. Il avait décidé depuis longtemps de ne pas parler d'Ériana, mais les mots étaient quand même sortis. La réaction d'Eliah fut encore plus stupéfiante. Il semblait réellement réfléchir à ce que Setrian venait de dire.

— La première prétendante n'a rien à voir dans tout ça, dit-il après un long silence. Tu n'auras jamais l'occasion de la retrouver, et tu le sais parfaitement.

Setrian défia le Maître du regard.

— Vous oseriez faire ça ?

— Et pourquoi n'oserais-je pas ?

— Je suis son protecteur. Sans moi, elle risque sa vie.

— C'est ridicule, elle s'en sort très bien seule.

— Comment le savez-vous ? Vous la faites suivre ?

Eliah se mordit les lèvres, hésitant. Puis il détourna le regard.

— Cela fait un moment que je n'ai plus eu vent d'elle.

— Depuis quand ?

À nouveau, il s'écoula un long moment avant que le Maître ne réponde.

— Nous vous avons fait suivre dès votre départ de Lapùn. Mais nous ne sommes tombés que sur le reste de votre équipe. Ensuite nous avons complètement perdu votre trace, mais nous avons compris que vous vous rendiez à Arden. La suite, tu la connais.

— Pourquoi ne pas m'avoir capturé à ce moment-là ? Cette nuit où Caliel a tué ma sœur ?

Sa voix tremblait à la fois de peur et de rage. Eliah, lui, semblait curieusement détendu.

— Je ne savais pas que tu étais dans la pièce adjacente.

— Le Maître des Vents ne vous l'avait pas dit ?

— Tu n'as pas encore compris comment fonctionne le *Velpa*... Je savais qu'elle y était, elle, et quelle était la nature du dilemme qu'elle allait devoir affronter. Je ne connaissais cependant pas l'identité de ceux qu'elle allait devoir départager.

— Pourquoi ne pas vous être chargé d'elle ?

— Cette conversation s'arrête ici.

Il n'avait pas particulièrement haussé le ton, mais l'ordre avait résonné de sa force. Setrian abdiqua.

Il était de toute façon épaté d'avoir réussi à échanger autant sur le sujet. Peut-être se permettrait-il de poursuivre plus tard. Pour l'instant, il avait un plan à élaborer.

22

Lünt n'entendait plus rien, même pas la respiration de cet homme se prétendant maître de son élément. Le placard devait être clos et la patrouille qui assurait sa surveillance, à l'extérieur. Elle était sauve, elle pouvait sortir respirer un moment, même si respirer ne lui était plus vraiment indispensable.

Elle n'en pouvait plus de rester enfermée dans cet artefact, surtout depuis que son instinct s'était mis en éveil. D'après l'énergie qui l'enveloppait depuis plus de trois mille ans, la prétendante était près, sans l'être pour autant. Proche, et distante en même temps.

Les choses étaient vraiment confuses. Elle devait aller voir. Vérifier d'où venait cette attirance qui l'incitait à s'extirper de son artefact alors que toutes les conditions n'étaient pas encore réunies.

Lünt se concentra sur elle-même. Dans la gemme grenat, qui aurait pu faire la taille de son poing, le *inha* des Feux courait de toutes parts, se consumait et se régénérait. Une flamme perpétuelle qui lui permettait de subsister dans cet état de fausse existence. Elle savait que son corps était mort depuis des millénaires, mais son âme était toujours là, dans un unique but.

Rencontrer la prétendante et lui transmettre ses connaissances.

Lünt était impatiente. Son instinct la poussait à s'aventurer au-dehors malgré l'immense distance avec le sanctuaire. Le volcan situé à l'est du territoire des Feux aurait dû être le seul endroit où elle pouvait se montrer, mais elle en était trop loin, désormais. Y retourner prendrait, à défaut de temps, une énergie colossale.

Depuis que la gemme avait été emportée en Na-Friyie, tout avait été chamboulé. Les ancêtres l'avaient préparée à des déconvenues, mais certainement pas à celle-ci. Heureusement, Lünt avait déjà commencé à chercher une alternative. C'était d'ailleurs pour son esprit d'initiative qu'elle avait été choisie, et aussi parce qu'ils n'avaient plus su quoi faire d'elle.

Elle avait tué.

Même si c'était pour se défendre, elle avait tué un membre du conseil. Celui-là même dont elle aurait certainement pris la suite bien des années plus tard.

Peut-être avait-il craint pour lui et son poste. Toujours est-il qu'il l'avait attaquée le premier et qu'elle s'était défendue. Trop bien. Lünt avait asséné un coup fatal après seulement une quinzaine de parades. Les mages des Feux, trop décontenancés, n'avaient pas pu agir, laissant la lutte se tenir et s'achever au pied de leur Tour. Puis ils avaient emprisonné Lünt.

Au début, tous avaient hésité. Rares étaient les mages qui se voyaient jugés et aucune réelle décision ne fut prise dans l'immédiat. L'arrivée de la prophétie et la nécessité des transferts par un messager fut une véritable aubaine. Ils ne lui demandèrent même pas son avis.

Douée, intelligente et surtout disponible, son sort fut scellé en un instant. Lünt apprit ce qui était nécessaire et en quoi les choses pourraient avoir changé d'ici là. Mais jamais elle ne se serait attendue à être sortie de son territoire ni dérobée à son propre sanctuaire.

Aujourd'hui, il fallait improviser, et c'était aussi cette capacité qu'ils avaient vue en elle. Malgré le crime qu'elle avait perpétré, ils lui avaient fait confiance. Au début, elle leur en avait voulu. Désormais, elle éprouvait une certaine fierté. Sa volonté était plus forte que tout et ils l'avaient su. Elle était prête à tuer de nouveau pour accomplir sa mission. Prête à agir contre son propre camp si cela était nécessaire. Vraiment, ils avaient fait le bon choix.

— Allez, je sors d'ici.

Ses pensées résonnèrent dans l'artefact comme si elle les avait prononcées à voix haute.

— Voilà, murmura-t-elle une fois hors de la gemme.

Juste en face d'elle, un miroir la reflétait. Sauf qu'elle était la seule à pouvoir s'y voir, à l'exception de la prétendante et de son protecteur. Pour les autres, elle était parfaitement invisible. Seules les conséquences de son *inha* étaient matérialisées.

La première fois qu'elle s'était aventurée à l'extérieur de l'artefact, elle avait assisté à une conversation entre le Maître et les subordonnés assignés à sa surveillance. Elle s'était tellement emportée que les flammes de la cheminée avaient redoublé de puissance. Depuis, elle prenait garde à conserver son sang-froid, ce qui n'avait pas été facile lorsqu'elle avait rencontré la troisième prétendante. Heureusement, elle était parvenue à se contrôler pour ne pas embraser la totalité du bureau de Grab.

Lünt jeta un regard de biais. Sur un petit piédestal, la gemme brillait intensément. L'énorme goutte grenat prenait des teintes vives et orangées en son centre, là où le feu perpétuel brûlait. Lünt frissonna tout en sachant que cette sensation n'était qu'une invention. Il ne lui était plus possible d'avoir froid ou chaud.

Lentement, elle avança jusqu'à la porte et leva la main. Ses doigts traversèrent la poignée comme s'ils n'étaient que de l'air. Elle rit de sa bêtise.

— Tu es insubstantielle. Ils t'avaient bien prévenue, tu es insubstantielle.

L'instant d'après, elle traversait un premier mur, donnant sur le bureau de Grab, puis un second, donnant sur le couloir.

Trois mages étaient en poste. Deux de part et d'autre de la porte, le troisième un peu plus loin dans le couloir. Elle les salua d'une révérence tout en leur adressant de francs gestes dans lesquels elle ne cacha pas son dégoût pour ce qu'ils faisaient. Elle s'autorisa même à être injurieuse. Après tout, personne ne pouvait l'entendre, et s'il y avait bien quelque chose qui n'existait plus pour elle, c'étaient les risques. Sa seule façon de « mourir » était de ne plus avoir assez d'énergie.

Elle se mit alors à vibrer.

— Encore une fausse sensation, s'énerva-t-elle en traversant la porte du couloir. Bon, où est-ce que je vais, maintenant ?

Elle aurait aimé que quelqu'un la guide, alors qu'elle était elle-même messagère. Et c'était peut-être ce qu'il y avait de pire, dans son cas. Cette capacité d'être là, sans être reconnue. Une solitude indirecte, une prison éternelle.

— Pas si éternelle, si la prétendante veut bien se dépêcher un peu.

Elle rumina le prénom en pensée avant de se décider à le dire à voix haute.

— Ériana.

Le silence fit écho à sa voix.

— Pfff... Qu'est-ce que j'espérais ? Elle est encore trop loin pour entendre quoi que ce soit, même si... Et pourquoi est-ce que j'ai la sensation qu'elle est proche, d'abord ?

À peine eut-elle prononcé ces mots que son âme se remit à vibrer. Elle se sentit chavirer et flotter puis retomba délicatement sur ses pieds. Encore sous le choc, elle prit la peine de rassembler ses esprits.

Elle avait eu une réponse.

— Mais la prétendante n'est pas là ! Alors de qui s'agit-il ? pesta-t-elle en traversant le couloir suivant. Ériana !

Cette fois encore, l'écho mit un certain temps à se manifester et elle fut davantage préparée aux émois qui l'accompagnaient. À sa troisième tentative, elle put confirmer que son appel et la résonance perçue lui permettaient de s'orienter.

— Voilà pourquoi il fallait un messager, finalement ! Bien plus que de partager sa nature à elle, il fallait d'abord pouvoir la repérer pour ensuite lui dire comment *me* repérer. Ils n'auraient pas pu me le dire, plutôt que de me laisser le découvrir ? Je suis sûre que les autres âmes le savaient, elles !

Lünt donna un faux coup de pied dans le mur avant d'emprunter les escaliers. Ni le mur ni les escaliers ne trahirent le moindre contact. Si elle le souhaitait, elle pouvait d'ailleurs se laisser chuter au travers des niveaux, mais elle ne parvint pas à se convaincre d'essayer.

— Rien ne vaut quelques étages pour se dégourdir les jambes.

Elle était parfaitement consciente du ridicule de sa remarque mais fut considérablement déçue en arrivant au rez-de-chaussée.

— Déjà ? J'aurais dû prendre la peine de sortir plus tôt. Finalement, je ne connais rien à cet endroit alors que je risque d'y passer un certain temps. Ça devrait être par là, ajouta-t-elle en tournant la tête de côté.

En se rapprochant, elle distingua les contours d'une porte et glissa au travers. De l'autre côté, elle découvrit un couloir de service. Une silhouette sombre se profilait au loin mais elle l'ignora, attendant qu'elle ait bifurqué pour réitérer son appel.

Il lui fut aussitôt évident que ce n'était pas la prétendante qui la percevait, mais bien quelqu'un d'autre. Elle se demanda si ce n'était pas cette Gabrielle puis écarta cette hypothèse en se souvenant de la première fois où elle l'avait vue. Rien, chez la troisième prétendante, n'avait trahi une quelconque reconnaissance. Elle lui était restée invisible autant qu'à tous les autres.

— Alors si ce n'est pas toi, qui donc est responsable ? poursuivit-elle.

Le couloir était si sombre qu'elle n'eut cette fois aucune réticence à traverser la porte. Elle arriva sur un hall sobre et haut. La salle suivante était gigantesque et on y dénombrait une incroyable quantité de tables et de bancs.

— Sûrement le réfectoire dont ils parlaient. Ériana ?

Aucune réponse ne lui vint. Elle avait suivi l'écho jusque-là, s'était laissé guider. Celui qui percevait son appel aurait dû venir à elle, mais il n'avait rien fait. Pire encore, il s'était éloigné et même effacé.

— C'est insensé !

Lasse, elle s'effondra sur un des bancs. Ou du moins, choisit de s'effondrer. Si elle s'était totalement abandonnée à son état, elle serait passée au travers.

— Et d'abord, qui es-tu pour provoquer une telle résonance ? Il n'y a qu'elle, ou lui ! *Elle* n'est pas là. Et *lui*… est censé être avec elle. À moins que… Il serait là ? Non, ce n'est pas possible. Pas si loin.

C'était pourtant la seule option envisageable. Le protecteur de la prétendante était forcément ici, dans ce bâtiment.

— Ne me dites pas qu'il est du *Velpa*, se lamenta-t-elle. Ce serait encore une erreur de ces idiots de prophètes ? Le sort ne s'acharnerait pas à ce point sur nous, quand même. Non, ça doit être dû à autre chose. Ou alors je me trompe...

Elle se releva, dépitée, et commença à reprendre le chemin inverse, retrouvant le hall, le couloir et la porte au travers de laquelle la silhouette était apparue. Par curiosité, elle fit dépasser sa tête et comprit qu'il s'agissait des cuisines. Celles-ci étaient entièrement vides et montraient quatre sorties, toutes les unes à l'opposé des autres, tels des points cardinaux. La pièce lui faisait d'ailleurs penser à sa tour, où l'escalier central donnait sur quatre ailes.

— Suis-je bête... les cuisines donnent chez chaque élément.

Elle s'apprêtait à reculer quand sa curiosité s'accrut. D'après le Maître des Feux, tous les artefacts étaient rassemblés à Naja, à l'exception de celui des Eaux. Et Grab faisait croire à tout le monde que le sien n'était pas encore arrivé. Peut-être pouvait-elle espérer rencontrer les autres âmes, si elles n'avaient pas déjà péri.

L'idée était tentante et Lünt se laissa glisser au travers des cuisines. La première porte dont elle s'approcha était estampillée d'un huit déformé. Elle ne savait quel était l'élément concerné mais espéra qu'il ne s'agissait pas des Eaux, car elle perdrait son temps.

Nouvellement motivée, elle s'élança au travers des couloirs. Quelques traversées plus tard, elle se retrouvait dans le bureau du Maître des Terres. La pièce était déserte mais elle savait où se diriger. Il y avait comme une sorte d'instinct et, dès qu'elle aperçut l'étrange sablier, la déception la submergea.

— Tu n'es pas là, dit-elle à voix basse. Je n'ai pas besoin de te toucher, mais je sais que tu n'es pas là. Que tu as... disparu.

L'âme contenue dans l'artefact des Terres n'était plus. Elle avait accompli son rôle. Seul l'objet restait, symbolique et puissant. Le sable s'écoulait lentement à l'intérieur, de façon continue. Elle ne tenta même pas de le saisir et fit juste passer ses doigts au travers. Aucune sensation, sûrement la raison pour laquelle elle n'avait déclenché aucun bouclier en errant dans les bâtiments. Son âme n'activait aucune projection de *inha*.

Elle fit demi-tour et revint aux cuisines. La porte suivante affichait une sorte de six déstructuré. La forme évoquait plus les Vents que les Eaux et elle se fraya un chemin dans les couloirs, moins enthousiaste. Ses pas la menèrent jusqu'au bureau du Maître dans lequel elle pénétra sans attendre.

— ... tu n'as toujours rien eu ?
— Pas une seule nouvelle.

Elle se figea en reconnaissant Grab. L'homme à l'insigne coulé sur le crâne était intimidant et, bien qu'il lui soit impossible de la voir, elle le contourna largement pour accéder à l'arrière du bureau. Son instinct la poussait à se rapprocher des tiroirs. Le Maître des Vents était assis devant et ne bougeait pas de son fauteuil.

— Tu m'avais promis, Grab !

— Que veux-tu que je te dise ? Il n'est pas encore arrivé !

Elle pouffa doucement.

— Joli moyen de pression, murmura-t-elle. Et le pire, c'est que les autres te croient. Quels imbéciles...

— Pas encore arrivé ? répéta le Maître des Vents. Cela fait une éternité que tu nous dis ça ! Je vais finir par envoyer mes propres équipes. Après tout, *elles* ont été performantes ! *Elles* m'ont ramené deux artefacts au lieu d'un !

Grab marmonna dans sa barbe avant de s'exclamer haut et fort.

— Eh bien envoie-les, si ça te plaît tant que ça ! Et quand ils verront que c'est une perte de temps parce que mon équipe est bel et bien en chemin, peut-être accepteras-tu de me laisser tranquille. C'est pour ça que tu me déranges en pleine nuit ?

— À vrai dire, non.

Grab s'était retourné pour sortir du bureau mais il s'arrêta net. Lünt aussi leva les yeux. Elle s'occuperait de l'artefact et du tiroir plus tard. Il y avait quelque chose d'intrigant dans la voix du Maître des Vents.

— Quelqu'un a encore tenté de pénétrer dans mon bureau. Je voulais m'assurer que tu n'y étais pour rien.

Sur le bureau, les feuilles éparses frémirent, comme soumises à un courant d'air.

— Qu'est-ce que tu insinues ?

Lünt se raidit en sentant l'amas de *inha* des Feux que Grab préparait de son côté. Il avait la main glissée dans une poche, les doigts certainement serrés autour de ses deux pierres à étincelles. Il était sur la défensive, mais avec un tel appel, il réduirait certainement en cendres le bureau et son contenu.

— Rien de particulier, je voulais juste m'assurer de ton innocence dans cette affaire.

Les feuilles se reposèrent tranquillement. L'effroi dans les yeux de Grab avait dû convaincre le Maître qu'il n'avait rien à voir avec la tentative d'effraction. Lünt sentit les Feux s'apaiser.

— Mon innocence ? répéta sèchement Grab.

— Oui, ton innocence. Vois-tu, la personne qui vient ici déclenche systématiquement le bouclier des Feux.

— Et si je crois bien me souvenir, Caliel, à cette dernière petite réunion que nous avons eue, tu avais précisé que les boucliers des Terres et des Vents avaient eux aussi été déclenchés. Tu sais très bien que les boucliers de nos bureaux s'activent en cascade ! C'est toi-même qui l'as suggéré lorsque tu as pris ce poste. Alors je t'invite à changer tes boucliers et à faire des tests avant d'accuser le premier élément que tu croises. Pourquoi ne t'en prends-tu pas à Eliah ?

— S'il y a bien un élément qui ne s'est pas déclenché, c'est le sien.

— Peut-être que la cascade n'a pas été activée pour lui !

— Tu voudrais que j'accuse Eliah alors qu'il est le seul d'entre nous à ne pas avoir encore reçu son artefact ?

— Je n'ai pas le mien non plus ! Et peut-être que ça serait une bonne raison !

Les yeux du Maître des Vents se plissèrent. Lünt recula de frayeur. Son regard présageait quelque chose de terrible.

D'un bond, le Maître des Vents se projeta contre Grab pour le plaquer au mur, les deux bras écartés de chaque côté. Il utilisait forcément l'air pour s'aider car sa corpulence était bien inférieure à celle de Grab. Le *inha* de Grab s'amassait à nouveau, en défense, mais rien n'était disponible à proximité. Le Maître des Vents avait pris la précaution de ne laisser traîner aucune braise ni même la moindre cendre dans sa cheminée et les deux pierres à étincelles étaient hors de portée de Grab, dont le visage rougissait.

— Tu ne peux rien faire, gronda le Maître des Vents. Et je ne te crois pas. Dis-moi pourquoi tu cherches à entrer dans mon bureau !

Grab tenta de repousser la masse invisible qui lui écrasait la poitrine. La pression s'amenuisa légèrement car Lünt l'entendit reprendre une inspiration, mais ce ne fut que pour insulter son adversaire qui, malgré sa taille inférieure, avait largement le dessus.

— Je me fiche de tes insultes. Dis-moi pourquoi tu envoies des espions.

— Je n'y suis pour rien, souffla Grab. Je te le jure.

Les yeux de Grab s'arrondissaient de plus en plus.

— Tu es le seul à avoir jamais mis les pieds dans mon bureau, dit Caliel.

— Mais tout le monde... sait où est... ton bureau... Les quatre bâtiments sont... similaires.

— Je ne vois que toi pour... commença Caliel.

— Ce n'est pas moi qui ai envoyé un espion ! réussit à s'écrier Grab.

Son visage devenait bleu et les bras de Caliel commençaient à trembler. Sa projection de *inha* devait lui demander une incroyable quantité d'énergie et celle-ci déclinait. Lünt chercha frénétiquement autour d'elle, comme si elle pouvait aider, puis se ravisa. Elle se moquait finalement pas mal que les Maîtres règlent leurs histoires entre eux. Grab ou un autre ne changeraient rien à la situation.

De fatigue ou parce que Grab avait crié de désespoir, la pression de l'air s'effaça d'un coup et Caliel recula, haletant, laissant son adversaire s'effondrer au sol. Ce dernier toussa pour reprendre sa respiration. Cela ressemblait à un moment de trêve.

Lorsque les deux Maîtres relevèrent les yeux, Lünt sut qu'il n'en était rien.

L'air se mit à crépiter, l'union des deux éléments devint foudroyante. Un éclair traversa la pièce, marquant une véritable limite entre Caliel et Grab. Le bruit fut assourdissant et Lünt vit son apparence éthérée se troubler un instant. Il était impossible que d'autres n'aient pas entendu. Du secours allait arriver, mais quelque chose lui disait que les Maîtres préféraient garder cette altercation secrète.

— J'ai un bouclier imperméable aux sons, grogna Caliel. Tu peux faire le bruit que tu veux. Et je te rappelle que nous sommes dans *mon* élément.

— Je soutiens que je n'ai envoyé aucun espion.

La tension resta palpable avant de s'amoindrir. Caliel fit redescendre ses bras et Grab cessa de remuer les deux pierres dans sa main.

— Préviens-moi quand ton artefact sera arrivé, cracha le premier.

— Et que crois-tu que je compte faire ? s'exclama Grab aussi fort qu'il le pouvait, sa gorge encore endolorie.

Le regard de Caliel resta meurtrier, mais il était clair qu'il ne pouvait pas solliciter de nouveau son *inha* si vite.

Grab sortit du bureau en claquant la porte. Lünt jeta un regard pressé vers le tiroir où elle était certaine que se trouvait l'artefact des Vents, mais préféra remettre son inspection à plus tard. Il y avait eu trop d'énergie projetée dans cette pièce pour lui permettre de sentir ce qu'il advenait de l'artefact.

Sans perdre de temps, elle traversa la porte et aperçut Grab au bout du couloir. Elle le suivit jusqu'à son aile, puis dans son bureau, marquant dans son esprit les couloirs et passages qu'ils empruntaient. Ceux-ci étaient si bien dissimulés qu'ils n'étaient forcément connus que des Maîtres et que les boucliers avaient dû être levés spécialement pour l'occasion, ou alors qu'ils en étaient dénués. Dans tous les cas, Grab passa au travers sans problème et rejoignit ses quartiers.

Tremblante, Lünt retourna dans le placard où l'artefact était rangé. Juste avant, elle s'autorisa à jeter un dernier regard vers Grab. L'homme se massait le cou en jetant des regards réguliers au placard.

Elle ne savait ce qu'il comptait faire, mais cette nuit, elle avait eu peur. Le Maître des Vents était devenu redoutable et son seul désir était désormais de s'emparer d'elle. Elle devait à tout prix lui échapper et, pour cela, il lui fallait de l'aide.

La solution lui sauta aux yeux. Elle ne pouvait trouver secours qu'auprès de ceux qui pouvaient interagir avec elle, et l'une de ces deux personnes était justement à Naja. Ensuite, le protecteur pourrait l'emmener auprès d'Ériana.

Elle tenta une nouvelle fois d'émettre son prénom mais aucun écho ne lui parvint.

C'était décidé, dès demain, elle le chercherait.

23

Ériana tira vivement sur sa sangle. Celle-ci se défit en un instant et l'arc lui tomba dans la main. De l'autre, elle saisit une flèche qu'elle encocha dans l'inspiration suivante. Sa visée était déjà faite, sa cible, choisie. Quelques sifflements d'admiration se propagèrent parmi la petite foule autour d'elle, qui ensuite se dispersa. Il en avait été ainsi à chaque entraînement avec les archères des Feux.

Son adversaire ne trahit pas l'ombre d'un sourire mais son hochement de tête montra que, pour la première fois, Ériana avait réussi à viser avant elle. Elles baissèrent chacune leur arc, débandant la corde. Elles s'arrêtaient toujours avant de tirer.

Ériana avait demandé aux archères pourquoi elles ne s'exerçaient pas sur des cibles banales, elles avaient répondu qu'en cas de mêlée, elles pouvaient s'éviter en apprenant à se reconnaître les unes les autres. Avec leurs uniformes sombres, il était presque plus facile de s'identifier grâce à la façon de tirer.

— Vous faites des progrès, lança une voix dans son dos.

Elle se retourna pour faire face à Adam. Le Second restait souvent à ses côtés, complétant le duo habituel d'Erkam et Friyah. À ce moment, ils étaient occupés ailleurs, mais elle savait qu'ils ne la lâchaient pas du regard. Elle avait l'impression qu'un accord de circonstance avait été passé. L'un des trois était toujours auprès d'elle.

— M'exercer me fait beaucoup de bien, répondit-elle en raccrochant son arc. Et je préfère en profiter pendant que nous avons du temps.

— À ce propos, je crois qu'il nous faudra partir plus vite que prévu.

Si Adam parlait déjà de repartir, sans que les préparatifs soient achevés, c'était que les sentinelles avaient rapporté de nouveaux éléments. Dissimuler une telle faction était trop difficile dans les vallées et ils avaient fini par trouver une petite forêt où se réfugier. D'après la mine d'Adam, cela n'avait pas suffi.

Ériana rangea sa flèche dans son carquois et se baissa pour récupérer son manteau.

— Je vous écoute.

— Il y a un village, non loin d'ici. Ses habitants ont été intrigués par les volutes de fumée que nos mages ont mal contrôlées hier soir. Il vaudrait mieux, pour leur propre sécurité, que nous nous écartions de cette zone.

Ériana hocha la tête. Adam avait utilisé les mots justes. La faction n'avait rien à craindre des villageois, mais si ceux-ci s'en prenaient à elle, aucun Gardien ne se retiendrait.

— Les sentinelles ont repéré un autre lieu propice, poursuivit Adam. Nous devrions nous y rendre, même si c'est seulement pour une nuit. Il paraît d'ailleurs qu'une grotte pourrait servir d'abri à une partie de la faction. Je comptais sur vos talents pour nous aider à sonder le lieu.

Ériana approuva. Ses Gardiens en faisaient tant pour elle que, si son *inha* pouvait avoir une utilité, elle s'en servirait avec joie.

— Qu'ils me montrent cette grotte. À quelle distance se trouve-t-elle ?

— Ce n'est pas très loin, mais je crains qu'Erkam ne vous laisse pas partir sans lui.

— Dans ce cas, je prends aussi Friyah. Il n'acceptera jamais de rester seul ici.

— Vous ne nous faites pas assez confiance pour nous occuper du garçon ? s'étonna Adam. Il s'est pourtant parfaitement intégré au groupe des apprentis. Il leur apporte même de nouveaux éléments, ce qui ne peut qu'encourager les autres à le fréquenter.

Elle refermait les boutons de son manteau tout en observant autour d'elle. Les lueurs vertes et grises de la forêt lui rappelaient les chemins pris avec sa mère lorsqu'elles avaient vagabondé de village en village. Sa mère ne l'avait laissée en arrière sous aucun prétexte, craignant toujours le pire. Elle ne s'autoriserait jamais une telle chose avec Friyah. Le garçon était autonome, il l'avait toujours été, mais elle était dans l'obligation de l'emmener.

— Adam, vous n'êtes pas idiot, vous avez remarqué que Friyah était un garçon particulier. Je ne reproche absolument rien à vos apprentis. J'ai juste… besoin de l'avoir avec moi.

Tout comme elle avait besoin d'Erkam et de ses Gardiens.

Tout comme elle avait besoin de Setrian.

Il était le seul qu'elle désirait vraiment avoir auprès d'elle. Elle avait même l'impression que le besoin des autres s'en trouvait étouffé, comme si pallier son absence résoudrait tout le reste. Elle avait si hâte de le sentir à proximité, de sentir ses mains, son *inha* et sa présence.

— Il est temps que je te retrouve, murmura-t-elle au vent en serrant sa gemme bleue.

Son énergie se dilua dans l'air et elle releva les yeux sur Adam. Le jeune homme était à la fois curieux et perplexe mais se garda de poser des questions. Deux soldats patientaient derrière lui.

— Ils vont vous y emmener, dit-il en les désignant. Erkam et Friyah ont été prévenus.

Elle se demanda quand il avait eu le temps d'énoncer cet ordre et, en frissonnant, comprit qu'elle s'était perdue dans ses pensées assez longtemps. Adam avait été patient mais elle ne voulait pas non plus le faire douter d'elle. Elle ne pouvait se permettre autant de divagations. Ses performances s'en ressentiraient, ainsi que la sécurité de tous.

— Pardonnez mon égarement, dit-elle avant de s'approcher des soldats. Je vous suis.

Erkam et Friyah les rejoignirent alors qu'ils quittaient le campement. Il leur fallut passer dans la vallée suivante pour atteindre leur nouveau point de chute. Ériana trouvait les lieux tout à fait appropriés et, en comptant les allers-retours, toute la faction serait arrivée avant le crépuscule. C'était parfait pour une dernière nuit dans des conditions sereines.

— Où est cette grotte ? demanda-t-elle aux soldats.

Ils pointèrent la pente devant eux. Ériana ne voyait rien d'autre que des arbres. L'un des soldats avança jusqu'à toucher les branches et en poussa délicatement une. Un espace sombre se révéla derrière.

Elle esquissa un sourire. Ses Gardiens comptaient des hommes hors pair. Les Cinquièmes, assignés au rôle de sentinelles et d'éclaireurs, étaient habitués à débusquer ce genre d'abris. Elle songea brièvement à Jlamen. Le loup aurait fait un excellent accompagnateur dans ce cas.

Elle suivit le Cinquième qui pénétrait dans l'atmosphère humide et terreuse. En sentant les deux éléments si proches et si présents, ses énergies se mirent en action. Elle posa ses mains gantées contre la paroi et laissa son *inha* la parcourir. La roche filtrait beaucoup d'eau, un ruisseau devait couler en amont. La surface de la grotte était importante, mais tout en longueur. Elle ne pourrait abriter beaucoup de monde. L'espace se réduisait progressivement, jusqu'à ne plus former qu'un mince passage obliquant presque à la verticale. Après, Ériana ne sentait plus rien et elle supposa qu'il s'agissait d'une sortie. S'ils venaient ici, il leur faudrait surveiller ce passage, juste au cas où. Ou alors aller en reconnaissance pour savoir où il débouchait.

Elle jeta un regard au fond, dans la partie obscure. Le sol ne montrait pas de traces animales. Pour vérifier, il aurait fallu la présence d'un animalier, et elle n'était même pas sûre que la petite communauté de mages engagés auprès de Sharon et d'Adam en dénombre un seul.

— J'aimerais aller plus loin, dit-elle en désignant les profondeurs. J'emmène Erkam et Friyah. Vous pouvez retourner au campement et dire à Adam que cet endroit est parfait.

Les soldats hésitèrent et tentèrent de la dissuader, mais Ériana les rassura. Ils lui laissèrent cependant une petite lampe dont la lueur éclairait juste ses mains et partirent. Ériana se dirigea vers le fond. Comme elle l'avait senti, les parois se resserraient. Friyah et Erkam s'agglutinèrent contre elle, comme si la minuscule flamme était leur seul réconfort. Elle les fixa à tour de rôle. Ni l'un ni l'autre ne paraissaient tranquilles.

— Que vous arrive-t-il ? demanda-t-elle, perplexe.

— Je... Je n'aime pas trop les endroits exigus, avoua Erkam. Surtout quand je ne vois pas vraiment ce qui se passe autour de moi.

— Sers-toi de ton *inha*, le rassura-t-elle. C'est comme ça que je procède. Les messagers sont faits pour guider. L'eau contenue dans la roche devrait t'y aider.

— Justement, répondit Erkam, la voix légèrement tremblante. Les filets d'eau semblent bien trop proches.

— Tu n'avais rien manifesté de tel dans le sanctuaire des Eaux.

— Le sanctuaire était haut. Et je savais ce qu'il y avait au-dessus.

— J'en déduis que tu n'iras pas plus loin.

— Sauf si tu m'y obliges.

Elle regarda Erkam dans les yeux. Sa frayeur était sincère et elle eut presque pitié de lui. Il n'était encore qu'un serviteur jusqu'à il y a peu. Elle lui en demandait trop, beaucoup trop. Il assumait son rôle de protecteur à sa façon. Elle ne pouvait le forcer à dépasser ses limites.

— Très bien, dit-elle. Tu nous attends ici ?

Erkam approuva vigoureusement, les yeux rivés sur la flamme. Elle lui tendit la lampe.

— Comment vas-tu faire ? s'étonna-t-il.

— Je peux rediriger les cristaux de roche pour capter la lumière extérieure.

Il parut soulagé et elle se garda de lui dire qu'il n'y avait quasiment aucun cristal à utiliser. Elle se servirait du peu qu'elle trouverait et avancerait à l'aveugle, comme elle avait déjà pu le faire ailleurs. En tant que mage des Terres, elle n'avait aucun problème avec le confinement. Son dialogue constant avec la roche lui prouvait qu'elle n'avait rien à craindre.

Ça ne semblait pas être le cas de Friyah, qui se colla à elle. Avant d'avoir donné la lampe à Erkam, elle avait déjà pu remarquer son air préoccupé.

— Comment vas-tu ? lui demanda-t-elle, une fois sûre qu'ils étaient trop loin pour qu'il ose rebrousser chemin.

— Je ne sais pas. J'essaie encore de ressentir la présence d'Eko en moi, mais je n'y parviens pas.

— C'est ce qui t'ennuyait lorsque nous nous sommes arrêtés ? J'ai cru que tu avais peur, toi aussi.

— Non, j'ai eu l'impression qu'Eko voulait prendre possession de mon corps puis qu'il s'était ravisé. Ah... Ça recommence, à l'instant. C'est étrange. On dirait qu'il n'arrive pas à prendre le dessus.

Ériana continuait à avancer, laissant une main glisser contre la paroi, l'autre devant elle au cas où elle n'aurait pas décelé un éventuel piton de roche. Friyah était sur ses talons, sa voix sereine et posée. Seule sa respiration semblait s'accélérer par moments, mais Ériana mit cela sur le compte de la pente qui commençait à s'accentuer.

Le plafond s'abaissa peu à peu et ils durent abandonner leur arc et leurs flèches. Elle était moins tourmentée que Friyah à l'idée de laisser leurs armes en arrière, mais il était de toute façon impossible de s'en servir dans un passage aussi exigu. D'après ce qu'elle percevait, la galerie ne cessait de rétrécir. Elle entendit seulement Friyah s'agiter au-dessus de son carquois et crut voir passer un rai de lumière.

— C'est ma flèche ? demanda-t-elle en le sentant se rapprocher d'elle.

— Oui, répondit-il. Tu veux que je la sorte ? J'ai pensé que nous pourrions nous en servir, au cas où, pour la lumière.

Il avait dû bien la cacher sous ses vêtements car aucune lueur ne s'échappait de nulle part. Elle savait que l'objet était devenu à ses yeux bien plus qu'un cadeau. La flèche s'était transformée en véritable objet de mystère et Friyah s'en estimait aujourd'hui le gardien. Ériana avait d'ailleurs été surprise qu'après l'avoir vue passer par autant de mains, il la détienne encore. La flèche semblait leur être liée, à lui autant qu'à elle. Il ne s'en séparait jamais.

— Ce n'est pas utile, répondit-elle. Nous pouvons continuer ainsi. À moins que cela te dérange. Tu me fais confiance ?

Friyah approuva dans l'instant. Il lui était dévoué, même à ses dépens. Elle pouvait compter sur lui plus que sur n'importe qui, à l'exception peut-être de Setrian. Aucun ne rechignait à se mettre en danger pour elle. Leur loyauté avait tout de même une différence. Friyah agissait avec elle, la flèche matérialisant leur lien. Setrian agissait *pour* elle et, à défaut du reflet, pouvait compter sur les sentiments qu'ils partageaient. Elle espérait qu'il n'avait pas oublié à quel point elle l'aimait, malgré les terribles épreuves qu'ils avaient dû traverser.

— Ériana ? Nous continuons ?

La voix de Friyah la ramena à elle. Encore une fois, elle s'était égarée. Il devenait impératif de retrouver Setrian. Elle ne pouvait plus vivre sans lui. Il en allait de sa clarté d'esprit.

À cette pensée, elle se surprit à rire et prononça même son prénom. Si Setrian l'entendait, il serait certainement partagé entre l'envie de l'embrasser et celle de la rabrouer. Elle n'avait jamais dépendu de qui que ce soit, et voilà qu'elle se retrouvait à orienter ses choix en fonction de lui. Il ne pourrait tolérer une telle chose ; même s'il procédait exactement de la même façon.

— Il te manque, n'est-ce pas ?

Elle en sursauta de surprise, se demandant si c'était Eko qui lui avait soufflé la question.

— Je ne sais pas vraiment ce que cela implique, continua-t-il, mais sur le peu de temps que j'ai passé avec lui, j'ai bien vu qu'il tenait à toi. Plus que moi, je veux dire. Setrian est… Setrian est celui qu'il te faut. Pas Erkam. C'est évident.

— Mais Friyah... De quoi est-ce que tu... commença-t-elle, gênée d'avoir une telle conversation avec un garçon de douze ans. C'est Eko qui te suggère ces idées ?

— Il t'aime, poursuivit Friyah sans relever sa remarque. Il le murmurait même dans son sommeil. Ça fait de lui un bien meilleur protecteur qu'Erkam, tu ne penses pas ?

Elle ne savait comment répondre et eut soudain l'impression que Friyah profitait de l'isolement pour lui révéler ce qu'il ruminait depuis longtemps. C'était sûrement pour cette raison qu'il était plus attentif, plus prévoyant. Il lui était loyal, mais il l'était aussi à Setrian. C'était ce qu'il tentait de dire, assez maladroitement.

— Je le pense aussi, finit-elle par dire. Et tu sais de toute façon qu'Eko et toi allez prendre le relais pour mon transfert des Vents. Je te demande simplement une chose, ne manque pas de respect à Erkam. Il se sent déjà assez mis à l'écart.

— Je comprends.

Son ton sonnait assez défaitiste alors qu'elle l'avait trouvé enjoué en parlant de Setrian. Finalement, ils partageaient un ressenti similaire. Les choses ne pouvaient plus durer ainsi.

— Allez, nous poursuivons, dit-elle doucement.

Ils durent se courber pour continuer à marcher. Quand Ériana faillit renoncer, Friyah l'en dissuada. Ils devaient avancer, même si la perspective d'explorer une galerie débouchant au milieu de nulle part ne présageait rien de bon.

Alors que la voie rétrécissait encore, la respiration de Friyah se fit laborieuse et Ériana finit par s'arrêter lorsque le plafond leur imposa de continuer à genoux. Elle tâtonna jusqu'à sentir les joues de Friyah dans chacune de ses paumes et en baissa une dans son cou. Son sang pulsait fort dans ses veines.

— Tu es sûr que tu ne veux pas que je te ramène dehors ? Je peux revenir ici seule. Il n'y a aucun danger.

— Je sais qu'il n'y a aucun danger, répondit Friyah, blessé. Ni pour toi ni pour moi. Je n'ai pas peur comme Erkam.

— Alors pourquoi est-ce que tu respires aussi vite ?

— Ce n'est pas moi. C'est Eko.

Ériana baissa ses mains jusqu'à la poitrine de Friyah. Celle-ci se soulevait bien trop rapidement, mais le ton de Friyah ne trahissait toujours aucune panique. Le garçon était parfaitement maître de ses esprits, à l'inverse de son corps.

— Tu vas finir par t'étourdir à force d'inspirer de façon aussi convulsive.

— Ce n'est pas moi qui commande, se défendit Friyah. Je ferai ce qui est nécessaire pour ne pas m'évanouir. Et si Eko nous entend, il ferait bien de se calmer. Ou alors d'émerger, comme ça, tout sera réglé.

À ces mots, Friyah se mit à haleter. Ériana tenta de lui parler, mais le garçon ne lui répondit plus. Sans réfléchir, elle l'attrapa et le retourna pour l'allonger sur elle, faisant glisser ses mains jusqu'à son abdomen. Celui-ci était crispé au-delà du possible. Il y avait un vrai problème avec Eko.

— Eko, murmura-t-elle à l'oreille de Friyah. Eko, que se passe-t-il ?

Les spasmes semblèrent s'espacer, mais Friyah ne répondait toujours pas, que ce fût en son nom ou en celui d'Eko. Elle n'avait plus que deux solutions. Rebrousser chemin ou achever la découverte de la galerie.

Elle posa sa main à terre et sonda rapidement les parois. Elle était bien plus près de la sortie qu'elle visait que d'Erkam. De plus, si elle revenait en arrière, il lui faudrait pousser Friyah devant elle jusqu'à être capable d'échanger sa place avec lui. Elle essaya, juste pour se confirmer que la chose était trop délicate sans le blesser. Il était plus facile de le traîner vers le haut, derrière elle.

— Je ne sais pas si l'un de vous deux m'entend, dit-elle, mais je vais vous faire sortir d'ici.

Elle croisa les bras de Friyah autour de son cou et s'allongea, face contre terre. Le plafond n'allait plus s'abaisser, mais avec le corps sur son dos, elle serait obligée de ramper. Dans ses oreilles, elle pouvait entendre le rythme effréné de la respiration de Friyah. Les saccades étaient si courtes et si rapides qu'elle ne voyait pas comment il pouvait inspirer le moindre air. Elle devait se hâter.

Avec le poids, sa progression était ralentie, mais elle finit par apercevoir un rai de lumière. Elle continua à ramper tout en tentant d'ignorer les spasmes au-dessus d'elle. Le corps de Friyah se raidissait tant qu'il sursautait presque. Lorsqu'elle déboucha enfin à l'extérieur, sur un espace plat et herbeux, visiblement point culminant, elle n'entendit qu'un râle de désespoir. Paniquée, elle déposa Friyah. Ses lèvres étaient bleues.

— Friyah, respire ! Il y a de quoi faire ici ! Eko, bon sang ! Sors de là ! Si c'est toi qui crains les lieux étroits, il fallait le dire avant !

Il y avait tellement de vent sur ce sommet qu'elle avait du mal à garder ses cheveux en place. Elle les maintint d'une main tout en secouant Friyah de l'autre. Ses paupières s'ouvrirent d'un coup et le marron de ses yeux se voila dans l'instant qui suivit. L'âme avait enfin pu prendre le contrôle.

Des frissons se propagèrent le long de sa nuque et Ériana sentit ses joues s'échauffer. Tant qu'elle avait été concentrée pour faire sortir Friyah de la galerie, elle n'avait pas mesuré son inquiétude. Maintenant qu'elle pouvait enfin se relâcher, sa peur s'exprimait avec elle.

— Qu'est-ce que c'était, ça ? s'écria-t-elle, sa voix presque noyée par le vent.

Eko se redressa lentement. Ses lèvres étaient redevenues roses, son visage avait enfin repris des couleurs.

— J'avais besoin de sortir et je n'y arrivais pas dans cette galerie. Les autres éléments étaient trop présents. Le corps de Friyah a accusé le coup.

— Friyah n'est pas seulement un hôte ! Il est un ami auquel je tiens ! Tu ne peux pas lui faire vivre ça !

— Je fais ce qu'il faut si cela est nécessaire. Je manquais d'air pour émerger. J'avais besoin qu'il en accumule.

— Il n'a rien accumulé du tout. Tu l'as presque tué.

— Ce garçon t'est dévoué, tu l'as compris toi-même.

— Ce n'est pas une raison !

— Les Feux te manquent à nouveau, pour que tu t'emportes ainsi ?

Ériana sentit le sang lui monter à la tête. Toutes les âmes de ses transferts avaient affiché une forme de suffisance. Eko ne dérogeait pas à la règle.

— J'ai le droit de me mettre en colère si la vie d'un de mes amis est menacée ! Tout le monde n'est pas influencé par un artefact qui contrôle son humeur. À l'instant, les Feux n'y sont pour rien. De quel droit te permets-tu de solliciter Friyah à ce point ?

— J'ai besoin de son corps ! trancha Eko d'une voix sombre. Et tu as également besoin de lui pour assurer ta protection pendant ton transfert. Il sait qu'il peut être utile et il s'y prête volontairement.

— Je ne suis pas certaine qu'il ait accepté le fait de mourir pour moi, lança-t-elle avec hargne.

— Ah ! Parce que tu lui as demandé ? Tiens, vas-y, je te le rends ! Parce qu'il serait temps que tu affrontes la vérité !

— Quelle vérité ? demanda-t-elle alors que les yeux de Friyah reprenaient leur apparence naturelle.

Le garçon secouait la tête de droite et de gauche. Ses yeux s'arrondirent lorsqu'il découvrit le petit espace herbeux sur lequel ils avaient débouché. Le vent était toujours aussi fort mais il ne le gêna pas plus que ça.

— Eko s'est montré, alors. C'était bien lui qui me faisait suffoquer ?

Ériana avait encore la bouche ouverte, retenant l'invective qu'elle s'était apprêtée à lancer. Les derniers mots de l'âme résonnaient dans sa tête. Elle savait très bien de quelle vérité il s'agissait, mais elle avait peur d'entendre la réponse.

— Friyah, commença-t-elle d'une voix grave, jusqu'où exactement es-tu...

— Jusqu'à la fin. Même si elle implique la mienne.

Il avait su avant même qu'elle ne termine et elle sentit les larmes lui monter aux yeux. Friyah avait déjà compris que le transfert pouvait avoir des conséquences fatales pour lui. Elle espérait ardemment que les choses n'en arriveraient pas là, mais il fallait s'y préparer, au cas où, être certaine qu'il savait dans quoi il s'engageait.

Friyah la fixait intensément. Dans son uniforme noir d'apprenti et avec une telle ferveur, il était redoutable. Il passa une main dans son dos et extirpa la flèche lumineuse de ses vêtements. Elle fut surprise de ne pas l'avoir sentie en le prenant sur elle, dans la grotte.

— Dès le jour où tu m'as donné cette flèche, j'ai su que nos vies étaient liées. Aujourd'hui, je mets la mienne entre tes mains, comme tu as mis cette flèche dans les miennes.

Ériana laissa passer quelques battements de cœur pendant lesquels elle regretta amèrement d'avoir fait un tel cadeau à Friyah. Si le transfert venait à le faire périr, elle ne se le pardonnerait jamais. Puis les yeux marron se floutèrent et elle relâcha la tête en avant. Friyah venait de se condamner. Elle n'avait plus qu'un seul espoir, retrouver Setrian avant qu'Eko n'ait déniché un sanctuaire de substitution pour les Vents.

— Ériana, prépare-toi.

Elle releva la tête, le visage couvert de larmes. Elle ne voyait pas ce à quoi elle devait se préparer. Le promontoire était un excellent point de guet, il n'y avait rien à craindre. Mais quand elle réalisa que ses cheveux tournoyaient encore plus férocement autour de son visage, elle comprit l'extase sur le visage de Friyah.

Eko avait trouvé son sanctuaire.

24

— Je préviens Erkam, dit-elle en commençant à établir un *inha'roh*.

Eko secoua la tête et elle comprit son erreur. Chaque accès aux sanctuaires s'était soldé par un éloignement de toute personne en dehors du protecteur choisi. Erkam n'avait pas été sélectionné pour les Vents. Il avait été mis à l'écart, autant physiquement qu'énergétiquement.

— Erkam est-il vraiment claustrophobe? demanda-t-elle, suspicieuse.

Pour toute réponse, Eko haussa les épaules. Il était tout à fait probable que la frayeur du messager ait été un artifice destiné à les laisser seuls. Elle soupira en regardant autour d'elle.

L'espace était petit, mais suffisant pour évoluer à plusieurs. Friyah et elle n'auraient aucun mal à se mouvoir, surtout qu'elle ne bougerait pas. Restait le problème de la survie en un tel endroit. Ils n'avaient rien apporté et, malgré la douceur de l'air, le vent était si fort qu'ils finiraient par geler sans la moindre couverture.

— Vais-je vraiment pouvoir rester ici plusieurs jours?

— Je ne sais pas combien de temps va prendre ton transfert, avoua Eko, mais il m'en faudra certainement moins que prévu. Avec mon énergie qui décroît, je crains de ne pas parvenir à tout te transmettre. Il faut se rendre à l'évidence, ton instruction aux Vents prendra moins de temps que pour les autres éléments. Non pas parce que nous n'en avons pas besoin, mais parce que nous n'en aurons pas la possibilité.

— Tu n'auras pas assez de *inha* pour subsister, c'est cela ?

— Pas au-delà d'une journée, je pense, répondit-il, pessimiste.

Ériana se mordit les lèvres. L'objectif de ces transferts était de lui donner toute la puissance possible. Si elle ne parvenait à maîtriser son énergie de naissance, ce serait un manque cruel.

— Prends-tu en compte l'énergie disponible dans l'air autour de nous ?

— Cette énergie est à *ta* disposition, pas à la mienne. Surtout lorsque le transfert finira d'infuser en toi. C'est pendant cette période que Friyah sera seul pour te surveiller. Le reste du temps, je serai avec lui. En lui.

Elle inspira profondément. Le vent était suffisamment fort pour lui assurer un contact permanent avec le *inha* de l'air. Mais cette période pouvait durer plus d'un jour et une nouvelle inquiétude germa.

— Si nous ne revenons pas, Adam va forcément envoyer quelqu'un. Tu ne veux pas que je retourne le prévenir ? Ce serait judicieux.

— Ce serait surtout une perte de temps. Je ne sais pas si le vent va souffler ainsi très longtemps et nous en avons terriblement besoin. Friyah devra défendre ce passage, même si cela implique de s'opposer à Adam. Quant à vous alimenter... Il faudra vous contenter du peu à disposition ici. Si je n'ai pas assez d'énergie pour tenir plus d'une journée, cela ne sera plus un problème. Vous devriez survivre deux jours sans manger, tout de même.

Ériana regarda autour d'elle. Il y avait tout au plus cinq buissons dont ils pourraient espérer récupérer les racines comestibles. Un filet d'eau sortait aussi, non loin. C'était peut-être le plus important, mais ce détail la gênait en même temps.

— Je ne suis pas trop proche des autres éléments ? *Elpir* était si parfait...

— *Elpir* n'est plus utilisable et nous faisons avec ce que nous avons. Tu diras à Friyah qu'il devra te maintenir à l'écart de cette source.

— Et pour les Terres ?

— On ne peut pas dire que tu en sois entourée, avec le peu d'espace disponible ici. Tu ne dois seulement pas retourner dans la galerie, ni dans la grotte. Quant aux Feux, autant dire que ceux-ci ne posent aucun problème ici. Tu es prête ?

— Prête ? répéta-t-elle, songeuse.

Elle ne savait pas vraiment si elle l'était, mais elle n'avait plus le choix. Il restait cependant un point crucial qui pouvait renverser toute la situation.

— Comment Friyah devient-il mon protecteur ?

— Tu dois lui créer un insigne.

— Je ne suis pas artiste ! s'opposa-t-elle.

— Encore une fois, on se débrouille avec ce qu'on a. Je te l'ai déjà dit, mon insigne était au niveau du front. Je ne m'inquiète absolument pas, tu sais à quoi il ressemble, dit-il en lui jetant la flèche lumineuse.

Ériana l'attrapa au vol. L'objet s'était laissé emporter par le vent. Sa lumière ne faiblissait absolument pas, elle était même plus vive depuis qu'ils étaient arrivés sur le promontoire.

— Il faut lui graver le symbole, continua Eko devant sa confusion.

Elle laissa sa bouche s'ouvrir d'indignation puis la referma devant la force du vent. Eko la fixait avec un tel sérieux qu'il lui était impossible de rétorquer. Il avait dû peser chaque option. L'urgence les faisait passer par des voies qu'aucun n'appréciait.

— Très bien, dit-elle simplement. Ai-je autre chose à lui dire ?

— Tu peux le prévenir des sensations qu'il risque d'avoir en devenant ton protecteur, même si ce ne sera pas vraiment lui, mais plutôt moi à travers lui. Jamais une telle chose n'a été faite, alors je ne peux pas anticiper. Sinon, je pense que nous pouvons nous saluer une dernière fois.

Avec tous les imprévus qui s'étaient manifestés, elle avait complètement oublié qu'Eko disparaîtrait dès la fin du transfert. Elle espérait néanmoins que, comme pour Dar, elle aurait l'occasion de le remercier avant qu'il ne s'efface de façon définitive, mais elle ne pouvait en être sûre. Erae n'avait pas subsisté.

— Merci, murmura-t-elle, sa voix presque inaudible dans la tourmente.

— Pas besoin. Je suis là pour ça.

Pour la première fois, elle sentait une réelle émotion dans la voix d'Eko. De toutes les âmes messagères, il était le premier à trahir de l'empathie. Dar avait été instructeur, Erae, très neutre. Ériana n'avait pas eu l'occasion de vivre à leurs côtés comme cela avait pu être le cas avec Eko. Lui était devenu un conseiller au même titre qu'Erkam et Friyah et elle le respectait pour cela.

— Tu devais être quelqu'un de très apprécié, à ton époque, dit-elle, triste.

— Je l'étais, avoua Eko en baissant légèrement la tête. Mais j'étais aussi malade et cela, personne n'y pouvait rien.

Un moment de silence passa, coupé seulement par les rafales de vent, puis Eko releva les yeux.

— Je t'ai entendue, tout à l'heure. J'ai aussi entendu le garçon. Je ne peux qu'aller dans votre sens. Tu sais que l'avenir de la Friyie dépend de toi, mais tu dépends aussi de Setrian. Alors, retrouve-le. Qu'il soit de ma lignée ou non n'a aucune importance. Retrouve-le.

Eko attendit qu'elle eût hoché la tête avant de s'effacer de la conscience de Friyah. Puis le voile blanc disparut et Friyah se massa la nuque avec une grimace.

— Je crois… je crois qu'il t'a dit de faire de moi ton protecteur.

— Tu peux lui parler ? s'étonna-t-elle, la gorge encore serrée de ses adieux.

— Non, mais il laisse parfois des indications, des pensées qui se mélangent aux miennes. J'ai l'impression de comprendre ce que Matheïl vivait avec le transfert d'Abelin. Sauf qu'Eko ne me transfère rien du tout. C'est à toi qu'il le doit. Et cela se fera sous ma protection, termina-t-il en se redressant.

Ériana observa la flèche serrée dans sa main et la leva doucement. Son geste était lourd. Elle se résistait à elle-même, pourtant, il lui fallait l'exécuter.

— Je dois graver le symbole des Vents sur ton front puis le mettre en contact avec mon insigne, dit-elle. Tu es toujours sûr…

— Si je ne le suis pas aujourd'hui, je ne le serai jamais.

Elle se rapprocha jusqu'à se retrouver à genoux devant lui, posa la pointe de la flèche lumineuse contre sa peau puis l'enfonça doucement. Une goutte de sang perla au coin du métal, coula le long de la pointe puis se détacha. Ériana retira la flèche, incapable de continuer.

— Ne t'inquiète pas, je n'ai pas mal.

Il avait posé une main sur sa cuisse en répondant et elle le remercia de son soutien. C'était à elle d'être résolue et à lui d'avoir peur. Les choses étaient comme inversées, elle ne pouvait pas se le permettre.

Elle inspira vivement et plaça à nouveau la flèche. Le vent rendait ses gestes difficiles tant ses cheveux lui volaient autour du visage. Même ceux de Friyah s'agitaient, surtout la mèche argentée au milieu de son crâne, signe qu'Eko était toujours là, ce qui la rasséréna.

Soudain, elle sentit un *inha* l'envelopper et elle reconnut une saveur à la fois familière et étrangère. Il n'y avait personne autour d'eux et cette seule énergie ne pouvait être que celle d'Eko. Elle comprit alors pourquoi il intervenait. Il la guidait. Vers le calme, vers leur élément, vers ce symbole qu'elle était censée tracer.

La pointe commença à descendre et à entailler la peau de Friyah sans qu'elle s'en rende compte. Sa main se mouvait selon le *inha* d'Eko. De l'autre, elle serrait fermement le menton de Friyah. Elle sentit sa mâchoire se crisper alors qu'elle commençait à décrire la première courbe. Ses muscles ne se relâchèrent que lorsqu'elle eut terminé.

La pointe de la flèche était très légèrement rouge, mais son gant était maculé de sang. Chaque goutte s'était infiltrée dans la fibre du tissu, donnant une teinte écarlate au blanc d'habitude intact. Elle essuya négligemment la flèche sur ses vêtements et recula, n'osant relever les yeux.

Au lieu de ça, elle fixa ses gants, l'un blanc, l'autre rouge. Il lui faudrait une éternité avant que ce dernier ne retrouve son aspect initial, si jamais elle se donnait la peine d'essayer. Elle avait à la fois envie de le laisser ainsi, pour garder le souvenir de cette épreuve, et de le laver immédiatement, voire de s'en débarrasser.

— C'est fini ?

La voix de Friyah était différente et quand elle le regarda enfin, sa bouche s'arrondit de stupeur.

En plein milieu du front, le symbole gravé luisait de la même lumière que la flèche. Le bleu argenté scintillant rappelait même la mèche des cheveux qui voletait au-dessus. Ériana resta en admiration devant cette manifestation d'énergie, puis la lueur s'estompa doucement, laissant réapparaître le rouge profond qui commençait à sécher.

Elle leva sa main pour essuyer le sang, Friyah la lui attrapa avant.

— Tu vas te salir.

— C'est déjà fait. Et de toute façon, je dois poser mon insigne sur ton symbole.

— Je suis désolé, dit-il en la lâchant.

— D'avoir taché mes insignes ? C'est loin d'être grave !

— Non, désolé que ça ne soit pas lui. Je sais que tu aurais aimé. Et il aurait été plus compétent que moi.

Elle recula pour lui attraper le menton et le relever vers elle.

— Setrian n'est pas disponible aujourd'hui et j'espère sincèrement qu'il le sera la prochaine fois. Mais ne te sous-estime pas. Eko lui-même t'a choisi. Si cela n'avait tenu qu'à moi, jamais je ne t'aurais embarqué dans une aussi sordide affaire, non pas parce que tu en es indigne, mais parce qu'un garçon de ton âge n'a pas à se sacrifier de la sorte.

— Matheïl se sacrifie d'une façon similaire, objecta Friyah.

— Matheïl n'a rien choisi lui non plus. Il subit, peut-être même plus que toi. Alors relève la tête et sois fier. Tu peux l'être, vraiment. Et même si je déteste dire ça, j'ai besoin de toi.

Friyah l'écouta pendant qu'elle lui expliquait le contenu du transfert. Sa seule réaction fut au moment où elle décrivit la pire situation possible, celle où elle tenterait éventuellement de le tuer. Sa gorge à elle s'était serrée, mais Friyah ne trahit rien d'autre qu'un petit malaise.

Il était prêt.

— J'aimerais bien voir à quoi je ressemble, dit-il quand elle eut terminé. La dernière fois que j'ai vu un symbole gravé directement dans les chairs, c'était celui de Setrian, et ce n'était pas très joli à voir.

— Tu n'as rien à craindre, répondit Ériana. Eko m'a guidée et la présence de *inha* dans la flèche aussi. Ce symbole est magnifique. Je crois même que je n'en ai jamais vu d'aussi beau.

En le reconnaissant à voix haute, une boule d'émotion lui envahit la poitrine. C'était comme si elle venait de renouer avec une personne depuis longtemps disparue. Comme si elle retrouvait Setrian.

Son instinct la poussa à toucher le symbole.

Quand son insigne entra en contact avec celui de Friyah, le monde autour d'eux tourbillonna. Lorsqu'elle rouvrit les yeux, elle se trouvait en pleine mer et elle attrapa aussitôt la main de la silhouette postée à ses côtés. À force d'expérience, elle savait exactement comment agir et préférait ne pas tourner la tête, pour s'éviter des distractions.

Le paysage s'altéra pour devenir désert et, à nouveau, elle saisit la main à côté d'elle. Le sable se mit à tournoyer sous leurs pieds, les faisant chuter dans un tunnel obscur. Puis progressivement, les ténèbres laissèrent place à une lumière d'un blanc si éclatant qu'elle eut du mal à garder les yeux ouverts.

Au travers de ses paupières mi-closes, elle découvrit le nouvel univers. Il n'y avait ni sol, ni mur, ni terre. Rien que de l'air au milieu duquel ils flottaient tous les deux et une lumière intensément blanche. Un courant aérien les faisait valser d'un côté à l'autre, sans les faire se croiser. Ériana tendit la main et saisit les doigts qu'elle rencontra. Une pression lui fut adressée en retour. C'était la première fois que son protecteur intervenait dans l'établissement du lien et elle en fut profondément secouée, comme si l'expérience lui échappait.

Puis la réalité s'imposa à nouveau et, avec, un brusque retour dans son corps. Le bruit, la lumière plus fade, la force du vent. Sa main était compressée entre sa gorge et le front de Friyah, son menton fermement ancré sur son crâne. Son autre main serrait l'épaule du garçon comme si elle comptait la lui broyer, mais Friyah était déjà en train de glisser ses doigts dessous pour la dégager.

Elle se détendit et s'assit sur ses talons pendant qu'il allongeait sa nuque. La tête inclinée en avant, elle ne voyait que le symbole des Vents, encore taché de sang. Elle n'avait pas menti, jamais elle n'en avait vu une aussi belle représentation. Peut-être parce qu'Eko l'avait guidée, peut-être parce qu'il avait passé une durée considérable au cœur de l'artefact et donc au cœur des Vents.

Alors qu'elle observait le symbole, les émotions la submergèrent à nouveau, encore plus fortes. Sa poitrine menaça d'exploser tant elles cherchaient à être évacuées. Ériana ouvrit grand la bouche. Un réflexe nauséeux s'empara de son corps, mais rien ne sortit et la sensation persista.

Elle se redressa doucement, yeux fermés, pour analyser ce qui se passait en elle. Son *inha* respirait, peut-être pour la première fois depuis des jours. C'était comme si elle l'avait maintenu bloqué depuis…

— Depuis que je l'ai remplacé, acheva-t-elle.

Les émotions ressurgirent de plus belle quand elle comprit leur provenance. Seul Setrian lui avait permis d'user de ses énergies et de les laisser librement circuler. Erkam avait fait ce qu'il pouvait. Eko n'était pas Setrian, mais il était de la même lignée, d'où ce retour à la plénitude.

Tous avaient eu raison. Setrian était son seul protecteur, l'unique à comprendre et utiliser à la perfection tout ce qui gravitait en elle. La chose était aussi insensée qu'inexplicable. Elle devait le lui montrer, le lui prouver, lui faire à nouveau percevoir ce lien.

Elle n'osait imaginer l'ampleur de ce qu'ils ressentiraient lorsqu'ils seraient à nouveau unis l'un à l'autre. Une sérénité totale l'envahit. Le bruit s'effaça, le vent ne la dérangea plus. Son énergie était enfin apaisée, fluide, tranquille. Il ne lui manquait plus que l'exacte bonne personne à côté d'elle.

— *Ériana, il va falloir commencer.*

Elle sursauta en entendant la voix dans son esprit. Du regard, elle chercha l'endroit idéal pour être à la fois éloignée de la sortie du tunnel et des bords du promontoire. Une fois installée, elle sentit deux mains saisir son pendentif et n'osa ouvrir les yeux, ne sachant si elle découvrirait Friyah seul ou un étrange mélange de lui et d'Eko.

Une intense lumière passa au travers de ses paupières puis un *inha* l'enveloppa. Elle reconnut cette fois parfaitement celui d'Eko et se laissa emporter dans les abîmes.

— Ériana ! Ériana, réveille-toi ! Oh, bon sang, mais qu'est-ce qu'elle fait ?

— Elle était en plein transfert, je te rappelle ! Et tu sais très bien dans quel état elle se trouve, tu l'as déjà vécu de l'intérieur !

— Oui, je sais, mais il faut la réveiller ! Le camp est attaqué, on ne peut pas rester ici.

— Je crois qu'elle commence à bouger, regarde sa main. Bon, je m'occupe d'elle. Toi, tu surveilles ce passage par lequel tu es arrivé. Et d'abord, comment as-tu pu passer par là ? Je croyais que tu craignais les espaces étroits.

Ériana suivait difficilement la conversation. Son esprit émergeait à peine de la délicieuse torpeur dans laquelle elle avait été plongée. Elle avait l'impression qu'on l'arrachait à la chaleur pour la jeter sous une pluie de glace.

La main qui se posa sur elle lui fit l'effet d'un coup de poing alors qu'elle était certaine qu'il ne s'était agi que du plus léger frôlement. Elle hurla de douleur et la main se retira brusquement. Quand elle ouvrit les yeux, elle ne vit rien.

— Tu es réveillée ? C'est parfait.

La voix de Friyah était tout à fait reconnaissable. Si elle en croyait les grommellements de celui qui l'accompagnait, c'était Erkam qui patientait un peu plus loin. Elle aurait voulu vérifier, mais ses yeux n'acceptaient toujours pas de fonctionner. Ses sens étaient bouleversés par la rupture brutale du transfert.

— Où… Que… commença-t-elle en réalisant qu'elle avait du mal à articuler.

— Erkam vient d'arriver ici, par je ne sais quel miracle, pour nous dire que la faction était attaquée, en ce moment même, devant la grotte. Il faut partir.

— Je ne... je ne vois rien, réussit-elle à dire.

— Ce n'est pas grave, je te guiderai. C'est mon rôle, après tout.

Il glissa ses mains sous ses bras et elle hurla à nouveau.

— Je me relève seule, dit-elle, endolorie. Ensuite, tu me guides.

Friyah approuva mais ses mots furent masqués par une clameur soudaine.

— Ils ont dû franchir le premier barrage! s'exclama Erkam.

— Mais que se passe-t-il ? demanda-t-elle en se relevant, chaque mouvement se transformant en véritable supplice.

Sa vue commençait à lui revenir et elle comprit qu'il faisait nuit. La seule source de lumière provenait de la torche qu'Erkam tenait. Le vent soufflait encore fort et les flammes léchaient presque les buissons alentour. Erkam lui fit brusquement face. Son visage affichait une alarme et une insécurité qu'elle lui avait rarement vues.

— Le *Velpa* nous attaque.

25

— Comment ça, le *Velpa* ? s'écria-t-elle par-dessus le raffut du vent alors que sa vue lui revenait brutalement.
— Des soldats accompagnés de mages, répondit Erkam en l'attrapant par le bras car il la voyait vaciller. Pour moi, ça ne signifie qu'une chose : le *Velpa* est derrière tout ça. Je les ai vus passer devant la grotte, ils se dirigeaient vers le nouveau camp, un peu en dessous. Comme la grotte était trop étroite pour en faire quoi que ce soit, Adam a préféré laisser tout le monde à l'extérieur.
— Mais que font-ils ici ?
— Qu'est-ce que j'en sais ? Des villageois les ont peut-être prévenus. Un bataillon devait passer par là. Quoi qu'il en soit, je n'ai pas l'intention de traîner ici.
— Et que comptes-tu faire, exactement ? demanda Friyah, insolent, en brandissant la flèche luisante devant lui. Si tu as vu les soldats passer, il y a de grandes chances pour que certains t'aient vu aussi. À l'heure qu'il est, ils ont sûrement investi la grotte.
— Tu vois peut-être un autre moyen ? s'énerva Erkam. Il n'y a que ce passage. Il nous faudra les affronter un à un.

— *Ériana et moi* les affronterons un à un. Tu es incapable de faire quoi que ce soit.

La tension entre Erkam et Friyah était palpable et Ériana se demanda si la bascule de protecteur en était responsable. Dans tous les cas, elle ne comptait pas les laisser s'entretuer et s'interposa sans délai. Friyah fronça les sourcils puis, d'un mouvement sec, glissa la flèche sous son uniforme noir. En dehors de son visage et de ses mains, il était quasiment invisible. Seule la cicatrice sur son front ressortait, le rendant effrayant.

— Vous m'expliquerez ce qui s'est passé ici plus tard, lança Erkam en s'attardant sur le symbole. Allez, glissez-vous là-dedans.

Il désignait le tunnel et Friyah passa devant. Son geste montrait qu'il assumait parfaitement son nouveau rôle. Il était protecteur, il agissait par devoir, sans même demander l'avis de quiconque. Il serait le premier à déboucher sur leurs ennemis. Ériana réagit juste à temps.

— Attends, dit-elle en le retenant par l'épaule. Il y a peut-être une autre solution.

Elle attrapa la torche et balaya l'espace autour d'elle. Sur les bords du plateau, la pente était trop à pic pour être empruntée sans danger, mais il y avait quelques buissons çà et là pour espérer se retenir.

— C'est impossible, objecta Erkam en voyant l'objet de son attention. Non, nous retournons dans la grotte et nous filons à l'opposé du camp.

— Il n'est pas question d'abandonner les autres ! s'écria-t-elle. Si nous empruntons cette voie, c'est pour désarçonner le bataillon par l'arrière.

— À nous trois ? Qu'est-ce que tu espères ?

— Ça m'étonnerait bien qu'Adam n'ait laissé aucune sentinelle à l'extérieur du camp. Si ce que tu dis est vrai et qu'une escouade du *Velpa* s'apprête à nous attaquer, alors nous devons aider mes Gardiens. Ne discute pas, nous passons par là. À moins que tu préfères retourner dans cette grotte et n'être qu'une victime de plus ?

— Notre aide leur serait bien plus précieuse si nous étions en vie. Tu veux nous tuer, à nous faire passer par là ? dit-il en désignant le ravin.

— Le tunnel n'offre aucune possibilité d'évasion. Il est trop étroit pour espérer faire quoi que ce soit. Et si ta peur refait surface, cela ne fera que nous ralentir davantage.

— De quelle peur parles-tu ?

— De ta claustrophobie, Erkam ! s'impatienta-t-elle. Attends... Tu vas me dire qu'elle n'a jamais existé ?

Il secoua la tête et elle comprit qu'Eko avait vraiment influencé les événements de façon que Friyah et elle se retrouvent seuls dans le sanctuaire de substitution. Mais ses efforts avaient été vains. Il n'avait pas pu prévoir une attaque du *Velpa*. Elle tourna la tête vers Friyah, ses yeux étaient tout à fait normaux. D'une manière ou d'une autre, l'interruption du transfert avait dû affaiblir Eko au point qu'il n'avait pas trouvé la force d'émerger depuis.

— Nous passerons par là, ce n'est pas discutable, déclara-t-elle. Avec mon *inha* des Terres, je saurai par où nous faire descendre. Erkam, tu seras derrière moi et, Friyah, tu fermeras la marche. Tu es en lien avec moi, tu sauras exactement ce que je fais de mon énergie, alors ne tergiverse pas.

Friyah opina vigoureusement avant d'ouvrir la bouche, affolé.

— Et nos arcs ?

Ériana sentit une sueur froide lui recouvrir le dos. Son arc, son carquois, ainsi que ceux de Friyah étaient restés dans la galerie.

— Ils sont juste là, dit Erkam en se penchant au-dessus du sol. Je les ai traînés avec moi pour vous rejoindre. Comme tu l'as dit, il se pourrait que l'un d'entre eux m'ait aperçu ou tout simplement qu'il ait envie de venir voir ce qui se passe ici et…

Ériana l'interrompit en le poussant de côté. À force de parler, ce qu'Erkam craignait venait d'arriver.

Elle saisit son carquois et en ôta une flèche qu'elle planta de toutes ses forces dans le visage qui avait commencé à émerger du sol. Erkam lâcha un cri d'effroi et Friyah observa la vie quitter les yeux de leur adversaire.

— Comment as-tu su qu'il n'était pas de la faction des Feux ? demanda-t-il en nouant les sangles de son arc, les mains légèrement tremblantes.

Elle désigna le ruban émeraude qui cintrait le cou du cadavre tout en passant son arc autour d'elle.

— C'est un mage des Eaux. Il a dû repérer ma présence, ainsi que celle d'Erkam. Nous devrions cacher nos *inha*. Et nous devrions aussi éteindre ça.

Elle jeta la torche au sol et la piétina énergiquement, finissant d'utiliser son *inha* des Eaux pour humidifier les alentours et ne laisser aucune chance au vent de raviver les flammes.

— Si jamais nous avions encore des doutes pour ce qui était d'emprunter le tunnel, c'est terminé. La grotte est sous le contrôle du *Velpa*. Allez, par ici.

Elle s'élança aussitôt sur sa gauche et s'accroupit devant la pente, laissant juste le temps à ses yeux de repérer la meilleure voie. L'espace d'un instant, elle eut l'impression de se retrouver comme avant, lorsqu'elle ne faisait qu'échapper aux mercenaires. À cette époque, elle n'aurait eu que sa vie à protéger et elle se serait enfuie à toutes jambes, espérant distancer ses poursuivants. Aujourd'hui, elle ne pouvait plus agir ainsi.

— Erkam, tu vois ce buisson, là-bas ? Il faut se laisser glisser jusqu'à lui. Fais confiance à la pente, tu descendras sans souci. N'hésite pas à te jeter dessus, bras et jambes. J'ai peur que de saisir seulement une branche ne la fasse se casser, auquel cas tu termineras bien plus bas et nous ne pourrons pas venir te chercher.

— Tu ne veux pas plutôt passer par là ? dit-il en montrant un buisson bien moins éloigné.

— Trop faible, il ne résisterait pas et tu tomberais directement dans le ravin. Alors que depuis celui-ci, nous pourrons atteindre l'arbre, là-bas, et tenter de descendre.

— Sans nous rompre le cou, compléta-t-il.

Le ton d'Erkam avait vraiment une nuance différente de ce qu'elle lui avait connu. L'abandon du statut de protecteur devait avoir influé sur sa témérité.

— Ce n'est pas comme si nous avions le choix, trancha-t-elle. Suis-moi.

Elle s'assit sur le bord du plateau et replia ses jambes. Puis elle poussa sur ses mains et se laissa dévaler la pente. La courte descente suffit à déchirer l'arrière de ses vêtements et à écorcher ses mains et ses chevilles. Elle projeta ensuite ses quatre membres sur le buisson et l'enserra de toutes ses forces, ignorant les tiges qui lui perforaient la peau.

Juste en dessous, elle pouvait apercevoir le haut de l'arbre qu'elle avait pointé. Lentement, pour ne pas perturber son équilibre précaire, elle posa une main sur le sol. La roche semblait assez résistante pour qu'elle s'accroche au bord afin d'atteindre la première branche. De près, celle-ci semblait souple, mais dans l'obscurité, elle n'était pas certaine. Elle pivota autour du buisson, s'écorchant davantage, puis cala ses pieds dans la roche.

Les deux prises étaient résistantes et elle lâcha le buisson pour attraper la branche. Son soulagement fut bref. Celle-ci était excessivement souple, mais elle ne pouvait plus reculer et, déséquilibré, son corps se détacha de la paroi.

La branche ploya sous son poids. Elle commença à partir à la renverse et entendit les cris de Friyah et d'Erkam qui devaient désormais à peine apercevoir sa tête.

En un instant, elle décida de lâcher la branche et pivota pour se retrouver face au vide. L'air lui glissa de chaque côté du corps puis sa main heurta une autre masse, bien plus rigide. Elle referma aussitôt son deuxième bras autour. Le reste de son corps percuta brutalement le bois.

Enfin immobile, Ériana risqua un regard autour d'elle. La branche trop souple d'où elle venait vibrait encore de son passage. Celle, solide, à laquelle elle s'agrippait représentait leur meilleure solution. En dessous, d'autres branches barraient l'espace jusqu'au sol en une interminable succession de traits. Elle n'en voyait pas la fin.

Les dents serrées, elle se hissa et soupira profondément en s'asseyant. La ramification ne pourrait supporter le poids de trois personnes, mais elle était un excellent terrain d'atterrissage. Elle se faufila jusqu'au tronc et se laissa glisser jusqu'à la branche inférieure. De là, elle avait une vue parfaite sur le bord du ravin et le buisson servant d'intermédiaire.

— *Je suis arrivée, Erkam, tu peux te calmer. Je vais te donner les instructions, j'ai besoin que tu les transmettes à Friyah.*

— *Je... Ériana, je ne suis pas sûr que j'y arriverai. J'ai presque cru que tu allais mourir et tu voudrais que je fasse la même chose ?*

— *Si tu restes là-haut, c'est la mort qui t'attend de toute façon ! Tu ne dois pas flancher. Tu auras tout le temps de réfléchir après. Maintenant, tu dois agir !*

— *Mais je... je vois à peine le buisson. Comment veux-tu que je sache où aller ?*

— *Dis à Friyah de tirer ma flèche dans le buisson. Cela te servira de point de repère. Il la récupérera lors de son passage.*

Le buisson s'illumina soudain et elle reconnut la lumière bleutée palpitante. Sans attendre, elle poursuivit sur les directives pour la descente et la chute. Erkam manqua de rompre le *inha'roh* lorsqu'elle lui expliqua le saut qu'il allait devoir faire pour se retrouver dans l'arbre mais elle réussit à le convaincre, quoique maladroitement. Elle avait surtout l'impression que Friyah, à qui les informations étaient relayées au fur et à mesure, forçait Erkam à ne rien couper.

— *Bon… je… Je m'assois au bord. Et maintenant, tu as dit que je devais…* Ahhhhh !

Le cri lui parvint nettement aux oreilles. Friyah avait dû s'impatienter et pousser Erkam. Elle ne parvenait pas à lui en vouloir, elle aurait certainement agi de la même façon. Pour lui, chaque instant passé sur le petit plateau était un instant de trop. En tant que protecteur, être loin d'elle devait lui être insupportable. Comment Setrian était parvenu à le rester si longtemps lui était inimaginable.

La lumière du buisson fut soudainement cachée et elle entendit le cri étouffé d'Erkam qui venait de s'y accrocher.

— *Allez, le saut, maintenant*, le pressa-t-elle.

Erkam ne lui répondit pas, mais elle l'entendit bouger. Puis elle perçut un bruit de gravier et vit une masse descendre au-dessus d'elle. Le son mat qui suivit lui fit très peur et elle s'écria, cette fois de vive voix.

— Erkam ! Tout va bien ?

Le grognement la rassura mais il restait Friyah, qui devait rattraper sa flèche au passage.

— Tu dois me rejoindre, Erkam. La branche où tu es ne peut accuser trop de poids. Viens avant que Friyah ne saute à son tour.

La silhouette se tracta jusqu'au tronc. Ériana la suivit d'un œil attentif, mais un nouveau cri détourna son attention.

— Friyah ? appela-t-elle.

Devant le silence, elle le rappela plusieurs fois, mais n'obtint nulle réponse.

— Erkam, il y a un problème avec Friyah, dit-elle. Est-ce que tu vois quelque chose, de là où tu es ?

— Non, rien, répondit Erkam d'un ton hésitant. Ah, attends, je crois voir de la lumière. On dirait une torche. Il n'aurait quand même pas rallumé celle que nous venions d'éteindre.

Un nouveau cri, plus adulte cette fois, lui confirma ce qu'elle avait pensé. D'autres soldats avaient émergé sur le petit sommet. Le fait que le mage ne soit pas revenu avait dû attirer les soupçons. Une flèche passa soudain dans son champ de vision, se plantant à une certaine distance d'elle, et il lui sembla en reconnaître une de Friyah.

— Mais que fait-il ? Il vient de sauter !

Le ton effaré d'Erkam suffit à lui faire comprendre que Friyah s'élançait dans les airs plutôt que de glisser le long de la pente. Les conditions avaient dû l'y forcer. Elle devrait néanmoins avoir une réelle discussion avec lui pour ce qui était de mettre sa vie en jeu. Il n'était pas question de le voir mourir, si jamais il survivait à cette chute.

Un ronchonnement bref, suivi de bruits de heurts et d'une obscurité totale au-dessus d'elle, prouva que Friyah avait réussi à les rejoindre. Erkam se glissa jusqu'à lui et s'occupa apparemment de le ranimer. Les chocs avaient dû le rendre inconscient.

Alors que Friyah reprenait ses esprits, Ériana leur fit part de la façon dont elle espérait descendre. Le réseau de branches allait s'avérer fort utile.

— C'est déjà moins atroce que de dévaler cette pente, maugréa Erkam. Que s'est-il passé, là-haut ?

— Deux autres sont arrivés, répondit Friyah d'une voix pâteuse, mais ils n'étaient pas mages, même s'ils étaient plus compétents que n'importe quels soldats. J'ai été obligé de sauter pour leur échapper. Ils portaient presque les mêmes uniformes que la Garde. Je me demande si ce ne sont pas des mercenaires. Ce serait d'ailleurs plus logique.

— Je t'avoue que je n'ai pas vraiment pris le temps de vérifier, ironisa Erkam dont la patience s'envolait alors que son courage lui revenait.

— Tu aurais pu !

— J'ai quand même eu l'intelligence de récupérer vos arcs et vos carquois avant de vous rejoindre !

À ces mots, Friyah inspira soudain.

— La flèche ! s'écria-t-il.

Ériana leva les yeux. Elle était certaine que Friyah regardait dans la même direction qu'elle.

Leurs soupirs communs emplirent l'air. Dans le buisson, la flèche luisait toujours, légèrement décalée, mais toujours bien ancrée. Dans son unique saut, Friyah n'avait pas pu l'emporter avec lui. D'après les froissements de tissu, il essayait de se dégager d'Erkam pour grimper à nouveau, mais c'était en vain, elle le savait. Aucune branche ne leur permettrait d'atteindre la flèche.

— Laisse, c'est impossible.

— Non, je dois essayer ! C'était moi qui devais la récupérer.

— Laisse, répéta-t-elle. Les dernières branches sont trop souples pour te permettre quoi que ce soit. Je t'en donnerai une autre.

— Mais celle-ci est... celle-ci est spéciale !

Le râle de désespoir de Friyah se fondit dans la nuit. Elle espéra que les mercenaires ne les avaient pas entendus. Mais s'ils avaient un moment cru que Friyah réchapperait de sa chute, ils ne semblaient plus s'inquiéter de lui.

— Je sais qu'elle était spéciale, avoua-t-elle. Mais nous n'y pouvons rien.

— Même avec ton *inha* ?

Elle se fustigea tout en sentant son moral s'élever à nouveau. Comment avait-elle pu être stupide à ce point ? Comment avait-elle pu oublier la façon dont Setrian avait ramené ses flèches lors de cette nuit durant leur voyage pour Myria ? Le transfert d'Eko sur elle n'était pas achevé, mais peut-être était-il malgré tout suffisant pour faire voler sa flèche jusqu'à elle.

Indécise, elle tenta de se souvenir des gestes de Setrian puis tendit son bras pour pointer la flèche. Suivant son instinct, elle s'imagina la serrer entre ses doigts et replia le bras vers elle comme si elle bandait son arc. Son *inha* se faufila dans ses doigts et un courant d'air lui frôla les oreilles. Les yeux rivés sur la flèche, elle tira encore davantage vers elle, mais celle-ci ne bougea pas. Elle retenta trois fois de suite, vainement. Il fallait accepter l'évidence.

— Le transfert d'Eko n'a pas dû fonctionner, soupira-t-elle amèrement.

Friyah pesta à voix haute.

— Est-ce qu'il est toujours en toi ? osa-t-elle demander.

— Je n'en sais rien. Quoique... Si j'estime être ton protecteur, c'est bien qu'un *inha* subsiste en moi, non ? Surtout que je perçois ce reflet dont tu parlais. Et puis, il reste peut-être mes cheveux...

— Erkam, est-ce que Friyah a toujours sa mèche de cheveux argentés ? appela Ériana.

— Dans l'obscurité, je ne serais pas certain mais... oui, je crois que oui.

Elle souffla de soulagement. Eko pourrait achever son transfert.

Suivant ses instructions, Erkam commença à descendre le long de l'arbre, se faufilant de branche en branche au niveau du tronc. Elle le surveilla distraitement, le laissant passer au-dessous d'elle. Erkam était trop pressé de mettre pied à terre.

— Tu sais, Ériana, je ne suis pas certain qu'Eko ait échoué, chuchota Friyah, alors qu'ils faisaient une pause pour permettre à Erkam de choisir le point d'appui suivant. Il s'est quand même passé une demi-journée ou presque pendant que nous étions là-haut, tous les deux. Tu as forcément dû être instruite de quelque chose.

— Si je ne suis pas capable de faire flotter un objet grâce aux Vents, je ne vois pas comment je pourrais être capable d'accomplir quoi que ce soit.

Friyah se laissa glisser le long du tronc pour la rejoindre sur une branche à sa hauteur. Celles-ci s'épaississaient au fur et à mesure de leur descente.

— Erkam n'avait pas tort, tout à l'heure. Quand nous t'avons vue partir en arrière, à moitié accrochée à la paroi, maintenue seulement par ta main à cette branche trop souple, nous t'avons vraiment crue morte. Et pourtant, l'instant d'après, tu sautais. Qu'est-ce qui est passé dans ta tête, à cet instant ?

— Ça semblait être la meilleure solution, répondit-elle en haussant les épaules. J'ai pris le temps de peser chaque possibilité.

— Le temps ? Ça m'étonnerait bien. Ça a été fait sur le coup.

— Pourtant je t'assure que je l'ai fait.

— Je ne dis pas que tu n'as pas réfléchi, j'ai dit que tu l'avais fait en une fraction de seconde. Et ça, ce n'est pas quelque chose que tu savais faire avant. Surtout qu'il me semble que c'est une technique propre aux messagers.

— Depuis quand sais-tu ce que savent faire les messagers ? s'étonna-t-elle.

— Depuis que je suis resté avec certains d'entre eux. Hajul, Judin, Setrian. Toi.

Erkam semblait avoir trouvé une solution et avait repris sa descente. Ériana resta cramponnée à sa branche.

— Guider les pensées entre elles pour accélérer le processus de réflexion... murmura-t-elle. Alors maintenant, je pourrais...

— Voilà ! C'est ce dont ils ont tous parlé.

— Pourquoi Eko aurait-il privilégié cette aptitude en premier ?

— Peut-être parce qu'il sentait que c'était ce dont tu avais le plus besoin. Un esprit d'analyse plutôt qu'une force d'action.

375

— Depuis quand parles-tu comme ça ? s'exclama-t-elle sans pouvoir se retenir.

Même dans l'obscurité, elle put voir le sourire de Friyah. Un sourire juvénile, celui du garçon croisé à Klermie l'automne passé, caché sous une montagne de connaissances dont elle semblait à peine mesurer l'ampleur.

— Depuis mon séjour à la Tour des Vents ! C'est ce que mes camarades appréciaient chez moi, mon sens de l'analyse. C'est pour ça qu'on m'avait dit prédisposé à une influence messagère. Je sais aujourd'hui que c'est dû à la présence d'Eko en moi mais... cela signifie peut-être que c'est ce qui est le plus important pour lui, ce sens de l'analyse. Et, quand on y pense, c'est ce dont tu as eu besoin ce soir, non ? Nous trouver une échappatoire plutôt que de conserver une flèche.

— Tu as peut-être raison, dit-elle après un silence au cours duquel il la doubla pour rattraper Erkam qui venait de toucher terre.

Elle se hâta de les rejoindre. Erkam semblait retrouver un semblant de confiance et Friyah époussetait ses bras. Tous avaient les mains et le visage écorchés. Celui de Friyah se tuméfiait aussi par endroits, de même que l'épaule qu'il ne cessait de masser. Les talents d'un guérisseur seraient les bienvenus, mais pour cela, il fallait atteindre la faction et, surtout, s'assurer que le *Velpa* n'était plus dans les parages, chose qu'elle n'espérait même pas.

— Par où est le campement ? demanda-t-elle à Erkam.

— Je dirais par ici, dit-il en désignant sa droite. Ce n'était vraiment pas loin de la grotte. Les groupes se sont répartis de part et d'autre du petit ruisseau, si tu te souviens. Je crois qu'ils venaient à peine de s'installer. Adam est venu me voir le premier, je lui ai dit que tu explorais encore la galerie.

— Il ne s'est pas inquiété ?

— J'ai fait en sorte qu'il ne le soit pas, répondit-il en haussant les épaules. Je n'étais pas inquiet, il n'avait aucune raison de l'être. Ou aurait-ce encore été une manipulation due à ce sanctuaire de secours ?

— C'est tout à fait possible, reconnut-elle.

— Dans ce cas, Adam sait que nous sommes seuls dans cette grotte. Et s'il se donne la peine d'y penser alors que sa faction se fait attaquer, il a deux possibilités en tête. Sois nous sommes morts…

— Sois nous pouvons les aider, coupa-t-elle. Allez, ne traînons pas, il faut contourner ce sommet pour rejoindre l'entrée de la grotte. Si seulement nous pouvions croiser une sentinelle.

— Je ne sais si c'est une sentinelle ou autre chose, mais je crois que quelqu'un vient justement dans notre direction, intervint Friyah en se plaçant devant elle, arc bandé.

Elle l'imita aussitôt et Erkam se décala sur leur gauche, la main sur l'épaule. Elle ne savait comment il comptait se servir de son *inha*, mais il y avait assez d'humidité dans les parages pour espérer une petite manipulation qui détournerait l'attention de leur adversaire. Loin d'une véritable source d'eau, les mages des Eaux étaient relativement peu utiles, mais leurs diversions étaient toujours les bienvenues.

La silhouette qui émergea, une toute petite lampe à la main, titubait et se tenait le ventre. La flamme était si courte qu'elle éclairait à peine les contours de sa main et Ériana reconnut le genre de lampe transportée par ses Gardiens. Elle resta cependant sur la défensive.

— Arrêtez-vous ! ordonna-t-elle. Et placez la lampe au niveau de votre épaule.

Sa précaution pouvait être inutile, mais il restait encore quelques personnes dont les uniformes n'avaient pas été totalement transformés. Notamment ceux des sentinelles qui, toujours en exploration, ne restaient jamais assez longtemps au camp pour se permettre de laisser leur veste.

L'homme obéit docilement et leva la lampe jusqu'à son épaule. Le symbole rouge qui y était dessiné, ainsi que les cinq virgules, ressortirent dans la lueur de la flamme. Ériana soupira et Friyah se détendit à son tour. Erkam lâcha son épaule.

— Il faudrait trouver un moyen de nous identifier, tout de même, souleva-t-il en se rapprochant du soldat pour l'aider à s'appuyer contre un arbre. Avec l'altération des uniformes, nous nous empêchons presque de nous reconnaître. Heureusement que vous n'avez pas encore fait changer le vôtre.

L'homme approuva de la tête en se laissant faire. Il semblait les avoir reconnus et son soulagement se lisait sur son visage.

— Sentinelle, comment as-tu su où nous trouver ?

L'homme tentait de réguler sa respiration. Son bras cachait maladroitement une trace de sang et Ériana l'écarta pour mieux voir. L'entaille était celle d'une épée mais elle n'était pas mortelle, seulement superficielle. Il ne craignait rien de ce côté-là. En revanche, sa cheville semblait extrêmement douloureuse, mais s'il était venu jusqu'ici pour les retrouver, il saurait faire preuve d'autant de ténacité pour le retour.

— J'ai suivi les deux mercenaires jusqu'à la grotte et jusqu'à ce plateau, répondit le garde. Quand j'ai vu le garçon sauter, mon cri m'a révélé et je me suis blessé en les combattant. J'ai réussi à tuer le deuxième. Le premier était déjà sérieusement blessé par une des flèches du gamin. Je me suis de nouveau faufilé dans le tunnel et je suis venu voir s'il était là. Il n'aurait pas sauté ainsi sans avoir un plan.

— Très bonne observation, conclut Ériana. As-tu eu autant de chance pour ce qui était d'observer le campement avant de venir ici ?

— Brièvement, mais les choses étaient assez claires. La faction complète a été immobilisée. Les mercenaires sont un peu moins nombreux que nous mais ils ont aussi des mages. Ils nous ont encerclés rapidement et seuls les Cinquièmes qui étaient à distance ont pu s'échapper. Certains n'ont même pas été repérés, ce qui est une chance. Nous sommes une quinzaine, au total, regroupés pas très loin d'ici. Avec vous, peut-être que nous pourrions faire quelque chose, car nous n'avons aucun mage.

Sa voix était devenue hésitante sur la fin. L'homme doutait sérieusement qu'elle accepte de se mettre en danger pour eux. Mais ils étaient ses Gardiens, jamais elle ne les laisserait périr ainsi.

Elle saisit la lampe et la releva devant son visage.

— Je ne pense pas avoir l'air de vouloir abandonner qui que ce soit, déclara-t-elle. Amenez-nous jusqu'aux autres. Il est temps de libérer les nôtres.

26

Quand ils dépassèrent le gros rocher derrière lequel les Cinquièmes étaient réunis, la quasi-totalité des hommes se redressa. Deux sentinelles, perchées en hauteur, ne s'autorisèrent qu'un regard avant de scruter de nouveau les alentours. Trois autres firent de même, un peu plus loin dans les arbres. Les dix autres les fixaient curieusement. Au signe de tête de leur collègue, ils se détendirent. Ériana s'avança vers eux.

— Où sont-ils ? demanda-t-elle aussitôt.

L'homme le plus proche prit la parole. Il possédait quatre virgules sur son uniforme, ce qui faisait de lui le plus haut gradé. Une épée pendait à sa ceinture, les autres seulement équipés de dagues. Ériana regretta l'absence de Troisièmes.

— Derrière le vallon, dit-il en désignant l'autre côté du rocher. Ils ne nous ont pas vus venir par ici. Ils arrivaient depuis le sud du campement.

— Et la faction ? Adam ? Sharon ?

— Les mercenaires nous ont pris par surprise. Une dizaine de gardes ont été tués. Pour les mages, je n'en ai aucune idée. Quant à Adam, j'ai entendu son cri blanc, ce qui signifie qu'il est toujours en vie et qu'il compte bien sur nous pour le rester.

— Son cri blanc ?

Le Quatrième prit une profonde inspiration avant de répondre, mais Ériana le coupa.

— Faites court, nous n'avons pas le temps.

— Très bien… En quittant notre territoire, Adam a mis en place cinq cris différents pour prévenir la faction en cas d'embuscade. Le cri blanc est celui nous indiquant qu'ils vont faire mine de se rendre à l'ennemi jusqu'à ce que quelqu'un réussisse à les sortir de là.

— Pourquoi passer par des cris ? s'étonna Friyah.

— L'ennemi ne pense pas qu'il s'agit d'un signal. Adam a pu communiquer avec nous sans éveiller les soupçons, et toute la faction est prévenue. Il attend notre mouvement pour agir. Ceux qui sont avec lui savent aussi comment procéder.

— Quels sont les autres cris ?

— Friyah, nous n'avons pas le temps, répéta Ériana.

— Je pense que le garçon a raison, intervint le Quatrième. Vous devriez savoir. Tout le monde sait, ici. C'est grâce à ça que notre faction a pu rester complète en traversant la Na-Friyie. Vous ne croyez quand même pas que nous sommes parvenus jusqu'à vous sans essuyer la moindre attaque ?

Elle se sentit brusquement coupable de n'avoir jamais songé à cela. Pour elle, la faction avait quitté le territoire dans le but de la retrouver. Elle ne s'était pas posé la question de la façon dont ils y étaient parvenus.

— Pardonnez-moi, dit-elle. Je vous écoute.

— Le cri vert signifie à tout le monde de se rendre, y compris ceux de l'extérieur. C'est une sorte de cri de désespoir. Le cri bleu est plus un appel d'air, personne ne doit rien faire en attendant qu'une décision soit prise. Le cri rouge consiste à lancer l'attaque de l'intérieur, c'est plutôt de la colère. Le noir, enragé, fait lancer l'attaque de toutes parts. Je vous ai expliqué le blanc. Il nous a fallu une bonne dizaine de jours pour tous les identifier. Adam n'avait presque plus de voix à l'issue de cet entraînement que nous suivions en marchant. Mais les cris nous ont été utiles dès le lendemain.

— Adam est donc conscient qu'une partie de sa faction est à l'extérieur et il compte sur nous pour agir. Mais... Quelle est la différence avec le cri noir ?

— Au cri noir, nous attaquons. Jusque-là, nous nous préparons.

— Alors les ordres sont donnés depuis le camp adverse, même si vous ne vous y trouvez pas ? Comment faites-vous pour percevoir les cris ?

— C'est le seul inconvénient de cette technique, il faut être à proximité. Elle a quand même l'avantage de pouvoir coordonner des actions internes et externes tout en laissant l'ennemi dans l'ignorance.

— Les mages qui voyagent avec vous sont-ils au courant de cette méthode ?

— Tous.

— Alors cette technique a un autre désavantage, soupira-t-elle.

Le Quatrième haussa les sourcils, partagé entre curiosité et dérision.

— Je ne vois pas vraiment. Cette technique est parfaite.

— Quatrième, savez-vous quelles sont les natures des mages existant en Friyie ? L'une d'entre elles se dénomme *Inha aht Roh*. Ceux qui possèdent ce talent peuvent forcer les esprits et lire dans les pensées. Si un seul *Rohatis* accompagne cette bande de mercenaires, alors votre secret n'en est plus un et la totalité de la faction avance dans un piège sans le savoir.

Il n'y avait que cinq petites lampes, réparties de façon à laisser un peu de lumière à tous, mais elles furent suffisantes pour qu'ils voient le Quatrième blêmir. Visiblement, ni Adam ni Sharon n'avaient songé à ce détail. C'en était d'ailleurs curieux, mais la spécialité des *Rohatis* faisait peut-être partie des choses s'étant raréfiées.

— Alors nous ne pouvons plus faire confiance à Adam ni à aucun de ses cris ? souffla le Quatrième.

— Dans cette terrible éventualité, notre groupe se jetterait sur un ennemi parfaitement conscient de ce que nous comptons faire. Mais il existe un moyen de vérifier que votre technique est sauve.

— Lequel ? demanda-t-il, plein d'espoir.

— Les Feux ne peuvent agir que sur les Feux. Il faut s'assurer qu'aucun mage ne travaillant avec les mercenaires n'est de cet élément, dit-elle en jetant un regard vers Erkam et Friyah.

Le Quatrième la dévisagea un moment, en proie à d'ultimes hésitations.

— Très bien, j'envoie une sentinelle.

Ériana sourit de victoire en le voyant se tourner vers un Cinquième, derrière lui. Celui-ci l'observait avec une curiosité non dissimulée.

— Voici les symboles des différents éléments, dit-elle en mettant ses gants en évidence. Les Eaux sont dans les tons de beige et vert émeraude. Ceux des Vents sont blancs et bleus, ceux des Terres dans les gris-jaune, voire orangés. Tu connais celui des Feux. Mémorise-les et pars en reconnaissance. N'oublie pas de regarder à l'intérieur du camp. Les mages sont du genre frileux et préfèrent laisser la surveillance aux autres.

— Je peux emmener une autre sentinelle avec moi ?

Ériana regarda celui qui était pointé du doigt. Ils n'étaient qu'une quinzaine, elle ne pouvait risquer de perdre deux personnes pour une tâche si banale.

— Erkam ira avec toi, annonça-t-elle après une courte réflexion. Et, si jamais cela s'avère nécessaire, tu le défends comme s'il était Gardien.

Le jeune homme fit une moue contrariée qu'Ériana ne supporta pas. Elle empoigna le soldat par le col de sa veste, surprise de parvenir à le tirer avec autant de facilité. Ses collègues se raidirent mais aucun n'osa bouger. Le Quatrième, lui, semblait davantage jauger son caractère qu'être effrayé de la tournure des événements.

Elle serra les dents, elle ne comptait pas lui montrer la moindre faiblesse.

— Que les choses soient bien claires, je suis revenue ici dans le seul but de sauver cette faction. J'aurais pu partir avec mes deux acolytes, vous abandonner à votre sort, mais non, nous avons suivi cet homme, dit-elle en désignant le Cinquième qui avait croisé leur chemin. Adam a dit que vous étiez *ma* Garde et je n'abandonne pas mes Gardiens. Si un jour, c'est toi qui es retenu prisonnier, je ferai tout pour te libérer. Et si je ne suis pas disponible, ce sera Erkam que j'enverrai pour cela. Nous sommes peut-être mages, de surcroît d'un territoire différent, mais nous luttons à vos côtés. J'attends qu'il en soit de même pour vous, acheva-t-elle en le repoussant.

Le Cinquième recula, plus pâle encore que tous les autres.

— Si l'un d'entre vous n'est pas d'accord avec ça, continua-t-elle, autant le dire tout de suite. Si vous voulez sauver une faction par vos propres moyens, allez-y, mais il me semblait que votre collègue était venu nous chercher pour que nous vous aidions. Et notre aide doit être mutuelle. Que celui dont l'avis diverge s'en aille. Pour les autres, je le répète encore, Erkam accompagnera la sentinelle, et cette sentinelle devra le protéger, autant qu'Erkam restera sur ses gardes pour intervenir en tant que mage, si cela est nécessaire.

Les silhouettes gigotaient nerveusement, sans compter Erkam dont le visage s'était décomposé. Le sien devait être à l'exact opposé, rouge vif. Elle sentait le sang dans ses joues et ses lèvres brûlaient presque des mots qu'elle avait prononcés. Dans le silence, elle ne perçut que les battements de son cœur pulsant dans ses oreilles. Aucun soldat ne broncha, aucun désaccord ne fut exprimé, et c'est sur un signe de tête que le Quatrième ordonna à la sentinelle de se mettre en route avec Erkam.

— *Tu es certaine ?* demanda Erkam dans un dernier regard avant de s'éloigner.

— *Je crois que tu ne pourras jamais lui faire autant confiance*, le rassura-t-elle. *Il a dû comprendre que s'il revenait sans toi, il n'aurait pas seulement affaire à moi.*
— Merci...
— *Ne me remercie pas. Je compte sur toi pour vérifier aussi autre chose. Le mage qui t'a suivi là-haut était des Eaux. Il y a peut-être des détails plus précis à récupérer que simplement les éléments présents.*

Erkam était déjà hors de son champ de vision et elle coupa le *inha'roh*. Le Quatrième, face à elle, ne l'avait pas lâchée des yeux. Il paraissait tout à fait convaincu de la démonstration de force à laquelle elle s'était prêtée.

— Vous pourriez être Seconde, dit-il.
— Je ne pourrais rien être de tel, répliqua-t-elle. Je suis une prétendante à la prophétie, c'est déjà bien suffisant.
— Vous avez dit que nous étions votre Garde, souleva-t-il.
— La mienne et celle d'Adam, pour être exacte. En tout cas, c'est ce qu'il m'a dit.
— Dans ce cas, nous sommes sous vos ordres.

Ériana opina doucement, consciente qu'elle ne pouvait plus renier sa position. Elle venait de prendre les rênes du reste de la faction. Sur sa droite, Friyah observait les soldats avec attention. Elle lui fit signe de rejoindre les sentinelles en haut du rocher, il obéit.

— Sa dévotion et son implication sont surprenantes, pour un apprenti de son âge, chuchota le Quatrième.
— Friyah n'est apprenti que depuis le printemps. Ce sont les épreuves qu'il a traversées qui l'ont

formé, plus que la Garde des Vents. Nous sommes liés, lui et moi.

— Pourquoi l'envoyer là-haut ? Un apprenti serait plus à sa place en retrait.

— C'est le meilleur poste pour un archer. Il débute, mais ses talents sont incontestables, ajouta-t-elle en le voyant adopter la meilleure visée possible.

— Qui lui a appris ?

— Moi. Puis lui seul.

Le soldat leva un sourcil, sidéré. Depuis leur entrée dans la grotte, Ériana essayait de se convaincre elle aussi de ne plus être étonnée par ce que Friyah pouvait accomplir. Surtout que ses pulsions protectrices devaient le pousser encore plus, désormais.

— Il nous aurait fallu des Troisièmes, reprit le soldat, mais elles ont toutes été capturées.

— Je pensais comme vous, au début, mais c'est finalement un avantage.

— Je crois qu'il y a beaucoup de choses que je pourrais apprendre à vos côtés, émit pensivement le soldat. Vous nous apportez un point de vue dont nous manquions cruellement.

— Vous étiez pourtant accompagnés par des mages, pendant ce voyage.

— Vous l'avez dit. Accompagnés. Nous n'avons jamais vraiment songé à collaborer avec eux. Toutes vos initiatives sont nouvelles pour nous.

— Vous avez pourtant suivi Sharon, et elle est prophète.

— Nous avons suivi Adam. Sharon est sa femme. Qu'il lui fasse confiance ne regarde que lui. Nous obéissons à ses ordres. Son ordre était de vous retrouver pour que nous puissions lutter à vos côtés. Peu d'entre nous savent vraiment pourquoi.

— Je compte bien résoudre ce petit contretemps après avoir libéré tout le monde.

— Sachez que vous l'avez déjà résolu auprès des quatorze restés ici.

Pour la première fois, un léger sourire se dessina sur les lèvres du Quatrième et Ériana se sentit enfin assez à l'aise pour souffler.

Les autres soldats réduisirent les flammes des lampes au minimum. Incapable de rester immobile à attendre, Ériana grimpa sur le rocher, sentant la main du Quatrième l'aider sous ses talons. Puis elle se glissa à côté de Friyah et se posta en vigile, arc en main.

Le vallon était plongé dans la plus profonde obscurité et seule l'ouïe était utile. Ériana fut tentée de réprimander les deux soldats qui remuaient en bas, mais il devait s'agir de celui qui était blessé et il était impératif de lui prodiguer des soins avant d'agir. Un cri résonna soudain au loin et elle banda son arc.

— Ce n'est ni la voix d'Adam, ni un des cinq cris qu'il nous a appris à reconnaître, murmura la sentinelle postée à côté d'elle.

Un long moment passa puis Ériana perçut du mouvement droit devant eux. Friyah et les deux gardes sur le rocher l'avaient également repéré, mais aucun ne fit plus qu'un signe de main pour prévenir les autres en bas. Elle attendit d'être sûre de reconnaître les vêtements d'Erkam pour se détendre. Les sentinelles semblaient avoir eux aussi identifié leur collègue.

— Alors ? demanda-t-elle en se laissant glisser jusqu'au sol.

— Une quarantaine de mercenaires, répondit la sentinelle. Aucun mage des Feux.

— Douze des Eaux et quatre des Vents, compléta Erkam. Je n'ai reconnu personne. Aucun doute, ils sont du *Velpa*.

— Et ils viennent de Naja, conclut-elle. Ils assistent les mercenaires dans leurs chasses aux détenteurs de *inha*.

— Qu'est-ce que ça donne, à l'intérieur ? intervint le Quatrième.

— Toujours pareil, répondit la sentinelle. Notre faction est regroupée d'un côté, sous la surveillance des mercenaires. Les mages sont à l'opposé et n'ont plus aucun pouvoir.

— Ils leur ont appliqué l'*empaïs* ? demanda Ériana.

— Ça m'en a tout l'air, répondit Erkam. Avec les deux feux de camp, ils auraient pu agir facilement, mais vu l'état du ruisseau, je crois que les mages des Eaux ont riposté très vite. Les Vents ont dû rester en retrait.

— Je n'en suis pas si sûr, reprit la sentinelle. Notre faction compte le double de leur groupe et nous nous sommes quand même fait prendre par surprise. Nous n'avons rien entendu, rien senti. Ces mages des Vents ont dû faire quelque chose avec l'air.

— Ils ont détourné les sons pour vous piéger, dit Ériana.

Le Cinquième hocha la tête et elle soupira. Leur intervention ne serait pas aisée si aucun mage des Feux n'avait accès à son *inha*, mais elle n'avait pas vraiment espéré qu'il en soit autrement. Il était évident que si la situation n'avait pas évolué, c'était que les énergies étaient bloquées d'un côté. Les mages devenaient des proies inertes, passives.

— Est-ce que vous disposez d'un antidote à l'*empaïs*, quelque part ?

Le Quatrième écarquilla les yeux, lui faisant perdre tout espoir.

— Vous ne savez pas de quoi il s'agit ? Bien... poursuivit-elle devant son mouvement de négation, il ne reste plus qu'une solution. Vous êtes quinze soldats et un apprenti, dont un blessé. Contre quarante mercenaires. Nous sommes deux mages contre seize. Toutes les personnes capturées attendent notre signal pour agir. Je suppose que chaque soldat a été dépouillé de ses armes ? demanda-t-elle, dépitée, à la sentinelle.

— Les archères n'ont plus leurs carquois, mais elles disposent encore de leurs arcs.

Ériana fut si stupéfaite qu'elle manqua de rire. Les gardes affichaient un soulagement similaire. Erkam ne montrait, en revanche, que de l'incompréhension.

— C'est leur plus grande erreur, lui expliqua-t-elle.

— Sans flèches, je ne vois pas vraiment ce qu'elles peuvent faire.

Elle le fixa un moment, le sourire aux lèvres, avant de se tourner vers le Quatrième.

— Je crois que nous venons de comprendre pourquoi Adam a lancé le cri blanc. Combien d'archères y a-t-il dans la faction ?

— Une vingtaine. C'est un vrai miracle. Comment ont-ils pu être stupides à ce point ?

— Il n'y a que dans votre territoire que les Troisièmes de Garde sont archères. À Myria, comme n'importe où ailleurs, la Garde n'attribue pas d'arme au rang. J'ai pu remarquer que toutes les sentinelles ne portent qu'une dague, pour du combat rapproché, mais je ne serais pas surprise qu'ils disposent aussi tous d'un couteau dissimulé quelque part sur eux.

Le soldat opina vigoureusement, son visage irradiant d'un espoir qu'elle ne lui avait pas vu auparavant.

— Ériana, intervint Erkam, en quoi des archères sans flèches pourraient-elles nous être utiles ? Elles ne vont quand même pas attraper n'importe quel objet pour le lancer au hasard !

— J'oubliais que tu n'as pas toujours assisté à nos petits entraînements.

— Pardonne-moi, mais je t'ai surtout vue te faire tirer quasiment dessus !

— Les Troisièmes contrôlent parfaitement leurs armes, y compris lorsqu'elles n'ont aucune flèche à y insérer. La corde et les branches sont aussi efficaces. Et crois-moi, elles ont appris à s'en servir. Ne t'es-tu pas demandé pourquoi de simples archères avaient été élevées au rang de Troisièmes ? C'est ce qui m'a le plus surprise, lorsque nous avons rencontré la faction d'Adam. En général, les archers ne sont pas considérés comme des combattants. Ils sont là en prévention ou en défense. Que serait un archer comparé à un soldat muni d'une épée ? Il fallait une excellente raison pour qu'elles soient à ce point estimées. Sans compter que ce sont des femmes. C'est le premier élément où j'en vois autant dans la Garde.

— J'étais assez surpris aussi, mais je ne pensais pas...

— Fais-moi confiance, Adam sait qu'il a vingt personnes aptes au combat à l'intérieur et presque autant à l'extérieur. De quoi gérer les quarante mercenaires. Le seul problème reste les mages. À eux seuls, ils peuvent ruiner notre riposte. Si seulement ce ruisseau n'était pas là.

— Ériana...

— Encore une fois, il n'y a aucune raison de douter, coupa-t-elle.

— Non, ce n'est pas ce dont je veux parler. Tu voudrais faire disparaître ce ruisseau ? Nous sommes deux mages des Eaux.

Elle le dévisagea avant de lui sauter au cou.

— Qu'est-ce que je ferais sans vous tous ? murmura-t-elle, la tête enfouie dans son épaule. Merci... merci de me rappeler qui je suis.

— Te rappeler qui tu es... Je me demande si ce n'est pas le seul but de tes protecteurs, chuchota-t-il. Je sais que je ne le suis plus. Je ne te cache pas que la sensation a été affreuse lorsque tu as fait de Friyah ton protecteur. C'était un vide immense. Sur le coup, j'ai cru que tu étais morte, puis j'ai compris. Vous aviez trouvé le sanctuaire de substitution et Friyah prenait ma suite. Je n'ai jamais vraiment souhaité te protéger, c'était plus un devoir qu'autre chose, mais lorsque le reflet m'a quitté, j'ai compris à quel point il était important. Et il l'est. Ce reflet n'est pas encore expliqué, mais je peux te dire que sans protecteur, tu n'es plus la même. Friyah n'est encore qu'un remplaçant, il nous faudra vite retrouver le bon. Retrouver Setrian.

Il laissa passer un temps de silence. Elle n'osa intervenir. C'était la première fois qu'il se confiait ainsi à elle.

— Je me souviens de son regard, lorsque nous nous sommes vus, ce soir-là, à Arden, continua-t-il. Il a tout de suite saisi qui j'étais. Tu nous lies à toi, mais nous sommes aussi liés les uns aux autres, finalement. Nous partageons une partie de ton intimité, avec ce reflet. Ce soir-là, Setrian a accepté de te laisser sous ma responsabilité. Aujourd'hui, j'accepte de te laisser sous celle de Friyah. Mais je serai toujours là pour toi, je n'ai pas l'intention de te laisser tomber. Je suis navré si j'ai paru inquiet tout à l'heure, voire ridicule, lorsque tu nous as fait sauter dans cet arbre. Je ne suis simplement pas habitué à ce genre d'évasion. Mais sache que je te suivrai, où que tu ailles.

Elle faillit flancher sous le coup de l'émotion. Ces derniers temps, son avis sur Erkam avait été si capricieux qu'elle avait fini par ignorer sa présence. Désormais, elle savait qu'elle pouvait compter sur lui en toutes circonstances. Il n'agirait plus par devoir, mais parce qu'il l'avait décidé.

— Je ne te remercierai jamais assez de m'avoir autant soutenue. Je pense que Setrian te sera, lui aussi, éternellement reconnaissant.

— Il me l'a déjà fait comprendre.

Elle haussa les sourcils, curieuse, mais Erkam n'approfondit pas le sujet. Puis il recula, gêné par leur proximité, et se tourna vers le Quatrième.

— Il va falloir m'expliquer en détail ce que vous comptez faire et me répéter cette histoire de cris, sans quoi ma manipulation de *inha* sur le ruisseau ne se fera pas au bon moment. J'aurai aussi besoin d'un soldat à mes côtés pour assurer mes arrières.

— Attends, s'interposa Ériana, je vais venir avec toi.

— Tu auras bien mieux à faire avec les mages. Laisse-moi ce privilège, je veux être utile.

Elle vérifia sa détermination dans ses yeux. La sentinelle qui l'avait déjà accompagné se rapprocha d'eux.

— Je suis avec vous, dit-il à l'attention d'Erkam.

Un autre silence passa et le Quatrième se tourna vers Ériana.

— Bien. Alors qu'attendons-nous ?

27

Ériana jeta un regard sur sa droite. Son premier gardien était loin. Le campement était grand, bien que les prisonniers aient été regroupés. Erkam avait dit vrai, le ruisseau était dans un état lamentable, ses rives inondées, son lit perturbé. Ce n'était rien comparé à ce qu'il avait l'intention de faire.

Elle l'avait accompagné pour voir où il comptait agir, en amont, et l'avait aidé à concevoir les bases de la déviation grâce à son *inha* des Terres. Pour le reste, Erkam était messager, il saurait guider le cours d'eau là où il le voulait. Jusqu'à ce qu'un mage réalise sa présence, et alors les choses se compliqueraient.

— Je ferai tout pour que ce moment n'arrive pas, murmura-t-elle en serrant son collier.

Ils avaient proscrit les *inha'roh* afin de ne pas se dévoiler, gardant leurs énergies dissimulées. Elle n'osait pas non plus sonder quoi que ce soit d'aussi près. De toute façon, ce qu'elle voyait était suffisant.

Tous les mages de la faction étaient assis, serrés les uns contre les autres, leurs visages tristes et ternes. Dans leurs yeux semblait toutefois flamboyer une autre résolution. Le cri blanc d'Adam leur avait donné espoir.

Sharon était assise à l'arrière, comme depuis un poste d'observation. Ses confrères agissaient tel un rempart. Ériana ne savait si cette disposition était un hasard mais elle n'aurait jamais pu autant les remercier. De l'arrière, Sharon surveillait les environs sans vraiment le montrer. Sa situation était parfaite.

Il y avait en revanche un point qui l'inquiétait. Theris, le mage artiste, était assis à l'avant, le visage couvert de sang. D'après sa grimace, elle se demandait s'il n'était pas responsable du cri banal qu'ils avaient pu entendre. Quatre mages du *Velpa* discutaient près de lui, lui jetant des regards réguliers. Sa présence devait les intriguer, sinon ils n'auraient pas pris la peine de lui accorder autant d'attention.

Il n'y avait plus aucun mercenaire à proximité, ceux-ci étant sûrement occupés avec les soldats de la faction. Les mages du *Velpa* surveillaient distraitement le groupe de prisonniers. Ériana sourit malicieusement.

Un de leurs plus grands défauts était d'avoir une confiance aveugle en l'*empaïs*. Certes, ils avaient raison de ne pas trop s'inquiéter, mais Ériana souhaitait renverser les choses. Après cette attaque, dont elle espérait bien sortir victorieuse, chaque mage des Feux suivrait une instruction rapide. Les mages devaient être aptes à se défendre physiquement. L'*empaïs* revenait de façon trop fréquente.

Elle chercha à nouveau le soldat sur sa droite. Il venait juste de se tourner vers elle et de transmettre le signal. Elle le fit passer au gardien sur sa gauche avant de refaire trois pas et de s'arrêter à nouveau.

L'avancée était si progressive qu'elle avait l'impression qu'il ferait jour avant que l'attaque n'ait été lancée. Cela laissait toutefois le temps à Erkam de se préparer, même s'ils ne devaient pas non plus trop attendre.

Un cheval piaffa plus loin, entraînant le hennissement de deux autres. Les mercenaires avaient eu l'avantage de la vitesse, en plus de la discrétion. Ériana espéra qu'aucun animal ne serait tué – les montures leur seraient utiles. Mais pour le reste elle s'était montrée très claire : rien ne s'arrêterait tant que tous les membres de cette escouade ne seraient pas morts ou désarmés.

Un nouveau signal lui parvint de sa droite, elle le relaya avant d'avancer. Le soldat secoua la tête, il ne pouvait désormais plus se déplacer sans être à découvert. Ériana pouvait encore avancer une fois, ce qu'elle fit presque aussitôt. L'excitation la gagna et elle en fut presque surprise.

C'était seulement la seconde fois qu'elle attaquait le *Velpa*. Jusqu'à présent, ils avaient surtout eu à se défendre, à l'exception du chaos causé dans un bataillon aux alentours d'*Elpir*. Mais cette nuit était différente.

Cette nuit était la première révolte de la Friyie contre ses adversaires. Le premier soulèvement.

Ils ne pouvaient pas perdre. L'enjeu était trop grand.

Le cri fut si soudain qu'elle en sursauta. Elle n'eut en revanche aucun mal à l'identifier, surtout qu'il fut relayé l'instant suivant par la voix d'Adam. Le signal noir avait été compris.

Les mages, qu'ils fussent du *Velpa* ou de la faction des Feux, se raidirent tous. Sans leur *inha*, les prisonniers ne pouvaient espérer faire grand-chose, mais les rictus sur leurs visages étaient parlants. Ils n'attendaient que de voir surgir un de leurs alliés pour se dresser contre leurs adversaires, même au péril de leur vie.

Alors qu'une clameur s'élevait depuis la droite du campement et que les premiers heurts de métal résonnaient dans la nuit, Ériana sentit un appel de *inha* dans la forêt. Le ruisseau venait d'être dévié. Elle bondit aussitôt en avant, les deux soldats qui l'encadraient fondant simultanément sur les mages. Friyah aurait dû être plus à l'écart, mais elle eut la surprise de l'apercevoir. Il avait dû parvenir à se glisser à un endroit qui ne lui était pas réservé.

L'instant de surprise passé, les mages du *Velpa* commencèrent à user de leurs énergies. Ériana était cependant sereine. Sans le passage du cours d'eau, les mages seraient vite démunis. Mais il restait encore les quatre porteurs des Vents qu'elle était la seule à pouvoir tenir en échec.

Elle rageait toujours de n'avoir pu accomplir entièrement le transfert. Les mages face à elle étaient qualifiés. Eko lui avait néanmoins transmis ce qu'il avait jugé principal et, en un regard, elle sut ce qui pouvait être fait et ce qui ne le pouvait pas.

Alors que les mages du *Velpa* souriaient de ne voir que des soldats venir à leur encontre, Ériana brandit son arc. L'intense lumière bleue qui se dégagea de son collier fit pâlir les deux plus proches. Le premier reçut la flèche en pleine poitrine, le second leva son coude cintré d'un insigne blanc et bleu. Alors que l'air s'amassait autour de son coude, l'homme fut brutalement projeté à terre. Ériana fut à peine surprise de voir la silhouette de Friyah se démêler des deux jambes et en profita pour encocher une nouvelle flèche.

À côté, un mage des Eaux avait dû réussir à trouver suffisamment d'humidité car il tentait d'enliser un soldat dans un sable mouvant confectionné à la hâte. Le manque d'eau rendit toutefois son action éphémère et le soldat se jeta sur lui dès qu'il se fut dégagé.

Une soudaine bourrasque les fit tous reculer. Ériana se sentit voler en arrière. Sa tête heurta un arbre et sa vision se flouta. L'impact déclencha une vive douleur dans ses omoplates, là où le carquois avait appuyé.

Lorsqu'elle rouvrit les yeux, les mages des Feux s'étaient levés et tentaient d'user de leurs mains pour empêcher le *Velpa* d'agir. Leurs efforts étaient louables et quelques projections furent évitées, mais, impuissants, la plupart se firent repousser aussi facilement que des enfants.

Alors qu'un mage accourait vers elle, car elle avait visiblement été identifiée comme le vrai danger, Ériana encocha une flèche, mais celle-ci lui échappa des doigts. Sans réfléchir, elle en attrapa une autre et, avec horreur, la vit se rompre et tomber au sol. Le choc contre l'arbre avait fait bien plus que de lui meurtrir la tête.

Il avait abîmé chacune de ses flèches, allant jusqu'à plier le bois.

Le mage qui arrivait vers elle devait être des Eaux car elle ne sentit aucun appel d'air. Rassurée par l'absence du ruisseau, elle commença à se relever, quand un immense élan de *inha* la secoua de l'intérieur. La déviation d'Erkam avait été contrecarrée.

L'homme lui sauta au cou au moment où le ruisseau reprenait ses droits. Ils tombèrent tous deux à terre, roulant dans la boue jusqu'à se retrouver immergés. Le *inha* d'Ériana s'activa aussitôt, son impulsion s'alliant avec ses connaissances, et elle parvint à écarter l'eau le temps de reprendre le dessus et d'immobiliser le mage sous son poids.

Celui-ci se débattait en envoyant de fines gouttelettes dans les yeux d'Ériana. Les projections étaient risibles et elle en fut à peine incommodée. Puis soudain, elle le sentit plier les genoux et se redresser en même temps.

Ériana reçu les deux articulations dans le creux des reins alors que la tête du mage percutait violemment son sternum. La douleur fut presque paralysante. Pour connaître à ce point les faiblesses du corps, le mage ne pouvait être que guérisseur. Le souffle court, Ériana se sentit basculer de côté. Incapable de bouger, elle plongea dans le ruisseau.

Alors que tout son corps hurlait sa soif d'air, la masse d'eau au-dessus d'elle s'effaça dans un nuage de vapeur. Le mage resta perplexe, les mains pressées sur ses épaules. Il se passa un instant de flottement où ni lui ni elle ne surent ce qui allait advenir, puis Ériana plissa les yeux. Elle eut juste le temps d'apercevoir la terreur sur le visage de son opposant avant de reproduire la technique qu'il avait lui-même utilisée sur elle.

Pendant que l'homme restait sous le choc, elle le jeta hors du ruisseau. Il n'était plus question de rester à proximité. Autour, les autres mages usaient de leurs talents pour désarmer leurs adversaires, mais les Gardiens des Feux s'avéraient coriaces. En contrepartie, les mages de la faction, sans accès à leur *inha*, étaient de plus en plus vulnérables. Ériana en vit un tomber sous ses yeux, inanimé.

— *Erkam!* s'écria-t-elle par *inha'roh*. *Il faut à nouveau dévier le ruisseau!*

Son appel resta sans réponse. Erkam devait être dans sa propre lutte.

Une main l'attrapa alors par la cheville et elle chuta violemment en avant. Sa mâchoire heurta une racine, l'impact se répercuta dans tout son crâne. Elle trouva juste assez de lucidité pour envoyer son pied dans le visage de celui qui la tirait en arrière.

Son coup n'eut que peu d'effets car une nouvelle secousse la rapprocha de l'eau. Ériana leva les yeux pour chercher à quoi se retenir mais découvrit autre chose.

De l'autre côté de la rive, un mage des Eaux était affalé contre un arbre, gravement blessé. Le Gardien qui l'avait ébranlé l'avait laissé dans un état si critique qu'il s'était permis de l'abandonner. Mais il avait eu tort. Un mage, même en passe de mourir, restait apte à utiliser son *inha*. Et c'était ce qu'il s'apprêtait à faire.

Une main tendue en direction du ruisseau, l'autre vers elle, le mage luttait pour se concentrer. Du sang coulait le long de son ventre mais sa gemme brillait. Il utilisait ses dernières ressources.

Une sphère liquide se détacha alors du ruisseau. Médusée, Ériana regarda la bulle flotter dans les airs. Quand elle comprit que l'objectif était que celle-ci atteigne sa bouche, elle lança sa main au-devant pour percer la sphère, mais celle-ci demeura dans les airs. Elle tenta de la repousser, en vain.

La panique la gagna et elle se cambra pour échapper à la masse d'eau qui voulait se plaquer sur ses lèvres. La sphère suivit, comme liée à elle. Elle sentait que le contact d'une seule goutte suffirait pour que tout le reste s'agglomère autour.

La pression sur sa cheville se défit brusquement. Une petite silhouette passa dans son champ de vision et une dague plongea dans le cœur du mage dont les mains retombèrent. Aussitôt, la bulle d'eau se défit et Ériana prit une profonde inspiration. Friyah accourut vers elle.

— Qu'est-ce que tu fais là ? lui demanda-t-elle.

— Je ne pouvais pas rester avec les autres. Il fallait que je sois avec toi. Ça devenait…

— Impératif, acheva-t-elle pour lui.

Friyah hocha la tête avant de se remettre à examiner les alentours. Pour l'instant, ils n'avaient plus d'adversaires à proximité et c'était grâce à lui si elle avait pu se sortir vivante de son combat. Elle se jura de ne plus jamais lui refuser la moindre participation.

— Il n'est pas le premier à faire ces drôles de bulles, dit Friyah. J'en ai vu d'autres et rien ne peut les percer.

Ériana regarda autour d'elle. Les mages des Eaux avaient effectivement tous recours à la même technique. Le premier qui l'avait lancée avait dû convaincre ses collègues d'opérer de façon similaire. Et la technique avait son efficacité. Ériana comptait déjà trois cadavres de Gardiens dont l'état ne pouvait que présumer d'une noyade. D'autres étaient en train de perdre la raison sous l'effet du manque d'air.

La situation ne pouvait plus durer. Ériana se tourna vers Friyah.

— Eko est encore en toi, il va falloir le faire sortir, même contre son gré. Tu es prêt ?

— Prêt à quoi ?

Elle ne prit pas la peine de répondre et attrapa Friyah pour le tirer vers la zone de chaos. En chemin, ils purent délivrer un soldat et désarmer un mage, mais il restait encore trop de membres du *Velpa* capables d'entraver leur progression.

— Vous, dit-elle au soldat, votre rôle est de vous assurer que rien ne lui arrive pendant sa projection.

— Mais quelle projection ? s'exclama Friyah. Je ne suis pas mage !

Elle l'ignora encore une fois et le soldat acquiesça. Friyah tenta de la retenir mais elle lui échappa, prenant seulement la peine de lui toucher le front avant de bondir en avant. Le contact fut électrisant. Elle s'était à peine détachée de lui qu'un mage des Eaux projetait une sphère d'eau sur elle. Elle resta de marbre, laissant la sphère approcher à toute vitesse.

— Ériana ! s'écria Friyah. Mais qu'est-ce que tu… ?

La bulle avait déjà fait son chemin jusqu'à sa bouche et Ériana prit sa plus grande inspiration avant de se laisser capturer. Les gouttes grimpèrent jusqu'à son nez, formant un masque sur le bas de son visage.

Délibérément, elle se tourna vers Friyah. Le trouble qu'elle vit dans ses yeux la fit soupirer de soulagement. Mais elle devait garder ses dernières réserves d'air pour tenir le plus longtemps possible.

Et au milieu du chaos, tout cessa soudain.

L'environnement devint silence et lumière alors que Friyah poussait sa tête en avant, les deux bras derrière lui. Un bruit tonitruant naquit de sa bouche, déclenchant une rafale de vent qui désintégra la sphère. Le ruisseau subit un sort similaire.

Alors que l'eau retombait sur eux en fines gouttelettes, le vent les transforma en minuscules morceaux de glace. Enfin capable de respirer, Ériana vit les cristaux s'agréger et s'accumuler en périphérie du campement, formant une barrière gelée.

Les mages des Eaux et des Vents se mirent à trembler. Ériana les regarda devenir bleus alors qu'elle n'était pourtant pas consciente du froid ambiant. Les mages des Feux, prisonniers, ne semblaient pas non plus réaliser que la température avait chuté, mais les soldats commençaient à manifester quelques signes d'inconfort.

— Eko ! cria-t-elle. Ça suffit ! Tu vas tous nous congeler ! Soldats ! Préparez-vous à les immobiliser !

Elle n'était pas certaine que son ordre serait entendu tant ses Gardiens se rigidifiaient, mais au moment où Friyah s'écroula au sol, ils coururent sur leurs adversaires comme si leur vie en dépendait. Les mages du *Velpa*, encore pris par la froideur soudaine, ne réagirent pas à temps et tous furent achevés.

Ériana détourna les yeux du carnage qui commençait. Peut-être devrait-elle maintenant partir à la rescousse de la deuxième partie du campement ? Après tout, Adam et sa faction devaient encore faire face aux mercenaires.

Au lieu de ça, elle se précipita vers Friyah.

Le garçon ne lui avait jamais paru aussi jeune et frêle. Son front était glacé, de même que ses joues et ses lèvres. Elle glissa ses mains sous sa tunique et sentit son cœur battre faiblement. Sa peau était aussi froide que le reste de son corps.

— Éria... Ériana...

La voix était celle d'Erkam et Ériana releva la tête. Erkam approchait en titubant, le visage blanc, presque bleu, les lèvres violettes. Il trébucha et s'affala par terre, grelottant.

— Un guérisseur ! Vite ! s'écria-t-elle.

Erkam avait sévèrement pâti du froid. Moins que Friyah, mais le garçon avait eu un rôle énergétique à jouer, ses symptômes y étaient forcément liés. Erkam, lui, était dans un état similaire à celui de leurs anciens adversaires dont le sang ne coulait même pas tant ils avaient été pétrifiés par le froid.

Une femme accourut. Elle retourna aussitôt Erkam pour le mettre dos contre terre et palpa sa nuque.

— Il est presque gelé, dit-elle. Si je veux le réchauffer, il me faut l'accès à mon *inha*.

La femme désignait une splendide chaîne dorée enroulée plusieurs fois autour de son bras. Elle y était maintenue par l'*empaïs*. Le seul moyen de l'en défaire était de trouver l'antidote.

— Qu'un des alchimistes nous trouve l'antidote ! ordonna Ériana dans un cri. Et pour Friyah ? demanda-t-elle à la guérisseuse.

La femme n'eut besoin que d'un regard avant de lui répondre.

— Il n'est pas pétrifié pour les mêmes raisons. De plus, votre jeune ami est quelqu'un d'assez incongru… Je crains de ne pouvoir faire grand-chose si ce n'est tenter de le réchauffer d'une façon similaire à ce messager des Eaux.

— Mais vous pourrez essayer, non ?

— Je peux toujours.

— Alors faites-le ! Je pars avec le reste des soldats pour voir où en est Adam.

Alors qu'elle se relevait, l'alchimiste passa devant elle avec un flacon à la main.

— Ils nous narguaient avec depuis le début ! s'écria-t-il en courant. Nous savions exactement où se trouvait cette fiole. Il devrait y en avoir assez pour tout le monde. Au pire, je devrais pouvoir trouver les ingrédients pour en fabriquer. Dépêchez-vous d'aller rejoindre les autres !

— Et votre confrère ? demanda Ériana.

— Il est mort.

La nouvelle la meurtrit mais elle ne le montra pas. Elle devait se remettre en action, ne pas laisser les pertes peser sur son esprit. Rien n'était encore terminé.

D'un geste, elle rassembla les cinq Gardiens des Feux qui restaient avec elle et ils s'élancèrent à l'opposé du campement. Lorsqu'ils y arrivèrent, le combat y était d'une tout autre nature.

Alors que, de leur côté, tout n'avait été que cris d'épuisement et percussion d'éléments, ici, la lutte revêtait le son du métal et l'odeur du sang. Avec le peu de lumière, les tenues des opposants se confondaient. Ériana ne parvenait pas à savoir lesquels étaient de son côté. Les cinq soldats s'élancèrent avec elle dans la bataille, eux savaient reconnaître leurs camarades.

Puis elle vit un arc presque briser le crâne d'un homme et sut qu'elle avait au moins une façon d'identifier ses alliés. Les Troisièmes étaient en action, l'une d'elles plutôt mal en point. Un mercenaire l'avait déjà blessée et elle se mouvait avec difficulté, ne se servant désormais de son arc que pour parer aux coups d'épée.

Ériana saisit son arc et le brandit au-dessus d'elle. D'un mouvement rapide, elle asséna le coup le plus puissant qu'elle put au mercenaire dont la nuque se brisa dans un craquement sordide. L'homme tomba au sol, sa tête étrangement inclinée. La Troisième releva les yeux. Ériana savait que ce serait la preuve de gratitude la plus significative qu'elle aurait.

— Les guérisseurs devraient être en mesure de vous soigner.

La Troisième commença à secouer la tête mais Ériana l'attrapa par le bras.

— Allez vous faire soigner. C'est un ordre.

La femme abdiqua et s'éloigna en direction de ses alliés. Ériana se baissa pour reprendre son arc tombé au sol. Sa poitrine se serra d'un coup.

L'arme était brisée. Fendue nettement en deux. Inutilisable.

Un battement de cœur puissant la remit sur pied et elle attrapa les deux morceaux de bois avant de s'enfoncer un peu plus dans la mêlée. Elle avait repéré Adam, plus loin sur sa droite.

Le Second était engagé dans une lutte particulièrement délicate et sa concentration était maximale. Plusieurs soldats autour de lui s'acharnaient contre leurs propres adversaires pour lui libérer de l'espace. La cohésion de la faction était époustouflante.

Adam menait son combat avec grâce et compétence. Ériana reconnut chez lui certaines des techniques de Hamper, mais nombre de ses mouvements et parades lui étaient inconnus. Elle aurait certainement à apprendre auprès de lui.

En admiration, elle en oublia les autres adversaires qui subsistaient encore. La lame d'une épée lui frôla la joue, laissant une piqûre désagréable sur sa peau. Elle fit volte-face et se retrouva nez à nez avec un mercenaire. Alors qu'il levait à nouveau son épée, ses vêtements s'enflammèrent et Ériana s'écarta d'un bond pour éviter la lame. Les coups suivants ne furent plus donnés que de façon anarchique, l'homme se débattant pour échapper aux flammes qui le consumaient.

En arrière, Ériana aperçut Theris, son visage écorché grimaçant de concentration. À ses côtés, une autre mage était statique, les yeux rivés sur sa propre cible.

Les deux mercenaires enflammés poussaient d'abominables cris, mais Ériana les occulta. Quand son opposant laissa tomber son épée, elle s'en saisit, ignorant la brûlure provoquée par le pommeau. D'un coup net, elle entailla la poitrine de l'homme, le sang gicla.

Et le monde devint rouge.
Rouge feu, rouge sang, la couleur miroitant dans la lame qu'elle serrait toujours fermement.

28

En plein milieu du palier, Setrian s'immobilisa, les jambes raides, les bras en suspens. Tout son être venait de se concentrer sur une seule et unique chose : son *inha*.

Son cœur avait presque cessé de battre. Ses oreilles bourdonnaient. Il n'était plus du tout conscient de ses membres et encore moins du fait qu'il courait de graves risques à rester à découvert dans les escaliers. Sa seule préoccupation était son énergie, étrangement tumultueuse et sereine à la fois. Elle accaparait chaque parcelle de son esprit, chaque grain de sa peau. Plus rien d'autre n'avait d'importance.

La sensation fit remonter un lointain souvenir et il tenta de le faire arriver plus vite. Sa mémoire ne lui répondit malheureusement pas et le souvenir fut chassé. Partagé entre extase et déception, Setrian laissa l'inexplicable émoi prendre possession de lui.

C'était comme s'il retrouvait un objet perdu. Comme s'il revoyait une personne depuis longtemps disparue. La chaleur lui inonda le ventre et parcourut ses chairs jusqu'au bout de ses doigts. Son cœur se remit à battre, ses bras tombèrent de chaque côté de lui.

Enfin apte à se mouvoir, Setrian ne fit d'abord aucun geste. Ses muscles s'étaient mis à trembler. De joie, d'excitation. Son organisme venait de retrouver goût à la vie comme s'il avait été menacé de mort. Mais ce n'était qu'un appel, un avant-goût de ce qu'il lui était possible d'expérimenter.

La sensation en laissait aussi une seconde, derrière elle. Une frustration intense. Un rappel à l'ordre, aussi délicieux qu'inassouvi.

Setrian tâtonna pour trouver le mur le plus proche. Il haletait, la tête appuyée contre la tenture, le menton levé pour reprendre son souffle. Un léger courant d'air agita ses cheveux et il reconnut la saveur de son propre *inha*.

Lentement, il laissa son corps, son esprit et son énergie s'apaiser. Il savait qu'il ne devait pas s'éterniser, mais il n'avait d'autre choix que de patienter jusqu'à ce que tout ait cessé. Lorsque les sensations s'effacèrent enfin, il dut s'aider du mur pour se redresser. Sa tête tournait légèrement.

Il crut soudain entendre une voix et se retourna vivement, se retrouvant nez à nez avec le mur. Il souffla, à la fois déçu et exaspéré. Son esprit devait lui jouer des tours, après cette effervescence de *inha*. Un souvenir avait failli émerger, mais il avait beau réfléchir, il n'arrivait pas à voir quand ce tourbillon d'énergie avait déjà pu se produire. Cela devait être seulement la seconde fois. Pourtant, il ne pouvait pas avoir oublié un sentiment si agréable.

Il sursauta en entendant une porte claquer. Il ne devait pas rester là. Surtout que ce soir, il devait agir. Agir pour récupérer *Eko* et peut-être même l'artefact des Feux.

Sa plaidoirie n'avait eu aucun effet. Eliah avait catégoriquement refusé de s'abaisser devant son confrère des Feux pour obtenir un délai supplémentaire. Setrian restait cependant confiant, tout était prévu pour qu'il s'empare de l'artefact à l'insu de Caliel et même d'Eliah qui le missionnait pour cela.

Dès cette nuit, s'il s'y prenait bien, *Eko* ne serait plus entre les mains du *Velpa*. Le groupuscule se contenterait du seul et unique mage réducteur que représentait Mesline, et la Friyie pourrait lancer une offensive majeure contre le *Velpa*.

À cette pensée, Setrian frissonna. C'était la seule chose qu'il ne pouvait contrôler. Lui qui aimait tant savoir ce qui se tramait, lui qui se lançait dans de folles missions solitaires pour suivre les allées et venues de l'ennemi, n'avait plus aucun lien avec le reste de la Friyie.

Comme toujours, il faisait confiance à Ériana. Son idée de former une armée avec les quatre éléments était judicieuse, mais il craignait qu'elle rencontre trop d'obstacles pour mener son plan à terme.

Le soir où Eliah avait envoyé sa dernière escouade, escortée de multiples mages des Eaux et même de certains des Vents, Setrian avait pâli. Le groupe, également composé des quarante mercenaires que Grab avait fournis, se dirigeait vers les Eaux. Ériana pouvait encore se trouver sur leur chemin. Selon ce qu'avait dit Jaedrin, il pouvait être tranquille, mais il avait beau essayer, il ne parvenait jamais à rester serein lorsqu'il en allait de la sécurité d'Ériana.

— Et si tu traînes ici, il va en aller de la tienne, murmura-t-il en s'écartant du mur.

Depuis le claquement de porte, il n'avait rien entendu. D'une main, il réajusta le bandeau autour de sa tête et reprit sa descente. Sous son autre bras, il serrait fermement le leurre, son unique moyen de mener sa mission à bien.

Alors que Setrian avait cru tout perdre, temps, espoir et résolution, son ennemi lui avait finalement donné la solution. Afin de ne pas éveiller les soupçons de Caliel et d'éviter un drame au sein du *Velpa*, Eliah avait choisi de remplacer *Eko* par une fausse sphère similaire. Setrian s'était débrouillé pour connaître les éléments nécessaires à fabriquer le faux et les avait transmis à Jaedrin.

Si tout se passait bien, ce soir, Setrian voyagerait avec deux répliques. L'une destinée à Caliel, l'autre à Eliah. Le véritable artefact repartirait entre les mains de Jaedrin. Il y pensait si fort qu'il manqua presque la porte des escaliers de service.

Toujours vêtu de son accoutrement noir, il se glissa jusqu'aux cuisines. À plusieurs reprises, il dut utiliser ses techniques de camouflage. Dans la cuisine, une légère manipulation des Vents lui suffit à déplacer vapeur et poussière de farine de façon à opacifier la pièce. Il atteignit le côté des Feux sans problème.

Il avait déjà appliqué cette technique à deux reprises, une première fois pour aller voir où en était Gabrielle, une seconde pour retrouver Jaedrin. Les autres découvertes faites à ce moment-là lui avaient valu un soulagement des plus extraordinaires.

Désormais habitué au parcours, il atteignit la forge rapidement. Depuis l'esplanade, un rapide coup d'œil lui permit d'identifier Gabrielle, toujours vêtue de la même tenue de protection, à l'œuvre au-dessus des enclumes. Récemment, il l'avait trouvée consciencieuse dans ses gestes. Aujourd'hui, Gabrielle trahissait un épuisement bien visible, malgré une attention qui semblait toujours plus accrue.

Au lieu de descendre comme il l'avait fait la première fois, Setrian contourna l'esplanade. Le rebord de roche se faisait de plus en plus fin, jusqu'à passer derrière une énième colonne. Deux soirs auparavant, il s'y était aventuré par hasard, cherchant un meilleur angle de vue. C'est là qu'il avait trouvé le passage.

Il n'était pas certain que quiconque à Naja le connaisse encore. L'étroite galerie n'était ni entretenue ni aérée. Elle débouchait d'ailleurs à côté d'un étang aux odeurs fétides, grand comme un lac, en périphérie des faubourgs, après une bonne heure de marche.

Sur la fin, Setrian réduisit sa respiration. Il progressa aussi à quatre pattes, la galerie rétrécissant. Lorsque l'ouverture se profila, il fit passer ses jambes devant et termina, pieds en avant, jusqu'à se retrouver assis dans l'embouchure. Ses pieds flottaient juste au-dessus de l'eau.

— On a de la chance que ce marécage soit si bas. Sinon, jamais tu n'aurais trouvé ce passage, murmura une voix au-dessus de lui.

Setrian releva la tête. Jaedrin le regardait avec un sourire. Les nuits étaient souvent claires à Naja, et son ami lui tendit la main pour l'aider à s'extirper de l'ouverture. En quelques instants, ils furent face à face et se serrèrent dans les bras.

— Si ce marécage était plein, dit Setrian en jetant un œil en bas, les forges seraient inondées. Je crois que c'est l'unique raison de l'existence de cette galerie.

— Et si le marécage était plein, tu n'aurais jamais réussi à dégager cette plaque métallique qui obstruait la sortie. Quand on y réfléchit... Ils avaient vraiment pensé à tout !

Setrian tourna les yeux sur la fameuse plaque. Il y a deux soirs, lorsqu'il avait émergé du passage, il lui avait fallu pousser le morceau de métal vers le haut. Ses mains en avaient pâti, sans parler des brûlures persistantes. À ce rythme, il se demandait si sa peau allait jamais cicatriser.

— Je crois que nous avons trop longtemps sous-estimé le *Velpa*. Mais quoi de plus naturel que de se servir d'un lac pour inonder les forges en cas de problème ?

— Et je crois qu'ils nous sous-estiment nous aussi, dit Jaedrin en sortant quelque chose de son sac. Tiens, le voilà. Qu'as-tu fait du tien ?

— Je l'ai laissé plus bas. Je ne voulais pas m'embarrasser avec et je préférais avoir les mains libres pour revenir.

Setrian déplia le vêtement enroulé et ses yeux s'arrondirent de la même stupéfaction que lorsque Eliah lui avait remis le premier leurre en début de soirée.

Il tenait dans les mains une réplique quasi parfaite de l'artefact des Vents.

La sphère était si lisse qu'elle donnait l'impression de n'être qu'un miroir d'eau. À l'intérieur, une substance blanche se mouvait de façon perpétuelle selon des courbes en tout point similaires au symbole des Vents. Le fluide était d'une ressemblance époustouflante, quoiqu'un peu trop liquide.

— Il n'y a rien à faire, *Eko* restera toujours *Eko*, dit Setrian en repliant le tissu. Mais il faudrait avoir passé des heures à observer le véritable artefact pour réaliser que celui-ci n'est pas le bon. Eliah a su dénicher de bons artistes et de bons illusionnistes pour réussir à donner une telle apparence à cette sphère de verre.

— Ils sont doués, c'est certain, mais je ne comprends toujours pas pourquoi il a fait appel aux artisans des faubourgs. Il a largement de quoi faire à côté de son bureau, non ?

— Il ne pouvait pas faire passer une telle demande au sein du *Velpa*.

— Ce sont ses propres mages. Ils lui sont fidèles. Jamais aucun n'aurait révélé le secret.

— À un autre élément, tu peux en être certain. Mais dois-je te rappeler que c'est de la bouche de mages des Feux que j'ai su comment retrouver Gabrielle ? Aucun Maître n'est à l'abri d'une indiscrétion.

— Tu as raison… Et si jamais cela s'était fait en interne, je n'aurais pas pu en obtenir une seconde réplique. Sincèrement, j'ai à peine eu besoin de les convaincre. Ils se sont immédiatement pliés à ma volonté. Le sceau que tu avais appliqué au bas du courrier était parfait. Et puis, c'était amusant de se transformer à nouveau en messager.

— Amusant ? répéta Setrian. Si tu savais ce qu'il m'a fallu faire pour réussir à rédiger ce mot et apposer ce sceau sans qu'Eliah le remarque ! Sans compter qu'il fallait trouver les mots exacts pour que la demande d'une seconde réplique ne soit jamais mentionnée alors qu'elle était mandatée par la même personne !

— Je dois avouer que je n'étais pas très tranquille en allant la récupérer ce matin, avoua Jaedrin. Je craignais de croiser celui ou celle qui viendrait chercher la véritable réplique. Ça aurait été tellement plus simple de t'y envoyer, toi !

— Eliah ne me laisse en liberté que la nuit.

— Tu n'as pas besoin de me le répéter, maugréa Jaedrin. C'était absolument horrible, avant-hier, lorsque tu m'as demandé de te rejoindre ici en pleine nuit. J'ai fait des progrès en matière de voyages, mais se déplacer dans un marécage sans la moindre lumière… Dire que je t'attendais comme un imbécile devant les bâtiments du *Velpa*. Heureusement que ça en valait la peine.

— Ça valait bien plus que ça ! s'exclama Setrian. Regarde un peu. Nous avons maintenant un passage pour faire sortir Gabrielle. Pour Matheïl, en revanche, c'est une autre histoire…

Le silence s'abattit sur eux. Au cours des derniers jours, lorsqu'il avait croisé le jeune prophète, celui-ci était toujours aux côtés de Mesline et semblait curieusement s'en satisfaire.

— On finira par trouver une solution, dit Jaedrin en posant une main sur l'épaule de Setrian. Dis-moi comment va Gabrielle. Est-ce que tu penses qu'elle pourra tenir encore un peu ?

Setrian réfléchit avant de répondre.

— On voit qu'elle dort peu, qu'elle mange peu et que les efforts qui lui sont demandés sont colossaux, mais je n'arrive pas à comprendre pourquoi elle s'investit autant.

— Tu ne comprends pas ? s'étonna Jaedrin. Elle est sous menace permanente. Il n'y a rien à comprendre. On lui donne des ordres, elle s'exécute pour rester en vie. Ce n'est pas comme si on lui demandait de contribuer au *Velpa*.

— C'est pourtant ce qu'elle fait, répondit Setrian, soucieux. Elle fabrique les armes qui sont destinées aux mercenaires.

— Ce n'est pas elle qui donne les coups avec. Cesse de lui reprocher ce qu'elle n'a pas fait.

— Je ne lui reproche rien. Je l'ai simplement trouvée… étrange. Elle était très impliquée dans sa tâche, chaque fois que je la regardais. Elle faisait vraiment attention.

— Elle est artiste, c'est dans sa nature, objecta Jaedrin en croisant les bras comme si le sujet était clos.

— Je le sais bien ! C'est compliqué à décrire. Je… Oh et puis tu n'as qu'à venir voir par toi-même ! Allez, suis-moi.

— Comment ça, suis-moi ?

Setrian s'était suspendu sous la berge du marécage pour poser ses pieds dans l'ouverture, ne laissant plus dépasser que sa tête.

— Remets *Eko* dans ton sac. Enfin... Le faux *Eko*. Et suis-moi. Tu comprendras mieux ce dont je veux parler quand je dis que Gabrielle est étrange. Personnellement, je la trouve trop méticuleuse pour une tâche qui sert nos ennemis. Je ne le lui reproche pas, lança-t-il en devançant Jaedrin, je cherche juste à comprendre pourquoi elle agit ainsi alors que cela use ses forces.

Setrian fit un léger bond en arrière pour se balancer puis se jeta dans l'ouverture. Une fois à l'intérieur, il se décala pour laisser à Jaedrin la place de faire de même. Il fut à peine surpris de le voir procéder sans rechigner.

En silence, ils progressèrent dans la galerie. Jaedrin avait mis son sac sur son ventre afin de ne pas abîmer la réplique d'*Eko* et le serrait contre lui comme s'il s'agissait de la chose la plus précieuse au monde. Une fois arrivés à la forge, Setrian désigna le pilier derrière lequel ils pouvaient se cacher puis pointa les silhouettes en contrebas.

— Pas la peine de me dire où elle est, dit Jaedrin. Je l'ai reconnue.

Setrian masqua sa surprise. Dans ses souvenirs, Jaedrin n'avait jamais prêté attention à Gabrielle, même à partir du moment où elle avait été désignée comme l'une des potentielles prétendantes à la prophétie.

— C'est vrai qu'elle est bizarre...

Setrian se retint de faire une remarque et se pencha à son tour. Depuis son premier passage, Gabrielle avait eu le temps de parfaire son travail. L'épée au-dessus de laquelle elle était courbée s'embellissait à chacune de ses interventions. L'objet, initialement conçu pour n'être qu'une arme, devenait splendide. Mais pourquoi se donnait-elle autant de peine ?

Brusquement, Gabrielle se redressa et fit tomber l'épée dans un tas de débris à ses pieds. Le geste était délibéré mais seul quelqu'un qui serait placé en hauteur aurait pu s'en rendre compte. Elle donna un léger coup dedans et l'épée se fondit parmi le reste du métal. D'un geste vif, elle attrapa une lame qui traînait à proximité et frappa violemment dessus avec son marteau. Jaedrin et Setrian sursautèrent de la voir agir si sauvagement alors que tout n'avait été que douceur et délicatesse jusqu'à présent.

La mage à la boucle rouge passa alors à côté et leva une main vers le visage de Gabrielle en s'écriant qu'il y avait déjà assez de bruit sans qu'elle en rajoute davantage.

— Qu'est-ce qu'elle fait ? chuchota Jaedrin, qui ne connaissait rien des punitions particulières du *Velpa* des Feux.

Setrian expliqua les brûlures sur la joue et Jaedrin grimaça d'horreur.

— Ça ne te fait rien, à toi ? demanda Jaedrin.

— Je ne peux pas dire que ça ne me fasse rien, mais nous avons une mission à mener.

— Mission, mission, ronchonna Jaedrin. Tu n'as que ce mot à la bouche ! Elle n'avait aussi que celui-là, d'ailleurs ! Vous êtes insupportables !

Setrian sentit son cœur se serrer en comprenant que Jaedrin parlait d'Ériana.

— Comment peux-tu rester aussi froid devant ça ? poursuivit Jaedrin à voix basse.

— Je n'y suis pas indifférent ! se défendit Setrian. Je fais seulement passer les choses importantes en premier. Gabrielle ne va pas mourir d'une simple brûlure.

— Elle en sera défigurée !

— Les punitions infligées par cette femme ne sont pas aussi graves.

— Qu'est-ce que ça change ? Elle s'en prend à elle, non ?

— Gabrielle est secondaire par rapport à la mission de ce soir. Je suis désolé, Jaedrin. Je t'assure que je tiens à elle, même si je la connais peu. C'est une amie d'Ériana et je ne pourrais jamais l'abandonner. Mais ce soir, elle n'est pas notre priorité.

— J'aimerais bien savoir quelles sont tes priorités, gronda Jaedrin.

Setrian ouvrit la bouche pour répondre mais aucun son n'en sortit. Il finit par baisser les yeux. Quoi qu'il dise, Jaedrin aurait un reproche à lui faire. Et cela serait justifié.

— Alors ? Pas de réponse ? le nargua Jaedrin. Je sais que, dans ta liste, tu aurais glissé la Friyie et Ériana. La question reste : laquelle en premier ? Je croyais que tes décisions passées t'avaient montré tes erreurs. Il faut croire que j'ai eu tort.

Sur ce, Jaedrin se leva, les bras étroitement serrés autour de son sac. Setrian l'attrapa aussitôt et le fit se rasseoir.

— Tu vas nous faire repérer !

— Personne ne regarde par ici depuis tout à l'heure ! Personne ne regarde personne, à vrai dire. Ces prisonniers sont vraiment sages. Et tu as raison, même Gabrielle semblerait l'être. Mais je n'ai pas l'intention de la laisser ici !

— Non ! Tu vas nous faire repérer par *celui-ci* ! s'énerva Setrian en désignant une silhouette par-dessus l'épaule de Jaedrin.

Un homme avançait au milieu de l'esplanade. Heureusement, il bifurqua dans la galerie descendante avant d'avoir pu remarquer leur présence. Setrian reconnut l'amant de la mage responsable de la forge. Sûrement venait-il rendre visite à sa consœur.

— Qui est-ce ? demanda Jaedrin.

— Un ennui de plus.

Ils regardèrent le mage émerger au niveau inférieur. L'homme passa vérifier chacun des postes, s'attardant particulièrement auprès de Gabrielle. Sa main ne se leva pas vers son visage comme aurait pu le prévoir Setrian, mais passa dans le bas de son dos. Même à cette distance, ils virent distinctement la raideur dans le corps de Gabrielle. Jaedrin faillit se lever à nouveau, Setrian le retint.

— Et ça, ce n'est pas suffisant, pour toi ? s'enflamma Jaedrin, le regard sévère. C'est presque pire que la brûlure de l'autre !

— Il n'est pas là pour elle, se contenta de répondre Setrian en montrant la mage à la boucle d'oreille.

Jaedrin secoua son épaule pour se dégager et se braqua vers la forge. Setrian baissa la tête.

Jaedrin avait raison. La mission avait pris le pas sur tout le reste. Mais s'il voulait sauver ceux qu'il aimait, ne fallait-il pas d'abord s'assurer que le monde dans lequel ils vivraient soit libéré des oppresseurs ? Avant d'extirper Matheïl et Gabrielle de cette prison, ne devait-il pas d'abord s'assurer qu'*Eko* et *Lünt* soient en sa possession ?

Jusqu'à présent, la prophétie avait toujours guidé ses pas. Les âmes des artefacts avaient pris le relais. Et au milieu, Ériana avait amené de l'humanité et de la compassion. De la douleur, aussi. Mais quelles que soient les émotions, elles l'avaient rendu vivant.

Malgré sa désignation comme prétendante, Ériana avait toujours gardé du recul par rapport à la prophétie, remettant systématiquement en cause les interprétations. Son instinct avait chaque fois eu raison et c'était certainement toujours le cas. Elle voulait vivre *sa* vie, et pas celle qui avait été décidée pour elle.

Depuis qu'il ne la voyait plus, Setrian avait perdu cette humanité. Ériana avait été un déclencheur, une pierre d'équilibre qui lui avait permis de retrouver un peu de libre arbitre. Les journées de mission s'étaient transformées en véritables moments de grâce. À ses côtés, tout avait pris de la saveur. Sans elle, il redevenait un messager, et un messager uniquement.

Aynetiel par définition et par essence. Un simple mage de plus dans une Tour d'Ivoire.

— Hé ! Regarde ! l'interpella Jaedrin.

Luttant contre sa mélancolie, Setrian tourna les yeux vers ce qui lui était montré. Il crut d'abord qu'il devait observer le mage s'éloignant vers sa collègue, mais Jaedrin désignait à nouveau Gabrielle. Elle était penchée sur son ouvrage informe et rudimentaire, bien loin de la splendide épée qu'elle avait façonnée tout à l'heure. Mais elle tournait régulièrement la tête sur sa droite.

Elle surveillait ses geôliers.

Lorsque les deux mages s'éclipsèrent plus loin, elle jeta un coup d'œil de l'autre côté, vers les trois prisonniers. Aucun ne lui accordait la moindre attention. Elle s'écarta alors de son enclume et s'approcha du tas d'épées achevées et prêtes à être envoyées à leurs destinataires. Elle en empoigna trois et les jeta dans les braises. Dès qu'elles furent chaudes, elle retourna avec à son poste et commença à les marteler.

Malgré tout ce qu'il avait à faire cette nuit, Setrian ne put s'empêcher de rester en admiration devant Gabrielle. Jaedrin était lui aussi bouche bée.

— Tu vois ce que je vois ? demanda Jaedrin.

Setrian hocha la tête, médusé. Depuis le début, il avait cru Gabrielle trop fragile pour agir contre le *Velpa*. Il avait eu tort.

Gabrielle acheva rapidement sa tâche et trempa les lames dans l'eau avant de les remettre dans leur tas. Puis elle jeta un nouveau regard circulaire et reprit l'épée cachée à ses pieds, entamant un travail bien plus pointilleux.

— Tu crois qu'elle se prépare une arme ? demanda Jaedrin. Cette épée va être redoutable. Sans compter le fait qu'elle sera sûrement magnifique…

— Je ne sais pas vraiment si elle compte s'en servir, répondit Setrian, mais je n'aimerais pas être à la place de ceux qui vont utiliser celles qu'elle vient de reposer. Car une chose est sûre, ces épées ne tiendront pas longtemps dans une bataille. Je me demande même si elles résisteront au premier choc.

— Combien crois-tu qu'elle en ait trafiqué ainsi ?

Setrian n'en avait aucune idée mais intérieurement, il priait pour que Gabrielle se soit chargée du tas tout entier.

— Bon, que fait-on ? reprit Jaedrin. Je reste ici pendant que tu te charges d'*Eko* ?

Setrian lâcha Gabrielle des yeux. Son ami paraissait tranquillisé. Peut-être que d'avoir vu Gabrielle tromper le *Velpa* l'avait rassuré.

— Tu promets que tu ne feras rien ?

Jaedrin secoua la tête. L'exaspération eut raison de Setrian.

— Nous ne pouvons pas prendre ce risque ! Pense à Matheïl. Si nous sauvons Gabrielle ce soir, la sécurité sera renforcée autour de lui.

— Je ne ferai rien tant que Gabrielle ne sera pas en danger. Mais au moindre problème, je ne pourrai pas rester ici sans bouger. Je suis désolé, Setrian, il va falloir que tu acceptes ça.

— Tu parles comme si tu tenais particulièrement à elle.

Le reste de l'échange se poursuivit seulement des yeux. Pour la première fois, Setrian voyait son ami soutenir son regard avec férocité. Ce fut peut-être ce qui acheva de le convaincre.

— Alors je vais faire vite, dit-il en se relevant. Donne-moi ton sac, ce sera plus simple pour transporter les deux répliques.

Jaedrin lui passa le sac et Setrian y déposa la réplique qu'Eliah lui avait confiée. D'un commun accord, ils avaient décidé de donner la réplique de Jaedrin à Eliah, au cas où celui-ci serait capable de reconnaître celle qu'il avait lui-même payée. La précaution était certainement inutile mais ils s'étaient sentis obligés de tout prévoir.

Avec un dernier hochement de tête, Setrian se mit en chemin pour le bureau de Caliel, laissant Jaedrin derrière la colonne. Durant le trajet, il rumina sur leur échange. Jaedrin avait raison sur certains points, notamment sur ce qui, d'Ériana ou de la Friyie, était sa priorité. Son ventre se tordit quand il réalisa qu'il n'avait toujours pas la réponse.

Amer, il se pencha sur sa mission. Les deux derniers soirs n'avaient pas suffi à trouver une solution pour franchir les boucliers de Caliel. Devant l'urgence, Eliah avait présenté leur ultime option.

Les boucliers n'empêchaient personne d'entrer, en réalité, mais les franchir après les avoir déclenchés était normalement impossible. Entre le vent, les brûlures et l'alerte sonore, les mages arrivaient avant que l'intrus n'ait pu faire quoi que ce soit.

Eliah avait donc ordonné à Setrian de franchir les boucliers coûte que coûte.

Setrian avait protesté, par principe, même si cela était sa seule façon de mettre la main sur *Eko*. Plus que tout, il redoutait les brûlures car elles lui gagneraient tout le corps. L'opération ne reposait donc que sur une seule chose : sa rapidité. Setrian devait franchir les boucliers, procéder à l'échange d'artefacts et retrouver Jaedrin avant de pouvoir retourner au bureau d'Eliah. Il espérait que son corps brûlé serait capable d'en accomplir autant avant de perdre connaissance. De toute façon, Eliah n'avait plus rien prévu pour lui ensuite.

Il retraversait les cuisines lorsque son *inha* s'agita. Au cours des derniers jours, la sensation était devenue presque familière et se déclenchait souvent à ce niveau, comme si la cuisine était le seul endroit où son énergie percevait quelque chose.

Nerveux, il gagna le couloir des serviteurs. La sensation se fit de plus en plus forte. Le poids du sac dans son dos l'incitait à ne pas perdre de temps, mais son énergie le poussait à s'écarter du chemin prévu.

Nouvel émoi. Nouveau frisson.

Sans l'avoir réellement décidé, Setrian se dirigea vers les escaliers qui menaient au réfectoire au lieu de partir en sens inverse. C'était comme si quelqu'un le guidait dans cette direction. Incapable de s'arrêter, il continua à avancer.

Son *inha* et son cœur firent un bond lorsqu'il entrebâilla la porte du réfectoire.

Il reconnaissait le scintillement. Il avait déjà vu cet aspect éthéré. La silhouette était toutefois trop vague pour qu'il comprenne de qui il s'agissait exactement.

Alors qu'il poussait la porte, son visage se tourna brusquement dans sa direction. L'instant d'après, une jeune femme de son âge se tenait devant lui. Ou plutôt l'âme d'une jeune femme.

Et d'après le collier rouge et or qui lui pendait au cou, il était face à l'âme des Feux.

29

— Que… Qui… Que faites-vous ici ? balbutia-t-il.
La jeune femme le dévisageait, les yeux ronds. Son expression ne montrait aucune surprise. Elle semblait déjà savoir qui il était. Son examen minutieux restait toutefois déstabilisant.

Lentement, elle fit aller sa tête de gauche et de droite, tournant même une fois autour de lui. Setrian la regarda faire, paralysé. Lorsqu'elle se remit devant lui, il n'avait pas réussi à décrocher un mot de plus.

— Bonsoir, hésita-t-elle à son tour. Je crois… Je crois que tu es son protecteur ?

Setrian fronça les sourcils. Il y avait tant d'implications dans cette simple phrase, mais aussi tant de mystère et d'explications à fournir, qu'il n'osa pas parler. Rien que de chercher à formuler une réponse cohérente lui embrouillait l'esprit.

— Dans… dans quel camp es-tu ? poursuivit la jeune femme.

Il avait du mal à croire que Lünt, puisqu'il était maintenant sûr qu'il s'agissait bien d'elle, puisse être aussi directe. Sa perplexité dut se voir car, en guise d'argument, elle désigna le vêtement qui le recouvrait.

— Vêtu ainsi, tu leur ressembles tellement…

Setrian comprit enfin et s'autorisa un sourire. La jeune femme avait toutes les raisons d'avoir des doutes.

— Je suis de ton côté, répondit-il.

Lünt releva les yeux, clairement soulagée. Elle était à peine plus petite que lui et ses cheveux roux tombaient en cascade jusqu'à ses épaules. Leurs reflets orangés avaient dû être flamboyants de son vivant. Désormais, son aspect scintillant les cachait.

— Que fais-tu ici ? poursuivit-elle.

— J'ai été capturé.

— Et elle ?

Setrian hésita. Lünt parlait d'Ériana mais aujourd'hui, il n'était plus du tout le mieux placé pour avoir cette discussion.

— Elle est avec son protecteur en direction du territoire des Feux. En tout cas, ce sont les dernières nouvelles que j'ai eues.

— Qu'est-ce que tu racontes ? Son protecteur ? Ce n'est pas toi ?

— Je l'étais et je ne le suis plus aujourd'hui. Mais expliquer pourquoi reste assez douloureux. Peux-tu te contenter de cette réponse ?

Lünt ferma brièvement les yeux et Setrian fut surpris qu'elle accepte sa demande si facilement. Elle assimilait les nouvelles avec un calme dont il n'aurait jamais pu faire preuve.

— Ils avaient dit que tu serais intelligent, dit-elle. Se seraient-ils trompés ?

Les mots avaient été prononcés sans la moindre moquerie. Puis le visage de Lünt se transforma et n'afficha plus que de la suspicion. Setrian eut soudain l'impression de se retrouver face à Ériana.

— Je n'y comprends plus rien, à ces prophéties, poursuivit Lünt. Tu n'es pas son protecteur et tu me vois quand même ? Sans parler du fait que j'ai pu te guider jusqu'ici ? C'est totalement incohérent.

Setrian rassembla ses pensées. Lorsqu'il avait rencontré Dar, il avait plus ou moins fini par comprendre que seuls Ériana et son protecteur pouvaient avoir une réelle interaction avec les âmes messagères. Dans ce cas, Lünt avait raison, les prophètes avaient dû se tromper.

— Peut-être que je peux te voir parce que j'ai déjà rempli ce rôle ? suggéra-t-il.

— C'est une possibilité. Ou alors, ils ont dit n'importe quoi. Quoique les autres ne m'aient pas vue, dans ce bureau.

— Quel bureau ?

— Celui de Grab, dit-elle en agitant nonchalamment sa main. Enfin... Ce n'est pas ce qui m'intéresse. Je croyais que j'allais enfin trouver un moyen de lui communiquer ce qu'elle doit apprendre. Voilà que tous mes espoirs se trouvent anéantis.

— Tu parles du transfert ?

— Oui, mais je t'avoue que, plus le temps passe, moins je sais comment je vais m'y prendre. Le seul avantage de ne pas avoir Ériana sous la main est que cela me laisse du temps pour trouver un nouveau sanctuaire. Parce que retourner dans celui du territoire est désormais hors de question. À moins que... Tu me dis qu'elle se dirige vers les Feux ? C'est peut-être intéressant. Il faudrait que je m'y rende aussi. Mais pour ça, je vais devoir retourner dans l'artefact, sinon, j'arriverai là-bas trop faible.

Lünt continuait sa réflexion personnelle à voix haute. Setrian commença à se demander s'il ne ferait pas mieux de l'interrompre. Lünt avait beau être invisible pour certains, il n'avait pas envie de se mettre en danger aussi bêtement qu'en restant à l'entrée du réfectoire. Et sa soirée était déjà suffisamment chargée sans y ajouter les déductions d'une âme qu'il venait à peine de rencontrer.

— Lünt ? Tu… Tu pourrais continuer en te déplaçant ? dit-il en désignant le hall derrière lui. J'ai des choses importantes à faire. Elles te concernent, en plus. Enfin, elles concernent un de tes homologues.

La jeune femme se tut immédiatement. Ce n'était que la seconde âme qu'il rencontrait, mais Setrian la trouvait bien plus ouverte et disponible que la première. Heureusement pour lui, car il ne comptait pas perdre son temps.

Dans le sanctuaire des Terres, Dar avait incarné le parfait instructeur, expliquant tant de choses qu'Ériana et lui avaient eu du mal à tout appréhender d'un coup. Lünt agissait comme n'importe qui en proie à une situation inexplicable. Frustration, questionnements, exaspération. Tout y était. Au point qu'il la trouvait presque humaine.

— Mes homologues ? s'exclama-t-elle. Si tu veux parler des autres âmes, celle des Terres a disparu. Celle des Eaux n'est pas encore arrivée à Naja. Quant aux Vents…

— Comment as-tu appris tout ça ? coupa-t-il.

— Je suis allée vérifier sur place, répondit-elle en haussant les épaules comme si la réponse était évidente. Et j'ai aussi écouté ce qui se passait dans le bureau de Grab. Je suis stockée juste à côté.

Ce fut au tour de Setrian de manifester son désarroi. Lünt avait une attitude si naturelle qu'il lui était désormais impossible d'éprouver la moindre réserve par rapport à elle. L'âme aurait tout aussi bien pu être matérielle et vivante, rien n'aurait été différent. Au point qu'il faillit pousser un cri en la voyant passer au travers de la porte.

— As-tu appris autre chose dans ce bureau ? demanda-t-il en refermant le battant.

— Que les Maîtres des Vents et des Feux n'étaient pas de très bons amis.

— J'avais déjà cru le comprendre, mais merci de le confirmer.

— Pas de quoi.

La familiarité de leur échange était vraiment déroutante. Setrian avait l'impression de discuter avec une amie aussi chère que Jaedrin. Peut-être parce que la situation était assez compliquée et qu'ils s'étaient trouvés par hasard. Il avait aussi la sensation que ce n'était pas le moment de gérer Lünt. Ce soir, il devait s'occuper d'*Eko*. Lünt, elle, semblait toujours concentrée sur la question de sa visibilité et de l'identité du protecteur d'Ériana. Elle se moquait sûrement pas mal qu'un autre artefact doive être dérobé pendant la nuit.

Par habitude, Setrian entrebâilla la porte du couloir de service et invita Lünt à entrer. Elle le regarda avec un sourire moqueur et traversa le montant. Setrian la suivit en se faufilant.

— Par où va-t-on ? demanda-t-elle.

— Tout droit jusqu'à la fin du couloir, dit-il. Je dois accéder au bureau de Caliel et procéder à un échange. D'ailleurs, tu parlais de l'âme d'*Eko*. Tu sais quelque chose à son sujet ? Ériana et moi ne savions pas où elle se trouvait.

— Eko... C'est le nom de celui des Vents, alors ?

— Ce serait un garçon d'environ dix-sept ans.

— Inconnu, conclut-elle en haussant de nouveau les épaules. Et si je sais quelque chose à son sujet, c'est qu'il est très mal en point. Son âme n'est pas dans l'artefact. Sûrement est-elle dans son sanctuaire. Mais où qu'il soit, son énergie a décru. Il restait juste une pâle sensation dans la sphère.

— Son sanctuaire commence à être détruit. Peut-être y est-ce dû ?

— Franchement, je n'ai aucune réponse à apporter. Tes ancêtres ont agi dans l'urgence. Il se peut qu'ils n'aient pas tout prévu. Ou qu'ils se soient trompés. Ce ne serait qu'une fois de plus. Les prophètes sont-ils toujours aussi perdus ?

Setrian ne put retenir un sourire. La nature prophétique avait toujours été très difficile à saisir pour tout mage d'une autre nature. Visiblement, trois mille ans n'y avaient rien changé.

— Nous n'avons plus aucun prophète, à Myria. La personne la plus compétente est un garçon de douze ans qui a subi un transfert assez brutal et mal préparé. En plus, il est prisonnier du *Velpa*. Alors autant te dire que c'est le chaos le plus total en ce qui concerne les prophéties.

— C'est donc bien ce que je disais, c'est toujours la confusion. Bien, et qu'as-tu à faire avec Eko ? J'ai la nette impression que tu ne traînes pas ce gros sac à dos pour rien.

— Je vais le dérober.

Lünt cessa aussitôt de marcher, si marcher était le mot exact. Setrian trouvait plutôt qu'elle glissait en remuant les jambes. Puis la jeune femme se mit à rire. Un rire vif, joyeux, aussi flamboyant que le roux de ses cheveux. Un rire qui aurait pu illuminer le couloir tant son timbre était clair. Mais le dernier éclat se transforma en grincement et le sourire béat en grimace de moquerie.

— Et comment comptes-tu faire ?

Setrian faillit croiser les bras, vexé, puis s'expliqua. Lünt était redevenue sérieuse, son front se ridant au fur et à mesure. Cette fois, Setrian avait l'impression de se retrouver face à son père.

— Tu es conscient que les boucliers vont te mettre dans un état lamentable ? dit-elle lorsqu'il eut terminé.

— Je n'ai pas vraiment le choix.

— Avec les renseignements que tu as, je crois qu'effectivement, même moi je n'aurais pas pu faire mieux. Mais aujourd'hui est ton jour de chance.

Setrian resta confus. S'il avait un jour eu de la chance, ce n'était pas vraiment cette nuit. Il faillit réexpliquer à Lünt la teneur de sa mission mais elle l'interrompit en levant la main, le sourire aux lèvres.

— Je peux te guider jusqu'au bureau de Caliel. Mais pas par le passage officiel.

La bouche de Setrian s'ouvrit dans un cri silencieux de victoire puis tout retomba d'un coup. Lünt pouvait peut-être franchir les boucliers sans le moindre mal, mais ce n'était pas son cas.

— Ça ne change rien.

— Ça m'étonnerait que Caliel s'encombre de boucliers de son propre élément sur son passage réservé.

Setrian croisa les bras, par principe. Même si c'était le point sur lequel Eliah et lui avaient fondé leur plan, le souvenir de ses précédentes tentatives sur la porte officielle lui brûlait déjà le bras.

— Et qui te dit que je ne déclencherai quand même pas d'autres boucliers? J'ai bien été attaqué par différents éléments, chaque fois que je touchais la porte de Caliel. Il doit forcément s'y trouver les trois autres et, à mon avis, même les serviteurs doivent les déclencher!

— Sur ce point, je te rejoins. Les Maîtres ne sont pas stupides au point de laisser des servants rentrer dans leur bureau sans permission. Prends-le sous un autre angle, dans ce cas : seul un porteur de *inha* des Vents peut s'introduire dans cette pièce.

— Attends, à Myria, les boucliers sont scellés avec le *inha* du propriétaire. Seul le Grand Mage peut défaire le bouclier de son bureau. Tu vas me faire croire que Caliel n'a pas pris cette précaution?

Lünt haussa les épaules.

— Ça ne coûte rien d'essayer, dit-elle avec une moue évidente.

Setrian se laissait lentement tenter, même si la conviction de Lünt était assez déraisonnable. Dans le cas où il acceptait cette folie, il restait encore un point à résoudre.

— Et au sujet des boucliers d'autres éléments ?

— D'après ce que j'ai entendu, de la bouche même de Grab, ces boucliers sont en cascade. Le premier élément reconnu déclenche tous les autres. Si tu n'es pas reconnu comme étant des Vents, tu passeras au travers du reste. Caliel s'est fait sacrément rabrouer par Grab, ce jour-là. Peut-être a-t-il allégé la sécurité des boucliers.

Setrian prit une profonde inspiration. Il ne comprenait pas pourquoi Lünt le déstabilisait autant. Elle ne faisait qu'avancer ses idées et celles-ci étaient loin d'être stupides. À court d'arguments, il lui fit signe de se remettre en route. Lünt le regarda en inclinant la tête comme une enfant.

— Pas où va-t-on, alors ?

— En direction du passage que tu connais, ronchonna Setrian en repartant.

— Euh… Je ne le connais pas vraiment…

Setrian s'arrêta net.

— Je n'ai pas dit que je le connaissais, se défendit Lünt. J'ai dit que je pouvais t'y guider. Il faut simplement que… je le trouve.

Setrian fit son maximum pour conserver son calme. Lünt ne cherchait qu'à lui fournir des solutions. À ce moment-là, deux serviteurs approchèrent dans leur direction. Setrian se réfugia dans les premiers escaliers, Lünt, elle, resta délibérément au milieu. Les deux serviteurs la traversèrent sans réaliser sa présence, ni manifester le moindre embarras.

— Plus ça va, plus j'en viens à confirmer mon hypothèse selon laquelle je te vois parce que j'ai *été* le protecteur d'Ériana, murmura Setrian en sortant de sa cachette. Il n'y a vraiment aucune autre explication.

Lünt ne l'écoutait pas, immergée dans ses propres réflexions. Heureusement pour lui car son discours avait été peu convaincant. Même lui n'avait pu se cacher la vérité. L'amertume filtrait dans chacun de ses mots. Il était jaloux d'Erkam, jaloux du rôle qu'il avait auprès d'Ériana et aussi jaloux du simple fait qu'ils soient l'un près de l'autre.

— Bon, reprit Lünt, où se situe le bureau de Caliel, par rapport à l'endroit où nous nous trouvons à l'instant ?

Setrian ferma les yeux pour visualiser la carte mentale qu'il s'était construite puis leva son bras droit en diagonale.

— Je dirais quelque part par là, au premier étage, dit-il en rouvrant les yeux.

— Très bien. Attends-moi ici.

Lünt inspira et expira plusieurs fois. Setrian s'attendait à la voir partir vers le premier escalier visible. Au lieu de ça, les pieds de Lünt décollèrent lentement du sol.

— Tu peux… commença-t-il, ébahi.

— Je passe au travers de tout, répondit Lünt en retournant au sol. Mais j'ai besoin de beaucoup de concentration pour ce qui est du sens vertical.

— Lünt, intervint une dernière fois Setrian avant qu'elle ne s'envole à nouveau, nous n'avons pas beaucoup de temps. Plus je traîne, plus Eliah va se douter de quelque chose. Déjà qu'il me faut retourner aux forges pour donner le véritable artefact à Jaedrin...

— Ne t'inquiète pas. Dès que tu lui auras rapporté la réplique, le Maître des Eaux ne doutera plus de rien. Mais j'ai un peu peur pour toi, en revanche. Est-ce qu'il a dit ce qu'il comptait faire de toi une fois cette mission accomplie ?

Setrian ouvrit grands les yeux. Lünt avait compris bien davantage que ce qu'il avait pu exprimer depuis leur rencontre. Devant son silence, elle se pinça les lèvres.

— On trouvera quelque chose, dit-elle en fermant les yeux.

Lentement, il la regarda s'élever. Sa tête traversa le plafond, puis ses épaules et sa taille. Setrian garda le menton levé jusqu'à ce que la pointe des pieds scintillants disparaisse dans la pierre, puis il s'affala sur les marches d'escalier à proximité.

Il devait rester en alerte pour ne pas risquer de croiser un serviteur, mais il avait la sensation que les deux hommes qu'ils avaient rencontrés avaient été les derniers à sortir des cuisines.

Ses mains se mirent doucement à trembler, puis le tremblement se propagea à tout son corps. C'était la première fois qu'il ressentait une panique aussi grande. Habituellement, Ériana y était associée et c'était pour cela qu'il parvenait à garder son sang-froid.

Cette fois, sa vie à lui seul était en jeu. La dernière fois où il avait risqué de mourir, il avait consciemment demandé à Ériana de prononcer sa sentence. Aujourd'hui, il la décidait de lui-même en retournant auprès d'Eliah. Si le Maître des Eaux voulait disposer de lui, il le ferait à l'instant où Setrian remettrait les pieds dans son bureau avec la réplique d'*Eko*.

Setrian n'avait pas peur de mourir. Dès qu'il s'était lancé dans cette folle quête des artefacts, il avait su que sa vie était en danger. Celle d'Ériana aussi, et il s'était décidé à faire en sorte que rien ne lui arrive à elle, quel que soit le prix à payer. Il ne se pardonnerait jamais de reculer à un tel moment.

Il soupira en réalisant qu'il avait enfin trouvé sa réponse.

Ce soir, la vie d'Ériana était plus forte que tout. Plus forte que la Friyie, plus forte que lui. Ce soir, il volait l'artefact des Vents et le remettait à Jaedrin. Il comptait sur lui pour le mettre en sécurité. Il comptait aussi sur lui pour prendre le relais dans sa tâche.

Setrian ne savait pas comment Jaedrin s'y prendrait pour voler l'artefact des Feux, mais il avait l'intention d'en toucher deux mots à Lünt quand elle reviendrait. Sûrement auraient-ils le temps d'orchestrer quelque chose. Resteraient Gabrielle et Matheïl à sauver.

Avec le passage de l'étang, Setrian était confiant. Les évasions pourraient se faire. Jaedrin comprendrait. Et peut-être se retrouverait-il lui aussi face à ce choix, à un moment.

Setrian inspira plusieurs fois pour se calmer, vainement. Il savait que son angoisse n'était pas due à la mort qui l'attendait, mais au fait qu'elle arriverait ce soir.

Sans qu'il ait revu Ériana.
Sans avoir pu la serrer dans ses bras.
Ses mains tremblaient encore lorsque Lünt réapparut, le bras tendu vers l'escalier.
— C'est par là.

30

Setrian patientait devant la porte de petites dimensions. S'il l'avait empruntée il aurait juste eu de quoi passer, peut-être même aurait-il dû baisser la tête. Lünt l'avait traversée sans le moindre problème. Elle était à présent à l'intérieur, mais il ne pouvait savoir exactement ce qu'elle faisait.

La tête de Lünt émergea quelques instants plus tard. Setrian réprima un frisson. Il savait que Lünt était insubstantielle, mais ne voir que sa tête et imaginer le reste de son corps de l'autre côté le perturbaient. La jeune femme semblait s'être parfaitement accommodée de son état, mais Setrian savait qu'elle s'y était en réalité résignée. L'humour cynique dont elle faisait preuve envers elle-même ne pouvait qu'aller dans ce sens.

— Le bureau est vide. *Eko* est toujours là. Le lien que je perçois avec l'âme à l'intérieur est toujours aussi faible. Pour être dans un état pareil, il s'est passé quelque chose de grave.

Setrian préféra ne pas relever. Il n'était ici que pour voler l'artefact, pas pour se poser des questions à son sujet.

— Je ne suis toujours pas convaincu par ta proposition… soupira Setrian.

— Tu veux faire un essai en projetant un peu de *inha* ?

— Et si je déclenche un bouclier ?

— Eh bien, dans ce cas, soit tu passes au travers de ces boucliers, mais nous savons tous les deux que tu risques fort de ne jamais t'en remettre, soit...

— Je pense qu'Eliah se moque pas mal de mon état à mon retour, tant que je parviens à lui ramener l'artefact, coupa Setrian.

— ... Soit je me sers de mon propre *inha* et je mets le feu à cette porte.

— Tu n'aurais pas pu proposer ça plus tôt ?

Lünt extirpa le reste de son corps du bureau et se planta devant Setrian.

— Tu crois sincèrement que les mages du *Velpa* n'auront pas rappliqué avant que la porte soit réduite en cendres ? Et si jamais nous parvenons à passer inaperçus, il sera évident que quelqu'un aura tenté de pénétrer dans ce bureau, de surcroît par un passage secret. Toi qui recherches la discrétion, je te trouve bien stupide, tout à coup.

Setrian se mordit les lèvres.

— Eliah s'attend aussi à me voir revenir à moitié carbonisé. Si je rentre du côté des Eaux en parfait état, je ne suis pas certain que...

Il interrompit sa phrase en même temps que Lünt affichait une infinie tristesse. Son état en retournant auprès d'Eliah n'avait aucune importance. Le Maître des Eaux allait de toute façon disposer de lui.

— On fait une tentative ? lança-t-elle d'une petite voix. Je reste avec toi, comme ça, si ça ne fonctionne pas, on fonce tous les deux au travers de cette porte.

— À la différence que tu vas réellement pouvoir la traverser alors que je vais me consumer sur place, ironisa Setrian en prenant une profonde inspiration.

Lünt secoua la tête comme si la situation était risible et se posta à côté de lui.

La chose était étrange, mais Setrian avait réellement la sensation de percevoir quelqu'un de physique. Énergétiquement, Lünt dégageait une puissance démesurée, de par sa présence dans l'artefact depuis des millénaires, mais aussi grâce au savoir colossal qu'elle détenait. Setrian ne pouvait en revanche pas le percevoir. Il n'était plus sensible qu'aux Vents. Ériana avait été son seul lien avec les autres éléments.

C'était ridicule. Que faisait-il là ? Il n'arrivait pas à croire qu'il repoussait encore le moment fatidique où son existence prendrait fin. Il s'était pourtant résolu à agir. Tout avait été minutieusement préparé, chaque action avait été calculée, et tout ce qu'il trouvait à faire, c'était de reculer encore plus. Il ne se reconnaissait plus.

— Je voudrais la voir une dernière fois, murmura-t-il.

Les larmes lui montaient aux yeux. Il s'était rarement montré aussi faible, mais dans ses derniers instants, il n'avait plus que faire de l'avis des autres.

— Tu la verras si tu luttes jusqu'au bout, dit Lünt.

— Ce n'est pas ce que je suis en train de faire ? cracha-t-il, submergé par le chagrin.

— Tu pourrais décider de ne pas laisser le Maître des Eaux te tuer.

Honteux, Setrian ravala son sanglot. Il s'était résigné. Il avait fait comme tous ces prisonniers du *Velpa* qui avaient perdu espoir.

— Tu prononces ta propre sentence, Setrian, depuis tout à l'heure. Toi comme moi savons pertinemment qu'Eliah n'a aucune intention de te laisser en vie, mais tu l'as accepté. Je dois dire que c'est peut-être ce qui me surprend le plus. Je t'aurais cru plus motivé que ça. Quoique… Tu dis ne plus être le protecteur d'Ériana. C'est sûrement parce que tu n'es plus assez compétent. Son digne protecteur lutterait jusqu'à son dernier souffle. Jamais il ne se rendrait ainsi. Peut-être que cet autre qu'elle a trouvé est plus adapté.

Les mots lui broyèrent le cœur et Setrian sentit une colère sourde se frayer un chemin en lui.

— J'étais son digne protecteur, j'ai eu besoin de faire des choix !

— Tout comme elle a fait les siens.

— Tu ne peux pas savoir ce que nous avons traversé ! Tu ne peux pas savoir les sacrifices qu'il nous a fallu faire pour en arriver là. Je fais tout ça pour elle. Pour elle et uniquement pour elle !

— S'il y a bien quelque chose que j'ai saisi durant mon existence, c'est le sens du sacrifice, rétorqua Lünt.

Le silence s'abattit sur eux, pesant. Lünt s'était remise face à la porte. Elle attendait qu'il se lance. Mais son cœur était si meurtri qu'il n'arrivait pas encore à créer le moindre courant d'air.

— Désolé, murmura-t-il.

— Cesse de t'excuser.

— Je suis…

— Par tous les artefacts, Setrian, vas-tu agir ? C'est toi-même qui m'as pressée pour trouver ce passage. Nous sommes à deux doigts de mettre la main sur *Eko* et tu tergiverses encore ? Si tu tenais tellement à te sacrifier, nous serions déjà partis d'ici depuis un moment, l'artefact dans ton sac. J'ai l'impression que tu hésites encore, alors si tu tiens à la vie, ce que je souhaite plus que tout, décide-toi ! Et prie pour que ta projection passe inaperçue !

La remontrance le revigora. Il ne voulait pas mourir, ni s'abandonner à son sort. Lünt lui avait redonné confiance en moins de temps qu'il lui en avait fallu pour la perdre.

— Je vais la revoir, déclara-t-il.

— Je préfère ça, répondit Lünt avec fermeté.

D'un même mouvement, tous deux se tournèrent face à la porte.

Le plus subtilement possible, Setrian établit son lien avec son élément. Il se contint pour ne pas se laisser emporter par la saveur du *inha* aérien et fit progresser son énergie en direction de la porte. Quand le flux toucha le montant, jusqu'à faire très légèrement bouger la poignée, sans tumulte et dans le silence le plus complet, Setrian et Lünt soupirèrent de soulagement.

— Pas de bouclier des Vents, murmurèrent-ils à l'unisson.

Il avait à peine terminé que Lünt disparaissait déjà de l'autre côté. Setrian, lui, avait du mal à croire que le Maître des Vents soit aussi négligent. Quoique, comme Lünt l'avait pointé, Caliel ait peut-être dû revoir la conception de ses boucliers depuis sa première intrusion. Lentement, Setrian avança jusqu'à appuyer sur la poignée. Le claquement du loquet lui sembla être un son magnifique et il poussa la porte. La voix de Lünt filtra au travers.

— Viens vite, il est là !

Setrian obéit et vit Lünt, la main au travers d'un tiroir.

— Comment tu le sais ? s'étonna-t-il.

— Je le sens. Énergétiquement, et physiquement.

Setrian leva un sourcil en ouvrant le tiroir. Quand il vit la splendide sphère de verre qu'il avait déjà eu la chance d'avoir en sa possession, son cœur se mit à battre la chamade. Il l'extirpa délicatement et la souleva devant ses yeux.

— Allez, s'impatienta Lünt en attrapant l'objet. Nous n'avons pas de temps à perdre.

Mais Setrian resta immobile, au milieu du bureau.

— Lünt ! Tu peux… Tu peux toucher l'artefact !

L'âme se figea comme si elle venait juste de le réaliser elle aussi. Puis elle releva les yeux sur Setrian.

— Sûrement parce que l'âme à l'intérieur est encore vivante. Dépêche-toi de faire l'échange !

Le ton de Lünt le secoua et Setrian sortit la réplique de son sac. En moins d'une respiration, il déposa la fausse sphère dans le tiroir, ferma celui-ci et quitta le bureau.

Il patientait, la main sur le loquet pour fermer la porte derrière Lünt quand celle-ci passa par l'ouverture, l'artefact toujours coincé entre ses deux mains. Setrian allait tirer la porte quand il interrompit son geste pour se couvrir les oreilles. Une alerte sonore stridente venait d'éclater. Setrian n'eut que besoin de voir la sphère devenir rouge pour comprendre que l'énergie des Feux avait aussi quelque chose à voir là-dedans.

— Que... Qu'est-ce que... ? commença Lünt. Cette chose est des Vents, il n'y a aucune raison qu'elle déclenche un bouclier d'autres éléments ! Ou alors elle aurait un lien avec eux ?

— On s'en fiche, Lünt ! C'est trop tard ! Vite, passe-moi l'artefact !

Sans réfléchir, Setrian attrapa *Eko* pour le jeter dans son sac, manquant de se brûler les doigts, et finit de fermer la porte. Son geste ne déclencha aucune brûlure. Les boucliers avaient tous dû faire effet sur l'artefact.

D'un mouvement, il attrapa les lanières de son sac et le jeta sur ses épaules. Lünt en tête, ils descendirent les escaliers à toute allure, se réfugiant le plus loin possible du bureau de Caliel. Ils réussirent à se glisser dans le passage menant à la forge sans avoir été repérés.

Haletant, Setrian s'autorisa une brève pause contre le mur couvert de suie. Avec cette énième alerte, tout le *Velpa* devait être en ébullition. Il reprit sa course, mais rester silencieux était difficile. Plus ils descendaient, moins l'alarme se faisait entendre et, quand ils débouchèrent sur la forge, seuls les crépitements et les martèlements résonnaient, de temps à autre entrecoupés de quintes de toux.

Comme ils l'avaient convenu, Setrian se dirigea vers la colonne de roche où Jaedrin devait l'attendre.

Malgré la chaleur étouffante, son sang se glaça et un frisson remonta le long de son dos.

Jaedrin n'était plus là.

Désemparé, Setrian se retourna, chercha autour de lui. Dans son champ de vision, il aperçut Lünt, en admiration devant la forge. Si elle avait été substantielle, il l'aurait attrapée et secouée pour lui remettre les idées en place mais, invisible, il la laissa plantée là.

Un dernier regard lui confirma que Jaedrin n'était pas sur l'esplanade. Lorsque le bruit suivant ne fut ni celui d'un marteau, ni celui du feu qu'on attise, Setrian se pencha par-dessus le rebord. Un cri faillit s'échapper de sa bouche.

Jaedrin était en contrebas, une épée dans une main, une autre derrière lui, devant Gabrielle. Elle aussi était armée, mais d'une lame bien plus belle. Setrian était quasiment certain qu'il s'agissait de celle sur laquelle elle avait œuvré en secret.

Face à eux, les deux mages des Feux avaient les bras écartés. Dans leur main droite, une flammèche grossissait progressivement. Le temps que Setrian arrive en bas, les flammèches s'étaient transformées en véritables flammes.

L'homme fut le premier à projeter sa boule de feu. Gabrielle fit passer son épée au travers mais, comme elle aurait pu s'y attendre, rien ne se produisit. Elle se décala au dernier moment, laissant passer les flammes sur sa droite. Celles-ci s'éteignirent juste après.

Pendant que son confrère s'échinait à reformer une boule de feu, la femme lança la sienne. Jaedrin la dévia d'un courant d'air mais sa projection attisa simultanément les braises qui se mirent à rougeoyer davantage, facilitant la tâche des mages. Tous deux préparaient leur nouvelle attaque, réunissant leurs mains afin de produire une plus grosse flamme.

Setrian allait avancer lorsque les trois autres prisonniers, jusqu'à présent transis de peur, trouvèrent la force de se lever. Ils accoururent vers lui, les yeux exorbités, les bras tendus pour l'écarter de leur chemin. Mais Setrian ne pouvait les laisser passer. S'ils remontaient, le *Velpa* aurait vent de ce qui se passait dans les forges.

Setrian réunit le maximum d'énergie et, d'un mouvement de bras, le poignet bien en évidence, provoqua une bourrasque qui fit chuter chacun des prisonniers. Le violent courant d'air eut l'effet escompté, mais Setrian savait que c'était sa dernière action pour ce soir. Ses réserves de *inha* étaient désormais trop faibles pour qu'il parvienne à faire davantage.

Les trois prisonniers gisaient par terre, étourdis par le choc. Derrière eux, Setrian aperçut un monticule de chaînes, certainement fabriquées à la forge. Profitant de leur égarement, il s'empara des chaînes et traîna les corps jusqu'à les avoir tous attachés à la colonne la plus proche. Quand il releva la tête, Jaedrin et Gabrielle étaient pris au piège entre les braises et leurs adversaires.

La terreur le gagna. La boule de feu que les deux mages avaient créée était démesurée. Ils ne se touchaient même plus la main tant les flammes avaient grandi, mais se tenaient à distance l'un de l'autre, avançant vers Jaedrin et Gabrielle dont les armes étaient devenues inutiles.

Prenant seulement la précaution de déposer son sac à terre, Setrian s'élança en avant, se jetant sur l'homme. La connexion entre les deux mages serait forcément rompue s'il parvenait à les séparer. Peut-être la boule de feu serait-elle réduite par la même occasion, mais il n'en était pas certain.

Alors qu'il attrapait au vol le buste du mage, les flammes se mirent soudainement à redoubler. La chaleur devint si intense que Setrian faillit lâcher son adversaire, mais il devait tout faire pour écarter les mages l'un de l'autre. Sauf que le feu était tel que les flammes lui brûlaient déjà le bras et la cuisse. Il ne pouvait pas tenir ainsi.

À contrecœur, il lâcha le mage et se laissa rouler à terre pour s'éloigner. Lorsqu'il releva les yeux, ignorant autant que possible la douleur qui commençait à prendre possession de lui, le mage ne s'était pas déplacé mais remuait en tous sens pour se libérer des flammes qui l'avaient totalement gagné.

Setrian ne comprenait rien. Comment deux mages des Feux auraient-ils pu perdre leur emprise sur leur propre élément ? Un nouveau soubresaut dans les flammes rendit celles-ci encore plus intenses. Le cri des deux mages devint sordide, la femme subissait un sort similaire.

— Setrian ! Écarte-toi !

Le cri provenait de l'esplanade et il ne lui en fallut pas plus pour saisir ce qui se passait. Ce n'était pas les deux mages qui s'étaient laissés emporter, mais Lünt qui venait d'user des Feux avec une puissance monumentale. Obéissant, Setrian recula, faisant signe à Jaedrin et Gabrielle de le suivre.

La forge se transforma en fournaise. La chaleur monstrueuse qui se dégageait des deux corps enflammés attisa encore davantage les brûlures que Setrian ressentait sur lui. Depuis sa cuisse jusqu'à sa cheville, sans parler de son bras, presque la totalité de son côté droit avait été brûlée.

Jaedrin et Gabrielle, encore armés, arrivèrent près de lui et, dans le silence, observèrent les deux mages se consumer. L'odeur était répugnante et alléchante à la fois, mais aucun n'y prêtait attention. Quand les flammes commencèrent à diminuer, Jaedrin baissa sa garde.

— Tu en as mis, du temps !

— Et toi, je t'avais dit de ne rien faire ! protesta Setrian.

— Le mage s'en prenait à Gabrielle, répondit Jaedrin comme si cela était suffisant.

Gabrielle n'approuva ni ne démentit. Sa silhouette maigre et ses joues creuses contrastaient avec la musculature de ses bras. Il était évident que son séjour à la forge l'avait fait puiser dans ses réserves, tout en lui prodiguant un entraînement conséquent. En temps normal, l'épée qu'elle tenait aurait dû être lourde pour elle, mais elle la portait sans effort.

— Et comment fait-on pour Matheïl ? s'énerva Setrian en se relevant. La forge sera sous surveillance lorsque le carnage aura été découvert. Il n'y aura plus aucune chance de passer par l'étang !

— Nous n'aurons qu'à espérer que les autres mages des Feux soient aussi stupides que ces deux-là, dit

Jaedrin en désignant les cadavres fumants du menton. Ils se sont laissé dépasser par leur énergie. C'est pitoyable.

— Ils n'ont rien négligé du tout ! Si je n'avais pas été là, vous seriez finis, à l'heure qu'il est. Heureusement que je l'avais avec moi. Lünt, descends !

La voix de Setrian résonna dans la forge. Devant l'absence de réponse, il se retourna et leva le menton. Peut-être sa démentielle projection de *inha* avait-elle fatigué Lünt, mais quand il vit l'âme scintillante se laisser flotter dans les airs jusqu'à lui, il souffla de soulagement.

Enfin arrivée à leur niveau, Lünt rouvrit les yeux et fixa Setrian.

— Là, on peut voir que tu te bats pour elle. Et de toute façon, toutes ces histoires de digne ou indigne, compétent ou incompétent, sont ridicules. Tu es celui qui a été désigné. C'est obligé, sinon, jamais tu ne me verrais. J'en suis certaine.

— On a déjà dit que c'était mon ancien statut de protecteur qui devait me permettre de te voir et d'interagir avec toi.

— Foutaises, balança Lünt. Tu me vois parce que tu es le bon.

— Et Erkam, alors, son nouveau protecteur ? Comment a-t-il pu voir l'âme des Eaux ?

— Je n'ai pas dit que tu étais le seul. J'ai dit que tu étais le bon. Si tu peux me voir, sans même avoir le moindre reflet, c'est forcément que tu es important. Bien plus que tu ne le crois. Regarde la troisième prétendante, par exemple, dit Lünt en désignant Gabrielle derrière lui. Elle est importante, c'est indéniable. Mais elle ne me voit pas.

— Qu'est-ce que tu... commença Setrian en se retournant, agacé.

Ses lèvres se figèrent devant les mines déconfites de Jaedrin et Gabrielle. Tous les deux le regardaient, médusés et effrayés à la fois. Jaedrin fut le premier à oser prendre la parole.

— À qui est-ce que tu parles ?
— À Lünt, l'âme de l'artefact des Feux.
— Elle est là ?
— Juste derrière moi, répondit Setrian en lançant sa main par-dessus son épaule.

Il était las d'avoir à gérer de multiples soucis. Sans Jaedrin, jamais cette altercation n'aurait eu lieu, sans Lünt, il n'aurait pas à perdre son temps sur des explications qui devenaient de plus en plus farfelues. Déterminé à mettre un terme à la conversation, il se retourna vers l'âme.

— J'ai une mission à achever, pour Ériana.
— Et tu t'obstines à me dire que tu n'es pas le bon ?
— Je n'ai jamais dit que je n'étais pas le bon ! Je dis simplement que ça ne semble pas être un argument suffisant. Je demande à redevenir son protecteur, c'est presque ce qui me tient le plus à cœur, mais aujourd'hui, je ne le suis pas. Sinon j'aurais déclenché les boucliers de Caliel avec ma simple projection de *inha*, n'est-ce pas ?
— Ces boucliers se seraient déclenchés si tu avais le reflet en toi. Ce n'est pas le cas.
— Alors pourquoi t'entêtes-tu à me faire croire l'inverse ?

455

— Tu interprètes très mal mes mots, Setrian, répondit Lünt, le regard sombre. On dirait un mauvais prophète. Il y a une différence entre le *bon* et le *seul*, comme tout à l'heure. Regarde vos trois prétendantes. Vous aviez, il me semble, isolé une autre personne, au début. Mais qui était la bonne, au final ?

Setrian resta bouche bée. Il avait déjà compris que Lünt avait découvert de nombreuses choses au cours de ses escapades dans le bureau de Grab, mais ses dernières conclusions le dépassaient encore.

— C'est pareil pour toi, continua Lünt. Des protecteurs, Ériana pourrait bien en avoir une quinzaine, il n'empêche que tu resterais celui qu'a désigné la prophétie. Tu *es* son protecteur. D'autres assurent ce rôle en attendant que tu reprennes ta véritable place, mais ne te permets plus un instant de douter de ton statut. Raison de plus pour rester en vie !

Setrian garda le silence.

— La suite, maintenant, annonça Lünt comme si elle menait la mission.

Encore furieux, Setrian plongea dans le sac à dos. Il en sortit *Eko*, toujours intact, et le tendit à Jaedrin.

— Tu sais par où tu dois sortir. Emmène Gabrielle avec toi. J'essaierai de trouver quelque chose pour Matheïl avant de…

Il n'osa terminer sa phrase. Son avenir à court terme était bien trop incertain pour qu'il se permette de dire quoi que ce soit.

— Il ne sert à rien de libérer Matheïl, dit Gabrielle en prenant enfin la parole. Il ne voudra jamais s'éloigner de Mesline.

— Qu'est-ce que…

— Laisse, Jaedrin, coupa Gabrielle. Je crois que nous avons tous suffisamment perdu de temps. J'ai l'impression que Setrian a d'autres choses de prévues, je me trompe ?

Setrian hocha la tête, encore déconcerté par la déclaration de Gabrielle.

— Tu es certaine ? demanda-t-il.

— Certaine. Perdre de l'énergie sur son évasion serait ridicule.

La froideur de Gabrielle, mêlée à un étrange remords, était si nouvelle que Setrian faillit croire que la jeune femme avait perdu la raison. Mais l'épée luisante dans ses mains et le regard résolu qu'elle affichait prouvaient le contraire.

— Vous deux, reprit-il, sortez d'ici. Je pense qu'il serait judicieux de garder cette épée, dit-il en désignant celle de Gabrielle. Celle de Jaedrin aussi.

— Inutile, reprit Gabrielle en attrapant l'épée pour la frapper sur l'enclume à côté.

La lame se fendit et, brisée, tomba par terre. Jaedrin émit un sifflement d'admiration.

— Quand on sera dehors, je prendrai le temps de te féliciter, murmura-t-il.

— Quand tu seras dehors, reprit Setrian, bien moins détendu que son ami, tu chercheras un moyen de communiquer avec l'âme qui se trouve derrière moi. Il va falloir trouver comment dérober l'artefact des Feux avant que vous ne quittiez la cité.

— Il y a vraiment Lünt ici ?

La question de Jaedrin était si sincère que Setrian sentit son impatience s'amoindrir.

— Lünt est ici et seuls les protecteurs de la prétendante peuvent la voir et lui parler.

— Elle entend tout ce qu'on dit ?

— C'est le cas.

— Alors il faudrait établir un signal pour que je sache quand elle est là, et un autre pour me dire qu'elle est en accord ou en désaccord avec ce que je lui propose.

Setrian interpella Lünt qui lui fournit la solution.

— J'ai expliqué notre point de rendez-vous à Lünt, à côté du marécage. Elle me dit que, lorsqu'elle t'y verra, elle signalera sa présence par une petite flamme jaune. Tu devras poser tes questions avec soin car elle ne pourra te répondre que de deux façons. Pour un oui, sa flamme sera bleue, pour un non, sa flamme sera rouge. Ça te va ?

Jaedrin acquiesça et attrapa Gabrielle avant de l'emmener dans les escaliers. Setrian les suivit jusqu'à l'esplanade et rendit son sac à Jaedrin, puis reprit le chemin du bureau d'Eliah, la dernière réplique de l'artefact dans les bras.

31

— Setrian, je…
— Non, Lünt. Ne dis rien.
Il ne voulait entendre aucun adieu, aucune marque de compassion. Il n'était pas ici pour se faire consoler. Il était ici pour se battre. La lutte avait beau être inégale entre lui et le Maître des Eaux, il ne comptait pas entrer les yeux baissés et la tête remplie de regrets.
— J'espère que tu t'en sortiras vivant.
— Lünt ! Je viens de te dire de te taire !
— Désolée, c'est plus fort que moi ! Tu es son protecteur et je devrais te laisser courir à ta perte sans t'avoir proposé mon aide ?
La voix de Lünt avait déraillé sur la fin et Setrian ne put retenir un sourire. La détresse de l'âme des Feux était touchante. Tout, depuis son expression jusqu'à la façon dont elle entortillait ses doigts, trahissait son inquiétude et son envie d'agir. Setrian poussa un soupir.
— Tu ne fais que ça, depuis que je t'ai croisée. Rassure-toi, tu m'as aidé, réellement. Mais je ne désire pas que tu restes. Va-t'en.
Loin de se sentir vexée, Lünt se mit à plaider.

— Mais je pourrais le faire encore, non ? Si je mets le feu à ce bureau ?

— C'est une possibilité, tout comme tu pourrais tuer les Maîtres du *Velpa* un à un. Mais nous avons déjà eu l'exemple avec Caliel. Il n'a pas toujours été le Maître des Vents, il a pris la place d'Ethan. Chaque fois que tu élimineras un Maître, un autre arrivera pour le remplacer.

— Il y aura bien un moment où tout ça s'arrêtera !

— Oui, quand tu n'auras plus d'énergie.

Lünt se transforma en petite fille boudeuse.

— Ériana a besoin de ton *inha* pour subir le transfert, reprit Setrian.

— Et elle a besoin de toi ! s'écria Lünt, les yeux brillants.

Il ne savait pas ce qui le surprenait le plus, que Lünt soit soudain hésitante ou qu'elle se mette à pleurer. Il n'eut pas le temps de décider. Lünt se précipita dans ses bras et l'impact le fit reculer de plusieurs pas tant il ne s'y était pas attendu.

Son corps se raidit alors que Lünt n'était plus que larmes et désespoir contre lui. Vainement, il tenta de la repousser pour expliquer l'impossible mais Lünt résistait, le serrant étroitement entre ses bras, maintenant une pression bien trop forte pour une âme qui aurait dû lui passer au travers.

— Lünt, je croyais que tu étais insubstantielle ?

La jeune femme, qui essuyait ses larmes avec son coude, s'immobilisa soudain. Le silence n'était plus qu'entrecoupé de ses hoquets. Puis, lentement, elle tendit un bras en direction du mur. Sa main disparut dans la cloison. Tout aussi lentement, elle rapprocha ses doigts de Setrian. L'étoffe du tissu noir l'empêcha d'aller plus loin.

Les sourcils froncés, Lünt pressa davantage. Setrian sentit l'appui ferme sur son sternum. Les yeux de Lünt s'arrondirent jusqu'à ce qu'elle ait écrasé sa main entière contre sa poitrine. Setrian avait mis un pied en arrière pour contrer sa force.

Lünt retira sa main et la fixa longuement. Puis elle releva les yeux sur Setrian et posa délicatement ses doigts sur sa joue.

— Ce n'est pas une preuve suffisante, pour toi ?

Et sur ces seuls mots, Lünt se détourna et disparut au travers de la cloison.

Encore sous le choc, Setrian leva sa main jusqu'à l'endroit où Lünt l'avait touché. Il ne comprenait pas comment elle avait pu exercer un contact physique sur lui. Pour elle, cela semblait être l'ultime argument, et Setrian devait reconnaître qu'il commençait à se faire une raison. Son cœur, lui, était déjà conquis et rempli de bonheur à l'idée d'être le protecteur élu d'Ériana. Il s'autorisa un sourire. Ériana se serait enflammée si elle l'avait entendu dire ça. Ni l'un ni l'autre n'appréciaient de savoir leurs sentiments contrôlés par des prophéties, mais le destin ne les avait-il pas réunis précisément pour ces raisons-là ? Ou alors le problème était à prendre dans l'autre sens.

Ils ne s'aimaient pas parce qu'une prophétie l'avait décidé. Ils s'aimaient et le destin en avait usé.

— Tu as raison, Lünt... murmura-t-il. Raison de plus pour rester en vie.

Résolu, Setrian réajusta la réplique d'*Eko* sous son bras et reprit son chemin jusqu'au bureau d'Eliah. Il ne savait pas comment, mais il allait devoir tenir tête à ce Maître qui comptait se débarrasser de lui.

Setrian avait un accès total à son *inha*, mais ses projections de la nuit l'avaient affaibli. Malgré tout, il utiliserait jusqu'à son dernier souffle d'énergie pour combattre son adversaire.

Une fois arrivé, il frappa trois coups et attendit que la porte s'entrebâille. Dès que ce fut fait, il fila devant Eliah. Le Maître des Eaux consultait un ouvrage, sa table ensevelie sous de nombreux livres. Setrian l'avait rarement vu aussi entouré.

Sans attendre, il posa la réplique sur le bureau. Eliah releva les yeux, d'abord sur Setrian, puis sur la sphère. Ses pupilles se mirent à briller et son visage se transforma.

— Enfin... soupira-t-il en s'affalant dans son fauteuil.

Setrian resta pantois. Il s'était attendu à ce que le Maître s'empare de l'artefact pour l'examiner, ou à ce qu'un sentiment de victoire se diffuse dans la pièce. Au lieu de ça, il y avait un soulagement intense, la sensation d'une tâche achevée.

— Parfait, je te remercie. Tu peux disposer.

— Et mes brû...

Son souffle se coupa d'un coup. Il n'arrivait pas à y croire. Eliah le remerciait. Et il lui disait de disposer ? Il ne pouvait quand même pas imaginer qu'il allait jusqu'à lui rendre sa liberté, mais le simple fait de ne pas avoir à lutter pour rester en vie l'estomaquait. Tant, qu'Eliah, qui s'était replongé dans sa lecture, leva à nouveau le menton.

— Ah oui, tes brûlures. Fais voir.

Setrian secoua la tête pour se remettre les idées en place et se tourna de profil. Avant d'attaquer ses chairs, les flammes s'en étaient prises à ses vêtements. Il était dans un état lamentable, des lambeaux de tissu collés à sa peau rouge et cloquée.

Eliah lui attrapa le bras au niveau de la zone épargnée et testa du doigt la partie calcinée. Lorsque la douleur se fit intense au niveau du poignet, Setrian pâlit. Eliah allait voir que sa cicatrice ne disposait plus d'une seule goutte d'*empaïs*. Son ultime combat aurait finalement bien lieu ce soir.

Alors qu'il se concentrait pour réunir le peu d'énergie qu'il lui restait, Eliah lâcha son bras. Setrian resta sur la défensive en regardant le Maître se baisser vers son genou droit. Là aussi, le feu avait consumé le tissu, ne laissant que quelques morceaux incrustés dans les chairs. Puis Eliah se releva, pensif, et désigna la porte qui donnait sur la pièce adjacente, une petite antichambre entre ses propres quartiers et son bureau.

— Il y a un bain froid, à côté. Vas-y, je dois m'occuper de ça, dit-il en montrant la réplique sur la table. Laisse la porte ouverte.

Setrian écarquilla les yeux, encore épaté d'être en vie sans avoir eu le moindre combat à mener. Il se dirigea vers la porte indiquée, un léger doute subsistant encore.

Eliah avait dit vrai. Une baignoire pleine l'attendait. Setrian se déshabilla et s'enfonça dans l'eau glacée. Le contact était bienfaiteur, miraculeux. Il ne parvenait pas à saisir ce regain d'attention de la part d'Eliah. Ou du moins, il ne voyait qu'une raison pour que l'homme prenne à ce point soin de lui.

Le Maître des Eaux avait encore besoin de lui.

Rapidement, un petit courant naquit, prenant l'eau qui se réchauffait côté brûlure et l'emmenant du côté où Setrian commençait à avoir froid. Le mouvement provoqua un élan de fraîcheur qui l'apaisa profondément. Puis le courant cessa et l'eau se stabilisa à nouveau.

Setrian n'ouvrit pas la bouche pour remercier Eliah. Il n'avait nullement l'intention d'exprimer de la gratitude envers celui qui l'avait consciemment envoyé se faire brûler, même si les choses ne s'étaient pas passées exactement comme prévu. D'ailleurs, le Maître n'avait posé aucune question et s'était contenté de réceptionner l'artefact. Il allait enfin pouvoir régler ses dettes avec Grab.

Faisant écho à ses pensées, quelqu'un pénétra dans le bureau mais la voix était trop fluette pour être celle de Grab. Setrian évita de remuer pour entendre la conversation.

— La procédure habituelle, messager, ordonna Eliah. Pour le Maître des Feux.

— Les Feux ? Mais... je...

— Quoi ? Qu'y a-t-il ? demanda Eliah d'un ton menaçant.

Setrian s'imaginait facilement le corps tremblant du messager qui venait d'être mandaté.

— Les Feux sont... Je... Disons qu'ils ne sont pas les plus conciliants.

— Qu'est-ce que ça peut me faire ? Tu connais la procédure, non ? Tu es messager ! Alors tu fais passer ce message et je me fiche que tu en perdes la vie.

Un petit cri de frayeur retentit puis des bruits de course et une porte qui se ferme. Setrian sentit ses épaules s'affaisser.

— Quelle bande d'incapables, maugréa Eliah. Il y a des fois où je me dis que tu serais bien plus efficace.

Setrian sursauta en voyant la silhouette d'Eliah se profiler dans l'encadrement de la porte. Le Maître avait une main levée et balayait négligemment l'espace devant lui. L'eau dans la baignoire se remit à circuler.

— Je n'ai pas encore eu vent de ton passage dans le bureau de Caliel, mais nous aurons sûrement des remarques similaires aux précédentes. Pour lui, un bouclier s'est déclenché, mais rien n'a disparu. Si tu n'as rien dérangé sur ton passage...

— Je n'ai rien dérangé sur mon passage, coupa Setrian.

— ... et que personne ne t'a vu, poursuivit Eliah, alors nous sommes saufs. J'espère que Grab viendra vite récupérer cet objet. Il faut que je m'en débarrasse avant que Caliel ne remonte jusqu'à moi. De toute façon, si jamais il y parvient, ce sera Grab qui sera mis en porte-à-faux puisque l'artefact sera dans *son* bureau.

Setrian ne put s'empêcher de se redresser tant sa stupeur était grande.

— Alors vous n'avez vraiment rien à faire d'*Eko* ?

— Absolument rien, confessa Eliah.

— Mais je croyais que vous vouliez créer votre propre mage réducteur ?

Eliah releva un sourcil. Son silence commençait à faire croire à Setrian qu'il n'aurait pas sa réponse.

— C'est toujours le cas, mais tant que je n'ai pas récupéré mon propre artefact, il ne sert à rien de réunir les autres.

— Vous n'auriez pas pu donner une autre réplique à Grab ?

Setrian se mordit la langue. S'il voulait que son plan fonctionne, il ne fallait pas qu'Eliah se doute de quoi que ce soit. S'il commençait à examiner plus minutieusement *Eko*, ou s'il se renseignait auprès de ceux qui avaient fabriqué la première réplique, peut-être réaliserait-il qu'il avait été doublé.

— J'aurais pu, tu as raison, répondit Eliah après un temps de silence. Mais sincèrement, je préfère ne pas prendre ce risque. Tu iras récupérer *Eko* le moment venu. En attendant, je suis au moins certain d'une chose : l'artefact des Vents est entre de bien meilleures mains chez les Feux plutôt que chez les Vents.

— Parce que Grab voue un véritable culte à ces objets ? s'étonna Setrian.

— Ça peut te sembler stupide, mais je t'assure que je fais bien plus confiance à Grab qu'à Caliel sur ce point. Où était son artefact ?

— Dans un des tiroirs de son bureau.

— Qu'est-ce que je disais, marmonna Eliah en secouant la tête. Stupide. Cacher un objet si précieux à un tel endroit. C'est pitoyable.

— Où auriez-vous mis le vôtre ?

Eliah fixa Setrian dans les yeux, semblant chercher s'il s'agissait d'insolence ou de curiosité. Setrian, lui, n'avait que faire de la réponse. Eliah n'était pas près de récupérer son artefact si l'objet était avec Plamathée, et le véritable *Eko* était en sécurité. C'était suffisant pour empêcher les mages du *Velpa* de créer un nouveau réducteur.

Il restait cependant le cas de *Lünt*.

— Dans un endroit auquel personne n'aurait pensé, répondit Eliah en récupérant les vêtements que Setrian avait jetés au sol. Il t'en faudra d'autres...

Setrian s'était tellement attendu à ne pas avoir de réponse que l'ambiguïté de celle-ci ne le toucha pas. Eliah se détourna en entendant quatre coups à sa porte.

— Le message est transmis, Maître. Voici la réponse.

Eliah s'éloigna le temps de consulter la note du messager. La porte se ferma à nouveau et il réapparut, faisant naître une troisième fois le courant d'eau dans la baignoire.

— Grab va venir récupérer l'artefact en personne. Je vais devoir fermer légèrement la porte, mais j'aimerais que tu nous écoutes, pour voir si tu perçois quelque chose de nouveau dans ses mots. Un indice, une information. Quoi que ce soit qui puisse nous être utile.

Le temps qu'Eliah retourne à son bureau, Setrian n'avait toujours pas réussi à se remettre de sa surprise. Eliah avait dit «nous». Il incluait délibérément Setrian dans toutes ses manigances. La seule chose dont ils n'avaient pas discuté de façon ouverte restait Ériana. Et Setrian était bien décidé à ne pas quitter Naja sans avoir eu la confirmation de tous ses doutes.

Eliah reçut encore deux visites, des protecteurs missionnés pour gérer la neutralisation des boucliers, le temps que Grab arrive. Lorsque le Maître des Feux entra, Setrian s'immobilisa, se réprimandant intérieurement. Il aurait mieux fait de sortir de l'eau avant, ainsi, il n'aurait pas risqué de faire de bruit. Le liquide frais sur ses chairs brûlées était si appréciable que l'idée ne lui avait même pas traversé l'esprit.

— Enfin ! s'exclama Grab en entrant.

La démarche lourde, l'homme avança jusqu'au bureau et s'empara de l'objet. Setrian s'imagina le Maître des Feux en train de tourner la sphère entre ses mains avec une extase non dissimulée. Eliah gardait le silence.

— Tes dettes sont payées, Eliah.
— Une promesse est une promesse.
— Dans le *Velpa*, de nombreuses promesses ne sont pas tenues.
— Pas en ce qui me concerne.

La tension se fraya un chemin jusqu'à Setrian. Eliah avait un talent merveilleux pour les mots, particularité commune aux contacteurs.

— Avant que tu me le demandes, mon artefact arrivera bientôt.

Setrian ricana doucement. Grab mentait comme il respirait. Ce renseignement n'avait pour seul but que de faire patienter Eliah.

— C'est respectable de ta part de m'en informer, répondit Eliah.

— Je peux savoir ce que tu as fait de mes hommes ?

— Comme je te l'ai dit, j'avais besoin de mercenaires pour mon équipe. Et j'ai aussi dû avoir recours à Caliel, sauf que *lui* m'a prêté quatre mages sans rechigner.

— Celle qui partait récupérer ton artefact ? demanda Grab sans relever la remarque. Tu as eu du nouveau ?

— Pas encore. Le territoire des Eaux est éloigné.

— Tu es conscient que mes mercenaires ne peuvent pas franchir le bouclier ? À quoi servait-il de m'en demander autant, sachant qu'ils resteraient coincés côté Na-Friyie ?

— Je t'assure que quarante mercenaires, c'est peu cher payé pour un artefact aussi important.

Catastrophé, Setrian remua contre sa volonté. Dans ses souvenirs, Eliah n'avait demandé qu'une poignée de mercenaires pour accompagner ses mages à la recherche de son artefact. La troupe avait été considérablement augmentée. S'ils avaient croisé le chemin d'Ériana…

— Il y a quelqu'un à côté ? demanda Grab.

Setrian coupa aussitôt sa respiration.

— Non, personne, répondit Eliah.

— Je suis sûr d'avoir entendu quelqu'un.

— Puisque je te dis qu'il n'y a personne.

Grab ne croyait pas son confrère car ses pas se rapprochèrent de la porte entrebâillée. Alors qu'elle s'ouvrait, Setrian perçut la démarche d'Eliah, moins fluide que d'habitude. Soudain, Setrian sentit l'eau autour de lui se densifier et s'élever. Puis la masse, lourde et glaciale, s'abattit sur lui, tout cela sans le moindre bruit. Setrian eut juste le temps de prendre une inspiration avant de se retrouver emprisonné sous l'eau étrangement gélifiée. Il n'entendait plus, ne voyait plus. Ses seules perceptions provenaient de ses poumons qui manifestaient les premiers signes d'asphyxie.

Il chercha instinctivement à ouvrir la bouche pour respirer, mais le liquide restreignait tous ses mouvements. Son esprit commença à s'embrumer. Il allait perdre connaissance.

Aussi brusquement que le phénomène était apparu, il se dispersa. Setrian émergea de l'eau, non par sa propre action, mais grâce à un inexplicable appui entre ses omoplates. Les premières bouffées d'air lui semblèrent miraculeuses. Les suivantes, salvatrices.

Lorsque sa poitrine cessa de se soulever anarchiquement pour reprendre ses droits, il aperçut la silhouette floue d'Eliah. Le Maître s'était rapproché de la baignoire.

— Qu'est-ce que... Qu'est-ce que vous m'avez fait ? demanda Setrian, encore haletant.

— Je t'ai sauvé la vie.

— Sauvé la... Vous vous moquez de moi ?

— Grab était sur le point de découvrir ton existence.

— Il était plutôt sur le point de découvrir ce que vous manigancez dans son dos...

— Je ne manigance rien, à l'inverse de lui. Il est au courant de presque chacune de mes actions. En tout cas pour celles qui concernent le *Velpa*.

— Parce qu'il y en a d'autres ?

L'appui qui lui permettait de rester assis disparut et Setrian tomba en arrière, son dos heurtant douloureusement l'intérieur de la baignoire. Une bonne partie de l'eau avait été expulsée lors de la manipulation d'Eliah.

— J'ai utilisé beaucoup de mon *inha* pour te rendre invisible, cracha Eliah. Sors de là, maintenant. Et voilà de quoi t'habiller, dit-il en lui lançant des vêtements.

— Invisible ? répéta Setrian en attrapant la balle au vol. Je crois surtout que vous avez cherché à me tuer !

— Si j'avais voulu ça, tu ne serais déjà plus de ce monde. Grab est entré dans cette pièce, je n'avais d'autre choix que d'altérer les caractéristiques de l'eau pour que ta silhouette soit invisible à ses yeux. Et pour cela, tu ne devais pas bouger.

Setrian retint sa remarque. Ce qu'Eliah disait avait du sens, mais il n'arrivait pas à se convaincre que le Maître serait allé aussi loin pour conserver le secret. Furieux et soulagé à la fois, Setrian sortit de la baignoire et enfila les vêtements sans chercher à se sécher. Il s'agissait du même uniforme que le précédent.

Lorsqu'il réapparut dans le bureau, Eliah l'attendait, appuyé sur sa table de travail.

— Que s'est-il passé ce soir ?

Setrian fronça les sourcils, méfiant.

— Comment ça ?

— Grab m'a dit que du désordre avait éclaté dans la forge.

— La forge ? répéta Setrian comme s'il ne connaissait pas l'endroit.

— Oui, la forge. Tu n'y es pas passé ?

— Qu'est-ce que je serais allé faire là-bas ? Je ne sais pas où elle se trouve ! Je ne savais même pas qu'il en existait une ! Même si je m'en doutais, ajouta-t-il rapidement pour ne pas paraître trop innocent. Qu'est-ce qui vous fait croire que j'ai pu y aller ?

— Ça.

Eliah tenait un petit morceau de tissu noir entre ses doigts. Setrian fit son maximum pour garder une mine aussi rouge que possible.

— Cela pourrait venir de n'importe quel mercenaire. Ce sont leurs uniformes que vous me faites porter.

— Je ne suis pas certain que les mercenaires soient stupides au point de se brûler dans la forge. Deux cadavres ont été retrouvés calcinés, il y avait des traces de lutte.

— Je me suis fait brûler par les boucliers de Caliel !

— Est-ce que tu es passé dans la forge ?

— Non !

Il avait mis une telle véhémence dans sa réponse que la mâchoire d'Eliah se crispa. Mais ses yeux ne l'avaient pas lâché. Ses yeux vert pâle. Ses yeux si semblables à ceux d'Ériana. Il devait demander. Même si l'information n'avait aucune valeur, il devait savoir.

— Quel est votre lien avec elle ? demanda-t-il avant qu'Eliah n'ait eu le temps d'ajouter autre chose.

— De qui parles-tu ?

— Je parle d'Ériana. Je parle de votre fille.

Les yeux d'Eliah s'arrondirent comme s'il venait de recevoir un coup de poignard en plein cœur. Setrian ne savait pas comment interpréter une telle réaction. Il n'y avait pas de surprise, pas de joie ni de colère. Il n'y avait qu'un choc insurmontable que l'homme s'évertuait à repousser. Brusquement, son visage se ferma.

— J'ai dû dire à Grab que tu étais mort, lança Eliah.

— Pardon ?

— Il te soupçonnait. Le seul moyen de le persuader était de lui dire que j'avais déjà disposé de toi. De cet *esclave que je traîne avec moi*.

Eliah agitait le morceau de tissu entre ses doigts. Le geste était énervant mais Setrian gardait son calme. Selon ce que dirait Eliah, il devrait agir. Le Maître avait lui aussi puisé dans ses ressources, ce soir. Si une lutte prenait forme, leurs capacités se vaudraient peut-être. Setrian essaya en tout cas de s'en convaincre.

— Maintenant, reprit Eliah en fixant Setrian avec le plus menaçant des regards, il va falloir faire en sorte qu'il y croie vraiment.

32

— Réveille-toi… murmura Ériana.

Friyah ne fit pas le moindre mouvement. Dépitée, Ériana se tourna. Autour d'elle, il n'y avait que l'effervescence habituelle du camp, une effervescence discrète, aussi silencieuse que possible étant donné leur position.

Au cours des derniers jours, la faction n'avait eu de cesse de croiser des gens les prenant pour des mercenaires. Cette méprise était prévue depuis le début, mais Ériana ne s'était pas attendue à ce que les villageois les craignent ou les idolâtrent à ce point. Les deux comportements opposés l'avaient d'abord laissée perplexe puis elle avait appris à voir au travers. Ceux qui s'enfuyaient avaient de grandes chances d'être en lien avec la Friyie. Ceux qui établissaient le contact ne cherchaient qu'à amasser des récompenses.

Pour couper court à ces situations, Adam et Ériana avaient mis au point un discours qu'ils leur servaient à tous. La fausse escouade qu'ils formaient avait ce qui était nécessaire, ils retournaient à Naja sans s'encombrer de nouvelles captures. L'annonce en décevait certains et en rassurait d'autres. Ce soir, ils s'étaient installés en bordure d'une ville. La venue de deux soldats dès leur installation prouvait que l'endroit était bien organisé et activement gardé. Les deux hommes avaient observé le campement d'un œil avisé. Heureusement, les uniformes de la faction des Feux avaient tous été transformés ou échangés avec ceux des mercenaires décimés lors de l'attaque. L'identité de tous était donc sauve. Les mages, eux, se fondaient parfaitement dans la masse et certains avaient même été déguisés en prisonniers pour ne pas éveiller les soupçons. Les deux gardes étaient donc retournés, satisfaits, à leur poste à l'entrée de la ville et le campement s'était établi non loin.

— Ériana ?

Elle s'était tant perdue dans ses pensées qu'elle sursauta. Adam se tenait devant elle, une main accrochée à son ceinturon, l'autre frôlant délicatement son épée. Il était si tendre avec son arme qu'elle ne put s'empêcher de chercher ses sangles des doigts. La tristesse l'envahit.

— On peut faire quelque chose, si vous le souhaitez, poursuivit Adam en désignant ses sangles. Les archères sont particulièrement bien formées.

Ériana secoua la tête. Son orgueil était ridicule, mais elle n'arrivait pas à se convaincre de laisser son arme fétiche derrière elle, encore moins d'essayer de la faire réparer par d'autres. Une fois, elle était pourtant parvenue à laisser son arc entre les mains de Friyah, mais elle ne savait pas pourquoi, son cœur ne pouvait accepter l'idée de le donner à des étrangères, même si celles-ci défendaient sa vie.

— Je dois le faire moi-même, dit-elle.

— Vous êtes sûre que vous ne voulez pas d'aide ? proposa Adam.

— À quoi cela servirait ? Nous n'avons même pas trouvé le bois approprié. C'est inutile. J'attendrai.

— Je n'aime pas l'idée de vous savoir sans arc.

— Moi non plus, intervint Erkam.

Ériana ne l'avait pas vu arriver. Elle baissa les yeux.

— Tu n'es pas non plus obligée de continuer à le porter ainsi, poursuivit Erkam. On dirait que tu portes un mort. Je sais que tu tiens à cet arc, mais je tiens davantage à ta vie. Tu ne voudrais pas qu'on te trouve autre chose ?

— C'est vrai, renchérit Adam, une des archères pourrait vous passer son arc.

— Et l'en priver à son tour ? s'interposa Ériana. Je refuse.

— Ça devient ridicule, soupira Erkam.

— En quoi est-ce ridicule de préserver la vie d'une des archères ? Elles ont autant le droit de vivre que moi !

— Mais elles n'ont pas le poids d'une prophétie sur les épaules.

— J'ai Friyah et Eko pour me protéger.

— Certes, mais aujourd'hui, ni l'un ni l'autre ne sont aptes et conscients !

Ériana tourna les yeux vers Friyah et frémit en posant sa main sur sa joue. Le corps du garçon était si froid que chaque fois qu'elle le touchait, elle avait l'impression qu'il avait péri. Heureusement, son cœur battait encore, seule marque de sa résistance face à la surcharge de *inha* qu'Eko avait déployée pour mettre fin au combat.

— Ils nous ont sauvés, murmura-t-elle.

— Et ils y ont peut-être laissé la vie. Écoute, Ériana, je suis déjà suffisamment à cran de te savoir sans protecteur, sans parler du fait que nous n'avons même pas réussi à me rétablir à ce poste. Alors j'aimerais, s'il te plaît, que tu promettes de trouver une autre option.

Erkam cachait difficilement son amertume. Dès qu'il avait compris qu'Ériana n'avait plus de protecteur en état, il avait tenté de le redevenir, mais la santé de Friyah semblait empêcher toute réussite.

— La seule chose que je souhaite est de réparer mon arc, répondit Ériana.

— Tu sais parfaitement que c'est impossible. Il t'en faut un autre.

— Je refuse toujours.

Elle ne comprenait pas pourquoi elle s'obstinait tellement. Son arc était hors d'usage depuis qu'il s'était brisé en deux. Le froid considérable déclenché par Eko en avait fragilisé le corps et le coup qu'elle avait donné ensuite avait fendu le bois. L'arc s'était rompu de façon si nette qu'elle avait l'impression de l'avoir tranché elle-même.

— Essaie au moins d'y réfléchir, abdiqua Erkam. Ta vie vaut plus qu'un objet. Si ni moi ni Adam ne parvenons à te convaincre, pense à ce que Setrian aurait dit.

Sur ces mots, le messager s'éloigna. Erkam boitait légèrement depuis le combat. Il s'était remis en une nuit, comme de nombreux Gardiens blessés. La suite avait été si intense qu'Ériana peinait à se souvenir de ce qui s'était passé. Son inquiétude pour Friyah avait occulté tout le reste.

— Voici ce qui a été préparé pour vous, reprit Adam plus doucement. Nous avons pu en reconstituer un complet. La plupart étaient quand même bien brûlés ou abîmés. Nous avons préféré le laver et Theris a fait en sorte de l'ajuster à votre taille. Je pense qu'il vous ira. Si jamais ce n'est pas le cas, Theris a dit d'aller le voir directement, il fera les dernières retouches.

Ériana saisit le vêtement qui lui était tendu. Il lui fallut moins d'un instant pour reconnaître un parfait uniforme de mercenaire. Celui-ci avait dû être récupéré sur un des morts. Theris avait accompli un travail fantastique pour le lui rendre confortable. Elle ne comprenait cependant pas son geste.

— Pourquoi vouloir me vêtir ainsi ?

— J'ai pensé que votre sécurité serait ainsi plus assurée. Si nous croisons une véritable escouade, ou même un bataillon du *Velpa*, voire d'autres mages, ils ne vous chercheront pas tout de suite parmi les soldats, mais plutôt chez les mages. Cela vous laissera quelques instants de plus pour vous préparer.

— J'y avais songé, mais je pensais me camoufler en prisonnière dit-elle en tendant l'uniforme à Adam.

— Ériana, je ne suis pas aussi compréhensif qu'Erkam. Vous savez que votre présence met en danger chacun des Gardiens. Vous avez pris la défense d'une archère tout à l'heure en disant ne pas vouloir la priver de son arc. Alors, à défaut de l'être par d'autres, protégez-vous vous-même. En agissant ainsi, vous nous accordez à tous un sursis supplémentaire. Ce vêtement n'est pas une suggestion.

Adam posa l'uniforme à côté d'elle puis, dans un regard lourd, s'éloigna.

Ériana soupira profondément. Elle avait su que ce moment viendrait. Elle avait prévu, avant même qu'Adam ne le lui propose, qu'elle finirait par devoir s'habiller comme un mercenaire. Elle avait seulement espéré qu'aucun uniforme de secours ne serait plus disponible pour elle. Adam avait été si déterminé qu'il était allé jusqu'à lui attribuer l'uniforme d'un adversaire, l'uniforme d'un mort. Si Erkam avait dit qu'elle portait un cadavre sur son dos avec les restes de son arc, elle se demandait ce qu'il penserait du vêtement. Malheureusement, le messager aurait toutes les chances d'approuver. Et, comme il le dirait aussi certainement, le premier qui insisterait pour qu'elle s'habille ainsi serait Setrian.

— Que me dirais-tu, à l'instant ? murmura-t-elle en commençant à retirer ses sangles et sa veste. Certainement que je dois me changer, que je dois enfiler cet uniforme. Tu me donnerais les mêmes raisons qu'Adam. Finalement, il te ressemble un peu.

Elle poursuivit en ôtant son pantalon et sa tunique. L'endroit qu'elle choisissait chaque soir pour s'occuper de Friyah était toujours assez isolé. Personne ne la dérangeait. Les soldats comme les mages avaient appris à respecter son intimité de même que celle de ses compagnons. Seule la guérisseuse qui avait Friyah en charge se permettait de venir.

Ériana frémit en se retrouvant nue, exposée à la douceur de la nuit, puis elle attrapa le pantalon noir de l'uniforme et y passa ses jambes.

— Je crois même que vous pourriez être amis, dit-elle, toujours à voix basse. Peut-être que ce soir, tu serais allé discuter avec lui de notre prochaine action. Nous ne sommes plus très loin de Naja…

Elle ferma les derniers boutons du pantalon et fléchit les genoux pour le tester. Le tissu épousait parfaitement ses jambes. Theris avait eu l'œil.

— Ou alors serais-tu resté avec moi ? dit-elle en attrapant le tricot noir et en y passant difficilement les bras et la tête. Pour vérifier que personne ne rôde aux alentours. Ou simplement pour le plaisir d'être ensemble. Je suis certaine que tu te moquerais à me voir lutter pour enfiler un simple tricot.

Elle tira un grand coup sur le tissu pour le faire descendre jusqu'à ses hanches. Theris avait dû l'imaginer plus mince. Ou alors elle s'était musclée plus qu'il ne l'avait anticipé. Elle hésitait à l'enlever. Après tout, Adam lui avait dit d'aller voir l'artiste si jamais quelque chose ne convenait pas.

À ses pieds, Friyah ne donnait toujours aucun signe d'éveil. Sûrement pouvait-elle le laisser quelques instants. Résolue, elle quitta le tricot et attrapa le dernier élément de l'uniforme.

— J'espère que la veste est à ma taille, dit-elle en poursuivant son dialogue imaginaire. Je suis épatée par le tissu qu'ils utilisent. J'ai cru comprendre que le territoire des Feux était plus chaud que nos territoires du nord, mais ce tissu est remarquable. On dirait qu'il s'adapte à la chaleur du corps et à celle de l'environnement. Pas étonnant que les artistes y soient mêlés. Je suis certain que tu aimerais toi aussi en avoir un. Peut-être qu'Adam te l'aurait fourni. Tu nous imagines, tous les deux, nous transformer ainsi ?

Elle avait à peine fini sa phrase qu'elle se mit aussitôt à rougir. Elle referma à la hâte les derniers boutons de la veste qui ne présentait aucun problème de taille et s'empara du tricot. En se baissant, elle aperçut ses sangles et les morceaux de son arc. Sa main flotta un instant au-dessus, puis elle la retira. Theris ne devait pas être loin et, dès qu'elle se serait éloignée de Friyah, une sentinelle prendrait le relais de veille.

Elle s'était à peine écartée de Friyah qu'un Cinquième se rapprochait. Elle le remercia d'un hochement de tête et l'homme se posta à côté du garçon. S'il l'avait vue se déshabiller, il n'en montra rien et elle lui en fut reconnaissante. Un soldat ne se laissait pas déconcentrer par si peu. Mais elle vit dans son regard qu'il approuvait incontestablement le nouveau vêtement.

Ainsi parée, Ériana traversa le campement jusqu'à trouver Theris. Les regards qu'elle reçut en chemin firent écho à ceux de la sentinelle. Theris montra une acceptation similaire. Il semblait très satisfait de son travail.

— Il y a un problème avec le tricot ? dit-il en désignant le tissu dans ses mains.

— Trop étroit, hésita-t-elle en réalisant soudain qu'elle aurait très bien pu le garder tel quel, que le tissu aurait fini par se détendre.

— J'ai dû mal calculer. Navré. Je vais m'en charger tout de suite.

— Vous n'êtes pas obligé.

— Vous plaisantez !

Theris la fixait avec fierté tout en fouillant dans un sac derrière lui.

— Je ne vois pas vraiment en quoi je plaisante, répondit Ériana, gênée. Il y a sûrement bien plus important. Je pourrais garder ma tunique sous cette veste.

— La veste a l'air de convenir, en revanche, marmonna Theris sans montrer qu'il l'avait entendue. C'est curieux que je me sois trompé. Enfin… Peut-être que tous les morceaux n'ont pas été pris sur le même.

— Theris, je maintiens que vous avez sûrement autre chose à faire.

— Et je vous maintiens que, même si j'avais effectivement autre chose à faire, cette retouche serait une de mes priorités. N'avez-vous pas vu la réaction des gardiens ? Nous aurions dû vous mettre là-dedans depuis une éternité ! Le simple fait que vous soyez vêtue ainsi les encourage. N'oubliez pas que nous avons perdu des hommes et des femmes dans cette lutte. Ils ont besoin de solidité, de fermeté. Ils ont besoin d'un chef. Adam remplit son rôle, mais nous savons tous que vous êtes celle qui nous guide. Vous êtes messagère et vous menez vos Gardiens des Feux. Vous êtes *Aynetis*, Ériana.

Ériana se contenta d'observer les doigts de Theris qui s'agitaient sur le tricot. La dernière fois qu'elle avait vu un artiste à l'œuvre, c'était à Myria, lorsque Gabrielle avait conçu ses insignes.

Elle releva ses mains. L'un de ses gants était toujours recouvert de sang. L'altercation avec le *Velpa*, les multiples immersions dans l'eau n'avaient fait que diluer la tâche et souiller davantage le tissu. Les insignes étaient normalement conçus pour résister au temps, mais jamais Gabrielle n'avait parlé d'une blancheur éternelle. Amère, elle baissa les bras. Récemment, les objets auxquels elle tenait le plus semblaient tous lui tourner le dos.

— Je peux lui rendre un peu de sa couleur naturelle, si vous voulez, proposa Theris, qui avait levé le nez de son ouvrage. Ce ne sera pas aussi blanc qu'avant, mais ce sera mieux que rien.

Ériana prit encore le temps d'observer le gant ayant viré au marron depuis que le sang avait séché.

— À vrai dire, je ne sais pas, avoua-t-elle.

— Il ne sert à rien de garder de tels souvenirs, Ériana. Vous n'êtes pas coupable. Et si jamais c'est pour ne pas oublier ce que vous avez fait, je vous assure que la cicatrice du gamin est suffisante.

Un frisson parcourut le dos d'Ériana. Theris avait visé juste.

— Montrez-les-moi, dit-il en tendant la main.

— Vous avez fini avec le tricot ?

— Je n'en ai plus pour très longtemps, mais je veux d'abord voir vos insignes.

Ériana retira ses gants avec une légère réticence. Theris s'en empara aussitôt.

— Comme je l'ai dit, je ferai mon maximum pour celui-ci, dit-il en secouant le gant taché. Je ferai appel à notre alchimiste pour m'aider à blanchir le tissu autant que possible. Pour l'autre, un simple bain fera l'affaire. Ah, je vois que ça a progressé.

Le mage examinait attentivement l'intérieur du gant, se rapprochant des flammes pour mieux voir. Ériana ne se pencha pas, sachant déjà de quoi il parlait.

— Vous avez près de la moitié de notre symbole, dit Theris en se redressant. Est-ce que je peux les garder ?

— Combien de temps cela vous prendra-t-il pour vous en occuper ?

— Je peux faire ça dans la nuit.

— Vous n'allez pas vous priver d'une nuit de sommeil !

— Mettre deux gants à tremper va me coûter peu, Ériana. Je m'occuperai du reste à mon réveil. Faites-moi confiance, j'aurai terminé vos insignes demain matin sans que cela ait eu le moindre impact sur mon repos. Ce qui m'inquiète davantage, en revanche, c'est le vôtre.

— Le mien ? s'étonna-t-elle.

Jamais elle ne s'était portée aussi bien. L'artefact des Feux ne manifestait plus aucun manque. Sa colère inconsidérée ne faisait plus surface et son appétence pour les flammes restait tapie quelque part au fond d'elle. Elle sentait cependant que le moindre événement, la moindre nouveauté, pouvait faire pencher la balance de l'autre côté. Les effets n'avaient pas disparu. Ils attendaient.

— Vous ne dormez pas assez, Ériana.

Elle se pinça les lèvres. Elle avait cru que personne ne remarquerait son manque de sommeil, misant sur le fait qu'ils disposaient maintenant des chevaux dérobés à l'escouade du *Velpa*.

— Qu'est-ce qui vous tracasse à ce point ? poursuivit Theris. Ne me dites pas que vous ne voulez pas vous rendre à Naja !

— Non ! Bien sûr que non ! répondit-elle aussitôt.

— Alors quelle est cette chose qui vous empêche de trouver le sommeil ? Le petit Friyah ?

Ériana hocha la tête, heureuse que Theris lui ait trouvé une excuse. Intérieurement, elle se fustigea. Il y avait bien plus que Friyah pour la maintenir éveillée chaque nuit. Parmi ses raisons, elle identifiait facilement une prophétie, un sanctuaire hors d'atteinte et un protecteur éloigné.

— Il va mieux ? demanda Theris.

— Il en est toujours au même point, soupira-t-elle.

— C'est triste pour lui. Que disent les guérisseurs ?

— La mage qui s'occupe de lui suppose que l'élan d'énergie l'a gelé de l'intérieur. Elle a essayé de le réchauffer à de multiples reprises, sauf que ce n'est pas son corps qui a besoin d'être secouru, mais le *inha* qui court en lui. Malheureusement, ce *inha* n'est pas des Feux, il est donc totalement aveugle à chacune des tentatives de la guérisseuse. La seule chose que nous ayons à faire est d'attendre que mes énergies aient entièrement fusionné. J'ai l'impression que c'est notre unique issue.

Theris baissa la tête, reprenant son ouvrage sur le tricot noir.

— Il était prêt à se sacrifier pour assurer votre survie. Cette histoire de protecteur... Vous auriez dû nous en parler plus tôt. Et la présence de cette âme en lui...

— Je ne pouvais pas.

— Je vous comprends mais… Enfin, il savait que seuls lui et une autre personne seraient concernés par ces effets. Intelligent. Terriblement intelligent, même.

Ériana faillit répondre qu'elle ne voyait pas où était l'intelligence mais se résigna. Eko avait agi de la meilleure façon qui soit. En abaissant considérablement la température de l'environnement, tous les gens autour d'eux avaient commencé à montrer des signes d'engelures. À l'exception d'une seule catégorie de personnes : ceux disposant d'un *inha* des Feux ou ayant une sensibilité particulière à l'élément, comme les gardiens de la faction mais aussi les mercenaires qu'ils avaient dû achever par eux-mêmes.

Lorsque Sharon lui avait expliqué cela, Ériana avait enfin compris pourquoi seuls les mages des Eaux et des Vents avaient été victimes du refroidissement soudain. Erkam avait fait partie de ceux-là, mais il avait réussi à s'en remettre, ayant été assez éloigné du carnage. Son corps avait pu être réchauffé rapidement, au contraire de celui de Friyah.

— C'est fou qu'il ait aussi anticipé votre défense instinctive ! s'exclama Theris.

Ériana ferma les yeux de frustration. Elle qui avait toujours prôné le secret, voilà que la quasi-totalité de la faction était au courant de ses capacités et de ses manques. Cela avait au moins permis d'expliquer le dernier détail concernant sa survie car, son *inha* des Feux encore séparé du reste, jamais elle n'aurait dû s'en sortir sans le moindre mal.

— J'avais déjà eu un signe en cours de bataille, avoua-t-elle. Peut-être qu'Eko l'avait remarqué.

— Quel signe ?

— L'eau dans laquelle j'étais noyée s'est subitement évaporée.

— Ah oui. Très malin, ce petit ! Il a donc compté là-dessus pour que vous trouviez vous-même une façon de vous défendre. C'est prodigieux. Voilà, j'ai terminé !

Ériana ne fit pas plus de commentaires sur l'attaque du *Velpa*. Cette lutte avait bouleversé les choses. Elle attrapa le tricot et remercia Theris, lui promettant de l'essayer rapidement. Pour l'instant, tout ce qu'elle souhaitait était de repartir auprès de Friyah.

Elle venait à peine de se retourner qu'Erkam se précipitait vers elle.

— Friyah vient de se réveiller.

33

— Friyah! s'exclama Ériana en arrivant à côté du garçon. Comment vas…

Elle s'arrêta net. Le visage de Friyah était si rouge qu'elle aurait pu ne pas le reconnaître. En comparaison avec sa pâleur récente, il était presque cramoisi. Brûlé.

— Ériana! s'écria le garçon en se levant d'un bond pour lui courir dans les bras.

Elle accusa la force du corps de Friyah heurtant le sien et serra le garçon contre elle, désespérée.

— Friyah, murmura-t-elle en se recroquevillant autour de lui, si tu as un moyen de faire comprendre à Eko qu'il n'est plus question qu'il t'utilise ainsi, fais-le.

— Les contrats que je passe avec Eko ne regardent que moi, répondit Friyah avec fermeté. Mais merci d'être là… ajouta-t-il en retrouvant une voix plus enfantine.

Ériana le serra encore quelques instants puis recula pour l'observer, s'agenouillant afin de mieux appréhender l'étrange rougeur de sa peau.

— Que t'est-il arrivé? Ton contrat avec Eko te permet-il d'en savoir plus?

Friyah leva un sourcil, ne sachant comment interpréter sa remarque. Elle n'y avait pourtant glissé aucune remontrance, même si le fait que Friyah garde des secrets ne la rassurait pas.

— J'étais dans un monde noir et froid. Et tout d'un coup, une chaleur infernale m'a parcouru. Je me suis réveillé juste après. C'était si… fulgurant ! Si je n'avais pas été aussi gelé, je crois que toute cette énergie m'aurait brûlé de l'intérieur.

Ériana l'examina encore un peu. Sa peau montrait toujours des signes de rougeur, mais nulle cloque ne se formait. Le garçon n'affichait d'ailleurs aucune marque de douleur, juste un léger inconfort. Et encore… Pas la moindre goutte de sueur ne perlait sur ses tempes. Ses mains n'étaient même pas moites.

— Je ne sais pas d'où ça vient, mais on peut dire que cette chaleur m'a sauvé, poursuivit-il. Sans elle, qui sait si je ne serais pas resté gelé comme ça pendant une éternité ? Sans parler d'Eko.

— Eko… répéta Ériana.

Elle n'arrivait pas à savoir si l'âme messagère devait être remerciée ou réprimandée. Pour la seconde fois, Eko avait délibérément usé du corps de Friyah, sans la moindre arrière-pensée quant à sa sécurité. Sa projection de *inha* avait cependant sauvé beaucoup de monde, tout en permettant d'anéantir les mages de l'escouade. Une vie pour tant d'autres. Il n'avait pas dû trop hésiter.

— Est-ce qu'il est encore là ? demanda-t-elle.

Friyah prit un temps de réflexion, ou alors de recherche. Elle se demandait comment il procédait s'il n'avait pas de véritable dialogue avec l'âme qui occupait son corps.

— Je crois, oui, finit-il par dire. Après, il suffirait de vérifier mes cheveux.

Ceux qui l'entouraient se penchèrent aussitôt sur la tête de Friyah.

— C'est quand même moins visible qu'au début, dit Erkam. Le peu qu'il a réussi à garder après ce maudit transfert a dû être épuisé par sa projection. Cette âme doit être dans un sale état. Il va lui falloir du repos avant d'émerger à nouveau.

— Surtout qu'il ressent lui aussi la brûlure, ajouta Friyah.

Les adultes le fixèrent, curieux.

— Qu'est-ce que tu veux dire ? demanda Ériana.

— Eko a lui aussi été touché par la chaleur que j'ai ressentie. J'irais même jusqu'à dire que c'est d'abord lui qui l'a ressentie puisque mon corps en a accusé le coup. Enfin, c'est ce dont j'ai l'impression.

Ériana, perplexe, tourna les yeux vers la guérisseuse. La femme haussa les épaules.

— Je sais trop peu de chose sur ce garçon et sur cette âme qui l'occupe. Si ce qu'il dit est vrai, je peux en revanche en tirer une conclusion. Ils ont subi une projection de *inha* avec des effets physiques. C'est pour ça qu'il a pu se réchauffer et se réveiller. Mais il n'y avait personne pour perpétrer ce genre de choses, du moins pas à mon souvenir. La projection a dû voyager… Non, c'est ridicule, nous nous en serions rendu compte. Qui était présent ?

— Seulement la sentinelle, répondit Erkam. J'étais à proximité, c'est cet homme qui m'a prévenu que Friyah commençait à bouger, ajouta-t-il en faisant signe au Cinquième, posté non loin.

Le Gardien avança vers eux, ses yeux repartant régulièrement dans son dos pour vérifier ses arrières. Ériana remarqua une blessure sur sa main qui n'avait pas encore cicatrisé. Il ne portait pas de bandage.

— Vous n'avez vu personne au moment où Friyah s'est réveillé ? demanda-t-elle.

— Absolument rien, répondit le soldat. Je n'ai rien senti non plus.

— Rien senti ? répéta Ériana, confuse.

— Je suis sensibilisé au *inha* messager des Feux. Si quelque chose avait été guidé jusqu'ici, j'aurais au moins eu des frissons, ou la sensation habituelle dans ce genre de cas.

Ériana se tourna à nouveau vers la guérisseuse, en quête d'explications.

— En général, un soldat sensibilisé au *inha* perçoit une projection de deux façons différentes, soit par un frémissement externe, soit par un trouble interne. Son organisme réagit à la présence d'un *inha* mais il ne sait pas l'identifier. Jusqu'à présent, les gardes disent éprouver comme une faim inexplicable. Enfin, c'est ce que nous avons pu traduire.

La sentinelle acquiesça et demanda l'autorisation de retourner à son poste. Ériana approuva et l'observa s'éloigner. L'homme était intelligent. Il avait su exactement quels éléments apporter à leur questionnement. Leur chance était aussi qu'il soit sensible à la nature messagère. Elle se demanda s'il serait

491

capable de ressentir une de ses prochaines projections de *inha* des Feux.

— Ça n'explique pas comment ils ont pu se retrouver dans cet état, dit Erkam. Mais après tout… peu importe. Ils sont en vie, c'est ce qui compte. Enfin, façon de parler.

— Tu as raison, dit Ériana avec un léger sourire en fixant à nouveau Friyah.

Le visage du garçon commençait à se faire de moins en moins rouge. Les effets de la projection à laquelle ils ne donnaient aucun sens s'estompaient lentement. Elle espérait qu'il en était de même pour Eko, à l'intérieur.

— Comment te sens-tu, à présent ? demanda-t-elle.

— Encore un peu étrange, mais reposé. Je crois que je peux aller aider les sentinelles.

— C'est hors de question, dit Adam. Par contre, tu peux aller avec les autres apprentis. Ils assistent nos guérisseurs avec les derniers blessés. Comme tu as pu le remarquer, beaucoup n'ont pas encore été soignés.

— J'ai vu ça sur Ériana et sur la sentinelle, oui. Vous n'auriez vraiment pas pu faire mieux ? s'exclama Friyah en se tournant vers la guérisseuse.

Celle-ci posa les poings sur ses hanches et se pencha vers Friyah.

— Cette jeune femme a refusé que l'on s'occupe d'elle tant que l'on ne t'avait pas tiré d'affaire ! Tu vas peut-être me reprocher de lui avoir obéi ? Important ou pas, tu restes un enfant. Je crois que tu vas finir la soirée sous mes ordres, dit la mage en lançant un regard inquisiteur à Ériana.

Ériana, dont le sourire s'était élargi devant la hardiesse de Friyah, opina vigoureusement. Elle savait qu'il n'aurait pas supporté de rester inactif. La tâche suggérée par Adam était parfaite.

— Est-ce qu'on peut commencer par Ériana ? demanda Friyah avec une nouvelle dose de cran qui faillit tous les faire rire.

La guérisseuse leva les yeux au ciel avant de soupirer.

— Oui, on va le faire, dit-elle finalement. Et ensuite on s'occupera de ce Cinquième.

— Pardonnez-moi, intervint soudain Ériana, mais pourquoi cette sentinelle n'a-t-elle pas été soignée ? Sa plaie à la main pourrait s'infecter.

La mage dévisagea Ériana avec confusion avant de se tourner vers Adam.

— Dans notre Garde, dit le Second, pour une même catégorie de blessures, l'ordre des soins se fait en fonction du grade du soldat. L'entaille de cet homme est mineure et il est Cinquième. Sa blessure sera soignée en dernier.

Ériana resta bouche bée. À côté d'elle, Erkam trahissait une réaction similaire. Friyah, lui, avait froncé les sourcils mais semblait assez peu surpris.

— Friyah et la guérisseuse soigneront la sentinelle avant moi, déclara Ériana. Et ce n'est pas une suggestion. Ici, vous n'êtes plus de la Garde des Feux, mais mes Gardiens. Les règles changent.

La mage commença à objecter mais Adam fit un geste pour l'arrêter. La femme croisa les bras avec dédain.

— Cette moue est inutile, guérisseuse, reprit Adam, plus doucement. Nous savons tous que ces règles sont injustes.

— Mais pas injustifiées ! s'exclama la mage. C'est en traitant d'abord les personnes les plus importantes que nous avons réussi à survivre jusqu'ici.

— Depuis quand existe cette règle ? s'alarma Ériana.

— Depuis aussi longtemps que je me souvienne, répondit la mage.

— Et vous procédez également ainsi pour les mages ? Mais comment avez-vous pu les… Vous avez établi un classement d'importance ?

— Pas *moi* ! Il a été conçu il y a longtemps. Bien évidemment, les mages du conseil sont prioritaires. Ensuite, nous fonctionnons par nature.

Ériana était horrifiée. Chaque fois qu'elle découvrait une nouvelle communauté, celle-ci amenait son lot d'atrocités. Le mépris pour toutes les natures autres que bâtisseur à Lapùn, le statut des serviteurs à Arden, et maintenant le classement des natures chez les Feux. Seule Myria échappait encore à cette particularité, mais à force, elle se demandait si elle ne resterait pas aveugle si une telle chose existait. Son amour et son attachement profond pour la communauté des Vents la détournaient peut-être de la vérité.

— Vous allez immédiatement cesser ça, dit-elle, presque sans voix.

— Ce sera difficile, objecta aussitôt la mage. Enfin, vous pouvez toujours essayer. Nous obéissons à Adam et à sa femme. À vous depuis votre arrivée.

Si vous nous l'ordonnez, nous nous y plierons, mais cette façon de procéder nous a toujours semblé la plus évidente.

— Comment pouvez-vous dire ça ? s'enflamma Ériana.

— Ce classement est logique ! Comment assurer la pérennité d'une espèce si vous ne sauvez pas les plus forts en premier ? Nous allons dans le même sens que la nature qui nous entoure.

— Ce classement est archaïque ! Il va vous falloir apprendre à fonctionner autrement !

— Et que proposez-vous ?

L'échange devenait de plus en plus virulent. Ériana était outrée de voir la mage lui tenir tête ainsi. Celle-ci était profondément convaincue du bien-fondé de ce tri aléatoire. Il fallait couper court au débat avant de le laisser prendre trop d'ampleur.

— Premier blessé, premier soigné ! s'écria-t-elle. Sauf en cas d'urgence ! Aucune distinction, qu'elle soit de grade ou de nature ! Adam et moi ferons une annonce demain au moment du départ. Maintenant, occupez-vous de ce soldat !

La mage s'inclina platement et attrapa Friyah par la main avant de l'entraîner avec elle. Ériana les regarda partir, furieuse. Ses épaules tremblaient encore. Cela faisait si longtemps qu'elle n'avait pas éprouvé une telle colère que son esprit s'embruma, floutant sa vue derrière un voile de rage, puis la main d'Erkam sur son bras la ramena à elle.

— Ériana, viens avec moi.

Elle se laissa faire, encore confuse. Adam les suivait et elle vit l'inquiétude sur son visage.

Heureusement pour eux, personne d'autre ne semblait avoir assisté à la scène, même si la rumeur de nouveaux ordres semblait déjà courir dans le campement.

Erkam les guida jusqu'à un des feux du camp et planta Ériana devant, lui indiquant de s'asseoir. Elle obéit et Adam l'imita, se positionnant de façon à pouvoir surveiller les environs, mais aussi à pouvoir la surveiller en même temps. Ériana ne comprenait pas ce qui se passait.

Quand Erkam revint, il était accompagné d'un mage et de deux apprentis soldats. En voyant le sac rempli de fioles et autres pots, Ériana comprit qu'il était allé chercher un autre guérisseur pour s'occuper d'elle.

— J'ai pensé qu'il ne serait plus très judicieux de s'adresser à elle, dit Erkam. Maintenant, tu restes ici et tu te laisses faire.

Désormais sereine, Ériana se tourna de façon à faciliter la tâche au guérisseur qui lui avait déjà attrapé le menton. Depuis le combat avec le *Velpa*, elle avait repoussé toute tentative de soins sur son entaille. Le reste n'était que des éraflures minimes et les écorchures s'étaient déjà estompées. Seule la marque sur sa joue nécessitait un véritable traitement.

Le guérisseur s'affaira avec l'aide des apprentis. Il était évident qu'après de tels gestes, les deux futurs soldats auraient une sensibilité accrue à la nature guérisseuse.

— La plaie s'est refermée avant d'avoir été nettoyée, dit le mage. Je vais devoir la rouvrir.

Ériana hocha la tête et serra les dents. Quand la petite lame luisante traversa la chair qui luttait pour se recomposer, la douleur lui traversa toute la mâchoire. Puis les apprentis nettoyèrent la plaie, le temps que le guérisseur sorte un baume.

— Ce n'est pas assez profond pour nécessiter de recoudre. Ou alors il faudrait faire appel à un artiste et nous n'avons plus qu'un seul confrère de cette nature qui m'a l'air d'être bien occupé.

— Laissez-le tranquille, approuva Ériana.

— Euh… Il faudrait que vous arrêtiez de parler, aussi. Au moins jusqu'à demain matin. Sinon, cette crème ne fera jamais effet.

— De quoi s'agit-il ? Je vous promets que je ne parlerai plus après, ajouta-t-elle devant le regard impatient.

— La crème va isoler les chairs de l'air et des éléments extérieurs. Il faut cependant quelques heures pour qu'elle durcisse proprement, d'où la nécessité de ne pas utiliser votre mâchoire. Tenez, désaltérez-vous une dernière fois. Vous êtes prête ? demanda-t-il lorsqu'elle eut reposé la gourde qu'il lui avait tendue.

Ériana se contenta d'un murmure d'assentiment, elle avait toujours les *inha'roh* pour converser avec Erkam et, d'ici le lendemain, garder le silence ne serait pas un problème. La nuit était déjà bien avancée.

Le baume était presque imperceptible et Ériana remercia le guérisseur et les apprentis d'un signe de tête lorsqu'ils partirent. Puis elle se tourna vers Erkam, manifestant son désir de *inha'roh*.

— Avant que tu te mettes à nous inonder de questions, il y a quelque chose qu'Adam et moi devons te dire.

Décontenancée, Ériana les fixa à tour de rôle.

— Cette colère, tout à l'heure, reprit Erkam, ça ne doit plus se produire. Je sais que tu n'y étais pour rien, mais il va falloir que tu retrouves le moyen de te contrôler. On ne va pas pouvoir te laisser en permanence à côté d'un feu. C'est impossible pendant le trajet à cheval, et il ne faut surtout pas montrer à la faction quelles sont tes faiblesses.

Elle avait envie de rétorquer que certainement la totalité de ses Gardiens était déjà au courant de ses faiblesses, vu ce qu'avait dit Theris, mais elle se contint. Erkam venait de pointer un élément auquel elle n'avait pas pensé.

— C'est presque un avantage, que tu ne puisses pas parler, sourit Erkam. Enfin, j'ai vite compris qu'il y avait un problème avec les Feux lorsque tu t'es emportée pour si peu. Je suis entièrement d'accord avec toi, ajouta-t-il en la voyant commencer à froncer les sourcils, mais tu aurais pu t'exprimer de façon plus… conciliante. Adam n'a pas particulièrement apprécié et il a fallu que je lui explique la situation. Vous êtes convaincu, à présent ? demanda-t-il en s'adressant au soldat.

— Je dois avouer que oui, répondit Adam. C'est sidérant ! Elle était à peine assise que toute trace de colère s'était évaporée.

— Votre artefact a des effets très particuliers sur elle, dit Erkam. L'impétuosité en est le symptôme principal. C'est du moins ce que nous avons fini par conclure. Le meilleur remède pour y parer est la présence physique d'un feu à proximité.

— Je vois ça… Mais je croyais que les symptômes s'étaient récemment effacés ?

Ériana suivait la conversation avec attention. Elle ne pouvait intervenir de vive voix mais devait admettre qu'elle n'avait aucun intérêt non plus à le faire par *inha'roh*. Elle n'aurait que des interrogations supplémentaires à apporter.

— Ériana est reliée à Gabrielle, pour ce qui est des effets du manque des artefacts. Il a dû se produire quelque chose. Peut-être que Gabrielle était au contact de l'élément et qu'elle ne l'est plus. Je ne sais pas…

À ces mots, le cœur d'Ériana s'emballa. Erkam avait pointé la seule explication plausible. Toute éventualité était à envisager, les pires comme les meilleures. Sauf qu'elle penchait davantage vers les pires.

— Nous ne pouvons rien savoir, continua Erkam, et en attendant, nous devrons faire avec. Ce qui nous fait redoubler de hâte pour nous rendre à Naja et trouver votre artefact. Pensez-vous que nous pourrions accélérer la cadence ?

— Avec les chevaux… commença Adam, pensif. Nous couvrons plus de terrain, mais il ne faut pas non plus les pousser jusqu'à l'épuisement. Nous sommes déjà quasiment au maximum de nos possibilités.

— Alors il faudra se passer du quasiment et faire preuve d'encore plus de diligence.

Adam hocha la tête avec volonté puis se racla la gorge.

— Et maintenant, un élément dont ni Erkam ni vous n'êtes au courant. Cela fait trois soirs que mes soldats et moi travaillons sur la question. La mémoire de mes hommes est en général infaillible, mais il nous a fallu de nombreuses heures pour en arriver à cette conclusion. Je pense qu'un des mercenaires de l'escouade du *Velpa* a échappé à notre attaque.

Ériana fronça les sourcils. La nouvelle n'était pas rassurante.

— Si vous avez fait attention, poursuivit Adam, j'ai réuni les gardiens par groupes successifs ces derniers soirs. Ils donnaient l'impression d'être inactifs, mais en réalité, je leur demandais de sonder leur mémoire car j'avais repéré les traces d'un cheval à proximité du campement où nous avions été attaqués. Il se pouvait que, dans la confusion, des chevaux se soient enfuis. J'avais besoin de savoir et nous avons tout recompté, de mémoire. Combien d'opposants nous avions, combien nous en avons tué. Combien de montures nous avons récupérées vivantes, car le feu en avait blessé certaines.

— Vos hommes se sont souvenus de tout ça ?

— Nous sommes formés à ce genre de révision. Revivre une bataille est une autre façon de nous entraîner. Nous pouvons voir ce qui a échoué, anticiper un prochain combat.

— Et vous êtes tous tombés d'accord sur le fait qu'il manquait un homme ?

— Un mercenaire, répondit Adam. Mais aucun Gardien ne se souvient d'avoir vu un de ses adversaires fuir de la sorte. C'est donc ce qui m'interpelle. Vous n'étiez pas dans le campement, Erkam. Peut-être avez-vous vu quelque chose ?

Erkam ferma les yeux. Il devait guider ses propres pensées pour y retrouver un souvenir éventuel.

— Non, absolument rien, dit-il après un moment. La seule personne qui est passée à proximité de moi était un mage et notre lutte nous a rapprochés du camp.

— Ériana, je sais que vous pouvez utiliser la pensée pour converser avec Erkam. Avez-vous aperçu quelque chose, cette nuit-là ?

Elle avait déjà fouillé sa mémoire et secoua la tête. Néanmoins, il restait une possibilité à envisager. Erkam pouvait peut-être l'aider.

— *Tu te souviens de ceux qui ont fait irruption pendant mon transfert ? Qu'avaient dit Friyah et le Cinquième qui nous a trouvés, par rapport à eux ?*

— *Je crois que Friyah avait sérieusement blessé un mercenaire et que la sentinelle en avait tué un second.*

— *Tu penses que le premier mercenaire aurait pu s'en sortir vivant ?*

— *Aucune idée, il faut demander si quelqu'un est allé vérifier sur le petit plateau.*

— Quelqu'un y est allé ! s'exclama-t-elle soudain. J'ai envoyé un Gardien voir s'il était possible de récupérer ma flèche, mais il n'a absolument rien vu. J'ai pensé que l'objet était tombé alors il a même pris la peine d'aller sous l'arbre dans lequel nous avions sauté. Mais il n'a rien trouvé. Cela expliquerait peut-être la disparition de ma flèche. Il faut requestionner ce Gardien ! C'était le Quatrième, celui qui nous a aidés !

Erkam sursauta devant sa frénésie avant d'expliquer la situation à Adam qui fit venir le fameux Quatrième. Ériana gigota nerveusement et dut se retenir de poser les questions.

— Ériana dit que vous êtes allé sur le promontoire, après l'attaque du *Velpa*. Combien d'hommes y avait-il ? demanda Adam.

— Un seul.

— *Voilà !* s'écria Ériana par *inha'roh*. *L'autre a dû s'enfuir de la même façon que nous et a dérobé ma flèche au passage pour avoir une arme sur lui.*

Erkam fit la traduction pour elle et les yeux des deux autres s'arrondirent.

— J'ai tellement insisté pour revoir la configuration du campement et de notre attaque que je n'ai pas pensé à ce qui avait eu lieu sur ce plateau, soupira Adam. Je suis désolé.

— *Peu importe, on vient de comprendre !*

— Elle dit que ça a peu d'importance, puisque nous venons de découvrir qui est le mercenaire manquant, dit Erkam. Mais je suis inquiet par rapport à cette flèche… Ce n'est pas n'importe quelle flèche. Tu penses que le mercenaire aurait pu le savoir ?

— *Aucune chance*, répondit Ériana. *Si jamais le Velpa est au courant de la particularité de cette flèche, il n'aurait sûrement pas pris la peine d'en informer ses mercenaires. Et puis… Que peuvent-ils bien en faire ?*

— Cette flèche donne des informations sur ta position ! s'affola Erkam.

502

Un silence angoissant s'abattit sur eux.

— Dans ce cas, dit Adam, nous n'avons plus qu'à espérer arriver à Naja avant elle.

34

— Tu penses qu'elle est là ? chuchota Gabrielle.
— Elle a dit qu'elle allumerait une flamme jaune, non ? demanda Jaedrin.
— C'est ce que Setrian a dit. J'espère qu'il ne s'est pas trompé… Bon, tu la vois ?
— Rien pour l'instant.

Cela faisait près d'une heure qu'ils rampaient à proximité de l'étang et c'était la troisième fois qu'ils s'assuraient d'avoir bien compris la même chose. Si Lünt devait manifester sa présence par une flamme, quelle que soit sa couleur, elle semblait ne pas être encore arrivée.

Lasse, Gabrielle s'assit sur ses talons et tourna la tête de chaque côté. Lünt avait seulement donné une indication de lieu, ils ne savaient pas si elle comptait dissimuler sa flamme dans l'herbe ou la laisser apparaître dans les airs.

— Cache-toi !
— Jaedrin, il n'y a absolument personne à des lieues à la ronde. C'est déjà un miracle qu'un chemin existe jusqu'à cet étang.
— Je n'aurais pas vraiment appelé ça un chemin, maugréa Jaedrin en s'asseyant à son tour. C'est quand

même fou que les habitants de Naja ne prennent pas la peine d'explorer les environs de leur cité. Même ceux qui habitent dans les faubourgs.

— Tu plaisantes, j'espère ! s'exclama Gabrielle à voix basse. Tu n'étais jamais sorti de Myria avant la mission de ton équipe ! Pour ta défense, on ne peut pas dire que les résidents de Naja soient très curieux. Ils se cantonnent à cette cité. Je reconnais qu'elle est belle, en tout cas la partie à l'intérieur des remparts. La zone extérieure est bien moins alléchante mais elle offre un anonymat exceptionnel…

— Remercie-moi déjà de t'avoir teint les cheveux.

— C'est fou, ça aussi, continua Gabrielle en touchant son crâne. Ce savon coloré, on en voit partout. Pas étonnant qu'Ériana ait accompli ce geste aussi souvent avant de nous trouver.

— À l'époque, j'avais l'impression qu'elle était une exception, dit Jaedrin.

— C'est loin d'être le cas, acheva Gabrielle. Le *Velpa* engendre chaque jour davantage d'enfants dotés de *inha*. Ils veulent remplir leurs rangs de personnes dévouées. Mais avec la façon dont ils s'y prennent, j'espère que certains ont fini par s'enfuir…

Jaedrin resta pensif. Gabrielle le dévisagea, cherchant à lire en lui. Dans ses souvenirs, Jaedrin était beaucoup moins téméraire qu'aujourd'hui, même lors du court moment passé entre Arden et son enlèvement.

— Une mère et son enfant, par exemple ? proposa soudain Jaedrin.

Gabrielle se raidit en entendant la suggestion. Jaedrin ne l'avait pas lancée sans réfléchir. Même dans l'obscurité, elle pouvait deviner son air sérieux et préoccupé.

— Tu penses que… commença-t-elle.

— Pourquoi pas, après tout.

— C'est vrai que ce serait possible. Ériana ne se souvient que d'avoir grandi en Na-Friyie, peut-être sa mère avait-elle quitté Naja. Peut-être ne voulait-elle pas de cet avenir pour sa fille.

Jaedrin pesait scrupuleusement ce qu'elle venait d'avancer. Ils n'eurent néanmoins pas le temps d'y réfléchir davantage. Une minuscule flamme jaune venait de s'allumer entre eux.

— Lünt ? demanda aussitôt Jaedrin.

La flamme redoubla d'intensité jusqu'à devenir bleue. Jaedrin et Gabrielle soupirèrent.

— Tu as réussi à venir jusqu'à nous, alors.

La flamme resta bleue.

— Comment va Setrian ?

Lorsque la flamme s'éteignit, Gabrielle sentit son pouls s'accélérer. Le visage de Jaedrin devint aussi pâle que la lumière de la lune.

— Ne me dis pas… Non ! s'écria Jaedrin.

— Jaedrin, doucement ! chuchota Gabrielle.

— Mais Setrian est…

— Setrian n'est rien du tout ! Pose les questions correctement !

— Tu crois que…

— Réfléchis un peu, bon sang ! Où est passé ton courage ? Et ta volonté ?

— Je… Tu as raison.

— Alors pose les bonnes questions, ou c'est moi qui parle à ta place ! rétorqua Gabrielle en croisant les bras.

Jaedrin sembla se ressaisir mais sa voix resta tremblante.

— Est-ce que Setrian est… mort ?

Aucune flamme n'apparut. Gabrielle se pinça les lèvres. Elle redoutait la réponse et le délai de celle-ci commençait à l'inquiéter.

— Lünt, tu es toujours là ? demanda-t-elle.

Une flamme bleue jaillit et Gabrielle souffla de soulagement. Jaedrin, lui, était toujours aussi nerveux. Elle sentait qu'elle allait devoir mener l'interrogatoire elle-même. Lentement, elle tendit son bras vers lui et lui toucha l'épaule. Le contacteur releva un visage décidé. Toute trace d'hésitation avait disparu. Il désigna la flamme bleue.

— Vas-y.

Gabrielle hocha la tête, étonnée qu'il lui laisse la main si facilement.

— Alors, Lünt, reprit-elle, j'ai l'impression que si tu ne nous donnes aucune réponse concernant Setrian, ce n'est pas parce qu'il a disparu, mais simplement parce que tu n'en as aucune à nous fournir. C'est juste ?

La flamme bleue devint plus grosse. Gabrielle sentit comme un appel de gratitude. Elle avait pensé correctement.

— Tu ne sais pas si Setrian est mort, poursuivit-elle.

La première flamme rouge fit son apparition. Les épaules de Jaedrin se détendirent.

— Et tu ne sais pas non plus s'il est vivant.

La couleur se maintint.

— Pourquoi ne pas le chercher ? demanda-t-elle. Ah, pardon. Tu ne peux pas répondre à ça. Euh... Tu ne sais pas où il se trouve ? Pas même dans le bureau d'Eliah ?

La teinte rouge persistante faillit la décourager, puis Jaedrin reprit la parole :

— Setrian s'est tiré de situations bien plus compliquées. Après tout, il a accès à son *inha*. Je pense qu'on peut lui faire confiance. Il vaudrait mieux avancer vers l'unique raison qui nécessite notre présence ici. Lünt, je dois voler ton artefact.

La flamme s'éteignit. Lünt n'avait visiblement aucun commentaire à faire.

— Je pensais faire ça de nuit.

— C'était plutôt évident, murmura Gabrielle lorsqu'une flamme bleue apparut.

— Mais il faudra que tu me guides jusqu'à lui, poursuivit Jaedrin.

— Elle est messagère, c'est plus ou moins son métier.

— Le gros problème reste les boucliers, continua-t-il comme si elle n'était pas intervenue. Je ne sais pas comment m'y prendre. J'ai cru comprendre que Setrian avait trouvé une parade pour ceux du Maître des Vents. N'est-il pas possible de procéder de la même façon pour les Feux ?

La flamme suivante mit un certain temps à jaillir. Elle était rouge.

— C'est à cause de l'élément, c'est ça ? proposa Gabrielle.

— Parce que Setrian était des Vents et que le Maître aussi ? continua Jaedrin quand la flamme devint bleue.

— Sûrement n'y avait-il pas de bouclier des Vents… Il a dû trouver comment entrer.

— La flamme reste bleue, fit observer Jaedrin. Il faut qu'on poursuive ce raisonnement. Mais on arrive dans une impasse. Personne n'est des Feux, ici. Dans l'hypothèse où le Maître se serait lui aussi épargné un bouclier de son propre élément… Mais… J'y pense, Lünt, tu peux, toi !

La flamme vira instantanément au rouge. Jaedrin grimaça.

— Il faut trouver comment Setrian est entré, dit Gabrielle.

— Il n'aurait pas pu nous le dire avant de s'en aller on ne sait où ? s'énerva Jaedrin en levant les yeux au ciel. Bon, ça ne sert à rien de se lamenter. On va procéder par étapes. Lünt, tu es prête ? Ça risque de durer un certain temps. Gabrielle, je crois qu'on ferait mieux de faire ça ensemble. Rapproche-toi.

— On ne fait pas ça depuis tout à l'heure ? s'étonna-t-elle. Et il y a un rapport avec la distance entre nous ?

— Tu as froid, répondit platement Jaedrin. Tu frissonnes depuis que nous sommes arrivés ici.

Elle fut si surprise qu'il ait remarqué son inconfort que ses joues en rougirent.

— C'est l'humidité de l'étang, avoua-t-elle.

— Viens par là. Je te laisse ma veste.

Elle se déplaça jusqu'à se retrouver côte à côte avec lui et sentit sa veste sur ses épaules. Elle faillit protester. Bientôt, ce serait lui qui tremblerait de toutes parts.

— Tout ça parce qu'un messager n'a pas pris le temps de nous dire comment il s'y était pris pour voler *Eko*, soupira Jaedrin.

— Je te rappelle que le messager en question est ton plus cher ami, souleva Gabrielle, et aussi celui qui doit protéger *ma* plus chère amie.

— Il n'empêche que je viens enfin de trouver un reproche à lui faire.

— Il serait légitime, celui-là, souffla-t-elle dans un petit rire.

— Ils se sont bien trouvés, tous les deux.

— Tu penses ?

— Deux messagers qui passent leur temps à nous guider là où eux exactement le souhaitent ? Sincèrement, oui.

— Pourtant, ce sont des prophéties qui les ont rapprochés. Je ne suis pas certaine qu'ils se soient vraiment *trouvés*.

— Ne dis surtout pas ça à Ériana, rit Jaedrin. Elle n'a jamais été une grande adepte des prophéties. De nous tous, c'est elle qui prend le plus de recul par rapport aux prédictions. Je me souviens encore d'une dispute entre elle et Setrian, juste avant que nous arrivions dans le territoire des Terres. Elle n'aime vraiment pas que son avenir soit dicté par des textes.

— C'est pourtant le cas, répondit Gabrielle.

— Je commence à me le demander…

Jaedrin était de nouveau songeur. Un sourire résistait sur ses lèvres, malgré tout ce qu'ils avaient encore à accomplir. Finalement, Setrian était ce qui lui donnait le plus de force, à l'heure actuelle. Les liens entre les êtres étaient ce qui les faisait tous avancer.

— Pourquoi te bats-tu, Jaedrin ?

Ses yeux se plissèrent légèrement. La réflexion semblait être plus délicate sur ce point-là. Gabrielle ne pouvait le lui reprocher, il lui serait tout aussi compliqué de répondre si on lui posait la même question.

— J'aimerais dire pour la Friyie, commença-t-il en baissant le menton, mais il faut être honnête, je n'en suis pas encore là. Penser ça, c'est bon pour Judin, pour Hajul et pour les autres. Peut-être Noric et Desni, et encore... je n'en suis même pas certain. Moi, je suis là parce qu'au début, on m'y a forcé. Ensuite, j'y suis resté pour mes amis. Assez égoïstement, je pense que je me bats aussi pour ma propre vie. Je n'ai pas envie que le *Velpa* décide quoi faire de mon *inha*.

Elle ne s'était pas attendue à autant, encore moins à ce que Jaedrin accepte de répondre. Son discours faisait écho en elle.

— Il y a des jours où je me dis qu'on pourrait les laisser gagner, dit-elle. Qu'on pourrait laisser le *Velpa* faire renaître le *inha* réducteur et anéantir toute autre forme de *inha*. Tout jusqu'à la dernière étincelle. Il n'y aurait plus de jalousie, plus d'envie, plus de domination à exercer. Et il y a aussi des jours où je me dis que, si je peux agir, alors je vais le faire. Je ne sais pas si c'est vraiment pour moi ou pour d'autres. Je n'ai pas poussé la réflexion comme toi.

— Je ne suis pas allé très loin, tu sais.

— Tu as pris tes décisions, objecta Gabrielle. Tu les as assumées. Jusqu'à aujourd'hui, je n'ai fait que suivre des ordres. Ensuite je n'ai fait qu'essayer de rester vivante. La Friyie ne m'a même pas traversé l'esprit. Quand j'ai vu Setrian à Naja, je n'ai pas pensé à l'aider. J'ai pensé au fait qu'*il* pourrait m'aider. Je suis vraiment minable.

— Ne dis pas ça...

Jaedrin aurait pu être impatient ou écœuré. Il n'était ni l'un ni l'autre. Il avait passé un bras autour de sa taille et son autre main hésitait à se rapprocher également. Sa tentative de réconfort la fit sourire.

— Alors, que faudrait-il dire ? murmura-t-elle.

Il lui attrapa les épaules pour la tourner vers lui. Son visage avait retrouvé toutes ses couleurs et ses yeux affichaient une détermination si merveilleuse qu'elle sentit des larmes gagner les siens.

— Tu m'as demandé pour quoi je me battais. Ce soir, je pense que je sais. Sauf que c'est plutôt pour qui.

— Pour Setrian ? tenta-t-elle.

— En partie, oui. Pour que cette folle mission qu'il nous confie ne soit pas un échec. Je ne suis pas certain de parvenir à l'extirper de ce chaos, mais je ferai tout mon possible pour y arriver. Setrian ne m'a jamais laissé tomber. Il m'a même tellement défendu qu'il est grand temps que je lui rende la pareille. C'est cette décision que j'ai prise en quittant les équipes. Je venais pour Setrian, pour toi et aussi pour Matheïl, mais son cas va être plus problématique. Quant à toi, je pense savoir parfaitement pour qui tu te bats ce soir.

À chaque mot, Gabrielle avait senti un nouvel espoir grandir en elle. Elle avait effectivement une réponse. À défaut d'un courage plus grand, la personne pour qui elle se battait saurait la guider. Ériana l'avait toujours fait, même sans s'en rendre compte.

— Messagers... Tu as raison. Ils se sont trouvés. Ce n'est pas possible autrement.

— Ah, tu vois ? Qu'est-ce que je te disais !

Le sourire de Jaedrin la réchauffa tant qu'elle ne put résister à l'envie de le serrer dans ses bras. Le contacteur se laissa faire même si elle devina une certaine tension dans ses épaules. Il ne s'était pas attendu à un tel élan d'affection.

— Pour eux, dit-elle en s'écartant à nouveau.

— Pour eux, répéta Jaedrin.

Elle sourit à son tour, trop heureuse de voir les yeux de Jaedrin briller. Au milieu du tumulte, ils s'étaient créé une bulle de sérénité. Une bulle de résolution, mais aussi de vie. Ils se battaient pour leur existence et celle de ceux qui leur étaient chers.

Une pensée la heurta soudain.

— Et la Friyie ?

— Comment ça, la Friyie ? demanda Jaedrin.

— On ne se bat pas pour la Friyie. Quelle paire d'égoïstes on fait.

— Non, pas besoin.

— Pas besoin ? Je croyais que tu ne voulais pas te faire détruire ton *inha*.

— C'est toujours le cas, mais je viens aussi de réaliser qu'il y avait quelque chose de plus important que mon énergie, et ce n'est pas la Friyie.

La lumière de la lune qui les éclairait disparut soudain dans l'ombre du visage de Jaedrin. L'instant d'après, il l'embrassait d'un baiser si délicat qu'elle avait l'impression d'étreindre le vent. Quand il quitta ses lèvres, elle pouvait encore savourer son parfum.

— J'espère que c'est assez explicite, murmura Jaedrin en passant une main à l'arrière de sa tête, gêné. Je sais que ça doit être étrange, nous nous sommes peu vus, mais...

Gabrielle resta muette et hocha simplement le menton. C'était la seconde fois qu'elle se laissait surprendre par un baiser. Les souvenirs de Val étaient encore récents, vifs, mais la vérité était là : jamais elle n'avait pu lui retourner ses sentiments. Elle avait été claire avec lui et sa mort prématurée la minait encore. Par la suite, elle s'en était voulu, se reprochant de ne pas s'être forcée à l'aimer.

— Qu'y a-t-il ? demanda Jaedrin. Je n'aurais pas dû ?

— Pardon ? Ah... Non, enfin, si... Enfin... balbutia-t-elle.

Elle hésitait. Elle connaissait peu Jaedrin, finalement. Mais dès qu'elle l'avait revu à la forge, elle s'était aussitôt sentie en confiance. Le changement de caractère qu'il accusait n'allait que dans ce sens. Et elle n'avait pas senti son esprit se défendre ou se rebeller lorsqu'il l'avait embrassée.

Elle devait l'admettre. Elle se sentait bien en sa présence.

Peut-être se fourvoyait-elle, cependant. Le désespoir d'une situation pouvait la forcer à s'énamourer du seul être auquel elle pouvait encore se raccrocher. Pourtant, avec Val, la situation avait été encore plus désespérée et aucun sentiment n'était né. Elle devait avancer. Croire en ce qui commençait à germer. Croire en ce qui était possible.

— C'est du passé, déclara-t-elle.

Jaedrin afficha un sourire comme elle ne lui en avait jamais vu. Puis une flamme jaune apparut, bien plus grosse que les précédentes. Tous deux sursautèrent, les mains de chacun se crispant autour de la taille de l'autre.

— Je crois que Lünt s'impatiente, sourit Jaedrin.

Gabrielle rougit. Elle avait mis de côté l'âme des Feux qui, invisible, avait assisté à toute la scène. Elle trouvait toutefois touchant que celle-ci ait attendu avant de se manifester.

— On reprend ce raisonnement, alors ?

— Il serait temps, acquiesça Jaedrin. Je l'avais presque oubliée, murmura-t-il à l'oreille de Gabrielle.

Gabrielle se mit à rire discrètement. C'était sûr, elle était en confiance. Libre, surtout. Pour la première fois, elle se sentait vraiment libre d'être qui elle voulait. Pas de déguisement à assumer comme avec Val. Pas de rôle à tenir comme aux côtés d'Ériana. Pas de protection à assurer comme avec Matheïl.

— Reprends ta veste, dit-elle en ôtant le vêtement. Tu trembles depuis que tu me l'as donnée. C'était stupide de me la passer.

— Non, je n'ai pas froid. Disons que je tremblais pour une autre raison. Tu n'es pas la femme la plus malléable qui soit.

— Malléable ? répéta Gabrielle.

— J'avais peur que tu ne me laisses pas parler, répondit-il avec un sourire.

— Quoi ? s'offusqua-t-elle.

Le rire de Jaedrin emplit la nuit d'un son si doux qu'elle délaissa toute révolte.

— Allez, on s'y met, sinon je crois que Lünt va embraser chaque brin d'herbe à proximité de cet étang pour nous rappeler qu'elle est là. C'est à nous d'agir, maintenant.

— Pour eux, compléta Gabrielle.

— Et aussi un peu pour nous, ajouta Jaedrin.

— Et pour la Friyie, alors ?

— La Friyie ? On laisse Ériana et Setrian s'en charger.

35

L'horizon se colorait en vert quand la discussion commença enfin à ralentir. Gabrielle avait des fourmillements dans les jambes et Jaedrin ne cessait de s'étirer. La flamme de Lünt avait changé de couleur tout au long de la nuit, passant par tous les états de réponse possible jusqu'à ce qu'ils aient compris la façon dont Setrian avait procédé pour voler *Eko*.

— Tout ça pour rien, soupira Jaedrin.

— Non, pas pour rien, dit-elle, seulement à moitié convaincue. Ça va forcément nous mener quelque part. On finira par trouver quelque chose.

— Quelque chose qui ne porte qu'un *inha* des Feux ! rétorqua Jaedrin. Et la seule personne ici présente à avoir cette capacité est une âme insubstantielle qui a préféré nous dévoiler qu'elle pouvait attraper les artefacts avant de nous révéler qu'elle n'aurait aucun moyen d'ouvrir la porte par elle-même !

— Jaedrin ! s'offusqua Gabrielle. Lünt n'y est pour rien !

Son ton sembla le calmer mais il tremblait encore. Elle lui caressa gentiment l'épaule. La colère de Jaedrin n'était due qu'à sa frustration.

— Si seulement il n'y avait pas de bouclier des Vents ! râla-t-il. Nous aurions pu lui ouvrir la porte avec une projection !

— Lünt a déjà éliminé cette possibilité. Si un *inha* des Vents agit sur la porte d'une quelconque façon, son porteur subira le même sort que s'il avait tenté de passer au travers.

— Je sais bien, soupira Jaedrin.

Gabrielle continua à lui caresser l'épaule jusqu'à ce qu'il se soit entièrement repris. Puis elle s'adressa à l'âme invisible :

— Lünt, tu devrais retourner dans l'artefact, reprendre un peu d'énergie. Cette nuit a dû t'épuiser. Il va bientôt faire jour et rester à découvert ne nous sera pas très utile. On pourra réfléchir à tout ça dans les faubourgs. Je crois que nous avons tous les éléments, désormais.

La petite flamme bleue leur suffit comme approbation.

— Peut-on se retrouver ici dès la nuit tombée ? demanda Jaedrin. J'espère que nous aurons eu le temps de trouver une solution. Et je ne dirais pas non à un peu de sommeil, dit-il en bâillant.

Gabrielle lutta pour ne pas l'imiter et la flamme bleue de Lünt fut leur signal de départ. En silence, ils contournèrent l'étang pour retrouver le sentier, ou plutôt ses vestiges.

— Comment va-t-on procéder ? demanda-t-elle dès qu'ils furent sur le chemin.

— Tu tiens vraiment à en parler maintenant ? Je préférerais laisser tout ça mûrir. Je suis si fatigué que j'ai l'impression que je pourrais passer à côté de détails importants.

— Alors on retourne dans la chambre que tu as louée et nous y réfléchirons mieux dès midi ?

— Ça me semble être une excellente idée, dit Jaedrin en lui serrant la main.

Elle s'aperçut seulement alors qu'il la lui tenait depuis leur départ. Ils restèrent ainsi jusqu'à l'apparition des premières cahutes du faubourg.

— Fais voir tes cheveux, dit-il en se penchant sur sa tête. Ça ira pour l'instant. Il faudra tout de même en réappliquer tout à l'heure. Je ne suis pas sûr qu'il nous en reste assez.

— Alors j'irai m'en procurer.

— *Nous* irons, corrigea Jaedrin en reprenant sa main. Je ne suis pas particulièrement rassuré à l'idée de te laisser seule dans cette cité, même à l'extérieur des remparts. La vie peut y sembler calme, mais j'ai vu trop de mendiants prêts à s'en prendre à n'importe qui pour obtenir de quoi manger ou payer.

Gabrielle ne protesta pas. Si Jaedrin pensait que cela était nécessaire, elle le laisserait l'accompagner. Elle n'avait pas vraiment eu le loisir de parcourir les faubourgs étant donné qu'ils étaient arrivés au logement de Jaedrin de nuit et qu'ils en étaient aussi repartis de nuit. Il avait tenu à ce qu'elle ne se montre absolument pas, surveillant les environs toute la journée, l'empêchant de sortir. Elle s'était trouvé un protecteur, en quelque sorte.

— Un protecteur… murmura-t-elle.

Puis une idée illumina son esprit.

— Jaedrin, j'ai peut-être une solution.

Quand elle ouvrit les yeux, Jaedrin somnolait toujours. D'après la lumière, l'après-midi était déjà bien avancé. Ils avaient dormi plus tard que prévu.

Elle se leva et enfila ses vêtements, hésitant à le réveiller pour de bon, mais ses traits étaient encore si tirés qu'elle décida de lui laisser du temps. Après tout, ils avaient trouvé leur solution, même s'il avait fallu argumenter jusqu'au lever du soleil.

Ils savaient comment récupérer l'artefact des Feux.

Jaedrin n'avait pas vraiment apprécié sa proposition, mais il avait été forcé d'admettre que c'était la meilleure pour l'instant. Il s'y était résigné en attendant de trouver mieux, mais Gabrielle savait qu'il n'existait pas mieux.

Le seul inconvénient était que le vol de l'artefact ne pourrait pas être dissimulé comme celui d'*Eko*. Il leur serait impossible d'obtenir une réplique de *Lünt*. L'action devait donc être menée de la façon la plus discrète possible. Une alerte serait toutefois donnée par un bouclier à un moment ou un autre. Elle espérait qu'elle parviendrait jusqu'à l'artefact sans en déclencher une.

Gabrielle jeta un regard circulaire à la chambre. La pièce était quelconque. Jaedrin avait pu la négocier à bas prix. Heureusement, car elle ne se souvenait pas que les membres des équipes fussent partis avec d'importants moyens. C'était aussi quelque chose qui l'avait frappée, la veille au soir. À quel point elle avait été dépendante de tous les autres. Elle l'avait même été de ses ennemis.

Cette situation l'incommodait, malgré ses années passées à la Tour d'Ivoire. Elle avait toujours vécu aux crochets de la Tour, ne cherchant pas à savoir comment les mages assignés à l'extérieur faisaient pour vivre. Il était temps qu'elle se prenne en main.

Résolue, elle attrapa la veste de Jaedrin, posée sur la seule chaise de la chambre, et fouilla dans les poches. Elle y trouva suffisamment pour payer le fameux savon de teinture. Jaedrin avait beau la croire en danger, elle pouvait tout de même se rendre à quelques pas de la maison sans rien risquer.

Avant de refermer la porte, elle vérifia qu'il ne s'était pas réveillé. Ses vêtements gisaient par terre, à côté du lit qu'ils avaient partagé. L'avant-veille, il s'était obstiné à rester par terre. Ce matin, il n'avait pas insisté.

Leur chambre se situait au premier étage. Le propriétaire logeait au-dessus. Gabrielle n'avait pas eu l'occasion de le rencontrer, seulement de l'entendre à travers la porte. Sa grosse voix ne l'avait pas particulièrement rassurée et elle se hâta dans les escaliers.

La rue grouillait de monde. Gabrielle remarqua la même mixité qu'à son arrivée. Il y avait même des mages qui ne cachaient pas leurs cheveux, mais elle fourra tout de même la main de son insigne dans sa poche. Sa bague recouverte d'*empaïs* pouvait la trahir.

Gabrielle se mit aussitôt en quête du savon. Une échoppe non loin en proposait de différentes teintes allant du marron au brun. La femme qui tenait la boutique avait des cernes aussi gris que ses cheveux, pourtant elle devait être encore jeune. En tout cas assez pour une troisième grossesse, d'après les deux enfants qui remuaient derrière elle.

— Je prends celui-ci, dit Gabrielle en montrant le savon qu'elle avait choisi.

La femme attrapa l'article et entreprit de l'empaqueter sans vraiment faire attention, puis elle releva les yeux d'un coup. Gabrielle s'efforça de sourire. Il était impossible que la femme la connaisse.

— Pourquoi venez-vous ici ?

La question était si directe que Gabrielle mit un certain temps à élaborer un mensonge.

— Je passais par là, répondit-elle en espérant pouvoir éluder les détails.

— Qu'est-ce qu'une mage comme vous aurait à faire dans nos faubourgs ?

Blessée, Gabrielle faillit rétorquer qu'elle pourrait s'attendre à recevoir des mages étant donné qu'elle vendait de la teinture.

— J'avais du travail, lança Gabrielle avec sévérité.

Elle tenta de se convaincre qu'elle n'avait pas dit une bêtise. Peut-être les bâtisseurs venaient-ils parfois pour des habitations. Ou alors des guérisseurs, même si elle s'imaginait mal le *Velpa* venir en aide à ses congénères.

— Ah, répondit la femme en terminant d'envelopper le savon. Vous faites partie d'une de ces escouades qui doivent nous ramener la liberté ? Ces Friyens… Tous des imposteurs. Heureusement que le *Velpa* est là pour nous protéger. Je ne sais pas ce que nous serions devenus sans eux. Vous partez loin ?

Gabrielle manqua rester bouche bée et dissimula sa réaction en toussant. Elle avait envie de répliquer que l'ennemi ne se situait pas ailleurs mais juste sous leur nez, qu'ils se faisaient tous abuser. Cependant, elle savait que son discours n'aurait aucun effet. Pire, elle se mettrait en danger et Jaedrin aurait eu raison de lui interdire de sortir seule.

Pour couper court à la conversation, elle préféra une autre réponse que le « oui » qu'elle s'était initialement apprêtée à répondre.

— Je ne suis pas dans une escouade. Mon travail est dans les faubourgs.

Elle ne savait si la chose était vraiment possible mais elle s'en moquait. Si la vendeuse s'entêtait, elle lui rétorquerait de se mêler de ses affaires.

— Vous êtes guérisseuse ?

La voix de la femme s'était soudain transformée. Gabrielle ne put se retenir.

— Vous êtes malade ?

— Non, pas moi, mais la grossesse de ma fille se passe mal.

— Votre… votre fille ?

Gabrielle dévisagea beaucoup plus attentivement son interlocutrice, réalisant qu'elle s'était trompée lors de ses premières observations. Les cheveux grisonnants l'étaient de fatigue mais aussi de vieillesse. Les rides qui commençaient à se former au coin des yeux la faisaient désormais pencher plus vers une cinquantaine d'années. La vendeuse pouvait effectivement être grand-mère. Les deux gamins qui jouaient derrière elle n'étaient peut-être pas les siens. Mais celui qu'elle portait dans son ventre l'était indubitablement.

— Oui, vous pouvez venir la voir ? plaida-t-elle en contournant sa table.

Gabrielle secoua frénétiquement la tête. La femme avait tendu sa main vers le bras de son insigne, sûrement pour l'entraîner dans une des pièces à l'étage. Gabrielle ne voulait pas risquer de dévoiler son véritable statut. De son autre main, elle repoussa la vendeuse.

— Je ne suis pas guérisseuse! s'écria-t-elle pour la tenir éloignée. Je suis vraiment désolée pour votre fille. Je peux essayer de vous envoyer quelqu'un, lança-t-elle, dans l'espoir de pouvoir s'en aller rapidement.

— Ils n'accepteront jamais de... S'il vous plaît! Venez la voir, je vous en supplie.

— Puisque je vous dis que je ne peux rien faire! se défendit Gabrielle alors que la femme approchait à nouveau. Laissez-moi!

La vendeuse avait réussi à l'attraper. La fermeté de sa poigne contrastait avec l'épuisement qu'elle affichait depuis le début. La détresse, l'espoir lui avaient donné un nouvel élan. Gabrielle tentait de défaire les doigts autour de son bras tout en gardant l'autre main résolument plantée dans sa poche.

La porte de la boutique s'ouvrit à ce moment-là et la vendeuse lâcha Gabrielle comme si elle l'avait brûlée, reculant de plusieurs pas. Gabrielle poussa un cri de soulagement en reconnaissant Jaedrin, dont l'air renfrogné ne lui disait rien qui vaille.

— Je t'avais dit de ne pas venir seule, marmonna-t-il en franchissant d'un pas la distance qui les séparait.

Gabrielle commençait une ébauche d'excuse quand la vendeuse se remit à parler, son ton cette fois radicalement différent.

— Vous êtes... Vous venez les tester ? C'est la liste, que vous avez dans votre poche, c'est ça ?

La femme retourna derrière sa table comme s'ils avaient été les plus infâmes des poisons et se précipita vers les enfants, les poussant dans la réserve. Puis elle se plaqua contre la porte, les bras écartés.

— Ils ne sont pas encore assez âgés ! Ça ne sert à rien, partez !

Gabrielle et Jaedrin restèrent cois. La femme rougissait à vue d'œil, sa fureur maintenant évidente.

— Partez ! hurla-t-elle.

— Attendez ! Nous ne vous avons rien fait ! s'exclama Gabrielle.

Elle avait aussi envie de demander ce qu'était cette histoire de liste, mais Jaedrin la tirait déjà en arrière, vers la sortie.

— Qu'est-ce que tu fais ? s'énerva-t-elle.

— Je nous évite les ennuis. Si elle continue comme ça, elle va attirer l'attention.

— Et la teinture ?

— On en trouvera ailleurs.

— Pour se retrouver avec le même problème ?

La solution leur fut donnée par la vendeuse qui jeta le savon sur Gabrielle. Le petit paquet bien enveloppé tomba au sol. Gabrielle se demanda comment la femme avait pu passer d'une telle détresse à la furie explosive dont elle faisait preuve à présent.

Jaedrin se pencha pour ramasser le paquet puis traîna Gabrielle à l'extérieur sans la moindre politesse envers la vendeuse. Il ne la lâcha que lorsqu'ils furent sur le seuil de leur maison.

— Pourquoi n'as-tu pas attendu que je me réveille ? demanda-t-il.

— C'était quoi, ça ? dit-elle, perplexe, en fixant le savon, ignorant délibérément la question de Jaedrin.

— Je n'en ai vraiment aucune idée, répondit-il, confus.

Sa colère semblait s'être envolée aussi vite qu'elle était apparue.

— Elle se demandait ce que je faisais là, récapitula Gabrielle. Elle a d'abord cru que j'étais guérisseuse et a pensé que je pouvais m'occuper de sa fille. La suite, tu l'as vue, cette histoire de test et…

Sa mémoire s'enclencha soudain. L'étape dans la maison sur le chemin de Naja. Le terrible épisode dont elle avait été témoin. Elle n'eut pas le temps d'en faire part à Jaedrin, une grosse voix les interrompit brusquement :

— Ah ! Te voilà ! Je te cherche depuis deux jours ! Oh, mais je vois que tu as ramené du travail !

Jaedrin fit volte-face et mit Gabrielle dans son dos. Elle dut se pencher pour apercevoir le propriétaire. L'homme bourru ricanait grassement.

— À quel sujet ? demanda aussitôt Jaedrin.

— À quel sujet ? répéta le propriétaire en hurlant de rire. Ma foi, si tu ne sais pas en quoi consiste ton travail avec une beauté pareille, je veux bien m'en occuper moi-même.

— À quel sujet vous me cherchiez ? corrigea Jaedrin, dont la fureur augmentait.

Gabrielle pouvait sentir la poigne de Jaedrin se resserrer autour de son bras. Il commençait même à lui faire mal.

— Le paiement pour les jours qui viennent. Mais je veux bien te dédommager si tu me la laisses après toi, dit l'homme en désignant Gabrielle.

Cette fois-ci, elle faillit laisser échapper un cri de douleur. Jaedrin lui broyait littéralement le bras.

— Vous aurez le paiement ce soir, cracha-t-il en se retournant pour pousser Gabrielle dans les escaliers.

— Dommage ! cria l'homme depuis le rez-de-chaussée alors qu'ils gagnaient l'étage. Ne faites pas trop de bruit. Ma femme se repose, au-dessus ! Elle attend le prochain.

Gabrielle entra si précipitamment dans la chambre qu'elle dut se rattraper au lit pour ne pas s'affaler par terre. Jaedrin, lui, était adossé à la porte qu'il venait juste de fermer à clé.

Des pas lourds résonnèrent dans les escaliers, suivis du rire tonitruant du propriétaire. Jaedrin attrapa la chaise pour la coincer sous le loquet. Le son distinctif déclencha de nouveaux rires et un éclat de voix.

Jaedrin serra les poings et tourna le dos à la porte. Gabrielle l'avait regardé faire, perplexe. Il lui lança un regard presque honteux.

— Laissons-le croire ce qu'il veut, dit-il en se rapprochant d'elle.

Bien plus délicatement que tous les gestes qu'il avait pu accomplir jusqu'à présent, il l'assit sur le lit et passa son bras autour de ses épaules. Les pas du propriétaire s'étaient enfin arrêtés à l'étage au-dessus. Le silence se rétablissait peu à peu, telle une délivrance tant attendue.

— C'est le seul inconvénient d'admettre l'affection que l'on porte à quelqu'un d'autre, murmura-t-il. Chaque attaque prend une saveur vraiment différente. Je commence à comprendre les réactions de Setrian. Moi qui les trouvais démesurées...

Il la serra davantage contre lui puis tourna la tête pour lui embrasser le front. Gabrielle se remémorait tout ce qu'elle avait entendu depuis son réveil.

— Tu sais ce qu'il voulait dire par « elle attend le prochain » ? demanda Jaedrin.

Le soupir de Gabrielle se transforma en grincement.

— Il y a deux solutions, finit-elle par dire. Soit elle attend le prochain enfant... Soit elle attend le prochain père doté de *inha*.

— Quoi ?

Le cri de Jaedrin s'était étranglé dans sa gorge.

— Je croyais que tu avais déjà compris.

— J'avais saisi que le *Velpa* cherchait à remplir ses rangs, mais pas en allant jusqu'à imposer aux femmes la naissance d'un enfant avec *inha* ! Que disent les époux légitimes ?

— Ceux qui veulent se rebeller se taisent, répondit Gabrielle. Ceux qui vont dans leur sens se satisfont peut-être de la situation. Ou alors ils y sont indifférents. Je ne sais pas. Regarde le propriétaire. On dirait qu'il en tire même de la fierté.

— De la fierté ? Mais d'où ? Parce que ses enfants seront apprentis puis mages, et qu'ils iront se battre pour leurs parents ? Et si la mère n'a pas de *inha*, rien ne dit que l'enfant en aura un lui aussi.

— Tu sais comme moi que notre énergie peut sauter des générations.

— Dans un sens comme dans l'autre ! Deux parents friyens ne mettent pas toujours au monde un enfant doté d'énergie !

— Je pense que c'est ce qu'ils appelleraient mettre toutes les chances de leur côté, soupira-t-elle.

— Cela expliquerait aussi le comportement de cette vendeuse, dit-il.

— Et pourquoi elle nous disait qu'il était trop tôt. Ses deux enfants étaient effectivement trop jeunes pour montrer des signes de *inha*. Quand je repense à ce bébé, avant que j'arrive à Naja... Je me demande si la guérisseuse ne l'a pas tué lors de sa naissance, juste pour être sûre. C'est la seule façon de savoir avant l'âge, murmura-t-elle, plus à elle-même qu'à Jaedrin. Mais elle n'aurait pas osé ...

— De quel bébé tu parles ?

Gabrielle fit une grimace, elle ne voulait pas ramener les souvenirs.

— Ne me force pas à te donner des détails. Dans tous les cas, le *Velpa* attend, comme nous le faisons à Myria.

— Ne nous compare pas à eux.

— Ce n'est pas ce que je fais. Je dis juste que... À notre liste de raisons, nous pourrions ajouter « pour ces familles manipulées ». Au final, nous nous battons pour eux aussi.

— Pour la Na-Friyie, alors ? demanda Jaedrin.

— J'en ai bien l'impression.

Gabrielle laissa leurs conclusions infuser en elle puis s'affaissa.

Ils ne pouvaient pas. La tâche était trop lourde.

Non seulement il fallait lutter pour sauver les quatre communautés, mais en plus il fallait épargner le vivier de leurs adversaires. Et, parmi ceux-ci, il y avait des partisans comme des réfractaires, mais aussi des personnes à convaincre.

— Comment vont-ils faire ? murmura-t-elle. Ériana n'est pas désignée pour ça. Sa seule tâche est de contrer le *inha* réducteur. Et Setrian n'est là que pour la protéger. On ne peut quand même pas leur imposer ça en plus ! Jamais ils n'y arriveront. Ils ne peuvent pas être sur tous les fronts à la fois.

— Je ne sais pas… répondit Jaedrin. Il faudrait peut-être que quelqu'un d'autre les aide. Quelqu'un qui puisse gérer le côté « sans *inha* ». Peut-être quelqu'un qui n'a pas de *inha*, d'ailleurs, mais qui serait rallié à notre cause.

— Tu songes à quelqu'un en particulier ? demanda-t-elle.

— Je ne connais qu'une seule personne sans *inha* qui soit de notre côté et il est bien trop jeune pour faire quoi que ce soit. Donc non, personne en particulier.

— Friyah… comprit alors Gabrielle.

Jaedrin hocha la tête, aussi affligé qu'elle.

— Et donc, qu'est-ce qu'on fait ? demanda-t-elle.

— Pour l'instant, on s'occupe de ce qui est en notre pouvoir.

— L'artefact des Feux ?

— C'est ça, approuva Jaedrin en la blottissant contre lui. L'artefact, Setrian, Ériana.

— Quand ?

— Personnellement, je n'ai pas envie d'attendre, mais il va d'abord falloir en parler à Lünt. On a besoin de renseignements supplémentaires et j'aimerais réunir quelques informations sur Setrian avant. Je n'arriverai jamais à me convaincre de m'enfuir avec l'artefact si je n'ai pas tout fait pour le libérer. Dans le cas où il est encore…

— Il est en vie, coupa Gabrielle.

Jaedrin tressaillit en l'entendant.

— Comment peux-tu en être aussi sûre ?

— Je ne le sais pas, mais j'ai envie d'y croire. Tu l'as dit toi-même, Setrian s'est sorti de situations bien pires.

— Pire… Je me demande ce qu'il peut y avoir de pire que d'être retenu par le Maître des Eaux après avoir accompli la seule mission pour laquelle il te gardait en vie.

36

Ériana expira lourdement. Sous son manteau, la chaleur était accablante.

D'autres mages avaient gardé le leur pour ne pas la rendre suspecte. Parmi eux, seul Theris agissait pour les mêmes raisons qu'elle. En tant que frère du Maître des Feux, certaines personnes pourraient le reconnaître. Ériana était sûre que, si elle abaissait son capuchon, il en serait fini de leur couverture. Elle préférait donc endurer la chaleur.

Pour l'instant, leur fausse escouade était à l'arrêt en bordure de ce qui ressemblait à un gigantesque faubourg. Les remparts de la capitale se dressaient juste derrière, la cité s'étalant jusqu'aux premières collines. Tous faisaient mine d'abreuver les chevaux dans le fleuve. Ils attendaient en réalité le retour des trois éclaireurs envoyés en reconnaissance.

La capitale semblait bourdonner uniquement dans les limites de son territoire. Au-delà, les environs faisaient peine à voir. Les collines étaient parsemées de rares habitations, les champs remplis seulement de travailleurs. Heureusement, le fleuve semblait apporter un peu de vie.

Ériana avait eu du mal à croire qu'ils se rapprochaient réellement d'une capitale. Il leur avait fallu déboucher sur la vallée quasi plane de Naja pour comprendre que toute la population était réunie à cet endroit-là.

La circulation sur la piste était modérée. Les Na-Friyens qui les dépassaient les ignoraient le plus souvent, à l'exception des mages qui recevaient des réactions mitigées. Ceux n'ayant pas caché les reflets de leurs cheveux étaient soigneusement évités, ou, à l'inverse, incendiés du regard. Ériana était désormais si habituée aux réactions contradictoires qu'elle n'en faisait plus cas. Elle se contenta de faire boire son cheval jusqu'à repérer Erkam, meneur du trio qui revenait vers eux.

— Nous avons trouvé ça, dit-il en tendant deux petits paquets. Elle dit que ça va nous être utile.

Il désignait la femme qui l'avait accompagné, la guérisseuse contre laquelle Ériana s'était emportée quelques jours plus tôt. Les yeux d'Ériana s'arrondirent en défaisant l'emballage, découvrant le savon noir qu'elle avait utilisé pendant des années.

— Où en avez-vous trouvé ?

— Dès notre entrée dans le faubourg, répondit Erkam. Je crois que c'est même la première échoppe que nous avons croisée. Et nous n'étions pas les seuls à nous y rendre. Il y avait trois autres mages à l'intérieur.

— Trois ? s'exclama Ériana.

Elle attrapa un des savons et appuya ses doigts dessus. La matière était comme dans ses souvenirs. Dure au toucher mais, avec la chaleur de la main, pâteuse

533

et d'une étonnante capacité à s'étaler. Un seul savon comme celui-ci pouvait suffire à une personne pendant des années, à condition de s'y prendre correctement.

— Se teindre les cheveux a l'air d'être une habitude, ici, poursuivit la guérisseuse. Je l'ai vu tout de suite et votre ami m'a expliqué que c'était un artifice que vous connaissiez. J'ai préféré en prendre deux pour l'ensemble de la faction.

— C'est largement suffisant ! s'exclama Ériana.

— Nous sommes quand même nombreux, souleva Erkam. J'avais l'impression que ces deux morceaux seraient à peine suffisants pour le tiers d'entre nous.

— Nous pourrions les utiliser dix fois sans avoir besoin d'en racheter.

— Vous avez longtemps utilisé cette matière ? demanda la guérisseuse.

— Aussi loin que remonte ma mémoire, répondit Ériana. C'était devenu un rituel, entre ma mère et moi. Tous les matins, c'était la première chose qu'elle faisait. Lorsque je me suis retrouvée seule, je n'ai jamais osé en acheter, ni même en chercher. À vrai dire, je ne pense même pas qu'il y en avait là où je me trouvais. Ma mère se débrouillait avec l'unique morceau que nous avions et j'ai hérité des derniers copeaux lorsque…

Elle se souvenait de cette nuit de fuite en catastrophe, de ces moments où il lui avait fallu recourir au savon, de la vitesse à laquelle la quantité avait décru. Elle se souvenait aussi parfaitement du jour où elle avait terminé l'ultime morceau.

— Je vais montrer aux autres comment faire, dit-elle. Faites-les venir vers moi.

La guérisseuse alla rassembler ses collègues.

— Erkam, tu vas m'aider. Ils se mettront par deux. Nous ferons ça au milieu de l'escouade. Il n'y a qu'une poignée de Na-Friyens qui sont passés à proximité, mais je ne veux rien laisser transparaître.

Erkam fit une moue dubitative en attrapant le savon.

— Si les autres mages en achètent ouvertement, je crois que nous ne craignons rien.

— Je préfère être trop prudente.

Deux mages venaient d'arriver vers eux et elle les invita à se fondre au milieu des soldats. Ils furent d'abord assez surpris de devoir s'asseoir, puis Ériana envoya un soldat chercher deux bols d'eau. Lorsqu'il revint avec, elle s'agenouilla derrière l'un des mages et l'aspergea.

— Il faut humidifier les cheveux puis passer le savon sur toute la longueur. Ensuite, tu presses entre tes mains pour étaler jusqu'au bout. En séchant, la matière tient encore mieux que si cela avait été fait à sec et il n'y a pas besoin d'utiliser la moitié du bloc. Si nous n'utilisions pas d'eau, les deux savons n'auraient pas suffi.

Erkam hocha la tête et se mit au travail. Ériana, elle, se perdit dans le geste dont le mouvement familier la bouleversait bien plus qu'elle ne l'aurait souhaité. Elle n'avait jamais effectué la teinture sur quelqu'un d'autre mais, il n'empêche, la chose lui ramenait un goût amer en bouche. Le savon évoquait ses fuites, ses peurs, toutes les craintes qu'elle avait connues jusqu'à enfin trouver la solution des Terres Inconnues.

Ou plutôt jusqu'à ce que quelqu'un la trouve pour elle.

Le dernier morceau de teinture avait été le dernier morceau de sa précédente vie. Ensuite était arrivé Setrian. Sa contrée, sa vie et son amour. Elle avait cru qu'elle n'aurait plus jamais à se servir de l'artifice, qu'elle n'aurait plus à se cacher, plus à fuir.

— Tu penses que ça suffit ?

La voix d'Erkam la tira de ses pensées. Il inclinait la tête de son mage dans sa direction, le résultat était époustouflant. Ériana était surprise qu'il ait aussi facilement acquis la méthode.

— C'est parfait, dit-elle. Je suis même épatée.

— Tu en as fait autant, dit-il en désignant celui dont elle s'occupait. Et puis... je crois que j'ai utilisé mon *inha* pour l'eau. Tu as dû procéder de la même façon, je pense.

Ériana réfléchit tout en terminant sa tâche. Il était possible que son *inha* des Eaux soit entré en jeu de façon instinctive. Elle aurait pu en être sûre grâce à la confirmation de son protecteur, mais Eko n'avait toujours pas émergé et Friyah était resté lui-même depuis son réveil. Elle n'avait plus aucun moyen de connaître quoi que ce soit grâce au reflet. Elle aurait tout aussi bien pu ne pas avoir de protecteur.

— Vous pouvez y aller, dit-elle au mage des Feux qu'elle venait de teindre.

Erkam avait déjà changé de patient et ils en firent passer plusieurs en silence. Lorsque Ériana leva les yeux pour inviter le dernier, Theris apparut. Erkam, lui, s'occupait de Sharon.

— Theris, dit-elle alors qu'il s'asseyait devant elle, merci encore pour l'uniforme.

— Comme je l'ai déjà dit, ça n'a pas été un ordre, mais quelque chose que j'ai fait avec conviction. Cette tenue était ce qu'il vous fallait.

— Je ne sais pas vraiment ce qu'il me faut… murmura-t-elle en parsemant son crâne de gouttes d'eau. Enfin, en dehors d'un artefact et de la personne que j'aime.

— Nous sommes justement là pour ça, non ?

Elle ne répondit pas, laissant au soin de Theris d'interpréter son mutisme. À côté, Sharon et Erkam étaient tout aussi silencieux.

— Que pensez-vous que nous devrions faire, désormais ? demanda Theris.

Ériana poussa un profond soupir. Elle connaissait sa réponse par cœur, elle l'avait si souvent répétée dans son esprit qu'elle en avait la nausée à force de la tourner dans tous les sens. Les priorités restaient cependant difficiles à définir.

— Nous introduire dans le *Velpa*, dit-elle en premier. Récupérer l'artefact, en découvrir plus sur la localisation de Setrian et de Gabrielle. S'ils sont ici, les sauver. J'aimerais ajouter anéantir le *Velpa*, mais je sais pertinemment que nous n'y parviendrons pas avec nos seuls petits moyens. Donc je dirais nous enfuir dès que tout cela sera fait. Il restera à trouver un sanctuaire de secours pour mon ultime transfert et je pense que les choses auront déjà bien avancé.

— Vous réalisez qu'avec une liste pareille, vous risquez fort de vous retrouver dans une situation où rien n'ira comme prévu.

— Je le sais, dit-elle, passablement énervée. Mais si je n'ai même pas un point de départ, comment faire le premier pas ? La première étape reste d'ailleurs la plus difficile. Vous avez dit pouvoir nous amener jusqu'au bureau du Maître des Feux parce qu'il était votre frère et que vous connaissiez les lieux, mais savez-vous au moins comment nous faire entrer au sein du *Velpa* ? Nous n'allons clairement pas pouvoir passer par la grande porte !

— Ériana, appela Erkam. Contrôle-toi. Les Feux reprennent le dessus.

L'intrusion d'Erkam faillit la rendre encore plus agressive, mais ce qu'il disait lui fit ravaler sa colère. Ils avaient convenu que Friyah ou lui interviendraient en cas de dominance de l'appel des Feux. Ériana avait trop de mal à faire la part des choses entre un emportement justifié et une bouffée de symptômes.

— Il n'y a pas de grande porte à proprement parler, en ce qui concerne les bâtiments du *Velpa*, dit Theris avant qu'elle puisse s'excuser.

Il continua sur une description sommaire des lieux, le temps qu'elle termine de lui teindre les cheveux. Erkam avait déjà fini de s'occuper de Sharon qui, muette, restait assise à ses genoux. Ériana accueillait sa présence avec soulagement. Elle était rassurée de savoir quelqu'un dans la confidence.

— Tout ce que vous dites est intéressant, dit-elle à Theris lorsqu'il eut terminé, mais du coup je ne vois pas comment nous allons pouvoir entrer dans les bâtiments, de surcroît nous rendre jusqu'au bureau de votre frère.

— Je connais les passages qui peuvent nous y mener.

— Et les boucliers ?

— Nous devrions nous retrouver confrontés à un seul, ce sera sûrement le plus délicat.

— Qu'est-ce que vous entendez par délicat ?

Theris hésita. Ériana commença à se méfier. Il n'était plus question que qui que ce soit se sacrifie pour elle.

— Je ne peux pas vous en dire davantage, peut-être les choses ont-elles changé. Ce qui est sûr, c'est que vous ne pourrez pas franchir ces boucliers. Vos quatre éléments sont un gros problème. Il faut quelqu'un qui ne dispose que des Feux. L'idéal serait qu'il ne dispose de rien, mais nous n'avons personne dans cette situation.

— Et pourquoi pas l'un des soldats de la Garde ? proposa-t-elle.

— Ils sont tous sensibilisés à notre *inha* et je me demande si les boucliers du bureau de mon frère n'iraient pas jusqu'à déceler ça.

— Et Friyah ? souleva Erkam.

— Avec l'âme des Vents à l'intérieur de lui ? Non, notre seul espoir réside chez les Feux. Et dans le fait que Grab soit aussi stupide que je m'en souviens. À une époque, les serviteurs pouvaient entrer dans son bureau dans problème…

Ériana s'apprêtait à répondre qu'il y avait peu de chances pour qu'un Maître soit stupide, mais le regard d'Erkam la ravisa. Il était devenu capable de déceler ses sautes d'humeur avant même qu'elle ne s'emporte.

— Que proposez-vous, du coup ? demanda-t-elle en luttant contre la virulence dont elle aurait voulu faire preuve.

— Vous et moi seulement, répondit Theris.

— Il est hors de question que je vous laisse seuls tous les deux, coupa Erkam.

— Et le garçon n'acceptera jamais de la laisser partir sans lui, dit Sharon.

L'intervention de la mage les surprit tous. Elle n'avait pour l'instant pas pris la parole, mais son attention avait été intense. À présent, elle désignait une silhouette qui se frayait un chemin au travers des gardiens formant un cercle distant autour d'eux.

— Elle a raison, avoua Ériana. Friyah va insister.

— Friyah ou Eko ? demanda Erkam.

— Qu'est-ce que ça change ?

— On peut le lui cacher.

— Inutile, il a déjà compris, dit-elle en le voyant approcher à grands pas.

Friyah avança jusqu'à elle et se baissa pour la fixer dans les yeux. Un très léger flou y circulait, comme si Eko tentait de faire surface sans réellement y parvenir. Elle ne savait si elle s'adressait au garçon ou à l'âme qui l'habitait, mais cela n'avait aucune importance.

— Tu as compris, n'est-ce pas ?

— Je viens, déclara Friyah avant de s'asseoir. Ce n'est pas discutable.

— Il a compris, soupira Erkam. Bien... Dans ce cas, nous serons quatre.
— C'est trop, dit Theris.
— Nous n'avons pas le choix.
— J'aimerais venir, intervint à nouveau Sharon.
— Pas question.

Cette fois, ils avaient tous répondu en même temps, heureusement, car Ériana avait senti une pointe de fureur commencer à prendre le dessus. Le moindre désaccord prenait des proportions fulgurantes. Seul Friyah semblait échapper à sa colère, sûrement parce que le reflet subsistait en lui.

— Sharon, commença-t-elle en se forçant à être posée, j'ai besoin de vous à l'extérieur. Theris peut communiquer avec vous par *inha'roh*, peut-être même le puis-je si je suis assez concentrée. Il faut que quelqu'un connaisse notre plan, notre avancée.

— Theris peut communiquer avec n'importe quel mage de la faction, se défendit Sharon.

— Personne d'autre que vous ne connaît la vérité à son sujet.

— Nous pourrions la révéler à quelqu'un de bien choisi.

— Je ne veux pas prendre ce risque. Une personne de plus qui sait, c'est une personne de plus en danger. Si la faction est attaquée pendant que nous sommes à Naja, je préfère que vous soyez celle qui ait à garder un secret, car je sais que...

Ériana s'interrompit d'elle-même. Il y a quelques instants à peine, elle pensait ne plus vouloir accepter aucun sacrifice, et voilà qu'elle s'apprêtait à en exiger un autre. Sa colère surgit à nouveau, contre elle-même. Elle s'y perdit un moment, jusqu'à sentir une main sur sa cuisse.

— Reviens vers nous, murmura doucement Friyah.

Cette fois, elle en était certaine, c'était Eko qui parlait. Son intervention fut toutefois brève car le flou s'effaça aussitôt.

— Ériana, je sais ce que vous comptez me demander, reprit Sharon. Je m'y suis préparée à l'instant où j'ai compris la vision vous concernant. Je suis désolée d'avoir voulu imposer ma présence. Je pensais sincèrement que j'aurais pu vous être utile. Mais je ferai comme vous le souhaitez, je resterai avec la faction à l'extérieur. Laisserez-vous au moins une archère vous accompagner ?

— Un arc n'a jamais servi à grand-chose à l'intérieur d'un bâtiment, même si les couloirs sont parfois longs, dit-elle en omettant de dire qu'elle avait déjà usé du sien de cette façon.

— À vrai dire, intervint Theris, il y aurait peut-être un endroit où un arc pourrait être utilisé, mais je crains que cela soit inutile de l'amener jusque-là. J'ai l'intention de vous faire pénétrer dans le *Velpa* par les forges. L'accès se fera par une galerie, un peu à l'image de ce que vous aviez fait pour votre sanctuaire des Vents. Pas vraiment pratique, pour un arc.

— Je comprends pourquoi vous disiez que nous n'emprunterions aucune porte…

— Exactement, dit Theris en hochant la tête. Un arc serait difficile à transporter. Pas impossible, ajouta-t-il en direction de Sharon, mais compliqué. Peut-être une sentinelle serait plus adaptée.

Ériana pesa rapidement ses options. Dans sa tête, ses pensées allaient à toute allure.

— Tu manipules ton *inha* avec une telle harmonie… chuchota Friyah.

Le flou était de nouveau apparu et s'était enfui aussi vivement. Ériana sentit sa poitrine se serrer. La dernière fois qu'une telle chose lui avait été dite, les mots étaient sortis de la bouche de Setrian. Sa poitrine se gonfla en retour, pleine d'émotions.

Elle n'avait jamais été aussi près de le retrouver, c'était ce que lui dictait son instinct. Et elle lui faisait confiance.

— Je refuse de mettre la vie d'une personne de plus en danger.

Vaincue, Sharon se leva et s'éloigna. Une ambiance sombre s'abattit sur eux. Le départ de Sharon avait amorcé le plan.

— Quand pensez-vous que nous devrions agir ? demanda Ériana.

— De nuit, dit Theris. C'est impératif. C'est le seul moment où il y a peu de travailleurs à la forge.

— Nous allons devoir la traverser ?

— Non, mais moins il y a de monde, moins nous prenons de risques. Ce n'est pas comme si nous allions pouvoir nous fondre dans la masse des serviteurs. Votre uniforme sera en revanche idéal dans les couloirs du personnel.

— Vous devriez en porter un, dans ce cas.

— Non, c'est mieux ainsi, dit Theris en secouant négligemment la main. Deux mages, deux mercenaires, même si ce garçon est un peu jeune, ça passera. Aucun serviteur ne pose de question, dans mon souvenir. Ils ne sont pas particulièrement maltraités, ils ne font que leur travail, mais il y a une règle que tous connaissent : ne pas se mêler des affaires du *Velpa*. Et tous s'y plient ! Il y a tellement de pression sur la population à l'extérieur qu'ils sont bien trop heureux de travailler entre les murs de leurs dirigeants.

Ériana sentit des frissons lui remonter dans le dos. Elle était restée tellement concentrée sur le *Velpa* qu'elle avait omis le reste de la population na-friyenne. La coopération entre l'armée et le groupuscule avait d'abord été une surprise. Puis les explications d'Adam sur l'organisation de la Cité des Feux, son mode de vie et l'adhésion de la population lui avaient fait entrevoir la vérité sur le *Velpa*, avant de lui ouvrir complètement les yeux : *Velpa* et dirigeants na-friyens ne faisaient qu'un et si elle s'en prenait à l'un, elle s'en prenait également à l'autre. Sa tâche était en réalité colossale, et elle se mit à douter d'elle, de leur mission, de ses Gardiens…

Dans son esprit, tout se mélangea. Elle n'eut même pas la force de laisser son *inha* agir pour y remettre de l'ordre. Dans ce genre de situations, Setrian était toujours là pour la guider vers la solution, alors elle tenta de le ramener à elle.

Que dirait Setrian ?

Son instinct s'imposa en un instant et une lueur brilla.

La première étape. Elle devait accomplir la première étape.
— Nous agissons ce soir.

37

Gabrielle s'arrêta devant l'étang. Dans sa main, elle serrait celle de Jaedrin. Elle n'avait pu se détacher de lui depuis qu'ils avaient quitté leur chambre.

— Tout va bien ? demanda Jaedrin.

— Je crois que j'ai peur, dit-elle. Et que c'est normal.

Jaedrin sourit doucement puis la lâcha pour contourner l'étang. Gabrielle savait que son sourire s'était fané dès qu'il l'avait dépassée.

Depuis qu'elle avait proposé son plan, Jaedrin avait semblé étrangement résigné. Il faisait tout pour l'encourager mais avait beaucoup de mal à cacher son inquiétude. Gabrielle, elle, n'essayait même plus.

Ils achevèrent le trajet en se courbant dans les herbes hautes. Ils connaissaient le chemin par cœur, savaient que personne ne venait jamais ici, mais la journée avait été riche en surprises, notamment avec l'arrivée d'une grosse escouade en périphérie du faubourg. Ni Jaedrin ni Gabrielle n'avaient osé s'aventurer dans les rues à partir du moment où ils avaient appris la nouvelle. Ils s'étaient contentés de rester dans la chambre et de ressasser leur plan.

— Nous y voilà, chuchota Jaedrin. Tu veux attendre un peu ?

— À quoi cela servirait-il ? Nous devons retrouver Lünt à l'intérieur de la forge. Autant qu'on en finisse.

— J'ai peur aussi, tu sais, dit Jaedrin en glissant ses bras autour d'elle.

— Peur de quoi ? demanda-t-elle en enfouissant son nez dans son épaule. Tu dois rester dans la forge, nous nous sommes bien mis d'accord là-dessus.

— Peur pour toi. Et si jamais les boucliers se déclenchaient quand même ?

— Jaedrin… soupira-t-elle en s'écartant. Les quatre Maîtres ont tous cherché à m'attaquer avec leur *inha* et rien ne s'est produit en dehors des Feux. Grab n'a aucune raison d'avoir un bouclier des Feux sur son entrée personnelle, je ne crains rien.

— Alors de quoi as-tu peur ?

— De tous les à-côtés. Arriver jusqu'au bureau, en repartir. Te récupérer sain et sauf.

— C'est plutôt à moi de dire ça.

— Estime-toi heureux de ne pas avoir eu à rester dans la chambre.

— Gabrielle, promets-moi qu'il ne t'arrivera rien.

— Ça fait longtemps que j'ai arrêté de promettre ce genre de choses.

— Vas-y la première, je surveille les environs pendant ce temps, soupira Jaedrin.

Gabrielle se plaça en haut de la berge et se laissa descendre jusqu'à sentir le rebord sous ses pieds. Elle se glissa dans le passage, Jaedrin l'y suivit quelques instants après. Leur progression fut lourde jusqu'à déboucher sur la forge. Le ventre de Gabrielle se nouait au fur et à mesure que la chaleur augmentait.

Dès qu'ils eurent atteint la petite esplanade, ils comprirent que quelque chose n'allait pas. Les lieux qui, d'habitude, n'abritaient qu'une poignée de personnes étaient bien plus peuplés. Depuis l'arrière de la colonne obstruant l'entrée, Gabrielle repéra pas moins de douze mercenaires en contrebas, à proximité des braises, deux autres pour assurer la surveillance de l'escalier qui y menait.

— Je crois que ton évasion leur a fait peur, dit Jaedrin. Setrian avait raison. La vigilance a été accrue. Heureusement qu'ils ne prennent pas la peine de surveiller ce passage.

— Dis plutôt qu'ils ne savent pas qu'il existe. C'est notre chance.

— Je n'en suis pas si sûr. Ça aurait été bien plus facile de les désarmer si nous étions arrivés par-derrière. Là, ils nous verront les attaquer et risquent de lancer l'alerte.

— Je me demande s'ils sont vraiment là à cause de mon évasion, souleva Gabrielle. C'est curieux de les voir ainsi. Regarde comment sont disposés ceux du bas. On dirait qu'ils protègent quelque chose. Ou quelqu'un.

Pour être certaine, Gabrielle risqua un nouveau regard. En plus des douze mercenaires initialement repérés, quatre silhouettes se tenaient près des braises, dont une, très proche. Il devait y faire une chaleur atroce.

Avec la lueur rouge, il était difficile de reconnaître qui que ce soit, mais Gabrielle sentit son pouls s'accélérer en associant les silhouettes à des souvenirs récents.

— J'aimerais bien savoir pourquoi ils ont amené Mesline ici, dit-elle à voix basse.

— Mesline? Tu veux dire que... C'est elle, là? À côté du feu?

— Exactement. Et la petite silhouette à côté, c'est Matheïl. Les deux autres au fond, ce sont Céranthe et cet imbécile de mage qui nous accompagnait partout.

— Que font-ils là?

— C'est une question sur laquelle j'apprécierais beaucoup qu'on m'éclaire, sauf que nous n'avons pas vraiment le temps de nous attarder ici. Enfin, toi, si.

Une petite flamme s'était allumée entre eux alors qu'elle terminait sa phrase. Lünt était là. Au cours des soirs précédents, l'âme avait dû mourir d'envie de leur révéler la présence de ces personnes dans la forge, mais à aucun moment ils n'avaient dû poser les bonnes questions. Peut-être Lünt estimait-elle que cela ne changeait rien.

— Tu as une idée de la façon de se débarrasser d'eux? demanda-t-elle en désignant les deux mercenaires postés sur l'esplanade.

Jaedrin resta d'abord silencieux, examinant attentivement leurs ennemis. Puis il désigna l'épée que Gabrielle avait tenu à emporter.

— Tu me laisses ça, et surtout, tu me laisses faire. Je te préviendrai quand la voie sera libre. Tu m'entendras soudain. Je bloquerai les sons jusque-là.

Gabrielle s'attela à détacher l'épée de sa ceinture, ses doigts légèrement tremblants. L'arme était la seconde chose, après Jaedrin, dont il lui était difficile de se séparer.

— Qu'est-ce que tu comptes faire avec ? demanda-t-elle en la lui tendant.

— Ce n'est qu'en cas d'urgence, la rassura-t-il. Je vais faire mon maximum avec mon *inha*, mais si ce sont bien quatre mages des Vents là en dessous, je ne veux pas risquer une trop grande manipulation.

— Tu n'as toujours pas répondu à ma question.

— Parce qu'il n'y a aucun intérêt à le faire. Il n'y a qu'une seule façon d'utiliser une épée, dit-il en attrapant la garde.

— Ne joue pas avec ma patience !

— Je ne joue ni avec ta patience ni avec toi. Maintenant, laisse-moi créer une diversion suffisante. Reste de dos, ne te montre sous aucun prétexte tant que je ne t'ai rien dit. Je t'interdis de regarder ce que je fais, tout comme de me chercher si je me suis réfugié ailleurs. Quand je te dis d'y aller, tu y vas et tu ne discutes pas.

Elle faillit répondre qu'il n'était pas question d'obéir à de tels ordres, mais le baiser de Jaedrin lui ôta toute envie de protester.

— Fais-moi confiance, murmura-t-il en se détachant d'elle.

Il était à peine parti que l'air se densifia, étouffant quelques sons. Même si Jaedrin avait décidé qu'elle ne devait absolument pas être au courant de sa diversion, ses talents restaient loin de ceux d'un *Ploritiel*. Quand elle entendit du bruit, elle faillit se retourner, mais ses derniers mots résonnaient en elle. Lui faire confiance... Si elle dénigrait ses consignes, Jaedrin ne le lui pardonnerait pas.

Elle ne sut combien de temps passa avant qu'elle perçoive enfin la voix de Jaedrin. Son ton lui glaça le sang mais elle se força à en ignorer l'alarme.

Sans même prendre la peine de vérifier, elle s'élança de derrière la colonne, rasant la paroi de la grotte. L'esplanade était déserte et c'est sans un regard en arrière qu'elle s'engouffra dans sa seule issue. La flamme de Lünt, d'abord restée dans son dos, la précéda rapidement, lui montrant le chemin, éclairant les alentours.

Gabrielle perdit le compte des escaliers et des couloirs, suivant aveuglément la flamme jaune devant elle. Se concentrer ainsi lui permettait d'éviter de penser à autre chose. À ce qui avait pu arriver à Jaedrin, à ce qui pourrait se produire, à l'échec potentiel de la mission qu'ils s'étaient confiée.

Brusquement, la flamme s'arrêta. Gabrielle trébucha dans son élan. Peut-être étaient-elles enfin arrivées. La déception la submergea au point qu'elle râla ouvertement. Elle se tenait au milieu d'un énième escalier de service.

— Que se passe-t-il, Lünt ? Il y a un problème ?

La flamme jaune vira à une sorte de rouge orangé. L'hésitation de l'âme était évidente.

— Quelqu'un vient dans notre direction ? poursuivit Gabrielle.

La flamme devint cette fois d'un rouge grenat intense. Gabrielle sentit l'inquiétude la quitter. L'incompréhension demeura.

— Nous sommes déjà arrivées ? On ne dirait pourtant pas...

La flamme s'éteignit pour redevenir rouge avant même qu'elle ait pu terminer.

— Alors où est le problème ? s'impatienta Gabrielle. Tu t'es perdue ?

La flamme oscilla entre bleu et rouge une bonne quinzaine de fois avant que Gabrielle ne réussisse à déchiffrer la réponse.

— Nous ne sommes pas perdues, mais nous le sommes quand même... Tu veux dire que c'est le bon chemin mais que tu ne t'attendais pas à passer par là ? Il y avait plus court ?

La couleur vira au bleu, puis s'éteignit. Gabrielle soupira malgré elle.

— Qu'est-ce que ça peut faire ? On doit continuer !

La flamme vira instantanément au rouge.

— Mais pourquoi, bon sang ? Il nous faut cet artefact ! Je dois le rapporter à Ériana, si tant est que je la trouve ! Setrian nous a confié cette mission ! J'ai bien l'intention de la remplir ! Qu'il ne se soit pas sacrifié pour rien !

Elle avait maintenu sa voix dans un chuchotement mais y avait mis tout son agacement. Celui-ci redoubla d'ailleurs lorsque la flamme devint d'un bleu si limpide que Gabrielle en eut presque mal aux yeux.

— Je ne comprends rien, Lünt ! Un moment tu es d'accord, l'autre non. Tu ne veux plus retrouver l'artefact ?

La flamme s'éteignit puis fit un bref bleu-rouge que Gabrielle ne put interpréter autrement que par un « si, mais... ».

— Il n'y a pas d'hésitation à avoir, trancha-t-elle. Nous allons récupérer l'artefact, puis nous retournons à la forge. Montre-moi le chemin.

L'obscurité resta totale jusqu'à ce qu'une toute petite tache jaune fasse son apparition, si réduite que Gabrielle comprit que Lünt la guidait uniquement parce qu'on lui en avait donné l'ordre. Gabrielle n'avait que faire de sa désapprobation.

Lorsque la flamme cessa à nouveau d'avancer, Gabrielle n'eut cette fois aucun mal à s'arrêter. Elle avait déjà repéré la porte, éclairée par deux petites lampes de chaque côté. Le passage était moins étroit qu'elle ne se l'était imaginé puis elle se souvint que le Maître des Feux était loin d'être mince.

La flamme de Lünt s'éteignit pour réapparaître bleue quelques instants plus tard. La voie était libre, Grab n'était pas dans son bureau.

— Bien, maintenant, reste à vérifier si tout ce que nous avons supposé est juste.

La flamme de Lünt s'éteignit pour de bon. À partir d'ici, Gabrielle était seule.

Normalement, elle devait retrouver l'âme de l'autre côté de la porte, si les boucliers ne l'avaient pas tuée d'ici là. Gabrielle prit une profonde inspiration. Elle était la seule à pouvoir accomplir cette partie. Personne d'autre n'aurait été en mesure de faire cela, et certainement pas Ériana.

L'évidence lui sauta soudain aux yeux.

— Et il a fallu que je me retrouve ici pour comprendre ? murmura-t-elle en secouant la tête.

Elle ne risquait absolument rien. Pour la première fois, elle sentait vraiment que les boucliers ne représentaient aucun danger, même si Grab en avait laissé un des Feux en son absence. Sereine, Gabrielle se contenta d'avancer et d'actionner la poignée de la porte.

Le silence était total, aucun événement ne survint. Gabrielle sentit toutefois ses épaules se contracter en refermant le battant derrière elle. Elle avait beau être immunisée contre les éléments, elle ne l'était pas contre un Maître qui reviendrait dans son bureau.

— Lünt, où es-tu ? chuchota-t-elle.

La flamme jaune virevoltait aux abords d'un placard si bien fondu dans le mur que Gabrielle eut du mal à trouver le mécanisme pour en actionner l'ouverture.

Le battant grinça légèrement, mais elle eut à peine besoin de l'ouvrir pour apercevoir l'artefact. La lumière qu'il dégageait éclairait le bureau, même au travers de l'interstice.

L'objet s'éleva soudain dans les airs. Lünt avait dû le prendre en main. Gabrielle referma le placard.

L'artefact aurait pu tenir dans sa paume, mais le joyau était bien plus grand que n'importe quelle gemme qu'elle avait eu l'occasion de voir. Le travail était absolument magnifique et les flammes dansant à l'intérieur s'agitaient dans un mouvement continu. Tout la subjuguait, depuis la forme en goutte jusqu'à la profonde couleur sanguine se teintant d'orange çà et là.

Gabrielle tendit les doigts vers l'objet, sans le toucher. C'était impératif, sans quoi, elle n'était pas certaine de pouvoir retraverser les boucliers. Elle avait l'impression d'observer une flamme en suspension, sans ressentir la moindre chaleur ni entendre le moindre crépitement. L'effet était déroutant.

Une chaleur, bien réelle cette fois, lui gagna les pieds. Gabrielle poussa un petit cri et lança sa jambe en avant pour se débarrasser de la flamme jaune qui monta jusque devant ses yeux pour s'agiter frénétiquement. Quand la flamme vira à un rouge similaire au joyau qu'elle tenait dans la main, Gabrielle se fustigea.

— Désolée, Lünt ! dit-elle en s'élançant vers la porte.

Une fois qu'elles furent sorties du bureau, Gabrielle se saisit de l'artefact et le fourra dans une poche. Alors qu'elle courait dans le sillon de la flamme jaune, son inconscience la prit de plein fouet.

Même si cela n'avait duré que quelques instants, elle avait touché l'artefact. Par son geste, elle avait accompli le pire et le meilleur à la fois.

Ériana disposait enfin de ses quatre éléments.

Ce qui faisait de Mesline l'unique *Geratiel* à être née depuis des millénaires.

38

Lorsque Lünt la fit bifurquer dans le couloir de la forge, Gabrielle réalisa que la situation n'aurait pas pu être pire.

Mesline était *Geratiel* et se trouvait dans la forge. Jaedrin était exactement au même endroit. Elle ne savait pas quelle diversion il avait réussi à créer, mais quelque chose lui disait qu'il était en danger.

Alors qu'elle redoublait de vitesse, la flamme partit avec une vivacité folle en direction de la grotte. Gabrielle ne cria pas pour la ramener à elle. L'âme semblait pressée et Gabrielle manquait trop de souffle pour égaler son rythme. La chaleur croissante ne l'aidait pas.

Quand elle arriva enfin à la forge, Gabrielle s'élança sur l'esplanade sans vérifier les environs. Elle pesta aussitôt de n'avoir pas ralenti. L'absence des deux mercenaires à l'embouchure l'avait induite en erreur, de même que ses oreilles bourdonnantes.

Les mercenaires étaient toujours là, mais à présent ils étaient peut-être quatre ou cinq, localisés près de la colonne bloquant la galerie de secours et, chose encore plus incompréhensible, ils se battaient entre eux.

Gabrielle commença à reculer lorsqu'elle percuta quelque chose dans son dos. Un bras se serra autour de son buste et une main se plaqua sur ses lèvres. Elle tenta de crier, mais la pression était trop forte.

Son corps fut soulevé et emmené malgré lui dans les escaliers qui menaient au niveau inférieur. Tout en essayant de dégager les doigts de sa bouche, elle tendit l'oreille. Plus ils descendaient, plus la confusion régnait. Si jamais elle parvenait à appeler à l'aide, personne ne l'entendrait au milieu du tumulte des cris et des appels d'air qu'elle distinguait.

Il y avait aussi un autre bruit, comme celui d'un feu qui viendrait de redoubler d'intensité. Gabrielle était presque certaine qu'il s'agissait de celui de la forge, attisé par les courants d'air, ou alimenté par un nouveau combustible. Elle avait passé trop de temps à proximité pour ne pas en reconnaître le son.

La chaleur se fit soudain plus forte. Dans la panique, Gabrielle avait de plus en plus de mal à respirer. Elle put enfin prendre une inspiration lorsqu'elle fut projetée à terre. Le peu d'air qu'elle réussit à avaler fut expulsé par l'impact de son dos contre la pierre. Lorsqu'elle releva les yeux, elle crut que son esprit divaguait encore.

La forge s'était transformée en véritable fournaise. Il n'était plus possible de rien voir à l'exception de flammes gigantesques qui valsaient d'un côté à l'autre, projetées par des bourrasques charriant graviers et poussière en même temps.

Gabrielle referma les yeux quand un courant d'air souffla sur elle. Il était évident que les Vents étaient à l'œuvre, de même que les Feux. S'il s'agissait d'une confrontation, peut-être y avait-il quelqu'un de son camp. Et ce ne pouvait être que Jaedrin, dans ce cas.

Encore sous l'emprise de l'*empaïs*, elle n'avait aucun moyen de créer un *inha'roh* et, avec la force des éléments, elle n'aurait eu aucune chance d'y parvenir. Elle ouvrit de nouveau les yeux pour chercher un allié. Les flammes s'étaient réduites mais elle ne distinguait toujours rien.

Dans son dos, des voix prirent le dessus. Gabrielle roula pour mieux voir et resta abasourdie.

La douzaine de mercenaires qu'elle avait aperçus plus tôt se tenaient en retrait, à l'exception de deux d'entre eux. L'un était juste au-dessus d'elle, le pied levé. D'un seul coup, il la poussa sur le dos et l'immobilisa au niveau de la poitrine. Gabrielle ne put que tourner la tête pour voir ce que faisait le deuxième qu'elle avait repéré à l'extérieur du groupe.

Elle plissa les yeux devant une nouvelle bourrasque. La chaleur lui sauta au visage mais elle y prit à peine garde, trop déconcertée par ce qu'elle voyait. Deux mercenaires luttaient au corps à corps. Deux hommes dans le même uniforme noir, ce qu'elle avait déjà pu apercevoir au-dessus. À cet instant, elle entendit le soldat qui l'immobilisait hurler que d'autres arrivaient par le haut.

Elle serra les poings.

Alors que l'ensemble des mercenaires derrière elle s'élançaient vers les escaliers, elle aperçut enfin un visage familier. Jaedrin était ligoté dans le fond. D'après son air, il avait été assommé. La rage la submergea tant qu'elle parvint à déstabiliser le mercenaire au-dessus d'elle, mais il ne fallut qu'un instant à celui-ci pour à nouveau l'immobiliser.

Au milieu du vent, elle crut cependant entendre quelque chose. La voix n'était pas identifiable, le timbre caché par le bruit monumental, mais elle avait cru reconnaître un prénom. Lorsqu'elle l'entendit de nouveau, ses doutes devinrent encore plus grands et son pouls s'accéléra.

— Ériana, par ici ! cria une seconde fois la voix.

À son plus grand étonnement, c'était le jeune Friyah qui avait crié à pleins poumons. Il se rapprochait d'ailleurs dangereusement du feu dont les flammes s'étaient emballées, leur jaune encore plus vif que ce que Gabrielle avait pu voir par le passé, presque bleu. Il y avait aussi un étrange scintillement orangé au centre.

Friyah était suivi de près par une silhouette à l'uniforme aussi noir que les mercenaires, certainement une femme, vu ses cheveux longs. Friyah allait être capturé lui aussi. Mais quand ils se donnèrent la main et que la mercenaire tourna la tête sur sa gauche, Gabrielle sentit son souffle se couper.

Les yeux de la silhouette noire balayèrent l'espace, s'arrêtant un court instant sur elle. Puis elle avança, seule, sur les braises, disparaissant au milieu des flammes qui semblaient ne plus exister que pour elle.

39

— Ériana ! s'écria Gabrielle aussi fort qu'elle le pouvait.

Son cœur reprenait lentement son rythme. L'incompréhension l'avait laissée si estomaquée qu'elle luttait encore contre la réalité de ce qu'elle avait vu.

Ériana venait d'entrer dans le feu. Elle venait de se donner à une mort certaine sans la moindre hésitation. Dans le regard qui avait croisé le sien, Gabrielle avait vu de la résolution, mais aussi une demande. La même que Jaedrin. Il fallait avoir confiance.

Tout lui sembla soudain plus calme. Ériana savait ce qu'elle faisait. Si elle avait agi ainsi, c'était qu'elle était sûre d'elle. Gabrielle n'aurait cependant pas été contre quelques explications. Au lieu de ça, elle avait un mercenaire qui l'immobilisait toujours et quatre autres qui assistaient, impuissants, à la lutte des éléments. Ni les flammes ni le vent ne s'étaient apaisés.

Dans un coin, Gabrielle reconnut Céranthe et le mage des Vents qui l'accompagnait habituellement. À sa grande surprise, ils étaient aux prises avec Friyah.

Dans ses souvenirs, le garçon ne disposait d'aucun *inha*, mais il semblait farouchement défendre quelque chose. Quelque chose qui se situait derrière lui, dans les flammes.

Il protégeait Ériana.

Gabrielle se sentit frémir en le voyant assurer sa position. Il le faisait d'ailleurs de tout son corps et de toute son âme, vu la puissance qu'il mettait dans chacune de ses manipulations. Céranthe et l'autre mage étaient régulièrement repoussés.

Les projections des Vents les plus phénoménales provenaient de lui et il passait son temps à pousser sa tête en avant, bras et poings tendus vers l'arrière, comme pour s'opposer à une force invisible. Céranthe et le mage avaient du mal à rester en place mais, à eux deux, ils lui donnaient beaucoup de peine. Gabrielle hurla de frustration. Elle ne pouvait rien faire pour aider Friyah. Le fait que le garçon témoigne d'un *inha* ne la surprenait même plus. Il se passait trop de choses inexplicables.

Désormais, elle ne voulait qu'une chose, se sortir de là.

Un objet brilla alors dans son champ de vision. L'épée. Son épée. Celle qu'elle avait fabriquée et qu'elle avait laissée à Jaedrin. Il en avait été démis. La lame restait toutefois hors de portée et l'homme au-dessus d'elle était plus lourd que jamais.

Impuissante, elle chercha des yeux qui pourrait lui venir en aide. Une grimace lui tordit le visage quand elle vit Matheïl, affairé auprès de Mesline.

La jeune fille, assise par terre, était appuyée contre le garçon. Elle se tenait le front et vomissait de côté pendant que Matheïl lui caressait doucement les cheveux. Ses lèvres s'agitaient comme s'il cherchait à la rassurer. Gabrielle sentit la bile lui envahir la bouche.

Matheïl les avait trahis. Le jeune prophète avait quatre amis dans cet endroit, quatre personnes qui le respectaient, et voilà qu'il s'occupait de leur plus terrible ennemie.

— Heureusement que Jaedrin ne voit pas ça ! cria-t-elle, enragée.

Son intervention lui valut un coup de pied dans le ventre et elle se recroquevilla sur elle-même. Un nouveau coup la mit sur le ventre, et la pression se localisa au niveau de ses reins. Elle réussit cependant à garder la tête de côté.

Matheïl la fixait, terrorisé, et, lorsque son regard se porta derrière elle, vers Jaedrin, ses yeux trahirent une frayeur intense. Mesline convulsa à nouveau, vomissant une énième fois, et Matheïl ne se concentra plus que sur elle.

Au milieu du dégoût, Gabrielle trouva la force d'esquisser un rictus. Le *inha* réducteur ne semblait pas réussir à Mesline. Heureusement pour eux, car si elle avait été en mesure de tous les anéantir, Friyah n'aurait eu aucune chance.

Le garçon continuait à lutter contre les deux mages des Vents mais sa puissance semblait décroître. La fatigue, sûrement.

Surgit alors une autre silhouette. Elle ne connaissait pas l'homme qui avançait, mais la présence de deux flammèches dans ses mains le désignait comme mage des Feux. Le fait qu'il en projette une vers Céranthe en faisait un allié.

Elle était tellement happée par les multiples affrontements qu'elle ne s'aperçut même pas qu'une dernière forme venait dans sa direction. Il fallut un éclat de lumière et le son distinctif d'une épée s'abattant sur un corps pour qu'elle comprenne que quelqu'un venait à son secours. La pression sur son dos se défit d'un coup et Gabrielle roula pour découvrir Erkam.

Abasourdie, elle resta quelques instants par terre avant d'attraper la main que lui tendait le messager.

— Vite ! Jaedrin ! s'écria-t-elle une fois debout.

Ils n'avaient pas de temps à perdre dans des retrouvailles. Ensemble, ils coururent jusqu'à Jaedrin qui resta inconscient malgré leurs tentatives de le réveiller.

— Que fait-on ? demanda-t-elle en regardant autour d'elle.

— J'aurais pensé que votre première question aurait été : que faites-vous ici ?

— J'ai senti que la réponse prendrait du temps, ironisa-t-elle.

— Vous pouvez porter Jaedrin jusqu'à l'extérieur ?

— L'extérieur ? Mais quel extérieur ? s'exclama-t-elle. La seule sortie est bouchée par les mercenaires au-dessus de nous, et ils se battent entre eux, comme ces deux-là ! C'est à n'y rien comprendre !

L'inquiétude commençait à avoir raison d'elle. Voir Jaedrin ainsi la bouleversait plus qu'elle n'aurait cru et la confusion totale dans laquelle elle se trouvait ne faisait que l'énerver davantage.

— Non, il y a une autre sortie, maintenant ! cria Erkam par-dessus le bruit du vent et du feu attisé. Ériana en a creusé une lorsque nous sommes arrivés ici. Ou alors elle l'a simplement repérée. Enfin, je ne connais pas les détails ! Elle nous a trouvé une issue, c'est ce qui compte ! Le conduit est prévu pour autre chose !

— Le conduit ? répéta Gabrielle, encore plus déboussolée.

— Venez, c'est par ici ! dit-il en prenant Jaedrin sous le bras pour le jucher sur ses épaules. Pff... Il n'est pas léger. Ça va vous prendre du temps. Mais au pire, nous vous rejoindrons avant que vous soyez parvenue à sortir. Vous devez vous échapper.

— Mais... Ériana ? Et les autres ? Je ne peux vraiment rien faire ?

Erkam désigna le doigt de son insigne couvert d'*empaïs*.

— Je n'ai pas d'antidote sur moi et nous nous sommes tous mis d'accord avant d'arriver : quelqu'un d'inutile ressort aussitôt.

— À moins que je ne me trompe, vous êtes mage des Eaux, Erkam ! s'enflamma Gabrielle, furieuse d'être ainsi mise à l'écart. Et comme il n'y a pas la moindre goutte d'eau autour de nous, cela signifie que vous n'avez, vous non plus, rien à faire ici !

— Je n'ai pas le temps de vous expliquer, Gabrielle, mais je vous en conjure, croyez que nous avons tout préparé. Il faut vous enfuir d'ici au plus vite.

Ils étaient arrivés devant une ouverture très grossière et Erkam lui transférait déjà le corps de Jaedrin.

S'il n'avait pas été le sien, elle l'aurait laissé tomber à terre pour se précipiter en sens inverse.

— Je peux encore faire quelque chose ! plaida-t-elle. Matheïl… Mesline…

— Laissez-nous faire et restez en vie !

— Qui a décidé d'un plan pareil ? s'écria-t-elle, à bout de nerfs.

— Ériana. Et j'aimerais que vous respectiez son choix. Attendez, j'ai l'impression que quelque chose vous gêne.

Les mains prises, elle laissa Erkam fouiller dans ses poches. Quand le messager en sortit l'artefact des Feux, elle se tourna légèrement pour tendre l'autre hanche.

— Mettez-le dans cette poche.

— Qu'est-ce que c'est ? demanda Erkam.

— L'artefact des Feux.

— C'est vous qui êtes allée le chercher ?

— Qui d'autre ? s'impatienta-t-elle. Oui, c'est moi !

— Alors c'est pour ça que… C'était la meilleure hypothèse d'Ériana, quand elle a senti son *inha* chavirer. Elle avait raison.

Gabrielle trouva la force de souffler, en partie soulagée qu'Ériana ait ressenti son dernier élément affluer en elle. Il restait cependant une partie du plan qu'elle ne comprenait toujours pas.

— Pourquoi est-elle allée se jeter dans les flammes ? demanda-t-elle en se rapprochant du passage obscur.

— Elle ne craint rien, c'est l'âme des Feux qui la guide, répondit Erkam, qui la poussait encore plus loin.

— Mais pourquoi y est-elle encore ? Et qu'est-ce que l'âme vient faire là-dedans ?

— Pourquoi ? Mais enfin, Gabrielle ! En touchant l'artefact, vous avez fait d'elle la détentrice des quatre éléments. Il fallait bien qu'elle suive l'instruction du dernier ! L'âme de l'artefact est venue à elle dès cet instant. Cette forge était le meilleur sanctuaire que l'on pouvait trouver ! Ériana est en train de subir son transfert !

Pour la première fois depuis qu'elle avait remis les pieds à la forge, Gabrielle se sentit pâlir. Erkam continuait à la pousser dans la galerie.

— Allez, fuyez pendant qu'il est encore temps ! dit-il en la lâchant. Je vous promets que nous sommes là pour elle.

Gabrielle commençait à s'éloigner lorsque sa dernière réticence jaillit enfin clairement dans son esprit.

— Mais, qu'est-ce que vous faites là, alors ? s'écria-t-elle, immobile. Ne devriez-vous pas être en train de la protéger ?

Erkam se retourna. Dans la pénombre, elle ne parvenait pas à deviner l'expression de son visage.

— Friyah la protège, enfin, Eko. Ce serait trop long à expliquer. Je fais mon possible et je suis là au cas où Eko flancherait. Si seulement Setrian pouvait réapparaître… Nous aurons peut-être le temps de réunir des informations sur lui auprès de cette abominable Céranthe que Theris est en train d'affronter. Il faut à tout prix l'avoir vivante.

Gabrielle comprit vaguement qui était Theris mais elle n'eut pas le temps d'en demander plus. Erkam repartait déjà vers la forge en courant. Elle n'eut pas non plus le temps de dire que Setrian n'avait aucune chance de réapparaître et déglutit amèrement en partant dans l'autre direction.

40

Setrian releva la tête d'un coup.

Des semaines après en avoir été libéré, il se retrouvait dans cet horrible cachot, perdu quelque part dans les souterrains du *Velpa*. Il n'y avait rien à voir autour de lui, rien à observer. Ses yeux étaient pourtant écarquillés, cherchant la plus petite lumière au milieu des ténèbres de son esprit, la plus infime des explications.

Son *inha* bouillonnait. Sans raison.

Le silence était lui aussi total. Setrian semblait cependant avoir perçu un frémissement, mais il délaissa vite l'idée.

C'était comme si son monde s'était vidé. Vidé de lumière, de couleurs et d'espoir. Vidé d'Ériana. Jamais il n'avait autant regretté ses choix. Même s'il savait qu'il avait tout fait pour la sauver, son dernier vœu n'avait pas été exaucé. Il ne la reverrait plus.

Son soupir se répercuta contre les murs de sa cellule, lui donnant l'impression que quatre autres personnes avaient expiré avec lui. Il savait très bien qu'il était seul. Lünt n'était apparue qu'une seule fois et il l'avait renvoyée avec l'ordre de ne plus revenir et, surtout, de ne pas inciter Jaedrin et Gabrielle à le libérer.

Son *inha* tressaillit à nouveau. Il devait se passer quelque chose avec les Vents. La peau de son poignet le picotait. Setrian se massa l'articulation, celle-ci manifestait de plus en plus souvent ces signes lorsque l'énergie de son élément était utilisée en grande quantité. Il devait se produire quelque chose, non loin d'ici.

— Si seulement Caliel pouvait être en train de régler ses comptes avec les autres, cela me ferait des soucis en moins... murmura-t-il en appuyant sa tête contre le mur.

Doucement, Setrian commença à remuer son poignet. Une lueur perça au travers de sa chemise et il en écarta le col pour laisser la blancheur soudaine inonder la pièce. C'était la seule source de lumière dont il disposait, celle qu'il était lui-même capable de créer.

Il n'aurait jamais cru passer autant de temps à provoquer le lien physique avec son élément et à le laisser apparaître au grand jour. Il n'aurait jamais cru non plus passer autant de temps à ne rien faire. Alors il parachevait ses techniques, revoyant méthodiquement tout ce qu'il lui était possible de faire.

Rien ne pouvait aller au-delà de la porte. Eliah avait pris garde de le mettre dans une cellule dotée du plus parfait bouclier des Vents. Il ignorait comment le Maître des Eaux avait obtenu cette faveur, mais quelques informations bien relayées ainsi que de bons secrets avaient pu convaincre Caliel de lui laisser un *Ploritiel* pour quelques heures.

Quelle que soit la personne appelée pour cette tâche, le résultat était le même. Setrian ne pouvait sortir que si Eliah le décidait. Le Maître était le seul à connaître la clé énergétique qui déverrouillait le bouclier et seul le plateau quotidien de nourriture semblait pouvoir le traverser.

Setrian était encore surpris d'être en vie. Lorsqu'Eliah avait dit vouloir faire disparaître les soupçons de Grab, il avait cru sa dernière heure arrivée. Puis tout s'était enchaîné sans qu'il le réalise vraiment. Il s'était réveillé dans sa cellule, toujours sans la moindre goutte d'*empaïs* sur son poignet. Eliah n'était venu le voir qu'une fois, juste après son réveil, lui expliquant les modalités de sa survie.

C'était simple, il n'y en avait aucune. Il était vivant et les choses s'arrêtaient là.

Eliah avait refusé de répondre à ses questions, qu'elles concernent Ériana, le *Velpa* ou lui-même. Setrian avait même douté d'être détenu dans l'enceinte des bâtiments, jusqu'à ce que Lünt lui confirme sa localisation lors de son unique apparition. Eliah avait tenu parole, Setrian aurait tout aussi bien pu être mort. Grab ne devait plus avoir aucun soupçon.

Las, Setrian se leva et rompit son lien avec les Vents. Son énergie remuait toujours, lui démangeant la peau du poignet. L'autre particularité de sa captivité était qu'il n'était, cette fois, restreint par aucune chaîne.

Lorsqu'il atteignit la porte, il passa ses doigts autour des barreaux de la petite ouverture et serra fort. Il n'avait aucun espoir de les arracher, encore moins de pouvoir passer entre. Non, c'était simplement l'endroit où l'air était le plus frais. Et aussi l'endroit où tout son corps voulait aller.

Au début, il avait interprété cette sensation comme un désir de liberté, mais, en temps normal, ses jambes ne trahissaient pas de pareilles impatiences. S'il ne s'était pas retenu, il se serait littéralement jeté sur la porte deux ou trois fois, contre sa propre volonté, dans l'espoir futile de passer au travers pour se retrouver de l'autre côté.

Il avait toutefois réussi à comprendre une chose. Ses impressions n'avaient pas pour objectif de le libérer. Elles ne souhaitaient qu'être assouvies, elles n'avaient que faire qu'il soit emprisonné ou libre. Il *fallait* qu'il passe de l'autre côté de la porte.

Pour les faire disparaître, Setrian avait passé des heures à courir sur place jusqu'à ce que la fatigue le submerge et que les sensations s'effacent. Quand celles-ci refaisaient surface, un peu plus tard, il recommençait le même stratagème.

Il resta suspendu aux barreaux un bon moment, à l'écoute des étranges frémissements de son *inha*. Il n'avait plus le courage de courir. Il lui semblait l'avoir déjà fait deux fois depuis qu'il s'était réveillé.

Son *inha* tressaillit à nouveau. La coïncidence était étrange. Il était de moins en moins persuadé que ses sensations concernaient l'énergie des Vents. Il ne savait pas pourquoi, mais elles ressemblaient à ce qu'il aurait pu ressentir si…

— Le reflet ? entonna-t-il tout haut.

Non, c'était impossible. Ériana n'était plus en lien avec lui. Elle avait un nouveau protecteur. Il n'y avait aucune chance pour que son *inha* se mette à vibrer à l'unisson du sien.

Un souvenir émergea soudain dans son esprit. Ce que Lünt lui avait dit. La façon dont ils s'étaient trouvés, dont ils s'étaient touchés. Lünt était intimement persuadée qu'il était le bon protecteur pour Ériana. Il n'avait plus remis cette hypothèse en doute, s'insurgeant seulement contre le fait qu'il puisse encore servir à quelque chose.

Hésitant, Setrian lâcha les barreaux et se tourna dos à la porte, yeux fermés. Il avait besoin de se concentrer. En lui, tout s'agitait trop pour lui permettre de trouver une réponse. Il devait réfléchir, revenir en arrière. Il était certain d'avoir déjà expérimenté ce qu'il ressentait aujourd'hui.

Le souvenir le percuta si vivement qu'il s'en raidit. Il se tenait devant la chambre d'Ériana à la Tour d'Ivoire, la main sur le loquet, prêt à l'actionner pour vérifier si tout était en ordre. Si elle était en sécurité. Et avec, il retrouvait la sensation inexplicable d'avoir à la protéger, quoi qu'il lui en coûte.

Lünt avait raison. Il était celui qui devait aider Ériana, l'accompagner dans sa quête. D'une façon ou d'une autre, le protecteur qui se trouvait auprès d'elle en ce moment devait faillir à son rôle. Setrian était rattrapé par son propre destin.

Il inspira profondément, se laissant envahir par cet appel. Cette fois, il avait le souvenir d'une rencontre furtive au sommet de la Tour, où Ériana s'était endormie sur son épaule, au pied de la cloche des Vents. C'était là qu'il était réellement devenu son protecteur.

Son énergie se mit à crépiter sans qu'il le lui commande et Setrian dut serrer les poings pour s'éviter une collision involontaire avec la porte. Son corps lui hurlait de se précipiter à l'extérieur.

Pour mieux se retenir, il s'allongea par terre et entama une série d'exercices physiques. Il devait maintenir Ériana à l'écart de toute pensée. C'était déstabilisant. Pour la première fois de sa vie, il refusait de penser à elle.

Son propre souffle lui emplit rapidement les oreilles et ses muscles se réchauffèrent de l'effort, lui laissant la possibilité de se perdre dans autre chose que ses souvenirs. Il se concentra sur des nombres, comptant bêtement le temps qui passait. Il était d'ailleurs si consciencieux qu'il n'entendit pas les bruits de pas. Ce fut le grincement de la porte qui le ramena à lui.

L'espace d'un instant, il crut qu'on lui apportait à nouveau de quoi manger, mais il avait déjà eu son plateau et le serviteur se contentait d'utiliser la trappe.

Setrian s'immobilisa, dos à la porte, en appui sur ses pieds et ses mains. L'envie de se projeter en arrière l'obsédait. Sans même le vouloir, il se retrouva à basculer sur ses pieds et à pousser vers l'arrière. Son dos heurta deux jambes, puis une main attrapa le col de sa chemise pour le remettre sur pied.

Lorsqu'il fut debout, Setrian cligna plusieurs fois des yeux. Une lampe était tenue à proximité de son visage, le laissant apercevoir son visiteur.

Eliah lâcha son col pour l'attraper par le bras. Sa poigne était si ferme que Setrian avait l'impression que le sang ne circulait plus dans sa main. Le Maître des Eaux le fixait avec une expression absolument indéchiffrable.

Maintenant qu'il avait enfin passé la porte, Setrian s'attendit à ce que ses pulsions protectrices s'amoindrissent. Au contraire, leur intensité décupla. Il n'y avait qu'une explication possible.

— Ériana est ici, dit-il en même temps qu'Eliah.

Le Maître des Eaux parut à peine surpris qu'il le sache lui aussi.

— Dis-moi simplement comment tu es parvenu à être au courant, dit Eliah. Prépare ta réponse car elle pourrait remettre en cause ta libération. Et n'essaie même pas de m'avoir avec une vague explication de *inha'roh*, je sais que cette cellule t'en rend incapable.

Setrian faillit mentionner qu'il était à présent hors de la cellule et ne put s'empêcher de lancer un *inha'roh* à l'attention d'Ériana, même sans savoir où elle était exactement. Aucun lien de pensée ne s'établit. Il avait l'impression que quelqu'un l'en empêchait.

— Je suis *son* protecteur, sans l'être à l'instant même, dit Setrian après avoir choisi ses mots avec précaution.

Les yeux d'Eliah vacillèrent, plus sombres qu'à leur habitude dans la lueur jaunâtre de la lampe.

— Je sais que tu n'as plus d'*empaïs* depuis une éternité. Dis-moi pourquoi tu es resté.

— Pourquoi êtes-vous venu me chercher ? lança Setrian en ignorant la question.

— Réponds-moi, gronda Eliah, et tu auras *ta* réponse.

Presque étonné d'une telle offre, Setrian se précipita sur la première vérité tout en omettant la seconde. Il ne comptait pas donner les détails à Eliah qui, dans l'urgence, se sentirait peut-être floué.

— Je devais libérer Gabrielle. Et je voulais faire mon possible pour Matheïl.

— Le garçon vous a abandonnés, répondit platement Eliah.

— Je voulais quand même essayer, vous m'en avez empêché avant.

— Sache que je ne te libère pas aujourd'hui pour *lui*.

Cela avait donc un lien avec Ériana. Malgré l'intensité de ce qu'il ressentait et la sensation qu'un énorme danger rôdait quelque part, Setrian osa reformuler sa question.

— Pourquoi m'avez-vous gardé en vie ?

Eliah détourna légèrement les yeux et, après un moment, lâcha Setrian.

— Vas-y, dit-il. Va la rejoindre.

Setrian était si décontenancé qu'il en resta immobile. Puis il se reprit, sur la défensive.

— J'ai du mal à croire que vous me laissiez partir ainsi.

— Ma fille est en danger et tu viens de me confirmer que tu es le seul à pouvoir la protéger. Ce n'est pas assez pour toi ?

Il s'était attendu à ressentir une sorte de victoire, mais Setrian avait eu tant de temps à consacrer au lien entre Eliah et Ériana que l'aveu d'Eliah ne le frappa même pas. Il était même soulagé de l'entendre enfin. Il avait eu l'impression de garder un secret interdit, comme si Eliah l'avait chaque fois mis au défi d'en parler.

— Ça pourrait être assez, dit-il avec précaution, mais Ériana est loin d'être votre alliée.

— À l'instant où je te parle, je me fiche pas mal que ma fille soit une alliée ou une ennemie.

— Vous dites que vous voulez qu'elle vive, et vous ne précisez ni pourquoi ni comment ?

— Je n'ai aucune justification à te fournir ! commença à s'emporter Eliah. Maintenant, soit tu vas à son secours, soit ton sort est scellé ici même.

Les yeux d'Eliah fixaient Setrian avec une étrange menace. Setrian ne savait pas pourquoi, mais il avait l'impression de manquer quelque chose dans le raisonnement du Maître. En dehors du fait qu'Eliah refuse d'avouer pourquoi il voulait qu'Ériana survive, il avait une autre raison de laisser partir Setrian sans tergiverser. Mais Setrian n'avait plus le temps. Sa chance était arrivée, il ne devait pas la rater.

— Où dois-je me rendre ?

Sa question lui parut ridicule dès qu'il l'eut formulée. Il n'avait pas besoin de demander. Si toutes ses hypothèses étaient justes, il n'avait qu'à suivre les impératifs de son corps et de son *inha* agité. Il se guidait lui-même et était guidé à la fois. Ériana l'appelait. Son destin l'appelait. Il n'avait plus qu'à les suivre.

— C'est au… commença Eliah.

— C'est inutile, je sais, coupa Setrian.

— Elle se trouve dans la forge, compléta néanmoins Eliah. Tu connais certainement le chemin pour éviter les boucliers.

Setrian hocha la tête et fit volte-face sans rien ajouter. Il courut aussi vite que possible, cherchant à mettre un maximum de distance entre Eliah et lui. Il n'aimait pas la dernière phrase du Maître. Normalement, Eliah n'aurait pas dû savoir qu'il s'était déjà rendu à la forge.

Il craignit un revirement et redoubla de vitesse. Il fut presque soulagé en arrivant dans les escaliers de service. Vu la configuration, il se trouvait du côté des Eaux. Délaissant toute inquiétude quant à l'incongruité de sa présence, il fonça en direction des cuisines et les traversa sans prendre la peine de se dissimuler. Les serviteurs le regardèrent, éberlués, mais aucun ne réagit.

Il atteignit la forge, mais lorsqu'il pénétra dans le couloir, ses jambes ralentirent d'elles-mêmes. La chaleur semblait encore plus étouffante que la dernière fois où il était venu et l'issue du passage était bouchée par une foule de silhouettes. Celles-ci étaient toutes noires, sans exception, et luttaient les unes contre les autres.

Abasourdi, Setrian se plaqua au mur, cherchant comment atteindre le niveau inférieur. Ses sensations le poussaient à descendre. Ériana devait se trouver près du feu.

Il hésita à se faufiler derrière l'attroupement, mais son uniforme ressemblait trop à ceux des hommes sur l'esplanade. Il risquait d'être pris à partie dans un combat qui n'était pas le sien. Alors qu'il réfléchissait à une échappatoire, un homme s'arrêta net devant lui, les yeux grands ouverts.

— Vous êtes Setrian ?

— Je… oui.

Incapable de comprendre pourquoi il répondait à un inconnu, Setrian sentit quelque chose chez l'homme lui inspirer confiance. Son uniforme était pourtant tout ce qu'il y avait de plus hostile. Couvert de noir de la tête aux pieds, une épée sanglante dans les mains, son air jeune ne lui ôtait aucune expérience.

— Ériana est en bas, continua le soldat. Dépêchez-vous ! Le combat là-dessous m'échappe complètement. Ces mages… Les Gardiens ne peuvent rien faire. Je vous couvre le temps que vous arriviez jusqu'aux escaliers. Ensuite… Je vous souhaite bonne chance.

Setrian ne perdit pas de temps à chercher pourquoi cet inconnu aux allures de mercenaire lui venait en aide. Ériana y était forcément pour quelque chose.

— Jamais je n'aurais cru qu'elle aurait pu réunir autant de gens en si peu de temps.

— Il y a beaucoup de choses dont vous ne l'auriez jamais crue capable, je pense. Mais elle a toujours cru en vous. Allez, restez dans mon dos. Au fait, je m'appelle Adam.

Setrian mourait d'envie d'en savoir plus sur cet allié de fortune, mais son désir de protéger Ériana était bien plus fort. Dès qu'Adam fut retourné sur l'esplanade, Setrian se glissa derrière lui. Lentement, ils parvinrent à se décaler jusqu'aux escaliers, Setrian restant à l'abri entre la paroi et Adam qui luttait contre ses adversaires successifs.

Lorsqu'ils arrivèrent à l'ouverture, Setrian s'y engouffra sans remercier le soldat. Adam venait de s'engager dans un combat particulièrement difficile.

Plus Setrian dévalait les escaliers, plus son *inha* s'agitait. Sa pulsion protectrice valsait entre besoin et soulagement, chaque pas vers Ériana réduisant la distance mais accentuant son élan protecteur. Elle n'avait jamais eu autant besoin de lui. En débouchant au niveau inférieur, son souffle lui échappa. Il ne lui fallut qu'un instant pour reconnaître Céranthe, engagée dans un violent combat avec un mage des Feux. À côté, son habituel acolyte s'acharnait en direction de la fournaise qu'était devenu le foyer.

Quand Setrian vit qui était son adversaire, il n'en crut d'abord pas ses yeux. Puis il finit par admettre l'évidence. C'était bel et bien Friyah qui tentait de faire reculer son opposant grâce aux Vents.

Setrian sentit l'angoisse le saisir lorsque ses sensations l'orientèrent vers les flammes gigantesques qui s'élevaient dans le fond, au cœur d'un puits de braises. Ériana ne pouvait être que là.

Et il ne voyait rien.

Après quelques instants, il lui sembla toutefois distinguer une forme, mais ce n'était pas Ériana. La chaleur s'amenuisa un peu et la silhouette se fit plus nette, bien que, pour Setrian, il soit inconcevable de rester aussi près des flammes sans risquer d'être brûlé.

— Erkam ! cria soudain Friyah. Je ne vais plus tenir très longtemps !

En comprenant qui était l'homme qui s'évertuait à rester près du feu, Setrian chercha à avancer, mais la force du vent l'en empêcha.

— Elle devient de plus en plus incontrôlable ! s'écria Erkam.

— Tant pis ! On échange !

Ils s'élancèrent l'un vers l'autre. Au dernier moment, Erkam se retourna et Friyah freina, sa tête heurta le dos d'Erkam. Il se passa quelques instants d'immobilité pendant lesquels même les flammes semblèrent se figer, puis tout se remit en mouvement alors que Friyah se précipitait vers le feu.

Erkam, lui, avait déjà dégainé un objet de sa poche et Setrian resta interloqué en reconnaissant sa gourde. En face, le mage des Vents ne semblait pas surpris de cette étrange mascarade et s'employait déjà à repousser Erkam dans les braises. Setrian ne put rester inactif un instant de plus. De toute façon, son corps ne demandait qu'à se jeter dans les flammes.

Il s'élança, projetant son poignet en direction du mage. Erkam fut à peine étonné de le voir faire irruption, mais il recula néanmoins. La force du vent que Setrian venait de créer était suffisante pour l'empêcher de respirer. Elle fit aussi trébucher le mage.

Dans son élan, Setrian percuta l'homme de plein fouet. Pris par surprise, celui-ci ne put rien faire lorsqu'une paire de bras se serra autour de lui. Tous les deux chutèrent et Setrian acheva le combat en assommant le mage. Le courant d'air qui leur faisait voler les cheveux cessa d'un coup.

— Setrian ! Te voilà ! Nous avions l'impression que tu n'arriverais jamais !

— Comment ça, que j'arriverais ? s'exclama-t-il par-dessus le bruit des flammes qui venaient brusquement de s'intensifier.

Erkam sauta du rebord qui cernait le brasier pour le rejoindre et lui tendit la main. Setrian la saisit et la serra chaudement.

— Merci de t'être occupé d'elle. Où est-elle ?

— Juste là, répondit Erkam en désignant les flammes derrière lui.

Setrian se pinça les lèvres. Cela faisait un moment qu'il avait compris qu'Ériana se trouvait en plein cœur du feu, mais il avait encore beaucoup de choses à comprendre avant de s'y jeter lui aussi.

— Que fait Friyah ? demanda-t-il en désignant le garçon qui restait stoïque, à quelques pas d'eux.

— Il la protège pendant son transfert.

— Il la… ? commença Setrian, plus que confus.

Erkam poussa un soupir en se frottant le front puis releva une mine consternée.

— Friyah n'est pas seul dans son corps. Eko, l'âme des Vents, l'habite. C'est plus précisément Eko qui protège Ériana. Il est devenu son protecteur depuis quelque temps déjà.

— Mais… et toi ?

— Je ne suis plus son protecteur.

— Mais… tout à l'heure… balbutia Setrian en désignant l'endroit où Erkam s'était trouvé avant l'étrange collision avec Friyah. Je croyais que…

— Tout à l'heure, oui. Mais je viens d'échanger avec Eko. Ni lui ni moi ne parvenons à la contrôler réellement. Elle nous épuise, donc nous alternons. Celui de nous deux qui est dehors doit se charger de celui-là, dit Erkam en désignant le mage inconscient à terre. Maintenant que tu es là, les choses devraient s'arranger.

— Comment procède-t-on à l'échange ? demanda-t-il aussitôt.

— Tu touches l'insigne d'Eko avec le tien, répondit Erkam en désignant la cicatrice sur le poignet de

Setrian. Tu verras, Friyah a quelque chose de similaire sur le front.

Setrian se retint de demander comment une telle chose pouvait être possible puis se tourna vers Friyah, quand Erkam le retint par le bras.

— Une dernière chose. Ériana tient là-dedans grâce à son *inha* des Feux. Les flammes ne la touchent pas. Elles ont dévoré ses vêtements, mais son corps est inattaquable. Ce n'est pas le cas pour nous, c'est pour ça que nous restons à distance.

Setrian approuva à la hâte. Sa pulsion protectrice venait brutalement de redoubler. Un danger arrivait, plus grand encore. Il devait procéder à l'échange le plus vite possible.

Il se dirigea vers Friyah et, sans prendre la peine de s'expliquer, attrapa le garçon par les épaules pour le tourner face à lui. Ce dernier, qui s'était d'abord préparé à réagir, se détendit en le reconnaissant. Setrian plaqua aussitôt l'intérieur de son poignet sur le front de Friyah.

Son monde se transforma. Toutes les odeurs changèrent et un goût métallique lui envahit la bouche. Autour de lui, le paysage s'altéra quatre fois de façon radicale jusqu'à ce que ses yeux se rouvrent enfin sur les flammes infernales qui tourbillonnaient devant lui.

Friyah était déjà parti, lui laissant la place d'agir. Setrian releva les yeux sur la lumière vive et il l'aperçut enfin, nue au milieu des flammes.

Il avait envie de crier son nom mais il savait qu'elle ne l'entendrait pas. Il voulait la serrer contre lui, mais le moindre pas en avant le calcinerait. Il expira pour se calmer. Les sensations s'étaient apaisées. Elles avaient enfin trouvé leur raison d'être.

Résolu, Setrian se posta dos à Ériana, face à leurs ennemis.

Il n'était plus question de faillir.

Il était son protecteur.

41

Ériana tenta d'ouvrir les yeux et se ravisa aussitôt. Ses paupières étaient si lourdes qu'elle avait l'impression que des cordes métalliques les maintenaient fermées. Elle s'orienta sur ses bras, essaya d'en soulever un. Le mouvement provoqua une souffrance sans précédent.

Respirer équivalait à s'arracher les poumons. C'était comme si son corps était entravé dans un tissu de métal, comme si ses membres étaient transpercés d'une infinie quantité d'aiguilles. Ces aiguilles ne causaient rien tant qu'elle ne bougeait pas, mais le moindre geste était foudroyant de douleur.

Elle se concentra pour limiter ses mouvements, ne s'autorisant plus qu'une infime respiration. Elle n'entendait pas vraiment ce qui se passait autour d'elle, à l'exclusion d'un souffle bruyant, masquant tout son. En dehors des désagréments ressentis en elle, elle n'avait aucune information sur ce qui se passait autour.

Elle ne savait qu'une chose : elle était en plein transfert.

C'était la première fois qu'elle était consciente pendant un transfert. Elle aurait préféré ne pas l'être.

Lünt, l'âme des Feux, l'avait prévenue. Comme il s'agissait du dernier élément, le transfert pouvait être différent, notamment cette semi-conscience, cet état d'éveil relatif. Ni Erkam ni Setrian n'avaient évoqué cela au cours des précédents transferts. Les Feux avaient vraiment leur propre façon de fonctionner.

Erkam…

Elle ne savait pas pourquoi, mais son nom avait soudain plus d'ampleur dans son esprit. Elle se força à ouvrir les yeux et, encore une fois, échoua. Tout était cloisonné, elle était prisonnière de son corps.

Puis ses douleurs se réveillèrent d'un coup et elle put en identifier une plus importante que les autres. Elle brûlait. Son attention rivée sur sa peau et ses chairs, elle ignora totalement les quatre images qui passèrent devant ses yeux, un confus mélange de bleu, de rouge, de blanc et d'orange.

Aussi vite que cela était arrivé, la sensation et les couleurs s'effacèrent, et ce fut le nom d'Eko qui prit le dessus. Ce revirement de pensées était insensé. C'était comme si son esprit se faisait guider contre sa volonté.

Mais Eko était *Aynetiel*. Il devait forcément utiliser son *inha* messager pour la guider quelque part, la ramener à elle. Elle avait sa réponse. Eko était son protecteur, comme lorsqu'elle était entrée dans ce brasier sans vraiment savoir si elle y survivrait. Elle avait fait confiance à Lünt.

Le tumulte de ses pensées était déroutant. Chaque information lui revenait au fur et à mesure, agrémentée de nouveautés qui restaient pour elle obscures.

Les douleurs, la conscience, cette impression qu'Eko n'était pas seul. *Forcément, qu'il n'est pas seul*, songea-t-elle. Il y avait du monde, dans cette forge. Du monde aussi au niveau de la galerie par laquelle ils étaient arrivés et, normalement, personne vers celle qu'elle avait créée.

Elle l'avait conçue à la hâte après avoir repéré une fente exploitable dans la roche. Finalement, il ne lui avait fallu que l'ouvrir aux extrémités et relever le plafond en un endroit. Le sol devait être jonché de pierres, mais c'était loin d'être un problème pour leur évacuation. Elle avait rassuré Adam et Erkam là-dessus.

Il restait cependant un énorme problème.

Le temps.

Les transferts demandaient deux ou trois jours. Le dernier, celui des Vents, avait été interrompu en cours. Celui qu'elle subissait à l'instant risquait de connaître le même sort. Pendant son bref échange avec Lünt, elles avaient convenu de trouver un moyen accéléré de lui faire subir le transfert. La solution n'avait pas enchanté Ériana, mais Lünt lui avait assuré qu'elle serait immunisée contre les flammes.

Tant qu'elle aurait un protecteur à proximité.

Ériana était restée dubitative, ne comprenant pas comment Eko, ou Friyah de par son corps, aurait pu l'empêcher de s'enflammer comme un simple morceau de bois. Mais cela avait fonctionné. Elle était toujours au milieu des flammes et elle y était vivante. La simple présence d'Eko suffisait à lui fournir un rempart contre l'attaque calcinante. Alors pourquoi cette furtive sensation de brûlure, il y a quelques instants ?

Brutalement, la douleur jaillit à nouveau. C'était comme si toutes les aiguilles qui la transperçaient venaient de s'enfoncer un peu plus dans ses chairs. Une odeur de brûlé lui parvint aux narines et, comme la fois précédente, le flot de quatre couleurs obstrua toute autre pensée. Puis les sensations s'effacèrent et, en même temps que la douleur, surgit un nouveau prénom.

Setrian.

Son cœur battit trois fois au lieu d'une et sa bouche s'ouvrit contre sa volonté. Le déchirement qui accompagna son mouvement la fit presque chavirer dans les limbes mais, pour la première fois depuis qu'elle avait repris conscience, elle lutta pour ne pas se laisser emporter.

Setrian était là. Et il était redevenu son protecteur.

Comme si son corps n'avait attendu que lui, la douleur s'amenuisa. Les effluves de brûlé s'effacèrent. Elle avait l'impression que quoi que fût la chose consumée, le processus s'était stoppé net. Heureusement, Setrian n'était pas celui à s'être enflammé, il y avait trop de sérénité qui se diffusait pour cela. De plus, l'odeur était assez proche.

Son *inha* des Feux se souleva soudain. Cette fois, la nausée la gagna pour de bon. Chaque hoquet lui tordait les entrailles, tout en apaisant son énergie. Au milieu de ses soubresauts, elle n'avait même pas la force de chercher une explication.

— *Rah !* s'exclama une voix dans son esprit. *Ça ne marche pas !*

— *Lünt ?*

La rencontre avec l'âme des Feux avait été précipitée, mais Lünt et Ériana s'étaient aussitôt acceptées. À l'instant, elle nageait au milieu du *inha* de Lünt. Il lui était impossible de ne pas la reconnaître.

— *Je suis désolée, Ériana, ça doit faire trop d'un coup pour ton* inha. *Ton corps rejette la moitié de ce que je lui donne.*

Ériana sentit un nouveau haut-le-cœur se préparer. Elle lutta pour le contenir, en vain.

— *La moitié c'est déjà mieux que rien*, pensa-t-elle après avoir repris une inspiration.

— *Oui, mais c'est frustrant !*

— *Je dispose à peine du quart de ce qu'Eko voulait me donner.*

— *À propos d'Eko…* commença Lünt, presque hésitante, *tu as compris que tu ne pourrais jamais achever ton transfert, je pense.*

Son silence dut suffire à Lünt. Dès que l'âme avait cité le transfert des Feux comme étant le dernier, Ériana avait su qu'elle n'aurait plus aucune chance de revenir vers Eko pour parachever son instruction aux Vents. La frustration de Lünt était infime comparée à ce qu'Ériana avait ressenti à ce moment-là.

Les Vents étaient son élément de naissance. Elle appartenait à cette communauté plus qu'à toutes les autres, malgré ses quadruples facultés. C'était l'élément de ses plus proches amis, de ceux qu'elle aimait. De *celui* qu'elle aimait. Et ce serait l'élément où elle serait la moins instruite.

Elle serra les dents, ignorant le tiraillement qui se propagea depuis ses mâchoires jusqu'à l'arrière de son crâne. Puis tout changea brusquement, au point qu'Ériana ouvrit enfin les yeux.

Ses paupières manquèrent de s'embraser tant les flammes étaient proches. À nouveau, l'odeur de brûlé la submergea et elle comprit que ses cheveux en étaient la source. Alors que son corps refusait de se mouvoir, la douleur et l'odeur s'estompèrent. Une nouvelle sensation naquit, celle d'une protection de fortune autour d'elle, une protection aqueuse, quelque chose de connu. Erkam.

— *Qu'est-ce qu'il se passe ?* lança-t-elle à Lünt.
— *Ils sont trois à œuvrer pour toi, mais ils n'ont pas que toi à gérer*, répondit l'âme.
— *Trois ?*
— *Tes protecteurs se passent le relais.*
— *Mais… Comment ?*
— *Regarde.*

Au niveau de ses yeux, les flammes s'écartèrent, ouvrant un chemin jusqu'à la scène qu'Ériana découvrit avec horreur.

Erkam se tenait dos à elle, rivé sur place, la tête de côté en train de hurler des instructions à Friyah. Le garçon était aux prises avec un mercenaire qui, vu la fatigue de son adversaire, commençait à gagner du terrain. De l'autre côté, Setrian était engagé dans un combat similaire mais celui-ci trouva une fin plus rapide et plus nette, la nuque du mercenaire violemment brisée.

L'attention de Setrian se porta alors sur Friyah et il se précipita vers lui, le poussant vers Erkam, et prit sa place dans la bataille. Erkam réceptionna Friyah et ils échangèrent un regard, puis un geste incongru. Friyah venait de s'appuyer contre le dos d'Erkam.

Ériana sentit alors tout chavirer. Pour la troisième fois, elle percevait cet étrange bouleversement et ses cheveux menaçaient de brûler. Elle ferma les yeux, aperçut le flot de couleurs devenu presque habituel et, en les rouvrant, découvrit Friyah, de dos, dans une position identique à celle qu'Erkam avait occupée quelques instants auparavant. Toute brûlure cessa.

— *Je comprends mieux, mais je préférerais que Setrian soit celui…*

— *Il a autre chose à faire, à l'instant*, rétorqua Lünt.

Impuissante, Ériana assistait aux affrontements de ses protecteurs. Les mages des Feux et les mercenaires n'en finissaient plus de les attaquer. Plus le temps passait, plus Ériana ressentait les flammes. Eko s'épuisait. Après un cri de détresse de Friyah, Setrian arriva en se jetant presque sur lui.

Nouveau tumulte, nouveau changement. Ériana accueillit celui-ci avec un soulagement intense. Plus aucun mal ne la traversait.

— *Il est vraiment le bon…* murmura Lünt.

— *Je le sais*, confirma Ériana.

— *Et il parachèvera ton instruction aux Vents.*

Cette pensée déclencha douceur et amertume à la fois. Elle n'avait pas songé au fait que Setrian pourrait se charger de cette tâche. Le connaissant, il insisterait sûrement pour le faire. Mais dès qu'il s'agissait de *inha*, elle n'osait plus s'adresser à lui. Elle ne voulait plus avoir recours à lui. Elle voulait juste l'avoir à ses côtés.

— *J'en suis sûre*, dit-elle.

— *Ce n'était pas une question. Ce messager est fait pour toi. Maintenant, je vais faire tout mon possible pour terminer ce transfert, mais je crains que mon enseignement soit trop dense. Tu risques d'interrompre le processus de ton propre chef. Tant pis si c'est le cas.*

— *Et tu existeras encore ?*

— *Ça, c'est à voir. Peut-être qu'il me faudra un substitut, comme pour Eko dans le corps de ce garçon. Ou alors je serai trop épuisée et je m'effacerai. Il y a surtout de grandes chances pour que je retourne dans mon artefact. Après tout, il est en ta possession, maintenant.*

Ériana ne releva pas la dernière phrase. Elle avait, à l'heure actuelle, bien mieux à faire que de comprendre comment elle avait pu se saisir d'un artefact dont elle n'avait même pas vu la couleur.

À cet instant, la saveur de Setrian s'effaça pour être remplacée par le vide, puis Erkam s'imposa à nouveau. Ériana ne put s'empêcher de chercher son unique raison de vivre des yeux et son angoisse redoubla. Un de ses vêtements venait de prendre feu. Alors qu'il se débattait pour étouffer les flammes, son adversaire lui envoyait une seconde attaque flamboyante. Ériana manqua de crier quand les flammes devant elle se refermèrent, supprimant son champ de vision.

— *Concentre-toi !* reprit Lünt.

— *Je fais ce que je peux ! Il y a trop… d'interférences.*

Aveugle à ce qui se passait de l'autre côté des flammes, Ériana resta à l'écoute de son *inha* et, surtout, du reflet. Erkam céda sa place à Eko, qui la lui recéda quelques instants plus tard. La nervosité d'Ériana s'accrut encore davantage. Le roulement s'était interrompu. Seuls Erkam et Eko s'échangeaient le rôle de protecteur. Il se passa encore deux relais avant que la présence de Setrian ne revienne enfin, ôtant tout inconfort. Les deux autres luttaient pour assurer ce rôle de remplacement. Avec Setrian, tout s'harmonisait enfin.

— *Il a vraiment été bien choisi*, dit Lünt. *Comme toi. À vous deux, vous êtes le plus parfait duo dont nous puissions rêver. J'aimerais être encore là pour vous voir à l'œuvre.*

Ériana approuva mentalement. Si l'âme résistait à cette ébauche de transfert, elle subsisterait encore longtemps. Elle ne savait pourquoi, mais Ériana s'était prise d'affection pour Lünt. Même si elle ne la connaissait réellement que depuis peu, quelque chose la poussait à se lier avec elle.

— *Je me concentre*, dit-elle finalement.

Ériana sentit son ventre tiré vers l'extérieur. C'était le lien sensitif qui les unissait le temps du transfert. Les connaissances passaient du *inha* de Lünt à celui d'Ériana en un flot continu d'énergie. Puis elles se diffusaient, gagnant chaque recoin de son *inha* et de son esprit.

Elle comprenait enfin à quel point les deux étaient liés, intrinsèquement. *Inha* et esprit partageaient une union élémentaire. Elle ne pensait plus simplement avec les Vents, les Eaux, les Terres et les Feux séparés. Elle pensait avec la fusion des quatre.

Elle pensait avec *Edel*.

Le nom lui sauta à l'esprit aussi brusquement qu'une nouvelle nausée la prenait et que ses protecteurs changeaient à nouveau. Le haut-le-cœur fut plus long que les précédents, comme si son énergie cherchait à se débarrasser de ce qu'elle venait d'apprendre.

Edel. Edel. Edel, se répéta-t-elle alors qu'Erkam devenait protecteur.

Le mot était à la fois addictif et effrayant. Elle faisait face à un mélange entre un allié et son plus cruel ennemi. L'intensité de sa confusion était telle que son corps commença à se mouvoir, ignorant les douleurs engendrées par les gestes convulsifs. Au-dehors des flammes, Eko remplaça Erkam.

Ses mouvements se firent de plus en plus chaotiques. Bientôt, elle risquait de rompre le transfert. Il n'en était pas question. Sauf qu'intérieurement, elle sentait que, si elle restait dans le transfert, « *Edel* » serait définitivement rayé de son esprit, ce qui manqua d'arriver lorsque Setrian réapparut brusquement.

L'ultimatum était aussi inquiétant qu'urgent à résoudre. Au rythme où allaient les choses, c'était la fin du transfert ou celle de ce mot dont elle ne connaissait le sens mais qui lui semblait capital.

Ériana hésita encore quelques instants, elle sentait que Setrian allait bientôt être remplacé et elle ne pouvait prendre ce risque. Elle se cambra de toutes ses forces, laissant un hurlement de douleur lui déchirer la gorge. Elle avait choisi.

Le cordon énergétique qui la reliait à Lünt se défit comme une pluie de braises. Et ce fut exactement ce qu'elle ressentit en reprenant le contrôle de son corps. Sa peau brûlait de toutes parts. Mais avant qu'elle ait eu le temps de prendre une inspiration, ses jambes furent attrapées et sa taille serrée. L'instant suivant, elle se trouvait hors des flammes, recroquevillée contre le buste de celui qu'elle avait cherché à revoir plus que tout au monde.

Elle ouvrit les yeux et n'aperçut d'abord que du noir. Puis elle releva le menton et découvrit le visage concentré de Setrian. D'en dessous, elle ne pouvait que deviner son regard car il fixait quelque chose au loin, mais le simple fait d'apercevoir ses cheveux argentés la fit sourire.

Puis il baissa les yeux sur elle et le temps sembla s'arrêter.

Avec difficulté, Setrian se pencha, tentant de rendre son mouvement délicat, mais elle pesait dans ses bras, le faisant trembler. Il parvint toutefois à poser son front sur le sien et, deux expirations plus tard, son *inha* se diffusait en elle.

Il ne chercha pas particulièrement à la guider, mais elle sentit tout de même ses pensées divaguer. Les souvenirs de leurs derniers moments ensemble, la mort de Lyne, l'attaque sur la dune. Sa mémoire remonta même avant, lorsqu'ils avaient discuté dans la barque et que leurs paroles enflammées avaient laissé un arrière-goût amer. Setrian se crispa, même s'il ne voyait rien de ça. Il devait toutefois ressentir ce qu'elle associait à ces moments douloureux.

Il ne chercha pas à l'éloigner de ces pensées. Il la laissait faire son choix, restant simplement là, avec elle. C'était leur communion la plus forte, le plus parfait dialogue qu'ils pouvaient échanger. Le reflet augmentait l'impression de n'avoir plus qu'un seul *inha* à partager, plus aucune barrière à soulever.

Ériana se lova davantage contre lui et sentit la pression de ses muscles autour des siens. Puis, lentement, Setrian détacha son *inha* et la redressa avant de lui déposer les pieds par terre.

Elle s'était à peine mise debout qu'elle se jeta sur ses lèvres, laissant ses mains passer autour de son cou et dans son dos. Même si son transfert venait de s'interrompre, qu'elle ne devrait pas s'autoriser un tel écart de temps, elle prit le risque de lui prouver à quel point elle l'acceptait. Car c'était ce qu'il avait cherché à savoir en laissant son *inha* se diffuser en elle. Il avait voulu savoir si elle l'acceptait à nouveau, avec ses failles et ses faiblesses. Si elle lui pardonnerait les écarts qu'il avait pu faire, si elle comprenait ses choix.

Jamais elle ne les avait autant compris. Elle en avait fait elle-même et avait bien vu que sa raison était passée avant ses propres émotions. Setrian avait cru agir pour le bien. Elle aussi. Ils avaient pensé pouvoir démultiplier les actions en s'éloignant l'un de l'autre. Sauf qu'ils s'étaient trompés.

Eko s'était trompé lui aussi. Ils n'étaient d'aucune utilité séparés, car ils n'étaient jamais aussi efficaces qu'ensemble.

Ériana pressa ses mains dans le dos de Setrian et sentit le tissu se froisser sous ses doigts. L'envie de l'ôter et de sentir sa peau contre la sienne lui frôla l'esprit, mais ce n'était évidemment pas le moment pour cela. Les mains de Setrian se promenaient sur sa taille avec une envie similaire, cherchant à rattraper le temps perdu, chaque grain de peau voulant combler un jour d'absence.

À contrecœur, ils cessèrent leur baiser et s'immobilisèrent, haletants. Les bruits les assaillirent. Des bruits de lutte, des grognements puis, soudain, un grand fracas et des cris d'attaque. Setrian releva la tête en même temps qu'elle et leurs yeux s'arrondirent d'effroi.

— Ériana ! Il est temps !

La voix provenait du niveau supérieur de la forge et Ériana aperçut Adam, qui s'était extirpé du combat pour quelques instants. Quand le Second vit qu'elle opinait, il se retourna et émit un sifflement aigu. Toute la faction avait été préparée à reconnaître le signal.

L'instant d'après, la moitié des Gardiens sur l'esplanade sautaient au niveau inférieur, atterrissant par vagues successives, roulant pour éviter de se briser les genoux. Ceux qui étaient aux prises avec leurs adversaires dans les escaliers fuyaient également. Ériana tendit le bras sur sa gauche pour leur indiquer la voie à suivre, puis s'écria :

— Adam ! Où êtes-vous ?

— Juste ici !

Le Second venait de s'arrêter devant elle, dérapant sur le sol gravillonné, déboutonnant sa veste. D'un regard, il mesura Setrian et approuva d'un hochement bref.

— Combien en reste-t-il en haut ? demanda Ériana en attrapant la tunique noire que lui tendait le Second.

— Moins de six. Ils arriveront au prochain signal.

— Parfait. Quel était ce bruit que nous avons entendu ?

— Des mages des Feux, je crois. Et peut-être aussi des Vents, mais je ne suis pas certain. Quoique ça serait logique, avec ces trois-là.

Tout en boutonnant la tunique qui lui arrivait à mi-cuisse, Ériana tourna les yeux vers ce qu'Adam pointait. Mesline et Matheïl étaient toujours ensemble, Céranthe, épuisée, auprès d'eux. Erkam et Friyah s'étaient ligués face à un dernier mage des Vents, coriace, qui commençait à reculer, à bout de forces. Ériana fut tentée de dire à Erkam d'attraper Matheïl et de résoudre tout ça rapidement. Elle avait cependant trop besoin de lui et Erkam devait garder son énergie pour ce qu'elle s'apprêtait à lui demander.

— *Erkam, tu as entendu Adam.*
— *Parfaitement, mais il y a un souci, ici.*
— *Quoi ?*
— *Friyah s'obstine.*

Ériana serra les poings. Depuis qu'ils avaient compris que Matheïl avait choisi un autre camp que le leur, Friyah n'avait su comment agir envers son jeune ami. Même de là, elle voyait bien qu'il faisait en sorte de retenir les projections d'Eko ou en tout cas de les contrôler. Elle ne savait comment fonctionnait l'équilibre entre leurs deux volontés, mais il existait une lutte farouche à l'intérieur.

— *Matheïl ne veut vraiment pas changer d'avis ?* demanda-t-elle.

— *Il semble ne pas vouloir s'éloigner de Mesline.*

Elle hésita encore quelques instants. Au-dessus d'eux, une nouvelle détonation retentit, faisant s'effriter le bord de l'esplanade. Trois soldats sautèrent.

— S'ils commencent à descendre, c'est que la situation devient critique, s'inquiéta Adam. Est-ce que vous avez réussi à faire tout ce que vous vouliez ?

— Autant qu'il m'était possible de faire.

Une troisième détonation retentit et les derniers soldats sautèrent.

— Ils sont tous là, dit Adam. Nous n'avons plus le temps. Il faut partir.

La frustration la gagna si fort qu'elle faillit crier, mais elle se contenta de serrer les lèvres et se tourna vers Setrian.

— Va attraper Friyah. Sois prudent, Eko est en lui et, en ce moment, je ne sais pas qui commande l'autre. L'idéal serait de l'assommer pour que tu sois tranquille.

— Que vas-tu faire ?

— Nous assurer une sortie. Et anéantir mes dernières chances d'achever mon transfert. Dépêche-toi, s'il te plaît.

Setrian la quitta en lui étreignant une dernière fois les doigts. De loin, elle le vit se précipiter vers Friyah puis elle détourna son attention. Elle avait confiance en lui pour respecter ses ordres.

— *Erkam, Setrian gère le problème de Friyah. C'est à nous, maintenant.*

Elle vit dans sa posture que le messager l'avait entendue. Il reculait, s'éloignant du feu pour se concentrer, se rapprochant d'elle comme s'il avait besoin de sa présence. Elle était après tout mage des Eaux, elle pouvait l'assister, mais son attention serait rivée ailleurs. Sur la terre, plus exactement.

Erkam, qui reculait lentement, en plein établissement du lien avec son *inha* des Eaux, arriva à côté d'elle en même temps que Setrian qui serrait Friyah contre lui.

— Adam, lança Setrian, prenez le garçon. Vous pouvez y aller, nous suivrons juste après. Je reste avec eux.

599

Adam se chargea du corps de Friyah, inerte, et s'élança en direction du passage qu'Ériana avait aménagé. Le groupe de renforts d'attaquants dévalait à présent les escaliers avec des cris de rage. Ériana sentit sa peau frémir de la haine qui envahissait l'espace. Il fallait qu'Erkam se dépêche.

Setrian, lui, avait repris sa place à côté d'elle et serrait à nouveau sa main.

— Merci, murmura-t-elle au milieu du chaos. Merci de rester.

Pour seule réponse, il augmenta simplement la pression de ses doigts. Puis sa main se figea.

— Qu'y a-t-il? demanda-t-elle.

— Eliah est ici.

— Eliah?

— *Ton... Je t'expliquerai plus tard*, répondit-il après un court silence. *Que doit faire Erkam, au juste ? Parce qu'il serait judicieux que sa projection se fasse rapidement.*

— *Il y a un étang, au-dessus. J'ai l'intention de noyer cette forge et d'empêcher les mages des Feux d'agir. D'après mon inha, il n'y a qu'un seul mage des Eaux ici. Je ne suis pas sûre qu'il ait le temps de contrer quoi que ce soit. Il a l'air trop concentré sur autre chose.*

Elle avait eu envie de dire « sur moi », mais cela n'avait aucun sens. Pourtant, c'était bien la réalité. L'homme à la boucle d'oreille scintillante la regardait fixement. Sur sa gauche, Céranthe et d'autres mages des Vents se préparaient à une nouvelle attaque. Ériana fit un pas en arrière devant la férocité de leurs regards.

— Erkam... s'inquiéta-t-elle, *où en es-tu ?*

— *Presque, presque…* répondit le messager.

Ériana sentit son pouls s'emballer en voyant ses opposants commencer à lever les bras, puis quelque chose d'inattendu se produisit. Le mage des Eaux à côté d'eux, celui que Setrian avait appelé Eliah, se retourna et effectua un étrange mouvement de tête.

— Ça y est ! s'écria Erkam au même instant.

D'une façon ou d'une autre, Setrian avait dû comprendre l'exacte teneur du plan, car il attrapa Ériana par la main et s'élança vers le passage que les soldats avaient déjà emprunté. Erkam, lui, courait aussi vite qu'il le pouvait, passant au-devant. Ils ne sentirent qu'un très léger courant d'air leur frôler la tête, comme si la bourrasque qui avait été préparée pour eux n'avait pas eu l'effet escompté.

Dès qu'ils furent dans la galerie, Ériana se retourna et posa sa main contre la paroi de roche. Les premières pierres tombèrent difficilement puis les autres suivirent à un rythme fou. Elle n'eut que le temps de voir l'eau s'écouler depuis l'esplanade, se dirigeant davantage vers les mercenaires qui couraient vers eux que vers le feu où Erkam avait voulu la guider. Ériana écarta cette curiosité pour une autre. L'homme nommé Eliah semblait encore la regarder.

— Ne traînons pas, dit Erkam une fois qu'elle eut totalement obstrué la galerie. Il n'y avait pas assez d'eau pour les noyer. Ça ne fera que les retarder. Tu peux nous donner un peu de lumière ?

Erkam lui tendit une braise. Elle l'attrapa, surprise qu'il ait pensé à ce détail, et se concentra. Elle n'était pas certaine que Lünt ait eu le temps de lui transmettre la technique. Une petite flamme, ténue mais persistante, naquit alors dans la paume de sa main gantée et ses épaules se détendirent. Elle était au moins capable d'accomplir ça et ses insignes avaient survécu au transfert. Elle porta l'autre main à son cou, la gemme aussi avait été miraculeusement épargnée.

— Ça y est, tu disposes des quatre, murmura Setrian alors qu'ils faisaient le premier pas vers la sortie.

— Et le *inha* réducteur existe à nouveau, souffla-t-elle.

42

Rapidement, Erkam commença à montrer des signes de fatigue. Ériana s'arrêta à plusieurs reprises pour le motiver mais, à la troisième, le messager faillit s'écrouler. Setrian et elle échangèrent un regard inquiet puis Setrian le jucha sur son épaule. Il ne pourrait plus aller aussi vite, mais c'était déjà mieux que de rester sur place.

— *Sa projection a dû lui coûter,* dit Setrian en pensée.
— *Je n'en doute pas,* répondit Ériana, *mais j'ai du mal à comprendre pourquoi elle n'a pas eu exactement l'effet recherché.*
— *Qu'est-ce que tu veux dire ?*
— *L'eau devait aller éteindre le feu pour priver les mages de leur principale source d'énergie. J'ai eu l'impression qu'elle se dirigeait ailleurs…*
— *Cette forge est creuse, il n'y a aucun risque. Où que soit allée l'eau, elle aura réduit cette fournaise en lac.*
— *Il n'empêche que je ne vois pas pourquoi Erkam se serait délibérément trompé.*
— *Peut-être qu'il ne s'est pas trompé.*

Elle marmonna, encore trop suspicieuse. Setrian la rassurait sans y parvenir totalement. Il y avait une retenue dans ses paroles, dans ce qu'il dégageait, pourtant il partageait son incompréhension. Ériana secoua la tête, elle devait juste être bouleversée de le revoir. Setrian était tout aussi démuni qu'elle face à la situation.

— *Combien de temps avant de sortir d'ici ?* demanda-t-il. *Et où arrive-t-on, exactement ?*

Elle projeta son *inha* des Terres. La réponse lui revint tel un écho clair et net.

— *Nous avons parcouru près des trois quarts du chemin. Il y a une portion qui zigzague, un peu plus loin, puis une longue ligne droite. La sortie débouche sur un contrefort rocheux juste à côté de ce qui ressemble à une forêt. Je ne peux pas t'en dire plus. J'ai créé cette issue selon la morphologie de la roche. Je n'ai pas réellement anticipé.*

Setrian ne paraissait pas très rassuré mais si c'était vraiment le cas, il n'en dit rien. Au lieu de ça, il se plaça derrière elle pour la laisser mener leur trio. L'espace se rétrécissait.

— *Sentir à nouveau chacune de tes actions…* murmura-t-il après le passage étroit. *C'est fou de voir à quel point tu te sers de ton inha pour te guider et nous guider par la même occasion.*

— *Je ne fais que mon devoir. Les Terres sont le premier élément que j'ai maîtrisé, j'ai l'impression d'avoir un lien particulier avec elles.*

— *Je confirme.*

Elle rougit en réalisant qu'il pouvait de nouveau lire en elle. Avoir partagé cette intimité avec Eko et Erkam ne l'avait pas autant bouleversée.

— *Le reflet ?* lança-t-elle.

— *Exactement. C'est un tel soulagement.*

Un soupir, bien réel, accompagna la pensée de Setrian et une multitude d'images passèrent devant les yeux d'Ériana. Délibérément ou non, il avait laissé s'échapper des souvenirs dans le *inha'roh* et elle les avait captés.

— *Le soulagement est partagé*, dit-elle doucement.

La flamme dans sa main prit soudain plus de vigueur et Ériana s'arrêta, tant elle était perplexe. Le regain d'énergie avait afflué en elle comme si les Feux avaient été rallumés. Setrian lui aussi s'était arrêté. Il avait dû ressentir la même chose.

— Ils n'auraient pas déjà ranimé le feu de la forge ? dit-elle tout haut.

— Il faut croire que si, répondit Setrian avec une légère angoisse. En même temps, il y avait un mage des Eaux, là-bas. Entre lui et ceux des Feux qui accouraient, ils ont largement eu le temps de résoudre le contretemps que tu leur as imposé.

— Déjà… soupira-t-elle. Enfin, même s'ils parviennent à déboucher l'entrée de ma galerie, nous serons partis d'ici à ce qu'ils en sortent à leur tour. Nous arrivons au passage en zigzag. Fais attention à Erkam, dans les virages.

La voie obliqua d'abord sur la gauche puis, très nettement et plus longuement, sur la droite. Ériana n'avait fourni aucune description de la galerie à qui que ce soit. Elle espérait qu'aucun de ses Gardiens ne s'y était blessé. Elle espérait aussi que Theris avait eu le temps de contacter Sharon pour expliquer à quel endroit ils se trouvaient.

— C'est la ligne droite ? demanda Setrian.

— Encore deux angles et nous y serons.

Elle avait l'impression que Setrian évitait soigneusement un sujet, tout en cherchant à rester en contact avec elle. Malgré leurs détestables retrouvailles à Arden, si colériques qu'elle se demandait si l'artefact des Feux n'en aurait pas été responsable, ils avaient fait de celles d'aujourd'hui un moment unique.

Désormais, elle sentait les liens, tous ces liens, qui l'unissaient à lui. Elle voulait en profiter et, surtout, ne pas les détériorer. Avec son silence, Setrian semblait partager son avis. Ils avaient pourtant beaucoup de choses à se dire.

— Est-ce que tu souhaiterais en savoir plus sur… tenta-t-elle.

— Plus tard, coupa-t-il. Laisse-moi encore savourer le reflet. Je sens que nous n'en aurons plus vraiment la possibilité après. Pour l'instant…

Erkam avait sombré dans une torpeur presque maladive depuis un petit moment et Setrian le déposa au pied de la paroi. Quand il se fut redressé, Ériana plongea dans le bleu profond de ses yeux que même la petite flamme orange ne parvenait pas à ternir.

Ils étaient maintenant si proches l'un de l'autre qu'elle avait l'impression qu'ils échangeaient le même air à chacune de leurs expirations. Dans son dos, elle sentit une main glisser, presser pour la rapprocher. Elle se laissa faire.

— J'ai appris de nombreuses choses pendant mon séjour au *Velpa*, murmura Setrian, bien plus que lors de mon passage dans l'armée. Certaines te feront trembler, d'autres te réjouiront peut-être. Ces choses peuvent néanmoins attendre un peu. Ce soir, demain. Il y en a juste une qui me semble importante et que je dois te dire…

En disant cela, Setrian s'était davantage collé à elle. Elle attendait, avide d'informations et aussi avide de lui, car ses lèvres l'obnubilaient. Ces dernières étaient d'ailleurs aussi hypnotiques que ce qu'il promettait de révéler. Son corps, son *inha* et son esprit étaient en ébullition, aucun ne parvenant à prendre le dessus sur l'autre.

Puis le visage de Setrian se transforma et elle comprit qu'il hésitait. Lui qui avait semblé si sûr, si déterminé il y a un instant, doutait à présent. Ériana avait désormais presque peur de ce qu'il comptait lui dire.

— Je suis ton digne protecteur et je n'en douterai plus jamais.

Elle l'avait compris depuis si longtemps qu'elle laissa échapper un petit rire en secouant la tête.

— Et il t'a fallu tout ce temps pour l'admettre? demanda-t-elle.

Setrian passa d'un confus mélange de remords et d'inquiétude à un soulagement évident. Ce fut à son tour d'être troublée. Pourquoi se souciait-il autant de sa réaction? Son aveu était sûrement l'un des plus forts qu'il ait pu lui faire.

— Il m'a fallu beaucoup d'épreuves, je te le concède, admit Setrian en se pinçant les lèvres. J'ai été stupide de croire que quelqu'un pouvait me remplacer. Quoi que j'éprouve pour toi, nous sommes liés par le destin. Mais sois sans crainte, nos sentiments restent plus forts qu'une prophétie, et ce quels que soient les événements qui viendront.

— Je suis heureuse qu'il en soit ainsi, prophétie ou non, murmura-t-elle en se hissant pour atteindre ses lèvres.

Setrian répondit à son baiser avec la même ardeur que ses paroles. Il semblait vouloir intégrer Ériana dans son propre corps tant il s'appuyait contre elle. Quand Ériana réalisa qu'elle en faisait autant, elle délaissa toute idée de se hâter de quitter la galerie. Il y avait une intimité dans cet endroit qu'ils ne trouveraient plus une fois sortis.

Puis la présence d'Erkam lui revint soudain à l'esprit et elle prononça son prénom par *inha'roh*. Setrian et elle se figèrent d'un coup, étroitement enlacés, puis s'écartèrent pour jeter un regard au sol. Erkam était toujours adossé à la paroi, aveugle et sourd à ce qui se passait autour de lui.

— Nous devrions sortir, suggéra Setrian sans la lâcher.

— Tu as raison. Mes Gardiens doivent nous attendre.

— Tes Gardiens... répéta Setrian. Peut-être devrions-nous finalement profiter du trajet pour que tu m'expliques ce qui s'est passé en mon absence.

— Je croyais que tu voulais attendre ?

— Si je ne m'occupe pas l'esprit, je vais passer mon temps à t'empêcher d'avancer.

Malgré ses joues déjà chaudes, elle sentit le sang affluer à nouveau. La flamme dans sa main vira et s'amenuisa.

— Et tu ne peux pas vraiment faire deux choses en même temps, poursuivit Setrian en désignant la flamme.

Gênée, elle se concentra sur son *inha* des Feux. La flamme redevint jaune, brillante. Elle avait la sensation que la qualité du feu qu'elle produisait dépendait de son humeur, en plus de son attention. Les Feux avaient une façon très humaine de se manifester en elle.

Setrian prit de nouveau Erkam sur son épaule. Le messager semblait moins amorphe qu'avant leur courte pause et, après les deux derniers zigzags, retrouva assez de lucidité pour actionner ses jambes, restant toutefois suspendu au bras de Setrian. Lorsqu'ils aperçurent enfin l'issue, Ériana venait juste de terminer ses explications.

Au-devant, quelqu'un obstruait une partie de la sortie et se mit à courir vers eux. Ériana eut juste le temps de reconnaître Gabrielle avant que la jeune femme ne lui saute dans les bras. Ériana serra fort son amie pendant que celle-ci libérait un flot de paroles incompréhensibles. Puis Ériana laissa échapper autant d'éclats de rire que son amie de questions, et c'est dans les bras l'une de l'autre qu'elles sortirent enfin de la galerie.

Au-dehors, la faction s'agitait. Gabrielle entraîna Ériana auprès d'un homme allongé un peu plus loin. En reconnaissant Jaedrin, Ériana émit un cri de joie qui fut presque couvert par celui de Setrian qui venait de lâcher Erkam, chancelant. Elle choisit de laisser les deux amis se retrouver avant de submerger Jaedrin de questions et chercha Adam du regard.

Le Second se tenait en réalité juste à la sortie. Avec la présence de Gabrielle, elle ne l'avait même pas remarqué mais le soldat ne l'avait pas manquée. À ses côtés se trouvaient son épouse Sharon et l'artiste Theris.

— Je ne voudrais pas gâcher vos retrouvailles, dit Adam dès qu'elle les eut rejoints, mais j'ai besoin de faire le point avec vous.

Les mots du Second la raidirent aussitôt. Ériana balaya la faction du regard. Maintenant qu'elle y faisait attention, elle avait l'impression que leur nombre était moins important.

— Nous avons perdu des hommes, c'est ça ?

— Des femmes aussi, confirma Adam. Au total, six Gardiens n'ont pas quitté la forge. Il reste une sentinelle près de l'étang, au cas où, mais le mage en compagnie duquel il se trouve n'avait rien à nous dire avant l'inondation d'Erkam. S'il restait des Gardiens à ce moment-là, ils ont subi le même sort que leurs ennemis, ou alors ils ont péri par leur main.

Elle avait envie de s'excuser mais savait que cela ne servirait à rien. Elle n'était pas directement responsable, même si elle ne pouvait s'empêcher de s'attribuer leur mort.

— Ne cherchez pas comment vous auriez pu les sauver, reprit Adam. Voyez plutôt ceux qui s'en sont sortis. Nous soignons ceux qui en ont besoin. Les autres se reposent en attendant les prochaines directives. Je leur ai dit qu'ils avaient encore un peu de temps, mais il ne faudra pas traîner. J'attends vos ordres.

Elle fut si prise de court qu'elle eut presque l'impression de se faire rabrouer. Elle acquiesça pour montrer qu'elle avait entendu. Elle avait si longtemps préparé la récupération de l'artefact des Feux qu'elle n'avait jamais vraiment songé à quoi faire ensuite. Il était temps qu'elle cesse de procéder par étapes. Ils devaient voir plus loin.

— J'ai bien une idée, dit-elle après un moment, mais je dois d'abord vérifier qu'elle n'est pas obsolète. Jaedrin et Gabrielle ont certainement de nombreuses choses à me dire. Je prendrai ma décision en fonction.

— Les deux mages qui essaient de se remettre, là-bas ? demanda Adam. Je ne suis pas certain que leur état leur permette quoi que ce soit. Et puis... ils sortaient du *Velpa*.

— Ils sont de parfaite confiance, coupa-t-elle avant qu'Adam n'aille plus loin.

Avec un sourire, elle s'éloigna. Setrian et Jaedrin s'étaient lancés dans un récapitulatif pointilleux d'une action apparemment commune. Ériana les observa un moment avant que Gabrielle ne l'attrape par le bras.

— Ça dure ! Viens, j'ai quelque chose pour toi.

Son amie fouilla dans ses poches et en sortit une gemme d'un rouge si lumineux qu'Ériana se crut à nouveau au cœur des braises. Gabrielle n'avait pas besoin d'expliquer de quoi il s'agissait.

— *Lünt...* murmura-t-elle

Elle tendit les doigts tout en ayant peur de toucher l'artefact. Depuis qu'elle avait croisé l'âme des Feux, cette jeune femme rousse qui avait fait son maximum pour elle en si peu de temps, Ériana trouvait qu'aucune autre personne n'aurait pu être aussi parfaite pour ce rôle. L'âme et l'artefact se correspondaient à merveille.

Lorsque sa main s'enroula autour de la gemme, elle sut immédiatement que Lünt y était encore. L'âme n'avait pas disparu.

— J'ai cru comprendre que tu as déjà accompli ton transfert, reprit Gabrielle, mais cela empêchera le *Velpa* de concevoir d'autres mages réducteurs. Nous avons aussi *Eko*.

— Nous… Tu veux dire Jaedrin et toi ?

— Et Setrian. Nous n'avons pas souvent été réunis tous les trois, mais si un seul avait manqué, rien n'aurait pu se produire. Et nous avons réussi. Le *Velpa* n'a plus que Mesline.

— Plus que… soupira Ériana. Je ne parviens pas à m'en réjouir autant que toi. Qui sait quand Mesline aura maîtrisé son *inha* réducteur ? Peut-être est-ce déjà le cas.

— Il n'y a personne pour lui enseigner comment s'en servir !

— Mais il existe le fameux livre noir qui en explique les méthodes, souleva Ériana. Le *Velpa* doit toujours l'avoir et tu peux compter sur eux pour en avoir fait des copies, au cas où. Mesline a dû étudier chacune des pages de ce manuel pour être certaine de pouvoir projeter son *inha* rapidement. Ils lui feront faire quelques tests auparavant, mais tu peux être sûre qu'ils n'attendront pas longtemps avant de se servir d'elle.

À ces mots, Ériana sentit sa poitrine se serrer. Comme toujours avec Mesline, elle avait du mal à savoir comment la considérer. Même si la course aux artefacts venait de s'achever, les trois prétendantes n'en restaient pas moins liées les unes aux autres. Et l'idée que quelqu'un puisse se servir de Mesline la mettait dans un état assez étrange.

— Quelque chose ne va pas ? demanda Gabrielle.
— Non, rien.

Elle n'aimait pas mentir à son amie mais n'avait pas envie d'approfondir le sujet. Elle avait toujours cru que son apparente trêve avec Mesline s'éteindrait le jour où les quatre éléments auraient fusionné en elle. Elle avait eu tort.

— Tu as vu Friyah ? demanda-t-elle pour distraire Gabrielle.

— Il est par ici, avec les guérisseurs. Il a tenté de convaincre Matheïl, n'est-ce pas ? Il a vraiment gâché son énergie.

La voix de Gabrielle s'était transformée. Elle avait craché ses paroles avec une telle haine qu'Ériana sentit des frissons lui parcourir les épaules. Jamais elle n'avait vu son amie si véhémente.

— Je t'accompagne, poursuivit Gabrielle en l'attrapant par le bras. Ces deux-là ont encore des choses à se raconter, dit-elle en désignant Jaedrin et Setrian du menton. Je me demande s'ils auront fini quand nous reviendrons.

Ériana se laissa faire, trop surprise pour protester. La colère de Gabrielle pouvait s'expliquer ; Matheïl avait choisi un autre camp que le leur. Mais sa colère était si fulgurante qu'il y avait forcément quelque chose qu'Ériana n'avait pas encore saisi. Lorsqu'elle en fit part à son amie et que celle-ci lui eut expliqué la teneur exacte de la trahison, Ériana fut si abasourdie qu'elle s'exclama haut et fort :

— Son protecteur ? Ça n'a aucun sens !

— Le pire, c'est que ça serait possible, cracha Gabrielle. Tu es protégée par Setrian. Mesline est protégée par Matheïl. Et je suis... protégée contre les attaques de *inha*.

— Ah oui ? s'étonna sincèrement Ériana. Par qui ? Jaedrin ?

— Par rien du tout, soupira Gabrielle. Ou plutôt par quelque chose dont je ne sais rien. C'est comme ça que j'ai pu éviter les boucliers pour aller récupérer l'artefact. Je suis immunisée contre les agressions de *inha*. Au même rythme que Mesline et toi êtes reconnues par vos éléments. Donc désormais, c'est pour les quatre.

— Immunisée ? Mais immunisée comment ?

— Je ne subis pas les attaques violentes des éléments et je ne déclenche aucun bouclier. C'est plutôt pratique.

— J'irais même dire que c'est plus efficace que Setrian ou Matheïl, avoua Ériana, éberluée. Comment fais-tu ?

— Si seulement je le savais... Peut-être cela a-t-il un lien avec cette histoire d'équilibre que je représente. Ou avec la mort de Val... Le Maître semblait y penser.

— Et depuis quand as-tu ça ? continua Ériana avec avidité.

— Depuis le jour où Matheïl est devenu le protecteur de Mesline. C'est pour ça que je pense que c'est dû à la prophétie. Dès que vous avez été protégées toutes les deux, j'ai moi aussi bénéficié d'une immunité, quoique différente de la vôtre. Mais mon hypothèse s'arrête là.

— Je suis quand même épatée… Et les *inha'roh* fonctionnent toujours ?

— Oui, et je suis certaine qu'un messager pourrait me guider. C'est toujours en ce qui concerne les agressions directes. Si mon *inha* est directement en danger, il se passe quelque chose qui me protège.

Ériana expira longuement. Les mystères autour de Gabrielle s'épaississaient dès qu'un éclaircissement était apporté. Les rôles des trois prétendantes n'en finissaient plus d'être imbriqués les uns dans les autres.

— Bon, tu voulais voir Friyah ?
— Ah oui, c'est vrai.

Avec toutes ces nouveautés, Ériana en avait presque oublié la raison de leur déplacement. Elles comblèrent les derniers pas qui les séparaient du garçon et s'accroupirent à côté de lui. Friyah avait repris connaissance il y a peu, son visage était encore assez pâle.

— Merci, dit-elle en posant la main sur son front. Merci pour tout ce que tu as fait.

Friyah afficha un sourire puis appuya sa tête contre sa paume, pressant comme s'il voulait y laisser une empreinte. Ériana sentit la cicatrice du symbole des Vents lui chatouiller la peau.

— Eko est toujours là, chuchota Friyah. Il est extrêmement faible, mais je pense qu'il dirait la même chose que moi. Pour toi, nous aurions tout fait. Même le pire.

Ériana se pencha jusqu'à plaquer son front contre celui de Friyah. Là aussi, la cicatrice se fit sentir. Si elle pouvait la lui ôter, elle le ferait avec joie, mais elle avait l'impression que le garçon s'y opposerait. Quand elle se redressa, Friyah ne souriait plus.

— Je n'ai rien pu faire pour Matheïl, dit-il, sombre.

— Personne ne te demandait de faire quoi que ce soit.

— J'aurais pourtant aimé.

— Il y a de nombreuses choses que beaucoup d'entre nous auraient aimées.

— Ta flèche me manque aussi.

— Je sais.

Elle avait essayé de le convaincre de lui en confectionner une autre, vainement. Rien ne pourrait remplacer ce premier cadeau, ce premier lien qui les avait unis.

— À propos de flèche, intervint soudain Gabrielle. Où est ton arc ?

Ériana expira lourdement.

— Il a été détruit.

L'air effaré de Gabrielle était intenable. Ériana détourna les yeux.

Elle avait l'impression de trahir ses amis, de trahir qui elle était. Ils l'avaient si souvent associée à son arc, à la façon dont elle l'attachait autour d'elle. Les sangles étaient désormais rangées dans son sac, inutiles.

Puis l'expression de Gabrielle changea et son amie lui ordonna de se lever et de la suivre.

— Où m'emmènes-tu ?

— Vers mes affaires. J'ai autre chose pour toi.

— Tu veux me montrer *Eko* ?

— Oh non, quelque chose de bien plus utile qu'un artefact.

Elles arrivèrent en courant auprès de Jaedrin et Setrian. Gabrielle se pencha par-dessus Jaedrin et, derrière lui, dégagea quelque chose. Quand son amie dégaina la lame étincelante à l'équilibre parfait, Ériana n'en crut pas ses yeux.

— Elle s'appelle Edel. Et elle est à toi.

43

La nuit était claire, la lune luisante. Ériana n'avait aucun mal à assurer le guet depuis l'endroit où elle était postée. Le silence était si profond que le moindre frémissement de feuilles serait aussitôt perçu.

Elle ne s'était jamais sentie aussi sereine durant un tour de garde. Peut-être était-ce dû à la présence de Setrian, vigilant, à son propre poste. Elle le chercha du regard et devina davantage ses cheveux que le reste de son corps. Ses reflets argentés scintillaient telle une seconde source de lumière, accentuant la teinte sombre de ses vêtements. Elle crut le voir se tourner vers elle mais repoussa cette idée en attrapant son épée.

Edel. Gabrielle avait nommé l'objet Edel. La coïncidence était trop grande pour être ignorée. C'était au prix de ce mot qu'elle avait interrompu son transfert des Feux. Elle se demandait à présent si son choix avait été judicieux.

Elle fit pivoter plusieurs fois l'épée avant de la ranger. Le sifflement fut si faible qu'elle crut presque que la lame avait murmuré.

— Ça doit être au moins la dixième fois que tu la regardes depuis qu'elle te l'a donnée, murmura Setrian avec un léger rire.

Ériana sursauta, honteuse d'avoir été surprise. Setrian ne s'était pas trompé, elle n'avait cessé de dégainer l'épée pour la contempler. Depuis son poste, il avait dû la voir faire. Il s'était donc bien davantage attardé sur elle que sur les environs qu'il était censé surveiller.

— Je ne suis pas certaine de savoir m'en servir, avoua-t-elle.

— Hamper t'a pourtant appris à en manier une, non ?

— Hamper avait renoncé, si tu te souviens bien.

— Tu ne veux vraiment pas essayer ?

Pour la onzième fois, elle dégaina l'épée. Le sifflement fut cette fois d'une clarté limpide et Ériana eut l'impression que la lame chantait avec le vent. La chose n'était peut-être pas si étrange, finalement. Son *inha* des Vents pouvait contribuer à la note qui venait de résonner dans la nuit.

— Il faudrait avoir le temps pour ça, dit-elle en soulevant la pointe.

— Et pourquoi pas maintenant ?

Elle recula de surprise.

— Nous sommes en pleine surveillance du camp. Nous n'allons quand même pas quitter notre poste !

— Pour être honnête, quand nous avons proposé notre aide à tes… Gardiens, je n'ai pas eu l'impression que notre présence était indispensable. Et, à présent, je n'en ai toujours pas l'impression. Les sentinelles se débrouillent parfaitement sans nous. Il faut juste les prévenir de notre départ, car je ne compte pas t'entraîner au milieu de ceux qui dorment. Alors, qu'en dis-tu ? Je vais les informer ?

Ériana se pinça les lèvres en fixant son épée. La proposition était plus que tentante. Mais il faudrait avouer à Setrian que ce qui l'intéressait au sujet de l'épée n'avait rien à voir avec son maniement. Tout l'après-midi, elle avait espéré avoir un peu d'intimité avec l'objet, et voilà que Setrian la lui offrait sans effort, moyennant sa présence. Elle se rabroua intérieurement. Tout ce qui la concernait, elle, le concernait en même temps. Elle ne devait plus avoir de secret pour lui.

— Très bien, je t'attends.

Setrian s'éloigna jusqu'au poste d'observation le plus proche. Quand il réapparut, les trois sentinelles se repositionnaient sans qu'aucune autre ait été appelée. Leur présence n'avait effectivement été qu'un soutien superflu.

— Viens, je connais l'endroit idéal, dit Setrian en l'attrapant par la main.

Gagnée par son enthousiasme, Ériana se laissa guider. Le camp s'était installé en lisière de la forêt, à une certaine distance de l'embouchure de la galerie. S'ils revenaient sur leurs pas, ils seraient à découvert mais auraient plus d'espace que dans la zone dense et boisée dont ils sortaient.

Setrian s'arrêta après une légère course. Tous deux haletaient doucement. Ériana savoura l'air qui pénétrait sa bouche et s'enroulait autour d'elle tel un second vêtement. La nuit était chaude, elle avait troqué la veste d'Adam contre une tunique plus légère confectionnée par Theris. L'artiste avait avoué avoir prévu une seconde tenue au cas où l'uniforme de mercenaire ne lui aurait pas convenu.

La tunique n'en restait pas moins noire, car faite du même tissu. L'échancrure au niveau des épaules et la taille ajustée permettaient une liberté de mouvement remarquable. Le pantalon, remonté sous le genou, convenait parfaitement.

Setrian, lui, n'était pas parvenu à se procurer quelque chose de plus léger. Dès qu'il avait vu Theris sortir les nouveaux vêtements d'Ériana, il avait demandé s'il ne resterait pas pour lui une tenue dans les uniformes récoltés. Il avait semblé pressé de quitter ce qui lui avait été fourni par le *Velpa*.

Theris n'avait pu lui proposer autre chose qu'un énième uniforme de mercenaire. La grimace de Setrian avait fait office de réponse. Il conservait donc ses vêtements sombres, semblables à ce qu'Ériana portait. Il avait simplement demandé à Theris de bien vouloir raccourcir les manches. Sa peau tranchait avec la couleur noire.

— Comment savais-tu où aller ? demanda-t-elle lorsqu'ils eurent repris leur souffle.

— J'avais cherché, en chemin.

— Tu veux dire que tu avais prévu mon entraînement ? Ton esprit d'anticipation m'épatera toujours, *Aynetiel* ou pas.

— Je crois savoir que tu as toi aussi bénéficié d'un enseignement similaire. Eko t'a transmis la méthode pour guider les pensées entre elles, non ?

— C'est le cas, mais prévoir que je serais d'accord pour m'entraîner avec toi n'a rien à voir avec ça ! protesta-t-elle, amusée.

— Tu as raison, c'est uniquement parce que je te connais, dit-il en déposant un baiser rapide sur ses lèvres. Allez, au travail !

Setrian s'était penché pour ramasser une branche et traçait un grand cercle dans la terre. Ériana le regarda faire avec perplexité, elle aurait pu tracer le cercle avec son *inha*, mais Setrian semblait déterminé à mener la séance d'instruction par ses propres moyens. Elle l'observa, le sourire aux lèvres, jusqu'à ce qu'il se plante face à elle, la branche serrée dans la main.

— Je ne vais pas lutter contre ça ! s'exclama-t-elle. Cette branche ne tiendra jamais.

— Oh, détrompe-toi, sourit Setrian. Tu n'auras pas l'occasion de la toucher.

— Je veux bien croire que mes capacités avec une épée sont loin d'égaler celles que j'ai avec un arc, mais tu me sous-estimes beaucoup, là. Enfin, tu sous-estimes la qualité de travail que Gabrielle a mise dans cette lame, dit-elle en désignant le fourreau.

Setrian secoua la tête.

— Cette branche ne me sert à rien, en réalité. La première partie de l'entraînement ne va consister qu'à soulever et abaisser l'épée dans différents angles.

— Je l'ai déjà fait avec Hamper, objecta-t-elle. Tu ne vas quand même pas perdre ton temps là-dessus ?

— Il ne me semble pas qu'Hamper t'ait entraînée avec de l'air compact.

Ériana fronça les sourcils. Dans ses souvenirs, les seuls moments où un mage intervenait étaient lors de l'issue des combats, pas en cours d'entraînement. Setrian semblait avoir en tête une autre façon de procéder.

— Je compresse l'air autour de toi, poursuivit-il devant sa réaction. Tu te contentes des mouvements appris avec Hamper et on voit où tu en es dans une heure. Ah oui, il y a une condition : pas de *inha*. Tu te débrouilles comme tu veux, mais ton impulsivité et tes éléments restent en dehors de ça, du moins pour ce qui est des projections. Pour le reste, je ne peux pas t'empêcher de percevoir, ton énergie fait tout de même partie de toi.

Avant même qu'elle ait pu s'y opposer, Ériana sentit l'air se densifier. D'après la pression, elle prévoyait déjà que chaque mouvement nécessiterait au moins une puissance double. Seule sa respiration semblait miraculeusement échapper à l'artifice.

Bien plus lentement qu'elle ne l'aurait fait en temps normal, elle dégaina son épée. Ce simple geste lui coûta et elle se prépara à affronter la séance. Le premier mouvement, oblique vers le bas, fut comme freiné. Il lui fallut la suite complète des quinze mouvements pour prendre réellement mesure de la densité de l'air. Elle avait l'impression de se retrouver dans l'eau, sans la capacité de flottaison.

Délaissant toute idée de ne pas parvenir à tenir, même une heure, elle recommença la série de mouvements avec une grimace d'effort. Elle était prête à y passer la nuit s'il le fallait. Elle devait apprendre à maîtriser cette arme. Le nom que Gabrielle lui avait donné était bien trop étrange pour ne pas y accorder d'importance.

— Edel, murmura-t-elle en élevant à nouveau l'épée.

Avec le reflet de la lune, elle ne fit pas attention, mais une étincelle brilla dans la lame.

L'aube était loin d'être encore arrivée quand Setrian déclara que la séance était terminée. Ériana chancelait sur ses jambes, ses bras souffrant des poussées excessives. Épuisée, elle laissa l'épée tomber et s'assit lourdement à côté. Setrian l'imita.

— Si tu veux, tu peux effacer le cercle avec tes énergies, sourit-il. Ça m'évitera de le faire à la main, cette séance m'a épuisé.

Le regard qu'elle lui lança lui ôta son sourire, mais elle l'entendit pouffer une fois qu'elle eut détourné la tête. Vaincue, elle soupira et chercha au fond d'elle. Son *inha* était intact. Elle l'avait préservé durant tout l'entraînement.

À moitié rageuse, elle le projeta autour d'elle pour aplanir le sol, décrivant un semblant de cercle avec sa main. La trace s'effaça assez efficacement, laissant quelques reliefs çà et là. Elle terminerait plus tard.

Elle sentit alors un poids sur son épaule et tomba à la renverse. Elle ne chercha même pas à comprendre pourquoi Setrian l'avait poussée et se repositionna plus confortablement à côté de lui, fixant le ciel étoilé. Il y avait quelque chose de familier dans ce ciel, comme une nuit qu'elle aurait déjà passée dehors avec lui.

Le souvenir vif de cette fois où elle lui avait montré comment elle tirait à l'arc lui revint en mémoire. Elle leva les mains au-dessus d'elle dans le geste de bander son arc. Setrian, lui, venait juste de tendre le bras et de faire pivoter le poignet dans une vague imitation de ce qu'il avait fait pour elle en ce temps-là.

Ils restèrent tous deux ainsi, immobiles, puis Ériana relâcha les bras la première.

— Peut-être finirai-je par être aussi compétente avec une épée que je l'étais avec mon arc... Il ne me reste même pas une flèche. Elles ont toutes été brisées ou alors elles ont disparu.

Setrian relâcha lui aussi son bras et se tourna vers elle.

— Tu deviendras performante. Avec ce que j'ai vu ce soir, je t'assure que tu pourras égaler le niveau d'Adam ou de Hamper. Le seul problème, c'est que j'ai l'impression que tu ne le veux pas. Donc, aujourd'hui, je ne peux pas certifier que tu feras quelque chose d'aussi impressionnant avec cette épée que ce que tu pouvais faire avec ton arc. Tu vas devoir faire un choix, Ériana. Soit tu remplaces ton arc, soit tu adoptes cette épée. Dans les deux cas, il va falloir accepter que tu ne reverras jamais l'arc de ton ancienne vie.

Elle se mordit les lèvres et soupira, les mains sur le visage. Elle ne voulait pas que Setrian voie sa déception.

— Ne te cache pas, chuchota-t-il en attrapant délicatement ses doigts. N'importe qui réagirait de la sorte.

— Ah oui ? dit-elle. Ce n'est qu'un objet, Setrian. Même si j'y accorde beaucoup d'importance, ce n'est vraiment qu'un objet. Et comme tu l'as dit, il appartient à mon passé. Je n'ai aucune raison d'agir ainsi, et pourtant, je suis là, à me lamenter sur la perte d'un arc qu'une simple décision pourrait remplacer sans souci.

— Tu as associé beaucoup de choses à cet arc. Tu t'es défendue avec, tu y as associé tes victoires, et peut-être aussi certains de tes échecs.

— Je m'y suis surtout associée, moi.

— Ne dis pas ça.

— Sans lui, je ne représenterai plus jamais la même chose pour vous… pour toi.

Setrian écarquilla si vivement les yeux qu'elle en eut presque peur. Puis son regard s'adoucit et elle sentit les battements de son cœur se calmer.

— Personne n'a besoin d'un arc pour savoir qui tu es, dit-il. Pour tes Gardiens, tu es l'espoir d'une union. Pour chaque communauté, tu es la mage qui peut contrer le *inha* réducteur. Et pour moi, tu es simplement celle que j'aime. Nulle part dans la prophétie il n'est question d'un arc. Et nulle part dans mon cœur il n'en est question non plus. Alors, s'il te plaît, cesse de craindre des choses insensées. Tu existes, et c'est ce qui compte. C'est *tout* ce qui compte.

Elle avait quitté les étoiles pour se réfugier dans le scintillement de ses cheveux. Puis elle plongea dans ses yeux. Avant de fermer les siens pour s'immerger dans ses bras, se perdant entre corps et *inha* jusqu'à ce que tout soit lié.

— Ériana ? Ériana, réveille-toi.

Elle plissa les paupières pour lutter contre la lumière agressive. Le jour se levait. Malgré la douceur, un frisson lui remonta le long du dos et Setrian lui tendit ses vêtements. Il venait visiblement de finir de se rhabiller et quelque chose dans son ton ne la rassurait pas.

— Qu'y a-t-il ? demanda-t-elle d'une voix pâteuse en enfilant sa tunique.

Setrian ne lui répondant pas tout de suite, elle leva les yeux. Il était debout, juste à côté d'elle, et scrutait les environs. Elle rougit en se souvenant de la nuit qu'ils venaient de passer mais ne s'attarda pas davantage. Il y avait trop de tension dans le corps de Setrian pour qu'elle se l'autorise.

— *Elle est réveillée, je l'inclus.*

Ériana sursauta en entendant la voix de Setrian dans sa tête, elle avait accepté le *inha'roh* sans réfléchir. Le timbre familier de Gabrielle y résonna l'instant d'après.

— *Il y a quelque chose d'étrange, elle le ressent aussi ?*
— *Ériana ?* appela Setrian.
— Mmm… marmonna-t-elle en enfilant son pantalon.
— *Est-ce que tu ressens quelque chose d'étrange ?*

Elle prit le temps de sonder son énergie tout en finissant de s'habiller. Lorsqu'elle eut passé sa tunique, elle était certaine d'une seule chose : elle aurait préféré dormir encore un peu. Car il était clair qu'il n'y avait rien de particulier en ce matin banal, si ce n'était les moments qu'elle venait de passer auprès de celui qu'elle aimait.

— *Rien*, répondit-elle. *Pourquoi, il y a un problème ?*

Elle avait dirigé sa question vers Gabrielle, n'ayant aucun besoin de connaître l'avis de Setrian. Si elle n'avait rien perçu, il n'avait rien senti lui non plus. Le reflet avait au moins cet avantage.

— *C'est difficile à expliquer*, hésita Gabrielle. *Mon inha est... remué. Tu as déjà eu ce genre de sensations ?*

Le terme lui évoqua instantanément les appels des artefacts, mais Ériana ne voyait pas pourquoi les objets referaient surface et surtout pourquoi ils auraient un lien avec son amie. Pourtant, la voix de Gabrielle trahissait une vraie inquiétude.

— *Rien qui pourrait te concerner directement. Tu ne peux pas en dire plus ?*

— *Je me sens attaquée sans l'être vraiment*, dit Gabrielle après un moment.

— *Ça n'aurait pas quelque chose à voir avec ce que tu me disais hier ? Ta protection ?*

— *Je ne vois que ça*, avoua Gabrielle, *mais c'est assez différent en même temps. Attends, nous arrivons.*

— *Comment ça, nous arrivons ?* s'affola Ériana en réalisant le désordre qui devait régner dans ses cheveux et sa tenue enfilée à la hâte.

— *Jaedrin est avec moi.*

— *Tu sais où nous sommes ?* s'étonna Ériana.

— *Setrian m'a expliqué et j'aurais pu suivre ton inha. À ce propos, il serait sage de le dissimuler, désormais. Je coupe le contact.*

Le *inha'roh* se défit brutalement et Ériana masqua aussitôt son énergie. Setrian devait faire de même car elle repéra un bref instant de concentration.

— Tu as pu le faire pour les quatre ? demanda-t-il.

Sa question la désarçonna. Setrian avait beau percevoir le reflet de son énergie, il n'en saisissait peut-être pas toutes les subtilités.

— Mes éléments ont fusionné. Même si la méthode n'est pas forcément acquise entièrement pour tous, si je souhaite dissimuler mon énergie, je n'ai qu'à transposer. Enfin… Ça se fait tout seul.

— Tu ne peux pas les isoler ?

— Je ne sais pas, je n'ai jamais essayé. Et je n'ai pas l'impression que maintenant soit le meilleur moment. Gabrielle t'en a dit plus avant que je me réveille ?

Setrian secoua la tête et tendit la main pour lui passer une mèche de cheveux derrière l'oreille.

— J'aurais aimé ne pas te réveiller comme ça, murmura-t-il.

— Je comprends, mais Gabrielle a eu raison de nous rappeler à l'ordre. Qui sait, peut-être que quelque chose de grave est en train de se produire quelque part. J'ai parfois eu des sensations lorsqu'un élément détruisait un de ses propres porteurs.

— Pourquoi ne lui as-tu rien dit ?

— Parce que ça ne ressemble pas à ce qu'elle a décrit.

— Peut-être que vous interprétez ça différemment.

Ils s'écartèrent en entendant des bruits de pas. Gabrielle courait, l'air de plus en plus terrifiée, Jaedrin sur ses talons. Moins essoufflé, il parla le premier :

— Qu'est-ce que vous faisiez aussi loin du campement ? Vous avez dormi là ?

Pour toute réponse, Gabrielle lui donna un coup de coude dans les côtes et Jaedrin, après un rapide examen de ses deux amis, sembla comprendre que sa question était malvenue. Gabrielle, elle, semblait s'être seulement à moitié recomposée. Ses doigts tremblaient quand elle désigna l'épée et tendit en même temps deux longues brides de cuir. Ériana les reconnut tout de suite.

— Mes sangles ? Mais pourquoi ?

— J'ai eu raison... répondit Gabrielle d'une voix faible sans vraiment s'adresser à qui que ce soit. J'ai pensé que ça pourrait être utile et... Comment est-ce...

Gabrielle semblait perdue dans un souvenir personnel, s'agitant anarchiquement, observant les alentours avec terreur. Elle se redressa soudain.

— Même si tu n'as qu'une épée, tu peux quand même te servir des deux sangles. Le fourreau te gênera moins s'il est dans ton dos plutôt que sur ta hanche, ajouta-t-elle en attrapant le fourreau qui traînait à terre.

— Il y a quand même une légère différence avec mon arc, objecta Ériana sans mentionner le fait que la voix de son amie tremblait. Comment veux-tu que je m'y prenne ?

— J'y ai déjà réfléchi... sur le chemin !

Ériana se laissa manipuler tout en scrutant son amie. Gabrielle n'avait réfléchi à rien sur le chemin, c'était certain, ses gestes étaient bien trop fluides pour ne pas avoir été répétés à l'avance.

Lorsqu'elle eut enfin terminé, Gabrielle tira fermement sur les sangles pour vérifier la bonne tenue de l'ensemble. Ses doigts tremblaient toujours.

— Ça a l'air d'être parfait, conclut-elle. Vas-y, essaie.

— Essaie quoi ?

— D'attraper Edel ! Bon sang, Ériana ! Je me doute que tu n'as pas beaucoup dormi, mais de là à ne pas comprendre ce que je te dis, tu pourrais faire un effort. Allez, réveille-toi !

La vivacité de son amie eut raison de sa méfiance et Ériana défit instinctivement sa première sangle, comme elle en avait l'habitude. Avec le poids, elle s'attendait à ce que le fourreau descende plus vite mais au contraire, la façon dont Gabrielle avait harnaché les deux sangles retint la gaine. Celle-ci s'orienta dans un axe parfait pour qu'Ériana saisisse le pommeau. La lame vibra entre ses mains l'instant d'après.

— Je le savais, c'est idéal ! s'exclama Gabrielle.

— Tu n'es pas venue là juste pour ça.

— Non, mais j'avais besoin de m'assurer de ce point auparavant. Je n'aurais jamais cru que c'était aussi urgent avant d'arriver ici, soupira-t-elle. Vous n'auriez pas pu choisir de vous éclipser ailleurs ?

— Mais pourquoi ça ? demanda Ériana, complètement perdue.

Gabrielle hésita puis, après un second soupir, sembla se résoudre à une vague réponse.

— C'est quelque chose que m'a dit Matheïl.

— Je croyais que tu ne voulais plus rien avoir à faire avec Matheïl ?

— Je croyais aussi, mais il y a tout de même des choses importantes qu'il avait pris la peine de me dire avant de nous trahir. Je… Je ne suis pas encore sûre… J'espère me tromper, même… Enfin, peu importe. On peut revenir à mes sensations ?

— Gabrielle ! s'impatienta Ériana. Les sensations dont tu parles te sont propres. J'en ai eu des tas, mais rien de comparable. Peut-être que nous ne les traduisons pas de la même façon, c'est ce que Setrian évoquait avant que vous n'arriviez. Toutefois je ne suis pas certaine que de toutes les passer en revue nous servira à grand-chose.

Gabrielle croisa les bras avec une moue réfractaire. Ériana faillit s'enflammer mais se retint.

— Où sont tes insignes ? demanda Gabrielle.

— C'est moi qui les ai, dit Setrian en les sortant d'une de ses poches.

— Donne-les-lui.

— Gabrielle, est-ce qu'on peut savoir ce qu'il se passe ? intervint Jaedrin.

Gabrielle lui lança un regard noir.

— Et tu n'as normalement rien à faire ici… murmura-t-elle.

— De. Quoi. Est-ce. Que. Tu. Parles ?

Jaedrin semblait à bout. Cela pouvait s'expliquer vu la façon dont Gabrielle cherchait à présent autour d'elle, tout en l'ignorant totalement. Lorsqu'elle lui adressa de nouveau la parole, ce ne fut que pour se répéter.

— Tu n'as vraiment rien à faire ici, marmonna-t-elle, plus à elle-même qu'à l'attention de quiconque. Je me serais vraiment trompée ?

Ses phrases étaient à peine audibles, mais il régnait un tel silence autour d'eux qu'Ériana n'eut pas beaucoup de mal à les saisir. Quoique après un moment, il lui sembla commencer à entendre du bruit.

Elle se retourna, Setrian l'ayant devancée de peu. Gabrielle venait elle aussi de relever la tête, laissant Jaedrin toujours aussi déconfit. Mais les yeux de tous s'arrondirent d'effroi en reconnaissant les trois personnes qui avançaient vers eux.

— Qu'est-ce qu'ils font là ? gronda Jaedrin.

— Je dirais que si la première se déplace, les deux autres sont forcés de venir avec elle, répondit Setrian.

— Alors je repose ma question, reprit Jaedrin. Pourquoi *elle* s'est déplacée ?

— Ce n'est pas évident ? intervint Ériana.

Les cheveux blonds aux reflets rouges de Mesline hurlaient leur couleur enfin retrouvée. D'un côté, l'habituelle silhouette de Céranthe se dessinait contre le ciel clair, les yeux rivés sur Jaedrin comme si elle comptait l'éliminer du regard. De l'autre, Matheïl avançait, son attention fixée sur celle qu'il avait choisi de protéger, son regard s'écartant de temps à autre pour vérifier le groupe dont ils approchaient.

Ériana avait laissé ses mots résonner dans l'air, espérant mettre fin au débat inutile. Mesline ne pouvait être là que pour une seule raison. Mais avant qu'elle ait pu l'énoncer, Gabrielle l'interrompit, sa voix cette fois parfaitement limpide.

— Il n'en restera qu'une.

Du même auteur
aux éditions du Masque :

Les Messagers des vents, 2015
Sanctuaires, 2016
Le Cinquième Artefact, 2017

Le Livre de Poche s'engage pour
l'environnement en réduisant
l'empreinte carbone de ses livres.
Celle de cet exemplaire est de :
1,1 kg éq. CO₂
Rendez-vous sur
www.livredepoche-durable.fr

PAPIER À BASE DE
FIBRES CERTIFIÉES

Composition réalisée par Lumina Datamatics

Imprimé en France par CPI
en août 2018
N° d'impression : 2038488
Dépôt légal 1ʳᵉ publication : octobre 2017
Édition 02 - août 2018
LIBRAIRIE GÉNÉRALE FRANÇAISE
21, rue du Montparnasse - 75298 Paris Cedex 06

81/9430/4